글쓰기 동서대전

글쓰기 동서대전

1판 1쇄 발행 2016. 6. 24.
1판 2쇄 발행 2016. 12. 27.

지은이 한정주

발행인 김강유
편집 김상영
발행처 김영사
등록 1979년 5월 17일(제406-2003-036호)
주소 경기도 파주시 문발로 197(문발동) 우편번호 10881
전화 마케팅부 031)955-3100, 편집부 031)955-3250 | 팩스 031)955-3111

값은 뒤표지에 있습니다. ISBN 978-89-349-7472-7 03800

독자 의견 전화 031)955-3200
홈페이지 www.gimmyoung.com   카페 cafe.naver.com/gimmyoung
페이스북 facebook.com/gybooks   이메일 bestbook@gimmyoung.com

좋은 독자가 좋은 책을 만듭니다.
김영사는 독자 여러분의 의견에 항상 귀 기울이고 있습니다.

이 도서의 국립중앙도서관 출판시도서목록(CIP)은 서지정보유통지원시스템 홈페이지
(http://seoji.nl.go.kr)와 국가자료공동목록시스템(http://www.nl.go.kr/kolisnet)에서
이용하실 수 있습니다.(CIP제어번호 : CIP2016012955)

글쓰기 동서대전

이덕무에서 쇼펜하우어까지 최고 문장가들의 핵심 전략과 글쓰기 인문학

한정주

김영사

들어가는 글

1

이 책은 18세기를 중심으로 멀게는 14세기부터 가깝게는 20세기에 이르기까지 조선을 비롯해 중국, 일본 그리고 서양의 한 시대를 풍미했던 문장가 혹은 작가들이 선보인 글쓰기의 미학과 방법을 교차 비교해 살펴보면서 "어떻게 글을 써야 할까?"라는 문제에 대해 필자 나름대로 접근해 본 작업의 결과물입니다.

애초 무모하다고 할 수도 있는 이 작업은 필자가 지난 2014년 11월부터 2015년 2월까지 인터넷 신문 〈헤드라인뉴스〉의 후원 하에 진행한 '조선 지식인의 글쓰기 철학'이라는 대중 공개강좌에서 비롯되었다고 할 수 있습니다. 당시 이 강좌를 전후해 예전부터 인연이 깊었던 김영사 김상영 편집부장과 자주 만남을 갖고, 18세기 조선을 둘러싼 동양과 서양의 글쓰기 양상과 변화에 관한 여러 대화를 나누었습니다. 그러던 중 김상영 편집부장이 조선에 국한시키지 말고 범위를 더욱 확장시켜, 강좌에서 다루고 있는 조선을 중심으로 중국과 일본 그리고 서양에서 나타난 글쓰기의 유사성과 차이점을 집필해 책으로 묶어내면 어떻겠느냐는 제안을 해왔습니다. 그 범위와 규모의 방대함 때문에 약간은 신중하고 조심스러운 제안이었지만, 그동안 필자가 지대한 관심을 갖고 공부하고 있던 동서양 교차 비교였던 만큼, 한번 도전과 모험을 해보자는 심정으로 흔쾌히 집필을 결심했습니다. 이 책은 '조선 지식인의 글쓰기 철학' 강좌와 떼려야 뗄 수 없는 관계, 아니 그 연장선상에 있다고 할 수 있습니다. 만약 '조선 지식인의 글쓰기 철학' 강좌를 준비하고 진행하는 과정이 없었다면 그토록 흔쾌히 이 책에 대한 집필을 시작할 수도 없었을 뿐더러 이처럼 빠른 시간 안에 집필을 마칠 수도 없었을 것이기 때문입니다.

2

지난 2년 동안 조선을 비롯한 중국과 일본 그리고 서양의 글쓰기를 교차 비교하고 그 유사성과 차이점에 대해 집필하면서, 필자는 '글쓰기'에 관한 나름의 철학을 얻을 수 있었습니다. 여기에서는 '서문'을 대신하여 필자가 나름대로 깨우친 글쓰기의 철학이라면 철학일 수도 있고, 비결이라면 비결일 수도 있는 몇 가지 사항에 대해 적어보도록 하겠습니다.

이 책에서 다루고 있는 문장가 혹은 작가들의 글쓰기에 나타나고 있는 특징을 키워드로 요약한다면, '무목적성 · 주관성 · 일상성 · 다양성 · 개방성 · 독창성 · 참신성 · 기궤성 · 미시성 · 무한성 · 불온성 · 진정성 · 다원성 · 혁신성' 등이라고 표현할 수 있습니다. 그런데 이렇듯 다종다양한 글쓰기의 특징을 관통하는 핵심 가치를 다시 말한다면, '개성'과 '자유'와 '자연自然'을 꼽을 수 있다고 생각합니다. 다시 말해 '자기다움'과 '자유로움'과 '자연스러움'이 그것입니다.

개성(자기다움)이란 다른 누구도 아닌 자기 자신만의 글을 쓴다는 것입니다. 동서고금을 초월해 일가一家를 이룬 문장가나 작가들은 독특하고 독창적이고 독보적인 글을 썼습니다. 즉 홀로 자신만의 글을 개척했다고 할 수 있습니다. 박지원은 박지원다운 글을 썼기 때문에 박지원이고, 노신은 노신만의 글을 썼기 때문에 노신이고, 소세키는 소세키만의 글을 썼기 때문에 소세키이고, 니체는 니체다운 글을 썼기 때문에 니체입니다. 물론 이들은 옛사람이나 다른 사람의 글을 배우고 익히는 것을 배척하지 않았습니다. 아니, 오히려 열과 성을 다해 그들의 글을 탐독하고 연구했습니다. 그러나 비록 이들이 옛사람이나 다른 사람의 글을 배우고 익혔다고 해도, 그것은 그들의 글을 모방하거나 답습하거나 흉내 내기 위해서가 아니라 스스로 깨닫고 터득해 자신만의 글을 찾기 위한 것에 불과했습니다. 독서와 학습을 하든 혹은 견문과 체험을 하는 또는 글을 쓰든 오직 '자기 자신', 곧 개성(자기다움)을 찾고 잃지 않는 것, 이것이 필자가 글쓰기의 대가들에게서 엿볼 수 있었던 첫 번째 가치입니다.

자유(자유로움)란 무엇에도 얽매이거나 속박당하지 않은 채 자유롭게 읽고, 자유롭게 생각하고, 자유롭게 행동하고, 자유롭게 쓴다는 것입니다. 비록 옛것을 배우고 옛사람을 익히더라도, 그것에 구속받지 않아야 비로소 자기다운 글이 나오게 됩니다. 그러므로 글을 쓸 때는 구태여 전범과 규칙에 얽매일 필요가 없습니다. 또한 구태여 글쓰기의 기술과 방법에 속박당할 필요도 없습니다. 오직 자신의 감정을 진솔하게 묘사하고, 자신의 생각을 자유롭게 표현하면 될 뿐입니다. 좋은 글과 나쁜 글, 진짜 글과 가짜 글, 죽은 글과 살아 있는 글 역시 여기에서 벗어나지 않습니다. 다시 말해 아무리 훌륭하고 잘 쓴 글이라고 해도 글쓰기의 전범과 규칙 혹은 기술과 방법에 갇혀서 이렇게 다듬고 저렇게 꾸몄다면, 그 글은 나쁜 글이고 가짜 글이고 죽은 글일 뿐입니다. 반면 비록 미숙하고 거친 글이라고 해도 자신의 감정을 진솔하게 묘사하고 자신의 생각을 자유롭게 표현했다면 좋은 글이자 진짜 글이요 살아 있는 글이라고 할 수 있습니다.

'자연(자연스러움)'이란 억지로 지으려고 하거나 애써 꾸미려고 하지 않으며, 단지 자신 안에 온축되어 있는 기운과 뜻 또는 감정과 생각을 자연스럽게 묘사하거나 표현하는 것입니다. 그것은 본디 그대로의 자연을 뜻하는 본연本然이나 천연天然의 상태를 말하고, 너무나 자연스러워 조금도 걸리는 게 없거나 꾸민 곳을 찾을 수 없다는 천의무봉天衣無縫의 경지를 말합니다. 이덕무의 '영처嬰處', 박지원의 '영아성嬰兒聲', 이용휴의 '천리天理와 환아還我' 이탁오의 '동심童心', 원굉도의 '동자지취童子之趣', 원매의 '적자지심赤子之心', 사토 잇사이의 '천의天意', 장 자크 루소의 '에밀Emile', 프리드리히 니체의 '차라투스트라Zarathustra'의 글쓰기 철학은 모두 본연의 상태나 경지, 곧 지식이나 견문이나 도리에 물들거나 인위적이나 작위적으로 꾸미지 않은 '본디 그대로의 자연의 상태나 경지'로 해석할 수 있습니다. 이에 대한 자세하고 구체적인 내용은 본문에 나오는 '동심의 글쓰기'와 '자득의 글쓰기' 등에서 만날 수 있을 것입니다.

3

만약 독자들이 이 책을 완독하는 수고로움을 다한다면 개성(자기다움)과 자유(자유로움)과 자연(자연스러움), 이 세 가지가 따로 따로 분리되어 존재하지 않고 서로 유기적으로 연관되어 있다는 사실을 깨닫게 될 것입니다. 그리고 이 책을 집필하면서 깨우친 글쓰기 철학 혹은 글쓰기 비결이 다름 아니라 '개성적인 글쓰기, 자유로운 글쓰기, 자연스러운 글쓰기'였다는 필자의 발언의 참뜻을 이해하게 될 것입니다. 그렇다면 개성적인 글쓰기와 자유로운 글쓰기와 자연스러운 글쓰기가 우리에게 던지는 메시지는 무엇일까요? 그것은 다른 사람의 비난이나 혹평이 두려워 혹은 좋은 글이나 훌륭한 글을 쓰지 못할까 봐 글쓰기를 주저하는 이들에게, 만약 그 글이 세상 어떤 것에도 구애받지 않고 오직 자기 자신에게서 나온 감정과 생각을 진술하고 자유롭게 썼다면 잘 썼는가 그렇지 않는가에 상관없이 모두 좋은 글이자 훌륭한 글이라는 메시지를 준다는 점입니다. 왜? 그러한 글은 개성미, 다시 말해 독특성과 독창성에서 세상 어느 곳에도 존재하지 않은 유일무이한 글이기 때문입니다. 여기에다가 이렇게 글을 써야 한다고 덧붙이는 구성이니 논리니 문법이니 수사니 형식이니 하는 따위는 실상 부차적인 것에 불과합니다. 구성이 제아무리 좋고, 논리가 제아무리 뛰어나고, 문법이 제아무리 완전하고, 수사가 제아무리 탁월하고, 형식이 제아무리 잘 갖춰졌다고 해도 독특하고 독창적이지 않다면 무슨 소용이 있겠습니까? 차라리 구성이 거칠고, 논리가 투박하고, 문법이 불완전하고, 수사가 초라하고, 형식이 결점투성이라도 독특하고 독창적인 것이 훨씬 낫습니다. 구성이니 논리니 문법이니 수사니 형식이니 하는 따위는 누구라도 고칠 수 있지만 독특하고 독창적인 것은 반드시 자기 자신에게서만 나올 수 있기 때문에 다른 누구도 대신해서 짓거나 고칠 수 없기 때문입니다. 필자는 독자들에게 마땅히 이러한 시각과 관점을 갖추고 이 책을 읽어달라고 부탁하고 싶습니다.

4

아울러 이 책을 읽는 독자들에게 한 가지 더 당부의 말씀을 드린다면, 여기에 등장하는 문장가들의 글쓰기에 대한 견해를 보편적이고 절대적인 것이라기보다는 특수적이고 상대적인 것으로 봐달라는 것입니다. 다시 말해 이들의 글쓰기를 시대적 산물, 즉 사회적·역사적 맥락 속에서 이해하는 시각과 관점을 가져야 한다는 이야기입니다. 예를 들어 18세기를 전후해 왜 동양과 서양에서는 공통적으로 '동심童心'과 '어린아이'가 새삼 발견되고 강조되었던 것일까요? 필자는 그 이유를 이렇게 이해합니다. 18세기를 전후해 동양과 서양에서는 오랜 세월 정치-지식-문화를 지배했던 전통적인 권력이 해체되거나 붕괴하기 시작했습니다. 동양에서는 유학-성리학의 정치-지식-문화 권력이, 서양에서는 기독교-신학의 정치-지식-문화 권력이 약화되거나 쇠퇴하거나 몰락하기 시작한 것입니다. 그리고 이러한 전통적인 정치-지식-문화 권력이 가르치거나 강요하는 오래되고 낡은 견문과 사상과 지식과 도덕과 규범과 문장에 길들여지기를—부분적이든 혹은 전면적이든—거부하거나 저항하는 일군의 지식인 집단이 새롭게 출현했습니다. 조선에서는 18세기의 '성호학파'와 '북학파' 지식인 그룹이, 중국에서는 17세기의 이탁오, 공안파와 같은 지식인 집단이, 그리고 서양에서는 18세기의 장 자크 루소, 볼테르, 달랑베르, 디드로와 같은 계몽주의 사상가와 19세기의 프리드리히 니체와 같은 지식인들이 그렇습니다. 이들은 전통적인 정치-지식-문화 권력의 견문과 사상과 지식과 도덕과 규범과 문장에 길들여지거나 물들여지기 이전의 '인간'으로부터 시작해서 자신들의 철학과 사상을 새롭게 세우려고 했습니다. 다시 말해 애초 인간이 존재했던 자리, 즉 '본연의 인간 존재'에서부터 철학과 사상은 물론이고 인간의 감정과 사유를 표현하는 글쓰기를 다시 시작하고 새롭게 일으켜야 한다고 생각했습니다. 그러한 까닭에 전통적인 정치-지식-문화 권력이 가르치거나 강요하는 견문과 사상과 지식과 도덕과 규범과 문장에 길들여지거나 물들여지기 이전의 '애초 인간이 존재했던 자리 또는 순수하고 진실한 자연 그대로의 인간 존재'를 '어린아이'와 '동심'에서 발견하고, 여기에 기반한 '동심의 철학과 글쓰기'를 역설했던 것입니다. 필자가 이 책에서 18세기를 전후한 글쓰기의 혁신과 변화 양상을 다루면서 다른 무엇보다 '동심의 글쓰기'를 가장 앞 대목에 둔 까닭 역시, 이러한 시대적 배경과 사회적·역사적 맥락을 이해했을 때 비로소 앞서 언급했던 문장가 혹은 작가들의 글쓰기에 나타나는 특징인 '무목적성·주관성·일상성·다양성·개방성·독창성·참신성·기궤성·미시성·무한성·불온성·진정성·다원성·혁신성' 등이, 왜 18세기를 전후한 시기에 들어와 마치 봇물 터지듯이 집중적으로 등장했는가를 읽을 수 있기 때문입니다. 따라서 '동심의 글쓰기'에서부터 '기궤첨신의 글쓰기'와 '차이와 다양성의 글쓰기'를 거쳐서 '일상의 글쓰기'와 '자득의 글쓰기'에 이르기까지, 왜 그 시대와 그 사회에 그 문장가 혹은 그 작가가 출현하여 그러한 글을 썼는가에 대한 시각과 관점을 유지한 채 이 책을 읽어달라고 다시 한 번 부탁드리고 싶습니다.

　　끝으로 이 책의 내용 중 잘못된 부분은 필자의 짧은 지식 때문이므로 언제든지 바르게 잡아주시면 감사하겠습니다.

2016년 6월
인사동 한 모퉁이 뇌룡재 연구실에서
한정주 씀

1장

동심의 글쓰기

천하의 명문은 반드시 동심에서 나온다

글쓰기 동서대전
東西大戰

18세기 조선을 강타한
무목적의 글쓰기

●이덕무

동심이란 글자 뜻 그대로 '어린아이의 마음'을 말한다. 그것은 사람이 태어나면서 갖게 되는 천연의 본성이자 최초의 본심을 상징적으로 비유한 말이다. 그러한 까닭에 예로부터 동심은 곧 천진하고 순수하고 진실한 마음을 뜻한다고 여겨졌다. 따라서 '동심의 미학'이란 어린아이의 천진하고 순수하고 진실한 마음을 바탕 삼아 문장을 지어야 한다는 글쓰기 철학이라고 할 수 있다. 조선 후기인 18세기에 들어와서 이 동심을 하나의 문장 미학으로 끌어올린 대표적인 이가 청장관靑莊館 이덕무李德懋(1741~1793)다. 그는 자신만의 독특한 문장론이라고 할 수 있는 '영처嬰處의 철학' 속에 동심의 미학을 녹여냈다. 이덕무는 가난 속에서도 어렸을 때부터 오직 책을 벗 삼아 읽고 글을 짓는 것만을 즐거움으로 삼았다. 그는 나이 20세가 되던 1760년(영조 36) 3월에 최초로 자신의 시문詩文을 모아 책으로 엮었다. 그런 다음 그곳에다가 '영처고嬰處稿'라고 제목을 붙였다. 그가 생애 최초의 시문집에 어린아이를 뜻하는 '영嬰'자와 처녀를 뜻하는 '처處'자를 취해 제목을 붙인 까닭은 무엇이었을까? 그 이유는 이덕무가 스스로 지은 '영처고자서嬰處稿自序'에 자세하게 나와 있다. 이 글을 읽으면 글쓰기에는 기술과 방법 이전에 반드시 철학이 있어야 한다는 사실을 깨달을 수 있다. 먼저 이덕무는 가상의 인물과 문답하는 형식을 취해 '영처의 철학'이 무엇인가를 알려준다.

> 예전에 내가 《영처고》의 책 첫머리에 이렇게 쓴 적이 있다. "글을 짓는 것이 어찌 어린아이가 장난치며 즐기는 것과 다르겠는가? 글을 짓는 사람은 마땅히 처녀처럼 부끄러워하며 자신을 감출 줄 알아야 한다." … 어린아이가 장난치며 즐기는 것은 '천진' 그대로이며, 처녀가 부끄러워 감추는 것은 '순수한 진정' 그대로인데, 이것이 어찌 억지로 힘쓴다고 되는 것이겠는가?
>
> _이덕무, 《청장관전서靑莊館全書》, 영처고자서

대개 사람들은 남에게 과시하거나 명예를 얻기 위해 혹은 권력과 이익을 구할 목적으로 글을 쓴다. 이러한 글쓰기는 이른바 '목적 있는 글쓰기'다. 그래서 그 글은 불순하다고 할 수 있다. 그런데 이덕무는 자신은 단지 문장을 좋아하고 오직 글 짓는 것을 즐거움으로 삼을 뿐이라고 말한다. 이른바 '목적 없는 글쓰기'다. 이후 자세하게 설명하겠지만 '목적 없는 글쓰기'와 '주관적인 글쓰기', 이 두 가지는 18세기에 등장한 지식인과 문인들이 이전 시대의 그들과 차별화되는 가장 큰 특징이다. 어쨌든 만약 글쓰기에 목적이 있다면, 그 사람은 반드시 거짓으로 꾸미거나 과장되게 표현하고 억지로 애써 글을 짓게 된다. 왜 그런가? 과시와 명예와 권력과 이익은 자기 자신에게서 구할 수 없고 다른 사람에게서 구해야 하기 때문이다. 이렇게 되면 자기 자신에게서 나온 감정과 생각을 솔직하고 진실하게 표현하기보다는, 그 글을 읽는 사람의 감정에 맞추거나 혹은 그 사람의 마음에 들기 위한 글을 쓰게 된다. 그래야 자신을 과시할 수 있고 명예와 권력과 이익을 얻을 수 있기 때문이다.

이덕무에게 이러한 '목적 있는 글쓰기'는 이미 동심을 잃어버린 불순한 글일 뿐이다. 그래서 자신이 글을 쓰는 바탕에는 '장난치며 즐기는 것'과 같은 어린아이의 천진한 마음과 '남이 볼까 부끄러워 감추는 것'과 같은 처녀의 순수한 마음만이 자리하고 있다고 역설한다. 그래서 그 글은 진정眞情 그 이상도 아니고 그 이하도 아니다. 천진한 마음과 순수한 마음은 가식이나 인위가 아닌 '진정성'을 공통분모로 삼는다. 따라서 이덕무에게 글쓰기의 원천이자 동력은 다름 아닌 진정성이다. 그리고 이덕무는 이렇게 말한다. "그것은 많이 배우고 지식을 쌓는다고 해서 되는 것도 아니고, 또한 억지로 힘쓴다고 해서 얻어지는 것도 아니다"라고. 오히려 어떠한 거짓 꾸밈이나 인위적인 작용을 가하지 않아야 어린아이처럼 천진하고 처녀처럼 순수한 진정 그대로를 표현한 글을 얻을 수 있다. 따라서 글을 쓰는 사람은 모름지기 그저 자신의 천진하고 순수한 진정성, 다시 말해 진실하고 솔직한 감정과 마음 그리고 뜻과 생각을―가식적으로 꾸미거나 인위적으로 다듬지 않고―있는 그대로 드러내 표현해야 한다.

어린아이가 네댓 살이나 예닐곱 살에 이르게 되면 날마다 재롱을 피운다. 예컨대 닭의 깃을 머리에 꽂고 파 잎을 입으로 뚜뚜 불면서 벼슬아치 놀이를 한다. … 하루 동안 백 가지 형상과 천 가지 마음으로 변화하지만, 왜 그렇게 되고 왜 그렇게 하는지 알지 못한다. 처녀는 실띠를 매기 시작하는 네댓 살 때부터 비녀를 꽂는 열다섯 살 때 이르기까지 집안에서 온화하고 단정한 몸가짐을 하고 예의와 법도를 배우고 스스로 지킨다. … 간혹 중문中門 안에서 노닐다가 멀리서 발자국 소리나 기침 소리가 들리면 달아나 깊이 몸을 감추기에 여념이 없다. 아! 어린아이여, 처녀여! 누가 시켜서 그렇게 한 것인가? 어린아이가 장난치며 재롱을 부리는 것이 과연 인위이겠는가? 처녀가 부끄러워 감추는 것이 과연 가식이겠는가? 이《영처고》를 쓴 사람이 글을 저술하고도 다른 사람에게 보이려고 하지 않는 것이 또한 어린아이나 처녀와 비슷하다고 하겠다.

_이덕무,《청장관전서》, 영처고자서

어린아이의 놀이는 결코 꾸미거나 작위적이지 않으며, 처녀의 부끄러워 감추는 마음은 거짓이거나 가식이 아니다. 그래서 이덕무는 "장난치며 즐기는 것은 어린아이만 한 이가 없다. 그러므로 어린아이가 재롱을 부리는 것은 참으로 천진한 본성이다. 또한 지극히 부끄러워하는 것은 처녀만 한 이가 없다. 그러므로 처녀가 자신을 감추는 것은 참으로 순수한 진정이다. 그런데 문장을 좋아하는 사람들 중 장난치며 즐기고 재롱을 부리거나 부끄러워 감추는 것을 지극히 하는 사람을 꼽자면 나만 한 사람이 없다. 이러한 이유로 나는 이 원고를 '영嬰(어린아이)'자와 '처處(처녀)'자를 빌어《영처고》라고 부른 것이다"라고 말한다. 이덕무가 어린아이의 천진한 마음과 처녀의 순수한 마음을 바탕 삼아 글을 쓴 까닭이 바로 여기에 있었다.

그렇다면 이덕무가 '영처의 철학'에 녹여낸 '동심의 미학'이 짙게 스며 있는 18세기 조선의 산문으로는 어떤 것을 꼽을 수 있을까? 필자는 이덕무와 그의 사우師友였던 연암燕巖 박지원朴趾源이 남긴 수많은 글과 기록

속 곳곳에서 동심의 미학을 마주할 수 있었다. 그곳에는 구태여 영처니 동심이니 하는 표현을 빌지 않아도 읽는 사람이 그 천진하고 순수한 감정과 진실한 마음을 있는 그대로 공감할 수 있는 표현들이 너무나 멋지게 남아 있다. 그 대표적인 글이 박지원의 청나라 여행기인《열하일기熱河日記》에 실려 있는 일명 '호곡장론好哭場論'이다.

조선을 벗어나 요동 벌판을 처음 본 박지원은 자신도 모르는 사이에 손을 들어 이마에 대고 이렇게 말한다. "한바탕 울 만한 곳이로구나! 가히 한바탕 울 만한 곳이야!" 그때 옆에 있던 정진사라는 이가 박지원에게 "하늘과 땅 사이에 탁 트여 끝없이 펼쳐진 경계를 보고 갑자기 통곡을 생각하는 까닭이 무엇입니까?"라고 묻는다. 이에 박지원은 "사람들은 단지 칠정七情 가운데 오직 슬픈 감정만이 울음을 자아내는 줄 알 뿐 사실 일곱 가지 감정 모두가 울음을 자아낸다는 것은 알지 못하네. 기쁨이 지극해도 울 수 있고, 노여움이 지극해도 울 수 있고, 즐거움이 지극해도 울 수 있고, 사랑이 지극해도 울 수 있고, 미움이 지극해도 울 수 있고, 욕망이 지극해도 울 수 있지. 답답하게 맺힌 감정을 활짝 풀어버리는 데는 소리 질러 우는 것보다 더 좋은 치료법이 없다네"라고 답변한다.

그러자 정진사는 "지금 울 만한 곳이 저토록 넓으니, 저도 선생님과 같이 한바탕 통곡을 하겠습니다. 그런데 통곡하는 까닭을 일곱 가지 감정 가운데 무엇에서 구해야 할지 모르겠습니다. 어떤 감정을 골라잡아야 하겠습니까?"라고 재차 묻는다. 이 질문에 박지원은 "그것은 갓난아이에게 물어보아야 할 일이네"라고 하면서, 어머니의 뱃속에서 막 나와 새로운 세상을 맞은 갓난아기의 울음소리야말로 거짓 꾸밈없는 천연의 감정이자 최초의 본심이라고 말한다. 이덕무가 장난치며 재롱떠는 어린아이와 부끄러워 감추고 숨는 처녀에게서 동심의 미학을 찾았던 것처럼, 박지원은 바로 "거짓 꾸밈없는 갓난아기의 울음소리"에서 천진하고 순수하고 진실한 동심의 미학을 발견했다고나 할까?

> 갓난아기는 어머니의 뱃속에 있는 동안 어둡고 막혀서 답답하게 지내다가 어머니의 뱃속을 벗어나 하루아침에 갑자기 탁 트이고 훤한 곳으로 나와 손을 펴보고 다리를 펴보게 되자 마음과 정신이 넓게 활짝 트이는 것을 느낄 것이네. 어찌 참된 소리와 감정을 다해 자신의 마음을 크게 한번 발출發出하고 싶지 않겠는가? 이러한 까닭에 갓난아기의 울음소리에는 거짓 꾸밈이 없다는 것을 마땅히 본받아야 할 것이네.
>
> _박지원, 《열하일기》, 도강록渡江錄, 7월 8일(갑신일)

요동 벌판을 마주 보고 선 박지원이 주저 없이 "한바탕 울 만한 곳이로구나!"라고 한 이 한마디에는, 어머니의 뱃속을 벗어나 처음 탁 트이고 훤한 세상을 만난 갓난아기의 거짓 없는 울음소리와 같은 천진난만하고 진솔한 감정이 있는 그대로 담겨 있다. 여기에서는 어떤 이성적 사유나 논리적 사고도 작동하지 않는다. 그래서 수백 년이 지난 지금까지도 '호곡장론'을 읽는 순간, 우리는 비록 요동 벌판을 보지는 못했지만 마치 박지원의 시선을 따라 요동 벌판을 보고 있는 듯한 상상의 공간 속으로 빨려 들어간다. 박지원과 우리 사이에 놓여 있는 시간과 공간의 간극을 뛰어넘어 그 거짓 없고 꾸밈없는 진솔한 감정과 마음이 하나로 연결되어 소통할 수 있기 때문이다.

이덕무 역시 일종의 수필집이자 수상록이라고 할 수 있는《이목구심서耳目口心書》에서 "갓난아기의 울음과 같이 거짓 꾸밈이 없는 참된 소리와 감정"을 일컬어 '진정의 발로'라고 표현했다. 그러면서 "진정의 발로는 마치 고철이 활기차게 못에서 뛰어오르고, 봄철 죽순이 성낸 듯이 흙을 뚫고 나오는 것과 같다. 반면 거짓으로 꾸민 감정은 마치 먹을 매끄럽고 넓은 돌에 바르고, 맑은 물에 기름이 뜨는 것과 같다"고 역설했다.

이러한 견해는 자기 자신에게서 나온 감정과 마음을 진실하고 솔직하게 표현하는 것은 '참된 글이자 살아 있는 글'이지만, 당시 사람들이 문장의 전범이라고 여겨 추종하는 중국의 고문만을 힘써 배우고 익혀 모방하거나 흉내 낸 글은 거짓으로 꾸미고 억지로 힘쓴 가짜 글이자 죽은 글에 불과할 뿐이라는 새로운 시대의 글쓰기 철학이었다. 그리고 영처와 동심의 미학을 바탕으로 한 글쓰기 철학의 연장선상에서, 이덕무는 글쓰기를 비롯해 자신이 하는 모든 일이 어린아이의 소꿉놀이와 같다고 말한다.

우리 무리가 하는 일이라는 게 마치 어린아이들이 상수리나무 열매와 대합조개 껍질로 그릇을 삼고, 모래를 모아서 쌀로 삼고, 깨진 사기 조각으로 돈을 삼아서 서로 물건을 주고받기도 하고 시장에서처럼 상품 거래를 하기도 하는 소꿉놀이와 정말로 비슷합니다. 하지만 이러한 일에는 지극한 즐거움이 담겨 있습니다.

_이덕무, 《청장관전서》, 서이수에게 보내다〔與徐而中理修〕

그렇다면 이제 본격적으로 영처의 철학 속에 동심의 미학을 담았던 이덕무가 남긴 글 속 동심의 세계를 찾아가보자. 먼저 아무짝에도 쓸모없고 아무런 볼품도 없어 누구도 쳐다보지 않는 까치집에 상량문을 짓는 것만 보아도, 장난치고 소꿉놀이하는 어린아이마냥—아무런 목적도 이유도 없이—단지 좋아하고 즐거워서 글을 썼던 이덕무를 쉽게 만날 수 있다.

삼호三湖(지금의 한강 마포)의 외삼촌 댁에는 큰 산수유나무가 있었다. 내 나이 열아홉 살인 기묘년(1759년) 겨울 11월에 까치가 그 산수유나무 꼭대기에 집을 지었다. 그런데 까치는 집을 절반가량 짓다가 가버리고 오지 않았다. 그때 외삼촌이 "네가 집을 지을 때 적는 상량문을 지으면 까치가 집을 완성하지 않을까?" 하고 말씀하셨다. 그 말씀을 듣고 내가 붓을 들어 상량문을 지었다. 그 글이 익살스러웠으나, 까치가 마침내 집을 완성했다. … "별세계가 따로 없다. 강 언덕의 기둥 하나가 허공에 의지하고 있구나. 신선이 산다는 훌륭한 집이 아닌가? 내려다보니, 온 세상이 아른아른 아홉 점의 연기처럼 작아 보이는구나. … 상량한 후에 비둘기에게 빼앗겨 집을 잃지 말고 메뚜기처럼 많은 자손을 낳기를 바라노라. 난새처럼 멈추고 고니처럼 그치며 봉황의 깃털처럼 아름다운 풍채를 길이 전하고 곰처럼 당기고 새처럼 펴서 아무 병 없이 오래도록 잘 살기를 바라노라."

_이덕무, 《청장관전서》, 까치집 상량문(鵲巢上樑文)

이덕무는 어린아이의 지혜와 식견이 때로는 어른은 결코 표현할 수 없는 묘한 경지에 들게 한다고 탄복하면서, 자신의 아홉 살 된 아우 정대鼎大의 사례를 소개한다. 이덕무는 아무리 나이 어린 동생이라고 해도, 그 말과 표현 하나하나를 귀 기울여 듣고 한 치의 망설임도 없이 글로 옮겨 적어두곤 하였다. 때 묻은 세속의 견문이니 도리니 하는 것에 물든 어른의 세계에게서는 결코 들을 수 없는 말과 표현이었기 때문이다.

내 어린 아우 정대는 이제 겨우 아홉 살이다. 타고난 성품이 매우 둔하다. 정대가 어느 날 갑자기 말했다. "귓속에서 쟁쟁 우는 소리가 나요." 내가 물었다. "그 소리가 어떤 물건과 비슷하니?" 정대는 이렇게 대답했다. "그 소리가 동글동글한 별 같아요. 보일 것도 같고 주울 것도 같아요." 내 가 웃으면서 말했다. "형상을 가지고 소리에 비유하는구나. 이는 어린아 이가 무의식중에 표현한 천성의 지혜와 식견이다. 예전에 한 어린아이가 별을 보고 달 가루라고 말했다. 이와 같은 말 등은 예쁘고 참신하다. 때 묻은 세속의 기운을 훌쩍 벗어났다. 속되고 썩은 무리가 감히 할 수 있는 말이 아니다."

_이덕무, 《이목구심서》

어린아이의 소꿉놀이처럼 세상을 바라보면 인간사와 세상 만물 모두 가 기이한 구경거리이다. 글쓰기를 어린아이의 장난치고 재롱떠는 놀이 처럼 여기면, 세상 그 어떤 것도 글쓰기의 소재가 되지 않는 것이 없고 창 작의 원천이 아닌 것이 없게 된다. 그러한 글에도 세상과 사물의 지극한 이치나 자연과 우주의 조화를 담을 수 있고, 천지의 장관과 고금의 기이 함을 모두 갖출 수 있다.

어린아이의 울고 웃는 모습과 시장 사람들이 물건을 사고파는 모습 또 한 익히 관찰하다 보면 그 무엇을 느낄 수 있다. 사나운 개가 서로 싸우 는 모습과 영악한 고양이가 스스로 재롱떠는 모습을 가만히 관찰하다 보면 지극한 이치가 그 속에 있다. 봄누에가 뽕잎을 갉아 먹는 것과 가을 나비가 꽃 꿀을 채집하는 것에는 하늘의 조화가 그 속에서 움직이고 있 다. … 이 모두가 지극히 세밀하고 지극히 미미한 것이지만 제각각 그 속 에는 끝을 알 수 없는 지극히 오묘하고 지극히 변화하는 만물의 원리가 담 겨 있다. 무릇 천지의 높고 넓은 것과 고금의 오고 가는 것을 관찰하면 이 또한 장관이고 기이하지 않는 것이 없다.

그런데 도대체 개나 고양이 같은 짐승과 누에와 나비 같은 벌레나 곤충에게서 어떻게 세상의 이치나 천지의 조화를 볼 수 있다는 말인가? 여기에서는 박지원과 마찬가지로 이덕무의 중요한 사우 중 한 사람이었던 홍대용洪大容이 지은 《의산문답毉山問答》 속 '허자虛子'와 '실옹實翁'의 대화를 주목해볼 만하다. 사람의 입장이 아닌 하늘의 입장에서 본다면, 사람과 동물과 식물은 모두 평등하고 균등한 가치를 지니고 있기 때문에 귀천의 등급이 있을 수 없다는 실옹의 말에 허자가 심하게 반발하면서 이렇게 말한다. "하늘과 땅 사이의 생물 가운데 오직 사람만이 귀한 존재입니다. 저 금수나 초목은 지혜도 깨달음도 없습니다. 더욱이 예법과 의리는 알지도 못합니다. 그러므로 사람이 금수보다 귀하고 초목이 금수보다 천하다고 할 수 있습니다." 이에 실옹은 사람이 세상을 살아가면서 동물과 식물로부터 도움을 받지 않는 것이 없었다고 하면서, 벌로부터는 인간 사이의 의리를, 개미에게서는 군대의 진법을, 박쥐에게서는 예절의 제도를, 거미에게서는 그물 치는 방법을 각각 배워서 취했다고 일러준다. 이렇게 태곳적 사람들은 학문과 지식이 아니라 만물을 스승으로 삼아 배웠다. 그것은 많은 견문과 지식을 쌓은 어른의 논리적 사고나 이성적 사유가 아닌 천연의 본성 그대로의 존재, 즉 어린아이의 눈과 마음으로 사물을 보았을 때만 얻을 수 있는 지혜와 식견이다.

내가 예전에 서리 조각을 보니 거북 무늬와 같았다. 최근에 다시 보니 어떤 것은 비취 털과 같고 또 어떤 것은 아래에 작은 줄기 하나가 있는데 아주 짧고 가늘고 위에는 마치 좁쌀처럼 보이는 것이 서로 모여 있는데 반드시 여섯 개가 모두 뾰쪽하게 곧추 서 있었다. … 성애는 서리와는 크게 달라서 마치 처마 사이의 깊숙하고 은밀한 곳이라고 해도 만약 나무 조각이나 갈대 혹은 헝클어진 터럭과 엉켜 있는 실만 있으면 아무런 이유 없이 그곳에 꽃을 피운다. 대개 안개 기운과 같은 종류가 하늘과 땅 사이에 빽빽하게 가득 차서 가로 흘러넘치고 급하게 내달아 비록 처마 사이라고 해도 기운이 통하는 곳에는 들어가서 꽃을 피우는 것이다. 이 또한 한 가지 기이한 구경거리이다.

_이덕무,《이목구심서》

항상 동심을 간직하고 있었기 때문이었을까? 이덕무에게는 지극히 가늘고 작은 사물에 불과한 개와 고양이와 누에와 서리와 성애가 기이한 장관이자 구경거리였다. 그는 그것들에서 세상의 원리와 무궁한 조화의 이치를 볼 줄 알았다. 그리고 그 지극히 가늘고 작은 사물들을 글로 묘사하고 표현하는 것을 큰 즐거움으로 삼았다. 박지원 역시 이덕무처럼 지극히 미미한 사물에서 지극한 경지와 하늘과 자연의 묘한 이치를 읽었다. 박지원의 둘째 아들이자 19세기 말 개화파의 스승이었던 환재桓齋 박규수朴珪壽의 아버지인 박종채朴宗采는 아버지 박지원의 생전 언행을 기록한《과정록過庭錄》을 저술했다. 그곳에서 박종채는 박지원이 이런 말을 자주 했다고 적었다. "비록 지극히 미미한 사물, 예를 들자면 풀과 꽃과 새와 벌레도 모두 지극한 경지를 갖추고 있어서 하늘과 자연의 묘한 이치를 볼 수 있다"라고.

어른들은 대개 어린아이의 감정과 마음과 생각을 사소하고 보잘것없고 하찮은 것이라고 여긴다. 전통적으로 어린아이는 아직 어른이 되지 못한 미성숙하고 무지몽매한 존재로 인식되거나 묘사되었다. 이러한 시각에서 보면, 어린아이는 단지 훈육의 대상이었을 뿐이다. 예를 들자면, 율곡 이이는 어린아이를 가르치는 교육용 저서의 제목을《격몽요결擊蒙要訣》이라고 지었다. "어리석고 어두운 어린아이를 두들겨 깨우치는 요결(핵심 비결)"이라는 뜻이다. 그러나 박지원과 이덕무의 주장을 따라가다 보면, 지극히 미미한 동심을 통해 오히려 세상 만물과 우주 자연의 오묘한 이치와 무궁무진한 변화까지도 깨우칠 수 있지 않을까? 또한 동심의 미학을 통해 문장의 오묘한 이치와 글쓰기의 지극한 경지에 오를 수도 있지 않을까?

이 의문에 대한 답을 찾아 이제 조선을 떠나 중국과 서양으로 눈을 돌려보자. 18세기 조선에서 이덕무와 박지원이 어린아이를 천진한 본성과 순수한 마음을 가진 긍정의 존재로 재발견, 재해석하면서 글쓰기의 철학과 미학의 수준으로까지 끌어올렸던 것처럼, 명나라 말기인 16세기 말엽 중국에서는 이탁오李卓吾(1527~1602)라는 문장가이자 철학자가 '동심설童心說'을 짓고 "천하의 명문은 동심에서 나오지 않는 것이 없다"는 파격적인 문장론을 주창했기 때문이다. 또한 18세기 중반 프랑스의 계몽사상가 장 자크 루소Jean-Jacques Rousseau(1712~1778)는 서양 지성사와 철학사에서 '어린아이의 발견'이라고까지 평가하는《에밀Emile》을 저술해, 어린아이는 미완성의 어른이 아니기 때문에 어린아이의 영혼, 곧 동심의 완전성을 보전하는 것이야말로 자연의 본성과 법칙을 존중하는 것이라고 역설했다. 더욱이 19세기 중후반 독일의 철학자 프리드리히 니체Friedrich Wilhelm Nietzsche는 어린아이를 새로운 가치의 창조와 새로운 글쓰기, 곧 창작의 원천에 자리하고 있는 이른바 '창조와 긍정'의 본원적인 존재로 자리매김했다.

유교반도의 운명,
"내 책을 불사르고 감추어라"

● 이탁오

이렇듯 동양과 서양을 막론하고 '동심'을 미학의 본원이자 창작의 원동력으로 바라본 새로운 사고가 18세기를 전후해 본격적으로 등장하기 시작해 여러 세대의 문인과 철학자들을 사로잡았던 지성사적·문학사적 현상과 사건이 되었다는 사실은 역사가 입증하고 있다. 그것은 일종의 세계사적 흐름이었다. 사실 이덕무의 영처의 철학은 독특했지만 독창적인 것은 아니었다. 이덕무가 영처의 철학을 드러낸 '영처고자서'를 쓴 시기는 1760년 무렵이다. 그런데 '동심설'이 실려 있는 이탁오의 저서 《분서焚書》는 1590년에 출간되었다. 글을 쓴 시기는 대개 글을 모으고 엮어 출간한 시기보다 빠르기 때문에, 가장 짧게 잡는다고 해도—이덕무의 영처의 철학보다—최소 170년이나 앞서 이미 이탁오가 동심의 미학이라는 독창적인 문장론을 주장했다고 볼 수 있다.

자신이 저술한 책을 가리켜 '불살라야 할 책'이라는 뜻의 《분서焚書》와 '감추어야 할 책'이라는 뜻의 《장서藏書》라고 부르기를 주저하지 않았던 데에서 알 수 있듯이, 이탁오는 중국 철학사 최고의 문제적 인물이자 사상적 이단자였다. 특히 그는 이른바 '도학道學'이라 불리며 사상적 통제와 이념적 공포정치를 자행했던 명나라의 성리학에 맞서, 이른바 도학자라는 놈들은 "겉으로는 도덕과 의리를 목청껏 외친다. 그러나 마음속으로는 부귀를 노릴 뿐이다. 옷차림은 그럴듯하게 꾸미고 다닌다. 그러나 그 행실은 개나 돼지와 하등 다를 게 없다"고 비판하면서 공공연하게 반도학反道學을 부르짖었다. 더욱이 《속분서續焚書》의 '삼교귀유설三敎歸儒說'에서는 유가와 도가와 불가는 명칭만 다를 뿐 그 학설과 가르침의 근본은 동일하기 때문에 "세속의 괴로움에서 벗어나려는 뜻을 품고, 부귀의 고통에서 탈출하고자 하는 사람들은 끊을 것을 단호하게 끊고 머리를 깎아 화상和尙이 되지 않을 수 없다"고 역설했다. 그리고 실제 관직을 내던지고 스스로 머리를 깎고 중의 행색을 한 채 일정한 거처를 두지 않고 방랑하는 삶을 살았다. 이로 인해 이탁오는 생전 가는 곳마다 도학을 신봉하는 성리학자들의 공격을 받고 핍박을 견뎌내야 했다.

그러다가 결국 나이 76세가 되던 1602년 3월 반도학과 반유학의 사상으로 세상을 어지럽히고 다닌다는 탄핵을 받아 체포되어 투옥되고 만다. 그렇지만 이탁오는 모진 고문 속에서도 끝까지 자신의 주장을 굽히지 않았고, 끝내 간수에게서 머리를 깎는 면도칼을 빼앗아 스스로 목을 베어 죽음을 맞이하는 당당함으로 자신의 신념을 지켰다. 동아시아 철학사상 가장 위험하고 불온했던 이단자이자 유교반도儒敎叛徒였던 이탁오의 죽음 이후 40여 년이 지난 1644년 마침내 명나라가 멸망하고 청나라가 새로이 들어섰다. 그렇지만 그 사상적 불온성과 위험성 때문에 이탁오의 책《분서》와《장서》는 여전히 금서로 묶여 있다가, 20세기 초 청나라 왕조가 쇠퇴하고 중국에 근대화 바람이 불기 시작하면서 비로소 주목을 받게 되었다.

그런데 역설적이게도 이탁오는 그 철학의 불온성과 위험성 때문에, 성리학의 보수적·폐쇄적인 경향과 '주자의 학설과 경전 해석만이 천하의 진리'라고 주장하는 교조적인 견해에 반발했던 조선의 지식인과 문인들에게는 그만큼 매력적인 인물이기도 했다. 그러한 까닭이었을까? 이탁오의 불온한 사상과 최초로 접촉한 조선의 지식인은 다름 아닌 교산蛟山 허균許筠이었다. 허균은 1615~1616년 무렵 명나라에 사신으로 갔을 때 이탁오의 저서를 보고 몰래 구입해왔을 것으로 짐작된다. 당시 동지 겸 진주부사로 명나라에 파견되었던 허균은 《을병조천록乙丙朝天錄》이라는 사행使行 시집을 남겼는데, 이곳에 '독이씨분서讀李氏焚書', 즉 '이씨 분서를 읽고'라는 제목의 시가 실려 있다.

맑은 조정에서 독옹禿翁(이탁오)의 책을 불살랐지만
그가 남긴 도는 오히려 다 태우지 못해 남아 있네.
저기 불가와 여기 유학에서 말하는 깨달음은 동일한데
세상 사람들 잘못된 의론 제멋대로 뒤섞여 시끄럽네.
…
뒤늦게나마 이탁오가 남긴 인물론을 읽어보니
비로소 선현이 저술한 책 속의 사람들을 알겠네.

또한 허균은 중국의 서적과 문헌에서 취한 글을 모아 엮은 《한정록閑庭錄》 제13권 중 '현상玄賞'에서 '이씨분서李氏焚書'라고 기록해 이탁오의 《분서》를 직접 인용했음을 밝히고 있다. 여기에서도 허균과 이탁오의 사상적 만남을 재차 확인할 수 있다. 16세기 말 이탁오가 중국의 유교반도였다면, 조선의 유교반도는 허균이었기 때문에—비록 《분서》라는 책을 통해서였지만—그들의 만남은 어쩌면 필연이었는지도 모를 일이다.

어쨌든 이탁오의 저서는 금서로 지정되어 철저하게 탄압받고 통제당했다. 그에 대한 평가 역시 극단적인 비난과 열렬한 찬사가 항상 공존했다. 그러나 유학, 특히 성리학의 도그마에서 벗어나 보다 자유롭고 개성적인 철학과 참신하고 창의적인 미학을 추구했던 지식인과 문장가치고 이탁오의 사상 특별히 '동심설'의 영향을 받지 않았던 이가 없었다고 해도 과언이 아닐 만큼, 그는 동아시아 문학사에서 독보적인 존재가 되었다.

무엇보다 앞서 명나라 말기 문단을 주도했던 이른바 '공안파公安派'의 원종도袁宗道, 원굉도袁宏道, 원중도袁中道 삼형제가 "고문에 대한 맹종과 모방을 배격하고 시대의 흐름에 따라 통변通變할 것을 주장한 것"이나 "작가의 개성을 중시하고 진심의 표현과 발현을 옹호하는 것" 그리고 "민요나 소설 등 통속문학의 가치를 긍정하는 것" 등에서도 이탁오의 문장론과 글쓰기 철학의 강력한 영향을 확인할 수 있다. 특히 허균은 이탁오의 영향을 받아 명말청초의 문장 혁신 운동을 이끈 공안파의 선두주자였던 원굉도의 글 '병화사瓶花史'와 '상정觴政'을《한정록》제17권과 제18권에 실어놓았다. 그것은 일찍이 조선에서는 찾아볼 수 없는 실험 정신이 돋보이는 참신한 문체이자 창의적인 문장이었다. 이러한 원굉도의 창의적이고 실험적인 글쓰기는 조선에 와서는 이덕무의 '적언찬適言讚'에 이르러서야 다시 빛을 보게 된다.

조선 후기 문학사를 볼 때, 이덕무와 박지원 등 북학파 지식인과 문인들의 글이 원굉도를 비롯한 공안파의 영향을 받았다는 것은 비교적 널리 알려진 사실이다. 심지어 강명관 교수는 박지원의 글은 양명좌파와 공안파로부터 '사유의 틀'을 통째로 빌려왔다고까지 주장했다.[1] 여기에 대해서는 논란의 여지가 있지만, 어쨌든 북학파의 새로운 문체와 글쓰기는 대부분 공안파에게 큰 영향을 받았다. 따라서 이 과정에서 이탁오의 '동심설'은—직접적으로든 아니면 공안파의 글을 통해 간접적이든—어떤 경로를 통해서든 그들에게 전달되었을 것으로 짐작된다. 그러한 이유로 이덕무와 박지원의 영처의 철학과 동심의 미학은 이탁오의 '동심설'과 따로 떼어놓고 생각할 수 없다.

이탁오는 동심이란 곧 진심이라고 말한다. 동심을 잃게 되면 진심을 잃는 것이다. 따라서 그러한 사람의 말과 글은 이미 순수함과 진실함이라고는 찾아볼 수 없는 거짓일 뿐이다. 이탁오의 '동심설'은 원나라 때 유행한 잡극 중 하나인 〈서상기西廂記〉의 끝 부분에 감상평을 적어놓은 안균安鈞(안산농顔山農)의 "지혜를 갖추고 이치에 밝은 사람이라면 나에게 아직 동심이 남아 있다고 말하지 말라"는 말을 소개하는 것으로 시작된다. 유학과 성리학의 기준에서 본다면 언급할 가치조차 없는 통속적인 잡극의 희곡이 이탁오에게는 아주 가치 있는 문장 비평의 소재이자 글쓰기 철학의 재료였다. 안균은 출생과 사망년도조차 제대로 알 수 없는 명나라 말기 평민 출신의 사상가였는데, 중국 철학사에서 급진적이고 진보적인 성향을 띤 양명학 좌파로 분류되는 인물이다. 이탁오와 사상적 계보를 함께할 정도로 이념적 친화력이 높았던 인물이기도 하다.

이탁오는 앞서 이덕무가 지적한 것처럼, 대개 사람들이 글을 잘 지으려고 쌓는 견문과 지식이나 인위적인 경험과 작용이 오히려 '동심'을 가리고 해쳐서 최초의 본심, 곧 진실한 마음을 잃게 만든다고 역설한다. 천진함과 순수한 진정은 앞서도 강조했듯이, 많이 보고 듣고 배운다고 얻을 수 있는 것도 아니고, 억지로 힘쓰고 노력한다고 해서 얻어지는 것도 아니기 때문이다. 따라서 견문과 지식이 쌓이고, 아는 것과 깨닫는 것이 깊어지고 넓어져도 동심을 잃지 않아야 한다. 만약 동심은 잃어버린 채 견문과 지식을 쌓고 이른바 성현의 가르침, 곧 도리와 의리를 알아 말을 하고 글을 짓게 된다면, 그러한 말과 글은 자신의 참된 감정과 마음에서 나온 것이 아닌 다른 사람(성현)의 말과 글을 옮겨 적은 '거짓된 말과 글'에 불과할 뿐이다.

견문과 지식, 도리와 의리가 마음을 차지하고 정신을 지배할수록 도리어 동심을 잃게 되어 '진짜 나'가 아닌 '가짜 나'가 되고 '진짜 나의 진짜 글'이 아닌 다른 사람의 말과 글을 따라 하는 '가짜 나의 가짜 글'을 지을 뿐이라면, 도대체 어떻게 해야 한다 말인가? 이에 대해 이탁오는 이렇게 말한다. "천하의 명문치고 동심에서 나오지 않는 것이 있느냐?"라고.

> 천하의 지극한 문장은 동심에서 나오지 않는 것이 없다. 만약 사람이 항상 동심을 보존할 수만 있다면 도리가 행해지지 않고 견문이 행세하지 못하게 되므로, 아무 때나 글을 지어도 훌륭한 문장이 되고, 아무나 글을 지어도 훌륭한 문장이 되고, 어떤 양식과 문체와 격식과 문자를 창제한다고 해도 훌륭한 문장이 아닌 것이 없게 될 것이다.
>
> _이탁오, 《분서》, 동심설

그리고 여기에 덧붙여서, 이탁오는 고시와 고문만이 진정한 글이고 근체시나 전기나 잡극의 희곡이나 소설 등을 멸시하고 배척하는 것이야말로 시대의 변화에 따라 변통할 줄 모르는 문장의 폐단이자 악습이라고 비판했다. 더욱이 여기에서 한 발 더 나아가 그는 유학의 경전들은 사관이 지나치게 숭상한 말이거나 혹은 사람들이 극도로 찬양하고 미화한 언어일 뿐이라고 말했다. 심지어 세상물정 모르는 멍청한 공자와 맹자의 제자들이 스승의 말씀을 제대로 기억하지 못해 앞뒤를 잘라먹거나 빼먹은 채 자신들의 견해를 제멋대로 아무렇게나 끼워 넣어 기록한 것에 불과하다면서, "나는 동심에서 우러나온 문장에는 진실로 감동한다. 하지만 이른바 육경六經이니 《논어》니 《맹자》니 하는 것 등은 도학자가 입으로만 나불대거나 자신을 내세우기 위한 명분에 불과하며 거짓으로 가득 찬 사람들이 모여드는 본거지일 따름이다. 따라서 육경과 《논어》와 《맹자》 속 글들이 동심에서 우러나온 말이 아니라는 것은 너무나 명백하다"는 극언을 주저하지 않았다. 그런 의미에서 '동심설'은 유학의 근본적인 가르침에 대한 전면적인 거부와 저항을 선언한 이탁오의 반시대적인 철학과 문장론의 정수라고 평가할 만하다. 그는 특정 사상과 이념은 물론 어떤 전통과 규범, 관습과 도덕에도 얽매이지 않았던 자유정신과 의지의 결정체였다.

시는 어째서 반드시 고선古選《문선文選》을 전범으로 삼아야 하는가? 문장은 어째서 반드시 선진先秦을 규범으로 삼아야 하는가? 후대로 내려와 육조六朝 시대가 되면 시는 변화해 근체시近體詩가 되었다. 다시 변화해 전기傳奇가 되었고, 또한 변화해 원본元本이 되고 잡극雜劇이 되었다. 다시 〈서상곡西廂曲〉이 되고, 〈수호전〉이 되고, 지금의 과거 시험용 문장인 팔고문八股文이 되었다. 이러한 것들은 모두 고금의 지극한 문장으로 시대의 흐름과 유행의 선후만으로 논해서는 안 된다. 이러한 까닭에 나는 동심에서 우러나온 지극한 문장에는 진실로 감동한다. 여기에 어찌 다시 육경을 말하겠는가! 여기에 어찌 다시 《논어》와 《맹자》를 말할 필요가 있겠는가? … 아아! 나는 어떻게 해야 동심을 잃어버리지 않은 진정한 대성인을 만나 한 마디의 말과 한 구절의 문장이라도 함께할 수 있을까?

_이탁오,《분서》, 동심설

안타깝게도 조선의 지식인과 문인들은 비록 주자 성리학에 속박당하기를 거부하기는 했지만, 이탁오에게서 볼 수 있었던 것처럼, 공자나 맹자 등 유학의 성현을 넘어서려는 불온하고 위험한 시도는 감히 시도조차 못했다. '동심과 진심'이나 그것을 해치는 '견문과 지식과 도리와 의리' 혹은 '진짜 나'와 '가짜 나'의 중간쯤에서 어중간한 입장을 보였다고나 할까? 그래서인지는 몰라도 실제 이덕무와 박지원만 해도 그들의 문집과 여러 저작 속 글과 기록들을 읽으면, 이들이 때로는 '중화론에 입각한 성리학을 추종하는 사람'으로 보였다가 때로는 '중화론과 성리학을 거부하거나 그것에 저항하는 사람'으로 보이기도 한다. 이러한 이중적인 태도와 모순적 상황을 어떻게 해석해야 할지 필자도 한때는 난감했지만 지금은 이렇게 생각한다. 분명 이들은 성리학적 사유와 세계관의 견고한 감옥에 구속당한 채 평생의 삶을 살아야 했다. 성리학은 일종의 정치권력이자 지식-문화 권력이면서 동시에 일상의 삶을 지배했던 관습과 도덕이었다. 실제 무서운 것은 특정한 상황과 조건에서 마주하게 되는 정치권력과 지식-문화 권력이 아니라 일상의 삶을 지배하는 관습과 도덕이다. 과거 공부와 과거시험용 문장에 대한 뜻을 버렸던 것처럼 정치권력과 지식-문화 권력에 대해서는 거부하고 저항하고 탈주하기가 쉽지만, 일상의 삶 속에 깊게 자리하고 있어서 피하려고 해도 피할 수 없는 관습과 도덕은 거부하거나 저항하거나 탈주하기가 쉽지 않다.

천주교 신앙 때문에 제사를 거부한 윤지충尹持忠 등 남인 계열의 사대부들의 경우를 예로 들어보자. 그들은 천주교 신앙으로 인해 처벌받기도 했지만, 이보다도 유학의 관습과 도덕인 제사를 거부했다는 이유 때문에 가문에서 파문당하고 내쫓겨나는 신세가 되었고 심지어 목숨을 잃는 등 더욱 가혹한 형벌을 받았다. 즉 성리학을 부정하고 천주교 신앙을 갖는 것은 백번 양보해 용납할 수도 있지만, 조상을 섬기고 모시는 유학의 관습과 도덕을 거부하는 것은 결코 용납할 수도 용서할 수도 없는 패륜적인 행위로 간주되었다. 오늘날 우리가 진보적이고 개혁적인 지식인 그룹이라고 말하는 18세기의 실학자들, 즉 성호학파와 북학파의 지식인과 문인들은 이러한 사상적 모순과 존재론적 갈등 속에서 평생을 보냈다고 해야 할 것이다. 따라서 그들의 글과 기록을 읽을 때는 성리학적 흔적과 유학적 편린을 보려고 하기보다는 성리학적 사유와 유학적 관습과 도덕을 넘어서려고 했던 저항과 탈주의 흔적들을 보려고 해야 한다. 그것은 그들이 조선이라는 시대적 한계와 사대부 출신이라는 사회적 경계와 유학을 전면적으로 부정하거나 거부할 수 없었던 사상적 한계와 이념적 경계 속에서 살아야 했다는 역사적 사실을 인정하면서, 그들이 남긴 글과 기록을 독해해야 한다는 얘기다.

그런 점에서 이탁오는 동양적 사유의 경계와 사상적 한계를 뛰어넘어 가장 솔직하고 진실하게 자신의 생각과 입장을 밝힌 독보적인 철학자이자 문장가라고 부를 만하다. 한마디로 말해 그는 자신이 주장한 동심의 철학을 궁극의 경계까지 밀어붙인 유일무이한 인물이었다. 이러한 까닭에 필자는 이탁오야말로 '동양의 니체'였다고 말하고 싶다. 오늘날 니체 철학의 핵심 테제 중 하나로 회자되고 있는 '관습과 도덕의 전복과 해체'를 용맹하게 시도한 동양의 철학자가 다름 아닌 이탁오이기 때문이다.

그러한 이탁오의 모습을 가장 쉽게 발견할 수 있는 곳이 공자와 맹자를 직접적으로 겨냥해 비난하고 조롱한 글들이다. 이것은 서양적 사유와 사고, 기독교적 관습과 도덕이 지배하는 세계에서 하나님과 예수 그리스도를 직접적으로 비난하고 부정한 니체의 글들에 비견할 만하다. 그것은 사회적 파문과 매장을 각오하지 않는 한 감히 시도할 엄두조차 내기 힘든 혁명적인 발상이자 모험이다. 그런데 이탁오는 '동심설'에서 동심을 해치는 주범으로 지목한 견문과 지식과 도리와 의리의 장본인이, 다름 아닌 공자와 맹자였다는 사실을 공개적으로 밝히는 글을 주저 없이 세상에 내놓았다. 무엇을 존경하고 어디를 존경해야 하는지 알지도 못하면서 모든 사람이 공자를 존경한다고 떠드니까, 무작정 그들을 따라서 공자를 존경한다고 짖어댔던 나이 오십 이전의 자신은 '한 마리의 개'에 불과했다는 도발적인 발언을 담고 있는 '성교소인聖敎小引'이라는 글을 읽어보자.

나는 어렸을 때부터 성현의 가르침을 읽었다. 그렇지만 도대체 성현의 가르침이라는 게 무엇인지는 잘 모르겠다. 나는 공자를 존경한다. 그렇지만 도대체 공자의 무엇이 존경할 만한 것인지는 잘 모르겠다. 이것은 이른바 난쟁이가 저잣거리에서 구경을 하다가 다른 사람들이 웃고 떠드는 소리에 따라 (실제로 보지도 못하고선) 함께 웃고 떠드는 꼴에 불과했다. 나는 나이 오십 이전에는 진실로 한 마리의 개일 뿐이었다. 앞에 있는 개가 자신의 형상을 보고 짖어대면 또한 그 소리에 따라 짖어대는 것과 다름없었다. … 오호라! 나는 지금에 와서야 나의 공자를 알게 되었고 더이상 다른 소리를 따라 짖지 않게 되었다. 옛날에는 난쟁이에 불과했던 내가 노년에 이르러 마침내 장인長人(키다리)으로 성장한 것이다.

_이탁오,《속분서》, 성교소인

맹자를 향해서는 더욱 혹독한 비판을 남겼는데, 이탁오는 맹자의 말과 글이란 모두 일정한 논리에 집착하여 자신의 의견을 내놓은 것에 불과하다고 주장한다. 그러면서 한 가지 주장에 집착하지 않아야 넓고 깊게 변통할 수 있는데, 맹자는 자신의 논리와 견해에 집착하느라 아집과 편견이 가득한 말과 글만 남겼을 뿐이라고 혹평했다.

맹자의 말과 글이란 일정한 논리에 온통 마음이 매달리고 얽매여서 자신의 의견을 펼치고 죽은 언어로 사람을 살리려고 했다는 비판을 모면할 수 없다. … 만약 한 가지로 정해진 논리에만 얽매여서 죽은 책을 보존하거나 간행해 세상과 후세에 유통하려고 한다면, 이것은 한 가지 일만을 지키려고 온통 그것에 매달리는 집일執一일 뿐이다. 그런데 집일이란 다시 말하자면 도를 망치는 장본인일 따름이다. … 한 가지 논리와 견

해에 매달리지 않아야 마땅히 통행通行할 수 있고, 죽은 법식이나 법칙
따위에 얽매이지 않아야 마땅히 세상을 살릴 수 있다.

_이탁오,《장서》, 덕업유신德業儒臣, 맹가孟軻

　그러나 조선사 최초로 이탁오의 저서를 접한 기록을 남겼던 허균이 역
적의 죄를 뒤집어쓰고 죽은 이후, 이탁오의 영향을 받은 흔적을 남긴 조
선의 지식인과 문인들은 찾아볼 수 없게 되었다. 더욱이 인조반정 이후
중화주의와 주자 성리학의 이념과 질서를 강력히 세웠던 우암尤庵 송시
열宋時烈 등 서인 노론 계열의 정치권력과 지식-문화 권력이 조선의 17세
기를 장악하게 된 이후, 주자학에서 조금이라도 벗어나면 사문난적斯文亂
賊이라는 선가의 보도를 휘둘러 죽이거나 유배형에 처했기 때문에, 이탁
오나 그의 저작을 읽었다거나 혹은 그의 영향을 받았다는 증좌가 될 수
있는 말과 글은 철저하게 배척하거나 숨겨야 했다.
　그런데 18세기에 들어서면 청나라의 정치적 안정과 경제 번영 및 문
화 융성 그리고 조선과 청나라의 활발한 교류와 더불어 수많은 서적들이
연경燕京(북경)의 서점가인 유리창琉璃廠을 통해 조선에 물밀듯이 쏟아져
들어온다. 그러면서 이탁오와 그의 문학적 계승자라고 할 수 있는 공안
파의 영향을 직간접적으로 받게 된 재야의 지식인과 문인들이 공개적으
로 자유롭고 참신하고 창의적이며 개성 넘치는 문장과 글쓰기를 추구하
는 거대한 흐름을 형성해 지성사와 문학사의 무대에 본격적으로 등장한
다. 양명학 좌파와 명말청초의 소품문에 대한 왕조의 금지에도 불구하고
청나라 사신 길인 연행에 나섰던 이들은 중국의 서적들을 대량 구입해 조
선으로 가져왔다. 당시 이름난 장서가만 꼽더라도, 먼저 수만 권의 서적을
소장했던 안산의 유명천柳明天 · 유명현柳命賢 형제, 진천의 이하곤李夏坤,

한양의 이정구李廷龜 후손가 등 18세기 4대 만권당이 있었다. 더욱이 심상규沈象奎는 4만 권, 조병구趙秉龜와 윤치정尹致定이 각각 3~4만 권, 서유구徐有榘가 8천 권, 이서구李書九·원인손元仁孫·이만수李晩秀·정홍순鄭弘淳 가문이 또한 만권루萬卷樓에 육박하는 장서를 가지고 있었다고 한다.[2] 그리고 18세기 조선의 지식인과 문인들 사이에서는 이들 서적을 음으로 양으로 서로 돌려 읽는 독서 풍조가 널리 퍼져 있었다.

금서였던 이탁오의 서적 역시 예외가 아니었다. 그에 관한 증거가 박지원의 《열하일기》 속 '도강록'에 남아 있다. 1780년(정조 4) 음력 5월 말경 한양을 떠난 박지원 일행은 7월 초 계속 내리는 큰비 때문에 발이 묶여 통원보라는 곳에서 며칠을 보내게 된다. 심심하고 답답한 마음을 견디다 못한 박지원은 필담이나 나눌 요량으로 글을 아는 자를 수소문하다가 이름은 부도삼격富圖三格이요, 호는 송재松齋, 자는 덕재德齋라고 하는 이를 만나게 된다. 이때 박지원은 시간을 보낼 요량으로 그에게 책을 빌려달라고 부탁한다. 그런데 부도삼격은 별달리 빌려줄 만한 책은 없고 자신의 아버지가 예전에 연경의 유리창에서 명성당이라는 서점 겸 출판사를 운영할 때 판매하던 서적의 목록이 있다고 말했다. 그러면서 진짜 청심환과 조선 부채를 주면 서적의 목록을 보내주겠다고 한다. 이에 숙소로 돌아온 박지원은 종 시대를 시켜 청심환 한 개와 어두선魚頭扇 한 자루를 건네니, 부도삼격이 손바닥만 한 크기에 몇 장 되지도 않은 작은 책을 시대에게 보내온다. 그것도 모두 빈 종이에 기록된 서목이라고 해야 청나라 사람의 소품 70여 종이었다. 박지원은 몇 장 되지도 않는 걸 가지고 청심환과 부채와 같이 값비싼 대가를 요구한 부도삼격의 뻔뻔스러움에 화가 났다. 그렇지만 이왕 빌려온 책이고 혹시나 새로운 안목을 갖게 해줄지도 모른다는 생각에 손수 베껴 쓴 다음 돌려보내기로 한다. 이때 베낀 '명성당 서목'가운데 바로 이탁오의 책이 등장한다. "《분서》 6책, 《장서》 18책, 《속장서續藏書》 9책 (이지李贄. 탁오卓吾 저著)"이 바로 그 내용이다. 그런데 정작 주목을 끄는 대목은 그 다음에 나오는 "이와 같은 책들은 모두 우리나라에도 있는 것들이다"라는 박지원의 발언이다. 이미 이탁오의 저서가 조선에 들어와 널리 알려져 있었다는 증언에 다름 아니다.

또한 이탁오의 영향을 강하게 받아 명나라 말기 문장 혁신 운동을 주도했던 공안파의 리더 원굉도의 문집인 《중랑집中郎集》을 함께 읽는 모습을 묘사한 이덕무의 글을 보고 있자면, 국가의 금서 조치에도 불구하고 당시에 새로운 지식과 문장을 갈망했던 지식인과 문인들이 몇 명이나 몇십 명의 단위가 아니라 거의 수백여 명에 이르지 않았을까 하는 짐작을 해볼 수 있다. 그리고 이들은 원굉도로 대표되는 공안파의 문장이 출현하는 배경이 되는 이탁오의 혁신적인 문장론 또한 접했던 것으로 보인다.

> 나는 말했다. "과거에는 내가 바로 원중랑袁中郎 (원굉도)이었지. 그런데 근자에는 치천稚川 (이덕무의 외사촌 동생 박상홍朴相洪)이 《중랑집》을 보고 있다고 들었네." 이에 자흠子欽과 함께 여러 편의 시를 지었다. 갑자기 한 격조가 앞으로 나아간 것 같았다. … 자흠이 소리 내어 웃으면서 말했다. "중랑서원을 세워서 내가 위패를 모셔놓고 제사 지내겠는가? 한 사람의 중랑은 비록 없을 수 없겠지만 근자에 들어와 백 사람의 중랑을 만들어서 퍼뜨린 것은 너무 지나친 처사가 아닌가."
>
> _이덕무, 《이목구심서》

이렇듯 자유롭고 참신하고 창의적이며 개성 넘치는 글쓰기를 추구했던 18세기의 시작점에, 성호星湖 이익李瀷의 친조카이자 제자이면서 동시에 성호학파 가운데 최고의 문장가라고 찬사받으며 18세기 문단을 지배했던 기이한 문인 혜환惠寰 이용휴李用休가 있었다. 그는 1708년에 태어나 1782년에 죽음을 맞았기 때문에 온전히 18세기의 사람이었다. 박지원이 1737년생이고 이덕무가 1741년생인 것을 감안하면, 이용휴는 박지원과 이덕무보다 한 세대 앞서 이미 이탁오의 동심의 미학을 자신의 문장에 구현했다고 할 수 있다. 특히 흥미로운 사실은 그의 글 중 '나를 돌려달라'는 뜻을 지닌 '환아잠還我箴'을 읽어보면, 마치 이탁오의 '동심설'을 잠언의 형식으로 옮겨놓은 듯한 느낌을 갖게 한다는 점이다. '환아잠'에서 이용휴는—견문과 도리가 들어와 사람의 마음과 정신을 지배하게 되면 어느덧 동심도 사라지고 만다고 한 이탁오와 비슷한 맥락에서—처음 태어날 때는 천리를 따르던 자신이 지각이 생기면서부터 오히려 자신을 해치게 되었다고 말한다.

그 옛날 최초의 나는 / 순수하게 천리天理를 따랐네. / 지각이 있고 나서부터는 / 해치는 것이 여기저기서 어지럽게 일어났네. / 견문과 지식이 천리를 해쳤고 / 재주와 능력이 천리를 해쳤네. / 사람의 마음을 배우고 세상사를 익히니 / 이리 구르고 저리 구르는 신세에서 벗어나지 못했네. / 다시 특출하게 뛰어난 사람을 받들어 / 아무개 씨니 아무개 공이니 모셨네. / 그들의 권위 끌어들여 내세우며 / 무지몽매한 무리 놀라게 했네. / 이렇게 이미 최초의 나를 잃어버리자 / 참된 자아(眞我) 또한 숨어버렸네. / … / 모든 성인은 지나가는 그림자에 불과하니 / 나는 나 자신으로 돌아갈 것을 구하리라.

_이용휴, 《탄만집歎嫚集》, 환아잠

또한 '정재중에게 주다(贈鄭在中)'라는 글에서는 외부를 보는 눈, 즉 외안外眼이 도리어 내부를 보는 눈, 곧 내안內眼을 해치는 경우를 장님의 사례를 들어 설명하고 있다. 그런데 이것은 외물外物, 곧 견문과 지식 혹은 명예와 출세에 현혹되어 동심, 곧 천진하고 순수하고 진실한 최초의 본심을 잃어버린 경우와 절묘하게 대조를 이룬다.

> 눈에는 두 가지가 있다. 하나는 외부의 사물을 보는 '외안'이고 또 하나는 내부의 마음을 보는 '내안'이다. 외안으로는 사물을 관찰하고 내안으로는 이치를 헤아린다. 그러나 모든 사물에는 이치가 있게 마련이니, 외부의 사물을 보는 외안에 의해 현혹되었다면 반드시 내부의 마음을 보는 내안에 의해 바로잡아야 한다. 그러므로 눈의 용도는 온전히 내부의 마음을 보는 내안에 있다고 하겠다. 더욱이 눈앞이 이것저것으로 가려져 마음이 이리저리 옮겨 다니게 되면 외부의 사물을 보는 외안이 도리어 내부의 마음을 보는 내안을 해치게 된다. 옛사람이 "애초 장님인 나 자신으로 되돌려다오"라고 말했던 이유가 바로 이것이다.
>
> _이용휴, 《탄만집》, 정재중에게 주다

태어날 때부터 눈이 먼 채로 살다가 어느 날 갑자기 눈을 뜨게 된 장님은 오히려 시각과 외물이 방해가 되어 어디가 어디인지 알 수가 없게 되어 버려 우왕좌왕 갈팡질팡 하느라 자신이 매일 찾아가던 집조차 찾아갈 수 없게 되고 만다. 그런데 눈을 감고 다시 장님으로 돌아가면 평소 그가 사용한 감각과 습관 그대로 집을 찾아갈 수 있게 된다. 필자가 생각할 때, 여기에서 이용휴는 이렇게 말하고 있는 듯하다. "만약 당신이 외물, 즉 견문과 지식, 명예와 출세, 권력과 이익에 현혹되어 동심을 잃어버렸다면,

눈 뜬 장님이 다시 장님으로 돌아가 자신의 집을 찾아갈 수 있었던 것처럼 외물의 유혹과 욕망을 과감하게 끊어버리고 본래의 마음, 곧 동심으로 돌아가 다시 시작하라." 이것은 글쓰기뿐만 아니라 세상사와 인간사 모든 것에 적용할 수 있는 하나의 철학적 이정표가 될 수 있을 것이다. 이렇게 본다면 이덕무와 박지원과 이탁오와 이용휴의 경우에서 볼 수 있듯이, 동심의 미학과 진아眞我(진짜 나)의 철학은 유학-성리학이라는 지식-문화 권력에 포획당한 채 유학 혹은 성리학적 사유와 글쓰기에 길들여지기를 거부한 일종의 저항이자 탈주의 글쓰기였다고 해석할 수 있겠다.

그래서일까? 이탁오는 공맹과 주자를 섬기는 도학자들이 군신 간의 의리와 도덕 윤리를 어지럽히는 통속소설이라 배척한 〈수호전〉과 〈삼국지연의三國志演義〉나 인간의 욕정을 부추기고 희롱과 말장난에 불과한 희본戱本이라 비난했던 원나라 때의 잡극이나 금나라 때의 원본이나 명나라 때의 희곡을 '고금의 지극한 문장'이라 높여 칭찬하고 비평하는 것을 주저하지 않았다. 명나라 초기의 희곡 〈배월정拜月亭〉과 원나라 때의 잡극 〈서상기〉는 천연의 아름다움을 띠고 있는 반면 원말명초의 희곡 〈비파기琵琶記〉는 인위적인 기교는 뛰어나지만, 그로 인해 오히려 천지의 자연스러움을 빼앗겨버렸다고 한 《분서》 속 '잡설雜說'은 이러한 이탁오의 문장 비평론을 대표하는 글이다. 바로 천하의 명문이란 인위적인 작용을 가하지 않은 동심, 곧 천진하고 진실한 본성에서 나온다는 '동심설'의 철학과 미학이 무엇인지 구체적으로 알려주는 글이다.

> 문자와 자구를 잘 읽어 문장을 제대로 짰는가, 대우對偶를 세밀하게 뽑아냈는가, 이치와 도리에 의거하고 있는가, 법칙과 제도에 합당한가, 처음과 마지막이 상응하는가, 형식과 내용이 서로 맞는가 하는 등등의 여

러 가지 문제는 모두 문장을 논의하는 잣대가 될 수는 있다. 그렇지만 또한 모두 천하의 지극한 문장을 논의하는 잣대는 될 수 없다. 원나라 때의 잡극이나 금나라 때의 원본은 유희 문학의 가장 뛰어난 작품이다. 〈서상기〉와 〈배월정〉에 인위적으로 만들어진 어떤 기교가 존재하는가? 대개 인위적인 기교로 따지자면 〈비파기〉보다 더한 기교로 만든 작품은 없다. 저 고생高生(고명高明 또는 고칙성高則誠)이란 작가는 진실로 자신의 모든 능력을 다 바쳐 인위적인 기교를 부렸고, 이미 기력을 소진할 정도로 자신의 재주를 모두 쏟아부었다. … 그런데 〈서상기〉와 〈배월정〉은 〈비파기〉와 완전히 다르다. 생각해보면 우주 안에 본래부터 그와 같이 우스운 사람이 존재하는 것은 마치 만물에 천연의 조화가 자연스럽게 빚어내는 아름다움이 존재하는 것과 같다. 인위적으로 기교를 부리지 않아도 본래부터 그것이 지닌 공교함이란 참으로 불가사의할 따름이다.

_이탁오,《분서》, 잡설

여기에 덧붙여, 이탁오는 세상에서 명문이라고 일컫는 글을 쓴 사람은 애초 글을 쓴다는 생각을 하지 않았다고 말한다. 그 가슴속과 그 목과 그 입에 오래도록 묵히거나 쌓인 것을 도저히 참거나 막을 수 없는 지경이 되어버린 사람이 있다고 하자. 그가 어느 순간 문득 감정이 치솟아 일어나고 탄식이 절로 터져 나오고 울분을 마음껏 풀어내고 불평을 거리낌 없이 하소연하고 기구함을 뼛속 깊이 느끼게 되면, 저절로 마치 옥구슬과 같은 문구들을 토하듯 뱉어내고 하늘의 은하수처럼 찬란하게 빛나는 천연의 문장을 짓게 된다. 일부러 글을 쓰려고 하거나 억지로 힘써 감정과 생각을 자아내는 인위적인 작용을 가하지 않아도, 어느 순간—그렇게 하고 싶어서 그렇게 한 것이 아니라—저절로 자신에게서 나온 느낌과 감정과 생각이 있는 그대로 글로 옮겨질 때 비로소 천연의 아름다움을 갖춘 지극한 문장이 된다는 얘기다. 따라서 세상에서 이른바 '이렇게 글을 지어야 맞다'는 가르침은 모두 거짓된 견해이자 일종의 사기일 뿐이다. 그것은 단지 글쓰기의 기교와 기술과 요령을 가르치는 것이기 때문이다. '세상의 지극한 문장'과 '천연의 아름다움을 갖춘 글'은 오로지 동심에서 나오는 것이다. 필자가 서두에 "글쓰기에는 기술과 방법 이전에 반드시 철학이 있어야 한다"고 한 까닭이 바로 여기에 있다. 이제 진정 좋은 글을 쓰려고 한다면 반드시 자기 자신에게서 나온 진실하고 솔직한 감정을 토하고, 생각을 내뱉고, 마음을 풀어내듯이 글을 써야 할 것이다.

작은 어른에서 완벽한 인간으로, 어린이의 발견

• 루소

조선과 중국 혹은 조선과 일본 그리고 동양과 서양을 교차해 역사를 연구하고 고전을 탐독하다 보면 아주 흥미로운 사실을 자주 접하게 된다. 비록 동일한 시대는 아니지만 특정한 역사적 현상과 사건 그리고 학문과 지식과 문화의 경향이 유사성을 띤다는 사실을 적지 않게 발견할 수 있기 때문이다. 물론 동양과 서양은 종교와 사상, 정치체제와 사회구조, 사유체계와 사고방식, 관습과 도덕이 동일하지도 동질적이지도 않기 때문에, 양자의 현상과 경향을 단순 비교하는 것은 분명 무리가 있다. 그러나 기원전인 선진先秦 시대 사상가 한비자韓非子의 저서 《한비자》를 읽어보라.

만약 마키아벨리의《군주론De principatibus》을 읽은 경험이 있는 독자라면 그 유사성에 깜짝 놀랄 것이다. 여기에서 한 발 더 나아가, 필자는 마키아 벨리가 이탈리아의 통일을 위한 새로운 군주로 체사레 보르자Cesare Borgia 를 모델로 삼아《군주론》에서 새로운 국가의 정치 철학을 제시하려고 했다면, 한비자는 전국 시대 중국의 통일을 위한 새로운 군주로 진시황(당시는 진왕秦王 영정贏政)을 모델로 삼아 새로운 국가의 정치철학, 즉 법가의 정치철학을《한비자》에 남겼다고 해석한다. 또한 잘 알려져 있지 않지만 정조가 남긴 어록 중에《일득록日得錄》이라고 이름 붙여진 책이 있다. 이 어록을 로마 제국의 황제 마르쿠스 아우렐리우스Marcus Aurelius Antoninus 의 유명한 수상록인《명상록Tōn eis heauton diblia》과 함께 읽어보라. 정조가 1752년에 태어나 1800년에 사망했고, 마르쿠스 아우렐리우스는 121년에 태어나 180년에 사망했다. 거의 1,600년의 시차를 두고 전혀 다른 공간에서 살았던 이들이다. 그런데 '학자 군주'라 자처했던 정조의 어록과 '철학자 군주'로 일컬어지고 있는 마르쿠스 아우렐리우스의 수상록을 탐독하다 보면, 그들의 고민의 경계와 사유의 흔적의 유사성을 어렵지 않게 발견할 수 있다. 물론 이 두 가지 사례는 그들이 살고 활동했던 공간의 거리 만큼이나 시대적으로도 워낙 큰 차이가 있기 때문에 비교 지성사나 비교 세계사의 측면에서 볼 때 별반 의미가 없다고 할 수도 있다.

그런데 18세기를 전후한 동양과 서양의 지성사와 문학사를 교차 비교 해보면 다르지만 유사한 세계사적 흐름과 맥락을 발견하게 된다. 동심의 철학과 미학을 통해 천진하고 순수하고 진실한 인간의 본래 모습 혹은 자연 그대로의 본성으로 '어린아이를 발견한 사건'이 바로 그러한 경우다. 서양의 지성사와 문학사에서 '어린아이'라는 존재는 별반 가치나 의미가 없었다. 심지어 프랑스의 아날학파 역사학자인 필립 아리에스phillipe Aries

는 '어린아이의 탄생'이라는 역사 연구 주제를 통해 "중세에는 아동기에 대한 의식이 없었다. 처음에 아이들은 어른의 모습으로, 즉 축소된 어른으로 그려질 정도로 아이들의 독자성에 대한 의식이 없었다"[3]라고 밝히기까지 했다. 그러나 18세기에 등장한 프랑스의 대표적인 계몽사상가인 장 자크 루소에 오면, 이제 '어린아이'는 기독교-신학이라는 서양의 지식-문화 권력으로부터 자유롭게 해방되어 인간이 자연 그대로의 본성을 회복할 수 있는 유일한 존재적 의미이자 본원적 가치로 발견된다. '어린아이의 발견'이자 '어린아이의 복음서'라고 불리는《에밀》이 바로 그 저작이다.

여기에서 루소가 '어린아이'를 발견한 까닭 역시 이탁오가《분서》에서 '동심'을 발견한 이유나 이덕무가《영처고》에서 '영처嬰處'를 재발견했던 까닭과 사상적·문학적 맥락이 유사하다. 동양인들이 유학-성리학이라는 지식-문화 권력의 견문과 지식에 포획당한 채 그것의 도리와 의리가 자신의 생각과 마음의 주재자가 되어버리자, 그들은 순수하고 진실한 천연의 본성이자 최초의 본심인 동심을 잃어버렸다. 이로 말미암아 '진짜 나'와 '진짜 말과 글'은 사라지고 '가짜 나'와 '가짜 말과 글'만이 횡행하게 되었다. 이탁오와 이덕무는 이러한 당대의 지식계와 문학계를 비판하기 위해 동심의 철학과 영처의 미학을 주장했다. 동심에서 우러나온 '진짜 나'를 되찾고 '진짜 글'을 써야 한다는 것, 그것이 동심과 영처의 핵심 테제였다.

루소는 기독교-신학이라는 지식-문화 권력과 새로이 등장한 근대 계몽주의 사상이 가장 격렬하게 충돌한 18세기의 프랑스에서 태어나 활동했다. 특히 그는 보통 계몽주의 사상가로 알려져 있지만 또한 계몽주의 사상의 이단자이기도 했다. 인간의 이성을 중시한 계몽주의 사상과는 다르게 인간의 감정을 중요하게 여겼고, 인민주권에서부터 사회주의에 이르기까지 후대의 혁명적 사상가들에게 커다란 영향을 끼쳤기 때문이다. 특별히 그는 프랑스혁명 당시 가장 급진적인 입장을 취했던 공화주의자 로베스피에르Robespierre가 추앙했던 정신적 스승이기도 했다. 어쨌든 루소는 기독교-신학이라는 지식-문화 권력에 맞서 '자연 그대로의 인간'을 해방시키기 위해 평생을 바쳤다고 할 수 있다. 나이 50세가 되던 1762년에 발간한《에밀》은 그러한 그의 삶과 사상을 집대성한 대작이다. 여기에서 루소는 마치 이탁오가 그랬던 것처럼, 기독교-신학의 지식-문화 권력에 포획당해 길들여지기 이전, 즉 '자연 그대로의 인간'을 어린아이에게서 발견했다. 그것은 기독교-신학의 원죄론을 부정하고 무신론을 주창한 계몽주의 철학과 미학의 모태와도 같은 곳이다.

기독교-신학이라는 지식-문화 권력의 관점에서 볼 때, 인간은 예외 없이 태어남과 동시에 '하나님에게 죄 지은 악한 존재'이다. 이 원죄는 하나님의 가르침과 교회의 보호 속에서 구원을 받았을 때만 씻을 수 있다. 그런데 어린아이는 악한 존재인 인간과 그러한 인간으로 가득 찬 세상에서 살아갈 수 있는 능력도 없고 의지도 갖고 있지 못하다. 그래서 그들은 기독교-신학의 가르침과 교육을 받아 하나님과 그리스도를 섬기고 복종하는 삶을 배워야 한다. 그럴 때만이 비로소 원죄를 씻을 수 있고, 악한 세상에 물들지 않을 수 있고, 그리스도와 하나님으로부터 구원받을 수 있다. 여기에서 인간이란 기독교-신학의 교육과 권력에 복종하는 존재 그 이상도 아니고 그 이하도 아니었다. 때문에 필립 아리에스의 지적처럼 이 세계에서는 '어린아이의 독자성에 대한 의식'이 존재할 수 없었다. 구태여 인간을 어린아이와 어른으로 구분할 필요가 없었던 것이다. 만약 어린아이에 대한 인식이 있었다면, 그것은 '어른이 되기 전의 인간' 혹은 '축소된 어른' 정도였다. 심지어 필립 아리에스는 "아동기는 어린아이가 아직 자립하지 못하는 가장 취약한 시기로 축소되었다. 그리고 이어 겨우 신체적으로 자립할 수 있게 된 어린아이(고작 7~8세 무렵)는 어른들과 섞여 일과 놀이를 공유했다"[4]고 했다. 그러면서 이것은 "어린아이에 대한 일종의 무관심 혹은 전통적인 무관심" 때문일 것이라고 주장했다. 즉 신체적으로 독립할 수 있는 때가 되면 나이가 5세든 6세든 7세든 상관없이, 그는 기독교-신학의 울타리 안에서 일과 놀이와 교육을 병행해야 하는 '애 어른'일 뿐이었다.

그런데 루소는《에밀》의 첫 시작 부분에서부터 이러한 기독교-신학의 세계와 전통 사회의 관념을 거부한다. 그는 이렇게 말한다. "모든 것은 조물주의 손에서 나올 때는 완전하지만 인간의 손에 들어오면 변질되고 만다"라고. 이 말은 인간은 태어날 때부터 원죄를 지닌 악한 존재라는 기독교-신학의 인간관에 대한 전면 부정이었다. 그리고 모든 것은 조물주의 손에서 나올 때 완전하다는 것은 곧 인간은 어린아이였을 때 가장 완전한 존재라는 말에 다름 아니다. 루소는 계속해서 말한다. 인간은 모든 것을 자연이 만들어놓은 그대로의 상태로 두려고 하지 않는다. 인간 자신도 예외가 아니다. 인간은 마치 조련된 말처럼 어린아이들을 자신에게 맞게 길들여야 하고, 마치 정원의 나무처럼 어린아이들을 자기 마음대로 뒤틀어놓으려고 한다. 여기에서 루소가 말하는 '인간'은 인간 일반이 아니라 어린아이들을 자신의 마음대로 길들이고 뒤틀어놓을 수 있는 힘을 가진 존재를 상징하는 개념이다. 그것이 무엇이겠는가? 바로 기독교-신학에 길들여진 어른의 세계 혹은 기독교-신학이라는 지식-문화 권력이다.

'자연 그대로의 존재인 인간', 즉 어린아이는 기독교-신학에서 말한 것처럼 결코 악한 존재가 아니다. 오히려 조물주의 손에서 막 세상으로 나온 어린아이는 '자연 그대로의 올바른 본성'을 지니고 있다. 루소는 이렇게 말한다. "자연의 최초의 움직임은 언제나 올바르다는 것을 반박의 여지 없는 준칙으로 삼자. 다시 말해 인간의 마음속에 본래부터 타고난 악이란 없다. 따라서 어떻게 어떤 경로를 통해서 인간의 마음속에 깃들게 되었는지 설명되지 않는 악덕은 하나도 없다." 그런데 자연 그대로의 본성을 지닌 인간이 자라면서 기독교-신학의 학문과 지식으로 교육을 받고 그것의 관습과 도덕에 물들게 되면, 마치 길들여진 말과 뒤틀어져버린 정원의 나무마냥 자연 그대로의 본성을 잃고 만다. 루소는 인간이 바로 여기에서 벗어나 해방될 수 있는 해법을 '어린아이의 발견'에서 찾았다.

다시 말해 기독교-신학에 조련되어 길들여지고 뒤틀어지기 이전의 인간, 즉 자연 그대로의 본성을 지닌 어린아이를 새로운 시대의 철학과 미학, 곧 계몽주의 사상에 입각해 '교육하는 것', 그것만이 인간이 태어날 때부터 자연적으로 갖고 있는 인간의 권리, 즉 자연권自然權을 되찾아 인간이 해방될 수 있는 길이다. 그렇게 하기 위해서는 무엇보다 먼저 어린아이의 독자성, 즉 어린아이가 미성숙한 존재이거나 혹은 어른이 되기 이전의 미완성의 존재가 아니라 인간 세상과 만물의 질서 속에서 자기 자리를 갖고 있는 '독립적이고 독자적인 존재'로 발견되고 인식되어야 한다.

인간은 만물의 질서 속에 제자리를 잡고 있다. 마찬가지로 어린 시절도 인생의 질서 속에 제자리가 있다. 어른은 어른으로, 어린아이는 어린아이로 바라보아야 한다. … 모든 것을 최선의 상태로 만든 자연은 바로 이런 식으로 처음에 인간을 만들었다. … 자연은 어린아이가 어른이 되기 전에 어린아이로 있기를 원한다. 만약 우리가 이 순서를 뒤바꾸려고 한다면 다 익지 않아 맛없는, 곧 썩어버릴 설익은 열매가 맺게 될 것이다. … 어린아이는 자기 나름대로 보고 생각하고 느끼는 방식을 갖고 있다.

그것을 우리의 방식으로 대체하려는 것보다 더 무분별한 일도 없다.

_장 자크 루소, 《에밀》[5]

인간이 태어날 때부터 갖고 있는 자연 그대로의 본성을 해치지 않고 성장할 수 있도록 올바르게 가르치고 교육하는 것이 루소가 《에밀》을 저술한 핵심적인 이유였다. 이러한 까닭에 이 책의 주인공은 당연히 '어린아이'가 되었다. 책의 제목인 '에밀' 역시 어린아이를 상징하는 호명이다. 그런 의미에서 이 책은 서양 지성사와 문학사에서 '어린아이'를 철학적·미학적 테마의 주인공으로 삼았던 최초의 저술이라고 해도 과언이 아니다. 《에밀》은 일종의 교육론으로 구성되어 있다. 그래서 이 책은 어른과 사회의 교육이 자연 그대로의 본성을 지닌 어린아이와 어떻게 관계를 맺어야 하는지에 대한 위대한 지침서이기도 하다.

식물은 심고 가꾸어 경작되고 인간은 교육으로 만들어진다. … 사람들은 유아기의 상태를 한탄하는데, 이는 만약 인간이 먼저 어린아이에서부터 출발하지 않았더라면 인류가 멸망했으리라는 사실을 알지 못하기 때문이다. … 태어날 때 갖지 못했지만 어른이 되어 필요한 모든 것을 우리는 교육에서 얻는다.

_장 자크 루소, 《에밀》

그러면서 루소는 교육을 세 가지 종류로 구분할 수 있다고 말한다. 자연에서 오는 교육, 인간에서 오는 교육, 사물에서 오는 교육이 바로 그것이다. 어린아이는 누구나 이 세 가지 종류의 스승으로부터 교육을 받는다. 그러나 교육의 목표가 '자연의 목적', 즉 자연의 본성에 이르는 것인 한 이

세 가지 종류의 교육 가운데에서도 자연의 교육이 인간의 교육과 사물의 교육을 이끌어가야만 한다.

이 교육은 자연이나 인간 또는 사물에서 우리에게 온다. 우리의 능력과 기관의 내적 발달은 자연의 교육이다. 이러한 발달을 우리가 어떻게 이용할 것인지를 가르쳐주는 것이 인간의 교육이다. 그리고 우리에게 작용하는 사물들에 대해 우리 자신의 체험을 통해 얻게 되는 것이 사물의 교육이다. 그러므로 우리는 누구나 세 종류의 스승에게 교육을 받는다. … 그 목표란 무엇인가? 그것은 자연의 목적 바로 그것이다. 이는 이미 입증되었다. 세 가지 교육의 일치가 교육의 완성에 필수적인 한, 우리로서는 아무런 힘도 미칠 수 없는 자연의 교육이 다른 두 교육을 이끌어가야만 한다.

_장 자크 루소, 《에밀》

그리고 루소는 어린아이를 알지 못하는 교육자나 부모들에게 다음과 같은 경고이자 권고를 남겼다. 어린아이들에게 놀이와 즐거움, 사랑스러운 본능, 마음의 평화, 소중한 행복 그리고 자연이 그들에게 부여한 선물과 존재의 즐거움을 빼앗지 말라. 어린아이들이 마음껏 그것들을 느낄 수 있고 즐길 수 있도록 하라. 그리고 어린아이가 호기심과 상상력을 키우고 시행착오와 체험을 겪으면서 스스로 깨우칠 수 있을 때까지 기다려라.

사람들이여, 인간답게 되어라. 그것이 여러분의 첫 번째 의무이다. … 어린 시절을 사랑하라. 또한 어린 시절의 놀이와 즐거움과 사랑스러운 본능을 마음껏 누리게 해줘라. … 왜 여러분은 곧 지나가버릴 그토록 짧은 그 시기의 즐거움을, 남용할 수도 없는 그토록 소중한 행복을 이 순진한 어린아이들에게서 빼앗으려 드는가? 여러분에게도 다시 돌아올 수 없듯이 그들에게도 되돌아오지 않을 그토록 빨리 지나가버리는 어린 시절을 왜 고통과 쓰라림으로 채우려 하는가? 아버지들이여! … 자연이 그들에게 부여한 짧은 순간을 빼앗음으로써 후회를 만들지 말라. 그들이 존재의 즐거움을 느낄 수 있게 되면 곧 그것을 즐기도록 해줘라.

_장 자크 루소, 《에밀》

더욱이 루소는 어린아이의 건강하고 활기찬 모습을 보면 격정적이고 생생한 활기, 충만한 생명력, 새로운 정신과 감각과 힘, 뜨거운 피, 살아 있는 생명의 활발함을 느낀다고 밝혔다. 여기에서 어린아이는 새로운 생명과 가치, 곧 창조의 원천이자 재생의 에너지가 된다.

건강하고 활기찬, 제 나이에 맞게 잘 자란 10세에서 12세 먹은 어린아이를 상상하면, 현재로서든 미래를 생각하든 유쾌하지 않은 관념이 떠오르지 않는다. 격정적이고 생생하며 활기에 차 있고 마음을 좀먹는 근심도, 앞날에 대한 길고 괴로운 예견도 없이 전적으로 자신의 현존재에 몰두한 채, 자기 밖으로 넘쳐 나가고 싶어 하는 듯한 충만한 생명력을 즐기는 그의 모습이 보인다. … 그를 어린아이로서 바라보면 나는 즐겁다. … 그의 뜨거운 피가 나의 피를 데워주는 듯하다. 나는 그의 생명으로 살아 있다고 느끼며, 그의 활발함이 다시 나를 젊게 만든다.

_장 자크 루소, 《에밀》

루소의 《에밀》이 등장한 이후, 이제 어린아이는 어른이 되기 이전의 미성숙하고 미완성의 존재가 아니라 그 본성과 모습 그대로 철학적·미학적 가치와 의미를 가진 존재로 재발견·재해석·재구성·재창조되었다. 이제 서양의 지성사와 문학사에 '어린아이'가 주인공으로 본격 등장하기 시작한다. 그러나 루소는 이 책 때문에 체포령이 내려져 다시 망명길에 올라야 했다. 특히 루소는《에밀》속 '사보아 지방 보좌 신부의 신앙 고백'을 통해 자신은 신의 존재를 자연과 인간(자연 그대로의 본성을 가진 어린아이)에게서 감지한다고 밝혔다. 이것은 기독교적 신의 존재를 부정하는 것이자 자연과 자연의 본성을 지닌 존재(어린아이)를 신으로 본다는 고백이었다. 이 때문에 루소는 기독교의 신파와 구파 모두를 적으로 만들었다.

> 의욕하고 실행하는 존재, 자력으로 능동적으로 작용하는 이 존재, 요컨대 그것이 무엇이라고 하더라도 우주를 움직이고 모든 것에 질서를 부여하는 존재, 그것을 나는 신이라고 부른다. 나는 이 명칭에 내가 수집한 지식과 힘과 의지라는 관념과 이것들의 필연적 결과인 선의라는 관념을 결부시킨다.
>
> _장 자크 루소,《에밀》, 사보아 지방 보좌 신부의 신앙 고백[6]

루소는 어린아이가 세상 그 어떤 것으로부터도 자유롭고 개성적인 삶을 살기를 바랐다. 그러면서 자신은 '에밀'이 하나의 직업을 배우기를 원하지만, 그가 마음대로 직업을 선택하는 것을 원할 뿐 어떤 일에서도 그를 속박할 생각이 없다고 말한다. 이 글은 어린아이를 어린아이 그 자체로 긍정하는 철학을 보여준다. 이덕무와 이탁오가 말한 동심의 철학과 미학 역시 이와 다르지 않다. 세상의 그 어떤 시각과 관념으로도 인간 자신을 가두거나 속박하지 않아야 비로소 동심은 온전히 발현될 수 있기 때문이다.

> 어린아이는 인간이 행복할 수 있는 만큼 최대한 행복한 것이다. … 아, 삶
> 의 모든 가치가 그가 맛보는 행복 속에 있도다! … 이 지고한 행복은 그
> 것을 획득하는 때보다 그것을 소망하는 때가 백배 더 달콤하다. 우리들
> 은 그것을 맛볼 때보다 기다릴 때 그것을 더 잘 향유한다. 오, 선량한 에
> 밀이여! 사랑하고 사랑을 받아라. 소유하기 전에 오래도록 향유하라.
>
> _장 자크 루소, 《에밀》

그런 의미에서 자연인 에밀을 교육할 때 가장 중요한 목표는 다름 아
닌 어린아이의 '상상력'을 잃지 않도록 하는 것이다. 어린아이의 시선과
방식으로 세상 만물과 우주 자연을 바라보려면 '상상력'의 힘을 긍정해야
한다. 그 상상력을 어떻게 행사하느냐에 따라 인간의 미덕과 악덕, 선과
악, 행복과 불행, 환희와 고통, 현재와 미래가 결정되기 때문이다. 더욱이
인간의 자유의지에는 반드시 상상력이 필요하다.

> 우리의 내면에서 상상력의 지배력과 그 영향력은 너무나 강해서 그로부
> 터 미덕과 악덕뿐만 아니라 인간 생활의 행복과 고통이 생겨나고, 특히
> 상상력을 행사하는 방식이 이 세상에서 인간을 선량하거나 사악하게 또
> 행복하거나 불행하게 만드는 것이다.
>
> _장 자크 루소,
> 《대화: 루소가 장 자크를 판단하다Dialogues : Rousseau Judge of Jean－Jacques》2부

낙타의 굴종, 사자의 투쟁, 아이의 창조

• 니체

어린아이를 철학과 미학의 주인공이며 새로운 가치의 창조자이자 문학 창작의 원천에 자리하고 있는 '본원적 존재'로 확실하게 자리매김한 사람은 니체였다. 동심의 철학이라고 정의할 수 있는 그의 사상은 19세기 말 세상에 내놓은 저서 《차라투스트라는 이렇게 말했다Also sprach Zarathustra》에 집약되어 있다.

> 나 이제 너희들에게 정신의 세 단계 변화에 대해 이야기하련다. 정신이 어떻게 낙타가 되고, 낙타가 사자가 되며, 사자가 마침내 어린아이가 되는가를. … 짐깨나 지는 정신은 이처럼 더없이 무거운 짐 모두를 마다하지 않고 짊어진다. 그러고는 마치 짐을 가득 지고 사막을 향해 서둘러 달리는 낙타처럼 그 자신의 사막으로 서둘러 달려간다. 그러나 외롭기 짝이 없는 저 사막에서 두 번째 변화가 일어난다. 여기에서 낙타는 사자로 변하는 것이다. 사자가 된 낙타는 이제 자유를 쟁취하여 그 자신이 사막의 주인이 되고자 한다. … 새로운 가치의 창조, 사자라도 아직은 그것을 해내지 못한다. 그러나 새로운 창조를 위한 자유의 쟁취, 적어도 그것을 사자의 힘은 해낸다. 형제들이여, 자유를 쟁취하고 의무에 대해서조차도 경건하게 "아니오"라고 말할 수 있기 위해서는 사자가 되어야 한다. … 그러나 말해보라, 형제들이여. 사자조차 할 수 없는 일을 어떻게 어린아이는 해낼 수 있는가? 왜 강탈을 일삼는 사자는 이제 어린아이가 되어야 하는가? 어린아이는 순진무구요 망각이며, 새로운 시작, 놀이, 스스로

의 힘에 의해 돌아가는 바퀴이며 최초의 운동이자 거룩한 긍정이다. 그
렇다. 형제들이여, 창조의 놀이를 위해서는 거룩한 긍정이 필요하다.

_니체, 《차라투스트라는 이렇게 말했다》[7]

여기에서 니체는 모든 권력과 권위, 지배와 구속으로부터 자유로운 인
간의 정신을 획득하게 되는 과정을 낙타와 사자와 어린아이에 비유해 말
하고 있다. 낙타는 무거운 짐을 짊어진 채 고통을 견디며 메마른 사막을
건너간다. 낙타는 아무런 불평과 불만 없이 세상의 모든 권력과 권위에
복종하고 순종할 줄밖에 모르는 인간의 정신을 상징하는 존재다. 그 낙타
가 사자로 변신한다는 이야기는 복종과 순종밖에 몰랐던 인간의 정신이
이제 사자처럼 맹렬하고 용감하게 세상의 권력과 권위에 맞서 저항하는
단계로 변화했다는 것을 의미한다. 사자로 변신한 인간의 정신은 세상의
모든 권력과 권위에게 빼앗겼던 자신의 권리를 약탈하고 강탈하듯이 쟁
취해낸다.

낙타 단계의 인간 정신은 세상의 모든 권력과 권위의 명령에 "예"라고
밖에 대답하지 못하지만, 사자로 변한 인간의 정신은 용맹하게 "아니오!"
라고 말한다. 인간의 정신이 세상의 모든 권력과 권위의 가치에 대해 "아
니오!"라고 할 수 있는 단계인 사자가 되었다는 말은, 이제 인간이 새로운
가치를 창조할 수 있는 자유와 권리를 쟁취했다는 사실을 뜻한다. 약탈하
고 강탈하는 사자와 같은 용맹함이 있어야 인간 정신은 빼앗긴 자신의 자
유와 권리를 되찾아올 수 있다. 그러나 단지 사자의 단계에 머무르는 인
간의 정신은 새로운 가치를 창조할 수는 없다. 이제 새로운 가치와 세계
를 창조하는 인간의 정신은 사자의 용맹함을 넘어서는 또 다른 힘이 필요
하다.

그럼 어떻게 해야 한단 말인가? 여기에서 사자는 다시 어린아이로 변화해야 한다. 새로운 가치와 세계를 창조하는 인간의 정신은 바로 어린아이기 때문이다. 사자는 용맹함을 갖추었지만 그 용맹함은 새로운 자신의 가치를 창조해내는 데는 무력하다. 그것은 어린아이만이 해낼 수 있다. 그렇다면 어린아이는 어떻게 새로운 가치를 창조해내는가? 그것은 어린아이가 "순진무구요 망각이며, 새로운 시작, 놀이, 스스로의 힘에 의해 돌아가는 바퀴이며 최초의 운동이자 거룩한 긍정"이기 때문이다. 여기에서 '순진무구'는 진정성을 말하고, '망각'은 예전의 것은 잃어버리고 새롭게 시작하는 것이며, '스스로의 힘에 의해 돌아가는 바퀴'는 세상의 다른 어떤 것에도 의존하지 않고 오로지 자기 자신에게서 나온 힘에 의지해 나아가는 무한 창조이자 긍정을 의미하고, '최초의 운동'은 이덕무가 말한 '천진하고 순수한 진정'과 박지원이 말한 '거짓 꾸밈 없는 갓난아기의 울음소리'와 이탁오가 말한 '최초의 본심'과 루소가 말한 '조물주의 손에서 나온 자연 그대로의 본성'과 일맥상통한다. 니체는 어린아이의 놀이를 가리켜 '창조의 놀이'라고 했는데 문학적으로 바꾸어 표현한다면 새로운 것의 창작이다. 그것은 '놀이'이기 때문에 문학의 창작은—이덕무의 경우에서 이야기한 바 있듯이—'목적 있는 글쓰기'가 아닌 '목적 없는 글쓰기'가 된다. 또한 남에게 보이거나 권력과 명예와 이익을 얻기 위한 '객관적인 글쓰기'가 아니라, 내가 즐겁고 좋아서 하는 '주관적인 글쓰기'가 된다. 놀이에 무슨 목적성과 객관성이 필요한가? 내가 하고 싶고, 좋아하고, 즐거우면 그뿐이다.

이덕무가 어린아이를 통해 문학 창작의 원초적 힘인 천진하고 순수한 진정성을 발견하고 이탁오가 천하의 명문을 찾았던 것처럼, 니체는 어린아이에게서 자기 철학의 핵심 테제인 '창조와 긍정'의 본원을 찾았다. 여기에서 낙타가 순종과 복종의 상징이라면, 사자는 전복과 해체의 상징이며, 어린아이는 창조와 긍정의 상징이 된다. 인간의 정신은 이 세 가지 변화의 단계를 거치면서 세상의 모든 권력과 권위를 전복하고 해체하면서 자기 존재를 긍정하게 된다. 어린아이로 변화한 인간의 정신은 동심과 천리를 해치고 자연의 본성을 거스르는 기존의 모든 학문과 지식, 사상과 이념, 종교와 체제의 구속과 속박에서 해방되어 새로운 가치를 창조한다. 만약 니체의 철학을 문학적으로 번역한다면, 이른바 '문장의 전범'이라는 것을 배우고 익히고 모방하고 흉내 내는 데 몰두하는 자는 낙타이고, '문장의 전범'에 따라 글을 쓰는 것을 부정하거나 거부하거나 비판하는 자는 사자이며, 거기에서 더 나아가 자신만의 글을 쓰는 것, 즉 새로운 글을 창작할 수 있는 자만이 어린아이가 될 수 있다.

다시 《차라투스트라는 이렇게 말했다》 속으로 들어가 어린아이에 대한 니체의 다른 사유의 흔적을 찾아보자. 차라투스트라는 나이 서른이 되던 해에 고향을 떠나 산속으로 들어갔다. 10년 동안 그곳에서 자신의 정신과 고독을 즐기며 살던 차라투스트라는 마침내 깨달음을 얻게 된다. 그리고 어느 날 아침 동이 떠오르는 순간 태양을 향해 나아가면서 이렇게 말한다. "보라! 나는 너무 많은 꿀을 모은 꿀벌이 그러하듯 나의 지혜에 싫증이 나 있다. 이제는 그 지혜를 갈구하여 내민 손들이 있어야겠다. 나는 베풀어주고 싶고 나누어주고 싶다. 사람들 가운데서 지혜롭다는 자들이 새삼스레 자신들의 어리석음을 기뻐하고, 가난한 자들이 새삼스레 자신들의 넉넉함을 기뻐할 때까지. 그러기 위해 나는 저 아래 깊은 곳으로 내려가야 한다. 네가 저녁마다 바다 저편으로 떨어져 하계에 빛을 가져다줄 때 그렇게 하듯." 차라투스트라는 산을 떠나 사람 사는 세상 속으로 들어가 자신의 깨달음을 전하기로 결심했다.

혼자서 산을 내려오던 차라투스트라가 처음 만난 사람은 한 백발노인이었다. 그 백발노인은 여러 해 전에 차라투스트라를 본 사람이다. 그런데 차라투스트라를 한참 동안 보던 백발노인은 "낯설지 않다. 이 나그네는. 여러 해 전에 이곳을 지나간 적이 있지. 차라투스트라라고 하지 않았던가. 그러나 그도 변했구나"라고 말한다. 현자였던 노인은 마음의 큰 변화를 겪은 차라투스트라의 변신을 알아보았던 것이다. 그런데 그 짧은 순간 노인은 어떻게 차라투스트라가 '위버멘쉬Übermensch'(항상 자기 자신을 극복하는 신체적 존재이며, 인간 자신과 세계를 긍정할 수 있는 존재이자, 지상에 의미를 부여하고 그 의미를 완성시키는 주인의 역할을 하는 존재)의 깨달음을 얻었다는 것을 이해했을까? 그것은 다름 아닌 '어린아이가 된 차라투스트라의 모습' 때문이었다.

> 그렇다. 틀림없이 차라투스트라야. 그의 눈은 맑고 입에는 역겨움이 서려 있지 않다. 그리하여 춤추는 사람처럼 경쾌하게 걷고 있지 않는가? 차라투스트라는 변했구나. 차라투스트라는 어린아이가 되었구나. 차라투스트라는 깨달음을 얻어 잠에서 깨어난 자다.
>
> _니체, 《차라투스트라는 이렇게 말했다》

여기에서 어린아이는 어른 이전 단계의 인간이나 미성숙한 존재가 아니고 자연 그대로의 본성을 잃지 않도록 가르쳐야 할 대상도 아니다. 오히려 인간 정신의 완전한 단계, 아니 '인간의 경계(한계)를 넘어선 인간' 즉 니체가 생각한 깨달음을 얻은 이상적인 인간 '위버멘쉬' 그 자체이다.

특히 니체는 《차라투스트라는 이렇게 말했다》에서 주사위 놀이에 비유하여 학자들의 '거짓 놀이'와 어린아이의 '창조의 놀이'를 비교해 말하고 있다. 학자들은 "거짓 주사위 놀이로 농간을 부릴 줄도 안다. 땀을 뻘뻘

홀릴 정도로 주사위 놀이에 아주 열심히 몰두하고 있는 저들을 나는 본 적이 있다." 여기에서 땀을 뻘뻘 흘려가면서 주사위 놀이를 하는 학자들에게 주사위는 여섯 가지 숫자 중 하나가 나오는 확률의 법칙일 뿐이다. 그런 의미에서 그들의 주사위 놀이는 '동일한 법칙'의 단순한 반복이자 확인일 뿐이다. 글쓰기에 비유하자면, 그들은 이른바 남의 말과 글인 수백 수천 편의 명문을 모아놓고 배우고 익혀 따라 하거나 흉내 내는 것만을 죽도록 반복하고 있는 '모방꾼'이다. 그래서 그들에게서 나온 말과 글은 가짜이고 거짓일 뿐이다.

그렇다면 어린아이의 주사위 놀이는 어떠한가? "내 머리 위에 펼쳐져 있는 하늘이여, 너, 티 없이 맑은 자여! 드높은 자여! 내게 있어서 너의 깨끗함, 그것은 네게는 영원한 이성이라고 불리는 거미가 존재하지 않으며 그런 거미줄도 쳐 있지 않다는 것이다. 내게 있어서 너는 신성한 우연이란 것이 춤을 추는 무도장이며 신성한 주사위와 주사위 놀이를 즐기는 자를 위한 신의 탁자라는 것이다." 어린아이의 주사위 놀이는 같은 행위를 반복하고 있는 것처럼 보이지만, 주사위를 던져 나온 결과는 항상 새롭다. 같은 숫자가 나온다고 해도, 그것은 동일한 의미를 갖고 있지 않는 다른 결과이기 때문이다. 예를 들어보자. 두 아이가 주사위 던지기 놀이를 하면서 큰 숫자가 나온 사람이 이기는 것으로 룰을 정했다. 그중 한 아이가 세 번 모두 3이라는 숫자를 던졌다고 하자. 그런데 다른 아이가 처음 던진 주사위가 2라면 이기게 되고, 3이면 비기게 되고, 5면 지게 된다. 그러한 두 아이의 주사위 놀이는 무한히 반복되는 과정이지만 던질 때마다 새로운 상황과 결과를 만들어낸다. 여기에서 반복은 모방과 흉내가 아닌 차이와 다양성이므로, 어린아이가 주사위를 던지는 행위는 마치 신들의 탁자에서 하는 신성한 주사위 놀이, 즉 창조의 놀이와 닮았다.

이렇게 어린아이가 주사위 놀이 하듯 글을 쓴다는 것은 어떤 의미일까? 예를 들어보겠다. 달을 소재로 하는 시나 글은 헤아릴 수 없이 많다. 그래서 달을 소재로 글을 쓴다면 그것은 이미 달로 글을 쓴 수많은 사람의 행위를 반복하는 것이다. 그런데 만약 자기 자신에게서 나온 글이라면 이미 수천 수만 편의 글이 존재한다고 해도, 그것들과는 전혀 다른 글이 나오게 될 것이다. 만약 거짓 주사위 놀이를 하는 자들처럼 글을 쓴다면 달을 소재로 하는 명문을 찾아 모방하고 흉내 내거나 애써 꾸미고 힘껏 다듬느라 땀을 뻘뻘 흘릴 것이다. 그러나 어린아이가 주사위 놀이를 하듯 글을 쓰는 이는 자기 자신에게서 나온 감성과 마음과 생각을 글로 묘사하고 표현하면 그만이기 때문에 진짜 놀이를 하는 것처럼 글을 쓰게 될 것이다. 어린아이처럼 글을 써야 '참된 글'이 되는 이유가 바로 여기에 있다. 그러한 까닭에 니체는《그리스비극 시대의 철학Das griechische Musikdrama》에서 어린아이의 놀이만이 항상 새롭게 깨어나는 유희의 충동이고, 다른 세계를 소생시키고, 새로운 세계를 창조한다고 역설했다. 그것은 항상 새롭게 깨어나 새로운 글을 창작해야 하는 이들이 나아가야 할 하나의 미학적 이정표이기도 하다.

　　이 세계에서는 오직 예술가와 어린아이의 유희만을 가지고 있을 뿐이다. 어린아이와 예술가가 놀이를 하듯 영원히 생동하는 불은 놀이를 하면서, 무구하게 세웠다가 부순다. 영원의 시간 아이온Aeon은 자기 자신과 놀이한다. 마치 아이가 바닷가에서 모래성을 쌓듯이 그는 물과 흙으로 변신하면서 높이 쌓았다가 부수곤 한다. 이따금 그는 놀이를 새롭게 시작한다. … 다른 세계를 소생시키는 것은 자만의 욕구가 아니라 항상 새롭게 깨어나는 유희의 충동이다. 어린아이는 놀이기구를 던져버리지만 곧 그는 순진무구한 기분에서 다시 놀이를 시작한다.

_니체, 《그리스비극 시대의 철학》[8]

2장

소품의 글쓰기

반 페니 은화처럼 작고 반짝거리는 글들

글쓰기 동서대전
東西大戰

레오나르도 다빈치의 벼룩과
성호의 이

● 이익

앞에서도 언급한 적이 있지만, 18세기 조선에 출현한 새로운 유형의 지식인과 문인들은 당대의 양반 사대부들과는 학문과 문장에서—의식했든 의식하지 못했든—전혀 다른 노선을 추구했다. 그들은 당쟁의 와중에 재앙을 입어 일찍이 과거 시험을 통한 출사의 뜻을 접고 재야에 묻힌 채 유학과 성리학의 경전과 역사서뿐만 아니라 특별히 개인적 취향과 기호에 따라 자신이 하고 싶고, 좋아하는 방면의 책을 읽고 글을 쓰는 것을 즐거움으로 삼아 살았다. 그러한 지식인과 문인의 선두 주자가 성호 이익 (1681~1763)이다.

이익의 집안은 남인의 명문가였다. 그의 아버지 이하진李夏鎭은 숙종 시절 남인이 대거 숙청당한 경신대출척庚申大黜陟(1680년) 때 평안도 운산으로 귀양 갔다가 그곳에서 이익을 낳았다. 그러나 이익이 태어난 지 채 1년이 되지 않은 1682년 끝내 유배지에서 세상을 떠났다. 그 후 이익은 어머니의 품에 안겨 선대로부터 집안의 터전이 되어온 안산의 첨성촌으로 돌아왔다. 처음 이익은 입신양명에 뜻을 두고 당시의 주류 유학(성리학)과 과거 시험 공부에 몰두했다. 이때 그에게 학문적으로나 정신적으로나 가장 큰 영향을 끼친 사람은 둘째 형 이잠李潛이었다. 그러나 이익이 26세 되던 해, 임금에게 상소한 내용이 문제가 되어 이잠이 역적으로 몰려 처형당하는 참극이 벌어졌다. 아버지에 이어 가장 따랐던 둘째 형마저 당쟁의 칼바람 앞에 무참하게 쓰러지는 상황을 목격한 이익은 정치판의 냉혹함을 절실히 깨닫고 과거 시험을 통한 입신양명의 뜻을 완전히 접어버렸다. 이때부터 이익은 죽을 때까지 첨성촌의 성호장星湖莊을 떠나지 않은 채 주자 성리학과 과거 시험용 문장의 좁은 울타리를 넘어 우주 만물과 자연 및 세계와 인간 그리고 사회 현실을 이해할 수 있는 넓고 깊은 학문의 바다로 나아갔다.

다행히 당시 이익의 집안에는 수천 권의 장서가 있었다. 특히 이익은 선친 이하진이 1678년 청나라에 연행사로 갔다가 귀국할 때 구입해온 온갖 종류의 서적들을 탐독했다. 그러한 과정을 거쳐 그는 새로운 시대정신을 체득한 사상가이자 문장가로 거듭날 수 있었다. 또한 자신의 집안 자제들을 가르치고 동시에 주변에 모여든 수많은 제자들과 토론하고 문답하면서 18세기 최대의 지식인 그룹인 성호학파를 형성해 재야 학계와 문단의 거목이 되었다. 이익이 평생 동안 읽은 도서 목록이라고 할 수 있는 '이익열람서목李瀷閱覽書目'을 보면, 서양의 천주교 서적인 《천주실의天主實義》와 자연과학 서적인 《건곤체의乾坤體義》와 인문 지리서인 《곤여도설坤輿圖說》에서부터 중국 고대의 제자백가서는 물론이고 명청 시대의 학자와 문인들의 문집과 전기와 소설 등의 서적에 이르기까지 읽지 않은 책이 없을 정도였다. 그리고 이익은 나이 80세가 되던 해인 1760년경(영조 36)

자신의 제자이자 조카들이 지난 40여 년 동안 그가 써놓은 글들을 모으고 분류해 엮은 다음 편찬한 《성호사설星湖僿說》에다가 이렇게 서문을 썼다. 마치 지난 시간 자신이 거쳐온 방대한 규모의 학문과 지식과 문장에 대한 철학적 입장을 요약해놓은 듯한 글이다.

《성호사설》은 성호 노인의 희필戲筆이다. 성호 노인이 이 책을 지은 것은 무슨 뜻에서일까? 특별한 뜻은 없다. 뜻이 없었다면 왜 이 책이 만들어졌 을까? 성호 노인은 한가로운 사람이다. 독서의 여가를 틈타 전기, 제자백 가서, 문집, 문학, 해학이나 웃고 즐길 만한 것들을 붓이 가는 대로 적었 다. 이렇게 많이 쌓였다는 것을 미처 깨닫지 못했다. … 다시 문별文別로 분류해 드디어 한 질의 책을 만들었다. 이에 이름이 없을 수 없어서 '사 설僿說'이라고 제목을 붙였다.

_이익, 《성호사설》, 서문

대개 사람들은 이 글을 읽고서는, 이익이 겸손의 뜻에서 자신의 저술 에 '사설僿說'이라고 이름을 붙이고, 또한 겸양의 뜻에서 '희필戲筆'이라고 했다고 해석한다. 그러나 필자는 이러한 해석에 동조할 마음이 전혀 없다. 왜냐하면 그것은 18세기에 출현한 새로운 학문관이나 문장론을 전혀 이 해하지 못한 진부하고 상투적인 해석이기 때문이다. 오히려 필자는 이 서 문에서 이전 시대에서는 찾아볼 수 없는 18세기의 신사조를 읽고 싶다. 필자가 볼 때 여기에서 읽을 수 있는 이익의 철학은 크게 두 가지다. 하나 는 자신에게 학문과 지식은 '놀이나 유희'라는 점이고, 다른 하나는 자신 은 특정한 '목적이나 목표 없이' 그저 재미 삼아 지극히 개인적이고 주관 적인 글을 쓴다는 점이다. 《성호사설》에 담은 글은 모두 보잘것없고 자질구레한 '사설僿說'이자, 웃고 즐길 만한 것들을 붓이 가는 대로 적은 '희필戲筆'이라는 이익의 자기 고백이 그러한 사실을 입증해준다.

여기에는 '해야만 하는 것'이 아닌 '하고 싶은 것'을 한다는 학문과 지식과 글쓰기에 대한 완전히 새로운 관점과 철학이 담겨 있다. 생각해보라. 멀게는 정암靜菴 조광조趙光祖와 퇴계 이황과 율곡 이이 그리고 가깝게는 우암 송시열과 면암勉菴 최익현崔益鉉에 이르기까지 도학자(성리학자)들의 학문과 문장은 모두 자기를 수양하고, 집안을 가지런히 하며, 임금을 인도하고, 나라를 다스리고, 백성을 교화하고, 도리와 의리를 빛내고, 이념과 질서를 바로 세운다는 분명한 목적이 있었다. 그래서 그들은 이른바 정학인 유학과 성리학의 서적과 정사인 역사서가 아닌 글을 읽지도 않고, 그것에서 벗어난 글은 단 한 줄도 쓰지 않았다. 더욱이 그들의 삶은 성현이 되거나, 적어도 성현을 닮겠다는 뚜렷한 목표가 있었다. 그러한 그들이 어떻게 자신이 하고 싶은 것을 할 수 있었겠는가? 도리어 자신이 좋아하는 것을 하는 이는 학문과 문장의 도리에서 벗어나 오히려 뜻을 잃은 사람이라고 혹독하게 질책을 당할 일이다. '완물상지玩物喪志'라는 말이 왜 생겼겠는가? 자신이 좋아하는 것을 하는 사람은 이미 선비의 뜻을 잃은 비루한 자일 따름이다.

그런데 흥미롭게도 필자가 생각하기에, 정작 목적 없이 자기 마음이 가고 붓 끝이 가는 대로 글을 썼던 이익의 글쓰기 철학이 뚜렷하게 새겨져 있는 저서는 《성호사설》이라기보다는—아이러니하게도 그 《성호사설》 때문에 별반 주목을 받지 못했던—《관물편觀物篇》이다. 《관물편》은 이익이 일상생활 속에서 일어나는 일이나 사물을 관찰하다가 문득 떠오르거나 별안간 깨우친 것들을 붓 끝을 따라 자유로이 짧고 간결하게 써내려간 글들을 모아놓은 책이다. 특히 그 글들은 적게는 25개에서부터 많아도 127개를 넘어가지 않는 한자로 이루어져 있다. 이익의 집안 자제와 제자들로 이루어진 18세기 최대의 지식인 그룹인 성호학파 사람들이 전해오는 말에 의하면, 이익은 '질서疾書'라는 글쓰기 방법에 아직 능숙했다고 한다. '수상隨想'은 그때그때 떠오르는 느낌과 생각을 말한다. '단상斷想'은 문득 스쳐 지나가는 단편적인 생각을 뜻한다. '질서'란 떠오르는 생각이나 스쳐 지나가는 깨달음이 사라지기 전에 재빨리 써 내려가는 글을 가리킨다. '소품小品'은 글의 길이나 분량에 구속받지 않고, 장르나 형식에 구애되지 않고, 소재나 주제에 상관없이 느낌이 있는 대로 혹은 마음이 가는 대로 자유분방하게 붓끝을 따라 써 내려가는 산문의 일종이다. 따라서 수상과 단상이 사람의 느낌과 생각 가운데 하나라면, 질서와 소품은 그러한 느낌과 생각을 가장 잘 묘사하고 표현한 글쓰기라고 할 수 있다. 그런 의미에서 보자면, 이익의《관물편》은 18세기 조선을 대표할 만한 질서와 소품의 걸작이라고 할 만하다.

그동안 대부분의 인문학자들은 조선의 소품문은 명말청초 소품문의 영향을 받아 17세기 초반 허균과 장유張維와 김창협金昌協 등에게서 싹을 보이다가 18~19세기에 크게 유행한 새로운 문예사조로 그 대표적인 작가에는 박지원, 박제가朴齊家, 이덕무, 이용휴, 이학규李學逵, 노긍盧兢, 이옥李鈺, 김려金鑢, 조희룡趙熙龍 등이 자리하고 있다고 보았다. 그리고 남인 계열의 성호학파가 서학에 깊게 빠져든 반면 노론 계열의 북학파는 명말청초의 소품문을 적극적으로 받아들였다고 분석하고 있다. 그러나 필자는 그동안《성호사설》의 유명세에 가려져《관물편》이 크게 주목을 받지 못한 탓에 이익이 남긴 소품문의 실체가 제대로 알려지지 않았다고 생각한다. 더욱이 18세기 소품문의 유행을 선도한 이가 다름 아닌 이익의 친족이자 제자였던 이용휴와 이가환李家煥 부자였다는 사실만 보더라도, 이들이 명말청초 중국의 소품문은 물론이고 이익의 소품문에 적지 않은 영향을 받았으리라는 것을 어렵지 않게 짐작해볼 수 있다.

그런데 사실 문장의 형식과 내용을 엄격하게 지킨 고아하고 순정한 고문을 숭상하던 문풍이 지배한 조선의 사대부 사회에서 글의 형식과 내용에 구속받지 않는 자유분방한 정신과 개성적인 취향을 추구한 소품문은—문장이라고 부르기도 아깝다고 해서—잡문 혹은 잡저로 취급받거나 배척당했다. 예를 들어보자. 17세기를 대표하는 문장가 중 한 사람인 계곡谿谷 장유의 문집인《계곡집谿谷集》을 살펴보면, 전통적으로 사대부가 숭상하던 고문의 격식에 얽매이지 않고 자유롭게 써 내려간 짧고 간결한 글은《계곡만필谿谷漫筆》이라는 별도의 책으로 엮어져 있다. 그곳에는 남초南草, 즉 담배의 효능을 칭송한 자유분방한 글이나, 바다가 있다는 사실을 의심하는 우물 안의 개구리와 얼음이 있다는 사실을 의심하는 여름철 벌레를 빌려 자신이 보는 세상이 전부인 양 과시하는 사대부의 옹졸함과 어리석음을 날카롭게 풍자한 우언 소품寓言小品 등이 등장한다. 그런데《계곡만필》에 장유가 스스로 쓴 자서를 읽어보면, 당시 소품 형식의 글을 쓴다는 것이 얼마나 다른 사람에게 눈치 보이는 일이었는가를 알 수 있다. 자신의 글을 가리켜 "주워들은 사소하고 하찮은 이야기나 쓸모없고 자질구레한 풍문"이라거나 "다른 사람이 먹다 남은 음식 찌꺼기요 하지 않아도 좋을 쓸데없는 짓"이라고 비하하면서, 세상 사람들이 비난한다고 하더라도 할 말이 없지만 차마 쓰지 않을 수 없어서 쓴다는 변명 아닌 변명을 해야 할 만큼 사대부들에게 소품문을 쓴다는 것은 자랑스럽지 못한 일이었던 셈이다.

여러 해 전부터 나는 다른 사람에게 말하기 힘든 마음의 병을 얻게 되어

두문불출한 채 세상사를 잊고 지냈다. 오직 마음을 가라앉히기 위해 한약을 달여 먹고 침과 뜸 치료를 받으며 시간을 보냈다. … 비록 깊이 생각해 문장을 짓지는 못했으나, 침상에 엎드려 신음하다가 조그마한 여유라도 생기면 때때로 붓을 집어 들어 주워들은 사소하고 하찮은 이야기나 쓸모없고 자질구레한 풍문들을 써 내려가곤 했다. … 모두 다른 사람이 먹다 남은 음식 찌꺼기요 하지 않아도 좋을 쓸데없는 짓에 불과하다. 그저 길가에서 듣고 곧바로 길가에서 말한 다음 잊어버리고 지나가는 이야기일 뿐이니, 모두 나의 덕성을 잃어버리는 꼴이 되고 말았다.

_장유, 《계곡만필》, 자서自敍

그러나 이러한 상황과 분위기에도 불구하고 남다른 문장의 경지를 추구했던 이들은 대개 고문의 형식과 내용에서 벗어난 자유롭고 개성 넘치는 글을 쓰는 것을 주저하지 않았다. 17세기 말과 18세기 초에 활동했던 문장가 김창협 역시 자신의 문집에 잡문이나 잡저 모음집이라는 뜻의 《농암잡지聾巖雜識》라고 이름 붙인 책을 남겼다. 여기에서 그는 문장의 형식에 구애받지 않은 짧고 간결한 글을 통해 학문과 문학을 비롯한 여러 가지 일에 대해 자신의 생각을 자유롭게 펼쳐보였다. 특히 김창협은 고문을 배격하는 참신한 글쓰기, 성정性情의 자연스러운 발현, 천기天機의 유동 등 새로운 문장 철학을 드러내 보였는데, 이는 소품문이 추구한 정신과 맞닿아 있다.

시는 성정의 발현이자 천기의 유동이다. 당나라 시인들은 이와 같은 사실을 터득하고 시를 지었다. 이러한 까닭에 … 대체로 모두 자연스러웠다고 하겠다. 그런데 오늘날 사람들은 이러한 점은 깨닫지 못한 채 오로지 법칙과 성음聲音과 형상만 모방하고 분위기와 격조에만 부지런히 힘을 쓰면서 옛사람의 발꿈치만 쫓아다니고 있다. 그 성음과 면모가 비록 더러 비슷하기는 하지만 그 정신과 성정과 흥취와 운치는 완전히 다르다.

_김창협,《농암잡지》, 외편外篇

그런 의미에서 17세기에 등장했던 장유의《계곡만필》이나 김창협의 《농암잡지》는 개혁 군주를 자처했던 정조가 잘못된 문체를 바로잡는 다면서 이른바 '문체반정'이라는 반개혁적이고 시대 역행적인 조치를 취할 만큼 소품문이 크게 유행했던 18세기의 시대사조를 예고했다고 할 수 있다. 18세기의 시대사조는 고문의 형식과 내용에서 벗어나 자유롭고 개방적이며 혁신적인 문장을 추구하는 것이었다. 그 시대사조의 파장과 영향력은 19세기 초중반까지 지속되었다. 그리고 그 시대의 한복판에서 문체와 문장 혁신의 가장 핵심적인 역할을 한 글쓰기 철학이 바로 '소품의 미학'이었다. 당시 소품문의 유행은 재야 지식인으로 밀려난 남인 계열의 성호학파와 스스로 아웃사이더의 삶을 선택했던 노론 계열의 사대부와 서얼 출신의 지식인이 결합한 북학파는 물론이고, 그들과 직간접적으로 관계를 맺었던 일부 문인들(이옥·김려 등)과 조정의 고위 관료들(남공철南公轍·김조순金祖淳 등)과 중인 계층 출신의 문인(조희룡·조수삼趙秀三) 등에 이르기까지 광범위한 작자층을 형성시켰다.

특히 이들은 이전 시대와는 다르게 개인적인 기호나 취향 그리고 신변잡기는 물론이고 18~19세기에 급속하게 사회 경제적 부를 축적한 새로운 사회 세력, 즉 상인과 중인 계층에 대한 이야기와 그들 속에 회자되고 있던 야담이나 야화 등을 발굴해 소품문의 형식과 내용 속에 적극적으로 수용했다. 더욱이 중인 계층에서 나온 문장가들이 자신들의 이야기를 전기 소품이나, 우언 혹은 우화 소품이나, 잡감雜感 소품의 형식을 취해 글로 옮긴 책들까지 등장했다. 조희룡의《호산외기壺山外記》, 조수삼의《추재기이秋齋紀異》, 유재건劉在建의《이향견문록異鄕見聞錄》이 대표적인 서적이다. 유몽인柳夢寅의《어우야담於于野談》에서 볼 수 있듯이, 중인과 평민 계층의 야담과 야화조차도 양반 사대부 출신의 문인들이 글로 옮겼던 이전 시대와는 확연히 다른 시대적 흐름이 존재했다. 대개 사회 경제적 부를 축적해 힘을 갖게 된 계층이 정치적, 사회적으로 차별받는 곳에서는 이들이 자신의 재력을 예술과 문화 방면으로 쏟게 마련이다. 18~19세기에 새롭게 출현한 '중인 문화'니 '여항문학'이니 하는 경우가 모두 그렇다고 볼 수 있다.

경학經學과 역사서에 대한 식견, 순정한 문체와 고상하고 우아한 언어를 구사해야 했던 고문과 달리 소품문은 소재 선택과 문자나 언어 사용이 자유로웠다. 고문에서는 감히 상상할 수 없는 구어체와 비속어를 아무런 제약 없이 마음대로 구사할 수 있었다. 또한 일정한 격식과 내용의 제한이 없었기 때문에 누구나 쉽게 쓸 수 있다는 장점을 갖고 있었다. 이러한 까닭에 소품문은 개인(작자)의 기호와 취향이나 주관적 감성과 의도는 물론이고 서민의 일상적인 삶과 사회 현실을 묘사하고 표현하는 데 아주 적합한 새로운 문체이자 문장이었다. 소품문을 가리켜 대개 양반 사대부들은 민간에 떠도는 풍설이나 이야기를 옮긴 잡스럽고 천박한 글이라는 뜻에서 '패관소품稗官小品'이라고 불렀다. 소품문에 대한 이러한 불쾌한 반응과 태도는 이 글이 결코 기존의 지식-문화 권력과는 화합하거나 조화를 이루기 힘든 자유롭고 개방적인 정신과 철학을 지향하고 있었기 때문이다.

그런데 필자는 조선의 '소품문'을 본격적으로 다루기 전에 잠시 17~18세기 일본으로 눈을 돌려보고 싶다. 일본에는 세상 어느 곳에서도 찾아보기 힘든 아주 독특한 시 전통이 있다. 다름 아닌 '하이쿠俳句'가 바로 그것이다. 하이쿠는 5·7·5의 음율을 지닌 17자로 되어 있는 짧은 시를 가리키는 말이다. 워낙 짧기 때문에 '한 줄의 시'라고 불리기도 한다. 하이쿠를 대표하는 시인 마쓰오 바쇼松尾芭蕉(1644~1694)를 통해 세상에서 가장 짧은 시인 하이쿠의 미학을 잠깐 감상해보자.

古池や蛙飛び込む水の音
오래된 연못, 개구리 뛰어드는 젖은 물소리.[9]

소품문이 산문의 '소품'이라면, 하이쿠는 시의 '소품'이라고 할 수 있다. 그런데 필자는 17~18세기에 만약 극도로 압축적인 묘사와 함축적인 표현 속에 자신의 감성과 생각과 마음과 뜻을 담았던 '하이쿠'라는 시의 미학이 일본에 있었다면, 조선에는 극도로 간략한 묘사와 절제된 표현 속에 자신의 감성과 생각과 마음과 뜻을 담았던 '소품문'이라는 산문의 미학이 있었다고 말하고 싶다. 다만 17자 속에 시상을 담아야 했던 하이쿠와는 달리 소품문에는 그 어떤 형식도 존재하지 않았고, 그 어떤 체재도 지킬 필요가 없었다. 소품문의 진정한 매력은 바로 여기에 있다고 해도 과언이 아니다. 세상 그 어떤 것도 글의 소재와 대상이 될 수 있고, 세상 그 어떤 감성과 생각도 글로 옮길 수 있었기 때문이다.

특히 한 순간 떠오르는 생각과 문득 찰나와 같이 찾아온 감성을 한 줄의 짧은 시에 옮겨 적는다고 해서, 하이쿠를 일컬어 '순간의 미학' 혹은 '찰나의 미학'이라고 한다. 그런데 필자는 18세기 조선의 지식인들이 즐겨 쓴 소품문은 이 '순간의 미학'과 '찰나의 미학'이 짧은 시뿐만 아니라 짧은 문장으로도 가능하다는 것을 보여준 살아 있는 증거라고 생각한다. 특히

'시상'이 떠오르는 한 순간을 놓치지 않는 하이쿠의 발상과 묘사 방식은, 이익이 《관물편》 속 짧고 간결한 글을 통해 보여준 문득 떠오르는 생각이나 깨달음이 사라지기 전에 재빨리 써 내려가는 '질서'의 발상이나 표현과 아주 유사하다. 《관물편》에 실려 있는 한 편의 글을 예로 들어보겠다. 이익이 밭에다 오이를 심었다. 그런데 날이 가문 탓에 오이가 마르려고 했다. 물을 댈 일을 의논하자 한 사람이 오이가 막 마르려고 할 때 물을 주게 되면 도리어 자라는 데 해롭다면서, 차라리 잠깐 그대로 두고 비 오는 것을 기다리는 게 나을 것이라고 말하였다. 이에 물을 주는 것을 그만두었다. 그런데 이튿날 가보니 오이 잎이 말라 비틀어져 있었다. 물을 잔뜩 주었으나 이미 때가 늦어 오이는 말라서 죽고 말았다. 이익은 이 순간 자신의 머리를 스쳐 지나가는 생각을 붙잡아 이렇게 표현한다. "이런 한심한 노릇을 보았나! 다른 사람의 말만 듣고 머뭇거리다가 일을 망치고 말았구나!"

대개 1,000개 이내의 한자로 쓴 글을 다른 종류의 산문과 구별해서 소품문이라고 일컫는다. 그런데 이익의 《관물편》에 실려 있는 77개의 소품문은 적게는 25자에서 많아도 127자를 넘지 않는 극도로 짧고 간결한 글들이다. 그런 의미에서 《관물편》은 '순간과 찰나의 미학'을 지극한 경지에서 보여주고 있는 소품문 모음집이다. 소품문의 형태에 있어서도, 동물이나 식물 혹은 온갖 사물에 빗대어 그 속에 풍자와 경계의 뜻을 담은 우언 성격의 소품에서부터 일상생활 속에서 느낀 주관적인 감성을 글로 옮긴 잡감 성격의 소품문에 이르기까지 다양하다. 예를 들어 이익은 어느 날 쥐와 고양이와 족제비와 닭의 먹이사슬 관계를 관찰하다가 문득 그 가운데에서 자연의 조화와 우주 만물의 이치를 깨우친다. 그리고 참으로 간략하고 절제된 한마디 말 속에 자연을 관조하는 철학을 함축시켜 한 편의 우언 소품을 지었다. 이 글에 사용된 한자의 개수는 고작 40자에 불과하다.

> 쥐가 곳간에 쌓아둔 곡식을 갉아먹었다. 쥐구멍에 숨어 살면서 시도 때
> 도 없이 나타났다 사라졌다 하는 바람에 고양이가 있어도 쥐를 잡을 수
> 없었다. 그런데 족제비가 와서 살게 되자 쥐가 그 즉시 멀리 달아났다. 사
> 람들은 족제비가 쥐를 쫓아냈다면서 이로운 짐승이라고 떠들어댔다. 다
> 만 족제비가 닭장을 침범하여 닭을 잡아먹을까 봐 경계를 늦추지 않았
> 다. 성호 옹이 말했다. "세상에 완벽한 사물은 없구나."
>
> _이익, 《관물편》

《관물편》에는 이러한 우언풍의 소품문이 압도적으로 많다. 그 까닭은
이익이 생물, 특히 과거 우리 생활 주변 가까이에 존재했던 동물과 식물
들을 통해서 천하 만물의 이치뿐만 아니라 인간 본성과 세태까지 읽을 수
있는 무엇인가를 깨우칠 수 있다고 여겼기 때문이다. 여기에는 개미, 누
에, 이, 벌, 말똥구리, 파리, 송충이, 거미와 같은 곤충에서부터 두더지, 지
렁이, 거위, 뻐꾸기, 제비, 참새, 개, 매, 말, 쥐, 뱀, 닭, 기러기, 개구리 등 헤
아리기도 힘들 만큼 수많은 동물들이 등장한다. 더욱이 모란, 작약, 국화
에서부터 가시나무, 뽕나무, 감나무, 앵두나무, 회양목, 소나무 등 식물에
대한 우언 역시 적지 않게 실려 있다. 그중에서도 벌과 개미와 파리 같은
곤충 그리고 개와 닭과 쥐 등과 같은 짐승, 뽕나무와 소나무 등에 관한 우
언이 특히 많다. 그런 의미에서 이익은 성명性命이나 이기理氣 혹은 치국
治國이나 도덕 등을 중시한 유학과 성리학의 거대 담론 속에서 우주의 질
서와 자연의 조화와 세상의 이치를 깨우치고 글을 썼던 이전 시대나 동시
대의 전형적인 양반 사대부 출신 지식인과는 달라도 한참 다른 지식인이

었다. 그는 우리 삶 가까이에 존재하는 지극히 미미하고 하찮은 사물들을 세밀히 관찰하면서, 관점의 전환과 발상의 변화를 통해, 우주와 자연과 인간 세계의 원리와 이치를 깨우치려고 한 새로운 유형의 지식인이자 문인이었다. 그것이 바로 《관물편》에 담긴 '관물의 철학'이고 '우언 소품의 미학'이다.

개미는 벌레를 얻게 되면 다른 개미들을 끌어 모아서 무리를 이룬다. 그리고 벌레가 가벼우면 운반하지만 무거우면 흙을 물고 와서 벌레를 묻어버린다. 무엇 때문에 그렇게 하는 것일까? 벌레를 길가에 내버려두면 행여나 닭이나 혹은 오리가 지나가다가 벌레를 삼켜버릴 수도 있기 때문이다. 개미는 바로 그러한 불상사를 모면하려고 흙 속에 벌레를 숨겨 두었다가 나중에 흙 속을 파헤쳐 맛있게 먹는다. 이렇게 하면 그 벌레를 보존하는 일에 아무런 걱정이 없다. 앞으로 닥칠 일을 깊이 헤아릴 줄 아는 개미의 지혜가 이와 같다. 성호 옹이 말했다. "사람은 제멋대로 행동하다가 재앙을 입는다. 개미의 이러한 행동을 관찰한다면 부끄러움을 알게 될 텐데."

_이익, 《관물편》

또한 《관물편》에는 일상적인 삶 속에서 느낀 주관적인 감성을 글로 옮긴 잡감 소품 또한 여러 편 등장한다. 소품문의 또 다른 특징은 주관적인 감성을 중시한 글쓰기라는 점이다. 즉 유학이나 성리학과 같은 거대 담론에서는 별반 가치와 의미가 없다고 생각하던 온갖 번다하고 잡스러운 감성조차 진실로 자신에게서 나왔다면 글로 옮기는 일을 주저하지 않는 것이 소품문이 지향하는 글쓰기 철학이다.

진수성찬도 목구멍을 지나 몸속으로 들어가면 변해서 냄새나는 더러운 똥이 된다. 그런데 냄새나는 더러운 똥은 곡식을 기르는 거름이 되니 정결精潔하다고 할 수 있다. 아름다움과 추악함 혹은 깨끗함과 더러움이 이와 같이 바뀌게 된다. 곡식과 채소를 먹는 사람은 그 곡식과 채소가 냄새나는 더러운 똥에서 생장했다고 해서 그것을 혐오해 내다 버리지 않는다. 또한 마찬가지 이치로 냄새나는 더러운 똥을 보는 사람은 그 똥이 진귀하고 아름답고 맛있는 음식에서 나왔다고 해서 그것을 취하지 않는다. 성호 옹은 말했다. "사람이 진실로 선하다면 과거에 저지른 죄악을 마음에 두어서는 안 된다. 또한 마찬가지 이치로 사람이 진실로 악하다면 지난날의 선행으로 말미암아 그 사람을 취해서도 안 된다."

_이익, 《관물편》

특히 이익의 《관물편》 속 우언 소품을 레오나르도 다빈치가 남긴 글을 모아 엮은 《레오나르도 다빈치 노트북》 속 문학론에 실려 있는 '동물들의 삶과 습성에 관한 연구'와 '동물들에 대한 우화' 그리고 '식물들에 대한 우화' 등과 비교해 읽어보면, 두 사람 사이에 놓여 있는 250여 년의 시간과 수만 리의 공간을 뛰어 넘어 글의 소재와 그 짧고 간결한 표현 및 묘사 방법 그리고 함축하고 있는 의미의 유사성에 깜짝 놀랄 것이다. 다빈치가 남긴 수백 편의 짧고 간결한 우화는 마치 이익의 《관물편》에서 볼 수 있는 것처럼, 우리 삶 가까이에 존재하는 지극히 미미하고 하찮은 사물들을 관찰하면서 우주와 자연과 인간 세계의 원리와 이치를 깨우치려고 한 글들이다. 더욱이 그는 '동물의 삶과 습성에 관한 연구'에서는 동물의 습성과 행동을 인간의 악덕과 미덕에 직접적으로 연결시켜 사유하고 묘사했다. 그런 점에서 소품의 형식을 취한 다빈치의 우화는 비록 짧고 간결한 글이지만 어떤 철학 저서보다 '인간의 본성과 덕목은 무엇인가?'라는 근본 문제를 깊이 있게 다루고 있다. 여기에서는 맛보기 차원에서 이익과 다빈치의 '이(蝨)'와 '벼룩'을 소재로 삼은 동물에 관한 우화 한 편을 비교해볼 수 있도록 소개한다.

어느 날 성호 옹이 이를 잡아서 불에 태우다가 탄식하면서 말했다. "하늘이 미물을 만들어 세상에 보내면서 사람을 물어뜯어 먹이로 삼게 했다. 대개 사람은 눈이 밝고 손놀림이 민첩해 한 번만 수색하면 이를 잡는다. 사람을 물어뜯지 않으면 굶어 죽게 되고, 굶어 죽지 않으려고 사람을 물어뜯게 되면 잡혀서 불에 타 죽는다. 사람을 물어뜯는 것이 마땅히 죽을 만한 죄라고 말한다면 지나치게 몰인정하고, 또한 죄가 아니라고 말한다면 지나치게 관대하다. 세상사에는 진실로 이와 유사한 일이 너무나 많다.

_이익, 《관물편》

양털 위에서 개가 잠들었다. 매끄러운 양털 냄새를 감지한 개의 벼룩들 가운데 한 마리가 양털이 더 살기 좋은 곳이며 개의 이빨과 발톱으로부터 피할 수 있는 더욱 안전한 곳이라 판단했다. 그 벼룩은 더 이상 심사숙고하지 않은 채 개를 떠나 빽빽한 양털 안으로 들어섰다. 양털 모근 사이를 지나기 위한 힘겨운 노동이 시작되었다. 엄청난 땀을 흘린 후에야 벼룩은 그 일이 허사라는 것을 깨달았다. 양털이 너무 촘촘하게 붙어 있어 가죽의 맛을 볼 틈이 없었기 때문이다. 노동으로 지친 벼룩은 개에게 되돌아가기를 원했지만 개는 이미 떠나버린 뒤였다. 깊은 후회 속에 비통한 눈물을 흘리며, 벼룩은 굶어 죽어갔다.

_레오나르도 다빈치, 《레오나르도 다빈치 노트북》, 동물들에 대한 우화[10]

이익의 소품문은 그의 친조카이자 직전제자直前弟子였던 18세기 문장학의 대가 이용휴에게 고스란히 계승되었다. 이용휴의 소품문이 이탁오의 '동심론'으로부터 영향을 받은 명나라 말기 소품문의 창도자 공안파와 밀접하게 연결되어 있다는 사실은 부정하기 어렵다. 그러나 성호학파의 문장론을 대변하면서 18세기 최고의 문장가로 평가받고 있는 이용휴의 글쓰기는 분명 숙부이자 스승인 이익의 철학과 미학에 뿌리를 두고 있다. 공안파의 문장론과 소품문은 독서와 사유를 통해 간접적으로 습득한 것이었다면, 이익의 문장론과 소품문은 실제 눈으로 보고 귀로 듣고 습작과 비평의 가르침을 직접적으로 받아 스스로 깨우치고 터득하는 과정을 거쳤을 것이기 때문이다. 이용휴는 1708년(숙종 34)에 태어나 1782년(정조 6)에 사망했고, 이익은 1681년(숙종 7)에 태어나 1763년(영조 39)에 죽음을 맞았다. 당시 사대부 출신 사람들이 글을 배웠던 시기는 아무리 늦게 잡는다고 해도 10세를 넘지 않았다. 그렇다면 1710년대 중반부터 이익이 사망한 1763년까지 거의 50여 년의 세월을 이용휴는 스승인 이익과 함께 보냈다고 볼 수 있다. 이러한 까닭에 필자는 이용휴의 소품문은 분명 이익의 문장론과 글쓰기에 가장 크게 영향을 받았을 것이라고 주장한다.

　　이용휴의 소품문은 당대는 물론 후대의 작가와 비평가들로부터 '기궤奇詭(기이하고 괴이하다)'와 '첨신尖新(날카롭고 새롭다)'이라는 평어評語를 얻을 만큼 독특하고 독창적이었다. 이에 대해서는 추후 다룰 '기궤첨신의 글쓰기'에서 자세히 살펴보기로 하고, 여기에서는 이익의 소품문에서 보았던 것처럼 극도로 짧고 간결한 문장 속에 강렬한 개성과 기이한 발상을 담았던 이용휴의 소품문 몇 편을 읽어보겠다. 먼저 읽어볼 글은 '이곳〔此〕'에 사는 자신을 찾으려고 한다면 바로 이 글 속에서 찾아야 할 것이라면서, 칠언율시보다 더 적은 53개의 한자를 거침없이 휘둘러 지은 '차거기此

居記'라는 이름의 절묘한 소품문이다. 이용휴 특유의 강렬한 개성미가 글 속에 진하게 배어 있다. 거기에는 사람이 만약 자신을 찾고자 한다면 '바깥'에서가 아니라 '안'에서 찾아야 한다는 철학적·미학적 함의가 새겨져 있다.

> '이곳의 거처(此居)'는 이 사람이 이곳에 산다는 뜻이다. 이곳은 즉 이 나라 이 지방 이 고을이다. 이 사람은 나이는 어리지만 식견이 고상하고 고문을 좋아하는 기이한 선비이다. 만약 그를 찾고자 한다면 마땅히 이 글 안에서 찾아야 할 것이다. 그렇지 않다면 비록 무쇠로 만든 신발이 다 닳아 구멍이 나도록 대지를 두루 밟고 다닌다고 해도 끝내 찾지 못할 것이다.
>
> _이용휴, 《혜환잡저惠寰雜著》, 차거기

꽃의 향기가 같지 않은 이유와 마찬가지로 나비도 종류에 따라 좋아하는 꽃이 다르고 또한 거들떠보지도 않는 꽃도 있다. 그런데 사람들은 쉽게 "나비가 꽃을 그리워한다"고 말한다. 이것은 일반적이고 추상적인 표현일 뿐 참된 이치를 담고 있지 않다. 이용휴의 '기화접記花蝶'은 끊임없이 "참된 것은 무엇인가?", "진짜와 가짜 혹은 진상과 허상은 어떻게 구별하고 인식할 수 있는가?"에 대해 회의하고 탐구했던 그의 철학과 미학 정신을 엿볼 수 있게 해주는 소품문이다.

> 마당 앞에 원추리, 패랭이꽃, 접시꽃이 한순간에 활짝 꽃을 피웠다. 원추리에는 노랑나비, 파랑나비, 호랑나비가 날개를 펄럭이며 날아들고, 패랭이꽃에는 분을 바른 것 같이 하얀 나비가 날개를 펄럭이며 날아든다. 그런데 접시꽃만은 나비가 모두 지나쳐 날아갈 뿐 돌아보지도 않는다. 대개 꽃의 향기가 다르고, 나비의 성정이 제각각 마땅히 여기는 것이 있

기 때문이다. 사람들은 일반적으로 나비가 꽃을 그리워한다고 말하는데,
이것은 미심쩍은 말일 따름이다.

_ 이용휴, 《혜환잡저》, 꽃과 나비를 기록한다(記花蝶)

　　19세기로 넘어가면 일반 사대부 출신이든 혹은 서얼 출신이든 전통적
인 지식인 계층이 아닌 전혀 다른 계층 출신의 소품문 작가들이 새롭게
등장한다. 그들은 18세기를 지배했던 소품문의 대가와 거장들이 하나둘
세상을 떠나고, 혹은 유배지로 쫓겨나고 더러 은둔하면서 자칫 사라질 위
기에 처한 소품문의 명맥을 이어갔다. 18~19세기의 사회 경제적 변동으
로 새로이 경제적 부와 힘을 갖게 된 상인과 중인 계층은 처음에는 문화
예술을 소비하는 데 머물다가 차츰 문화 예술 활동에 참여하고 다시 문
화 예술을 생산해내는 계층으로 변화하는 모습을 보였다. 19세기 초반에
문화 예술계에서 중요한 역할을 했던 조희룡은 이러한 시대적 변화와 흐
름 속에서 등장한 대표적인 중인 계층의 문인이자 화가였다. 그가 저술한
《호산외기》에는 자신이 속한 계층 사람들의 이야기를 진솔하게 담은 전
기 소품류의 글이 많다. 아울러 저잣거리에 떠돌아다니는 당시 사회를 날
카롭게 풍자한 야담 소품류의 글 역시 적지 않게 등장한다. 그러한 소품
문에는 시대의 변화와 함께 이제 자신들의 목소리를 내기 시작한 중인 계
층의 자화상이 고스란히 담겨 있다.

　　김억金億은 영조 시대 인물이다. 집이 부유한데다가 성정이 호방하고 사
　　치스러워서 음악과 여색의 즐거움을 마음껏 누리며 살았다. 우리나라 사
　　람들은 백의白衣를 입는다. 그런데 유독 김억만이 홀로 색깔이 화려한 비
　　단옷을 입고 다녀서 눈이 부시게 빛이 날 지경이었다. 칼에 탐닉하는 벽

癖이 있어서, 모든 칼을 진주와 자개로 장식해 방 난간에 죽 열을 지어 걸어놓았다. 매일같이 한 자루의 칼을 차고 다녔는데, 일 년이 다 되도록 자신이 소유하고 있는 칼을 모두 차보지 못할 만큼 칼이 많았다. … 당시 우리나라에는 서양에서 들어온 양금洋琴이 있었다. 그런데 그 악기의 소리가 매우 빠르고 급해서 그 곡조에 맞춰서 노래를 부를 수 있는 사람이 단 한 사람도 없었다. 김억이 비로소 처음으로 양금의 소리와 곡조와 조화를 이루어 노래를 불렀는데, 그 노랫소리가 맑고 밝아 들을 만했다. 그런데 오늘날 양금을 연주하는 사람들은 김억으로부터 양금이 시작되었다는 사실을 알지 못한다.

_조희룡,《호산외기》, 김억전金億傳

여기에서 재력과 기이한 행적으로 기록된 김억은 '양금(서양 악기)의 명수'로 여항 출신의 문화 예술인이다. 여항 출신이란 양반 사대부 출신이 아닌 모든 계층의 사람들을 통칭하는 것으로 보면 된다. 김억은 경제적으로 부유하고 뛰어난 재능을 지녔지만 정치적, 사회적으로 차별받는 신분 출신이다. 그러한 까닭에 자신의 재력과 재능을 칼 수집이나 악기 연주 등 문화 예술 방면에 쏟아 이름과 기록을 남길 수 있었던 18세기의 대표적인 여항 출신 인물이었던 셈이다. 서리 출신의 협객 장오복張五福의 삶을 이야기한 또 다른 글 '장오복전張五福傳'은 권력의 부패와 타락상을 풍자한 한 편의 희작戱作이자 전기 소품문이다.

장오복은 영조 시대 인물인데 협객으로 장안에 명성이 자자했다. … 길을 가다가 사람들이 싸우는 모습을 마주치면 가만히 옆에서 지켜보고 있다가 대개 강자가 약자를 능멸하거나 이치에 맞지 않는 것을 억지로 옳다고 우기기라도 하면, 반드시 강자를 제압하고 이치를 분별하여 그 사람으로 하여금 사과하고 복종하게 한 다음에야 그쳤다. 이로 말미암아 사람들은 모두 장오복을 두려워하였다. … 일찍이 장오복이 술에 취해 광통교를 지나가고 있었다. 이때 가마 하나가 그의 옆을 지나갔다. 가마를 따르는 종들의 차림새가 매우 사치스러웠다. 그런데 가마를 메고 가던 가마꾼들은 술에 취한 장오복이 가마를 부딪치며 지나가자 손으로 그를 때렸다. … 이에 분노한 장오복이 칼을 빼어 들고 가마 아래를 찔렀다. 칼은 공교롭게도 가마 안에 있던 요강의 가운데를 찔러서 쟁그랑하는 소리가 울려 퍼졌다. 온 저잣거리 사람들이 모두 깜짝 놀랐다. … 이 가마에는 원수元帥 장지항張志恒이라는 자가 각별히 아끼는 애첩이 타고 있었다. 장지항은 당시 포도대장의 관직에 있었는데, 포졸들에게 명령해 장오복을 결박해 체포한 다음 죽이려고 하였다. 그런데 장오복은 조금만 치도 두려워하는 기색이 없었다. 오히려 박장대소하며 웃음을 그치지 않았다. 장지항이 크게 화를 내며 웃음을 그치지 않는 까닭을 물었다. 장오복은 이렇게 말했다. "장군께서 높은 자리에 계시기 때문에 도적들이 자취를 감추었습니다. 또한 소인이 낮은 곳에 있었기 때문에 분쟁이 점차 없어졌습니다. 이 시대에 대장부라고 한다면 오직 장군과 소인이 있을 뿐인데, 일개 천한 계집으로 인해 대장부를 죽이려고 하니, 소인이 한 번 죽는 것이야 뭐 두려울 게 있겠습니까만 장군의 대장부답지 못한 모습에는 그저 웃음이 나와 멈출 수가 없습니다." 장오복의 말을 듣고 난 원수 장지항은 웃으면서 그를 풀어주었다.

_조희룡, 《호산외기》, 장오복전

더욱이 조희룡은 스스로 《호산외기》의 서문을 짓고 자신이 여항 출신

인물들의 전기를 쓰고 엮어낸 까닭을 밝혔다. 여기에는 자신들의 이야기를 자신들의 목소리와 붓 끝에 담아 남기려고 했던 19세기 중인 계층의 '자기 발견'과 '독자적인 의식'이 잘 나타나 있다. 조희룡이 이 서문을 쓴 때가 헌종 10년인 1844년 3월이다. 그렇게 본다면 앞서 소개한 영조 때 사람 김억과 장오복은 이미 70여 년 전 과거의 인물이다. 한 세대를 30년으로 잡는다면 거의 조희룡의 할아버지 세대보다 더 앞서 살았던 사람들이다. 글로 남아 전해오지 않았다면 수집하기 쉽지 않았을 과거 시대 여항 출신 인물들에 관한 이야기를 채록해 별도의 전집으로 엮을 만큼 이미 중인 계층의 자기 정체성과 자의식은 뚜렷하게 성장하고 있었다. 그리고 조희룡과 조수삼과 유재건에게서 볼 수 있듯이, 그들은 자유분방한 표현과 개성적인 자의식과 사회 풍자 정신을 담아낼 가장 적합한 글쓰기의 형식을 전기 소품문에서 찾았다.

나는 집에 있으면서 무료함을 달래려고 귀로 듣고 눈으로 본 적이 있는 여러 사람들의 일을 기억해내어 전기傳記를 지었다. … 이에 마음 내키는 대로 붓을 휘둘러 재빨리 써 내려갔다. 수염을 바짝 세우고 그 전기를 읽는 것을 마치 후세 사람들이 옛 책을 읽는 것처럼 했다. … 장차 이 글을 끌어 모아다가 불살라버릴 겨를조차 없겠지만, 또한 가만히 생각해보면 감동이 없지 않다. 비록 여항 출신의 몇몇 인물 가운데 세상 사람들에게 전할 만한 행적이 있다고 해도 어디에서 그것을 찾고 어떻게 그것을 얻을 수 있겠는가? 세상에 대인거필大人巨筆이 나타나 혹시 그 인물의 행적을 좇아서 그 자료를 찾는다면, 바라건대 이 책에서 증명하는 것이 있을 것이다. 이러한 까닭에 이 책에 그들의 기록을 남겨 보존해둔다.

_조희룡, 《호산외기》, 서문

특히 조희룡은 자신의 글쓰기를 가리켜 '소꿉놀이'에 비유해 표현한 '동심의 작가'이기도 했다. 그러한 미학을 바탕 삼아 쓴 소품문을 모아 엮은 책이 《한와헌제화잡존漢瓦軒題畵雜存》,《화구암난묵畵鷗盦讕墨》,《석우망년록石友忘年錄》등이다. 이러한 까닭에 조희룡의 소품문은 때로는 유희 삼아 감흥이 있는 대로 마음이 가는 대로 짓는 것 같다가, 때로는 그림을 그리는 듯 세밀한 것 같다가, 때로는 한 편의 잠언을 짓는 듯 심오한 것 같다가, 때로는 서예와 문장에 두루 통달한 듯 고상하기 짝이 없다.

이와 같이 끝이 없고 종잡을 수도 없으며 무료하기조차 한 말을 이러한 작은 제목을 빌려서 드러내봅니다. 그윽이 생각해보면 여기에는 내 마음이 깃들어 있습니다. 비유하자면 이것은 마치 어린아이들이 티끌을 모아서 밥으로 삼고, 진흙을 모아서 국으로 삼고, 나무를 모아서 고기로 삼아 소꿉놀이를 하는 것과 같습니다. 이곳의 밥과 국과 고기는 그저 소꿉놀이 장난일 뿐 먹을 수 없다는 사실은 어린아이들도 마땅히 알고 있습니다. 그러나 비록 소꿉놀이 장난이라고 해도 그곳에는 밥과 국과 고기로 여기는 의미가 담겨 있습니다. 이 책은 마땅히 그러한 관점과 생각으로 지었습니다.

_조희룡,《한와헌제화잡존》

두 해 동안 개구리와 물고기의 마을에서 문을 닫아걸어놓은 채 그림을 그렸다. 거의 하루도 쉬지 않고 그림만 그렸다. 더러 문 밖으로 유출된 그림이 있었다. 그러한 일들이 반복적으로 들려왔다. 이에 따라 고기 잡는 늙은 어부는 물론이고 소 치는 어린 목동도 매화 그림이 어떻다느니 난초 그림이 어떻다느니 하고 말할 수 있게 되었다. 나는 다음과 같은 시를 짓고 읊었다. '이에 따라 고기 잡는 어부가 매화 그림을 이야기하니 / 스스로 웃네, 이 황량한 세상에 한 가지 유희가 활짝 열렸네.'

_조희룡,《화구암난묵》

고서와 고화古畵를 볼 때는 먼저 그 학문과 기예의 경지가 어떠한가를 살펴야 한다. 진짜인지 혹은 가짜인지를 논할 필요가 있겠는가? 진짜 〔眞〕와 가짜〔贋〕 두 글자는 사람의 안목을 얇게 할 따름이다. 내가 이 두 글자를 물리쳐서 바로잡으려고 한다.

_조희룡,《석우망년록》

특히 동심과 함께 성령, 곧 주관적인 감성과 정신을 중시했던 18세기 전후 소품문의 미학을 역설하고 있는 한 편의 유기遊記 소품은 조희룡의 글쓰기가 어느 경지에 도달했는가를 알려준다. 이러한 미학은 조희룡의 소품문이 이른바 '성령설', 곧 자신에게서 나온 진실하고 솔직한 감정을 자연스럽게 드러내는 글을 써야 한다고 주장한 청나라 문인 원매袁枚와 직접적으로 맞닿아 있었음을 알려준다.

나는 유람에 벽癖이 있다. 우리 동방의 명승지는 두루 다녀보았다. 천하의 명산대천에 이르러 말한다면 옛사람들이 남긴 유람기 속에서 얻어보았다. 시간이 날 때마다 펼쳐보고 또 펼쳐보아도 그 광대함이 마치 안개 낀 바다와 같아서 나 자신이 우물 속에 앉아 세상을 보고 있을 뿐이라는 사실을 깨닫고선 탄식하지 않을 수 없었다. 명산에 대한 일부一部의 기록을 항상 앉아 있는 자리의 오른편에 두고 잠깐 동안이라도 떼어놓지 않았다. … 옛사람의 문자에 어찌 한계가 있겠는가? 명산의 유람기에 이르면 본래부터 타고난 마음이 좋아하는 것을 온 힘을 다해서 내키는 대로 써 내려간 것이다. 모두 이전에도 없었고 앞으로도 없을 생각으로 가득 차 있다. 이러한 까닭에 그 기이한 생각이 도달한 곳이 다른 평범한 문자와 비교해보면 크게 다른 점이 있다고 하겠다. 옛사람의 성령이 간직되어 있는 곳을 살펴보고자 한다면 마땅히 이와 같은 유람기에서 구해야 할 것이다.

_조희룡, 《석우망년록》

이제 글이란 구태여 길게 쓰려고 하지 않아도 좋고, 간결한 묘사와 절제된 표현으로도 자신의 감성과 마음을 훌륭하게 담아낼 수 있다는 사실을 이해하게 되었을 것이다. 필자는 특히 글이 갖추어야 할 형식과 내용, 구성과 분량에 지나치게 얽매인 나머지 글쓰기를 두려워하는 이들에게 가장 좋은 글쓰기는 소품문이 아닐까 하는 생각이 든다. 우리 주변에서 사라져버린 조선 지식인의 글쓰기 가운데 가장 현대적인 모습으로 부활시킬 수 있는 것이 바로 소품문이 아닐까 싶다. 소품문을 통한 글쓰기가 갖고 있는 자유분방하고 개성 넘치는 매력이—그 깊이와 끝을 알 수 없을 정도로—무궁무진하기 때문이다. 이러한 까닭 때문이었을까? 20세기 초 중국을 대표하는 문학가이자 비평가인 노신魯迅과 임어당林語堂은 중국 현대문학의 발전을 위해 시급하게 복원해야 할 옛 문장의 전통 중—다른 어떤 것보다 우선해서—명말청초의 소품문을 들고 나왔다. 지금의 시각에서 보더라도 이것은 매우 의미심장한 일이다.

찰나의 미학에 사로잡힌
패트론 상인들

• 바쇼

마쓰오 바쇼는 17세기 말 이른바 '바쇼풍焦風'이라고 불린 새로운 시의 미학을 창조한 하이쿠의 시조이자 대가였다. 먼저 조선과 중국과는 달라도 너무나 달랐던 일본풍의 시, 하이쿠가 탄생한 역사적 배경부터 살펴보자. 마쓰오 바쇼는 도쿠가와 이에야스德川家康가 에도(지금의 도쿄)에 막부를 설립한 1603년으로부터 40여 년이 지난 1644년에 태어나 나이 51세가 되는 1694년에 사망했다. 그가 생존했던 17세기 중후반 일본은 에도막부 초기의 혼란이 신정되고 정치적 안정과 더불어 경제적 번성 및 문화적 융성을 이룬 시기였다. 특히 경제적 번영과 대도시의 발달을 기반으로 형성된 상공인 계층인 '조닌町人'이 새로운 사회 경제 세력으로 급부상하면서 이른바 '조닌 문화'가 새롭게 출현해 급속히 성장했다. 이들 조닌 계층은 귀족과 사무라이를 지배계급으로 하던 도쿠가와막부 시대에는 정치적, 사회적으로 차별받았기 때문에, 처음 자신들의 경제적 부와 힘을 연극, 그림, 문학 등 문화 예술 방면에서 과시하기 시작했다. 특히 문학적으로 이들은 상류 계층의 전유물이나 다름없던 와카和歌나 렌카連歌를 조롱하고 풍자하는 골계성이 강한 문학적 유희이자 놀이 문화인 '하이카이俳諧'를 발전시켰다.

그 시대 조닌이 문화·예술적으로 얼마나 막강한 힘과 영향력을 과시했는가를 읽을 수 있는 흥미로운 자료가 이덕무의 문집인 《청장관전서》에 등장한다. 물론 그 시대적 배경은 마쓰오 바쇼가 살던 때보다 늦은 18세기 중반경이다. 그렇지만 어쨌든 18세기를 전후해 일본의 문화 예술계를 주도했던 사실상의 실력자가 이들 상공인 계층이었다는 사실을 확인할 수 있다. 이덕무가 소개하고 있는 인물은 조닌 문화를 실질적으로 주도했던 오사카 지역 출신의 거상 목홍공木弘恭이다. 이덕무는 자신의 저서《이목구심서》와《청비록淸脾錄》그리고 홍대용과 청나라 선비들의 필담과 그에 대한 자신의 견해를 모아 엮은《천애지기서天涯知己書》를 통해 여러 차례 반복해서 목홍공을 소개하고 있다. 그만큼 목홍공이란 상인이 18세기 동아시아 문화 예술사에서 중요한 인물이었기 때문이다.

> 목홍공은 자가 세숙世肅으로 일본 오사카의 상인이다. 나니와浪華江 가에 거주하면서 술장사를 해 큰 부자가 되었다. 날마다 가객佳客들을 초대해 시를 짓고 술잔을 나누며 지냈다. 서책을 3만 권이나 구입해 소장하고 한 해에 손님 접대에 쓰는 비용만 수천 금에 달했다. 사쿠겐에서부터 에도에 이르기까지 수천 여리에 걸쳐 선비라면 현명하지 못한 자나 어리석고 못난 자라도 모두 목홍공을 칭찬했다. 또한 상선에 부탁하여 중국 선비들의 시 몇 편을 얻었다가 자신이 거처하는 곳의 벽에 걸어놓았다. 나니와 가에 겸가당兼葭堂을 세웠는데 억새꽃과 갈대 잎이 어우러져 파란 물결이 아름답기 그지없었다. 바람이 불면 비파를 타는 것 같은 소리가 들려왔다. 안개 비 속에 돛대와 거룻배가 끝이 없어 보이는 수평선 사이를 오고 가는 풍경 또한 볼 만했다. 목홍공은 여기에서 축상筑常, 정왕淨王, 합리合離, 복상수福尙修, 갈장葛張, 강원봉罡元鳳, 편유片猷 등의 무리와 어울려 겸가당 위에서 아취 있는 모임을 가졌다.
>
> _이덕무,《청비록》, 겸가당兼葭堂

목홍공이 오사카의 부상이자 겸가당의 주인으로 수만 권의 서적을 구입하고 빈객을 접대하는 비용으로 수천 금을 쏟아붓는 일본 문화 예술계의 큰손이라는 증언이다. 특히 목홍공이 나니와 가에 세운 겸가당은 18세기 중반 일본을 대표하는 지식인과 예술가들이 모이는 문화의 요람이자 보고였다. 오늘날의 표현을 빌자면, 목홍공의 겸가당은 일종의 '문화 살롱'이었던 셈이다. 이 글에서 이덕무는 목홍공을 18세기를 전후한 일본의 새로운 문화 예술 사조를 대표하는 인물로 소개하고 있다. 그러므로 목홍공과 같은 조닌들이 주도하고 후원하는 일본의 지식인과 문인 모임이 그 시대에 헤아리기도 어려울 만큼 많았을 것이라는 점을 어렵지 않게 짐작해볼 수 있다.

더욱이 이덕무는 홍대용이 연행에서 사권 청나라 선비 반정균潘庭筠, 육비陸飛, 엄성嚴誠과의 필담을 읽은 다음, 이 필담에다가 자신의 감상문을 덧붙여《천애지기서》를 엮었다. 여기에서 이덕무는 청나라와 교류하기 가깝고 쉬운 해로는 막고 정작 멀고 어려운 육로를 통해 왕래하는 조선의 악습과 폐단을 언급한다. 이로 말미암아 조선과 청나라의 문물 교류는 쇠퇴한 반면 선박을 이용해 중국의 강남과 통상하는 일본은 문화가 성대해졌다고 보았기 때문이다. 그리고 청나라와 교류해 경제적 번영과 문화적 융성을 맞이한 18세기 일본을 대표할 만한 인물로 다시 목홍공의 사례를 소개하고 있다.

우리나라는 바닷길로 통화通貨하지 않은 까닭에 문헌이 더욱 거칠고 엉성하다. 서적은 갖추어져 있지 않고 삼왕三王의 사적을 제대로 알지 못하는 것도 오로지 이러한 이유 때문이다. 일본 사람들은 중국의 강남과 통상한다. 그러므로 명나라 말기의 고기古器와 서화는 물론 온갖 서적과 약재 등이 나가사키에 가득 차 있다. 일본에 있는 겸가당의 주인 목세숙(목

홍공)이라는 거상은 서적 3만 권을 비장秘藏하고 있다. 또한 중국의 명사
들과 교류가 잦다. 그래서 문아文雅가 바야흐로 성대하여 우리나라와 비
교할 바가 아니다.

_이덕무, 《청장관전서》, 〈천애지기서〉

해상을 통한 외국과의 문물 교류만이 조선의 문화 수준을 획기적으
로 끌어올릴 수 있다는 주장은 곧 이덕무가 일찍이 개항의 필요성을 깨우
쳤다는 사실을 짐작하게 한다. 또한 해상 교역을 통해 경제적·문화적 발
전을 이룬 일본이 이때 이미 조선을 앞질러나가고 있었다는 현실을 냉철
하게 꿰뚫어보고 있다. 특별히 한 가지를 더 언급하자면, 대개 사람들은
18세기 조선에는 서양의 학문과 지식을 일컫는 '서학'과 청나라의 학문과
지식을 뜻하는 '북학'만이 있었다고 알고 있다. 그런데 사실 여기에 더해
'남학', 즉 일본의 학문과 지식을 수집하고 탐구하던 이른바 일본학 또한
존재했다. 이 남학의 제일인자가 다름 아닌 이덕무였다. 이덕무는 이전 시
대와 동시대의 조선통신사들이 남긴 일본에 관한 수많은 기록과 일기를
꼼꼼히 살펴보았다. 그리고 1763년과 1764년에 걸쳐 마지막으로 일본 본
토까지 갔다 온 조선통신사의 일원이었던 현천玄川 원중거元重擧와 청성靑
城 성대중成大中이 가져왔을 것으로 짐작되는 18세기 최신의 일본 백과사
전인 《화한삼재도회和漢三才圖會》(전체 분량이 105권 81책에 달할 만큼 방대한 규
모였다)까지 소장하고 탐독했다. 특히 박제가의 청나라 여행 기록인 《북학
의北學議》와 박지원의 《열하일기》에 비견할 만한 일본 사행 기록인 《화국
지和國誌》의 저자 원중거는 북학파의 일원이자 이덕무와 사돈지간이었다.
그러한 까닭에 이덕무는 원중거를 통해 일본에 관한 생생한 지식과 정확
한 정보를 얻을 수 있었다. 이렇게 일본에 관한 모든 것을 철저하게 수집

탐구하고 분석한 다음, 이덕무는《청령국지蜻蛉國志》라는 일본 연구 서적을 저술하기까지 했다. 이 책은 19세기 말 이전까지 일본에 관한 가장 정확한 정보와 최신의 지식을 담고 있는 역작이다.

여하튼 목홍공과 같은 상공인 계층이 주도한 '조닌 문화'는 문학에서는 하이카이와 통속 소설을, 회화에서는 우키요에浮世繪라는 목판화를 유행시켰다. 또한 서민 연극인 가부키歌舞伎와 가면극인 노가쿠能樂는 물론이고 게이샤藝者 문화까지 크게 유행시켰다. 마치 앞서 조선의 소품문을 살펴볼 때, 새로이 사회 경제적 부와 힘을 갖게 된 중인 계층이 처음에는 문화 예술을 소비하고 향유하다가 점차 그 일원으로 참여하고 마지막에는 자신들 스스로 문화 예술을 창조했던 것처럼, 일본의 상공인 계층인 조닌 역시 그와 비슷한 맥락의 길을 걸었다고 볼 수 있다. 다만 일본의 경제 체제와 사회구조는 조선보다 훨씬 상공인 계층이 강력한 세력으로 성장하고 발전할 수 있는 유리한 조건을 갖추고 있었다. 그러한 까닭에 조닌은 조선의 중인 계층보다 훨씬 깊고 넓게 일본 사회의 변화를 주도했다. 18세기를 전후해 새롭게 등장한 조닌이 주도한 사회 경제적 변화와 문화 예술의 신사조는 19세기 중반 일본의 근대화, 즉 메이지유신을 추동하는 강력한 힘이 될 만큼 성장해나갔다.

그런데 17세기에 조닌의 문학으로 유행한 하이카이는 시간이 흐르면서 지나치게 해학적이고 유희에서 벗어나지 못한 말장난으로 전락해버리는 바람에, "과연 하이카이를 문학, 즉 시라고 할 수 있는가?"라는 물음 앞에서 난관에 빠지게 되었다. 상류 계층의 전유물이었던 운문 형식의 시가를 평민의 문학으로 바꾸었다는 점에서는 큰 의미와 가치가 있었지만, 해학과 유희의 말장난에서 벗어나지 못하는 한 하이카이는 새로운 시 문학으로 발전해나갈 수 없었다. 이때 한 사람이 혜성처럼 등장해 하이카이를

예술적·미학적 수준으로 끌어올리면서 새로운 시풍의 시대를 열었다. 그가 바로 마쓰오 바쇼이고, 그가 개척한 새로운 시풍이 하이쿠이다. 하이쿠는 앞서도 언급한 적이 있듯이, 5·7·5의 음율을 지닌 17자로 되어 있는 짧은 시이다. 그런데 하이쿠에는 반드시 갖추어야 할 두 가지가 있다. 즉 봄·여름·가을·겨울 등 계절을 상징하는 '계어季語(기고)'와 한꺼번에 읽어내려가는 폐단을 막기 위해 끊어서 읽도록 하는 장치라고 할 수 있는 '절자切字(기레지)'가 그것이다. 절자는 '~けり(~구나)' 등과 같은 것들이다.

그런데 이쯤에서 왜 산문의 일종인 '소품문'을 다르면서 느닷없이 시의 한 종류라고 할 수 있는 하이쿠와 그 개척자인 마쓰오 바쇼에 대해 장황하게(?) 설명하고 있는지 의문을 갖는 독자들이 있을 것이다. 거기에 대한 필자의 대답은 이렇다. 흥미롭게도 바쇼가 말년에 남긴 세 편의 하이쿠 모음집인《노자라시 기행野ざらし紀行》,《오이노고부미笈の小文》,《오쿠노호소미치おくのほそ道》에 실려 있는 하이쿠와 어우러진 짧고 간결한 글이 미묘하게 소품문의 미학과 연결되어 있는 듯한 느낌을 강렬하게 받았기 때문이다. 그것은 17세기와 18세기에 크게 유행한 조선과 중국의 '소품문'과는 또 다른―그렇게 표현할 수 있다면―일본 특유의 '소품문'이었다.

당시 마쓰오 바쇼의 여행은 단순한 유람이 아닌 사물의 본질적인 아름다움을 탐닉하는 하이쿠 기행이었다. 또한 그 기행은 오늘날까지 일본을 상징하는 대표적인 문화로 세계를 사로잡고 있는 하이쿠를 예술적·미학적으로 완성하는 문학적 구도의 길이기도 했다. 이 문학적 구도의 길을 통해 마쓰오 바쇼는 오늘날까지 '바쇼풍'이라고 불리는 독창적인 시풍을 완성했다. 처음 마쓰오 바쇼는 30세가 되던 1673년부터 7여 년 동안 에도에 머무르면서 당시 교토를 중심으로 유행하던 언어유희적인 경향의 하이카이인 '단린 하이카이談林俳諧'에 빠져들었다고 한다. 당시 하이카이의 종장이 되면 재력을 갖춘 조닌의 지원과 후견을 받아 큰 수입을 얻을 수 있었다. 마쓰오 바쇼는 에도의 유력한 여섯 하이카이 시인 중의 한 사람으로 언급되는가 하면, 하이카이 모음집인 《세단홋쿠집歲旦發句集》에서는 유력한 에도의 시인들을 제치고 권두에 실릴 만큼 큰 명성을 얻었다고 한다. 그렇게 부와 명성을 함께 얻으면서 안락한 삶을 살던 마쓰오 바쇼는 종장으로 활동한 지 불과 2년 만에 홀연히 에도 시내를 벗어나 은둔 생활을 시작했다. 나이 37세가 되는 1680년 에도의 도심에서 벗어나 인적이 드문 후카가와의 오두막에 거처를 정한 마쓰오 바쇼는 중국과 일본의 고전과 문학작품들을 탐독하면서 세월을 보냈다. 이러한 생활로 미루어볼 때, 바쇼는 비록 에도에서 부와 명성을 얻었지만 언어유희적인 하이카이에 염증을 느꼈던 것으로 짐작된다. 따라서 바쇼의 은둔 생활은 단지 조닌의 비위에 맞고 그들을 즐겁게 하는 시작에서 벗어나 진정한 시인으로 거듭나기 위한 자발적 선택으로 보인다.[11] 그의 하이쿠에 노장의 철학과 한시조漢時調의 품격이 스며들기 시작한 때도 이 무렵이었다. 이제 드디어 언어유희, 즉 말장난의 수준에서 벗어나지 못한 채 문학적으로 제 갈 길을 찾지 못했던 하이카이가 예술과 미학을 갖춘 하나의 시 문학 하이쿠로 전환하게 되었다.

그리고 마침내 41세가 되던 1684년 8월 마쓰오 바쇼는 은둔 생활을 접고 세상 바깥으로 나와 하이쿠를 문학적으로 완성하는 구도의 길, 즉 '하이쿠 기행'에 나섰다. 이때의 《노자라시 기행》을 시작으로 마쓰오 바쇼는 1687년 8월 《가시마 모데鹿島詣》 여행, 10월 《오이노고부미》 여행, 1688년 《사라시나 기행更科紀行》, 1689년 3월 《오쿠노호소미치》 여행에 이르기까지 몸이 쇠약해져 더 이상 여행을 할 수 없는 마지막 순간까지 일본 구석구석을 찾아다니며 하이쿠의 아름다움을 탐닉하는 발걸음을 멈추지 않았다. 이러한 까닭에 그가 기행에서 얻은 글과 하이쿠는 일본 특유의 미학적 취향이 가득 묻어 있다. 특히 이 다섯 차례의 여행 중에서도 1684년의 《노자라시 기행》, 1687년 10월의 《오이노고부미》, 1689년의 《오쿠노호소미치》에 수록된 작품이 탁월했다. 그래서 오늘날까지 마쓰오 바쇼를 대표하는 3대 기행문으로 불리고 있다. 그럼 이제 장광설은 이쯤에서 접어두고 본격적으로 바쇼가 남긴 소품의 글과 하이쿠의 미학 속으로 들어가보자. 특별히 마쓰오 바쇼의 글에 담긴 '섬세한 감성'과 '세밀한 묘사'와 '강렬한 자의식'에 주목하면서 읽으면 더욱 흥미로울 것이다.

먼저 첫 번째 여행인 《노자라시 기행》 속 소품의 글과 하이쿠를 읽어보겠다. 여행을 시작한 지 얼마 되지 않았을 때 후지카와 강 근처를 지나가던 바쇼는 강가에 버려진 아이를 보면서 한 편의 하이쿠를 읊는다. 이 글을 읽다 보면, 바쇼가 단지 사물의 아름다움만 탐닉한 것이 아니라 인간의 고통에 마음 아파할 줄 알았던 섬세한 감성의 시인이었다는 사실을 느낄 수 있다.

후지카와 강 부근을 유람하며 지나가고 있는데, 세 살가량 되는 아이가 버림을 받았는지 참으로 애처롭게 울고 있었다. 이 가엾은 아이의 부모가 급류가 흐르는 이곳에 아이를 던지고 자신들만 세상의 거센 파고를 헤치고 살아가는 것을 견뎌낼 수 없었기 때문에, 이슬이 마르면 죽을 허망한 목숨이라는 것을 알고서도 남몰래 내버려두고 떠나간 것일까. 조그마한 싸리꽃 같은 아이가 차가운 가을바람에 날려 흩어지듯이, 오늘 밤안으로 목숨을 잃을까 아니면 내일 시들어버리지 않을까 생각하니 더욱 가엾고 안타깝다. 소맷자락에서 음식을 꺼내어 던져주면서 지나가는 순간 하이쿠 한 구절을 읊었다.

'원숭이 울음소리 듣는 이여, 버려진 아이에게 부는 가을바람, 어찌하겠나.'
도대체 어떻게 된 일이란 말인가. 아버지에게 밉보여서 버려졌나, 어머
니에게 미움받아서 버림받았나. 아니다. 그렇지 않았을 것이다. 아버지
는 너를 미워하지 않았고, 어머니는 너를 싫어하지 않았다. 오직 하늘이
만든 운명일 뿐, 너의 타고난 비운에 눈물 흘리며 한탄할 수밖에.

_마쓰오 바쇼, 《노자라시 기행》[12]

　　일본의 문화와 미학을 거론할 때 반드시 언급되곤 하는 것이 벚꽃, 불
교, 하이쿠, 사무라이 등이다. 그런데 언뜻 관련성이 없어 보이는 이 네 가
지를 관통하는 하나의 단어가 있다면 그것은 다름 아닌 '무상無常'이다.
앞서 언급한 적이 있듯이, 하이쿠는 '순간과 찰나'를 읊은 시이다. 벚꽃의
아름다움은 만개할 때가 아니라 꽃이 떨어지는 '한 순간'이다. 불교는 '찰
나'라는 용어가 여기에서 비롯되었던 것처럼 인간의 삶은 '찰나의 시간'이
고 기쁨과 슬픔, 행복과 불행, 삶과 죽음 역시 영원하지 않다는 이치를 설
파하는 무상의 종교이다. 사무라이에게 최고의 미덕이자 숭고한 가치는
죽음을 맞는 한 순간 한 치의 주저함도 없이 주군을 위해 목숨을 내던지
는 것이다.
　　이러한 일본의 미학이 극단적으로 악용된 사례가 제2차 세계대전 때
일본 제국주의의 자살 특공대 '가미가제'다. 일본인의 정서를 갖고 있지
않는 필자가 볼 때도―물론 일본의 미학과 정신을 깨닫고 난 이후부터이
지만―미군의 전함을 향해 자폭하는 가미가제의 비행기는 마치 화사하게
피었다가 어느 한 순간 처절할 만큼 아름답게 떨어지는 벚꽃의 이미지와
묘하게 겹친다. 천황과 제국주의라는 악의 화신을 위해 목숨을 바치는 것
조차―일본인 특유의 미학과 가치관을 이용해―'찬란하게 아름다운 죽

음의 한 순간', 즉 무상으로 미화했던 것이 바로 가미가제 자살 특공대였던 것이다. 그리고 그 한 순간을 지나가면 영광스럽게도(?) 그 사람은 다시 신적 존재인 천황의 공간에 들어서게 된다. 다시 말해 찰나와 같은 죽음의 한 순간을 지나 화려하게 환생하는 것이다. 그 천황의 공간이란 것이 바로 야스쿠니 신사이다. 그런 의미에서 무상은 언제나 환생과 함께 있다. 모든 것은 변하고 영원한 것은 없지만, 그것은 사라지는 것이 아니라 다른 것으로 되살아난다. 환생이 없는 무상은 허무와 슬픔이지만, 환생이 있는 무상은 새롭게 태어나는 기쁨이 된다. 어쨌든 이제 소개하는 바쇼의 글과 하이쿠에서는 불교의 철학인 '무상과 환생'에 대한 일본인 특유의 감성과 미학을 엿볼 수 있다.

> 후타가미 산 다이마데라 절에 참배 갔다가 경내에 서 있는 소나무를 관람했다. 무려 천 년 세월을 거쳐 살아온 것으로 보였다. 그 크기를 보자면, 《장자》에 나오는 수천 마리의 소가 몸을 감출 수 있을 정도로 컸다는 참나무만큼이나 거대했다. 소나무에는 인간처럼 희로애락의 감정이 없다고 하지만, 불가의 인연으로 절에서 자랐기 때문에 도끼에 찍혀 잘려져나가는 죄를 모면했다고 할 것이다. 소나무에게는 진실로 다행스럽다고 하리라. 이것도 존귀한 부처님의 자비일 것이다.
> '스님과 나팔꽃 몇 번이나 생사 거듭했으리. 불법의 소나무.'
> _마쓰오 바쇼, 《노자라시 기행》

1687년 10월의 기행문인 《오이노고부미》는 한마디로 요약하자면 '벚꽃 미학 기행'이라고 할 수 있다. 그렇게 불러도 좋을 만큼 바쇼는 일본의 벚꽃 명승지를 찾아 유람하며 그 미학적 가치와 의미를 탐구하는 소품의 글과 하이쿠를 남겼기 때문이다. 먼저 나라현 남부 요시노를 찾아가 남긴 소품의 글과 하이쿠를 읽어보자. 이곳은 일본에서 벚꽃이 가장 아름답다는 명승지로 예로부터 많은 시인 묵객들이 찾아 벚꽃을 예찬했다고 한다.

3월도 절반이 지나갈 무렵, 어쩐지 마음속에 벚꽃의 자태가 떠올라 나를 여행길로 이끄는 탓에 요시노에 가서 벚꽃을 구경하려고 했다. 이때 이라고자키 곳에서 (함께 벚꽃 구경을 하려고) 만나기로 약속했던 사람이 이세에서 마중 나와 나를 맞이해주었다. 그 사람은 여행길의 잠자리를 함께 해주었을 뿐만 아니라 여행 동안 나의 시중을 드는 동자童子가 되어주겠다고 했다. 그러면서 스스로 여행하는 동안 임시로 사용할 이름을 짓고 '만기쿠마루万菊丸'라고 불렀다. 참으로 어린아이다운 이름으로 흥취가 절로 났다. 이에 문밖을 나와 길을 나설 때 쯤 약간 장난스러운 마음에 일을 꾸미며 삿갓 안쪽에 다음과 같은 낙서를 했다.
하늘과 땅 사이에 머물 곳이 없어 함께 방랑하는 두 사람.
'요시노에서 벚꽃을 보여주겠다. 노송나무 삿갓'
'요시노에서 나도 보여주겠다. 노송나무 삿갓'

_마쓰오 바쇼, 《오이노고부미》

그런데 조선과 일본을 미학사나 문학사적으로 비교해보면, 벚꽃의 미학과 시문은 일본에만 존재했다는 것을 알 수 있다. 조선의 지식인과 문인들이 남긴 시문에서는 벚꽃에 관한 것을 결코 찾아볼 수 없다. 단지 매화에 관한 미학과 시문은 한 가득이나 존재한다. 매화에 관한 시문만 모아도 몇 권의 책을 만들 수 있을 정도다. 반면 일본에서는 벚꽃의 미학과 시문뿐만 아니라 매화의 미학과 시문 역시 어렵지 않게 찾아볼 수 있다.

바쇼가《오이노고부미》에 실어놓은 글과 하이쿠가 이를 입증한다.

> 아지로 민부 셋도의 하이쿠 모임.
> '매화나무에 기생하는 어린 매화나무 꽃. 향기롭구나.'
> 이세 신궁伊勢神宮의 경내에서는 매화나무를 한 그루도 찾아볼 수 없다.
> 무엇인가 특별한 이유가 있을 것 같아 여사제인 쓰카사神司에게 물어보
> 았다. 쓰카사는 이렇게 말해주었다. "뭐 특별하다고 할 만한 이유는 없습
> 니다. 그저 신궁의 경내에는 한 그루의 매화나무도 찾아볼 수 없습니다.
> 단지 고라다테 관 뒤쪽에 오직 매화나무 한 그루가 있을 뿐입니다."
> '신을 모시는 여사제 곁에 매화나무 한 그루. 매화꽃 피었구나.'
>
> _ 마쓰오 바쇼,《오이노고부미》

벚꽃나무는 일본에서만 자라는 특수종이 아니다. 조선의 토양과 날씨
와 기후에서도 벚꽃나무는 잘 자란다. 사람들이 힘써 가꾸려고 하지 않아
도 자생하는 벚꽃나무가 적지 않았을 것이다. 그런데 왜 조선의 지식인과
문인들은 벚꽃에 그토록 무관심했던 것일까? 일본에서는 미학적으로나
예술적으로나 그렇게 큰 가치와 의미가 있었던 벚꽃이 왜 조선에서는 그
토록 철저하게 외면당했을까? '벚꽃의 화사한 만개와 한순간의 처절한 낙
화'가 유학의 가치와 군자의 상징으로 어울리지 않았기 때문이었을까? 일
본의 문학과 문화 예술을 살펴보면, 간혹 동아시아의 갈라파고스 같다는
생각이 들곤 한다. 조선과 중국에서는 찾아볼 수 없는 문화 예술이나 전
혀 다른 느낌의 미학적 감성이 등장하곤 하기 때문이다. 그 대표적인 경
우가 벚꽃에 관한 일본인 특유의 탐미와 탐닉이다. 요시노 산과 그 주변
지역의 벚꽃을 찾아 하루하루 50~60리를 유람했다는 바쇼의 글과 여러

편의 하이쿠에서는 벚꽃의 미학을 극한까지 추구했던 그의 일본인다운 정신을 읽을 수 있다.

하츠세
'높은 굽 나막신 승려도 보이는구나. 벚꽃 비 내리네.'
가즈라키 산
'더욱 보고 싶어라. 벚꽃 환한 새벽의 신의 얼굴을.'
류몬
'류몬 폭포의 벚꽃이여. 애주가에게 선물하리라.'
'술친구에게 들려주리. 류몬 폭포의 벚꽃.'
벚꽃
'벚꽃을 찾아 놀라워라. 날마다 오륙십 리.'
'해는 벚꽃에 지니 쓸쓸하여라. 나한백나무.'
'부채 펼쳐 들고 술 먹는 시늉하누나. 벚꽃이 지네.'
벚꽃이 한창인 요시노에서 사흘간 머물면서 아침저녁의 경치를 바라보고 있자니, 지샌 달의 정취 깊은 모양이 마음속에 파고들고 가슴 가득 메어와 하이쿠는 한 수도 읊지 못했다. 한편으로는 그 옛날 셋쇼 공이 읊은 와카 '그 옛날 누가 / 이런 벚나무 씨앗 / 심었기에 이토록 / 요시노를 벚꽃 천지로 / 만들어내었을까'가 떠올라 마음을 빼앗기기도 하고, 사이교 법사가 '요시노 산 / 지난해의 길 표지 / 올해는 바꾸어서 / 아직 안 가본 곳의 / 벚꽃을 찾아가네'라고 읊었던 와카의 길 표지를 찾아 방황하면서, 끝내는 하이쿠 시인 데이시츠가 '아! 이거 이거 / 이 말만 되풀이한 / 벚꽃 핀 요시노'라고 즉석에서 자유분방하게 읊었던 것을 떠올리자니, 나는 뭐라 할 말도 없어 단 한 수도 읊지 못하고 그저 입을 다물게 되었던 것

은 심히 애석한 일이었다. 요시노의 벚꽃을 한 수 읊으리라 떠나왔던 풍
류 여행도 이렇게 되고 보니, 참으로 흥취가 식어버린 일이 되고 말았다.

_마쓰오 바쇼, 《오이노고부미》[13]

그러나 마쓰오 바쇼가 남긴 소품의 글과 하이쿠 미학의 극치는 '오쿠
로 가는 작은 길'이라는 뜻의 운치 있는 제목을 달고 있는 1689년의 기행
문 《오쿠노호소미치》에서 감상할 수 있다. 특히 앞서 소개했던 바쇼의 하
이쿠 '오래된 연못이여. 개구리 뛰어드는 젖은 물소리'와 더불어 하이쿠
의 미학적 가치를 전 세계에 알린 또 다른 하이쿠 '고요함이여. 바위에 스
며드는 매미 울음소리〔閑かさや岩にしみ入る蝉の聲〕'의 탄생 비화를 알려주는
소품의 글이 등장하는 곳 또한 이 기행문에서다.

야마가타 번의 영지에 류샤쿠지라고 불리는 산사가 있다. 지카쿠 대사가
개창해 터를 잡은 절인데, 특별히 청정하고 한적한 곳이다. 사람들이 한
번 관람하고 가야 한다고 하도 권하는 바람에 오바나자와에서 발걸음을
돌려 류샤쿠지 절로 향했다. 그 사이의 거리가 70리가량 되었다. 류샤쿠
지 절을 찾아갔을 때는 아직 해가 저물지 않았을 때였다. 산기슭에 참배
객에게 숙박을 위해 내어주는 방사坊舍가 있어서 잠자리를 빌려놓은 다
음 산 위에 자리하고 있는 본당으로 올라갔다. 바위에 다시 바위가 거듭
쌓여서 산을 이루었다. 소나무와 잣나무가 우거져 있고, 오랜 세월을 거
쳐 온 흙과 돌에는 이끼가 매끄럽게 끼어 있었다. 바위 위의 사원은 모두
사립문을 닫아걸어놓은 탓에 어떤 소리도 들려오지 않았다. 낭떠러지를
돌아 바위를 기어오르다시피 해서 불각佛閣에 들어가 참배했다. 적막 속
에 있는 아름다운 풍경을 보고 있으려니까 마음이 맑아지는 것만 같았다.

'고요함이여. 바위에 스며드는 매미 울음소리.'

마쓰오 바쇼는 41세가 되던 1684년 8월 이후 46세가 되는 1689년까지 모두 다섯 차례에 걸쳐 일본의 구석구석을 누볐다. 그리고 하이쿠 기행의 마지막 지점인 사카타에서 그 지방 사람들과 이별한 후 귀향길에 오른다. 그런데 이제 '내가 하고 싶었던 일이 모두 이루어졌구나!' 하는 안도감 때문이었을까, 바쇼는 더위와 비에 지치고 끝내 병마저 얻게 되고 만다.

사카타에서 사람들과 헤어지는 것이 안타까워 며칠 동안 머무르다가 마침내 호쿠리쿠도北陸道의 구름을 바라보면서 길을 떠났다. 집으로 돌아갈 길이 요원하다는 생각이 가슴을 미어터지게 하지만, 이곳에서 가가의 부府까지 대략 1,300리 정도 된다는 말을 들었다. 네즈의 관문을 넘어가서 에치고의 땅으로 발걸음을 서둘러 엣추 지방의 이치부리의 관문에 도착했다. 여기까지 오는 동안 9일이나 걸렸다. 덥고 습한 날씨에 시달리느라 심신이 괴로운데다가 병까지 나는 바람에 그동안의 일에 대해 글로 적지 못했다.
'후미즈키文月 (7월)여. 칠석날 전야 초엿새 여느 때 밤과는 다르네.'
'거친 바다여. 사도 섬에 가로 걸린 밤하늘 은하수.'

_마쓰오 바쇼,《오우노호소미치》

그리고 기나긴 여행의 끝자락에서 다시 새로운 여행을 꿈꾸면서 마쓰오 바쇼는 '가는 가을'의 정취를 한 편의 소품과 한 줄의 하이쿠에 담았다. 이후에도 바쇼는 이곳저곳을 옮겨 다니면서 자신을 찾아온 제자들을 가르치고 수많은 하이쿠를 남겼다. 그렇지만 더 이상의 하이쿠 기행이나 그와 관련한 글을 남기지 않았다. 그렇게 하기에는 이미 몸이 쇠약해졌기 때문이다. 그리고 17세기가 저물고 18세기의 여명이 다가오던 1694년 10월 8일 한밤중 마지막으로 '여행길에 병이 드니 / 황량한 들녘 저편을 / 꿈은 헤매는도다'라는 홋쿠發句 한 편을 제자 시코支考에게 남겼다. 그로부터 나흘이 지난 10월 12일 오후 4시경 일본의 미학 하이쿠의 개척자 마쓰오 바쇼는 조용하게 죽음을 맞았다.

하이쿠를 미학적·예술적으로 완성한 마쓰오 바쇼의 세 차례 기행문 속 소품의 글과 하이쿠를 보면서 필자는 이렇게 생각해본다. 만약 이익의 소품문 모음집인《관물편》이 사물을 관찰하면서 우주 자연의 조화와 인간 세상의 이치를 깨달아 글로 옮긴 '주지주의적 글쓰기'에 가깝다고 한다면, 바쇼의 유기遊記와 하이쿠는 사물의 본질적인 아름다움을 탐닉하는 '탐미주의적 글쓰기'였다고. 그것은 여전히 유학(성리학)의 정신세계에서 완전히 벗어나지 못한 채 사물을 관찰하고 깨달음을 얻었던 조선의 미학과 특정한 사상이나 이념에 구속당하지 않은 채 사물 그 자체의 아름다움만을 보았던 일본의 미학이 얼마나 달랐던 것인지 보여주는 하나의 역사적 증거이다. 그럼에도 불구하고 지극히 절제된 문장과 극도로 함축적인 시구 속에 자유분방한 정신과 강렬한 감성과 탁월한 묘사를 추구했던 그 정신은 유사하다고 할 수 있다. 특히 이익의《관물편》과 마쓰오 바쇼의 기행문에서는 과감한 생략과 그것이 주는 여백과 여운의 맛을 동시에 느낄 수 있다. 그런 의미에서 산문의 소품인 '소품문'과 시의 소품인 하이쿠는 다른 듯 닮아 있다.

마쓰오 바쇼가 사망한 이후 이른바 바쇼풍의 하이쿠가 대유행했다. 그러한 과정에서 조닌의 문화는 이제 바야흐로 주요한 미학적 가치와 의미를 갖추게 된다. 조롱과 해학과 말장난의 수준에서 벗어나 사계절의 풍경과 사물의 아름다움과 삶의 의미를 하이쿠에 담은 마쓰오 바쇼에 뒤이어 요사 부손与謝蕪村과 고바야시 잇사小林一茶가 등장해 18세기 하이쿠 문화를 빛냈기 때문이다. 특히 요사 부손은 중국과 일본의 고전을 탐독하고 그 속에 담긴 뜻을 섭취해 하이쿠에 적극 도입했던 고전 취향의 낭만적 작품을 많이 남겼다. 더욱이 평민 출신의 하이쿠 시인 고바야시 잇사는 급속하게 변화하는 도시와 농촌의 현실 속에서 하이쿠의 소재를 찾고, 평범한 언어를 사용하거나, 평민들의 일상적인 삶을 주인공으로 한 수많은 하이쿠를 읊었다. 이렇듯 바쇼에 이어 하이쿠의 거성들이 잇따라 출현하면서 하이쿠의 예술성과 사실주의는 크게 발전하고 다양한 방면으로 확상되었다.[14] 그러나 필자가 생각할 때, 오늘날까지 하이쿠의 미학은 '바쇼풍', 곧 마쓰오 바쇼가 여러 기행문에 남긴 소품의 글과 하이쿠의 탐미주의를 넘어서지 못하고 있다. 그것은 사마천의 《사기》가 출현한 지 수천 년이 지났지만 여전히 이 역사서의 넓이와 깊이를 뛰어 넘는 역사서가 존재할까 하는 의문이나 박지원의 《열하일기》가 등장한 이후 수백 년이 흘렀지만 과연 이 여행기에 담긴 철학과 글쓰기의 경지를 넘어서는 여행기가 나왔는가 하는 질문과 맞닿아 있다.

인간 장사에 대한 노여움에서
서호의 몽환적 풍경까지

• 장대

중국 문학사에서 소품문은 꽤 긴 역사를 갖고 있다. 소품문의 연원이 되는 '소품小品'이라는 용어는 불교 경전에서 나왔다. 대만의 중국문화대학 중화학술원에서 1981년 3월부터 1983년 7월 사이에 발행한《중화백과전서》에는 소품의 어원과 소품문의 개략적인 역사가 이렇게 서술되어 있다.

> '소품小品'의 명칭은 불경에서 비롯되었는데, 대개 불경은 상세본을 일컬어 '대품大品'이라 하고 간략본을 '소품'이라 한다. 이 때문에 현대인은 인물·사건·자연 풍경 및 개인 감흥으로 이루어진 단소한 문장, 예를 들어 서신·유기·서서書序·수필·잡감 등을 통칭하여 '소품'이라고 하는데, 매우 성행하여 일종의 문체가 되었다. 실은 한漢나라 이래 수많은 문인들의 일시적인 감흥으로 우연히 집필한 작품들이 모두 소품문으로 일컬어질 수 있다. 다만 지금까지 정의된 바가 없어서 혹자는 서양의 에세이에 해당한다고 말하는데 역시 시필試筆·우기愚記의 의미인 것이다.[15]

그러나 엄밀하게 따지면, 동아시아 문학사와 미학사에서 소품문이란 이탁오를 필두로 하여 소품의 미학을 찬란하게 빛낸 문장의 거성 대가들이 무수히 등장했던 17~18세기 명말청초 시대의 소품문에 국한시켜 일컫는 용어이다. 중국 근현대문학의 거장 노신과 임어당은 20세기 초 소품문의 문학적 가치를 역설하면서 시급하게 소품문의 전통을 복원 부활시켜 현대적으로 계승 발전시켜야 한다고 주장했다. 노신과 임어당은 각자의 성향과 방식에 따라 전혀 다른 색깔의 소품문 운동을 주도했다. 그러나 두 사람 모두 명말청초 시대 소품문에서 중국 근현대 소품문 운동이 나아가야 할 방향을 찾았다. 필자가 말한 소품의 미학 또한 명말청초 시대 소품문의 정신과 가치를 가리킨다. 그리고 18세기 조선의 지식인과 문인들 사이에서 크게 유행한 소품문 역시 명말청초 시대 문인들의 소품문과 직접적으로 연결되어 있었다.

어쨌든 소품문은 대개 1,000개의 한자 이내의 짧고 간결한 글을 의미하지만, 본래 글의 길이나 분량은 물론 문체나 표현 방법에 관해 정해진 형식이 없는 무정형과 비형식의 글이다. 그 소재나 주제에 있어서도 역시 아무런 범위나 제한 없이 개인적인 감성과 의도를 마음껏 발산하고 발출하는 그야말로 아무런 거리낌이 없는 자유분방하고 활달한 글쓰기가 소품문이다. 20세기 초 소품문 운동을 이끌고, 그 자신 스스로 소품문의 대가였던 임어당은 잡지 〈인간세人間世〉의 창간호 발간사에서 소품문을 이렇게 정의했다. 이것은 18세기를 전후해 중국과 조선의 지식인과 문인들을 사로잡았던 소품문의 정신과 가치에 거의 가까운 정의라고 할 수 있겠다.

소품문은 원래 일정한 범위가 없어 의론을 펴거나 애정을 풀 수도 있고, 인정을 묘사하거나 세태를 형용할 수도 있으며, 사소하고 잡다한 것을 따서 적거나 하늘로부터 땅 끝까지 무엇이든 말할 수 있다. 특히 자아를 중심으로 삼고 한적을 격조로 삼고 있어 다른 각종 체재와 구별되므로 서구 문학의 이른바 개인적 필조라는 것이 바로 이것이다. 그러므로 정감과 의론을 한 화로에서 불려 현대 산문의 기교를 이루었다.[16]

그런데 명말청초 시대를 휩쓴 소품문의 거성 대가들, 즉 이탁오, 황여

형, 진계유, 원종도, 원굉도, 원중도, 종성, 조학전, 왕사임, 담원춘, 장대, 장조, 대명세 등은 대부분 명나라 때는 정통 고문의 격식과 속박에서 벗어나 자유스러운 성정의 발산을 주창한 문장의 반도叛徒였다. 더욱이 명나라가 멸망하고 청나라가 들어선 이후에는 벼슬살이를 거부하고 산림으로 숨어 들어가 반청反淸 성향을 띤 글을 썼다. 이러한 까닭에 그들의 소품문은 청나라 왕조에서 금지 조치되어 크게 훼손되거나 단절되었다.

특히 문자의 옥獄 사건 이후 소품문은 크게 위축된다. 이 사건은 청나라의 제4대 황제였던 강희제 때인 1711년에 발생했다. 반청 성향이 강했던 대명세戴名世는 자신의 저서인《남산집南山集》에 청나라의 연호가 아닌 남명南明 영력제의 연호인 영력永曆을 썼다. 이것이 빌미가 되어 대명세는 체포 투옥되었고 1713년 참수형에 처해졌다. 그리고 그의 저서는 모두 불태워졌다. 그 사건은 청나라가 들어선 이후 최대의 문자 탄압이자 엄격한 문장 검열과 사상 통제를 불러온 시발점이 되었다. 더욱이 청나라 제6대 황제인 건륭제는 즉위한 지 38년째 되던 1773년부터 1782년까지 10여 년에 걸쳐 국가 주도 하에 중국 전역의 모든 서적을 총망라해 엮는 초대형 국책 사업인《사고전서四庫全書》편찬 작업을 진행했다.《사고전서》는 중국 역사상 최대 규모의 총서였지만, 이 편찬 작업의 과정에서 청나라 조정은 더욱 강력하고 엄격하게 사상 검열과 문화 통제를 가했다. 이 총서의 출간 목적은 애초부터 학문의 진흥보다는 청나라 황제의 사상 통제와 학문 검열 그리고 지식과 정보 독점에 맞춰져 있었다. 그래서 건륭제는《사고전서》를 총 7질만 제작해 철저하게 관리하며 바깥으로 유출되는 것을 막았다. 조선에 있던 이덕무조차 건륭제의 불순한 의도를 읽을 정도로 당시 지식인들에게《사고전서》편찬은 비판받았다. 일종의 청나라판 분서갱유였기 때문이다.

근년에 청나라 조정에 거세게 저항했던 명나라의 백성들이 비록 늙어서 죽었다고 하더라도 그들이 남긴 저서는 오히려 많이 남아 있었다. 이에 그들이 저술한 서적의 문자 속에 우롱하거나 풍자하는 내용을 남기지 않았는지 염려하였다. 그래서 외면적으로는 서적을 구입한다는 뜻을 성대하게 보여서 천하의 서책들을 널리 찾아 단 한 권도 남기지 말고 모두 모아들이라는 조서를 내렸다. 그런 다음 불살라버릴 것과 내용을 지워버릴 것은 법령으로 밝혀 드러냈다. 대개 그 계책이 또한 교묘하다고 하겠다.

_이덕무,《청장관전서》, 앙엽기盎葉記, 사고전서

이 과정에서 특히 양명학의 '심학心學'과 이탁오의 동심설 등에 강하게 영향을 받아 자유 의지와 개성적인 자아, 주관적인 감성과 표현의 자유를 추구했던 명말청초의 소품문은 결코 허용할 수도 용납될 수도 없는 자질 구레하고 형편없는 문장으로 격하되고 배척당했다. 심지어—청나라 왕조의 공식적인 입장이라고 볼 수 있는—《사고전서》편찬자들의 명말청초 시대 소품문에 대한 평가는 무학無學(학문이 없다), 소혜小慧(지혜가 모자라다), 섬측纖仄(가볍고 치우쳤다), 궤벽詭僻(괴이하고 편벽되었다), 위체僞體(거짓 문체로 꾸몄다) 등 부정적인 평어와 혹독한 비평 일색이다[17]. 이때에 이르러서야 청나라 왕조는 비로소 끈질기게 명맥을 유지해온 명말청초 시대 소품문의 가치와 정신을 완전히 잠재울 수 있었다. 이러한 까닭에 20세기 초 노신은 '소품문의 위기'라는 글에서 "명나라 말기의 소품문이 비록 비교적 퇴폐적이고 방탕한 성격을 띠고 있다고 해도 모든 작품이 음풍농월만을 일삼은 것은 아니다. 그 가운데에는 불평도 있고 풍자도 있을 뿐더러 공격도 있고 파괴도 있었다. 이와 같은 작품은 만주족 군신君臣들의 마음에 울화병을 일으켜서, 무수히 잔혹한 무장의 칼날과 출세에 눈이 어두워

권력에 빌붙은 문신의 붓 끝에 의해 건륭 연간에 이르러서야 겨우 억눌러 제압할 수 있었다"고 평했다.

공안파를 형성한 원종도, 원굉도, 원중도 등 삼형제가 맹활약했던 명나라 말기인 16세기 말과 17세기 초가 소품문의 작풍이 최고의 정점에 달한 전성기였다면, 명나라가 멸망하고 청나라가 들어선 초기인 17세기 말과 18세기 초 문필 활동을 한 장대張岱와 대명세는 소품문의 가치와 정신을 이은 거의 마지막 세대의 작가라고 할 수 있다. 특히 장대는 증조부 이래 대를 이어 조정에서 벼슬을 한 명문가 출신이었지만, 청나라가 들어서자 세상을 등지고 산림에 은둔해 살면서 평생 저술에 전념했던 문인이다. 그는 명말청초 소품문의 거성 대가들이 발현한 소품문의 가치와 정신을 모두 아우르는 대문호였다. 자연을 벗 삼아 일상의 삶을 즐겼던 그는 서정적이고 세밀한 묘사가 돋보이는 소품문, 명나라가 멸망한 후 돌아갈 곳 없는 신세가 되어버려 머리를 풀어헤치고 산에 들어가 야인이 된 비통한 심정을 표현한 소품문, 인간을 말처럼 사고파는 세상의 야만성과 잔혹성을 고발하는 소품문, 무엇인가 한 가지에 미쳐 사는 사람만이 진정 사귈 수 있는 사람이라면서 '벽癖'을 예찬한 소품문 등 그야말로 다양한 종류의 소품문들을 모두 섭렵한 듯한 필력을 과시했다. 먼저 한 가지에 지나치게 탐닉하는 고질병, 즉 벽을 통해 자신의 집안사람들을 기록한 '다섯 이인 異人에 관한 전기(五異人傳)'를 읽어보자. 이 글은 개성적 자아를 추구하고 개인의 취향을 무엇보다 중시했던 명말청초 소품문의 정신과 가치가 돋보이는 걸작이다.

장대는 말한다. 나는 일찍이 벽이 없는 사람과는 더불어 사귈 수 없다고 말했다. 그 까닭은 깊은 정이 없기 때문이다. 결점이 없는 사람 또한 더불어 사귀기에 마땅하지 않다. 그 까닭은 진실한 기운이 없기 때문이다. 나의 집안 어르신들 가운데 서양瑞陽 어른은 금전에 벽이 있었다. 염장髯張 어른은 술에 벽이 있었고, 자연紫淵 어른은 기질에 벽이 있었다. 동생 연객燕客은 토목에 벽이 있었고, 동생 백응伯凝은 서책에 벽이 있었다. 모두 한 가지에 탐닉해 깊은 정에 빠져들고 말았다. 작게는 결점이 되었지만 크게는 편벽된 고질병이 되었다. 이 다섯 사람은 모두 세상에 어떤 뜻을 전하려고 한 것은 아니다. 그러나 다섯 사람이 이와 같이 제각각 벽을 지니고 있으니 대개 또한 세상에 전하지 않을 수 없다. 이에 '오이인전五異人傳'을 짓는다.

_장대, 《낭현문집瑯嬛文集》, 오이인전

18세기 조선의 지식인과 문인들의 글에 등장하는 새로운 현상 중 하나가 다름 아닌 벽에 대한 예찬이다. 그 대표적인 소품문이 다름 아닌 박제가의 '백화보서百花譜序'다. 여기에서 박제가는 당시 사람들이 병통이나 병증으로 여겨 부정적인 이미지를 갖고 있던 벽에 대한 편견을 기발한 발상과 참신한 표현으로 전복·해체해버린다. 이전 시대까지 벽은 기피하거나 부정해야 할 무엇이었다면, 이제 벽은 자신의 개성과 정체성을 드러내고 미지와 미답의 세계를 홀로 개척하는 정신의 소유자와 전문의 기예를 익히는 자만이 가질 수 있는 긍정의 가치로 재발견된다.

벽이 없는 사람은 아무런 쓸모도 없는 사람이다. 대개 벽癖이라는 글자는 '병 질疾'자와 '치우칠 벽辟'자를 따라 만들어졌다. 병 가운데 무엇인가에 지나치게 치우친 것을 벽이라고 한다. 그러나 독창적으로 자신만의 세계를 터득하는 정신을 갖추고, 전문의 기예를 습득하는 일은 오직 벽이 있는 사람만이 가능하다. … 김군의 마음은 세상 온갖 사물을 스승으로 삼고 있다. 김군의 기예는 천고千古의 옛사람과 비교해도 탁월하다. 김군이 그린 《백화보百花譜》는 꽃의 역사에 길이 남을 공훈으로 기록할 만하고, 김군은 향기의 나라에서 배향配享하는 위인으로 삼기에 충분하다. 벽의 공적이 진실로 거짓이 아니다! 오호라! 저 두려워 벌벌 떨고 깔보고 업신여기면서 천하의 큰일을 그르치면서도 스스로 지나치게 치우친 병통이 없다고 뻐기는 자들이 김군의 화첩畵帖을 본다면 깨우칠 수 있을 것이다.

_ 박제가, 《정유각집貞蕤閣集》, 백화보서

꽃에 벽이 있다는 것은 비웃음을 사고 손가락질을 당할 일일망정 다른 사람에게 구태여 드러내지 못할 버릇이자 고질병은 아니다. 그런데 돈과 술에 벽이 있다는 것은 사실 드러내놓고 자랑할 일이기는커녕 감추고 숨겨야 할 고약한 버릇이자 고질병이다. 더욱이 지식인과 문인의 입장에서 보면, 더더욱 집안의 어른이 돈에 미쳤다거나 술에 미쳤다고 하는 것은 남에게 드러낼 수 없는 부끄러운 일이다. 그런데 개성과 취향의 관점에서 보자면, 돈에 미친 벽이나 술에 미친 벽조차도 그 사람을 드러내는 특징이 될 수 있다. 그만큼 장대의 소품문에는 개성과 자아와 개인의 취향을 중시하는 정신이 강하게 뿌리박고 있다. 그것은 성현의 삶을 중요시한 중세적 사유 방식이라기보다는 개인의 삶을 중요시한 근대적 사유 방식에 가까운 철학이자 미학이다.

우리 집안의 여삼汝森 할아버지는 자가 중지衆之이다. 그 어른은 몸집이 큰데다가 수염이 덥수룩한 까닭에 사람들이 장비 수염이라는 뜻의 '염장^{膥張}'이라고 불렀다. 술을 좋아해 동틀 무렵부터 해질녘까지 술에 취해 깨어 있을 시간이 없을 정도였다. … 사람을 만나기라도 하면 문득 소리를 질러 부른 다음 집으로 끌고 들어가서는 문을 닫아걸어놓은 채 떠들썩하게 술을 마셨다. 한밤중에 이르도록 자리를 파하고 헤어질 줄 몰랐다. … 중지 할아버지가 일찍이 이렇게 말한 적이 있다. "천자는 부귀로 사람들을 업신여길 수 있다. 그렇지만 나는 관직이 없어도 사람들을 가볍게 여긴다. 어찌 천자가 두렵겠는가! 염라대왕과 노자는 생사로 사람들을 겁박할 수 있다. 그렇지만 나는 위협하거나 협박하면 즉시 떠나버린다. 어찌 염라대왕이 두렵겠는가!" 중지 할아버지가 이렇게 큰소리를 칠 수 있었던 까닭은 술에서 온전히 얻은 것이 있었기 때문이다. 술에 대해 온전한 사람은 그 정신이 세상 어떤 것에도 놀라지 않게 된다. 그런 사람은 호랑이도 어떻게 할 수가 없고, 수레에서 떨어져도 멀쩡하기만 하다. 그런 사람은 삶과 죽음조차 하찮게 여긴다. 하물며 부귀가 대수겠는가. 하물며 문장의 뜻이 대수겠는가. … 손자 장대는 말한다. "술을 좋아하지 않는 사람은 자신의 기운을 보존할 수 있다. 그렇지만 술을 좋아하는 사람은 자기 나름의 멋을 갖출 수 있다. 만약 진실로 멋을 갖출 수 있는 사람이라면 달 뜨는 밤과 꽃 피는 아침, 푸른 산과 맑은 물이 모두 한 가지로 술 속의 멋이 된다고 하겠다. 다만 세상 사람들이 그 멋스러움을 알지 못하는 것이 한탄스러울 따름이다."

_장대,《낭현문집》, 오이인전

어쨌든 이전 시대까지 부정적으로 배척당했던 벽의 가치를 새롭게 발견해 예찬한 장대와 박제가의 글은 다가올 시대가 요구하는 개성적 자아의 출현을 예고한 문학사적 징후라고 해석할 수 있다. 그리고 18세기 조선의 지식인과 문인들 특히 북학파 사람들이 명말청초의 소품문을 탐독하고 그 글쓰기 철학과 미학을 적극적으로 수용했다는 역사적 사실을 감안한다면, 이 시대의 벽 예찬은 분명 장대와 같은 명말청초의 소품문 작가들과 연관성이 있다고 짐작할 수 있다. 즉 18세기 조선의 지식인과 17세기와 18세기 명말청초 중국의 문인들이 공유했던 최고의 글쓰기 철학 중 하나가 다름 아닌 소품문의 정신과 가치였다고 할 수 있다.

또한 장대는 인간을 짐승 취급하는 세상의 야만성과 잔혹성을 고발하고 날카롭게 풍자하는 소품문의 대가이기도 했다. 그런 의미에서 그는 노신이 '소품문의 위기'에서 비판했던 명나라 말기 소품문에서 볼 수 있는 '퇴폐적이고 방탕한 성격의 음풍농월만을 일삼는 작풍'과는 거리가 멀어도 한참 먼 문인이었다. 장대가 살던 때 중국 양주 지방의 사람들은 가난한 집의 어린 여자아이를 돈을 주고 사서 글과 춤과 노래 등을 가르친 다음 부자들에게 첩으로 파는 '인간 장사'를 해 큰돈을 벌었다고 한다. 이 인간 시장에서 짐승처럼 사고 팔리는 여자들을 가리켜 '수마瘦馬'라고 했다. 그 용어 뜻 그대로 마치 사람들이 말을 사고팔 때처럼 얼굴빛과 피부색과 발 모양을 보고 마음에 들면 얼마에 사고팔지 거래하기 때문이다. 장대는 여기에서 세상을 향해 이렇게 묻는다. "인간이 인간을 짐승처럼 사고파는 세상에서 과연 누가 인간이고 누가 짐승인가?"

> 양주 사람 가운데에는 '수마瘦馬'의 몸으로 하루하루 먹고사는 사람이 수십 수백 명이나 있다. 첩을 맞이하려는 사람들은 절대로 자신의 속뜻을 드러내지 않는다. 그저 슬쩍 첩을 두려고 한다는 소식을 바깥으로 내비추면, 그 집 문 앞으로 인신매매를 업으로 삼아 먹고사는 노파와 중간에서 흥정을 붙이는 거간꾼들이 한꺼번에 모여든다. 그 광경이 마치 파

리 떼가 누린내 나는 고기에 달라붙어서 아무리 쫓아내려고 해도 쫓아 낼 수 없는 모습과 같다. … 하루 이틀이 지나고 나흘 닷새가 지나도록 지치지도 않고 끊임없이 여자들을 소개한다. 그러나 50~60명의 여자들을 보아봤자 천편일률적으로 새하얀 얼굴에 붉은 적삼을 걸친 여자일 따름이다. … 첩을 선택하는 사람은 자신의 마음과 눈이 한 치도 붙잡을 데가 없다는 사실을 깨닫게 된다. 사태가 이 지경에 이르면 탐탁지 않아도 부득이하게 그럴듯한 이유를 내세워 그 여자들 가운데 한 사람을 지정한다. … 손님이 흥정한 문서에 적힌 내용대로 재물과 예식 그리고 비단을 허락한다고 하면 곧바로 정중하게 손님을 돌려보낸다. 손님이 머무르고 있던 집에 미처 닿기도 전에 북과 같은 악기, 음식을 담을 쟁반, 홍색과 녹색의 등불, 양고기와 술과 같은 잔치 차림이 그 문 앞에서 미리 대기하고 있다. 일각一刻이 채 되지 않아 예물과 폐백, 떡과 과일이 두루 갖추어지면 북을 울리며 인도해 나아간다. … 신랑 되는 자가 자리에서 절을 하면 신부가 되는 첩이 자리에 오른다. 그러면 노래하는 창기들이 북을 치고 피리를 불며 떠들썩하게 노래를 불러댄다. 정오가 다가오면 어지러이 즐기다가도 분주하게 떠나간다. 급히 첩을 맞이하려는 다른 사람의 집을 찾아가서 또다시 이와 같은 일을 되풀이한다.

_ 장대, 《도암몽억陶庵夢憶》, 양주수마楊州瘦馬

특히 감흥이 있는 대로, 마음이 가는 대로, 붓 끝을 따라 활달하고 거리낌 없이 써 내려간 장대의 잡감 소품과 유기 소품은 간결하면서도 생동감 넘치는 묘사로 유명하다. 그는 항주의 서호西湖에 있던 기원寄園에서 40여 년을 은둔해 살았다. 그리고 서호의 풍경에 묻혀 사는 자신의 삶과 명말청초 세상사의 흥망성쇠에 대한 억누를 길 없는 울분과 감정을 토하고 내뱉듯이 소품문에 풀어냈다. 먼저 장대를 대표하는 소품문 가운데 오늘날까지 걸작 중의 걸작으로 회자 되고 있는 《도암몽억》 속 '서호향시西湖香市'를 읽어보자. 여기에는 서호의 봄날 풍경과 사람 물결이 마치 한 폭의 그림처럼 세밀하게 묘사되어 있다. 참고로 도암陶庵은 장대의 호다.

지금은 따뜻한 봄이라, 복숭아꽃과 버드나무가 눈웃음을 치며 북소리는 맑고 피리 소리는 조화롭기 그지없다. 호숫가 언덕에는 남아 있는 배가 한 척도 없고, 여관에는 남아 있는 손님이 한 사람도 없고, 점포에는 남아 있는 술이 한 방울도 없다. … 서호의 3월 풍경은 이와 같다. 향시香市를 즐기려는 다채로운 차림의 손님들이 무수히 찾아오니 그 광경 또한 유별나다. 품위 있게 차려입은 도회지의 남녀에서부터 단장한 시골 아낙네에 이르기까지 그림 같은 풍경이 주는 감흥을 억누르지 못한다. 온갖 향기롭고 윤기 나는 꽃과 풀과 나무가 어우러져 풍기는 향내가 이보다 더 좋을 수는 없다. 온갖 악기들이 흔들고 두드리고 들이마시고 불어대며 내는 소리가 이보다 더 요란할 수가 없다. … 마치 도망치는 듯 내쫓기는 듯 혹은 마치 분주히 내달리는 듯 추격하는 듯 어지러이 밀고 당기며 수십 수백만의 남자와 여자 그리고 늙은이와 어린아이가 이리저리 무리 지어 돌아다닌다. 사찰의 앞과 뒤, 왼쪽과 오른쪽으로는 햇빛 가리개가 둘러싸고 있다. 여기저기에서 사람들이 달 모양으로 모여 앉아 즐기고 있는 대강大江의 동쪽은 비어 있는 땅 한 조각 찾아볼 수가 없다.

_장대, 《도암몽억》, 서호향시

그러나 장대는 산수 유람에 세월 가는 줄 모르고 자연 풍경에 취해 세상 돌아가는 줄 모르는 단순한 풍류객이 아니었다. 그는 서호 향시의 아름다운 풍경과 사람 물결 속에서도 곪을 대로 곪아 속절없이 몰락해가는 명나라의 앞날을 보고 비분강개한 마음을 한 편의 풍자시에 담을 줄 알았던 지사였다. 명나라는 이로부터 3년 후인 1644년에 청나라의 말발굽 아래 멸망했다.

> 숭정崇禎 신사년(1641) 여름, 나는 서호에 거처하면서 성안에서 굶주려 죽은 사람들이 들것에 실리거나 거적에 둘러싸인 채 끌려서 끝없이 나오는 광경을 목격했다. 이때 항주 태수 유몽겸劉夢謙은 변량 사람으로 향리의 백성들에게 재물을 착취해 서호에 대저택을 짓고 살면서 매일같이 시를 지어 노래했다. 이에 입이 경박한 어떤 사람이 고시古詩를 개작해 유몽겸을 힐책했다. '산은 청산이 아니고 누각은 누각이 아니며 / 서호의 춤과 노래 한 순간에 멈추었네. / 따뜻한 봄바람 불자 시체 썩은 냄새 날아오는데 / 항주에서 긁어모은 재물 고향 변주로 보내는구나.'
>
> _장대, 《도암몽억》, 서호향시

그런데 장대가 진정 사랑했던 서호의 풍경은 설경이었고, 그 설경 중에서도 서호의 가운데에 자리한 작은 섬에 있는 호심정에서 바라보는 눈의 경치였다. '호심정간설湖心亭看雪'이라는 제목을 단 소품문은 짧고 간결한 묘사로 서호 제일의 풍경인 호심정의 설경을 그려내고 있다. 장대의 수많은 소품문 가운데에서 최고의 걸작 중 하나로 꼽힌다.

> 큰 눈이 사흘 동안 내리는 바람에 호수에는 사람 소리, 새소리 모두 끊어졌다. 이날은 눈이 내리지 않아서, 나는 작은 배 한 척을 끌어내어 털옷으로 몸을 감싼 채 화롯불을 피우고 홀로 호심정에 가서 눈 덮인 서호 풍

경을 감상했다. 안개 덮인 송강淞江은 끝을 알 수 없을 정도로 크고 넓다. 하늘과 구름, 산과 물이 위 아래로 온통 새하얗다. 호숫가에 드리워진 그림자는 오직 기다란 제방의 한 줄기 흔적이요, 점 하나 찍어놓은 듯한 호심정이요, 겨자씨 한 톨처럼 조그마한 나의 배요, 그 배에 타고 있는 낟알처럼 보이는 두세 사람뿐이다. 호심정에 도착해보니 앞서 온 두 사람이 담요를 깔고 마주 보며 앉아 있었다. 동자 한 명이 화로에 술 주전자를 데우고 있었는데 때맞춰 끓고 있었다. 그들은 나를 보자 "호수에 우리 말고 다른 분이 계실 줄 몰랐습니다!"라고 말하며 크게 기뻐했다. 나는 억지로 큰 잔으로 술을 세 잔이나 마시고 나서야 그들과 헤어질 수 있었다. 그 성씨를 물어보니 금릉 사람으로 눈 덮인 서호 풍경을 찾아온 나그네라고 했다. 급기야 배에서 내릴 때 사공이 수다스럽게 "상공相公을 미치광이라고 할 수 없군요. 상공과 닮은 미치광이가 또 있으니 말입니다"라고 떠들어댔다.

_장대, 《도암몽억》, 호심정간설

다른 한편으로 중원절인 7월 15일 물밀듯이 모여들었다가 서서히 흩어져가는 인파 속 서호에서 '제멋대로 떠다니는 배를 타고 10리에 걸쳐 있는 연꽃 가운데서 단잠에 빠져든 채 향기에 묻혀 맑은 꿈속에 취해 살아가는' 자신의 모습을 묘사한 '서호칠월반西湖七月半'은 지극히 몽환적인 느낌을 주는 장대의 소품문이다. 마치 다가올 참혹한 운명을 예감하고 있기 때문에 더욱 현실을 잊고 싶었을 장대의 무의식이 이렇듯 몽환적인 분위기를 물씬 풍기는 글을 지어냈던 것은 아닐까?

7월 15일 중원절, 서호에는 볼 만한 풍경이 하나도 없다. 단지 중원절이라고 서호를 찾아와 구경하는 수많은 사람을 볼 수 있을 뿐이다. … 달을 구경하지만 사람들은 달구경하는 모습을 보지 못한다. 반면 달구경을 할 뜻이 없는 사람은 달구경하는 모습을 볼 수 있다. 항주 사람들은 평소 서호를 유람할 때 사시巳時(오전 9~11시)에 외출하여 유시酉時(오후 5~7시)에 귀가한다. 마치 원수를 대하는 것처럼 달빛을 피한다. 그런데 7월 15일 이날 밤만은 '좋은 밤'이라고 부르면서 다투듯 줄지어 외출한다. … 달빛은 어슴푸레 쓸쓸하고 동녘 하늘이 서서히 밝아오면 나그네들은 한 사람 두 사람 흩어져 떠나간다. 우리 무리는 배가 제멋대로 떠다니게 내버려둔 채 십 리에 걸쳐 있는 연꽃 가운데서 단잠에 빠져든다. 연꽃 향기가 사람을 어루만지고 맑은 꿈속에 취하노라면 마음이 상쾌해진다.

_장대, 《도암몽억》, 서호칠월반

그러나 나이 48세가 되던 1644년에 마침내 명나라가 멸망하자 장대는 이제 몸을 둘 곳도 뜻을 세울 곳도 잃어버린 망국민의 신세가 되고 만다. 끝내 산에 들어가 야인이 되어 옛 친구들과의 접촉조차 완전히 끊고 추위와 굶주림에 고통 받는 나날을 보내면서도 틈만 나면 붓을 잡고 희롱하는 것만을 즐거워했다. 그리고 저잣거리에서 보고 들은 온갖 일들과 일상생활의 자질구레한 이야기들을 모아 《도암몽억》이라는 소품문 모음집을 엮어냈다. 거기에다가 스스로 서문을 짓고 이 모든 것을 한단지몽邯鄲之夢과 남가일몽南柯一夢, 곧 '너무나 화려하고 아름다워 더욱 허망한 꿈'에 비유했다. 죽고 싶어도 죽을 수조차 없는 망국인의 회한이 가득 서려 있는 소품문이다. 그러한 가운데에서도 태워버릴 수 없는 것이 문인의 공명심이라니, 글을 쓰는 이의 운명일까 아니면 고통일까?

도암陶庵은 나라를 잃고 집안은 멸망하여 돌아가 머물 곳이 없는 신세가 되었다. 이에 머리를 풀어헤치고 산속으로 들어가서 놀랍게도 야인이 되었다. 옛 친구들은 이러한 도암의 모습을 보고 마치 독약을 마시고 맹수를 보는 것처럼 경악한 나머지 감히 접촉하지 못하고 발길을 끊어버렸다. 스스로 만시晚詩를 짓고 목숨을 끊고자 했으나《석궤서石匱書》를 미처 완성하지 못한 까닭에 오히려 인간 세상을 바라보며 탄식만 하고 있다. 그러나 술병과 쌀독은 셀 수 없을 만큼 자주 비어 굶주림이 예사이고 불을 피우지 못해 추위에 떨곤 한다. … 하지만 굶주리는 나날 속에서도 틈이 나는 대로 필묵을 들어 희롱하는 것을 즐거워했다. … 닭 우는 소리가 들려오는 새벽녘 침대 머리에서 새벽 기운을 깨워 내 평생을 돌아보건대, 화려하고 아름다운 순간 지나가버려 모두 공허하기만 하니 50년 생애가 '하룻밤 꿈'일 뿐이다. … 나는 지금 문득 기나긴 꿈에서 깨어나 글씨를 쓰고 문장을 짓고 일을 하고 있으니 이 역시 또 한 차례의 꿈속 잠꼬대다. … 나는 지혜를 지니고 글 짓는 것을 업으로 삼는 사람으로 공명심을 끊어내는 것이 가장 어렵다. 공명심의 한 점 뿌리는 마치 불가의 사리처럼 견고하기 그지없어서, 인간 세상을 모두 태워 잿더미로 만들어버릴 만큼 맹렬한 불길로도 오히려 모두 불태워버릴 수 없다고 하겠다.

_ 장대,《도암몽억》, 자서自序

이제 죽음의 순간을 얼마 남겨놓지 않은 말년의 장대는 스스로 묘지명을 지어, 자신의 평생은 모두가 '꿈같은 환상'이었다고 토로한다. 여기에다가 다시 "나라를 잃고 집안은 멸망하여 산으로 몸을 피해 거처하면서 가진 것이라곤 부서진 평상과 책상, 쪼개진 솥단지, 소리 나지 않는 거문고, 다 떨어진 몇 질의 서책, 한쪽 귀퉁이가 떨어져나간 벼루 같은 것"만남은 채 "베옷을 입고 푸성귀만 먹고 아궁이에 불을 피운 흔적도 끊어져 버린" 신세가 되어버린 자신이 도대체 이해할 수 없는 일곱 가지 일을 털어놓는다. 그리고 마지막으로 죽음도 자기 마음대로 할 수 없는 상황에서 시대와 불화하며 끝내 자유인으로 살았던 자신의 평생을 이렇게 표현했다. "반드시 세상 바깥에서 야인을 찾아야 비로소 나의 간절한 속마음을 환히 알게 될 것이다." 여기에는 자신의 삶을 미화하는 어떤 인위적인 꾸밈이나 가식도 없다. 강렬한 자아의식과 내면의 의지를 바탕 삼아 성장했던 명말청초 소품문의 정신과 가치가 잘 드러나 있는 한 편의 자찬묘지명이다.

항상 스스로 내 삶을 평가해보면 도무지 이해할 수 없는 일곱 가지 사항이 있었다. 짐승 가죽옷을 입은 사람으로서 참람하게도 위로 공후公侯의 신분을 꿈꾸었다. 그런데 지금은 명문세가의 자손으로서 아래로 비렁뱅이와 더불어 산다. 귀함과 천함이 어지러워진 것이 이와 같으니, 첫 번째 이해할 수 없는 일이다. 가진 재산이 중간 계층의 사람들에게도 미치지 못하면서 거부巨富 석숭石崇의 금곡 별장에 버금가는 저택에서 생활하려고 하였다. 그런데 세상에서 재산을 긁어모을 수 있는 지름길이 무수히 많았지만 모두 외면하고 어릉 땅을 지키는 외로운 그루터기가 되었다. 가난함과 부유함이 어지러워진 것이 이와 같으니, 두 번째 이해할 수 없는 일이다. 글이나 읽고 문장이나 짓는 서생으로서 군마가 내달리는 전장을 휩쓸고 다니며 장군의 직무를 맡아 문장을 나부꼈다. 문과 무가 뒤섞인 것이 이와 같으니, 세 번째 이해할 수 없는 일이다. 위로는 옥황대제를 모셨지만 아첨하지 않고, 아래로는 전원田畹의 비렁뱅이 아이들을 가엾게 여겨 돌보았지만 교만하지 않았다. 존귀함과 비천함이 어지러워진 것이 이와 같으니, 네 번째 이해할 수 없는 일이다. 약자에게는 면전에 침을 뱉어 스스로 자부심을 갖도록 했고, 강자에게는 군마를 내몰아 돌진해 쳐부수었다. 관대함과 용맹함이 어긋나는 것이 이와 같으니, 다섯 번째 이해할 수 없는 일이다.

이익을 빼앗고 명예를 다투는 데는 기꺼이 사람들의 뒤에 서는 것을 감수하면서도 저잣거리에서 광대놀이를 구경할 때는 마땅히 사람들의 앞에 나아갔다. 느림과 빠름이 잘못된 것이 이와 같으니, 여섯 번째 이해할 수 없는 일이다. 장기와 바둑 그리고 저포 놀이를 할 때는 승부를 알지 못하면서, 차를 마실 때는 항상 물맛을 따져 승강의 물인지 아니면 치강의 물인지 분별했다. 지혜와 어리석음이 어지러워진 것이 이와 같으니, 일곱 번째 이해할 수 없는 일이다. 이와 같이 이해할 수 없는 일곱 가지 일은 나 자신도 이해하지 못하는 일인데, 어찌 다른 사람들에게 이해해 줄 것을 바라겠는가. … 갑신년(1644) 이후로는 어리둥절한 상태로 빈둥거리며 지냈다. 이미 삶을 즐기려고 해도 즐길 수가 없고, 다시 죽을 길을 찾으려고 해도 찾을 수가 없었다. 백발의 늙은이로 인간 세상을 바라보며 탄식이나 할 뿐이었다. 하루아침에 갑자기 아침 이슬보다 먼저 사라지고 초목과 더불어 썩지나 않을까 염려하던 중에 왕적, 도잠, 서문장 등 옛사람들이 모두 스스로 묘비명을 지었다는 사실이 생각났다. 이에 나 또한 그분들을 본받아 묘비명을 짓는다. … 명년에 나이 칠십오세가 되어 죽으니 장사를 지낸다. 그 날과 그 달을 알지 못하는 까닭에 기록하지 않는다. … 반드시 세상 바깥에서 야인을 찾아야 비로소 나의 간절한 속마음을 환히 알게 될 것이다.

_ 장대, 《낭현문집》, 자위묘지명自爲墓誌銘

장대가 사라진 이후에도 대명세와《유몽영幽夢影》을 지은 장조張潮와 같은 또 다른 소품문의 대가들이 등장해 18세기 초까지—비록 그들도 장대처럼 재야에 은거해 야인의 삶을 살았지만—활약했다. 그러나 대명세의 문자의 옥 사건이 발생한 이후 청나라에 협조하기를 거부한 지식인과 문인들에 대한 대대적인 사상 탄압과 작품 검열이 가해지고, 다시《사고전서》편찬 과정에서 명말청초의 소품문이 크게 훼절되고 금서로 지정된 탓이었을까? 명말청초 찬란하게 빛났다가 점차 사라져가는 운명 앞에 놓인 소품문의 정신과 가치는 청나라의 정치가 안정되고 문화가 융성기에 접어든 이후에도 되살아나지 못했다.

　그러다가 청나라가 멸망하고 중화민국이 새롭게 들어선 이후 20여 년이 지난 1934년 4월 나이 40세의 젊은 문필가 임어당이 〈인간세〉라는 반월간 문학잡지를 창간해 신문학운동, 곧 현대문학의 일환으로 '자아를 중심으로 삼고 한적을 격조로 삼는' 소품문의 정신과 가치를 부활시키자는 취지로 소품문 운동을 적극적으로 전개하게 된다. 더욱이 이보다 앞서 진보적인 성향의 노신은 1933년 10월 〈현대〉에 발표한 '소품문의 위기'라는 글을 통해, 명말청초의 소품문에서는 기존 체제와 지배계급에 대한 '불평과 풍자와 공격과 파괴적인 경향'을 발견할 수 있다고 역설했다. 그리고 소품문은 오직 비판과 저항과 전투에 의해서만 생존할 수 있기 때문에, 앞으로의 소품문은 "반드시 비수여야 하고 투창投槍이어야 하며, 독자들과 한마음이 되어 힘차게 돌진하고 한 몸이 되어 생존을 위한 혈로를 개척해야 한다"고 주장했다. 1930년대를 전후한 이때에 와서 소품문은 다시 임어당과 노신이라는 중국 근현대문학의 거장들을 만나면서 마침내 화려하게 부활하게 되었다.

모든 혁신은
갓 태어난 흉한 새끼이다

• 프랜시스 베이컨

명말청초와 18세기 조선에서 대유행했던 소품문의 정신과 가치와 유사한 글쓰기가 서양에도 과연 존재했을까? 앞서 장대의 소품문을 살펴볼 때 참고로 삼았던 대만의 중국문화대학 중화학술원에서 발행한 《중화백과사전》의 소품문의 정의로 되돌아가보자. 여기에서는 영국의 철학자인 프랜시스 베이컨Francis Bacon의 최초의 에세이, 곧 《에세이Essays》(1597~1625)를 에세이의 시조로 설명하면서, 그것을 중국어로 번역할 때 '소품문집小品文集'이라고 제목을 붙였다.[18] 그런 의미에서 베이컨의 《에세이》는 소품의 형식을 취한 수상록이자 수필집이라고 할 수 있겠다. 또한 이 소품 형식의 수상록과 수필집 속 글들을 읽어보면, 그곳에 담긴 철학과 미학이 18세기를 전후해 조선과 중국에서 대유행한 소품문의 혁신적이고 창의적인 정신과 가치와 매우 유사하다는 것을 깨닫게 될 것이다. 거기에는 17~18세기를 풍미하며 이전 시대의 문장 전통과는 다른 혹은 단절된 새로운 시대의 글쓰기를 추구했던 동서양의 지식인과 문인들의 만남이 존재한다.

그런데 베이컨의 《에세이》 속 글들은 조선과 중국과 일본의 소품문과 비교해보면 다소 길고 분량도 많다. 그러나 서양의 철학과 문학의 오랜 전통과 비교해보면, 굉장히 짧고 간결한 글이다. 자기 사상의 단편과 여러 자질구레한 문제에 대한 단상을 묶어 책을 낸다는 일은 베이컨이 스스로 세상에 내놓기를 꺼려했던 까닭이 될 만큼 새롭고 창의적인 시도였다. 이러한 사실은 베이컨의 고백을 통해서 확인할 수 있다. 그는 《에세이》의 초판을 출간한 1597년, 책의 머리말에서 자신이 가장 존경하는 형 안토니 베이컨Anthony Bacon에게 이렇게 말했다.

> 아래 제 사상의 단편이 인쇄에 부쳐지려 합니다. 그것을 말리려고 애쓰는 것은 헛된 일입니다. … 언제나 생각하고 있는 일입니다만 사람들의 사상을 (어떤 성질의 것은 제외하고) 세상에서 몰아낸다는 것은, 어떤 사상을 내세우는 것 못지않게 아주 부질없는 일인지도 모릅니다. 그와 마찬가지로 다음의 여러 자질구레한 문제에서, 제 자신이 이단 심문관의 역할을 했습니다. … 다만 제가 지금껏 세상에 내놓기를 꺼려했던 것은 그것이 최근의 반 페니 화폐 같은 것이어서, 은은 품질이 썩 좋은 것이지만 모양이 작다는 것입니다.
>
> _프랜시스 베이컨,《에세이》, 머리말 제1판, 1597년[19]

사실 소품의 미학에서 글의 길이나 분량은 소품문의 기준이 될 수는 있겠지만, 그것은 글의 형식의 기준이 될 뿐 정신과 가치의 기준이 될 수는 없다. 정작 중요한 소품의 미학적 가치는 어떤 형식과 내용에도 구속받지 않는 자유분방한 정신과, 사소하고 하찮고 보잘것없는 것조차 글의 소재와 주제가 될 수 있다는 개방적인 견해와, 아무것에도 얽매이지 않고 자신의 느낌과 생각과 감정을 감흥이 이는 대로 혹은 마음이 가는 대로 붓 끝을 따라 경쾌하고 활달하게 써 내려가는 주관적 의지에 있기 때문이다. 그런 의미에서 앞서 소개했던 "자아를 중심으로 삼아 사소하고 잡다한 것은 물론 하늘로부터 땅 끝까지 무엇이든 말할 수 있다"는 임어당의 글은 소품문의 정신과 가치를 가장 잘 대변해주고 있다.

명말청초의 소품문과 프랑스 몽테뉴Michel De Montaigne의《수상록Essais》

과 영국 베이컨의 《에세이》 등이 근대적 개인주의가 막 싹트기 시작한 17세기를 전후해 동양과 서양에서 거의 비슷하게 출현했다는 사실에 주목할 필요가 바로 여기에 있다. 이러한 까닭에 소품문을 통해, 우리는 동양의 유교-성리학과 서양의 기독교-신학이라는 지식-문화 권력에 길들여지고 전통적인 학문과 문학의 권위에 복종했던 인간들과는 다른(혹은 단절된) 새로운 인간, 즉 근대적 자아의식에 눈을 뜨기 시작한 지식인과 문인들이 펼쳐 보이는 새로운 철학과 문학의 징후를 엿볼 수 있다. 베이컨의 에세이가 담고 있는 문학 정신과 가치는, 그렇게 명말청초 중국과 18세기 조선의 지식인과 문인에게서 발견할 수 있는 소품문의 정신과 가치와 맞닿아 있다.

그런 시각과 관점에서 보자면, "모든 혁신은 시간의 갓 태어난 새끼이다!"라는 베이컨의 선언은 혁신에 대한 긍정이자 기독교-신학의 전통적인 권력과 권위에 대한 일종의 도전장이다. 그는 철학과 과학에서는 급진적 혁신주의자였지만, 전통적인 도덕과 사회 현실과 정치적 문제에서는 지극히 보수적이고 또한 무신론을 비판한 종교의 신봉자였다. 학문과 종교 모두에서 급진적인 사상을 보였던 이후 세대의 계몽주의자들과는 달리 그는 학문에서는 이전 시대의 전통과 단절된 새로운 철학과 과학의 문을 여는 등 혁신적인 입장을 주도했지만, 다른 한편 종교에서는 기독교의 전통을 지키려고 한 보수적인 입장을 고수하는 등 모순적인 성향의 인물이었다. '혁신'이라는 제목을 단 한 편의 에세이에서도 그는 "지나간 시대를 과도하게 숭배하는 사람은 새로운 시대에게는 경멸의 대상이 된다"고 하면서도 성서의 말을 인용해 "너희는 오래된 길 위에 서서 자기 자신을 돌아다보고 곧바르고 올바른 길이 무엇인지 발견하고 그곳으로 나아가라"는 충고를 잊지 않았다. 혁신을 추구해야 할 것과 전통을 고수해야 할 것을 분명하게 구분 지은 베이컨의 이중성과 모순된 심리 상태를 읽을 수 있다. 그러나 베이컨이 이전 시대의 학자들과는 다르게 낡은 학문 방식에 근본적으로 의문을 제기하고 새로운 사유 방식으로 완전히 새롭게 시작하려고 했다는 사실은 부정할 수 없다. 그의 에세이 역시 이전 시대의 철학과 문학 전통에 의문을 품고—세상의 논란을 감수하고—새롭게 시도한 철학적 사유이자 문학적 형식이었다.

> 생명체의 갓 태어난 새끼가 최초에는 흉하게 생긴 것처럼 모든 혁신 역시 다 마찬가지다. 다시 말하자면 혁신은 시간의 갓 태어난 새끼이다. … 지나간 과거의 시대를 과도하게 숭배하는 사람은 새로운 시대에게는 경멸의 대상이 된다. 그러므로 혁신의 과정 속에 있는 사람은 시간 그 자체의 사례를 따르는 것이 좋다고 하겠다. 그것은 진실로 거대한 혁신이지만 조용하고 서서히 진행되어 거의 감지되지 않는다.
>
> _프랜시스 베이컨, 《에세이》, 혁신

문학가보다는 철학자의 삶에 깊게 관여했기 때문일까? 베이컨의 《에세이》에 실려 있는 총 59개의 에세이, 즉 소품 형식의 글은 그 소재와 주제가 문학적이기보다는 철학적, 역사적, 과학적, 종교적, 사회적, 정치적이다. 철학과 종교의 근본 문제에 대한 고찰, 인간의 본성, 즉 미덕과 악덕에 관한 고찰, 정치체제와 사회구조에 대한 고찰, 역사적 경험과 미래 산업사회에 대한 통찰 등 모두가 문학의 소재와 주제라고 하기에는 너무 무겁고 난해하다. 그러나 철학과 과학 등의 학문 분야에서 이전 시대와 단절된 자유롭고 혁신적인 생각을 쉽고 간결하면서 분명하고 강렬하게 전달하기 위한 글쓰기의 형식을 에세이에서 찾았다는 점에서, 그의 글은 자유분방한 정신과 개방적인 견해와 주관적 의지를 중시하는 소품문의 정신과 가치와 맥락을 같이한다고 볼 수 있다. 베이컨은 《에세이》의 첫머리를 장식하고 있는 '진리'라는 항목에서 인간성의 최고의 선은 진리이며 "본래 진리는 다른 사람의 기준으로 자신을 판단하는 것이 아니라 오직 스스로의 기준으로 자신을 판단하는 것이다"라고 역설했다. 진리가 그러하다면, 글쓰기는 더더욱 다른 사람의 기준이 아닌 자신의 기준, 곧 자기의 생각을 표현하는 것을 중시하는 글쓰기가 될 수밖에 없다.

"진리는 무엇인가?" 빌라도가 익살스럽게 말했다. 그리고 대답을 기다리지 않았다. … 그러나 오직 자기 자신의 기준으로만 판단하는 진리가 가르치는 바에 의하면, 진리에 관한 탐구란 곧 진리에게 구애하는 것이자 구혼하는 것이며, 또한 진리에 대한 지식은 그것이 현재적으로 실존한다는 것이고, 진리에 대한 믿음은 그것을 즐기는 것이다. 다시 말해 진리는 인간 본성의 가장 고귀하고 독자적인 선善이다. … 신학적이고 철학적인 진리로부터 시민 생활의 진리로 문제의 초점을 옮겨보자. 그것은 그것을 실행하지 않는 사람들에게까지도 인정받는 것이지만, 명백하고 정직한 거래는 인간 본성이 지닌 명예로움이다. 그것에 거짓을 섞는 것은 금화와 은화에 질이 낮은 금속을 첨가해 합금하는 일과 같다. 그러한 일은 금속으로서의 작용을 더 좋아지게 할 수는 있지만 금화나 은화의 가치를 떨어뜨린다. … 그러므로 몽테뉴는 왜 거짓말이 수치스럽고 끔찍하며 혐오스러운 대우를 받아야 하는가에 대해 질문했다. 그는 분명하게 말했다. "가만히 따져보면, 사람이 거짓말을 한다는 것은 마치 신을 향해서는 용감한 반면 인간을 향해서는 비겁한 겁쟁이라는 말과 같다. 다시 말하자면 거짓말은 신에게는 똑바로 얼굴을 들고 쳐다보지만 인간으로부터는 움츠러들며 뒤로 물러난다."

_프랜시스 베이컨,《에세이》, 진리

이러한 까닭에 20세기 초 소품문 운동을 주도했던 임어당과 노신 등
의 중국 작가들이 프랑스 몽테뉴의《수상록》과 영국 베이컨의《에세이》에
서 서양 소품문의 시작점을 찾았던 것이다. 특히 베이컨은 기독교의 열렬
한 신봉자였지만—비록 천상의 주관자는 하나님이지만—지상 위의 주관
자는 반드시 인간이 되어야 한다고 생각했다. 그리고 그는 1605년에 출판
한《학문의 진보The Advancement of Learning》에서는 인간이 근대에 와서 이
룩한 지식의 역사는 이전 시대의 여러 종류의 역사를 혼합한 '우주지宇宙
誌의 역사'라고 정의하면서 "세계의 해방과 자유로운 교통 및 지식의 증대
가 동일한 시대에 일어나도록 정해져 있는 것"처럼 말하고 자신은 "그것
이 이미 대부분 이루어지고 있는 것을 본다"고 밝혔다.

여러 가지로 혼합된 또 한 종류의 역사가 있다. 그것은 우주지의 역사이
다. 혼합된 것으로는 지역 자체에 관한 자연사, 주민의 주거와 정치와 풍
속에 관한 사회사, 지역과 하늘에서 볼 수 있는 성좌에 관한 수학—이 분
야의 학문은 최근 시대에 가장 진보하고 있는 것이다—이 있다. 말하자
면 정말로 단언할 수 있는 일이고, 근대의 명예가 되는 일이며, 고대와 사
실상 필적하게 되는데, 세계라는 이 커다란 건축물은 광선이 통과하는
양면 창문을 우리들 및 우리들 아버지의 시대까지는 만들어놓고 있지
않았던 것이다.

_프랜시스 베이컨,《학문의 진보》제2권, 신과 인간 그 학문의 발달과 진보

더욱이 《에세이》가 처음 출간된 1597년으로부터 20여 년이 지난 1620년에 나온 《신기관新器官》에서는 인간이 가진 세 가지 야심을 아래와 같이 설파하면서, 자신의 야심은 학문 개혁을 통해 "우주 전체에서 인류 전체의 지배권을 확립하고 확장하려는 고귀한 야심"이라고 역설하기까지 했다.

> 인류가 가진 야심 세 종류와 그 등급을 구별하는 것도 빗나간 것은 아니다. 그 첫째는 조국 내에서 자신 세력을 확장하고자 하는 야심이다. 그와 같은 야심은 비속하고 질이 낮은 것이다. 둘째는 조국의 권력과 지배권을 전 인류로 확장하고자 하는 야심이다. 이는 품위 면에서는 낮지만 탐욕이라는 점에서 다르지 않다. 그러나 마지막으로 혹시 인류 전체의 권력과 지배권을 우주 전체를 위해서 세우고 확장하려 노력하는 이가 있다면, 그 야심은 다른 무엇보다 고귀한 것임에 틀림없다.
>
> _프랜시스 베이컨, 《신기관》 제1권

이러한 야심과 사유 방식은 하나님의 말씀과 생각이 아닌 인간 자신의 생각으로 우주와 세계를 보려고 한 근대 철학의 선언이나 다름없었다. 기독교-신학이 지배하는 세계에서 인간이란 존재는 기독교적 유일신의 생각과 말씀에 복종하고, 그것을 성실히 실천해 구원에 이르는 존재에 불과하다. 여기에서 우주와 세계의 중심은 기독교적 유일신이고, 인간의 역할이란 단지 그 기독교적 유일신의 말씀과 생각을 충실하게 섬기는 것일 뿐이다. 이 기독교-신학의 세계에서 인간이 기독교적 유일신의 말씀과 생각이 아닌 인간 스스로의 생각을 말한다는 것이 어떤 결과를 초래하는지를 보여주는 단적인 사건이 갈릴레오의 종교재판이다. 갈릴레오는 기독교적 유일신의 생각과 말씀인 천동설이 아닌 자신, 곧 인간의 생각인 지동설을 말했다는 이유만으로 목숨을 잃을 위기에 처하지 않았던가? 그러나 베이컨보다 겨우 한 세대 늦게 등장한 프랑스의 철학자 데카르트는 "나는 생각한다. 고로 존재한다"는 근대 철학의 선언을 통해 인간 스스로의 힘, 즉 인간의 이성과 사유를 통해 인간 자신과 우주와 세계를 인식하고 지배할 수 있다고 밝혔다. 그도 역시 베이컨처럼 학문과 철학과 과학에서는 급진적 혁신주의자였지만 동시에 전통적 도덕과 종교의 신봉자였다. 인간에 대한 인간 자신의 지배권 혹은 통제권을 획득하고자 했던 베이컨의 철학적 사유는 《에세이》 속 글 여러 편에서 이미 단초를 보이고 있다. 서른여덟 번째의 에세이인 '인간의 성질'과 서른아홉 번째의 에세이인 '습관과 교육' 그리고 마흔 번째의 에세이인 '운명' 등이 모두 그렇다. 그래서 베이컨은 자신의 철학적·과학적 작업과 글쓰기를 가리켜 "이성의 한계와 경계를 무너뜨려 그 영역과 범위를 무한히 확장하는 일이자 인간이 자신의 운명을 지배하고 통제하는 데 새로운 가치를 선물하는 일"이라고 생각했다.

인간의 운명을 결정하는 것은 대부분 자기 자신의 지배 아래에 있다. "모든 사람은 각자가 자기 운명의 건축가다." … 그러므로 사람이 만약 세밀하고 신중하게 살펴본다면 틀림없이 운명을 볼 수 있을 것이다. 왜냐하면 비록 운명 그 자체는 볼 수 없는 장님이지만, 운명이란 사람이 보려고 한다면 보이지 않는 것은 아니기 때문이다. … 운명은 명예롭게 존중되어야 하고 또한 존경받아야 한다. 오직 운명의 딸들, 곧 신뢰와 명성을 위해서도 그렇다. 왜냐하면 신뢰와 명성은 더할 나위 없는 최고의 행운이 낳아주는 새끼이기 때문이다. … 보다 더 고귀하고 막강한 힘을 지닌 운명이라는 권력자의 주목을 끈다는 것은 그 사람에게 무엇인가 위대한 곳이 있다는 뜻이다. 그래서 카이사르는 폭풍 속에서 살아남으려고 발버둥치는 배의 선장에게 이렇게 말한 적이 있다. "그대는 카이사르와 함께 그의 운명을 태우고 항해하고 있다."

_프랜시스 베이컨, 《에세이》, 운명

그리고 쉰 번째의 에세이 '학문'에서 베이컨은 이제 사람들에게 신의 학문이 아니라 인간의 학문을 공부하라고 권유한다. 현명한 사람이 되려면 역사를 알아야 하고, 상상력을 갖고 싶다면 문학을 알아야 한다. 또한 "수학은 세밀하고 정확하게, 자연철학은 깊게, 인문학은 진지하게, 논리학과 수사법은 토론 중에 자기 의견을 말할 수 있도록" 인간을 만들어준다. 인간이 되기 위해서는 이제 신의 학문인 기독교-신학이 아니라 인간의 학문인 역사학과 문학과 수학과 자연과학과 인문학과 논리학과 수사학을 알아야 할 시대가 도래한 것이다.

필자는 이렇게 생각해본다. 프랜시스 베이컨에게서 발견할 수 있는 것처럼, 인간 자신의 직관과 이성과 사유를 통해 보기 시작한 근대 서양의 시작점에서 자유롭게 자신을 표현하기에 가장 적합한 글쓰기 방식이 다름 아닌 수상록과 에세이, 즉 서양의 소품문이었다고. 이러한 까닭에서일까? 오늘날 문학사에서 에세이가 '개인의 감성과 생각을 자유롭게 표현하는 산문의 한 장르'라는 현대적인 의미를 획득하게 된 최초의 저서라고 평가받는 《수상록》의 저자 몽테뉴는 1583년 3월 출간한 책의 서문에서, 이 글을 읽을 때는 생긴 그대로의 나 자신, 곧 "자연스럽고 평범하고 아무것도 꾸미지 않는 채로의 나 자신을 보아주기 바란다"는 매우 의미심장한 말을 남겼다.

이 작품은 처음부터 내 집안일이나 개인적인 일을 말해보는 것밖에는 다른 어떤 목적도 있지 않았음을 말해둔다. 이것은 추호도 나의 선대를 위해서나 내 영광을 생각해서 한 일은 아니다. … 내가 세상을 떠난 뒤에 (오래잖아 그렇게 되겠지만) 그들이 내 어떤 모습이나 기분의 몇 가지 특징을 이 책에서 찾아보며, 나에 대해 알고 있는 지식을 더 온전하고 생생하게 간직하도록 하려는 것이다. 이것이 세상 사람들의 호평을 사기 위한 것이었다면, 나는 자신을 좀 더 잘 장식하고 조심스레 연구해서 내보였을 것이다. 모두들 여기 생긴 그대로의 자연스럽고 평범하고 꾸밈없는 나를 보아주기 바란다. 왜냐하면 내가 묘사하는 것은 나 자신이기 때문이다. 내 결점들이 여기에 있는 그대로 나온다. 터놓고 보여줄 수 있는 한도에서 타고난 그대로의 내 생김을 내놓았다. … 나는 기꺼이 자신을 통째로 적나라하게 그렸으리라는 것을 장담한다. 그러니 이 책을 읽는 이여, 여기서는 나 자신이 바로 내 책의 재료이다.

_몽테뉴, 《수상록》, 이 책을 읽는 이에게[20]

몽테뉴의 《수상록》 전체를 관통하고 있는 것은—일부 종교와 신앙 문제를 제외한다면—자유로운 비판 정신이다. 앞서 이 책에서 묘사하고 있는 것은 바로 나 자신이라고 말했던 몽테뉴는 《수상록》 제3권에 실려 있는 '유용성과 정직성에 대하여'라는 항목에서 자유인으로서의 자신에 대해 이렇게 말했다.

나는 세력가들에 대한 증오심이나 애착심에 몸이 달지 않는다. 그리고 어느 개인의 모욕이나 은혜 때문에 내 의지가 구속받지 않는다. 나는 시민이 가져야 할 정당한 애정을 가지고 우리 왕들을 보며, 개인적인 이해

관계로 끌리거나 비위가 틀리는 일이 없다. 그 점에서는 내 마음씨가 무척 고맙다. … 나는 어떤 사상에 내적으로 침투되어서 마음이 매여 지내는 일이 없다. … 그래서 나는 어디서나 머리를 높이 쳐들며 마음을 터놓고 지낸다. … 나는 불에 타 죽어도 좋으니 옳은 편을 들겠다. 그러나 구태여 타 죽겠다는 말은 아니다. 필요하다면 이 몽테뉴 가의 성姓이 나라의 멸망과 함께 스러져버려도 좋다. 그럴 필요가 없다면, 이 성을 구제해준 일로 운명의 신에게 감사할 것이다. 내 의무가 내게 밧줄을 던져준다면, 나는 이 성의 보존에 그것을 사용할 것이다. 아티쿠스Titus Pomponius Atticus는 정당한 파에 속했다가 그 파가 패하고 수많은 변혁과 분열 때문에 세상 전체가 망하여 부서지는 판에도 절도 있는 처신으로 화를 면한 것이 아니던가?

_몽테뉴,《수상록》, 유용성과 정직성에 대하여[21]

여기에서 밝힌 '자유로운 비판 정신의 소유자로서의 나 자신'이 새로운 시대의 신인류, 즉 신의 권위와 보호로부터 벗어나 인간 스스로의 힘과 의지로 살겠다는 근대적 자아의 출현에 엄청난 영감을 불어넣고 강력한 영향을 끼쳤다는 사실은 누구도 부인할 수 없다. 그런데 흥미롭게도 이탁오의《분서》(1590)와《장서》(1599)가 세상에 출현한 시기 또한 서양에서 몽테뉴의《수상록》(1583)과 베이컨의《에세이》(1597)가 등장한 16세기 말경이다. 공간적 거리를 초월하여 동양과 서양에서는 새로운 시대를 예고하는 새로운 사유 방식과 글쓰기가 비슷한 시기에 나왔던 것이다. 그러나 그 학문적·사상적 토대와 정치체제와 사회구조의 상이함 때문에 동양과 서양은 전혀 다른 방식의 길을 걸었다. 중국에서는 가혹한 사상 검열과 엄격한 문화 통제 속에서 역사의 뒤안길로 사라져버린 그 순간 서양에서는 지식혁명·문화혁명·과학혁명·시민혁명·산업혁명의 과정을 밟아 베이컨의 바람대로 "학문 개혁을 통해 세계와 우주에서 인류의 지배권을 확립하고 확대하려는 고귀한 야심"을 실현했다. 그리고 뒤늦게 명말청초 소품문의 정신과 가치를 수용했던 18세기 조선에서는 한 세기의 문예사조로 소품문이 크게 유행했다. 그러나 정치체제나 사회구조의 개혁이 동반되지 않았기 때문에, 19세기 초두에 등장한 극도로 보수적인 세도정치와 쇄국정책 아래에서 몇몇 지식인과 문인의 개인적 취향과 기호 수준으로 소품문이 명맥을 잇다가 끝내 종말을 고하고 만다. 그리고 20세기에 들어와 소품문은 수필 문학이라는 산문의 한 장르로 다시 우리 곁으로 돌아왔다.

20세기를 전후해 오늘날까지 소품 형식의 수필 문학은 무궁한 소재와 다양한 방식으로 성장해왔고 발전하고 있다. 그런데 애초 16세기 말 중국의 이탁오와 서양의 베이컨과 몽테뉴에게서 찾아볼 수 있고, 20세기 초에 다시 노신이 말한 소품문의 가치, 곧 아무것에도 얽매이지 않는 자유롭고 거리낌 없는 비판으로 무장한 '반도叛徒'와 '혁신'의 정신은 실종되어버린 듯하다. 비수가 되고 투창이 되어 기존의 정치-사회 체제와 지식-문화 권력 그리고 지배계급을 겨냥했던 불평과 풍자와 공격과 파괴적인 경향의 소품문(수필 문학)은 어디로 가버렸는지 알 길이 없다. 그러나 그러한 경향의 전통이 18세기 조선에도 명백하게 존재했다는 사실을 되새겨야보아야 한다. 박지원의《연암집》속 '양반전'과 '광문자전廣文者傳'과 '마장전馬駔傳' 등의 전기 소품과《열하일기》속 '호질虎叱'과 '허생전許生傳' 등의 우언 소품은 모두 기존의 정치-사회 체제와 양반 지배계급에 대한 풍자와 공격이 아니고 무엇인가?

그래서 소품문이 20세기 초 다시 상하이에서 차를 마시거나 술을 마실 때도 시끌벅적하게 떠들어대는 이야깃거리나 작은 신문을 파는 점포에까지 가득 찰 정도로 크게 유행하던 바로 그때, 오히려 소품문의 대유행은 마치 술집 여자가 골목집 안에서 손님을 끌지 못하게 되자 하는 수 없이 잔뜩 화장을 하고서 밤에 슬그머니 거리로 나올 수밖에 없게 된 꼴과 마찬가지라고 비평하면서 소품문의 위기를 선언했던 노신의 주장에 귀 기울여야 할 필요가 있다. 노신은 말한다. "소품문이 사람들에게 줄 수 있는 즐거움과 상쾌함과 조화로움과 휴식은 바로 휴양이다. 그러나 이 휴식과 휴양은 또한 노동과 창작 그리고 전투를 앞두고 갖추는 준비이기도 하다." 이러한 까닭에 다음 장에서는 시대의 필봉이 되어 권력과 지배계급의 본성과 인간의 야만성과 허위의식을 불평하고 풍자하고 공격하고 파괴했던 글쓰기의 대가들을 살펴보려 한다.

3장

풍자의 글쓰기

성인이 되느니 차라리 광대로 살고자 한다

글쓰기 동서대전
東西大戰

시대와 불화했던
최고 문장가의 풍자 전략

• 박지원

시대의 창과 비수가 되어 필봉을 휘둘렀던 문학의 거장들이 즐겨 사용한 표현 기법과 사유 방식이 있다면, 그것은 다름 아닌 풍자와 사실주의라고 할 수 있다. 그런데 사실주의가 인간과 사회 현실을 객관적이고 직접적인 방식을 통해 있는 그대로 묘사하거나 표현한다면, 풍자는 비유와 상징이라는 간접적이고 은미한 방식과 조롱과 웃음의 표현을 취해 그 대상을 고발하거나 폭로한다. 그런 의미에서 풍자는 사실주의보다 더 고차원의 문학적 묘사라고 할 수 있다. 현실을 직접적으로 표현하는 방법을 통해 자신의 뜻을 나타내는 것보다는 상징과 비유와 조롱과 웃음 속에 담아내는 작업이 훨씬 더 어렵기 때문이다. 풍자문학이 동양과 서양을 막론하고 거장들의 작품 속에서만 출현한 까닭이 바로 여기에 있다. 조선사 최고의 작가인 연암 박지원(1737~1805)을 비롯해 중국의 6대 기서奇書 중 하나인 《유림외사儒林外史》의 저자 오경재吳敬梓나 일본 근대문학의 아버지인 나쓰메 소세키夏目漱石 그리고 영국의 셰익스피어와 조너선 스위프트Jonathan Swift, 프랑스의 발자크, 독일의 괴테 등이 모두 풍자의 대가였다는 것만 보더라도, 풍자문학이 보통 수준의 작가에게서는 나오기 어렵다는 사실을 어렵지 않게 이해할 수 있을 것이다.

먼저 풍자라는 한자를 해독해보면 풍자의 미학에 쉽게 접근할 수 있다. '풍諷'자는 '알리다, 외우다, 간諫하다'는 뜻이고, '자刺'자는 '찌르다, 나무라다, 꾸짖다'는 뜻이다. 다시 말해 풍자는 단순한 농담과 웃음, 조롱과 조소가 아니라 그 대상에 대한 고발과 폭로, 준엄한 꾸짖음, 칼끝처럼 찌르고 자르는 날카로움의 수사학을 내포하고 있어야 한다. 대개 풍자와 비슷한 의미로 사용되는 문학 개념어가 해학이다. 해학은 '농담할 해諧'와 '희롱할 학謔'자로 구성되어 있다. 농담, 익살, 희롱, 우스갯소리, 농지거리 등의 뜻을 담고 있는 문학 용어다. 다시 말해 익살스러운 농담과 우스갯소리로 자신의 뜻과 생각을 표현하는 것이 바로 해학의 미학이다. 그러나 풍자는 해학처럼 농담과 웃음을 빌지만 반드시 날카로운 비판을 통해 현실의 모순을 고발하며 그 문제점을 폭로하고 더 나아가 그것을 개혁하려는 의지를 담는다. 그런 의미에서 농담과 우스갯소리가 풍자가 되기 위해서는 그 어떤 대상과 소재 혹은 상징과 비유를 빌더라도 반드시 고발적이거나 혹은 도발적·공격적이고 또한 비판적이거나 혹은 개혁적인 메시지가 있어야 한다.

박종채의 《과정록》에 보면, 박지원은 젊은 시절부터 "권력에 빌붙어 출세하려고 아첨이나 일삼는 자, 겉으로는 엄숙한 체하면서 속마음으로는 오직 권세와 이익만을 탐하는 위선적인 무리, 무위도식하면서 백성의 고혈을 빨아먹고 사는 부패하고 타락한 선비"를 보면 참지 못했다고 한다. 더욱이 "세상 사람들이 다른 사람들을 상대할 때 오로지 권력과 세도와 이로움만을 바라보고 쫓아다니면서 여기에 모였다가 저기로 흩어지는 세태를 혐오해 일찍이 아홉 편의 전기傳記"를 지었다고 한다. 그 모두가 익살과 농담 속에 자신의 뜻을 숨기고 우스갯소리로 세태를 풍자한 작품들이다. '마장전', '예덕선생전穢德先生傳', '민옹전閔翁傳', '양반전', '김신선전金神仙傳', '광문자전', '우상전虞裳傳', '역학대도전易學大盜傳', '봉산학자전鳳山學者傳' 등이 그것이다. 박지원은 이 아홉 편의 전기에 각각 시의 형식을 취한 서문을 붙여 그 이야기 속에 숨긴 자신의 뜻을 이렇게 밝혔다.

세 미치광이가 서로 친구를 삼아 / 세상을 등지고 떠돌아다니며 거지로 살아가네. / 저 참소와 아첨을 일삼는 무리를 조롱하는데 / 그들의 추악한 작태가 환히 보이는 것 같네. / 이에 '마장전'을 짓는다.

선비가 입과 배를 채우려고 구차해지면 / 온갖 행실이 부패하고 어긋나네. / 부귀영화를 누리며 살다가 비참하게 죽는다고 할지라도 / 흉악하고 탐욕스러운 행실 고치지 못하네. / 엄행수는 스스로 똥을 지고 날라 먹고사니 / 그 하는 일은 더러울망정 입은 깨끗하다네. / 이에 '예덕선생전'을 짓는다.

민옹은 사람을 벌레처럼 여기고 / 노자의 도를 깨우쳤네. / 풍자와 골계에 의탁하여 / 불경스럽게 제멋대로 세상을 조롱했네. / 하지만 벽에 글을 써서 스스로 분발한 것은 / 게으른 자들을 깨우칠 만하네. / 이에 '민옹전'을 짓는다.

_박지원,《연암집》, '방경각외전放瓊閣外傳', 자서自序

박지원이 이들 아홉 편의 전기를 지은 시기는 나이 스무 살 남짓 때였다고 한다. 그런데《연암집》을 살펴보면, '마장전', '예덕선생전', '민옹전',

'양반전', '김신선전', '광문자전' 등 여섯 편은 그 전체 내용이 전해오고, '우상전' 한 편은 일부 결락이 있지만 내용을 파악할 수 있는 반면 '역학대도전'과 '봉산학자전' 두 편의 내용은 전혀 남아 있는 것이 없다. 이러한 상황은 박지원 사후 후손들이 관리를 잘못해 그렇게 된 것이 아니다. 박지원 생전에 이미 마지막 두 편의 글은 불태워지고 잃어버렸다. 특히 '역학대도전'은 박지원이 스스로 불태워버렸다고 한다. 애초 그가 '역학대도전'을 지은 까닭은 이랬다. 당시 선비인 체하면서 권세와 이익을 구하는 자가 있었다. 그 선비의 위선적인 처신을 미워하고 출세를 혐오했던 박지원은 그를 가리켜 역학대도易學大盜, 즉 '학문을 팔아먹는 큰 도둑놈'이라고 조롱하고 비웃는 뜻을 담아 풍자 전기체의 '역학대도전'을 지었다. 그런데 얼마 지나지 않아 그 자가 패가망신하고 죽게 되자, 박지원은 "북송北宋 때 소순蘇洵이 간사한 자를 비판하는 글인 '변간론辨姦論'을 지어 크게 이름을 떨쳤다. 하지만 내가 소순과 같은 명성을 다시 얻을 필요는 없지 않는가"라고 하면서 스스로 '역학대도전'을 불태워버렸다. '봉산학자전'도 이 무렵 잃어버린 것으로 짐작된다.

어쨌든 아홉 편의 풍자 작품 가운데 일곱 편은 당시에도 사람들 사이에 널리 알려져 인기가 높았다. 특히 박종채는 거듭 증언하기를, 이들 일곱 편 가운데에서도 '예덕선생전', '광문자전', '양반전' 세 작품이 세상에서 크게 이름을 얻었다고 했다. 그리고 박지원의 처남이자 박종채에게는 외삼촌인 이재성李在誠의 말을 인용해, 이들 작품은 모두 연유가 있어서 아버지께서 창작했다고 밝히며 이렇게 말했다. "글을 지은 뜻을 깊이 헤아려보지 않은 채 단지 사람들을 웃기려고 농담 삼아 문자를 엮은 것으로만 읽는다면 어찌 아버지를 아는 자라고 할 수 있겠는가?" 그런 의미에서 이제부터 필자는 독자들과 함께 박지원이 '전기의 형식과 기법을 취한 풍자 작품' 속에 새겨놓은 뜻을 본격적으로 궁리하고 탐구해볼까 한다. 여기에서는 지면 관계상 일곱 편의 전기를 모두 소개할 수 없는 만큼 박지원 생전에 크게 인기를 끈 '예덕선생전', '광문자전', '양반전' 등 세 편의 풍자 작품만 살펴보도록 하자.

'예덕선생전'은 신분의 존귀와 직업의 귀천 그리고 권세와 명예에 따라 인간관계를 맺는 사대부의 속물근성에 대한 조롱이자, 신분에 따른 위계질서와 엄격한 차별의 장벽을 쌓고 있는 당대 사회에 대한 신랄한 풍자다. 이 풍자 작품의 주인공은 선귤자蟬橘子라는 한 선비와 그가 세상에서 가장 존경하는 벗인 예덕선생이다. 여기에서 선귤자는 깨끗한 매미에서 '선蟬'자를 취하고 향기로운 귤에서 '귤橘'자를 취해 스스로 선귤당蟬橘堂이라는 호를 썼던 이덕무다. 그런데 예덕선생이라는 고상한 듯 고상하지 않는 호칭을 갖고 있는 이의 신분과 직업이 아주 흥미롭다. 그는 세상에서 가장 미천한 신분으로 세상에서 가장 더러운 일을 하고 있기 때문이다. 예덕선생이라는 호칭은 선귤자가 '더러울 예穢'자와 '덕 덕德'자를 합성해, 비록 더러운 일을 할망정 덕을 갖춘 사람이라 스승으로 모실만 하다고 하여 붙여준 것이다. 선귤자가 예덕선생이라 높여 부른 이는 종본(현재 탑골공원 안 원각사지십층석탑) 동쪽에 살면서 매일같이 동네 안의 똥을 치우는 일을 생업으로 삼아 지내는 사람이다. 세상 사람들은 엄嚴이라는 성을 갖고 있는 그가 똥을 치우는 일을 하는 사람들 가운데에서도 나이가 많은 탓에 엄행수라고 불렀다.

어쨌든 신분 질서와 그에 따른 사회적 차별이 엄격했던 당시 사회의 도덕 윤리로 볼 때, 엄행수는 선비가 가까이할 수도 없고 가까이해서도 안 될 신분과 직업의 사람이었다. 그래서 엄행수와 교제하는 선귤자에 대한 사대부들의 비난과 세상의 조롱이 빗발쳤다. 결국 선귤자의 처사를 보다 못한 자목이라는 제자가 직접 나서 스승을 비난하며 엄행수와 즉시 단교할 것을 강력하게 요구한다. 그런데 화가 잔뜩 나 스승에게 따져 묻는 제자의 말을 다 듣고 난 후 선귤자는 오히려 웃으면서 자목에게 '벗을 사귀는 도리'에 대해 이야기한다. 하지만 자목은 두 손으로 귀를 막고 뒷걸음질 치면서 "지금 선생님께서는 저잣거리의 무뢰배와 노비나 하인들이나 하는 짓거리를 가지고 이 제자를 가르치려고 하실 따름입니다"라면서 더욱 크게 반발한다. 이에 선귤자는 사람을 살피고 벗으로 사귈 때는 신분과 직업, 명예와 권세에 따라서는 안 되고 오직 그 사람됨을 볼 뿐이라고 힐책한다. 그러면서 선귤자는 말한다. "진실로 의롭지 않다면 비록 수천 석의 녹봉을 얻는다고 해도 더러운 명성일 뿐이다. 아무런 힘도 들이지 않고 재물을 모으면 비록 거대한 부를 쌓았다고 해도 썩는 냄새가 나는 물건일 뿐이다. 그래 맞다. 엄행수는 뒷간의 더럽고 냄새나는 똥오줌을 지고 날라주는 일을 해서 먹고산다. 이것은 지극히 불결한 일이라고 말할 수 있다. 하지만 그가 먹고사는 방식이야말로 지극히 향기롭지 않느냐! 엄행수가 몸을 두고 있는 곳은 지극히 더럽고 지저분할지 모르겠지만, 그 의로움을 지키는 태도에 있어서만큼은 세상 어떤 것에도 비교할 수 없을 정도로 고상하기 그지없다. 그래서 나는 엄행수를 벗이 아닌 스승으로 모시면서 예덕선생이라 부른다."

가난하고 미천한 것을 싫어해 권세와 재물을 좇다가 그 처신이 구차해지고 행실이 크게 어긋나버린 사대부들이 넘쳐나는 세상에서 비록 세상 사람들이 혐오하는 똥을 져 날라 먹고 살지만 그 삶은 깨끗한 엄행수야말로 진정 세상의 스승으로 모실 만하다는 얘기다. 깨끗한 가운데에서도 깨끗하지 않은 것이 있고, 더러운 가운데서도 더럽지 않은 것이 있다. 깨끗하고 고상한 척하지만 사실은 권세와 이익을 위해 온갖 더럽고 추잡한 일을 서슴없이 저지르는 사대부와 세상에서 가장 더러운 똥을 퍼 날라다 주고 살망정 그 먹고사는 방법은 지극히 깨끗하고 향기로운 엄행수의 삶이 절묘하게 대조를 이루는 풍자의 서사 구조를 통해, 박지원은 양반 사대부의 위선과 허위의식은 물론 그들을 정점으로 한 당시 사회의 위계적 신분 질서와 엄격한 차별 의식을 공격하고 있다. 또한 여기에는 사람의 귀천은 오직 사람됨에 있으며 신분과 직업에는 귀하고 천한 기준이 있을 수 없기 때문에, 모든 인간은 신분과 직업을 초월해 평등하다는 뜻이 은미하게 내재되어 있다. 그런 의미에서 19세기 말 박지원의 손자인 박규수朴珪壽의 가르침을 받았던 개화파 인물들이 "《연암집》의 귀족을 공격하는 글에서 평등사상을 얻었지요"라는 증언을 확인해주는 여러 편의 글들 중 하나가 바로 '예덕선생전'이라고 해도 과언이 아니다.

'광문자전'은 명성이라는 것이 얼마나 허망하고, 그렇게 허망한 명성이 어떻게 인간의 삶을 파괴하는지를 종로 저잣거리의 거지 왕 '광문'의 몰락을 통해 보여주는 풍자 작품이다. 일단 광문이 명성을 얻게 된 과정을 보면 황당하기 그지없다. 마치 말이 말을 낳고, 거기에 다시 소문이 보태져 뜻밖의 명성을 얻었기 때문이다. 어느 날 갑자기 광문은 거지 아이들의 추대로 거지 대장이 된다. 하루는 거지 아이들이 동냥을 나가고 광문은 한 병든 거지 아이와 함께 소굴을 지켰다. 그런데 병든 아이가 손 쓸 틈도 없이 죽어버렸다. 잠시 후 소굴로 돌아온 거지 아이들은 광문이 죽였다고 의심해 매타작을 하고 내쫓았다. 심한 매질을 당한 광문은 겨우 기어서 어느 집으로 들어갔다가 오히려 도둑으로 몰려 붙잡혀 묶이는 신세가 되고 만다. 겨우 도둑의 누명을 벗은 광문은 집주인에게 다 떨어진 거적 하나를 얻어서 수표교로 갔다. 그리고 거지 아이들이 개천 아래로 던진 죽은 거지 아이의 시체를 건져서 서쪽 교외 공동묘지에 울며 묻어

주었다. 그런데 광문의 수상쩍은 행동에 뒤를 쫓아온 집주인이 이 광경을 모두 목격했다. 집주인은 광문이 비록 거지이지만 의로운 사람이라고 여겨 약국을 운영하는 어느 부자에게 천거해준다. 광문은 이곳에서 오랫동안 별 탈 없이 성실하게 일했다.

그러던 어느 날 그 부자가 외출하면서 자꾸 뒤를 돌아보고 다시 돌아와서 자물쇠를 확인하는 등 왠지 미심쩍은 행동을 했다. 더욱이 외출에서 돌아온 후에는 깜짝 놀라며 광문을 의심 어린 눈초리로 보았다. 영문을 알 수 없던 광문은 마음이 불안해 안절부절못했다. 그렇게 며칠이 지난 후 부자의 처조카가 찾아왔다. 그리고 돈을 빌리러 왔다가 부자가 외출 중이어서 제멋대로 방에 들어가 돈을 가져갔다고 말했다. 부자는 광문을 의심했던 속마음을 털어놓고 크게 사죄했다. 이때부터 부자는 주변 사람들에게 광문을 의로운 사람이라고 칭찬하고 다녔다. 이로 인해 광문에 대한 이야기가 저잣거리는 물론 종실의 빈객과 공경 문하의 측근들 사이에서까지 화젯거리로 오르내렸다. 급기야 소문이 소문을 낳아 두어 달 동안에 사대부들까지 광문이 옛적 훌륭한 사람들과 같다고 이야기하게 되었다. 이제 한양에서 광문을 모르는 사람이 없을 정도였다.

이 무렵부터 돈놀이하는 자들은 광문이 빚보증을 서면 담보를 따지지 않고 천 냥이라도 빌려주고, 길 가운데에서 싸우던 사람들도 광문이 참견하면 싸움을 그만두고, 아름답고 이름 높은 기생도 광문의 성원을 받아야 제대로 된 대우를 받기에 이르게 된다. 그래서 신분고하를 막론하고 누구라도 광문과 교제하기를 원하는 황당한 상황이 벌어졌다. 처음부터 광문은 스스로 명성을 구하지 않았다. 그렇지만 광문은 의로운 사람이라는 칭찬이 소문을 낳고 거기에 다시 그럴싸한 이야기가 보태지자 마치 눈덩이처럼 그 명성이 커져버렸다. 만약 '광문자전'이 여기에서 끝났다면, 이 이야기는 풍자 작품이 아니라 일종의 미담이나 저잣거리에 나도는 풍설에 불과했을 것이다. 그런데 재미나게도 '광문자전'에는 다른 풍자 전기에는 없는 후기가 있다.

앞의 이야기가 광문의 명성에 대한 것이라면, 후기에는 이 명성으로 인해 겪게 되는 광문의 불운과 몰락이 등장한다. 장안의 화제 인물이 된 후 광문은 호남과 영남의 이곳저곳을 돌아다녔다. 그럴수록 광문의 명성은 더욱 높아졌다. 그렇게 광문이 한양을 떠난 지도 수십 년이 지났다. 박지원이 '광문자전'을 지을 때가 스무 살 남짓이라고 본다면, 이 후기는 중년 이후에 지었을 것이라 짐작해볼 수 있는 대목이다. 이러한 까닭에 후기에는 이미 원숙한 경지에 이른 박지원의 풍자 정신이 농후하게 담겨 있다고 해석할 수 있다.

박지원이 1737년생이니 '광문자전'은 1757년을 전후해서 지어졌고, 여기에서 다시 수십 년이 지났다고 하면 후기가 창작된 때는 영조 말년과 정조 초년쯤으로 유추해볼 수 있다. 영조에서 정조로 왕위가 넘어가는 과정은 여러 역모 사건이 줄을 이어 일어난 정치적 혼란의 시기였다. 그런데 영남에서 역모를 꾀하던 어떤 사람이 자신의 뜻을 이룰 생각에 광문의 명성을 이용했다. 즉 광문의 아들이라 사람들을 속이고 동냥질을 하는 거지 아이를 회유하여 자신을 숙부라고 부르게 한 뒤 "제 이름은 광손입니다. 제가 바로 광문의 아우입니다"라고 떠벌이며 사람들을 꾀었다. 그러다가 역모를 도모한 사실이 발각되어 관청에 추포되었다. 이로 인해 광문 또한 역모 사건에 연루되어 체포된 후 큰 곤욕을 치렀다. 그러나 대질심문 끝에 광문은 혐의를 벗고 석방되고, 광문의 아우라고 떠들고 다닌 사람은 처형당하며, 광문의 아들이라 속인 거지 아이는 귀양 보내졌다. 이때 광문이 관청에 체포되어 한양으로 끌려왔다가 석방되었다는 소문을 들은 사람들이 남녀노소를 가리지 않고 모두 광문을 보려고 몰려가는 바람에 한양의 저잣거리가 텅 빌 정도였다고 한다.

석방된 광문은 한때 왈짜로 날렸던 표철주라는 사람을 만나 자신이 한양을 떠난 후 일어난 여러 이야기들을 듣는다. 그리고 한때 큰 권세와 재물을 자랑했던 이들과 아름답고 이름 높던 기생들이 모두 세상을 떠났거나 늙어서 은퇴했다는 말을 듣게 된다. 권세와 재물과 명성 또한 한순간일 뿐 영원하지 않다는 생각이 들었기 때문일까? 광문은 "너의 꼴이 마치 기술을 배우고 나자 눈이 어두워졌다고 할 만하구나"는 속담을 남기고 사라져갔다. 갖은 고생 끝에 마침내 재주를 익혔지만 눈이 어두워져서 그 재주를 써먹어보지도 못한 박복한 인생에 비유한 속담이다. 그 후 광문이 어디서 어떻게 살다가 죽었는지 아는 사람이 아무도 없었다. 비록 자신은 원하지 않았지만 지나친 명성 때문에 고신拷訊과 형벌의 고통을 피할 수 없었던 셈이다. 지나친 명성 때문에 큰 곤욕을 치른 다음 광문은 헛된 명성을 피하느라 사람들 사이에서 동냥질도 하지 못하는 처량한 신세가 되어버렸다. 그리고 마침내 어디에서 살다가 어떻게 죽었는지도 모른 채 광문은 사람들의 기억 속에서 지워졌다.

이렇듯 헛된 명성이 지나치면 거지조차 자신의 삶을 망치기 십상인데 하물며 사대부의 경우는 어떻겠는가? 거지는 자기 한 몸을 망칠 뿐이지만 사대부는 자신은 물론 가문과 더 나아가서는 세상을 망치게 된다. 거지의 헛된 명성이 가져오는 불행은 작다고 하겠지만 사대부의 헛된 명성이 불러오는 불행은 크다. 따라서 '광문자전'은 거지 광문의 삶에 비유하여 세상의 헛된 명성과 명예에 집착하는 사대부의 허상을 질타한 풍자 작품이라고 할 수 있다. 박지원의 아홉 편의 전기는 때로는 양반과 학자 등 사대부를 주인공으로 삼기도 하고, 때로는 미치광이나 똥장군과 거지를 주인공으로 삼기도 한다. 그러나 그 주인공과 등장인물이 누구인가에 상관없이 조롱과 비웃음의 대상이 되고 풍자의 표적이 되는 것은 양반 사대부, 그리고 그들이 세운 신분 질서와 차별이다. 만약 이러한 풍자의 미학이 담겨져 있지 않다면 '광문자전'은 일개 거지의 명성과 불운에 대한 저잣거리의 우스갯소리에 불과할 따름이다. 그래서 박종채는 "이들 아홉 편 전기의 문체와 형식이 자못 장난이나 놀이 삼아 지은 것"처럼 보이므로, 당시 사대부들 중 식견이 없는 자는 세상 사람들을 웃기려고 농담 삼아 지은 글로만 알고, 식견이 있는 자는 병통으로 여겨서 면상을 찌푸렸다고 적고 있다. 왜 얼굴을 찌푸렸겠는가? 그 속에 담긴 은미한 뜻이 사대부인 자신들을 겨냥하고 있다는 사실을 깨닫고 뭔가 뜨끔했기 때문이다.

'양반전'은 박지원의 풍자 작품 중 가장 널리 알려져 있다. 또한 《열하일기》 속 '호질'과 더불어 양반 사대부를 가장 날카롭게 비판하고 통쾌하게 조롱한 풍자의 걸작이다. 더욱이 일반 백성들이 사용하는 구어체와 비속어를 자유분방하게 구사한 18세기 패관소품체의 대표작이다. 이 풍자전 속 양반은 생업은 도모하지 않은 채 글만 읽고 사는 사족士族 혹은 유자儒者를 상징한다. 게다가 그는 관청의 환곡을 빌려 먹고 갚지도 않는다. 무위도식도 모자라 백성의 고혈을 빨아 먹고 사는 식충食蟲이다. 더욱 황당한 것은 일반 백성이라면 한 톨의 쌀만 갚지 못해도 처벌을 면치 못하는데, 이 양반은 1천 섬의 환곡을 갚지 않아도 처벌을 받지 않는다. 오히려 고을 수령이 그의 처지를 안타까워할 지경이다. 그래도 양심은 있었던지 양반은 환곡을 갚아야 한다는 생각에 밤낮으로 울며 지낸다. 그러나 울기만 할 뿐 아무런 행동도 하지 않는다. 이쯤에서 박지원은 그의 마누라의 입을 빌어 양반의 무능력을 비웃고 쓸모없음을 조롱한다. "엽전 한 푼의 값어치도 안 되는 그놈의 양반." 이때 그 마을에 사는 한 부자가 등장한다. 그는 양반은 아무리 가난해도 항상 높고 귀하지만, 자신은 아무리 잘 살아도 늘 낮고 천하여—말을 살 수 있는 재력을 갖고 있지만—감히 말도 함부로 타지 못한다고 한탄한다. 경제적 부와 힘은 가졌지만 엄격한 신분 질서 탓에 사회적, 정치적으로 멸시당하고 차별받는 부자는 18세기를 전후해 등장한 신흥 세력을 상징한다. 박지원이 '양반전'을 쓸 당시 부자가 상징하는 이 신흥 세력은 이제 자신들의 재력을 이용해 공공연히 양반의 신분을 살 수 있을 만큼 성장한 상황이었다. 다시 말해 '양반전'에는 양대 전란 이후 급속히 진행된 사회 경제적 변동과 신분 질서의 붕괴라는 시대적 배경이 깔려 있다.

어쨌든 부자는 양반의 환곡 1천 섬을 대신 갚아주는 대가로 양반의 신분을 산다. 이쯤에서 박지원의 풍자가 제대로 한 번 빛을 발한다. 고을 수령이 이들 간의 거래를 보증하고 성사시키는 브로커(중개인)로 등장하기 때문이다. 이와 같은 이야기 구조는 실제 양반 신분을 사고 팔 때 관청의 부정과 불법 행위가 비일비재하다는 사실을 은미하게 고발하고 폭로하는 일종의 서사적 장치다. 더욱이 고을 수령은 자신의 보증으로도 모자란다면서 온 고을의 사족과 농민, 장인, 상인들을 모조리 관사 뜰 앞에 모이게 한다. 박지원이 양반과 부자의 신분 거래에 사농공상을 모두 불러 모은 까닭은, 이 위계적 신분제도와 엄격한 신분 질서가 공공연하게 무너지고 있다는 사실을 온 세상에 공표하려는 또 다른 문학적 장치라고 할 수 있다. 그런데 신분 거래를 공증하기 위해 문서를 작성하는 도중 양반의 신분을 산 부자는, 양반이 되면 지켜야 할 일상의 행동과 행해야 할 도덕 윤리를 비로소 알게 된다. 호장戶長이 공증 문서를 다 읽고 나자 부자는 양반이 그런 것이라면 아무런 이익이 없으니 자신에게 이익이 되도록 고쳐달라고 요청한다. 이에 다시 문서를 고치는데, 그 내용이 이렇다. "선비와 농민과 공장工匠과 상인 가운데 가장 귀한 존재는 선비다. 양반이라는 신분을 얻게 되면 그 이로움이 막대하다. 농사를 짓지 않아도 되고 장사를 하지 않아도 된다. 엉성하고 거칠게라도 글을 배우고 익혀 대강이나마 문사文史를 섭렵하면 크게는 문과에 급제할 수 있고 작게는 진사가 될 수 있다. 문과 급제의 증서인 홍패紅牌는 불과 2척밖에 안 되지만, 그것만 있으면 세상 모든 물건을 다 가질 수 있으니, 이것이야말로 황금 주머니다. 서른이 넘은 늦은 나이에 진사가 되어 첫 벼슬살이를 할지라도 도리어 음관蔭官의 명예를 입어 온갖 권세와 이익과 명성을 누릴 수 있다. 비록 궁색한 선비로 시골에 산다고 해도 오히려 백성 위에 자리하고 법 위에 군림하며 제멋대로 권세를 부릴 수 있다. 이웃집 소로 누구보다 먼저 내 논밭을 갈아도 아무도 뭐라 하시 않고, 마을 백성을 부려 농사를 짓게 해도 누가 감히 나를 거역하겠는가? 너희 백성들 코에 잿물 붓고 상투 잡아 비틀고 귀밑털 모두 뽑는다고 해도 어느 누가 감히 항의하고 원망하겠는가?"

그런데 이 문서의 내용을 듣고 있던 부자는 혀를 내두르며 그만두라고 한다. 그러면서 "장차 나를 보고 도적놈이나 되라는 말과 다를 게 무엇입니까?"라고 소리친다. 그리고 머리를 흔들면서 가버린다. 그 뒤 부자는 다시는 양반의 일을 입에 담지 않았다. 양반이 되면 신선처럼 고상하게 살 줄 알았는데, 알고 보니 양반이 하는 일이 생업에 아무런 이익도 되지 못하고 오히려 부정하게 부귀를 누리고 백성들에게 횡포나 부리는 것이라는 사실을 깨달았기 때문이다. 여기에서 박지원은 사농공상이라는 위계적 신분 질서의 꼭대기에 자리한 한 줌밖에 안 되는 양반 사족이 하는 짓이 무엇인지 적나라하게 폭로하고 실컷 조롱한다. 한마디로 양반 사족이란 벼슬에 나아가면 백성의 고혈로 부귀영화를 누리고, 궁색하게 살더라도 제멋대로 백성들에게 횡포나 부리는 도적놈일 따름이다. 양반 사족의 본성에 대한 이보다 더 격렬한 공격과 파괴의 글이 있을까 싶을 만큼 '양반전'의 풍자는 신랄하고 통쾌하다.

그런데 박지원은 젊은 시절 지은 이들 풍자 작품을 별반 신통치 않게 여겼던 듯싶다. 이와 관련해 박종채가 전하는 박지원의 말은 이렇다. "이 글들은 내가 젊었을 때 작가가 되려는 마음을 먹고서 문장을 짓는 방법을 익힐 목적으로 써본 작품들이다. 그런데 지금까지도 간간히 이 글들을 언급하며 극찬하는 사람들이 있다. 이러한 일은 자랑스러운 일이기보다 몹시 창피하고 부끄러운 일일 뿐이다."

그러면서 박지원은 자식들에게 이들 작품을 모두 없애버리라고 당부했다고 한다. 그러나 박종채는 사람들 사이에서 널리 전해져 읽히는 것은 도무지 막을 방법이 없어 박지원의 유지를 받들지 못했다고 전한다. 더욱이 그는 박지원의 문집에 이들 작품을 실어야 하나 말아야 하나 고민이 되어 외삼촌인 이재성에게 상의하기까지 했다. 당시 이재성은 "너희 아버님께서 지은 글 가운데에는 문장의 법식에 맞는데다 아름답고 우아하며 장엄하고 깊이가 있는 것들이 많다. 반면에 이 전기 작품들은 너희 아버님이 남긴 저술의 부스러기에 지나지 않는다. 그러므로 문집에 이들 작품을 수록해도 좋고 수록하지 않아도 괜찮다. 더욱이 너희 아버님이 젊었을 때 지은 글들이니 더욱 그렇다고 말할 수 있다. 게다가 예로부터 문장가들에게는 너희 아버님의 글처럼 장난삼아 혹은 놀이 삼아 지어 보는 글들이 적지 않았다. 따라서 이들 전기 작품을 반드시 폐기할 필요는 없지 않겠느냐? 다만 '양반전' 한 편만은 저잣거리의 상스럽고 속된 말이 많아서 작은 흠이 되지나 않을까 하는 걱정이 없지 않다. 그러나 이 또한 진실로 전한前漢 때 사람인 왕포王褒의 '동약僮約'을 모방해 지은 것인 만큼 분명 너희 아버님의 뜻이 담겨 있다고 말할 수 있지 않겠느냐?"라고 말했다.

결국 외삼촌의 말에 설득당한 박종채는 아버지의 글을 함부로 취하거나 버리는 것 또한 불효라고 생각하여 《연암집》의 별집에 싣는다. 그래도 마음이 편하지 않았던 탓일까? 그 별집 '방경각외전'의 끝 부분에 《연암집》에 이들 풍자 전기 작품을 싣게 된 경위와 까닭을 특별히 덧붙여 기록해두었다. 오늘날 우리가 그 어떤 글보다 우선해서—교과서에 실릴 만큼—박지원의 문학과 사상의 정수라고 높여 찬사하는 이들 풍자 전기가 자칫 폐기될 수도 있었다고 생각해보라. 시대를 앞서가는 글이나 시대와 불화하는 글은 대개 당대에는 온당한 대접을 받지 못하거나 혹은 별로 내세우고 싶지 않은 글로 평가받기 십상이라는 하나의 반증이라고 할 만하다. 그러나 역설적이게도 시대와 불화했기 때문에 오늘날 박지원의 글은 그 시대의 민낯을 우리들에게 고스란히 보여주고 있다. 글이 불온해야 하는 까닭이 바로 여기에 있다.

　　여하튼 이렇게 본다면, 박지원이 스무 살 무렵 지은 이들 아홉 편의 풍자 작품은 분명 그 글을 지은 뜻이 있었다고 하더라도, 그 창작 동기나 의도가 적극적이거나 전략적이지는 않았다고 해석할 수 있다. 박지원 자신과 주변 사람의 증언을 종합해볼 때 약관 시절 치기로 지은 작품이 아홉 편의 전기였다고나 할까? 반면 박지원이 44세 때 청나라를 다녀온 후 저술한 《열하일기》에 등장하는 풍자 작품은 창작 동기와 배경은 물론 명확한 뜻과 적극적인 의지와 전략적인 의도까지 두루 읽을 수 있다. 이러한 필자의 생각은 "나는 중년 이후로 세상에서 출세하는 일에 대한 마음이 사라져버려서 점점 농담과 익살과 우스갯소리를 일삼으며 이름을 숨기고자 하는 데 뜻을 두었다. 말세의 풍속이 이미 돌이킬 수 없을 만큼 유행한 탓에 더불어 대화를 나눌 만한 사람이 없었다. 이 때문에 매양 사람을 대할 때는 세상을 조롱하거나 풍자하는 말 또는 우스갯소리로 꾸며대거나

그때그때 상황에 맞춰 마음 내키는 대로 둘러댔다"는 박지원의 고백과 일
맥상통한다. 이 무렵 박지원은 농담과 익살과 우스갯소리를 통한 풍자를
일종의 글쓰기 전략으로 삼았다고 분명하게 말할 수 있다.

《열하일기》속 풍자 작품 중 '관내정사關內程史'에 등장하는 '호질'
은―기록으로만 보자면―박지원의 창작물이 아니다. 그렇다고 해서 표
절도 아니다. 글의 출처를 분명하게 밝히고 있기 때문이다. 잘 알려져 있
다시피 《열하일기》는 박지원이 연경을 거쳐 열하까지 다녀온 청나라 여
행기다. '호질'은 이 여행기에 삽입되어 있는 한 편의 단편소설과 같다. 자
칫 여행기의 흐름과 맥락상 부조화와 단절을 일으킬 수도 있을 텐데, 박
지원은 절묘한 서사 구조와 유머러스한 장치를 구사해 '여행기와 단편소
설'을 자연스럽게 한 가지로 연결시킨다. 한양을 떠난 지 두 달 여가 지난
7월 28일 저녁 무렵 박지원은 '호질'이 탄생하는 역사적 장소, 곧 중국의
옥전현에 도착한다. 성안으로 들어간 박지원은 한 점포에 들어간다. '호곡
장론'에 등장했던 정진사와 함께였다. 그런데 박지원은 그 점포 벽에 걸려
있는 "세상 어느 곳에도 존재하지 않을 것 같은 괴상하고 이상야릇한 글
한 편"을 발견한다. 박지원은 정진사와 더불어 글을 베낀다. 자신은 앞에
서부터 중간까지, 정진사는 중간에서부터 끝까지. 이때 점포의 주인 심유
붕沈由朋이 그 글을 베껴서 무엇 하려고 하느냐고 묻는다. 박지원은 조선
으로 돌아가 사람들에게 보여주면 한바탕 웃음거리로 삼을 만하기 때문
이라고 답한다.

그런데 정작 흥미로운 대목은 숙소로 돌아온 다음 정진사가 베낀 글이
낙서가 많고 이치와 맥락이 통하지 않은 까닭에 자신의 뜻을 약간 붙여
한 편의 글을 지었다는 박지원의 고백이다. 이렇게 탄생한 단편소설이 바
로 '호질'이다. 기발한 발상과 절묘한 구성을 통해 여행기 속에 한 편의 소

설을 배치한 것이다. 더욱이 여기에서 우리는 즐거운 혼란 속으로 빠져들지 않을 수 없게 된다. '호질'이 박지원이 말한 대로 실제 베낀 글인지 아니면 온전한 창작물인지 불분명해져버리기 때문이다. 필자가 생각하건대, 아마도 박지원은 여기에서 자신의 글을 겨냥한 사대부의 비난과 공격을 무기력하게 만들기 위한 일종의 전략적 선택을 하지 않았나 싶다. 즉 실제 '호질'은 자신이 창작한 작품이면서 마치 여행 도중 우연하게 얻은 글에 약간 손을 본 작품인 양 위장한 것이다. '호질'의 무대가 중국이고, 그곳에 등장하는 인물의 형상 또한 중국 사람인 것처럼 꾸민 이유 역시 별반 다르지 않다. 애초 베낀 글에는 없었던 제목을 '호랑이의 꾸짖음'이라는 뜻의 '호질'이라고 붙인 것만 보더라도, 박지원이 이 글에 숨긴 전략적 의도를 짐작해볼 수 있다.

어쨌든 '호질'은 세 개의 구조, 즉 두 개의 이야기와 하나의 평론으로 구성되어 있다. 첫 번째 이야기에서 호랑이는 자신을 따라 다니는 굴각屈閣, 이올彛兀, 육혼鬻渾이라는 세 창귀倀鬼와 함께 저녁 먹잇감을 고르면서 세 계층의 인간 군상을 실컷 조롱한다. 처음 이올이 호랑이에게 먹을 만하다고 권한 인간은 의원과 무당이다. 의원은 입으로 각양각색의 약초를 뜯어 먹어서 살에 향내가 나고, 무당은 온갖 잡귀에게 아양을 떠느라 날마다 목욕재계를 해서 몸이 깨끗하기 때문이다. 그런데 호랑이는 "의원은 의심疑心을 먹고 사는 자다. 알지도 못한 채 이 병인가 저 병인가 의심하면서 병을 고친다고 여러 사람을 시험한다. 그러면서 해마다 멀쩡한 사람들을 수만 명씩이나 죽음으로 내몬다. 무당은 무함誣陷을 먹고 사는 자다. 귀신을 속이고 백성을 홀려서 역시 해마다 멀쩡한 사람 수만 명을 죽음으로 내몬다"고 하면서, 어떻게 그런 것들을 먹을 수 있겠느냐고 힐책한다. 의원과 무당에게 쏟아지는 사람들의 분노와 증오가 뼈다귀까지 스며들어 독기로 변해 도저히 먹을 수 없다는 것이다. 의심과 무함이라는 거짓을 팔아먹고 사는 인간 군상이 바로 의원과 무당이라는 풍자다. 그러나 이 이야기에서 의원과 무당은 조연일 뿐이고, 진짜 주인공은 이어서 등장하는 선비의 무리, 즉 사림 혹은 유림이다. 이올과 호랑이의 대화를 듣고 있던 육혼이 저녁 먹잇감으로 권한 인간 군상은 선비다. 육혼은 "이곳이야말로 맛좋은 고기가 숲(사림士林 또는 유림儒林을 가리키는 말)을 이루고 있습니다. 이들의 간은 어질고 쓸개는 의롭습니다. 충성스러운 마음을 안고 살며 깨끗한 마음을 품고 삽니다. 예악禮樂을 받들고 예절을 실천합니다. 입으로는 세상 온갖 문장을 다 읊어대고, 마음으로는 세상 모든 사물의 이치에 다 통달합니다. 그 이름을 일컬어 '덕이 높은 유자(선비)'라고 합니다. 등판은 부드럽게 흘러넘치고 체구는 살집이 올라 풍만하니, 다섯 가지 맛이 모두 갖추어져 있습니다"라고 한다. 그러나 호랑이는 이른바 '도', 즉 음양과 오행과 육기六氣를 쪼개고 갈라놓고 함부로 손을 대느라 야단법석을 떠는 그런 놈들의 고기는 질기고 여물어서 도저히 소화시킬 수가 없다고 잡아먹기를 거부한다. 사람들을 속여서 먹고 사는 무리가 의원과 무당이라면, 이른바 선비라는 작자들은 도를 가장해 먹고 사는 무리일 뿐이라는 풍자다. 거기에는 위선과 거짓과 가식으로 세상 사람들을 속여서 먹고사는 것은 의원과 무당이나 선비나 매한가지라는 통렬한 조롱이 담겨 있다.

두 번째 이야기의 주인공은 바로 그 유명한 '북곽선생'과 '동리자'다. 이 두 사람은 조선의 지배계급, 즉 양반 사대부의 권력과 권위를 지탱하고 있던 '도학(성리학)'과 '도덕 윤리'를 상징하는 존재다. 이 이야기의 무대는 중국 정鄭나라다. 그러나 바보가 아니라면 누구라도 이 정나라가 조선을 비유적으로 표현한 것에 불과하다는 사실을 알 수 있다. 여하튼 북곽선생은 벼슬에 뜻을 두지 않고 평생 도학 연구와 심성 수양에 몰두해 세상의 존경을 한 몸에 받고 있는 인물이다. 천자조차 칭찬하고 제후들은 북곽선생을 한 번 만나는 게 소원이라고 말할 정도였다. 동리자는 북곽선생이 사는 고을 동쪽 마을에 사는 젊고 어여쁜 과부다. 그녀 역시 천자가 높은 절개를 칭찬하고 제후들은 현숙하다고 떠받드는 인물이다. 한마디로 북곽선생은 도학자로 존경을 받고 동리자는 도덕과 윤리를 지키는 현숙한 여인으로 명성을 얻은 이들이다. 그런데 우습게도 동리자에게는 아들이 다섯 명이 있었는데, 그들 모두 성이 달랐다. 어느 날 이 다섯 아들이 깊은 밤 안방에서 동리자와 북곽선생이 다정하게 있는 꼴사나운 광경을 목격한다. 이에 다섯 아들은 안방을 에워싼 채 문을 열고 들이쳤다. 불륜 현장을 들킨 북곽선생은 너무 놀라 허겁지겁 노방을 치는데, 황급한 와중에도 행여나 얼굴이 들킬까 봐 한쪽 다리는 목에다 걸고 귀신 춤에 귀신 웃음을 지으면서 문 밖으로 달아나다가 들판에 파놓은 똥구덩이에 빠지고 만다. 북곽선생은 똥구덩이에서 몸을 버둥거리다가 간신히 기어올라 머리를 내밀었다.

그런데 호랑이 한 마리가 딱 가로막고 있는 것이 아닌가! 똥구덩이에서 엉금엉금 기어 나온 북곽선생은 호랑이에게 연거푸 세 번이나 절을 하고 온갖 아첨의 말을 늘어놓는다. 호랑이에게 잡아먹히지 않기 위한 수작질이었다. 북곽선생의 몸에서 나는 더러운 똥냄새와 입에서 나오는 간지러운 아첨에 진저리를 치던 호랑이는 그를 엄하게 꾸짖는다. 이 호랑이의 꾸짖음이 '호질'의 절반가량을 차지하고 있다. 실제 박지원은 이 호랑이의 '꾸짖음'을 등장시키기 위해 여러 서사 구조와 문학 장치를 구사하는 전략을 통해《열하일기》속에 '호질'을 배치했다고 해도 과언이 아니다. 호랑이는 더러운 북곽선생의 몰골을 가소로운 듯 쳐다보며 오상五常과 삼강

오륜을 앞세워 천하의 도덕군자인 척하면서, 실상은 천하 만물과 인간 세상을 제멋대로 지배하고 함부로 죽이기를 다반사로 하는 것도 모자라 권력을 차지하려고 서로를 해치는 사대부를 호되게 꾸짖는다. 그리고 잡아먹을 가치도 없는 놈이라는 듯 홀연히 사라진다.

여기에서 호랑이는 박지원이 자신을 '의인화'한 존재라고 할 수 있다. 즉 박지원은 호랑이의 입을 빌어 당시 양반 사대부의 권력을 떠받치고 있던 도학(성리학)의 권위와 도덕 윤리의 가치라는 것이 얼마나—겉과 속이 다른—이중적이고 야만적이며 위선과 허상으로 가득 차 있는가를 신랄하게 조롱하고 날카롭게 풍자한 것이다. 더욱이 호랑이의 꾸짖음을 읽다 보면, 앞서 필자가 소개했던 이탁오의 말, 즉 "겉으로는 도덕과 의리를 목청껏 외치지만 마음속으로는 부귀를 노리고, 옷차림은 그럴듯하게 꾸미고 다니지만 그 행실은 개나 돼지와 하등 다를 게 없다"는 '반도학反道學'의 외침이 겹쳐 떠오른다. 그런 의미에서 직접적으로 표현하고 있지는 않지만, 박지원 또한 이탁오나 허균처럼 유학적 사유의 경계와 도학(성리학) 사상의 한계 너머에 존재하는 무엇인가를 엿본 몇 안 되는 지식인 중 한 사람이라고 감히 말할 수 있다.

후지後識의 형식을 취하고 있는 '호질'의 마지막 부분은 "연암씨는 말한다"로 시작하는 박지원의 평론으로 구성되어 있다. 여기에서 박지원은 힘주어 말한다. "이른바 선비 가운데 염치를 모르는 자들은 보잘것없는 글귀나 모으고 엮어서 세상 풍속에 맞춰 아양을 떨며 아첨이나 해댄다. 어찌 '무덤 파는 선비'라고 하지 않겠는가? 이런 자들은 호랑이나 늑대도 잡아먹으려고 하지 않을 놈들이다"라고. 그리고 말미에 "이 글에는 본래 제목이 없었다. 지금 글 가운데 있는 '호질虎叱'이라는 두 글자를 취해 제목으로 삼아 저 중국이 맑아질 때를 기다려본다"라고 적었다. 그러나 '호질'이 어찌 중국이 맑아지기를 바라고 애써 베낀 혹은 창작한 글이겠는가? 그 필봉이 겨냥하고 있는 대상이 양반 사대부가 아니면 어디이고, 그 맑아지기를 바라는 마음은 조선 이외에 어찌 다른 곳이 있을 수 있었겠는가!

'호질'과 함께 오늘날까지 사람들 사이에서 가장 널리 읽히고 있는《열하일기》속 풍자소설은 두말할 필요도 없이 '허생전'이다. '허생전'은 박지원이 조선으로 돌아오던 길에 옥갑이라는 곳에서 묵을 때 여러 사람들과 나눈 '밤 이야기'를 기록한 '옥갑야화玉匣夜話'에 실려 있다. '허생전'은 크게 보면 허생의 성공담을 다룬 전반부와 성공한 뒤 허생의 행적, 곧 후일담을 적은 후반부로 나눌 수 있다. 그런데 '허생전'은 조롱과 비판 가득한 다른 풍자 작품들과 비교해보면—상대적으로—다분히 개혁적인 성향과 의도를 담고 있다. 허생이 글만 읽던 선비에서 상인으로 변신해 큰 재물을 모은 전반부의 이야기는 생업은 도모하지 않은 채 무위도식하는 사대부의 무능력과 허위의식을 질타한 것이기도 하지만, 그보다는 오히려 사대부가 어떻게 변화해야 자신과 가족과 백성과 나라와 세상을 구제할 수 있는지에 대한 하나의 길을 풍자의 방식으로 묘사했다고 볼 수 있다. 그 길이란 다름 아니라 박지원의 제자인 박제가가 1778년 청나라에 다녀온 후 저술한 사회 개혁서, 곧《북학의》에서 주장한 '양반상인론'이다.

중국 사람들은 가난하면 장사에 나선다. 비록 그렇게 한다고 해도 진실로 그 사람만 현명하다면 그 풍류와 명망 및 절개를 그대로 간직하고 있다고 대접받는다. 이러한 까닭에 글을 읽는 유생이라고 할지라도 거리낌 없이 서사書肆(서점)를 드나든다. 높은 벼슬아치인 재상조차도 더러 몸소 융복사 앞 시장을 왕래하면서 골동품을 사오기까지 한다. 내가 융복사 앞 시장에서 고귀한 직위에 있는 청나라 사람을 만난 적이 있다. 그런데 우리나라 사람들은 모두 그것을 비웃고 조롱했다. 그러나 비웃고 조롱할 일이 결코 아니다. … 우리나라의 풍속은 겉만 그럴싸하게 꾸미는 쓸데없는 예절과 법제만을 숭상하고 주변 사람들을 돌아보느라 금기로 여기는 것이 지나치게 많다. … 대체 그들이 입고 먹는 것이 어디에서 나온단 말인가? 그렇기 때문에 부득불 권세 있는 자에게 빌붙어 권력을 구걸하게 되므로 청탁하는 풍습이 발생하고 아무런 노력 없이 요행수로 출세나 이득을 얻으려고 하는 길을 걷게 되는 것이다. 이러한 일은 저잣거리의 장사치마저도 감히 하려고 하지 않는 짓거리이다. 이러한 까닭에 나는 분명하게 "차라리 중국 사람처럼 장사하는 것만 못한 일이다"라고 말하는 것이다.

_박제가, 《북학의》, 상인〔商賈〕

그런 의미에서 '허생전'은 풍자의 글쓰기가 지배계급을 조롱하고 공격하는 사회 비판적인 메시지뿐만 아니라 사회 개혁 정신을 담고 더 나아가 그 방향을 제시할 수 있다는 사실을 보여준 획기적인 작품이다. 그러나 필자가 생각할 때, 《열하일기》에서 박지원의 필력과 송곳처럼 날카롭고 칼날처럼 예리한 풍자 정신이 가장 빛을 발하는 최고의 장면은 청나라에 다녀온 조선의 사대부를 세 가지 등급, 즉 '상사上士, 중사中士, 하사下士'로 나누어 언급한 다음 당당하게 자신은 '하사'에 불과하다고 선언한 대목이다. 먼저 신분과 지위가 가장 높고 학식과 견문이 고상하며 우아하다고 찬사받는 '상사'란 어떤 부류인가? 그들은 청나라는 짐승에 불과한 오랑캐의 세상이라는 사실만을 확인하고 돌아와 이렇게 큰소리치는 사대부들이다. "한마디로 눈여겨볼 만한 것이라곤 아무것도 없다고 말하겠다. 볼만한 것이 없다는 말은 무슨 뜻인가? 황제조차 머리를 깎은 오랑캐일 뿐이고 오랑캐는 짐승에 다름없는데, 짐승에게서 더 이상 무엇을 보고 무엇을 논한단 말인가?" 그렇다면 중사란 어떤 부류인가? 그들은 중국 대륙에서 중화를 재건하고 오랑캐를 몰아내는 이른바 '북벌'의 의지만을 다지고 돌아와서 이렇게 외치는 사대부들이다. "진실로 10만의 군사만 얻을 수 있다면 산해관으로 쳐들어가 오랑캐인 청나라를 중원에서 몰아낸 다음에야 비로소 중국을 논할 수 있다." 박지원은 이 두 부류의 사대부들은 나라와 백성 모두에게 아무런 이로움을 주지 못한다고 지적하면서, 자신은 상사는 말할 것도 없고 중사도 되지 못하는 하사에 불과하므로 이렇게 말할 수밖에 없다고 고백한다. 상사와 중사가 되느니 차라리 하사가 되겠다는 박지원의 독백이야말로 역설의 전략을 통해 풍자의 묘미를 극대화한 글쓰기다.

나는 하사일 따름이다. 그래서 내가 청나라에서 본 장관을 말한다면 깨진 기와 조각이라고 하겠다. 또한 장관을 말한다면 썩어서 더럽고 냄새나는 똥거름이라고 하겠다. 무릇 깨진 기와 조각은 천하 사람들이 버리는 물건일 뿐이다. 그러나 민가를 둘러싸는 담장을 쌓을 때 어깨 위로는 깨진 기와 조각을 두 장씩 서로 마주 배치해 물결이 굽이치는 무늬를 만들어 장식했다. 더욱이 깨진 기와 네 조각을 안쪽으로 합해 여러 개의 고리를 잇대어 놓은 동그라미 형태의 무늬를 이루었다. 심지어 깨진 기와 네 조각을 바깥쪽으로 등을 대어 붙여 서 옛날 노魯나라 때 사용한 엽전 모양의 구멍무늬를 만들었다. 이렇듯 깨진 기와 조각이 만들어낸 구멍들이 안과 밖으로 교차해 비치면서 찬란한 광채를 발산했다. 깨진 기와 조각도 내다 버리지 않고 활용하니, 천하의 문채文採가 바로 여기에 있다고 하겠다. … 뒷간의 똥오줌은 지극히 더러운 물건이다. 그런데 그 냄새나고 더러운 똥오줌을 밭에서 거름으로 쓸 때는 마치 금덩어리라도 되는 것처럼 소중하게 여긴다. 길에는 함부로 내버린 재가 없다. 말똥을 줍는 사람은 삼태기를 둘러메고 말의 꼬리를 따라다니면서 말똥을 주워 담는다. 모은 말똥은 일정한 장소에 반듯하게 쌓아두는데, 그 모양을 보면 혹은 네모나고, 혹은 여덟 모가 나고, 혹은 여섯 모가 나고, 혹은 누대의 형태를 하고 있다. 똥거름을 활용하는 방법만 관찰하더라도, 천하의 제도가 바로 여기에 바로 세워져 있다는 것을 깨우칠 수 있다. 이러한 까닭에 나는 이렇게 말한다. "깨진 기와 조각과 조약돌과 똥거름이야말로 진정으로 볼 만한 장관이다"라고. 현실이 이러한데 어떻게 성곽과 연못과 궁실과 누대와 저잣거리의 점포와 사찰과 목축과 탁 트인 광활한 벌판만이 장관이라고 말할 필요가 있겠는가? 안개 자욱한 나무숲의 기이하고 환상적인 경치만이 장관이라고 언급할 수 있겠는가?

_ 박지원, 《열하일기》, 일신수필馹汛隨筆, 7월 15일 신묘일

기묘한 발상과 역설의 효과가 돋보이는 '하사론'에 더해 "비록 거칠고 더러운 오랑캐일지라도 배울 것이 있다면 마땅히 찾아가서 섬기고 배워야 한다"는 박지원의 말이야말로, 화이론華夷論의 허상에 갇혀 세상의 변화를 외면하는 양반 사대부의 낡은 세계관에 대한 준엄한 꾸짖음이자 개혁과 개화를 거부하는 그들의 썩은 의식에 대한 가장 통렬한 비판이라고 할 만하다. 그러므로 박지원의 문학에 담겨 있는 풍자 정신을 요약한다면, 그것은 농담과 익살과 우스갯소리를 빌어 지배계급의 심장을 찌르고 자기시대의 치부를 잘라서 철저하게 해부했던 불온한 글쓰기였다고 하겠다.

유자들의 외전에
청나라 지식인의 타락상을 담다

• 오경재

18세기 조선에 박지원이라는 풍자문학의 거장이 있었다면, 이웃한 중국 청나라에는 오경재(1701~1754)라는 풍자소설의 대가가 있었다. 오경재의 풍자소설 《유림외사》는 오늘날 《삼국지연의》, 《수호전》, 《서유기》, 《금병매》, 《홍루몽》과 더불어 중국 6대 기서로 평가받고 있다. 그러나 사실 《유림외사》는 다른 소설과 비교하면 일반 독자들에게는 매우 생소한 느낌이 드는 작품일 것이다. 그렇지만 현대 중국 문학의 거장 노신은 1936년 출간한 《중국소설사략中國小說史略》에서 오경재의 《유림외사》를 가리켜 "이책이 출현한 다음에야 비로소 중국에 진실로 풍자소설이라는 것이 존재하게 되었다"면서 최고의 찬사를 보냈다. 심지어 《차개정잡문 이집且介亭雜文二集》에 실려 있는 '시에쯔의 풍성한 수확에 대한 서문(繫紫作豊收序)'에서는 "《유림외사》의 작자인 오경재의 문학적 수단과 능력이 어찌 《삼국지연의》를 지은 나관중羅貫中보다 아래에 있다고 하겠는가?"라는 극찬을 아끼지 않았다. 일찍이 노신은 임어당과 '유머(웃음)와 풍자'를 둘러싼 격렬한 문학 논쟁을 통해 특유의 풍자론을 피력하면서, 단순한 조롱과 웃음, 거짓과 날조, 인신공격과 중상모략으로 전락하지 않기 위해 갖추어야할 풍자문학의 조건을 매우 엄격하게 규정한 적이 있다. 먼저 노신은 '풍자를 논한다(論諷刺)'는 글에서 이렇게 말했다.

사실을 표현하거나 묘사한 것이 아니라면 결코 이른바 '풍자'라고 할 수 없다. 사실을 표현하거나 묘사하지 않는 풍자라는 것은, 만약 그와 같은 풍자가 있다고 하더라도 터무니없이 떠도는 말을 거짓으로 날조하거나 누군가에게 해악을 끼치려고 중상모략 하는 데 지나지 않는다.

_노신, 《차개정잡문 이집Ⅱ介亭雜文二集》

노신이 규정한 풍자의 첫째 조건은 사실을 묘사해야 한다는 점이다. 거짓으로 날조해서는 안 된다는 것이다. 둘째 조건은 인간과 사회에 관한 진실을 말해야 한다는 점이다. 이때 진실은 반드시 실제로 일어난 상황 혹은 사건이나 존재하는 인물 혹은 집단을 말하지 않는다. 오히려 있음직 한 상황, 일어남직한 사건, 존재함직한 인물과 집단을 묘사하고 표현할 때 그 작품은 풍자로서의 보편적 가치와 의미 그리고 대중적 공감과 설득력 을 얻을 수 있다. 다시 노신은 '풍자란 무엇인가(什麼是諷刺)'라는 글에서 이렇게 말하고 있다.

풍자의 생명은 바로 진실이다. … 풍자가 표현하거나 묘사하고 있는 것 은 공공연한 사실이고, 누구나 항상 보는 현실이며, 평소 누구도 도통 기 이하다고 생각하지 않는 일이다. 또한 너무나 자연스러워서 당연히 누구 도 털끝만큼도 주목하거나 관심을 갖지 않는 것이다.

그러나 그러한 사정은 이미 그 당시에 불합리하고 가소롭고 비루한 것 이며 심지어 혐오스럽기까지 한 것이다. 다만 그렇게 행해지는 것이 쭉 내려와서 관습이나 관행이 되어버리는 바람에 비록 사방이 확 트인 커 다란 공간과 수많은 사람들 사이에 있다고 해도 어느 누구도 기이하거 나 괴상하다고 느끼지 않는다. 지금 그것에 특별히 한 번 문제를 제기하 자 사람들을 움직이고 동요하게 만든 것이다.

_노신, 《차개정잡문 이집》

진실성과 사실성은 풍자문학에 있어서 선택 사항이 아니라 필수불가결한 조건이라는 주장이다. 그런 의미에서 노신이 말하는 풍자의 철학적 바탕은 다름 아닌 리얼리즘이다. 대표작인《광인일기狂人日記》와《아큐정전阿Q正傳》에서 알 수 있듯이, 노신은 이러한 풍자의 철학을 글쓰기 전략으로 삼아 근대 중국 사회의 이면, 중국인의 허위의식과 위선적인 행동을 놀라우리만치 뼈아프게 해부하고 신랄하게 비판하고 질타했던 풍자소설의 최고 대가였다. 그런 노신이 유독 오경재의《유림외사》이전에 중국 문학사에는 풍자소설이 없었다고 비평한 이유가 무엇이었을까?

노신은《유림외사》가 출현하기 이전 중국에 "소설(稗史)의 형식을 빌려서 당대 사회를 신랄하게 조롱하거나 날카롭게 꾸짖은 풍자 작품"들이 전혀 없었던 것은 아니었다고 말한다. 그러나 그런 부류의 소설들은 다음과 같은 점에서 근본적인 한계가 있었다. 첫째, "어떤 용렬한 사람 하나를 설정해놓고 그의 비루하고 졸렬한 모습을 극단적인 형태로 표현하거나 묘사하는 한편으로 그 사람과 비교할 수 없을 정도로 훌륭하고 걸출한 선비의 모습과 대비시켜 그 빛나는 재주를 드러나게 했다. 이 때문에 그 표현과 묘사가 전혀 현실적이지 못할 뿐더러 그 쓰임새라는 것도 그저 농담과 익살 혹은 비웃음과 조롱거리에나 비교할 수 있을 따름"이었다. 둘째, 풍자의 대상과 스토리가 "언제나 한 사람 혹은 한 집안에 집중되어 있다. 다시 말해 사사로운 원한과 독기를 품고 악랄한 비방을 제멋대로 풀어놓은 것일 뿐 세상사에 대한 불평과 불만을 지니고 붓을 뽑아들어 탄핵하거나 공격하지는" 않았다. 셋째, 더러 사회 전체에 대한 질책에 가까운 작품도 "다양한 군상의 사람들을 취해서 귀신의 무리로 비유하고서는 한 사람 한 사람에 대해 살을 긁어내고 뼈를 발라내는 것처럼 낱낱이 파헤쳐 그 감추어져 있는 정상을 드러내고 있다. 이 때문에 그 묘사와 내용이 지나치게 천박하고 노골적이어서 그냥 욕지거리를 퍼부어 욕보이는 짓"이나 마찬가지일 뿐이었다. 모두 노신이 주장한 풍자론의 조건에 한참 못 미치는 함량 미달의 작품이라는 얘기다.

그러나 오경재의《유림외사》는 거짓 날조도 없고, 인신공격도 없으며, 유언비어도 없으면서 당대 사회와 인물의 폐단을 날카롭게 지적하고 있다. 특히 지배계급, 즉 사대부 계층에게 칼끝을 겨누어 그들의 허상과 타락상을 철저하게 해부해 풍자하고 있다. 또한 욕지거리나 다름없는 천박하고 노골적인 비난과 비방에서 벗어나 개탄과 해학, 비판과 풍자의 묘사법과 수사법이 작품 곳곳에 배어 있다. 즉 있음직한 상황, 일어남직한 사건, 존재함직한 인물 등을 통해 당대 사회의 폐단을 비판하고 지배계급을 풍자하고 있다는 점에서《유림외사》야말로 풍자문학의 필요충분조건을 갖추고 있다는 것이다. 노신의 주장에 따르면 "개인의 사사로운 감정에 의하지 않고 오직 공명정대한 마음으로 세상을 풍자한 책"이기 때문에 《유림외사》야말로 중국 풍자소설의 효시라고 할 수 있다. 여기에서 공명정대한 마음이란 오경재의《유림외사》가 특정 인물에 대한 비난과 조롱과 공격이 아닌 사회에 대한 비판성을 갖추고 있을 뿐더러 작가의 주관적인 감정이나 편협한 시각이 아닌 현실에 대한 객관성을 견지하고 있다는 사실을 말한다. 그런 점에서 진실성과 사실성, 그리고 비판성과 객관성을 갖출 때야 비로소 그 작품은 온전히 풍자문학이라고 평가할 수 있다.

노신의 극찬을 보면 오경재의 칼끝처럼 날카로운 풍자 정신이 담겨 있는《유림외사》에 대한 의혹과 궁금증이 점점 증폭될 수밖에 없다. 그럼 이제 본격적으로《유림외사》의 '풍자 속으로' 들어가보자.《유림외사》의 시대적 배경은 명나라이고 등장하는 인물들은 명나라의 유림과 관료들이다. 마치 오경재가 살던 18세기 당대 청나라와는 무관한 것 같은 작품의 구조를 취하고 있다. 이렇듯 '이야기하지 않으면서 이야기하는' 반어와 역설의 스토리 구조와 묘사 방식은 오늘날에도 대가들이 풍자의 효과를 극대화하기 위해 흔하게 취하는 글쓰기 전략 중 하나이다. 비록 청나라의 지식인 사회를 이야기하지 않고 명나라의 유림과 관료 사회를 이야기하고 있지만,《유림외사》를 읽는 이라면 누구라도 그 배경이 되는 사회 현실과 그곳에 등장하는 인간 군상이 18세기 청나라의 정치-지식 권력과 사대부 계층을 겨냥하고 있다는 사실을 어렵지 않게 감지할 수 있었다. 마치 박지원이 청나라 사신 행렬을 따라 나선 연행 도중 청나라의 한 점포에서 우연하게 베낀 글이라고 하면서, 조선의 이야기가 아닌 중국의 이야기인 것처럼 위장한 채 실제 조선의 지배계급인 양반 사대부를 신랄하게 풍자한 '호질'의 글쓰기 전략과 같다고 하겠다. 아마도 '호질'을 읽으면서 이 이야기가 조선의 양반 사대부와는 아무런 관련이 없다고 생각한 사람은 별로 없었을 것이다. 그래서 박지원의 글을 읽은 사람들 가운데 식견이 있는 자는 반드시 얼굴을 찌푸리며 불쾌한 기색을 감추지 못했다고 하지 않았던가?

오경재가 살았던 18세기 초중반의 청나라는 강희제-옹정제-건륭제의 전성기를 맞아 정치적 안정과 경제적 발전 그리고 문화적 융성을 한껏 구가하고 있었다. 겉으로는 태평성세였으나 강력한 황제 권력 하에서 정치-사상적 통제와 탄압이 극심했기 때문에 지식인 사회는 오직 과거 시험을 통해 입신양명과 출세를 일삼는 풍조가 만연하고, 이들 지식인 출신으로 채워진 관료 집단의 부패와 타락이 횡행하던 시대이기도 했다. 오경재의 《유림외사》는 이러한 시대의 한복판에서 청나라의 지배 계층, 즉 지식인 사회와 관료 집단의 실상과 허상 모두를 풍자의 글쓰기를 통해 폭로하고 고발하며 비판하고 있다. 영조와 정조의 치세를 맞아 겉으로는 정치적, 경제적, 문화적 르네상스를 구가하고 있었지만 실상은 노론과 성리학의 정치-지식 권력의 전제專制 하에서—겉모양은 도학자로 위장하고 속마음은 부귀공명을 노리는—위선적인 존재로 전락해버린 지식인 사회와 이미 부패할 대로 부패하고 타락할 대로 타락해버린 양반 사대부와 관료 집단을 풍자한 박지원의 글쓰기 전략과 시대적 맥락을 공유하고 있었다고 하겠다. 그 어떤 시대보다 '겉과 속'이 다른 시대의 민낯을 폭로하고 비판하기 위해 보통의 글쓰기가 아닌 칼끝처럼 날카로운 풍자의 전략을 취해야 했던 것이다. 왜 18세기에 들어와서 조선에서는 박지원, 청나라에서는 오경재라는 최고의 풍자 작가가 나왔는가? 아니, 나올 수밖에 없었는가를 이해하려면 그 시대가 역사상 그 어떤 시대보다 이중적인 시대, 곧 '위선의 시대'였다는 사실을 깨달아야 한다.

오경재의 《유림외사》는 기본적으로 55회본 분량으로 구성되어 있다. 이 책은 50회본, 55회본, 56회본, 60회본 등 모두 네 가지 판본이 있는데, 그 중 55회본이 원작에 가장 가깝다고 한다. 그런데 독특하게도 특정한 주인공 없이 한 편 한 편에 모두 다른 인물이 등장할 뿐더러 각각이 독립된 스토리 구조를 갖고 있다. 장편의 형식을 취하고 있지만 단편과 같은 체재로 되어 있다. 영화로 비유하자면 옴니버스영화와 같다. 그러면서도 일관되게 겉모습은 고상한 문사요 도덕군자 행세를 하면서 속마음은 오직 과거에 합격해 출세할 생각으로 가득한 유림의 세계를 다루고 있다. 그리고 그들 유림 출신이 관직에 나간 이후 얼마나 파렴치한 인간이 되고 백성을 착취하고 수탈하는 혹리酷吏가 되는가를 생생하게 묘사하고 있다. 여기에서 오경재는 입신출세와 사리사욕을 위해 수단과 방법을 가리지 않는 청나라의 정치-지식 권력, 즉 사대부 계층의 다양한 인간 군상을 차례차례 등장시키면서 그들의 비열하고 위선적인 행동을 낱낱이 폭로하고 날카롭게 해부하고 있다.

특히《유림외사》에서 묘사하는 세계는 선이 악이 되고 악이 선이 되며, 옳은 것이 그른 것이 되고 그른 것이 옳은 것이 되며, 의로운 것이 불의한 것이 되고 불의한 것이 의로운 것이 되며, 정상이 비정상이 되고 비정상이 정상이 되는 세상이다. 또한 공적이 있는 사람은 오히려 핍박을 받고 도리를 좇는 사람은 조롱거리가 되고 마는 세상이다. 이렇듯 모든 것이 '뒤집혀 있는 세계'의 민낯을 생생하게 묘사하는 풍자의 글쓰기 전략을 통해 오경재는《유림외사》를 읽는 이들에게 고상한 말로 포장하고 도덕 윤리로 겉치장한 당대의 지배계급과 권력의 거짓된 모습을 더욱 효과적이고 강렬하게 보여준다.

오경새가 수많은 인간군상 중 누구보다 신랄하게 풍자의 예봉을 겨누고 있는 대상은 시문時文, 곧 입신양명과 출세를 위해 오직 과거 시험용 문장인 팔고문만을 추종하거나 거짓으로 입신양명과 출세에는 초탈한 척하며 명사 노릇이나 하고 다니는 유자의 세계, 곧 유림이다. 이들 유자는 청나라의 지배계급과 정치-지식 권력의 근본을 형성하고 있기 때문에, 이들에 대한 풍자는 곧 지배 계층이 감추고 싶어 하는 가장 깊숙하고 은밀한 내부 세계의 치부를 고발하는 것이나 다름없다. 차마 입에 담기도 더럽고 글로 남기기도 부끄러운 사실과 현실 세상을 적나라하게 풍자하고 있기 때문에, 이 이야기의 제목은 정사인《유림사儒林史》혹은《유림열전儒林列傳》이 아닌 야사인《유림외사儒林外史》다. 그러나《유림외사》에 등장하는 청나라의 지식인 군상은 노신 이후 수많은 연구자들이 밝혀냈듯이 대부분이 실존했던 인물들을 모델로 하고 있다. 이 때문에《유림외사》에 담긴 풍자의 사실성, 진실성, 비판성, 객관성이 더욱 빛을 발하는 것이다.

여기에서 오경재가 풍자의 대상으로 삼고 있는 유자의 세계는 크게 두 가지 부류로 분류된다. 첫 번째 부류는 과거 급제와 입신출세의 수단인 팔고문만을 진리라고 여기며 맹목적으로 신봉하는 '팔고사八股士'이다. 두 번째 부류는 현실에서 이루지 못한 입신출세와 부귀공명에 대한 개인적 욕망을 위장한 채 보잘것없는 문재를 뽐내면서 마치 출세나 공명에 초연한 고상한 문사인 척 거들먹거리고 다니는 '가명사假名士'이다. 전자의 부류를 대표하는 인물이 주진, 범진, 노편수, 고한림, 왕혜, 마정, 소정, 계염일 등이라면 후자의 부류를 대표하는 인물은 경본혜, 조결, 계추, 두천, 누봉과 누찬 형제, 양집중, 권물용, 거공손, 우포랑 등이다. 노신의 말에 따르면, 특히 오경재는 학식과 식견을 갖춘 재사를 좋아한 반면 팔고문을 짓는 시문사時文士만큼은 원수처럼 미워했고, 더욱이 팔고문에 탁월한 자는 더욱 증오했다고 한다. 왜 그랬을까? 그들에게 문장과 공부란 단지 과거 급제를 위한 출세의 수단일 뿐이기 때문이었다. 그들은 심지어 이렇게 말한다. "공자가 지금 시대에 살아 계셨다면 과거 문장을 외우고 과거 공부를 하지 결코 도리 운운하지는 않을 것이다. 도리가 벼슬을 시켜주지는 않기 때문이다. 따라서 공자의 도 역시 이제는 쓸모가 없다"라고. 오경재는 《유림외사》의 제13회 이야기에 등장하는 마정의 '팔고문 옹호론'을 통해 이제 팔고문의 본질과 팔고사의 본성을 적나라하게 폭로한다.

> 본조本朝에 이르러서는 과거 문장인 팔고문으로 선비를 선발하고 있습니다. 이것이야말로 지극히 바람직한 법칙입니다. 따라서 공자께서 지금 시대에 살아계신다고 하더라도 반드시 팔고문을 염두에 두고 과거 공부에 힘을 쏟았을 것입니다.《논어》위정爲政 편에 나오는 "말에 허물이 적고 행동에 후회할 일을 적게 하면(言寡尤 行寡悔)…" 하는 따위의 말은 절

대로 하지 않았을 것입니다. 왜냐고요? 하루도 거르지 않고 "말에 허물이 적고 행동에 후회할 일을 적게 하면…" 따위의 말을 배우고 익히며 궁구한다고 한들 어느 누가 벼슬자리를 주겠습니까?

　_오경재,《유림외사》, 제13회 거내승은 현인을 찾아가 과거 시험에 대해 질문하고,
　　마정은 의로움을 지키려고 재물을 사용하다〔遽駪夫求賢問業 馬純上仗義疎財〕

　　사람 사귀는 것을 목숨처럼 여겨 재사나 명사라면 누구라도 예의와 예절을 다해 대접하는 것을 즐겼던 누봉과 누찬 형제 역시 실상은 허명을 좋아해 비루한 인간이나 사기꾼 혹은 위선자들과 교제를 맺는 데 불과했다는 사실을 보여준《유림외사》속 이야기 역시 이른바 가명사假名士, 곧 가짜 명사의 거짓된 행태와 허위로 가득한 의식을 신랄하게 공격한 것이다. 누봉과 누찬 형제는 양집중의 허명에 속아 갖은 노력을 다한 끝에 겨우 교제를 맺게 되었다. 그런데 양집중은 자신은 평범하기 그지없는 사람이라면서 자신의 친구인 권물용이라는 훌륭한 선비를 누씨 형제에게 소개한다. 이에 누씨 형제는 자신의 집 하인 가운데 진환성을 보내 권물용을 초청하기에 이른다. 그런데 권물용을 찾아가던 도중 진환성은 배 위에서 그 지방 사람들을 통해 권물용의 본색을 듣게 된다. 이때 진환성이 전해들은 권물용의 본색은 이렇다. 권물용은 과거 공부를 했지만 생원 선발 시험에도 합격하지 못했다. 그런데 그는 몇 년 전에 호주 신시진의 소금 가게 점원으로 있던 양 아무개라는 사람을 만났다. 양 아무개는 외상값을 받으러 와서는 토지 묘에 멍청하게 앉아서 천문 지리가 어떻고 혹은 천하를 경륜하고 구제하는 방법이 어떻다는 식의 헛소리를 지껄였다. 이후 어찌된 영문인지는 몰라도 권물용은 고사高士와 은사隱士 노릇을 하면서 걸핏하면 "우리는 더할 나위 없이 친근한 사이가 아닌가? 그러니 이것은 내

것이고 저것은 자네 것이라고 굳이 가릴 필요가 있겠는가? 자네 것이 내 것이고 또한 내 것이 자네 것인데 말이지"라고 떠벌리며 시골 사람들의 등이나 쳐 먹고 살았다.

이에 진환성은 권물용이 고사와 은사 노릇을 하며 거짓 명성을 빙자해 '남의 등이나 쳐 먹고 사는 뻔뻔한 작자'라는 사실을 알게 되었다. 하지만 주인의 명을 어길 수 없어 산골짝을 한나절이나 헤맨 끝에 권물용을 찾아 초청하는 말을 건넸다. 그 후 누씨 형제를 찾아온 권물용은 극진한 접대 에도 엄숙하고 신중하게 처신하며 고상한 인격자인 척 행세했다. 그런데 얼마 지나지 않아 고상한 명사를 초빙했다는 누씨 형제의 기대와 자부심 과는 달리 관청 사령들이 가져온 소환장을 통해 권물용이 부녀자를 납치 한 망나니이자 무뢰배라는 사실이 만천하에 드러나고 만다. 상중이라 술 도 마시지 않는다는 천하의 고사가 실제로는 망나니요 무뢰배에 불과한 위선자였던 것이다. 시골의 이름 없는 무지렁이들조차 모두 아는 뻔한 사 실조차 까마득히 모른 채 누씨 형제가 양집중에게 속고 다시 권물용에게 속았던 까닭은 무엇일까? 그것은 허명에 눈과 귀가 가려 실상을 볼 생각 도, 사실을 들을 생각도 하지 않았기 때문이다. 결국 허명을 좋아해 허명 만 좇는 바람에 허명에 보기 좋게 당한 꼴이다.

한편 《유림외사》에는 이들 팔고사와 가명사에 대비해 원시 유가의 가 르침을 견지하며 학문의 도리를 세우고 올바른 세상을 이루려고 하는 현 인과 기인 역시 등장한다. 이들은 과거 급제를 위해 수단과 방법을 가리 지 않는 팔고사를 비판하고 가명사의 위선적인 행동을 질타하는 한편으 로, 세상에 나아갈 때와 물러날 때를 올바르게 가늠하는 출처出處의 철학 을 밝히고 안민책을 개진하고 실천하지만, 세상 사람들은 이들을 어리석 은 사람이나 미친놈으로 취급할 뿐이다. 우육덕, 장상지, 지균, 왕온, 두의 등이 이러한 부류의 지식인들이다. 두 개의 눈을 가진 사람이 세 개의 눈을 가진 사람의 세계에 가면 비정상이 되듯이, 선악과 시비가 뒤집어진 세계에서는 현인과 기인은 학문과 식견을 두루 갖춘 명사가 아니라 세상과 어울리지 못하는 광사狂士에 불과할 따름이라는 풍자가 55회에 이르는《유림외사》의 이야기 곳곳에 등장한다.

예를 들어 황제에게 치국책을 건의한 후 관직을 사양하고 귀향한 장상지와《유림외사》에서 '가장 으뜸가는 인물'이라는 평을 듣는 참된 선비 우육덕에 얽힌 이야기를 읽어보자. 장상지는 비록 포의의 신분이지만 오직 명망이 높았던 까닭에 황제의 부름을 받아 궁궐에 나아간다. 그는 예악의 법도를 제대로 행하고 백성들을 올바르게 가르치는 방책을 말해달라는 황제의 하명에 생각할 시간을 달라고 청한 다음 물러나온다. 그런데 숙소로 돌아와서 유건을 벗던 장상지는 그 안에서 한 마리의 전갈을 발견하고 소스라치게 놀란다. 순간 황제와 자신의 만남을 탐탁지 않게 여기는 간신배들이 자신을 해치려 한다는 사실을 눈치 챈 장상지는 황제에게 건의해봤자 '치국의 도리'가 행해지기는 불가능하다는 점을 깨닫는다. 이에 백성을 가르치는 열 가지 방책을 자세하게 기록하는 한편으로 귀향을 윤허해달라는 상소문까지 함께 작성해 황제에게 올렸다. 장상지가 올린 방책을 살펴본 황제는 그의 학식과 재능을 높게 사 자신을 보필한 재상으로 중용할 뜻을 갖고 측근인 태보공에게 의견을 묻는다. 그러자 태보공은 장상지를 겉으로 칭찬하는 척하면서도 '진사 출신이 아닌 자를 조정의 중신으로 발탁한 전례가 일찍이 없었다'면서 완곡하게 반대한다. 이 대목에서는 이미 간신배들이 인人의 장벽을 쌓아 어떤 치국책이나 개혁책도 소용없는 무능하고 부패한 청나라 조정의 현실이 곡진하게 묘사되고 있다. 중신의 반대에 부딪힌 황제는 결국 벼슬을 내리는 대신 "고향으로 돌아가서 학설을 바로세우고 저술에 힘써 태평성세를 찬란하게 빛내라"는 교지를 내려 장상지를 떠나보낸다.

그런데 정작 장상지가 귀향하는 길부터 여러 인간 군상들의 갖가지 비루하고 치졸한 행태가 적나라하게 펼쳐진다. 먼저 양주에 도착하자 양회총상兩淮總商 사람들이 20여 대의 고급 가마를 죽 늘어세워놓고 그를 기다리고 있었다. 그 가운데 소수자라는 인물은 황제의 천거를 마다한 그를 이상한 사람 취급하면서도 높은 명망을 흠모한다면서 염원과 염도를 소개하고 연이어 수십 명의 사람들을 인사시켰다. 더욱이 운동運同과 운판運判에다가 양주 지부知府와 강도 지현知縣까지 줄지어 그를 만나러 왔다. 황제의 총애를 한 몸에 받은 장상지에게 눈도장이라도 찍어놓으면 큰 이익이 되지 않을까 싶은 이들이 일으킨 해프닝이었다. 이에 부랴부랴 그 자리를 피해 귀향길에 나선 장상지는 집에 돌아온 다음 날 아침부터 자신을 찾아온 지방 관료와 향신鄕臣들에게 더욱 심한 시달림을 당한다. 육합현의 고 나리라는 작자를 시작으로 포정사布政使, 응천 지부, 역도, 상원현과 강녕현의 지현 등 지방 관료들은 물론이고 남경의 향신들이 줄지어 인사를 하러 온 것이다. 자신을 찾아온 사람들을 접대하느라 하루 동안 신발을 벗었다 신었다 하기를 수십 번 정신이 하나도 없을 지경이었다. 황제를 만나고 온 장상지와 교제를 맺어놓으면 혹시 출세에 도움이 되지 않을까 하는 이들에게 더 이상 달달 볶이고 싶지 않았던 장상지는 결국 그날 밤 황제가 하사한 현무호玄武湖로 도주하듯 이사해버린다. 그들은 애초 장상지가 황제에게 올린 치국책이나 개혁책에는 관심조차 없는 무리들이다. 그들의 관심사는 오직 장상지를 이용해 입신양명 그리고 출세와 이익에 조금이라도 도움이 되지 않을까 하는 것일 뿐이다. 황제를 만나고 온 죄 아닌 죄 때문에 이제 사람들과 더불어 살지도 못하고 마음대로 세상에 나가지도 못한 채 산림에 묻혀 조용하게 지낼 수밖에 없는 삶을 선택해야 했던 장상지의 이야기야말로, 부패하고 타락한 세상에서 현인의 명성과 지사의 명망을 얻는 것이 얼마나 불행한 일인가를 역설적으로 풍자하고 있다.

소주부 상숙현에서 탄생한 우육덕은 오로지 원시 유가와 성현의 가르침을 받들어 권세나 출세를 멀리한 채 유림의 올바른 도리를 세우는 데 전력을 다한 참된 선비이다. 그는 남경의 국자감 박사로 임명되어 그곳에 간 이후 자신과 뜻을 함께 하는 명사와 현인들을 모아 태백사泰伯祠에서 성인 태백泰伯에게 제사 지내며 유림의 진정한 이상과 도리를 회복하려는 기운을 크게 불러일으켰다. 그러나 몇 년 후 우육덕이 남경을 떠나자 그곳에 모여 있던 고명한 학자와 문사들 또한 마치 바람에 날려 조각조각 흩어지는 구름처럼 이리로 저리로 한 사람 두 사람 뿔뿔이 흩어지고 말았다. 그리고 우육덕이 눈물을 뿌리며 쓸쓸히 떠나버린 이후 꽤 오랜 세월이 지나 옛일을 회상하며 태백사를 다시 찾은 어떤 나이든 기인이 누구 하나 수리하거나 돌보지 않아 퇴락할 대로 퇴락해버린 그곳의 모습을 목도하고서는 크게 한탄하는 대목이—원작의 면모에 가장 가깝다는 55회 판본의 마지막에 해당하는—제55회 이야기에 등장한다. 여기에는 선악과 시비, 진실과 거짓, 정의와 불의, 정상과 비정상이 뒤바뀐 세상에서는 선한 것, 옳은 것, 진실한 것, 정의로운 것, 정상인 것은 마치 퇴락해버린 태백사처럼 사람들이 거들떠보지 않은 버림받은 존재일 뿐이라는 신랄한 풍자가 담겨 있다.

오경재는 유림 출신으로 팔고문을 일삼다 과거에 급제해 관직에 나간 자들이 혹리가 되는 세태 또한 아주 날카롭게 꼬집고 신랄하게 비판한다. 그 대표적인 유형의 인물이 바로 제2회의 이야기에 거인擧人으로 첫 등장했다가, 제7회의 이야기에서 과거에 급제해 관리가 되어 다시 나타나고, 제8회의 이야기에서는 강서성의 남창부 지사를 제수받아 부임한 왕혜다. 그는 남창부에 부임하자마자 만난 전임 지사의 아들 거경옥과의 대화 도중 "3년 동안 참으로 공정하고 깨끗하게 지부知府 노릇을 한다고 해도 10만 냥의 설화은雪花銀을 거뜬히 모을 수 있다"는 속담을 언급하면서 자신이 벼슬길에 오른 진짜 속내를 노골적으로 드러낸다. 그런데 이에 대한 거경옥의 답변이 걸작이다. 즉 그는 자신의 아버지 때는 남창부 아문에서 "시 읊는 소리, 바둑 두는 소리, 노래 부르는 소리" 등 세 가지 소리가 들렸지만, 왕혜가 분발한다면 아마도 "저울 소리, 주판 소리, 곤장 소리" 등 세 가지로 바뀌게 될 것이라고 말한다. 왕혜의 탐욕을 눈치챈 거경옥이 남창부 백성을 상대로 저울을 달고, 주판을 놓고, 곤장을 치면 은자 수십 만 냥은 거뜬히 모을 것이라고 비꼰 것이다. 그런데 왕혜는 모든 인수인계가 끝나고 전임 지사가 떠나자마자 실제 거경옥의 말처럼 한 손에 곤장을 틀어쥐고 창고에 저울을 설치하도록 재촉한 다음 육방六房의 업무를 처리하거나 잡일을 맡아 하는 하급 관리들을 모조리 불러들였다. 그리고 각 항목별로 창고 안에 남아 있는 물건들을 따져 물으면서 명확하고 엄격하게 확인하는 절차를 거쳤다. 또한 육방의 하급 관리들이 그동안 속여서 빼돌리거나 숨겨서 사사로이 착복한 물건이 있기라도 하면 절대로 용납하지 않고 모조리 나누어 관청에 입고하도록 했다. 그런 다음 3일 혹은 5일마다 한 차례씩 정기적으로 창고 안 물건이 제대로 보관되어 있는지 비교 조사했다. 더욱이 이때부터 커다란 곤장이 자주 사용되었다. 특히 곤장두 개에다 하나는 가볍고 하나는 무거운 표식을 은밀하게 해두었다. 그리고 백성들을 상대로 형벌을 집행할 때 무거운 곤장을 치라고 하고서, 만약 관노가 가벼운 곤장을 들면 돈 거래가 있었다는 사실을 알아채고 즉시 무거운 곤장을 가져다가 관노와 백성 모두 죽지 않을 만큼 호되게 곤장을 때렸다. 이 때문에 남창부 관내의 백성들이 모두 왕혜를 저승사자 대하듯 무서워했다. 이렇듯 왕혜는 백성들 사이에서 혹리이자 탐관오리의 대명 사가 되었다. 그런데 그에 대한 백성들의 원망이 높아질수록 역설적이게 도 상부의 관리들은 모두 왕혜를 가리켜 "강서 지역을 통틀어 최고로 유 능한 관리"라고 칭찬했다. 더욱이 2년 남짓 후에는 각처에서 그를 상부에 추천하기에 이르렀다. 백성을 수탈하고 착취하면 할수록 능력 있는 관리 로서 그의 명성은 더욱 높아졌던 셈이다. 일찍이 어떤 작품이 혹리가 되 어야 명리名吏가 되는 비틀리고 뒤틀어진 관료 세계의 세태를 이보다 더 탁월하게 풍자한 적이 있었던가?

　현실과 인간에 대한 가장 적절한 풍자는 현실과 인간의 모습 그 자체 를 진솔하게 또는 사실적으로 보여주는 것이다. 그런 의미에서 노신이 《중국소설사략》에서 밝힌 "조정의 벼슬아치, 유자, 재야의 은사는 물론이 고 이들 사이사이에 저잣거리의 가난하고 비천한 백성들까지 모든 인간 군상이 소설 속에서 모습을 드러내고 있다. 그런데 그 목소리와 모습을 두루 작품으로 표현하고 묘사하여 마치 당시의 세상이 글을 읽는 사람의 눈앞에 있는 것과 같았다"는 비평은 《유림외사》에 담긴 풍자의 참된 가치 와 의미가 무엇인지를 깨닫게 해준다. 《유림외사》의 현실 묘사가 얼마나 신랄하고 통렬했는가에 대해서는 이 책을 읽은 당시 사람의 말을 통해서 도 확인할 수 있다. "《유림외사》를 읽지 마라. 읽고 나면 결국 평소 살아 가며 겪는 일들이 《유림외사》에 묘사된 것과 조금도 다를 바 없음을 깨닫 게 된다."[22]

고양이의 눈으로 본
학벌과 금전의 야합

● 나쓰메 소세키

나쓰메 소세키夏目漱石(1867~1916)는 일본 근대문학의 개척자 혹은 아버지라고 불릴 만큼 일본을 대표하는 소설가이자 대문호이다. 일본의 근대문학은 나쓰메 소세키에 이르러 비로소 완성되었다고 해도 과언이 아니다. 그는 오늘날에도 일본인이 가장 사랑하는 국민 작가로, 아는 사람은 다 알다시피 한동안(1984년부터 2004년까지 20여 년간) 일본에서 가장 대중적인 지폐, 즉 1,000엔 권의 주인공이기도 했다. 10,000엔 권의 주인공이 근대 일본 건설에 가장 큰 공헌을 했다고 추앙받는 근대사상의 아버지 후쿠자와 유키치福澤諭吉라는 점을 감안한다면, 일본인들이 나쓰메 소세키를 얼마나 높게 평가하는지 알 수 있다. 근대 일본을 만든 사상의 아버지가 후쿠자와 유키치라고 한다면 문학의 아버지는 나쓰메 소세키라고 생각한다고나 할까? 특정 시대의 정신 사조에 가장 큰 영향력을 행사하는 뿌리가 사상과 문학이라고 한다면, 근대 이후 일본의 정신세계를 지배하고 있는 사람은 다름 아닌 후쿠자와 유키치와 나쓰메 소세키라고 해도 틀린 말이 아닐 것이다.

나쓰메 소세키는 평생에 걸쳐 장편소설과 단편소설 및 소품집에서부터 평론, 수필, 기행, 강연, 시집에 이르기까지 수많은 작품을 쓰고 발표했다. 그가 다룬 소설의 주제와 소재는 주로 근대 일본과 그 속에서 살아가는 다종다양한 모습의 인간 군상이다.《도련님(坊っちゃん)》의 시골 학교 선생님,《풀베개(草枕)》의 서양화가,《런던탑(倫敦塔)》의 유학생,《갱부坑夫》의 부잣집 도련님,《산시로三四郎》의 대학생,《그 후(それから)》의 고학력의 자발적 백수, 《피안이 지날 때까지〔彼岸過迄〕》의 방관자적 지식인, 《우미인초虞美人草》의 시인과 철학자, 《마음〔心〕》의 방황하고 고뇌하는 지식인, 《명암明暗》의 자존심 강한 남자와 허영심 가득한 여자 등 나쓰메 소세키의 작품들은 근대화의 소용돌이에 휩싸인 일본인의 내면 심리를 예리하게 포착해 섬세하게 묘사하고 있다. 이들 작품 가운데 《나는 고양이로소이다〔吾輩は猫である〕》는 나쓰메 소세키가 소설가로서의 삶을 본격적으로 시작하게 된 처녀작이자 동시에 근대 일본의 사회상과 일본인의 심리와 심성을 풍자의 기법으로 묘사한 대표적인 풍자소설이기도 하다.

《나는 고양이로소이다》는 제목 그대로 이름도 없고 어디에서 태어났는지도 모르는 고양이가 주인공이다. 이 고양이가 중학교 영어 선생 진노 구샤미의 집에 빌붙어 살게 되면서 마주하게 되는 온갖 종류의 인간들을 둘러싼 에피소드가 이 소설의 큰 줄거리가 된다. 흥미로운 점은 이 소설에서 나쓰메 소세키는 이중적인 존재로 등장한다는 사실이다. 얼핏 보면 고양이가 나쓰메 소세키를 상징하고 있는 것 같은 존재, 즉 진노 구샤미의 행동을 관찰하고 있는 것처럼 보인다. 그렇지만 좀 더 내밀하게 들여다보면 어렵지 않게 고양이가 또 다른 나쓰메 소세키 자신을 상징하는 존재라는 점을 깨달을 수 있다. 그런 면에서 고양이가 빌붙어 사는 집의 주인 진노 구샤미가 나쓰메 소세키 자신을 '희화화한 존재'라고 한다면, 이 진노 구샤미를 관찰하는 고양이는 나쓰메 소세키 자신을 '의인화한 존재'라고 볼 수 있다.

이러한 소설의 이중적인 구조를 통해 소세키는 자신 혹은 자신이 속한 지식인 사회를 객관적으로 성찰하는 동시에 또한 자신이 풍자하고 싶은 인간 군상에 대한 주관적인 의견을 피력한다. 그러나 이 소설의 이중적인 구조 가운데 보다 더 핵심적인 소세키의 글쓰기 전략은 고양이의 관점을 취해 1인칭 관찰자 시점에서 스토리를 전개하는 것이다. 고양이를 통해 구샤미와 주변 인물들의 일상적인 삶을 풍자적으로 묘사하는 것은 곧 소세키가 자신의 '눈'으로 자신은 물론 자신이 속한 세계와 사회의 일상을 관조하면서 비판적으로 성찰하는 것이나 다름없기 때문이다.

이러한 글쓰기 전략은 특히 고양이라는 의인화한 존재를 통해 작가가 자신의 생각과 주장을 담아내면서도 정작 작가는 의의화한 존재인 고양이 속에 자신을 감출 수 있기 때문에, 작가의 메시지가 읽는 사람들에게 별다른 거부감이나 부정적 반응 없이 전달되는 데 매우 효과적이다. 더욱이 이 글을 읽는 사람은 대개 의인화한 존재가 작가의 아바타라는 사실을 어렵지 않게 인지할 수 있기 때문에, 작가는 별다른 문학적 구조나 장치 없이도 고양이의 입을 통해 자신의 철학과 사상을 드러낼 수 있다는 장점이 있다. 특히 정치적으로나 사회-문화적으로 작가 자신을 직접적으로 드러내는 것이 부담스럽거나 곤란한 상황이라면 의인화한 존재를 취한 우언 혹은 우화 형식의 글쓰기는 더욱 큰 효과를 띠게 된다. '직접 말하지 않으면서 직접 말하는' 역설의 작법을 통해 발언의 효과를 극대화하는 방식이다.

그런 측면에서 필자는《나는 고양이로소이다》를 읽을 때 끊임없이 머릿속에 한 편의 풍자 작품이 겹쳐 떠올랐다. 그 작품은 다름 아닌 박지원의 '호질'이다. 박지원이 호랑이를 의인화해 18세기 중반 조선의 사회상을 통렬하게 풍자한 것처럼, 나쓰메 소세키는 고양이를 의인화해 20세기 초반 일본의 사회상을 신랄하게 풍자하고 있기 때문이다. '호질'의 호랑이가 박지원의 아바타라면,《나는 고양이로소이다》의 고양이는 다름 아닌 나쓰메 소세키의 아바타다. '호질'의 박지원처럼, 나쓰메 소세키는 고양이의 입을 빌어서 근대 일본의 사회상과 일본인의 심리와 심성을 때로는 조롱하고, 때로는 폭로하고, 때로는 비판하고, 때로는 냉소하고, 때로는 성찰하는 방식으로 풍자한다.

필자는《나는 고양이로소이다》에 담겨 있는 풍자의 의미와 가치를 제대로 이해하기 위해서는 이 소설이 발표된 해에 특별히 주목할 필요가 있다고 생각한다. 나쓰메 소세키가 이 소설을 집필해 발표한 해는 1905년이다. 이 해는 근대 일본의 역사에서 거대한 전환점이 된 때이다. 러시아와의 전쟁, 즉 러일전쟁에서 일본이 승리한 시기이기 때문이다. 메이지유신을 전후해 일본은 '탈아입구脫亞入口'를 외치며 부국강병과 문명 개조의 길을 '서양의 근대화'에서 찾았다. 이로 말미암아 동양 세계에 대한 '제국주의적 우월감'에 도취되어 있었지만 다른 한편으로는 끊임없이 '서양 콤플렉스'에 시달려야 했다. 그런 와중에 일본을 끊임없이 견제하고 위협했던 서구 열강 러시아제국과의 전쟁에서 승리했기 때문에, 국가의 번영과 개인의 성공을 향한 일본의 자신감과 열광 그리고 환호가 최고조에 달해 있었을 때였다. 러일전쟁은 동양을 제패한 일본이 이제 서양마저도 꺾어버린 최초의 사건이었기 때문이다. 그런 의미에서 1905년은 천황을 중심으로 한 제국의 번영과 근대화로 상징되는 자본주의적 성공에 대한 '장밋빛 환상'이 일본 사회와 일본인의 심리를 온통 지배하고 있던 시대였다. 이것이《나는 고양이로소이다》를 집필할 무렵—의식했든 의식하지 못했든—나쓰메 소세키가 목격한 근대 일본의 모습이었다.

이러한 시대상을 목도한 나쓰메 소세키는 흥미롭게도 결코 화해하거나 화합할 수 없는—또한 화해할 마음도, 화합할 마음도 없는—그렇지만 공존해야 하고 공존할 수밖에 없는 두 그룹의 사회 계층을 통해 1905년을 전후한 근대 일본의 민낯을 드러내면서 그 거짓과 위선을 폭로하고 야만성과 오만함을 고발한다. 소세키가 고양이의 눈과 입을 빌어 풍자한 근대 일본 사회는 크게 두 개의 사회 계층으로 분열되어 있다. 그 하나가 '태평太平의 일민逸民'으로 대표되는 지식인 계층이라면 다른 하나는 '사업가 가네다'로 대표되는 자본가 계급이다. 이 두 개의 그룹은 메이지 이후 근대 일본을 지탱하고 있는 중추 세력이다. 그런 점에서 이 두 그룹에 대한 고양이의 비판과 풍자는 곧 근대 일본의 사회상과 그 시대를 산 일본인의 심리에 대한 나쓰메 소세키의 비판과 풍자이기도 하다.

먼저 '태평의 일민'은 "태평한 시대에 세상을 초월해 고고하게 숨어 사는 사람"을 뜻한다. 여기에서 '태평한 시대'란 메이지유신 이후의 근대 일본을 풍자한 용어다. 왜 풍자인가? 나쓰메 소세키가 본 근대 일본은 '태평한 시대'가 아니라 "이 사회는 미치광이들의 집합소", 다시 말해 "미치광이들이 세포처럼 모여들어 서로에게 으르렁거리며 우격다짐을 하고, 물고 뜯고 싸우고 욕하고 빼앗으면서, 쓰러졌다가는 다시 일어나고 일어섰다가는 쓰러지기를 반복하며 사는 단체를 사회"[23]라고 하는지도 모를 그런 사회였기 때문이다. 그렇다면 이 태평하지만 태평하지 않은 시대에 세상을 초월해 고고하게 숨어 사는 이들은 어떤 사람들인가? 고양이의 눈에 비친 그들은 겉모습은 세상의 이욕에 초연한 척 교양을 떨지만 속마음은 명예나 이익에 집착하는 속물들일 뿐이다.

> 요컨대 주인도 간게쓰 군도 메이테이 선생도 속세를 벗어나 태평한 시대를 멋대로 살아가는 사람들이다. 그들은 수세미외처럼 바람에 흔들리면서도 초연한 척하고 있지만, 실은 그들 역시 명예나 이익에 집착하는 속된 마음도 있고 욕심도 있다. 그들이 일상적으로 나누는 담소에서도 경쟁심이나 승부욕은 언뜻언뜻 내비치는데, 한 발짝만 더 나아가면 그들이 평소에 욕을 해대던 속물들과 한통속이 되고 말 터이니 고양이인 내가 봐도 딱하기 짝이 없다.

이 '태평의 일민'이라고 불리는 지식인 계층의 인물로는 가장 먼저 고양이가 빌붙어 사는 집의 주인, 곧 《나는 고양이로소이다》의 또 다른 주인공이자 나쓰메 소세키 자신을 '희화화한 존재'이기도 한 영어 선생 구샤미를 꼽을 수 있다. 이 구샤미의 집에 드나드는 일군의 지식인 그룹에는 엉터리 이야기를 늘어놓거나 허풍만 떠는가 하면 어처구니없는 말을 퍼뜨려 사람들을 골탕 먹이는 짓을 유일한 즐거움으로 알고 살아가는 미학자 메이테이를 비롯해, 재력 있는 자본가 가네다의 딸 도미코와 결혼하기 위해 이학박사가 되려는 물리학자 간게쓰, 동양적 정신과 가치를 내세우며 염소수염을 기르고 도를 닦는 등 신선 같은 삶을 사는 철학자 야기 고쿠센, 문학과 예술에 폭 빠져 도대체 현실감각이라곤 찾아볼 수 없는 시인 오치 도후, 금전과 쾌락을 좇아 자본가의 주구 노릇이나 하고 다니는 스즈키 도주로 등이 있다. 이들은 스스로 명예와 이욕에 물든 세상의 속물들과는 다른 '고급한 인간'인 척하지만 고양이가 볼 때 이들에게 고급한 것이 있다면 "무기력한 점이 고급이고, 무능한 점이 고급이며, 약삭빠르지 못한 점이 고급"[25]일 뿐이다. 더욱이 그 무리는 "성깔 나쁜 굴 딱지처럼 서재에 들어붙어만 있을 뿐, 세상을 향해 발언한 적조차 없으면서 자기 혼자 달관한 표정이나 짓고 있는 정말 웃기는 작자들"[26]이다. 온갖 번지르르한 말만 늘어놓으면서 자신의 교양을 뽐낼 뿐 실상 자신이 조롱하거나 조소하는 사회의 변화나 인간 개조를 위해서는 어떤 일도 하지 않는다.

'태평의 일민'이라는 호명이 보여주듯이, 이 무리는 제국의 번영과 자본주의적 성공에 도취된 시대의—소세키 자신이 소속되어 있기도 한—나약하고 무기력한 지식인 계층을 상징한다. 번영과 성공에 미쳐버린 시대의 소용돌이에 휩쓸리지 않고 고고한 인격과 고상한 품격을 유지하며 살아간다고 자부하지만, 실상은 그 번영과 성공에 기대어 사는 기생충 같은 존재들일 뿐인 게 지식인 계층이라는 풍자다. 그들은 단지 자신들의 존재적 속성을 그럴싸하게 포장하고 있는 '위선자'들일 따름이다.

그렇다면 사업가 가네다로 대표되는 자본가 계급은 어떠한가? 고리대금업으로 재력을 쌓은 가네다는 자본주의의 탐욕, 야만성, 비열함, 천박성, 잔인함을 상징하는 존재다. 그는 자신이 재력을 쌓은 비결이 '세 가지의 결핍', 즉 의리의 결핍, 인정의 결핍, 염치의 결핍에 정통했기 때문이라고 당당하게 외치는 사람이다. 그가 평생에 걸쳐 지킨 신념과 원칙은 "코와 눈을 돈에 맞추고, 돈을 벌 수만 있다면 어떤 일이든 해낼 수 있다"는 것이다.[27] 그들은 "거짓말로 사람을 꾀고, 재빠르게 처신해서 좋은 것을 골라 갖고, 허세를 부리며 남을 위협하고, 덫을 놓아 사람을 함정에 빠뜨리는 것 말고는 아는 것이 없는"[28] 인간 무리다. 이들은 유능하다고 자부하며 스스로를 가리켜 "미래의 신사"라고 부른다. 그러나 고양이는 이들을 일컬어 "불량배"라고 한다. 세상은 이들의 세력에 따라 움직이고, 이들이 가진 돈의 힘에 의해 좌지우지된다. 소세키는 고양이의 입을 통해 자본가의 세력에 굴복하고 금전에 굴종하는 근대 일본의 사회상을 이렇게 풍자했다.

> 지구가 지축을 중심으로 도는 것이 어떤 작용 때문인지는 모르겠으나, 세상을 움직이는 것은 바로 돈이다. 사업가가 아니면 이 돈의 공력과 위광을 자유롭게 발휘할 수 없다. 태양이 동쪽에서 무사히 떠서 서쪽으로 무사히 지는 것도 전부 사업가 덕이다. 지금까지 고지식한 가난뱅이 학자 집안에 사느라 사업가의 위대함을 몰랐으니, 내가 생각해도 어리석었

다. 그건 그렇고 무지하고 고집불통인 우리 주인도 이번에는 다소 깨달은 바가 있을 것이다. 그런데도 그 고집통을 계속 꺾지 않을 요량이라면 위험하다. 주인이 가장 소중히 여기는 목숨이 위험하다.

_나쓰메 소세키, 《나는 고양이로소이다》[29]

이렇게 본다면, 소세키는 두 가지 방면에서 20세기 초 근대 일본 사회를 풍자의 대상으로 겨냥했다고 할 수 있다. 그 하나가 메이지유신 이후 문명화와 서양화를 통해 이른바 '근대적 교양'을 쌓은 사회-문화적 계층, 즉 지식인의 거짓과 위선이라고 한다면, 다른 하나는 근대화와 산업화를 통해 금전을 축적하고 재력을 거머쥔 사회-경제적 계급, 즉 자본가(사업가)의 야만성과 비열함이다. 그런 의미에서 소세키는 《나는 고양이로소이다》를 통해 근대 일본을 지배하고 있던 '장밋빛 환상', 다시 말해 승승장구하는 제국의 번영과 자본주의적 성공에 가려져 있던 일본 사회의 거짓과 위선을 조롱하고 오만함과 야만성을 고발하고 나아가 그 위험성을 경고하는 풍자소설을 썼다고 하겠다.

특히 《나는 고양이로소이다》에서 흥미로운 대목은 풍자의 대상이 된 지식인 그룹과 자본가 집안이 결코 화합하거나 화해할 수 없는 존재들처럼 보이지만 실상은 서로의 이익을 위해 언제라도 '한 몸'이 될 수 있다는 사실을 묘사한 점이다. 평상시 지식인은 자본가를, 자본가는 지식인을 조롱하거나 비웃으면서 자기 존재의 우월성을 과시하거나 확인한다. 그러나 소세키의 화신인 고양이가 볼 때 지식인의 거짓과 위선이나 자본가의 야만성과 비열함은 '속물근성'과 '속물주의'라는 동일한 뿌리에서 자라난 다른 가지일 뿐이다. 화합할 수 없는 것처럼 보이던 두 그룹이 화합하는 하나의 방법으로 등장하는 물리학자 간게쓰와 자본가 가네다의 딸 도

미코의 결혼이 단적인 예다. 고양이의 집 주인 구샤미와 가네다의 주구 노릇을 하는 스즈키의 대화를 통해 소세키는 '지식인과 자본가의 결합'의 적나라한 본성을 가감 없이 폭로한다.

스즈키 : 자네, 생각해 보면 알 수 있지 않나. 재산도 그리 많고 미모도 그리 출중한데, 어디든 보낼 만한 곳이 없겠는가. 간게쓰 군도 대단이야 하지만 신분으로 봐서야, 아니 신분이라고 하면 실례가 되겠군. 재산으로 따지자면 누가 봐도 기울지. 그런데 내가 이렇게 걸음을 할 정도로 부모가 애를 태우고 있는 것은 본인이 간게쓰 군에게 마음이 있어서가 아니겠는가.

구샤미 : …

스즈키 : 그래서 말인데, 사정이 그러하니 저쪽에서는 돈도 재산도 다 필요 없으니까 그 대신 당사자에게 번듯한 자격이 있었으면 좋겠다는 거야. 말하자면 직함이지. 그렇다고 오해는 하지 말게나. 박사가 되면 딸을 주겠노라고 거들먹거리는 게 아닐세. … 간게쓰 군이 박사라도 되어주면 저쪽에서도 얼마나 자랑스럽게 체면이 서겠느냐고 하는데. 간게쓰 군이 학위논문을 써서 박사 학위를 따게 할 수는 없겠는가. 하기야 가네다 댁만의 문제라면 박사든 학사든 상관없지만, 세상의 이목이란 것이 있으니 가볍게 혼사를 추진할 수는 없지 않겠는가.

구샤미 : 그럼 다음에 간게쓰 군이 오면 학위논문을 쓰도록 내 권해보겠네. 허나 본인이 가네다의 딸을 맞을 마음이 있는지 없는지, 그걸 먼저 따져봐야 하겠군.[30]

금전과 권력이라면 어느 것 하나 부족함이 없는 가네다 집안이 가난한 시골 출신의 학자를 사위로 맞이하려는 이유는 오직 간게쓰의 '박사 학위' 때문이다. 재력에다가 교양과 학식까지 갖추는 것만큼 자본가 집안이 탐내는 것이 또 있겠는가? 그러나 이것은 거짓과 위선으로 자신을 포장하는 것에 불과하다. 가난한 지식인 간게쓰가 자신의 학문에 대한 어떤 이해도 갖추고 있지 못한 교양 없는 자본가 가네다 집안의 딸과 혼인을 하려는 이유 역시 오직 가네다의 '재력' 때문이다. 교양과 학식에다가 재력까지 갖추는 것만큼 지식인이 탐내는 것이 또 있겠는가? 그러나 이것은 금전에 굴복하고 권력에 굴종하는 자신의 속물근성을 드러내는 것에 불과하다. '학벌과 금전의 결합', 이것이야말로 지식인과 자본가의 전혀 다른 것처럼 보이는 행태가 사실은 '속물주의'라는 동일한 뿌리에서 나왔음을 보여주는 구체적인 사례이다.

금권을 숭배하는 삶을 당연시하는 자본가의 속물근성이야 그렇다 치더라도 세상의 이욕에 초연한 척하면서 실상은 명예나 이익에 집착하는 지식인의 속물근성은, 소세키에게는 번영과 성공을 향해 질주하는 근대 일본 사회의 근본적인 취약성처럼 보였다. 그런 의미에서 소세키에게 근대화, 문명화, 서양화, 산업화, 제국화의 성공을 향해 '브레이크 없는 기관차'처럼 폭주하는 20세기 초 근대 일본은 자기 성찰 없는 사회였다. 그 사회에 대한 비판적 성찰은 지식인의 소임 중 하나다. 그러나 《나는 고양이로소이다》 속 지식인들, 즉 '태평의 일민' 그룹은 비판적 성찰에는 무기력하고, 사회의 변화를 이끌어내기에는 무능력할 존재일 뿐이다. 그것은 소세키가 소속되어 있는 근대 일본 지식인 사회의 무기력과 무능력이다. 그런 의미에서 분명 근대 일본은 승승장구하며 번영과 성공의 가도를 내달리고 있었지만, 그것은 자기 성찰 없는 '왜소한 번영이자 일그러진 성공'이었을 따름이다. 근대 일본이 물질적으로 풍요로워질수록 역설적이게도 일본인의 내면은 빈곤해지고 있다는 것이 나쓰메 소세키가《나는 고양이로소이다》에 담은 풍자 정신이었다.

다만 필자는《나는 고양이로소이다》를 읽는 내내 고양이를 통해 근대 일본의 사회상과 인간 군상을 풍자적으로 묘사하는 솜씨는 뛰어나지만, 박지원의 '호질'이나 오경재의《유림외사》를 읽을 때 느꼈던 불편함이나 통쾌함은 별반 느끼지 못했다. 왜 그럴까? 풍자의 '결'이 다르기 때문이다. 소세키의 풍자는 박지원과 오경재의 풍자처럼 날카롭거나 신랄하지 않다. 오히려 점잖고 잔잔하다. 박지원과 오경재의 풍자가 당대의 사회와 지배 계층을 칼로 베듯 해부하고 칼로 찌르듯 비판한다면, 소세키의 풍자는 그저 비웃고 조롱할 따름이다. 그런 의미에서 소세키의 풍자는 나약하고 냉소적이다. 어찌 보면 소세키의 풍자에서도《나는 고양이로소이다》에서 묘사된 지식인들의 무기력하고 무능한 모습을 보는 듯하다. 소세키의 풍자는 박지원의 풍자에서 볼 수 있는 격렬한 분노도, 용맹한 목소리도 없다. 누구라도 웃고 즐기면서 읽을 수 있을 뿐, 박지원의 '호질'과 오경재의《유림외사》그리고 조너선 스위프트의《걸리버여행기Gulliver's Travels》를 읽을 때 지배계급이 느꼈을 불편함과 불쾌함도《나는 고양이로소이다》에서는 찾기 힘들다. 박지원과 오경재와 조너선 스위프트의 풍자가 사회 계층의 피라미드 구조의 꼭대기에 자리하고 있는 지배계급을 정면으로 겨냥하고 있는 반면,《나는 고양이로소이다》에 담긴 소세키의 풍자는 이 피라미드 구조의 절반쯤에 자리하고 있는 이른바 중간계급 소시민, 즉 지식인 계층의 거짓과 위선, 허위와 허세, 허영심을 겨냥하고 있기 때문이다. 여기에서는 가네다 집안으로 대표되는 자본가 계급과 구샤미로 대표되는 지식인 그룹의 갈등 역시 사회적·계급적 모순과 대립이 아닌 하나의 개인적 에피소드로 취급되고 있을 뿐이다. 다시 말해 가네다라는 한 자본가의 행태를 풍자적으로 묘사했을 뿐 지배계급을 직접적으로 겨냥하고 공격하는 풍자는 아니다. 그런 점에서 전자들의 풍자는 '공공의 적'으로 취급당했지만, 나쓰메 소세키의《나는 고양이로소이다》는 흥미롭고 재미있는 사회 풍자극 정도로 받아들여졌다. 만약 박지원과 오경재 그리고 조너선 스위프트의 소설이 자신의 시대와 불화한 '불온한 풍자'였다고 한다면, 나쓰메 소세키의《나는 고양이로소이다》는 시대와 타협한 '온순한 풍자'라고 불러야 할 것이다.

인류 전체의 탐욕을 폭로한 최초의 문학

• 조너선 스위프트

서양 소설사에서 풍자문학의 전성시대를 언급한다면 단연 18세기 영국을 꼽을 수 있다. 조너선 스위프트(1667~1745)가 먼저 1704년에 풍자적 묘사와 작법으로 영국 종교계와 성직자들의 대립과 갈등을 풍자한《통 이야기Tale of Tub》와 정치-종교 권력의 나팔수 역할이나 하는 학문과 지식인들을 풍자한《책들의 전쟁The Battle of the Books》을 한데 묶어 출판했는가 하면, 그로부터 22년 뒤인 1726년 10월에는 오늘날까지 서양 풍자문학의 최고 걸작으로 손꼽는 그 유명한《걸리버여행기》를 세상에 내놓았기 때문이다. 특히 16세기 토마스 모어의 풍자 정신을 계승한 18세기 조너선 스위프트의 풍자문학은 19세기 찰스 디킨스의 사실주의적 풍자소설을 거쳐 20세기 풍자문학의 최고봉으로 평가받는 조지 오웰의《동물농장Animal

Farm》에까지 이어지면서 세계문학사에서 영국이 명실상부 풍자문학의 본산으로 거듭나는 데 디딤돌 역할을 했다.

더욱이 조너선 스위프트 외에도 18세기 영국에서는 여러 명의 뛰어난 풍자문학의 대가가 활발하게 작품 활동을 했다.《머리카락을 훔친 자The Rape of the Lock》의 작자인 풍자 시인 알렉산더 포프Alexander pope, 정치 풍자의 걸작인《거지 오페라The Beggar's Opera》의 작가인 시인이자 극작가 존 게이John Gay,《트리스트럼 섄디Tristram Shandy》의 저자인 풍자소설가 로렌스 스턴Laurence Sterne, 〈당대 결혼 풍속Marriage à la Mode〉의 연작 그림을 통해 그 시대의 도덕 윤리와 풍속을 풍자했던 화가이자 판화가 윌리엄 호가스William Hogarth, 풍자적 산문인《라셀라스The History of Rasselas, prince of Abyssinia》로 명성을 떨친 시인이자 평론가 새뮤얼 존슨Samuel Johnson 등이 조너선 스위프트와 시대를 함께하며 '풍자의 황금시대'를 활짝 열었다. 심지어 이들보다 한 세대 앞서 활동했던 시인이자 극작가이며 비평가였던 존 드라이든John Dryden은 1693년에 발표한 '풍자와 서사시에 관한 논설'에서 '풍자satire'라는 용어의 어원과 의미를 자세하게 밝히기까지 했다. 여기에서 존 드라이든이 밝힌 두 가지 가설은 오늘날까지도 풍자의 어원과 유래에 관한 가장 정통한 학설로 여겨지고 있다.

《풍자문학론The Fictions of Satire》의 저자 로널드 폴슨Ronald paulson은 조너선 스위프트의 독보성과 위대성을 '풍자가들의 창조자'였다는 점에서 찾았다. 즉 보통의 작가들이 풍자를 시도하고 있을 때, 조너선 스위프트는 그것을 넘어서 "풍자의 대상을 공격하는 풍자가를 도입"했다는 것이다. 스위프트가 최초로 도입했다고 할 수 있는 풍자가는 "악을 발견하는, 혹은 그것의 잠재성을 투사하는 사회의 미묘한 안테나 같은 존재"였다. 그런데 "소설이 나타나기 위해서는 현실을 축복할 뿐만 아니라 현실을 공격하고 드러내는 기법들이 도입되어져야 했기 때문"에, 조너선 스위프트가 최초로 도입한 세상과 인간을 공격하고 드러내는 '풍자가'야말로 소설의 등장을 인도한 존재였다고 할 수 있다. 조너선 스위프트의 또 다른 독보성과 위대성이 바로 여기에 있었다. 이 점은 스위프트의 풍자가 앞서 소개했던 박지원, 오경재, 나쓰메 소세키의 풍자와 확연히 다른 차이점이기도 하다. 앞선 세 작가의 풍자 작품 속 화자, 즉 주인공이 작자 자신이라면 스위프트 풍자 작품 속에서는 이들 화자가 작자 자신이 아니라 오히려 작자가 비판하고 조롱하고 공격하는 풍자의 대상이라는 것이다. 이러한 묘사법과 표현법을 문학에서는 '퍼소나 기법'이라고 말한다. 《걸리버여행기》를 비롯한 풍자 작품에 바로 이 '퍼소나 기법'을 도입했다는 점에서도 스위프트는 독보적인 작가였다. 더욱이 법학자이지만 전기 작가이자 평전 작가로 유명한 박홍규 교수는 《걸리버여행기》를 이렇게 극찬하기까지 했다. "이 세상에 인류 자체를 풍자한 문학은 《걸리버여행기》뿐"이라고. 이 말은 조너선 스위프트는 인류 자체를 풍자한 유일무이한 작가였고, 그런 점에서 그는 모든 작가들에게 풍자 기법과 현실 묘사의 나침반을 제공하는 한편, 풍자적 영감과 상상력을 불어넣는 독보적이고 위대한 인물이었다는 의미이다.

그럼 왜 《걸리버여행기》가 가장 거대한 영향을 끼친 작품인가? 다시 박홍규 교수의 말을 빌리자면, 《걸리버여행기》가 세상에 존재하지 않는 "상상의 나라와 가상의 존재를 묘사하지만, 그것은 무대장치와 등장인물에 불과하고 그 내용은 모두 리얼리즘, 즉 당대 현실과 인간에 대한 극명한 묘사"[31]이기 때문이다. 기발한 상상력과 고도의 현실 묘사와 유쾌한 판타지의 절묘한 결합이 이보다 더 탁월한 작품은 과거에도 없었고, 현재에도 없으며, 미래에도 없을 것이다. 하나의 작품이 판타지 문학이면서 사실주의 문학이고 또한 고도의 풍자문학인 경우가 과연 존재했던가? 《걸리버여행기》는 객관적이기보다 주관적이고 진실이기보다는 상상과 거짓에 불과한 것처럼 보이지만, 실상은 오히려 그 어떤 문학보다 '사실적'이라는 점에서 전무후무한 작품이다. 이 때문에 오늘날까지도 《걸리버여행기》는 판타지에서부터 리얼리즘 그리고 풍자에 이르기까지 인간이 상상하고 묘사할 수 있는 모든 장르의 문학과 예술에 거대한 영향력을 행사하고 있다. 판타지 소설이자 풍자소설인 루이스 캐럴Lewis Carrol의 《이상한 나라의 앨리스Alice's Adventures in Wonderland》나 조지 오웰의 《동물농장》을 떠올려보라. 이후 자세히 소개하겠지만 볼테르의 유명한 철학 콩트이자 풍자소설인 《미크로메가스Micromegas》 역시 그렇다. 요즘 유행하는 말을 빌자면 '《걸리버여행기》인 듯 《걸리버여행기》 아닌 《걸리버여행기》 같은' 이미지가 연상될 것이다.

그렇다면 조너선 스위프트가 여행기의 형식을 빌려 세상과 인간을 통렬하게 비판 풍자한 《걸리버여행기》를 집필한 까닭은 무엇일까? 생전에 알렉산더 포프에게 보낸 편지를 보면, 스위프트가 《걸리버여행기》를 쓴 목적을 극명하게 엿볼 수 있다. 그는 이렇게 썼다. "내가 이 책을 쓴 목적은 세상 사람들을 즐겁게 해주기 위해서가 아니라 세상 사람들을 분노하게 만들기 위해서입니다." 스위프트는 일찍이 《책들의 전쟁》 서문에서 "풍자란 그것을 들여다보는 사람이 자신의 얼굴만 빼놓고 다른 모든 사람들의 얼굴을 발견하게 되는 거울이다"[32]라고 밝힌 적이 있다. 자신의 작품을 읽는 모든 사람이 가면에 가려진 그들의 민낯을 보도록 만들어 그 거짓과 위선, 탐욕과 야만, 부패와 타락이 폭로되는 순간 얼굴을 붉히며 격렬하게 분노하게 하는 것, 이것이야말로 스위프트가 즐겨 썼던 위트와 유머, 조롱과 비웃음에 감춰진 풍자의 글쓰기 전략이었던 셈이다. 따라서 풍자가는 마땅히 세상 사람들을 즐겁게 하는 것이 아니라 불편하고 불쾌하고 분노하게 만들어 자신과 세상과 인간을 비판적으로 성찰할 수 있게 해야 한다.

스위프트는 처음부터 세상의 엄청난 비난과 저주를 각오하고—아니, 아예 작정하고—《걸리버여행기》를 집필했다. 그리고 이 세상을 향한 독설과 궤변 가득한 작품의 말미에 마치 사람들을 조롱이나 하는 것처럼 이렇게 적어놓았다. "자신은 아무런 편견이나 악의 없이 단지 인간들을 선한 방향으로 계몽하고 교육하기 위해 글을 쓴 것이므로, 자신을 비난할 사람은 세상에 단 한 사람도 없을 것"이라고. 물론 이 말을 믿은 사람은 하나도 없었다. 그것은 지독한 반어의 화법이기 때문이다.

스위프트의 풍자는 확실히 다른 풍자 작품보다 탁월한 점이 있다. 비유와 상징과 은유의 묘사와 작법을 능수능란하게 사용해 세상과 권력과 지배계급과 인간 본성을 풍자하고 있기 때문이다. 《걸리버여행기》는 모두 알다시피 '소인의 나라'로 알려져 있는 '릴리펏 여행A Voyage to Lilliput, '거인의 나라'로 알려져 있는 '브롭딩낵 여행A Voyage to Brobdingnag', '하늘을 나는 섬의 나라'로 알려져 있는 '라퓨타, 발니바르비, 럭낵, 글럽덥드립 그리고 일본 여행A Voyage to Laputa, Balnibarbi, Glubbdubdrib, Luggnagg and Japan, '말들의 나라'로 알려져 있는 '휴이넘 여행A Voyage to the Country of the Houyhnhnms'의 4부로 구성되어 있다.

먼저 '소인의 나라'의 풍자 속 비유와 상징부터 살펴보자. 소인국은 두 가지 점에서 큰 어려움을 겪고 있다. 즉 내부적으로는 격렬한 당파 투쟁, 외부적으로는 강대한 적의 침략 위협에 시달리고 있다. 소인국에는 70개월 동안 신발 굽의 높고 낮음을 두고 다투는 트라멕산 당과 슬라멕산 당이 있다. 이 두 당파는 서로에 대한 적대감이 얼마나 컸던지 함께 먹지도 않고 마시지도 않으며 이야기도 나누지 않고 걷지도 않으려고 한다. 쓸모없는 논쟁거리에 목숨을 거는 트라멕산 당과 슬라멕산 당은 실상 영국의 경쟁하는 두 당파, 즉 정치적으로 보자면 토리당과 휘그당을, 종교적으로 보자면 고교회당High Church과 저교회당Low Church을 비유해 조롱하고 풍자한 얘기다. 이렇게 보면 소인국은 영국에 비유해 풍자한 나라라는 사실을 어렵지 않게 이해할 수 있다.

또한 소인국은 전통적으로 계란의 큰 쪽 끝부터 먼저 깨는 관습이 있었다. 그런데 현 황제의 할아버지가 어릴 적 관습대로 계란의 '큰 쪽 끝'을 먼저 깨다 손가락을 다치는 사건이 일어난 이후 계란의 '작은 쪽 끝'을 먼저 깨야 한다는 새로운 법령을 만들어 시행한다. 그리고 이 법령을 위반한 사람에 대해서는 엄벌에 처했다. 그러자 전통적인 관습에 충실한 사람들이 수차례에 걸쳐 반란을 일으켰고, 이 때문에 어떤 황제는 목숨을 잃고 어떤 황제는 왕위를 잃었다. 그런데 이 반란을 일으킨 주동자들이 모두 이웃한 제국 블레프스큐의 황제들이다. 그들은 반란을 지휘하다가 진압되거나 실패하면 자기 제국으로 몸을 피했다가 다시 소인국에 나타나 반란을 일으키곤 했다. 이 때문에 걸리버가 소인국에 갔을 때, 이 나라는 블레프스큐 제국과 36개월 동안 한 치의 양보도 없는 전쟁을 치르고 있었다. 이 흥미로운 이야기는 영국의 종교 분쟁, 즉 구교와 신교 간의 논쟁과 다툼을 풍자한 것이다. 전통적인 관습에 따라 계란의 '큰 쪽 끝'을 깨야 한다고 주장한 측은 구교를, 새로운 법령에 따라 계란의 '작은 쪽 끝'을 깨야 한다고 주장한 측은 신교를 비유한 것이다. 스위프트가 계란의 어느 쪽 끝을 깨느냐를 두고 다투는 소인국의 이야기에 빗대 신교와 구교의 종교 분쟁을 풍자한 것은 곧 이 종교 논쟁과 다툼이 별반 중요하지 않는 지극히 사소한 문제를 두고 싸우는 것에 불과할 뿐이라는 조롱과 비웃음이다. 여기에서 현 황제의 할아버지는 종교개혁을 주도한 헨리 8세를, 반란 도중 목숨을 잃은 황제는 청교도혁명 때 처형당한 찰스 1세를, 왕위를 잃은 황제는 명예혁명 때 프랑스로 망명한 제임스 2세를, 그리고 블레프스큐 제국은 영국의 신구교 종교 분쟁과 왕위 계승에 개입한 프랑스를 상징한다. 그런 점에서 '소인국의 나라' 속 풍자는 현실 세계에 대한 지극히 사실적인 묘사다.

'거인국의 나라'에서는 어떤가? 이곳에 등장하는 거인국 왕의 말, 즉 영국에서 일어난 중요한 역사적 사건이란 단지 인간의 탐욕과 악덕과 추악함을 모두 끌어 모아놓은 집합체라는 것은, 곧 인류의 역사는 탐욕과 광기의 역사에 불과할 뿐임을 묘사한 은유다. 그것은 인류라는 종족은 물론 인간의 역사 전체에 대한 비판이자 고발이며 풍자이다.

> 내가 지나간 100년 동안 우리 영국에서 발생한 온갖 사건들에 대해 설명하자 왕은 놀라움을 금치 못했다. 그러면서 그 100년 동안의 역사적 사건들이라는 것이 단지 음모, 반란, 살인, 대학살, 혁명, 추방 등을 한 무더기 모아놓은 것에 불과하며, 그와 같은 것들은 탐욕, 파벌 싸움, 위선, 배반, 잔혹 행위, 격분, 광기, 증오, 시기, 욕망, 적의 또는 야심 등이 낳은 최악의 저열한 결과물일 뿐이라고 규탄했다.[33]

더욱이 걸리버와의 대화를 통해 인간의 역사라는 것이 침략과 학살과 파괴의 연속에 다름없다는 결론을 얻게 된 거인국의 국왕은 자신이 받은 정신적 충격을 이렇게 표현했다. "그대의 동포인 인간 무리는 대자연의 섭리에 따라 대지 위를 기어 다니는 작고 끔찍한 수많은 해충 가운데에서도 가장 추악하고 해로운 종족이다." 인간에 대해 이보다 더 처절한 경멸과 신랄한 조롱과 통렬한 공격이 있었는가? 또한 걸리버가 화약과 대포 제조법을 가르쳐주겠다고 제안하자 거인국의 왕은 "어떻게 그토록 잔인하고 끔찍하며 사악하고 파괴적인 악마의 발명품을 인간처럼 나약하고 비굴하고 미천한 존재 따위가 아무렇지도 않게 지껄일 수 있느냐?"면서, 목숨을 잃고 싶지 않다면 두 번 다시 그와 같은 말을 입 밖에 꺼내지 말라고 명령했다. 이것은 인간이 그토록 자랑하는 문명의 이면에 감춰진 전쟁과 파괴라는 야만성 그리고 신식 무기와 대량 살상 무기를 앞세워 식민지를 침략하고 학살을 자행하는 제국주의적 야욕과 잔혹 행위에 대한 은유적 비판이자 고발이다.

나는 국왕으로부터 더욱 각별한 환심을 얻겠다는 마음이 앞서서 다음과 같은 말씀을 드렸다. "저는 화약의 구성 성분과 재료에 대해 매우 잘 알고 있습니다. 그것들은 값이 매우 저렴한데다가 흔해서 쉽게 구할 수 있습니다. 물론 그 재료들을 합성해 화약을 제조하는 방법 역시 잘 알고 있습니다. …" 하지만 국왕은 소름끼치도록 끔찍한 기계에 대한 나의 제안과 설명에 몸서리를 치며 기겁을 했다. 그리고 (국왕의 표현을 그대로 옮기자면) 나처럼 아주 나약하고 비굴하고 미천한 벌레에 불과한 존재가 어떻게 그토록 잔혹한 생각을 품을 수 있는지, 또한 아무런 동요 없이 그 파괴적인 기계가 초래할 피비린내 나는 파괴의 장면을 그토록 천연덕스럽게 묘사할 수 있는지 그저 놀라울 따름이라고 했다. 그러면서 국왕은 이렇게 말했다. "그대가 말한 그 파괴적인 기계는 인류의 적인 사악한 악마가 바로 최초로 고안해 만든 물건임에 틀림없을 것이다."

'하늘을 나는 섬의 나라'에서 하늘을 나는 섬 라퓨타는 '영국 제국주의'를 상징하고, 그 아래에 있는 섬이 '식민지 아일랜드'를 상징한다는 사실은 당대 사람이라면 누구나 쉽게 깨달을 수 있었을 것이다. 이러한 사실은 식민지 아일랜드를 착취하고 그들이 저항할 경우 탄압하는 영국의 비열한 행태를 빗대 풍자한 다음과 같은 대목을 통해 확인할 수 있다. 첫 번째 방법이 아일랜드가 외국과 교역하는 것을 통제하는 영국의 해상 봉쇄 정책을 풍자한 것이라면, 두 번째 방법은 무력을 동원해 아일랜드의 저항과 독립 의지를 무참하게 짓밟는 영국의 무단통치를 풍자한 것이다.

만약 어떤 도시가 저항하거나 반란을 일으킬 경우, 파벌 싸움으로 유혈 사태가 발생할 경우, 세금 납부를 거부할 경우에 국왕은 그들을 굴복시킬 목적으로 두 가지 방법을 사용한다. 첫 번째로는 온건한 방법을 사용하는데, 그것은 섬이 그 도시나 주변 지역에서 공중을 맴도는 방법이다. 그렇게 해서 그들에게서 햇빛이나 비가 가져다주는 이로움을 빼앗아버린다. 그 결과 그 도시의 사람들은 기근과 질병의 피해를 입게 된다. … 그렇게 했는데도 만약 여전히 그들이 완강하게 저항하거나 반란 사태가 진정되지 않는다면, 국왕은 두 번째 방법 혹은 마지막 해결책을 사용한다. 그것은 곧바로 섬을 하강시켜 그들의 머리 위에 내려놓는 방법이다. 그렇게 해서 그 도시의 건물과 주택은 물론이고 사람들까지 짓뭉개 파괴해버리는 것이다.

마지막으로 '말들의 나라'에 등장하는 '후이넘'과 '야후'라는 존재야말로 스위프트 풍자의 특징, 즉 비유와 상징과 은유의 결정판이다. '후이넘'은 비록 현실 세상에는 없는 존재이지만 인간이 갖지 못한 고귀한 덕성과 이성의 소유자로 묘사된다. '야후'는 추악한 탐욕으로 가득 찬—교양과 학식으로 포장하거나 거짓과 위선으로 가장하지 않은—불결하고 불쾌한 인간이라는 존재의 본성 자체를 상징한다. 여기에서 인간을 상징하는 야후는 인간 세계에서는 단지 짐승(말)에 불과한 종족인 후이넘의 지배를 받는다. 이것은 인간은 실상 짐승만도 못한 존재에 불과하다는 은유다. 야후의 본성을 지우고 후이넘의 고귀한 덕성을 가져야만 인간은 비로소 새롭게 태어날 수 있다. 그래서 걸리버는 이렇게 말한다. "그렇소. 본인도 야후요. 허나 본인은 후이넘에서 존경하는 주인의 교훈과 모범 아래에서 2년 동안 (솔직히 말하자면 무척이나 힘들었소) 남을 속이고 기만하며 거짓을 늘어놓고 얼버무리는 우리 야후, 특히 유럽인의 영혼 가장 깊은 곳에 뿌리내린 나쁜 습관을 없애버렸다는 것쯤이야 누구나 다 알고 있소." 이것은 인간이기를 포기해야 비로소 인간이 될 수 있다는 역설이다. 그러나 '말들의 나라'를 떠나 다시 인간 세계로 돌아온 걸리버는 다시 야후, 즉 인간의 부패와 타락, 거짓과 위선, 탐욕과 광기를 보고 절망한다. 인간에 대한 깊은 증오와 혐오와 경멸에 절망한 나머지 스스로를 유폐시킨 걸리버는 이제 후이넘, 즉 어린 수말 두 마리를 사서 키우며 친구처럼 사이좋게 지내며 살아간다. 이것은 무슨 뜻인가? 인간의 탐욕과 야만과 광기에 대한 적극적인 거부이자 동시에 고귀한 덕성과 이성의 소유자와 함께 새로운 세상을 만들며 살아나가겠다는 정치적 선언의 은유적 표현이다.

그럼 걸리버가 만들겠다고 한 새로운 세상은 어떤 세상인가? 그 세상은 "사실 꿈의 나라들 이야기지만 마지막 나라, 즉 왕이 없는, 권력자가 없는 민회와 같은 자치가 지배하고, 그 속에서 모든 인간이 자유로우며, 자연과 함께 사는 사회"[34]이다. 그곳에서는 친구의 배신이나 변절에 고통을 당할지도 모른다는 두려움에 떨지 않아도 되고, 적의 비난과 공격에 상처를 입을지도 모른다는 공포에 떨지 않아도 된다. 권력자는 말할 것도 없고 심지어 그 하인들에게까지 환심을 얻기 위해 뇌물을 제공하거나 아부를 떨거나 뚜쟁이 노릇을 해야 할 일도 없다. 그곳에는 악행으로 진흙 구덩이에서 빠져나와 크게 출세한 악당도 없고, 미덕 때문에 지옥의 나락으로 떨어진 귀족도 없다. 심지어 감옥도 처형대도 형틀도 없고, 밀고자도 도둑도 정치가도 부자도 깡패도 주정뱅이도 사이비 학자도 영주도 판사도 없고, 자만도 교만도 허영도 허세도 사치도 치장도 없고, 비웃는 자도 비난하는 자도 시기하는 자도 질투하는 자도 큰소리치는 자도 떠벌이는 자도 자랑하는 자도 다투는 자도 없다. 인간 세계에는 가득한 탐욕과 악덕, 부패와 타락, 야만과 광기를 후이넘의 세계에서는 단 하나도 찾아볼 수 없다는 이 풍자의 역설은 곧 스위프트 자신이 개조하고 싶었던 세상과 인간에 대한 소망과 열정의 다른 표현일 뿐이다.

그런데 도대체 왜 18세기에 들어와, 그것도 영국에서 이토록 풍자가 크게 유행했던 것일까? 구시대와 신시대의 충돌, 문명과 야만의 충돌, 광기와 이성의 충돌, 반동과 계몽의 충돌, 낡은 계급과 새로운 계급의 충돌, 봉건제와 근대 자본주의의 충돌, 낡은 학문과 새로운 학문의 충돌 그리고 제국주의와 식민지가 충돌하는 거대한 역사적 소용돌이의 한복판에 있었던 시대가 다름 아닌 18세기였다. 그리고 그 모든 것이 거대한 집합체를 형성하고 있던 공간이 다름 아닌 영국이었다. 하부 사회는 거대한 변화의 소용돌이를 일으키고 있었지만 상부 체제와 지배계급은 여전히 권력과 권위를 행사하고 있었다. 이럴 경우 사회는 분열되고 새로운 시대와 계급과 학문의 지향이 낡은 시대와 계급과 학문에 대한 불만을 드러내며 비판하고 공격하기를 주저하지 않게 된다. 그러나 낡은 체제와 계급이 여전히 맹위를 떨치고 있는 한 그 비판과 공격의 방법은 직접적이기보다는 간접적이고 우회적이게 되고, 이때 크게 유행하게 되는 문학과 예술의 묘사법과 표현법 그리고 화법과 작법이 바로 풍자가 된다.

이러한 관점에서 《걸리버여행기》를 독해하면, 조너선 스위프트가 활동한 18세기 초 영국의 시대 분위기가 묘하게도 나쓰메 소세키의 풍자소설이 출현한 20세기 초 일본의 시대 분위기와 닮았다는 사실에 시선이 멈춘다. 20세기 초 일본이 러일전쟁에서 승리하면서 대제국으로의 발돋움을 시작했듯이, 18세기 초 영국은 세계 제일의 강대국 '해가 지지 않는 나라' 대영제국으로 부상하고 있었다. 박지원과 오경재의 풍자가 출현한 시대적 맥락이 유사했듯이, 선발 제국주의의 선두 주자였던 18세기 영국 사회와 후발 제국주의의 선두 주자였던 20세기 초반 일본 사회의 유사성이라는 시대적 맥락을 통해, '다른 듯 닮은' 느낌을 주는 나쓰메 소세키의 풍자와 조너선 스위프트의 풍자를 들여다볼 수 있다. 다시 말해 비록 시간과 공간을 달리하고 있지만, 조너선 스위프트 시대의 영국과 나쓰메 소세키 시대의 일본은 제국주의적 번영과 자본주의적 야욕에 환호하던 인간군상의 탐욕성과 야만성과 광기가 그 어떤 때보다 마치 '정상적이고 상식적인 것'처럼 만연해 있던—아니, 적나라하게 드러난—시대였다. 제국주의의 야망과 자본주의의 성공에 도취된 세상에서는 탐욕이 도전과 모험으로 포장되고, 광기가 용맹으로 찬사받고, 야만이 문명으로 뒤바뀐다.

이런 세상에서 인간성은 무능력으로, 양심은 나약함의 상징으로 치부될 뿐이다. 앞에서도 언급했지만, '비정상이 정상이 되고 비상식이 상식이 되는 세상'에서는 정상적인 방식을 통해서는 그 세상의 민낯을 드러내기 어렵다. 거짓과 비정상은 진실과 정상인 양 가면을 쓴 채 자신을 위장하고 있기 때문에 정직한 방법을 통해서는 결코 그 본모습을 드러내지 않는다. 이렇게 '뒤집힌 세계'의 민낯에 대한 고발과 폭로와 풍자는 '말들의 나라'에 등장하는 후이넘과 야후의 이야기에서 극명하게 묘사된다.

여기에서 흥미로운 점은 인간 세계에서 야만인 말 종족, 즉 후이넘이

'말들의 나라'에서는 문명의 상징이 되고 문명의 상징인 인간, 즉 야후는 야만의 상징으로 뒤바뀐다는 점이다. 도대체 누가 문명이고 누가 야만인가를 근본적으로 묻는 고도의 풍자다. 그런데 스위프트는 '말들의 나라'에 사는 야후에 빗대어 이렇게 말한다. 만약 인간 세계에 사는 야후들이 말들의 나라에서처럼 악덕과 어리석은 천성만 드러낸다면 자신은 이들과 좀 더 쉽게 화해할 수 있을 것이라고. 말들의 나라에서 야후들은 탐욕으로 가득 찬 추악한 존재일 뿐 최소한 거짓과 위선의 가면을 쓰고 세상을 속이지는 않기 때문이다. 그런데 인간 세계에서 야후들, 즉 인간 군상들은 어떠한가. 오직 악덕과 어리석은 천성에 따라 행동할 뿐인 "변호사, 소매치기, 대령, 어릿광대, 귀족, 도박꾼, 정치가, 매춘업자, 의사, 위증인, 매수꾼, 법률 대리인, 배반자"들은 단지 "육체는 물론이고 정신까지도 모두 부패해 냄새나는 병적이고 기형적인 고깃덩어리"에 불과한데 오히려 "자만과 오만에 홀딱 빠져서 우쭐대며 잘난 체하는 볼 상 사나운 꼴"을 하고 있다. 추악한 탐욕을 감춘 채 교양을 떨며 온갖 악덕한 짓을 서슴지 않는 무리가 인간 세계의 야후들이다. 스위프트는 개탄한다. "어떻게 저렇게 저열하고 비천하며 사악한 짐승들이 이토록 거만하고 방자하단 말인가?"

이런 세상과 인간 군상의 모습을 폭로하고 고발할 경우에는 '뒤집힌 것을 다시 뒤집는' 일종의 역설이 필요하다. 마치 비정상을 정상인 양 정상을 비정상인 양 비틀고 조롱하고 비웃는 전략을 통해 역설의 효과를 극대화시키는 것, 이러한 풍자만이 세상과 인간의 추악한 본성과 탐욕을 적나라하게 드러낼 수 있다. 풍자의 진정한 묘미가 바로 거기에 있다.

그런 점에서 《걸리버여행기》는 인간의 본성, 즉 인류 전체의 탐욕과 부패를 적나라하게 폭로하고, 문명과 교양이라는 이름 아래 감추어진 야만성과 광기까지 고발한 풍자였다. 특히 '후이넘과 야후'를 빗대 인간의 추악하고 탐욕스런 본성과 문명이라는 이름으로 포장한 야만성을 질타하는 스위프트의 일갈은, 마치 박지원이 '호질'에서 호랑이의 입을 통해 인간의 본성을 준엄하게 나무라는 모습을 연상시킨다. 스위프트와 박지원은 모두 이렇게 꾸짖고 있는 것처럼 보인다. "모든 잘못과 비난을 권력과 지배계급에게만 돌리지 말라. 탐욕과 야만과 광기로 본다면 인간은 모두 공범이다. 이 공범의 사슬을 끊지 않는 한 인간이라는 종족 전체는 추악하고 탐욕스럽고 불결한 존재일 뿐이다"라고. 이런 관점에서 본다면 스위프트가 인류 전체를 풍자의 대상으로 삼았던 최초의 서양인이었던 것처럼, 박지원은 인간의 본성 자체를 조롱하며 풍자했던 최초의 동양인이었다고 해도 과언이 아니다.

자, 이제 동서양을 횡단하고 18세기와 20세기를 종단했던 '풍자의 글쓰기'를 마무리할 시점이 되었다. 그런데 필자는 여기에서 앞서 언급했던 풍자의 어원에 대한 드라이든의 학설을 통해, "풍자를 위해 우리는 무엇이 되어야 하는가?"에 대한 근본적인 물음을 던져본다. 이 문제에 대한 실마리를 찾다가 흥미롭게도 필자는 다시 니체의 철학을 만날 수 있었다. 니체는 자전적인 기록이라고 할 수 있는 책인《이 사람을 보라Ecce Homo : Wie man wird, was man ist》의 서문에서 이렇게 말하고 있다.

나는 이를 테면 허깨비 인형도 아니고 도덕 괴물도 아니다. 더욱이 나는 이제껏 덕 있다고 존경받았던 인간 종류에 정반대되는 본성을 지닌 존재이다. 우리끼리 말하자면, 이 점이 바로 내 긍지의 일부분인 것 같다는 생각이 든다. 나는 철학자 디오니소스의 제자다. 나는 성인이 되느니 차라리 사티로스Satyros이고 싶다.[35]

스스로를 가리켜 디오니소스의 제자이자 사티로스라고 한 것이다. 그런데 '사티로스'가 도대체 누구이기에 서양 철학사 최고의 문제적 인물 니체를 사로잡았던 것일까? 사티로스는 얼굴은 사람이지만 머리에 작은 뿔이 있고 하반신은 염소의 모양을 띤 반인반수半人半獸로 디오니소스의 시종이다. 존 드라이든은 그리스 신화에 나오는 이 '사티로스satyr'를 '풍자satire'의 어원으로 해석할 수도 있다는 하나의 가설을 주장하기도 했다. 필자는 이 가설에 상당히 흥미를 느낀다. 왜? 이제부터 그 이유를 밝혀보겠다.

디오니소스의 주연에 항상 등장하는 사티로스는 장난이 매우 심하고 술과 여색을 심하게 밝히는 사내를 뜻하는 영어 '사티릭satyric(호색한)'의 어원이기도 하다. 디오니소스를 따라다니며 주연에서 저속하고 익살스러운 말과 우스꽝스러운 몸짓으로 흥을 돋우는 존재라고 할 수 있다. 이렇게 본다면, 어렵지 않게 사티로스가 다름 아닌 '광대'라는 사실을 알 수 있다. 따라서 자신은 사티로스이고 싶다는 니체의 말은 스스로 '광대'임을 자처한 것이라고 해석할 수 있다. 그럼 니체가 광대인 사티로스라고 자처한 까닭은 무엇인가? 그것은 세상의 모든 권력과 권위를 조롱의 방식과 풍자의 방법을 통해 전복하고 해체하기 위해서였다. 성인이 되어 도덕을 설파하는 권위적인 삶을 살기보다는 차라리 세상을 조롱하고 풍자하는 광대로 살겠다는 것이 니체의 의지였다.

《생활의 발견(生活的藝術)》의 저자이자 근대 중국을 대표하는 수필가이자 소설가요 비평가로 명성을 떨친 임어당은 《임어당의 웃음》이라는 책의 '차라투스트라와 광대의 대화'라는 대목에서 이렇게 말한 적이 있다. "그는 지금 바보와 왕궁에 와서 국왕과 수상과 정승들과 왕의 광대와 이야기를 나누고, 그중에서 광대가 가장 현명하다는 것을 느꼈다. 광대만이 왕국에서 무슨 일이 일어났는지를 안다. 광대만이 인생을 희롱하는 것을 허락지 않았다. 그의 웃음 속에는 눈물이 있었으며, 눈물 속에는 웃음이 있었다."[36] 인생의 웃음과 눈물 속에 담긴 해학과 풍자의 철학을 알고 있는 광대만이 인생을 희롱하는 것을 허락하지 않을 자격이 있는 것이다. 그런 의미에서 니체는 차라투스트라이고, 차라투스트라는 광대이며, 그렇기 때문에 다시 니체는 광대가 된다.

그런데 니체의 선언은 흥미롭게도 "나는 중년 이후로 세상에서 출세하는 일에 대한 마음이 사라져버려서 점점 농담과 익살과 우스갯소리를 일삼으며 이름을 숨기고자 하는 데 뜻을 두었다. 말세의 풍속이 이미 돌이킬 수 없을 만큼 유행한 탓에 더불어 대화를 나눌 만한 사람이 없었다. 이때문에 매양 사람을 대할 때는 세상을 조롱하거나 풍자하는 말 또는 우스갯소리로 꾸며대거나 그때그때 상황에 맞춰 마음 내키는 대로 둘러댔다"는 박지원의 고백과 일맥상통한다. 그것은 도덕군자(니체의 표현을 빌자면 도덕 괴물)인 척하면서 부패한 권력과 허망한 권위에 기대어 명예와 이익을 얻느니 차라리 우스갯소리와 농담 속에서 세상을 조롱하고 풍자하는 광대의 삶을 살겠다는 의지의 표현이었다. 조너선 스위프트와 박지원을 비롯한 동서양의 지식인들이 '해학과 풍자의 미학'에 담았던 철학이 바로 여기에 있었다. 이렇게 본다면, 풍자의 대가들은 모두 교양과 학식으로 포장한 가식의 권력과 권위를 거부하고 광대를 자처하며 세상과 인간을 가지고 논 일종의 '문학 광대'였다고 하겠다. 종잡을 수 없는 황당한 이야기를 늘어놓으며 세상 사람들을 충격으로 몰아넣는《걸리버여행기》속 걸리버의 말과 행동이야말로 광대의 한바탕 놀음이 아니고 무엇인가? 그러므로 풍자를 위해서라면 우리는 마땅히—사티로스가 되겠다는 니체의 선언처럼—광대로 변신해야 하고, 기꺼이 광대가 되어야 한다.

4장

기궤첨신의 글쓰기

모든 전위 문학은 불온하다

글쓰기 동서대전
東西大戰

스승 이익을 넘어
문단을 지배한 권력

● 이용휴와 이가환

대개 조선의 18세기를 대표하는 문학사의 라이벌을 언급할 때 연암 박지원과 다산茶山 정약용을 쉽게 떠올린다. 연암과 다산을 같은 시대의 인물로 보거나 심지어 두 사람을 18세기 조선의 문학사를 대표하는 '위대한 거장'이라고 평가한다. 그러나 이러한 평가는 정확히 따져보면 반은 맞고 반은 틀렸다고 할 수 있다. 왜? 거시적인 방법이 아닌 미시적인 방법으로 조선의 문학사를 들여다보면, 18세기 중후반이 연암 박지원의 전성시대였다면 다산 정약용의 전성시대는 18세기라기보다는 오히려 19세기 초반이라고 해야 한다. 더욱이 1737년생인 연암 박지원보다는 한 세대, 또 1762년생인 다산 정약용보다는 무려 두 세대나 앞선 1708년에 태어나 18세기 문단을 주름잡은 이용휴(1708년~1782)의 존재를 알게 되는 순간, 누구라도 박지원과 정약용을 18세기 문학사의 양대 라이벌로 보는 시각이 크게 문제가 있다는 사실을 깨닫게 될 것이다. 오히려 18세기에 새로운 문예사조를 추구했던 수많은 문사와 지식인들은 박지원과 정약용보다는 이용휴의 문학적 영향력 하에 있었다고 하는 것이 더 정확한 말이다. 이와 같은 사실은 이용휴에 대해서는 별반 들은 것이 없고 그동안 온갖 교과서와 언론 매체와 서적 등을 통해 박지원과 정약용의 위대함에 세뇌 당하다시피 해온 현대인의 관점이 아닌 18세기 당대인의 시각에서 바라봐야 공정하다고 할 수 있다.

먼저 유만주兪萬柱는 《흠영欽英》에서 이용휴의 문장을 가리켜 "괴상하고", "기이하고", "독특한" 것들뿐이며 "평범한 것은 하나도 없다"고 비평했다. 《흠영》은 유만주가 1775년(영조 51)부터 1787년(정조 11)까지 13년간을 기록한 일기 형식의 책이다. 유만주의 기록은 이용휴가 1782년에 사망했다는 점을 감안하면 그에 관한 가장 정확한 당대 비평이라고 할 만하다.

이 사람의 문장은 괴이하기 그지없다. 산문을 지을 때는 '지之'자나 '이而'자와 같은 이른바 어조사를 전혀 사용하지 않는다. 그런데 시를 지을 때는 '지之'나 '이而'와 같은 글자를 전혀 피하지 않는다. 결단코 다른 사람들과 특별히 다르게 문장을 지으려고 한 것이다. 이것은 진실로 일종의 병통이다. 그러나 또한 일종의 기이함이라고 할 만하다. 혜환(이용휴)이 간직한 서책은 참으로 방대하다. 그런데 모두 기이한 문장과 특이한 서책들뿐이다. 평범한 서책은 단 한 질도 없다. 대개 혜환의 기이함은 진실로 하늘이 부여한 천성이라고 하겠다.

그에 대한 비난과 찬사 여부를 떠나 당대의 문장가나 호사가들을 단번에 휘어잡았던 이용휴의 기궤하면서도 탁월했던 문장력은 정약용이 남긴 이용휴의 아들 이가환의 비밀 행장인 '정헌묘지명貞軒墓誌銘'을 통해서도 확인할 수 있다. 이가환은 1801년 신유박해 때 남인의 영수라는 이유 때문에 노론에게 집중 공격을 당해 천주교도의 수괴로 몰려 역적의 죄를 뒤집어쓴 채 비참한 죽음을 맞았다. 이러한 까닭에 사후 이가환에 관한 어떤 기록도 공개적으로 발표할 수 없었다. 정약용은 젊은 시절 매형인 이승훈李承薰의 소개로 이가환을 만나 성호 이익의 학문과 문장을 배울 수 있었다. 그 때문에 18년 강진 유배 생활을 끝내고 고향 마을로 돌아온 후 정약용은 뒤늦게나마 남몰래 묘지명을 지어 이가환을 추도했다. 거기에는 이가환을 '잊혀버린 존재'가 아니라 '영원히 기억해야 할 존재'로 만들고픈 정약용의 소망이 담겨 있었다. 어쨌든 정약용은 이 묘지명에서 이가환에게 강력한 영향을 끼쳤던 아버지 이용휴의 문장을 이렇게 소개하고 있다.

이용휴는 진사가 되자 두 번 다시 과거 시험장에 들어가지 않았다. 오로지 온 마음을 문장 공부에만 쏟았다. 그는 우리 조선 문장의 속된 수준을 말끔히 씻어버리는 글을 쓰기 위해 전력을 다했다. 그래서 그가 지은 문장은 기이하면서도 우뚝 솟았고, 참신하면서도 공교로웠다. 요컨대 전우산錢虞山(전겸익錢謙益)이나 원석공袁石公(원굉도)의 아래에 자리하지 않았다고 하겠다. 스스로 혜환거사惠寰居士라는 호를 지어 불렀다. 영조 말년에 이용휴의 명성이 당대 최고였다. 대개 과거의 문장을 씻어내고 스스로 새로운 문장을 갈고 닦으려는 사람들은 모두 이용휴를 찾아와서 문장을 새롭게 고쳤다. 몸은 벼슬하지 않는 재야 선비의 대열에 두고 있었지만, 수중에는 문원文苑의 권력을 30여 년 동안이나 쥐고 있었다. 예로부터 지금까지 없었던 일이다. 그러나 우리나라 선배 문인의 문장이 지닌 결점을 지나치게 심하게 척결하였다. 이 때문에 속된 무리들이 이용휴를 심하게 원망하며 비난했다.

_정약용, 《여유당전서與猶堂全書》, 정헌묘지명

여기에서 정약용은 또한 "우리 성호 이익 선생은 하늘이 보내신 특출한 호걸이다. 도덕과 학문이 고금을 초월했고, 집안의 자제와 제자들 모두 대학자가 되었다. 일찍이 한 사람의 문하에서 학문의 융성함이 이러한 사례는 없었다"라고 밝히면서, 성호 이익의 친조카인 이용휴가 실학의 최대 산실인 성호학파 사람들 가운데에서 가장 뛰어난 문장가였다고 기록했다. 물론 그 문장의 기궤함과 새로움 때문에 이용휴는 세상 사람들의 비난과 혹평을 마치 숙명처럼 달고 다녔다. 그런데 흥미롭게도 이용휴를 비난하고 혹평한 이들조차 그가 당대의 지식인과 문인들에게 끼친 문학적 영향력만큼은 부정할 수 없었다. 예를 들어 심노숭沈魯崇이 남긴 다음과 같은 글이 그렇다.

서류庶類 출신인 이덕무와 박제가는 당대에 명성이 높았다. 선군先君(아버지 심악수沈樂洙)께서는 이덕무와 박제가가 지은 시문을 보고 나서 탄식하며 이렇게 말씀하셨다. "영조 말년에 이와 같이 일종의 사악하고 음란한 이용휴, 이봉환李鳳煥와 같은 패거리가 있었다. 이덕무나 박제가 등의 무리는 이들 패거리를 본받아 마침내 이 지경에까지 이르렀으니, 그들의 작품에 담긴 작풍과 기질을 엿볼 수 있다. 이덕무와 박제가 등의 무리는 말할 것도 없고 사대부의 자제들까지 이용휴, 이봉환 패거리를 본보기로 삼고 있으니 세상을 다스리는 올바른 도리에 작은 근심거리가 아니다.

_심노숭, 《적선세가積善世家》, 선부군언행기先父君言行記

그런데 도대체 이용휴의 글쓰기에서 어떤 점이 이토록 당대인을 경악케 했던 것일까? 이 점에 대해서는 조선 말기 최고의 문장가였던 김택영金澤榮의 비평을 주목할 필요가 있다. 김택영은 일찍이 왕성순王性淳의 고려-조선 명문 선집인《여한십가문초麗韓十家文鈔》의 바탕이 된《여한구가문초麗韓九家文鈔》를 엮어낼 만큼 고려-조선의 역대 시문을 꿰뚫고 있었던 탁월한 비평가였다. 김택영은 이용휴와 그의 아들 이가환의 독특한 문풍과 남다른 문기文氣를 가리켜 '기궤첨신奇詭尖新'의 네 글자로 요약해 이렇게 말했다.

우리나라의 시는 고려의 익재益齋 이제현李齊賢을 종주宗主로 삼는다. 조선에 들어와서는 선조와 인조 연간에 시인들이 이를 계승하여 최고의 전성기를 구가했다. 옥봉玉峯 백광훈白光勳, 오산五山 차천로車天輅, 허난설헌許蘭雪軒, 석주石洲 권필權韠, 청음淸陰 김상헌金尙憲, 동명東溟 정두경鄭斗卿 등 여러 시인들은 모두 풍웅고화豊雄高華(풍성하고 웅장하며 고상하고 화려하다)의 취향을 띠었다. 영조 이래로 시풍이 크게 한번 변모해 혜환 이용휴와 금대錦帶 이가환 부자 그리고 형암炯庵 이덕무, 영재冷齋 유득공柳得恭, 초정楚亭 박제가, 강산薑山 이서구 등의 시인들은 혹은 '기궤奇詭'을 주된 것으로 하고 혹은 '첨신尖新'을 주된 것으로 삼았다.

_김택영,《소호당집韶濩堂集》, 신자하시집서문申紫霞詩集序文

여기에서 기궤奇詭란 '기이하고 괴이하다'는 뜻이고, 첨신尖新이란 '날카롭고 새롭다'는 말이다. 당대 사람들이 도대체 배운 적도 없고 본 적도 없을 만큼 기이하고 괴이할 뿐더러 아주 날카롭고 완전히 새로운 글을 썼다는 얘기다. 그것은 문장에 관한 기존의 관념과 상식에 대한 과감한 도전이자 그것을 전복하는 글쓰기였다. 그렇다면 이 시대에 들어와서 '기궤 첨신'의 문풍이 크게 유행한 까닭은 무엇일까? 그리고 그 선봉에 이용휴 가 존재했던 이유는 무엇일까? 먼저 살펴볼 수 있는 것은 수십 년 간 서인(특히 노론 계열)이 권력을 독점하면서 재야 지식인의 신세로 전락한 남인 출신 등의 사대부 계층이 광범위하게 형성되고 있었다는 사실이다. 과거를 통한 입신출세의 길을 포기한 이들 재야 지식인은 제도권 학문으로 전락한 성리학이나 과거 시험용 문장이나 경학에 근거한 고문에 구속받지 않고 상대적으로 자유로운 환경 속에서 개성적이고 독창적인 글쓰기를 추구할 수 있었다. 역사에는 모두 나쁘고 모두 좋은 것은 없다. 반대로 모두 좋고 모두 나쁜 것도 없다. 그렇게 본다면 이들 새로운 유형의 지식인의 출현과 기궤첨신한 글쓰기의 등장은 노론의 권력 독점이 낳은 뜻밖의 역사였다고 하겠다. 이용휴의 아들 이가환이 노론 계열의 대간臺諫에게 문장을 해치는 주범으로 논박당할 때 이를 변호한 정조의 비답을 읽어보면 이러한 시대 상황을 간접적으로나마 엿볼 수 있다.

저 이가환은 일찍이 좋은 가문의 사람이 아닌 것도 아니다. 그렇지만 100년 동안 조정에서 밀려나 수레바퀴나 깎고 염주 알이나 꿰면서 정처 없이 떠도는 사람이나 초야에 묻혀 지내는 백성이라고 자처하고 살았던 것이다. 이렇다 보니 그 입에서 나오는 소리는 비분강개한 언사였고, 뜻을 함께해 모이는 사람들은 해학을 일삼고 괴벽한 행동을 하며 숨어 지내는 무리였다. 주변이 외로우면 외로울수록 말은 더욱 치우치거나 비뚤어지게 되었고, 말이 치우치고 비뚤어질수록 문장 역시 더욱 기궤해진 것이다.

_《정조실록》16년(1792) 11월 6일

결국 17세기 말 이후 100여 년 가까이 지속된 노론의 권력 독점이 낳은 뜻밖의, 혹은 우연한 결과물이 바로 조정 밖 재야 지식인들의 기궤첨신한 문풍이었던 셈이다. 정치적으로 보면 노론의 권력 독점은 분명 역사적 불행이자 재앙이었지만, 문학적으로 본다면 새로운 글쓰기를 추구한 지식인들의 출현은 불행 중 다행이라고 해야 하는가, 아니면 불행이 행운으로 뒤바뀐 역사의 아이러니라고 해야 할까?

두 번째로 살펴볼 수 있는 것은 이 시기를 전후해 청나라 연경의 유리창을 통해 서학 서적이나 각종 금서나 이단 서적들이 쏟아져 들어와 이를 탐독하는 문화가 크게 유행하면서 조선의 학풍과 문풍이 크게 혁신하는 계기가 되었다는 사실이다. 이로 인한 장서가의 확산과 독서 문화의 변화에 대해서는 앞서 '동심의 글쓰기'에서 살펴본 적이 있기 때문에 여기에서는 더 이상 언급하지 않겠다. 다만 이용휴가 주도한 문풍의 혁신에 큰 영향을 준 외서外書들 역시 광범위하게 퍼져 읽혀졌다는 사실에 대해서만 간략하게 살펴보자. 먼저 당시 새로운 글쓰기를 추구한 지식인들 사이에서 가장 많이 읽히고 문풍의 혁신에 가장 큰 영향을 끼친 서적을 언급한다면 단연 원굉도의 《원중랑집袁中郞集》을 꼽을 수 있다. 원굉도의 문장과 문장론은 고문에 대한 맹목적인 추종을 거부하고 시대의 변화에 따라 통변通變하는 문장, 곧 새로운 글쓰기를 추구하도록 철학적 근거를 제공했다. 이에 따라 이용휴를 비롯한 18세기 지식인들은 고문의 전범과 경학에 충실했던 글쓰기에서 과감하게 벗어나 작가의 개성과 취향, 또한 주관적인 감정 및 생각의 묘사와 표현을 중시하는 글쓰기를 추구할 수 있었다.

세 번째로 살펴볼 수 있는 것은 18세기 학풍과 문풍의 혁신을 주도한 선도적인 인물이 다름 아닌 이용휴의 막내 작은 아버지였던 성호 이익이었다는 사실이다. 이익은 젊은 시절 과거 시험을 포기한 이후 재야 지식인의 삶을 살면서 평생 동안 경기도 안산 첨성촌 성호 가의 성호장星湖莊을 떠나지 않았다. 그는 성호장에서 동양과 서양은 물론 고대와 당대를 아우르는 백과사전적 지식을 탐구하고 정보를 검색하며 경제, 사회, 문화, 예술, 풍속, 역사, 문학에서부터 자연과학과 과학기술에 이르기까지 모든 분야에서 새로운 학풍과 문풍을 일으켰다. 특히 이익은―새로운 유형의 지식인들을 무수히 양성, 배출했다는 의미에서―'성호 스쿨' 혹은 '성호 아카데미'라고 불러도 손색없는 이곳에서 집안의 자제들을 모두 특정 방면의 대가로 길러냈다. 예를 들어 자신의 아들 이맹휴李孟休는 실학에 뛰어났고, 조카인 이만휴李萬休는 천문학과 경제학에 밝았으며, 손자뻘인 이중환李重煥은 지리학, 이가환은 역사학과 서학 그리고 이철환李嚞煥은 박물학으로 이름을 날렸다. 물론 이용휴는 문학 방면에서 명성을 떨친 '성호 아카데미' 최고의 문장가였다. 다시 말해 이용휴는 새로운 학풍과 문풍을 지향했던 18세기 최고의 재야 지식인 성호 이익의 문하에서 학문과 문장을 배우고 익히면서 일찍부터 새로운 문풍과 문기를 갈고 닦을 수 있었다. 이렇듯 기존의 정치-지식 권력의 억압과 조정의 통제와 관직의 구속으로부터 벗어나 자유롭고 개성적인 학풍을 추구한 새로운 지식인 계층이 등장하면서 기존의 글과는 다른 기궤첨신한 문장이 출현할 수 있었던 것이다. 18세기의 시대적 배경과 환경의 변화에 따라 새롭게 출현한 이들 지식인들은 과감하고 도전적으로 새로운 유형의 문장을 수용하고 실험하고 창조했다. 그리고 이용휴는 최소한 문장 방면에서는 스승인 성호 이익을 넘어서 18세기 문단을 좌지우지한―정약용의 표현을 빌자면―'문원文苑의 권력', 곧 재야의 문단 권력으로 군림할 수 있었다.

그럼 이제부터 본격적으로 이용휴의 글을 탐독하면서, 그 기이하고 괴상한 문장의 기운과 날카롭고 새로운 문장의 풍격을 감상해보자. 먼저 인간의 무한한 지혜와 능력을 장쾌한 기상과 절묘한 표현으로 거침없이 써 내려간 '조운거 군에게 주다(贈趙君雲擧)'라는 글을 읽어보자.

> 부채를 흔들어 바람을 일으키고, 물을 뿜어 무지개를 만든다. 재 가루로 달무리를 이지러뜨리고, 끓는 국으로 여름철 얼음을 만든다. 나무로 만 든 소를 걸어가게 하고, 구리로 만든 종을 스스로 울게 한다. 소리로는 귀 신을 불러오고, 기운으로는 뱀과 호랑이를 막아낸다. 서방 세계의 끝에 서부터 동해 바다의 끝까지를 상상 속에서 눈 깜빡할 동안에 한 번 둘러 보고, 천상 세계에서부터 지하 세계까지를 생각 속에서 순식간에 도달한 다. 백세百世 이전의 과거로 거슬러올라가 그 세상을 기록하고, 천 년 이 후의 미래를 미루어 헤아려 그 세상을 예측한다. 비록 지나가버린 옛날 의 수많은 철인哲人들도 오히려 타고난 재주와 주어진 역량을 다 발휘하 지 못했다. 이렇게 거대한 직관과 지혜 그리고 거대한 재능을 가지고 있 으면서도 피와 살덩이에 불과한 7척 몸뚱어리에 부림을 당해서 주색과 재물과 혈기에 빠져서 지낸다면 어찌 크게 애석한 일이 아니겠는가?
>
> _이용휴,《혜환잡저》, 조운거 군에게 주다

마치 상상 속 동물인 곤어鯤魚와 대붕의 변신과 비상을 담은 우화를 통해 끝을 알 수 없는 세계와 막힘이 없는 자유정신을 묘사한《장자》소 요유逍遙遊 편의 첫 장을 읽고 있는 것 같은 착각을 불러일으킬 만큼 멋진 글이다. 특히 상상을 통해 서방 세계의 끝에서 동해 바다의 끝까지 그리 고 천상 세계에서 지하 세계까지를 경각頃刻의 시간에 일주한다는 발상 과, 백세 이전의 과거를 기록하고 천 년 이후의 미래를 예측한다는 묘사 는, 이용휴가 자신의 문장 속에 담은 기상과 기백이 얼마나 거대하고 담대했는가를 알 수 있게 해준다. 18세기 이전의 문인과 지식인에게서 이러한 글을 찾아볼 수 있는가? 아무리 뒤져보라. 장담하건대 결코 발견하지 못할 것이다.

전통적으로 조선의 사대부에게 이러한 상상은 마음을 다스릴 때 가장 경계해야 할 해악 중 하나였다. 그것은 뜬구름과 같은 잡념이자 망상이요 상념이기 때문이다. 그 정신세계가 유학과 성리학에 사로잡혀 있는 그 시대의 지식인과 문인에게서 이러한 글을 찾아볼 수 있겠는가? 절대 없다. 이런 글은 잡념과 망상과 상념이 자신을 망치는 가장 해로운 적이라는 사고가 지배하는 공간에서는 결단코 나올 수 없다. 그런데 이용휴의 외손자이자 제자이기도 했던 이학규는 '아무개에게 답하다(答某人)'라는 글에서 이렇게 말한 적이 있다. 망상(상상)을 통해서만 유배지에 갇혀 있는 자신의 몸도 크게는 온 천하를 마음대로 돌아다닐 수 있고, 작게는 눈에 띄지 않는 미세한 터럭 끝까지도 헤매고 다닐 수 있다고. 또한 망상을 하는 순간 내 마음은 활활 타오르는 불꽃에 비유할 만하다고. 이용휴가 상상을 예찬하는 것과 비슷한 맥락에서 이학규는 망상을 예찬한다. 그런 의미에서 만약 지금 마음속의 '한 가닥 상상(망상)'을 없애려고 한다면, 그 사람의 삶은 불씨가 죽어버린 잿더미와 같게 될 것이다. 사람의 마음이 영원히 살아 움직임을 증명할 수 있는 물건은 상상(망상)에 있을 따름이다. 유학과 성리학의 세계와 사유에 얽매이고 구속당하기를 전면적으로 거부한 이른바 '상상(망상) 예찬'이다. 상상(망상)이 있어야 사람의 정신과 마음은 비로소 사상의 한계와 세상의 경계를 넘어서 무한과 무궁의 영역으로 확장해 나갈 수 있다. 유학과 성리학의 영토와 구획을 넘어서 상상하지 않았다면 어떻게 이토록 기발한 발상과 기이한 묘사를 할 수 있겠는가?

특별히 여기 이용휴의 '상상 예찬'은 20세기 중반 '전위 문학의 특징'

을 '꿈을 추구하고 불가능을 추구하는 것'에서 찾았던 김수영의 문장론을 떠올리게 한다. "모든 전위 문학은 불온하다. 그리고 모든 살아 있는 문화는 본질적으로 불온한 것이다. 그것은 두말할 것도 없이 문화의 본질이 꿈을 추구하는 것이고 불가능을 추구하는 것이기 때문이다."[37] 전위 문학이란 것이 무엇인가? 전위 문학이야말로 기궤첨신한 문학이 아니고 무엇인가? 기궤첨신한 문학이 전위 문학이 아니고 무엇이란 말인가? 그런 점에서 18세기 이용휴의 기궤첨신한 문장과 20세기 김수영의 전위 문학은 일맥상통한다고 해석해도 크게 무리한 해석은 아닐 것이다.

또한 이용휴는 외손자 허질許瓆에게 삶의 경계로 삼으라고 잠언을 써주면서 세상 모든 일은 자기 자신으로부터 나와야 하며 다른 사람으로부터 나오지 않는다고 밝힌 다음, "천 명의 사람으로 하여금 나를 알게 하는 것은 한 명의 사람으로 하여금 나를 알게 하는 것만 못하고, 한 세대로 하여금 나를 알게 하는 것은 천 년의 세대로 하여금 나를 알게 하는 것만 못하다"는 입장을 피력한다. 이 글을 읽다 보면 만년에 이르러서도 '기이하고 괴상한 문장을 일삼는다'는 세상의 비난과 비방에 타협하거나 굴복하지 않았던 이용휴의 강철 같은 작가 정신을 느낄 수 있다.

> 너는 나의 손자다. 더욱이 나는 늙고 병든 까닭에 귀와 눈을 너에게 의지해 보고 듣는다. 눕고 일어날 때도 반드시 네가 필요하다. 서책과 궤장几杖의 역할까지 네가 모두 책임지고 맡아서 한다. 그로 인해 내가 누리는 이로움이 매우 많다고 하겠다. 본래부터 나는 너를 사랑하는데, 이에 덧붙여 나에게 이로움을 제공하는 사람을 사랑하는 마음까지 겸하게 되었다. … 다른 사람을 비방하는 사람은 자신을 비방하는 것이고, 다른 사람을 성취하게 하는 자는 자신도 성취한다. 천하에서 선을 행동으로 옮기

는 것보다 더 쉬운 것은 없다. 천하에서 악을 행동으로 옮기는 것보다 더 어려운 것은 없다. 한 가지 생각이라도 사물에 미치지 않는다면, 그것은 곧 썩은 창자라 할 수 있다. 하루라도 일을 맡지 않는다면, 그것은 곧 미련한 사내라고 할 수 있다. … 자기 반성[自反], 자책自責, 자강自强, 자기 찬사[自厚], 자취自取, 자작自作, 자포자기라는 말은 세상 모든 일은 자신으로부터 말미암지 다른 사람으로부터 말미암지 않는다는 사실을 명백하게 밝힌 것이다. 천 명의 사람으로 하여금 나를 알게 하는 것은 한 명의 사람으로 하여금 나를 알게 하는 것만 못하다. 한 세대로 하여금 나를 알게 하는 것은 천 년의 세대로 하여금 나를 알게 하는 것만 못하다.

_이용휴,《혜환잡저》, 외손 허질에게 주는 글[書贈外孫許瓆]

더욱이 '아암기我菴記'라는 글에서 이용휴는 다른 사람과 외물外物이 아닌 '나 자신'을 삶과 가치의 중심으로 삼아야 한다고 주장하면서, 부귀영화와 명예 및 출세를 지향하는 삶은 스스로 일하며 즐거워하는 삶과 비교하면 껍데기에 불과하다고 말한다. 나 자신을 삶과 가치의 중심으로 삼아야 한다는 주장은 성리학의 가치관과 크게 위배된다. 성리학은 격물치지格物致知, 즉 "사물의 이치를 궁리하여 앎(진리) 혹은 이치에 이른다"는 철학적 기반 위에 세워졌다. 여기에서 진리와 이치는 나 자신에게서가 아니라 세상 밖에서 찾아야 한다. 조선을 대표하는 성리학자인 율곡 이이의 경우를 보자. 율곡의 철학을 전문적으로 연구한 한형조 교수는 이렇게 말한다. "외물, 즉 사물과 관계를 끊지 않고 성性을 기른다.' 율곡 철학의 전 체계가 이 지반 위에 서 있다. … 율곡은 이 외면적 지식의 탐구, 즉 궁리와 격물치지가 없이는 진정 '인간이 될 수가 없다'고 말한다."[38] 율곡은 이 외면적 지식을 끊임없이 탐구하는 것을 통해 인간의 삶은 비로소 완성될 수 있다고 여겼다. 더욱이 나 자신을 삶과 가치의 중심에 둔다는 사유 방식은 다른 사람, 즉 성현을 모델로 삼아 삶의 의미를 부여하고 질서를 세우는 유학적 인간 혹은 성리학적 인간이 되는 것을 부정하거나 거부한다는 말이나 다름없다. 그런 의미에서 이용휴의 문장 철학은 유학 혹은 성리학적 세계와 사유에 얽매이거나 구속당하지 않았다.

그런데 나 자신을 삶과 가치의 중심에 놓는다는 생각은 자칫 편협과 독선과 아집에 물든 에고이즘에 갇히기 쉽다. 하지만 이용휴는 '나 자신'이 가치가 있는 만큼 '세상 모든 사람' 역시 가치가 있다는 '인아평등人我平等(나와 남은 평등하다)'으로 인식을 확장시키고, 다시 '나 자신'과 '세상 만물'은 하나로 연결되어 있다는 '만물일체萬物一體'의 사상으로 발전시킨다. 여기에서 '나 자신'과 '다른 사람'과 '세상 만물'은 평등하다. 또한 세상 모든 생명은 하나의 운명체로 연결되어 있다. 그것은 세상 모든 사람과 만물은 나 자신과 똑같은 가치를 지닌다는 철학이다. 나 자신이 아닌 성현, 곧 공자, 맹자, 주자 또는 율곡, 퇴계의 삶을 가치의 중심에 두고 사농공상의 신분 차별과 계급 불평등을 당연시한 성리학적 관념과 위계질서 속에 갇혀 산 그 시대 사람들의 상식과 관습 및 도덕을 여지없이 부숴버리는, 기이한 사고와 절묘한 발상이 돋보이는 글이라고 탄복하지 않을 수 없다.

나와 다른 사람을 마주 놓고 비교하면 나는 친밀하지만 다른 사람은 소원하다. 나와 사물을 마주 놓고 비교하면 나는 귀하지만 사물은 천하다. 그런데 어째서 세상에서는 반대로 친밀한 것이 소원한 것의 명령을 듣고, 귀한 것이 천한 것에게 부림을 당하는 것일까? 그 까닭은 욕망이 밝은 것을 덮어서 가리고, 습관이 진실을 어지럽히기 때문이다. 이에 좋아하고 미워하며, 기뻐하고 분노하며, 행동하고 멈추며, 굽어보고 우러러

보는 것이 모두 다른 사람이 하자는 대로 따라만 할 뿐 자기 주관에 따라 하지 못하게 된다. … 나의 벗 이처사李處士는 고아古雅한 외모와 고아한 심성을 지니고 있다. 자신과 다른 사람 사이에 경계를 만들지 않고, 겉치레를 꾸미는 데 마음을 쓰지 않는다. 그러나 심중心中에는 지키는 것이 있었다. 평생 다른 사람에게 청탁을 하지 않았을 뿐더러 재물 역시 좋아하지 않았다. 오직 아버지와 아들이 서로를 지기知己로 삼아 위로하고 격려하며 부지런히 일해 스스로 힘써 농사지어 먹고살 뿐이다. … 처사는 또한 동산에서 목재를 취해 작은 초막 한 채를 지은 다음 '나의 집'이라는 뜻으로 '아암我菴'이라고 편액을 달았다. 사람이 일상적으로 하는 행동은 모두 자기 자신으로부터 말미암는다는 뜻을 드러내 보였다고 하겠다. 저 온갖 영화와 권세와 이익과 부귀와 공명이라는 것은 내 마음에 품고 있는 천륜天倫을 단란하게 즐기고 근본이 되는 사업에 갖은 힘을 다하는 것과 비교하면, 껍데기에 불과할 따름이다. 하지만 단지 껍데기에 불과하다고만 할 수도 없다. 처사는 선택해야 하는 것이 무엇인지를 안다고 하겠다. 다른 날 내가 처사의 아암을 방문하게 되면 초막 앞 오래된 나무 아래에 함께 앉아서 마땅히 '인아평등'과 '만물일체'의 뜻을 다시 한 번 강론해야겠다.

_이용휴,《혜환잡저》, 아암기

더욱이 처음 태어났을 때, 즉 본래의 나를 순수한 천리로 본 다음 성장하면서 생겨나는 지각과 견식과 재능이 도리어 이 순수한 천리를 해쳐서 참다운 나를 잃어버리게 된다는 논리를 구사하는 '나를 돌려다오'라는 뜻의 '환아잠還我箴'은, 유학사 최고의 이단자 이탁오의 '동심설'을 다시 읽는 것 같다. 심지어 강명관 교수는 이용휴의 '환아잠'은 이탁오의 '동심설'

을 18세기 조선 버전으로 번역한 것이라고 하면서, 이 두 글의 논리가 완전히 동일하다고 보고 있다. 이탁오는 '동심설'에서 "인간의 처음은 순수한 동심이며, 이것은 참된 것인데, 인간의 성장과 함께 윤리-도리와 지식-견문으로 인해 오염된다"고 보았다. 그런데 이용휴는 '환아잠'에서 "동심은 천리로, 아이는 적자赤子로, 도리와 문견은 견식과 재능으로 치환하고 있다. 그는 동심을 찾으라는 이탁오의 '동심설'을 나를 찾으라는 '환아잠'으로 다시 쓰고 있는 것이다." 그렇다면 왜 이용휴는 '동심설'을 직접 인용하거나 혹은 언급하지 않았던 것일까? 강명관 교수는 그 까닭을 이렇게 보았다. "당시의 조선 지식인이 도저히 공개적으로 언급할 수 없는 이탁오의 이단성 때문일 것이다."[39] 이용휴는 이탁오처럼 타자, 즉 유학 혹은 성리학이 숭상한 성현의 사유에 오염되어버린 윤리-도리와 지식-견문에서 벗어나 순수한 천리 혹은 참다운 나라는 존재를 회복해야 한다고 역설했다. 이것은 유학 혹은 성리학적 사유에 대한 전면적인 도전이자 거부였다. 왜? '환아잠'은 유학 혹은 성리학에 의해 잃어버린—강명관 교수의 표현을 빌리자면—"주체로서의 자아의 존재"를 되찾아야 한다는 선언이었기 때문이다. 이러한 사유의 연장선상에서 이용휴는 "모든 성인(千聖)은 지나가는 그림자"에 불과하다는 언사까지 서슴지 않았다. 이보다 더 혁명적인 발상과 기궤첨신한 표현이 있었겠는가? 유학 혹은 성리학적 사유를 전면적으로 거부한 이탁오의 이단적 사유를 이용휴는 자신의 글에 담았던 것이다. 유학과 성리학의 사유에 사로잡혀 있던 당대 사람들이 이용휴의 글에 경악을 금치 못했던 진정한 이유가 바로 여기에 있었다. 이용휴의 '환아잠'은 이미 '동심의 글쓰기'에서 소개했기 때문에 여기에서 다시 인용하지는 않겠다.

또한 이용휴는 '정덕승을 위해 장난삼아 집을 사는 문서를 짓는다(爲

鄭德承戲作買宅券)'는 재미난 제목의 글에서는, 조물주에게 집을 산다는 기발한 발상을 앞세워 놀이 삼아 가짜로 매매 문서를 작성하는 형식을 취한 독창적인 글을 발표하기도 했다. 마치 문장을 권위의 상징이자 권력의 수단으로 여겼던 당대 지식인의 허위의식을 비웃고 조롱하는 것 같은 글쓰기다. 또한 여기에는 집이란 사람이 살아가는 동안 조물주에게 임시로 빌려 쓰는 '점유의 존재'이지 결코 '소유의 존재'가 될 수 없다는 18세기 진보적 지식인의 '토지 공유 사상'이 은미하게 묘사되어 있다.

> 집을 짓고 계약서를 만든다. … 문서를 작성하니 그 내용은 다음과 같다. "이 세상에 붙어 살아가는 아무개가 집 한 채를 조물주로부터 구입했다. 집은 대개 몇 칸인데, 잡목 몇 그루가 집 둘레를 빙 두르고 있다. 뒤로는 산을 등지고 앞으로는 물을 바라보고 있는데다가 왼쪽은 진방震方(동쪽)이요 오른쪽은 태방兌方(서쪽)으로 남향의 길지다. 집값으로 동전銅錢 몇 백 냥을 지불한다. 문서를 작성한 이후에는 세월이 흘러도 세상이 다할 때까지 영원히 이 집을 두고 다투는 사람이 없을 것이다. 혜환도인이 남해대사의 옛 사례에 의거하여 보증을 선다."
>
> _이용휴, 《혜환잡저》, 정덕승을 위해 장난삼아 집을 사는 문서를 짓는다

'길보의 문고에 쓰다(題吉甫文稿)'는 제목의 글은 비록 짧은 글이지만 이용휴의 문장 철학을 읽는 데 부족함이 없는 글이다. 여기에서 이용휴는 고문을 다양하게 배우고 익히되 문학적 실험과 모험을 멈추지 말라고 권유한다. 그리고 여기에서 한 발 더 나아가 문장에 대한 새로운 안목과 식견을 갖추게 되면 이전의 문장을 과감하게 내던져버릴 줄 알아야 한다고 주장했다. 문학적 실험과 창조의 과정을 등산에 비유하면서 "문장을 배우

고 익히는 일은 마치 산을 오르는 일과 같다. 헤아릴 수 없을 만큼 무한한 오솔길과 지름길을 다 밟아본 다음에야 바야흐로 산의 정상에 오를 수 있다"고 말했다. 그러면서 어떤 문장의 작법도 "오랫동안 보배로 생각해서는 안 될 것이다"고 하면서 쉼 없이 변신해야 하고 끝없이 변화해야 한다는 점을 역설했다.

숙부(이용휴)가 나이 17~18세였을 적에는 문장을 지을 때 대구對句를 써서 문장을 아름답게 꾸미는 것을 좋아했다. 그러나 점차 나이가 들어서 그 문장들을 보자 낯이 뜨거워서 미처 다 보지도 못하고 팽개쳐버렸다. 송나라와 원나라 때 여러 문장가들을 사숙私淑하자 사람들이 제법 문장을 잘 지었다고 칭찬했고, 나 역시 스스로 매우 그렇다고 여겼다. 그런데 다시 그때 지은 문장들을 취해보니, 곧 가볍고 무르고 약한 쫌뱅이 신세를 면할 길 없어 작가라고 하기에도 부끄러웠다. 이에 그 문장들을 팽개쳐버렸다. 다음에는 위로는 선진先秦과 양한兩漢에서 구하고 아래로는 명말明末에 이르기까지 고문으로 명성을 떨친 저자들을 아침저녁으로 자세하게 살피고 오랫동안 연구했다. 그러자 점차 단락을 안배하는 방법, 문장을 통할하고 확장하는 방법, 글자를 가려뽑는 방법, 어구를 연마하는 방법 등을 이해하게 되었다. 그때부터 지금까지 그 햇수가 이미 30년이 흘렀다. 지금 그 문장들을 꺼내어 읽어보았더니, 간간히 사람의 마음에 마땅한 것과 비슷한 글이 있었다. 이러한 까닭에 나는 이렇게 말한다. "문장을 배우고 익히는 일은 마치 산을 오르는 일과 같다. 헤아릴 수 없을 만큼 무한한 오솔길과 지름길을 다 밟아본 다음에야 바야흐로 산의 정상에 오를 수 있다." 숙부 또한 이것으로 지표를 삼아서 나아갔으니, 너 역시 이 문고文稿에 실린 글들을 오랫동안 보배로 생각해서는 안 될 것이다.

_이용휴,《혜환잡저》, 길보의 문고에 쓰다

심지어 이용휴는 당시 문장가들이 금과옥조이자 전가의 보도처럼 여겼던 '문장의 전범'에서 해방되어야 한다는 발언조차 서슴지 않았다. 그래서 "예전에는 옛것에 합치되려고 했다면 이제는 옛것에서 벗어나야 한다!"고 외쳤다. 이 말은 옛것의 족쇄에서 벗어나 자유롭게 자신만의 목소리를 담은 독자적이고 독특한 글을 짓는 것이야말로 지금의 문장가들이 최상의 비결로 삼아야 할 작가 정신이라는 얘기에 다름없었다.

광국光國은 성품이 평온하고 관대하며 너그럽다. 그런데 유독 시에 대해서만은 지론持論이 매우 엄격하다. 대개 문장이라는 것은 상제上帝가 보배로 여겨서 가장 아끼는 것이기 때문이다. … 이러한 까닭에 매번 다른 사람이 지은 시를 볼 때마다 여러 무리의 비평에 휩쓸려 칭찬하거나 헐뜯는 적이 없었다. 스스로 시를 지을 때도 곧 글자를 단련하고 구절을 연마해서 반드시 옛사람의 법도에 합치된 다음에야 다른 사람 앞에 내놓았다. 이 때문에 문체와 법식이 정확하고 음운이 조화로워서, 세상의 울음소리와 웃음소리가 금琴이나 축筑 등의 악기 소리와 어지러이 뒤섞여서 잡스럽게 연주되는 것과는 비교할 수 없을 만큼 다르다. 그러므로 단언컨대 그가 작가라는 점에는 의심할 여지가 없다. 다만 예전에는 옛것에 합치되는 것을 취해 신묘한 것으로 삼았지만, 이제는 옛것에서 벗어나는 것을 취해 신묘한 것으로 삼는다. 이것이 최상의 비결로 그 적임자를 기다린다. 이것이 내가 광국에게 해줄 말이다.

_이용휴,《혜환잡저》, 족손 광국의 시권에 부치다〔題族孫光國詩卷〕

이렇듯 다양한 문학적 실험과 과감한 창조 그리고 문장의 전범을 철저하게 부정하고 자신만의 목소리를 담겠다는 작가 정신을 바탕 삼아 이용휴는 누구도 오르지 못한 독창적인 문장의 경지에 오를 수 있었다. 이용휴가 속한 성호학파와 학문과 문장에서 라이벌 관계를 형성했던 북학파의 일원인 이덕무와 박제가의 기궤첨신한 문풍과 문기 역시 그들의 사우였던 박지원보다 오히려 이용휴에게 더 강하게 영향을 받았다고 할 정도였으니, 18세기 중후반 문장학에 있어서 이용휴의 위치가 얼마나 독보적이었는지 알 수 있다. 이러한 까닭에 이덕무는 자신의 시문 비평집인《청비록》혜환 편에서 이용휴를 가리켜 "독특하게 한 경지를 이루어 비교할 만한 사람이 없었다"라고까지 극찬했다.

한편 이용휴의 아들인 이가환 또한 아버지의 기궤첨신한 문기와 문풍을 고스란히 물려받았다. 앞서 언급했던《정조실록》의 내용, 즉 정조가 내린 비답 속의 변론을 두고 보더라도, 이가환이 얼마나 당시 사람들과는 다른 기궤하고 첨신한 글을 즐겨 썼는지를 짐작해볼 수 있다. 먼저 자신을 가리켜 '짐승'이라 하고, 자신이 사는 집을 일컬어 '짐승이 사는 집'이라고 말하면서, 더러운 똥을 먹는 개나 음란한 돼지만도 못한 자신은 '짐승만도 못한 자'이기 때문에 '짐승에 가깝다'는 말도 아깝다고 한 '금수거기禽獸居記(짐승이 사는 집에 관한 기록)'라는 제목의 글은 기묘하다 못해 파격적이다.

이자李子(이가환)가 금화에 거처하면서 집 몇 칸을 세내게 되었다. 그 집에 묻혀 살면서 서책을 읽다가 맹자가 진상陳相에게 말한 내용에 이르러서 서글픈 생각에 젖어 한숨을 쉬다가 탄식하며 이렇게 말했다. "진실로 옛사람에게 미치기가 어렵구나." 맹자는 "배불리 먹고 등 따뜻하며 별로 하는 일도 없이 편안하고 한가롭게 지내면서 교육을 받지 않는다면, 그러한 자는 오히려 사람이 되기보다는 금수에 가깝게 될 것이다"라고 말씀하셨다. 그러나 그와 같은 자라고 할지라도 도리어 금수보다 나은 것이 있을 것이다. … 옛 성인이 남긴 서책을 읽고 지금의 군자들로부터도 많은 가르침을 받았다. 하지만 오히려 금수만도 못하니 하물며 "금수에 가깝다"는 말조차 어찌 할 수 있겠는가? 개는 더러운 똥을 먹는다. 그런데 사람은 그것을 더러운 똥으로 보지만 개는 그것을 먹음직스러운 음식으로 본다. 그렇다고 해도 더러운 똥을 먹는 것이 개의 의로움에 어찌 해로움을 끼치겠는가? 나는 간혹 의롭지 않으면서도 상다리가 휘어지도록 잘 차린 진귀한 음식을 먹는다. 이미 더러운 똥을 먹는 개만도 못한 꼴이라고 하겠다. 돼지는 음란하지만 애초 자신의 행동이 잘못인지를 알지 못한다. 지금 나는 부끄러운 짓이라는 사실을 알고 있으면서도 아름다운 여인을 볼 때면 항상 마음이 이리 뛰고 저리 뛰는 신세를 모면하지 못하고 있다. 자신의 행동이 잘못인지 모르고 있는 돼지만도 못한 꼴이라고 하겠다. 아! 식욕과 색욕은 수많은 문제 가운데 지극히 작은 부분을 거론한 것일 따름이다.

_이가환,《금대시문초錦帶詩文艸》, 금수거기

'시是'라는 글자를 아홉 번이나 반복 사용하면서 '이것(是)를 즐거워하는 집'이라는 기궤한 뜻을 담은 '낙시려樂是廬'에 붙인 기문記文은 특별한 것 없는 글자인 '시是'를 가지고 특별한 뜻을 담는 발상의 전환이 눈길을 사로잡는 글이다. 여기에서 '이것'을 뜻하는 '시是'는 읽는 사람에 따라 제각각 해석을 달리할 수 있는 중의적이고 다의적인 것을 암시한다. 마치 전라도 사투리 중 모든 것을 가리키는 말이면서 또한 아무것도 가리키지 않는 말이기도 한 '거시기'를 소재로 삼아 글을 쓰는 것과 비슷하다고 보면 쉽게 이해할 수 있다.

이것(是)을 즐거워한다면 달팽이집처럼 작은 집에 살고 새끼줄로 띠를 두르고 쌀가루 하나 섞이지 않은 나물국을 먹는 것도 즐거워할 수 있다. 하물며 주인은 집이 비록 서너 칸밖에 안 되지만 비바람을 가릴 만하고, 의복이 허름하지만 추위와 더위를 막을 만하며, 밥이 거칠더라도 아침저녁 끼니를 이을 만하다. 이것(是)을 즐거워하지 않는다면, 무고武庫가 있던 곳으로 이사해서 집의 벽을 비단으로 꾸미고 날마다 1만 전이나 되는 진귀한 음식을 먹어도 오히려 스스로 만족하지 못할 것이니, 하물며 이 집으로 만족할 수 있겠는가. 주인이 이것(是)을 즐거워할 수 있다면 훌륭하다. 그러나 이것(是)이란 정해진 것이 없으니, 내가 거처하는 바가 모두 이것(是)이다. 지금 주인은 곤궁함에 처해 있으므로 이것(是)을 즐기는 것을 훌륭하다고 한 것이다. 만약에 하루아침에 부유하게 되어서도 이것(是)을 즐긴다면 어찌 옳겠는가. 그러므로 나는 주인이 별도로 이것(是)을 구하고 거처로만 이것(是)을 삼지 말았으면 한다.

_이가환,《금대집錦帶集》, 낙시려기樂是廬記[40]

또한 이가환의 독특한 문기와 기발한 문풍은 벽癖을 예찬한 '심중빈의 일노서에 부친다(贈沈仲賓日魯序)'라는 글에 더욱 잘 드러나 있다. 국화 '벽'에 걸린 심중빈沈仲賓이라는 이가 자신의 벽을 어떻게 해야 할지 모르겠다고 탄식하자, 이가환은 문장을 짓는 방법도 벽에 있고 진리를 구하는 방법도 벽에 있다면서, 오히려 자신이 그의 집을 찾아가 남아 있는 벽을 구걸해야겠다고까지 말한다. '벽癖'이라는 한 글자만큼, 다른 사람과 다른 나만의 개성적인 자아와 개인의 취향 및 기호를 담은 글쓰기를 추구했던 이가환의 사유를 대변해주는 글자도 없었기 때문이었으리라. 그런 의미에서 '벽癖'이라는 한 글자는 남과 다른 독특한 '무엇'을 지향했던 18세기 지식인의 상징이자 표상이라고 하겠다.

심중빈 군은 성품이 맑고 깨끗하며 욕심이 없을 뿐더러 특별히 즐기거나 좋아하는 것도 없다. 금년 여름에 나는 국화를 심으려고 했다. 그랬더니 어떤 사람이 심중빈 군에게 여러 종류의 국화가 있다면서 부탁해보라고 하였다. 나는 유달리 믿음이 가지 않았다. 그 사람이 수차례 권한 다음에야 심중빈 군에게 한번 물어보았다. 심중빈 군은 웃으면서 이렇게 말했다. "저도 처음에는 국화를 전혀 좋아하지 않았습니다. 마침 어떤 사람이 국화 여러 뿌리를 보내왔지만 잠시나마 심어놓았을 뿐 역시 좋아하는 마음은 거의 없었습니다. 그런데 운 좋게도 국화가 살아서는 갑자기 줄기가 자라나고 잎이 돋아나지 않겠습니까. 그 모습을 보는 순간 마침내 꽃이 필 때까지 키워보고 싶다는 욕심이 생겨서 매일같이 빠뜨리지 않고 물을 주었습니다. … 그렇게 오래도록 하다 보니 어느 순간 국화에 빠져서 '벽'이 생기는 바람에 제 스스로도 어떻게 할 수 없는 지경이되고 말았습니다. 어느 날 밤 경계가 소홀한 틈을 타서 담장을 넘어온 도둑놈에게 국화를 몽땅 도둑맞은 다음에는 더욱더 온 마음을 다해 분발하고 온 힘을 다해 계발한 덕분에 더 훌륭한 국화 품종을 구할 수 있었습니다. 이에 사람들 역시 경쟁하듯이 제게 국화를 보내주었습니다. 이제 온갖 품종의 국화를 대략이나마 갖추게 되었고, 재배하고 보호하고 양육하는 방법도 더욱 잘 습득하게 되었습니다. 이러한 까닭에 국화에 조예가 깊다는 소문이 나서 공에게 알려지게 되었습니다." 말을 다 마친 심중

빈 군은 직접 지은 국화 시와 소서小序 약간 편을 내보였다. 거기에는 내
게 도움이 되는 말을 몇 자 써달라고 부탁하는 뜻이 있다는 것을 느낄 수
있었다. 나는 즉시 차림새를 단속하고 심중빈 군에게 이렇게 말해주었
다. "그대는 내게 도움이 되는 말을 부탁하려고 하는가? 그대가 내게 부
탁하려는 말은 지금까지 그대가 말한 국화를 심고 가꿔온 사연에 모두
빠짐없이 들어 있다고 하겠네. 문장을 짓는 법식도 그곳에 있고, 도리를
구하는 이치도 그곳에 있네. 그런데 어찌 어리석은 나 같은 사람에게 다
시 물을 필요가 있겠는가? 내 장차 머지않아 자네의 집을 찾아가 자네의
시중을 들며 자네가 쓰고 남겨놓은 것을 구걸해야겠네."

_이가환, 《금대시문초錦帶詩文抄》, 심중빈의 일노서에 부친다

앞서 박제가의 '백화보서'에서처럼, 이가환은 '벽'을 가진 사람을 긍정
의 가치로 재정의한다. 이것은 유학적 인간 혹은 성리학적 인간을 넘어선
개성적 자아에 대한 옹호이자 찬양이다. 성인의 삶과 자신의 삶을 동일시
하며 평생 군자의 삶을 추구하는 것을 정도로 여겼던 성리학의 규범과 윤
리 의식 속에서 개인의 취향과 기호를 추구하는 개성적 자아는 용납할 수
없는 일탈이자 제거해야 할 해악이다. 그런데 오히려 개성적 자아를 표상
하는 '벽'을 예찬하는 이가환의 글은 당시 사회를 지배했던 시각에서 볼
때, 보통 사람으로서는 감히 상상하지도 못할 만큼 '첨신'한 것이었다. 즉
그의 글은 시대의 맹점을 정확히 찌르는 날카로움과 새로운 발상의 수준
에 올라서 있었다고 찬탄하지 않을 수 없다.
　일부 과학자들의 견해에 따르면 생명체의 진화와 혁신은 '돌연변이의
출현'에 의해 이루어졌다고 한다. 이러한 법칙은 학문과 문장에도 그대로
적용할 수 있다. 당대 사람들에게 낯선, 즉 익숙하지 않은 실험적이고 창

조적인 문장은 대개 사람들에게 기이하고 괴상한 문장으로 취급받아 배척당하기 일쑤였다. 그러나 시간이 흐른 뒤에는 이러한 문장의 출현이 글쓰기의 영역을 무한히 확장하고 일거에 혁신했다고 할 수 있다. 역사상 특정한 시대에만 출현했던 이른바 기궤첨신한 문장의 참된 의미와 가치가 바로 여기에 있었다.

조닌 계급의 애욕과 삶의 철학을 대변하다

• 이하라 사이카쿠

기궤첨신한 문장 철학을 전위 문학과 동일한 의미와 가치로 해석한다면, 이 문장 철학은 이전 시대에서는 결코 찾아볼 수 없었던 새로운 문학의 출현과 지향을 말한다. 이렇게 보면 17세기 일본에 새롭게 등장한 상인계급(서구적 의미에서의 상업 부르주아)의 소설이야말로 기궤첨신한 문장 철학을 담은 당대의 전위 문학이라고 해석할 수 있다.

초기 에도막부 시대의 경제적 번영과 대도시의 발달에 힘입어 새로운 사회경제 세력으로 급성장하게 된 상인계급이 주도한 '조닌 문화'는 문학 방면에서 크게 두 가지 방향의 혁신적인 문풍을 불러일으켰다. 그 하나가 앞서 '소품의 미학'에서 소개했던 마쓰오 바쇼의 시 문학, 즉 하이쿠라면 다른 하나는 이하라 사이카쿠井原西鶴(1642~1693)의 소설 문학, 즉 '우키요조시浮世草子'이다. 경제적 힘을 갖춘 상인계급, 곧 조닌은 당시 일본의 정치 구조와 신분제도 때문에 정치적, 사회적으로 자신들의 힘을 발휘하고 행사하는 데 큰 제약을 받았다. 이러한 구조적 한계로 인해 조닌은 초기 경제적 능력을 문화 예술 방면에 쏟으면서 17세기 초반 새로운 '문화 향유자(소비자)'로 등장했다가 17세기 중후반 이후에는 점차 '문화 창작자(생산자)'로 변신해나간다. 이렇게 되자 소설 문학 분야에서 이전 시대와는 아주 색다른 독특하고, 완전히 새로운 독창적인 상인계급의 문학인 '조닌 문학'이 탄생하게 된다. 그 조닌 문학의 선두에 바로 사이카쿠의 우키요조시가 있었다. 우키요조시는 사이카쿠의 첫 소설인《호색일대남好色一代男》이 출간된 1682년에 시작되어 약 100여 년 동안 교토와 오사카를 중심으로 한 지역을 일컫는 가미가타를 중심으로 유행한 소설 문학의 한 장르를 가리킨다. 이때 우키요조시에서 '우키요浮世'란 대도시의 신흥 계층, 즉 조닌들의 생활과 감정을 표현하고 욕망을 긍정하는 향락주의적 현실을 가리키는 말이다.[41]

사이카쿠가 창시한 우키요조시가 등장하기 이전 일본에는 계몽적이고 교훈적인 내용이 대부분인 '가나조시仮名草子'라는 소설 문학이 존재했었다. 초기 조닌 문학의 소설 장르를 대표했던 가나조시는 소설과 유사한 스토리 구조를 취하고 있었지만 엄격한 의미에서 보자면 소설이라고 하기 힘든 한계를 갖고 있었다. 대부분의 가나조시 작품이 고대 설화나 전설을 개작하거나 혹은 외국 문학작품을 번안하는 수준에서 벗어나지 못했기 때문에 인물 설정과 스토리 구조 및 서사 방식이 상투적이었다. 더욱이 선악과 시비를 가리는 계몽적이고 교훈적인 내용이 주를 이루었기 때문에 근대적 의미의 창작 소설이라고 하기에는 매우 미흡한 수준이었다. 그런데 사이카쿠가 창시한 문학 장르인 우키요조시는 독특하면서 현실적인 주제와 창의적인 스토리 그리고 참신한 묘사 기법 등을 선보이면서 가나조시의 소설적인 한계를 여지없이 깨부숴버렸다. 가나조시와 비교해 우키요조시의 참신성과 창의성은 세 가지 차원에서 유감없이 발휘되었다. 첫째, 설화나 전설 또는 외국 문학에 등장하는 '관념적인' 세계가 아닌 현실 세계에 대한 '사실적인' 묘사였다는 점이다. 둘째, 상투적이지 않은, 곧 '개성적이고 자기 취향이 강한' 인물이 등장했다는 점이다. 셋째, 선악과 시비를 가리는 계몽성과 교훈성이 배제되고 인간의 본성과 욕망을 '있는 그대로' 적나라하게 표현했다는 점이다.

특히 사이카쿠는 대표 작품이라고 할 수 있는 《호색일대남》, 《호색일대녀好色一代女》, 《일본영대장日本永代藏》 등을 통해 기존에 부정적으로만 인식되거나 심지어 금기시되다시피 한 호색과 금전 등에 나타난 인간의 본성과 욕망을 현실주의적 세계관에 기초해 사실적으로 묘사했다. 그것은 상인계급의 생활과 풍속과 문화를 지극히 사실적으로 묘사하는 기법을 통해 그 계급의 세계관과 정체성을 일본 역사상 최초로 객관적이고 공개적으로 드러냈다는 점에서도 획기적인 사건이었다.

사이카쿠는 에도막부 시대 초기에 해당하는 1642년, 조닌의 경제력과 대도시 문화가 가장 번창했던 오사카의 부유한 상인 집안에서 태어났다. 일찍부터 도시 상인계급의 독자적인 문화 중 하나였던 조닌 문학의 대변자로 활약했던 그는 작품 활동의 초기에는 소설 문학이 아닌 시 문학, 즉 하이쿠 작가였다. 사이카쿠는 하이쿠 작가로는 그다지 큰 성취를 이루지도, 명성을 얻지도 못했다. 그러나 다른 사람이 보기에 황당하다고 할 만한 흥미롭고 재미있는 시도를 자주 해 인기만큼은 여타의 하이쿠 작가에 뒤지지 않았다. 특히 짧은 시간 동안 누가 많은 하이쿠를 짓는가를 겨루는 하이쿠 대회에서는 그를 따를 만한 사람이 없었다고 한다. 1671년 개최된 하이쿠 대회에서는 하룻밤 동안 1,600구에 달하는 시구를 지었는가 하면, 1680년에는 한 해 동안 4,000구를 짓고, 1684년에는 2만 3,500구의 하이쿠를 짓는 등 놀랄 만한 기록을 연이어 세웠다. 이로 인해 '이만옹二萬翁'이라는 별칭을 얻을 정도였다고 한다.[42] 특히 하이쿠 작가 사이카쿠는 동시대를 살았던 하이쿠의 대가 마쓰오 바쇼처럼 자연미나 미학적인 형식을 추구하는 하이쿠보다는 자신이 속한 상인계급의 생활과 풍속에 더 큰 관심을 갖고 시작에 적극 반영했다. 조닌 출신에 대한 자의식이 남달랐다고나 할까? 그러던 와중 마흔 살이 되던 1682년 일본 문학사상 우키요조시라는 소설 문학의 장르를 창시했다고 평가받는《호색일대남》을 발표하면서 일약 당대 최고의 소설가이자 인기 작가로 급부상했다.

《호색일대남》은 교토를 중심으로 한 지역을 일컫는 가미가타 지역의 부유한 조닌과 최고급 유녀遊女 사이에서 태어난 요노스케라는 이름의 주인공이 일곱 살 때 시중드는 연상의 하녀를 취해 남녀 관계를 알게 된 후, 여색과 남색을 불문하고 향락과 쾌락을 좇아 풍류 생활의 극치를 맛보다가, 60세 때 자신의 생활에 염증을 느끼고 뇨고 섬으로 정처 없이 떠나버려 행방이 묘연해질 때까지의 54년을 54장으로 나누어 묘사한 소설이다. 그런데 왜 조닌의 현실 세계와 생활 풍속을 사실적으로 묘사하는 것을 자기 문학의 지향으로 삼았던 사이카쿠가 첫 번째 소설 작품의 주제를 성애와 애욕으로 삼고 유곽을 배경으로 선택했던 것일까? 그것은 주인공 요노스케가 세상에 태어나게 된 이야기를 멋들어지게 묘사한《호색일대남》의 첫 부분을 통해 해석해볼 수 있다.

벚꽃도 지고, 달도 져 왠지 허무하다. 효고현의 이쿠노긴生野銀山. '달의 이루사야마入佐山'라는 노래로 이미 세간에 많이 알려진 곳이기도 하다. 여기 한 기슭에 유메스케, 꿈돌이라는 놈팡이가 있었으니, 집안일은 몰라라 하고 그저 여자, 남자 가릴 것 없이 닥치는 대로 욕심을 채우는 소문난 색광이었다. 교토에 놀러 갔던 유메스케는 그 당시 소문난 멋쟁이 산자와 한량 모임인 카가加賀족들을 만나 그 일원이 되었다. 그들의 하루 일과는 온갖 멋을 내고 술에 취해 거리를 휩쓸고 다니는 것이 전부였다. 어느 날 유메스케가 술에 찌들어 로쿠조산스지초六條三筋町의 유곽을 나오는 길이었다. 숙소로 돌아가려면 꼭 이치조호리카와一條堀川의 되돌아오는 다리를 지나가야만 했는데, 그곳은 여자 귀신이 나온다는 소문이 나도는 무서운 곳이었다. 때문에 친구들은 유메스케를 걱정했다. 그러나 천하의 색광 유메스케는 잠시 생각에 잠기는가 싶더니 오히려 얼굴에 묘한 웃음을 지었다. 이번 기회에 여자 귀신과 한번 일을 저질러볼 참이니 젊은 남자로 변장해야겠다는 것이었다. 장소가 장소니만큼 정말 귀신이 나올 법도 한데 말이다. 첫날을 무사히 통과한 그는 오모리 히코시치와 같은 태연한 얼굴로 어서 빨리 타유太夫 귀신에게 한번 물려나 봤으면 좋겠다며 하루도 거르지 않고 유곽을 출입했다. … 그러던 와중에 드디어 한 여자로부터 아들을 얻었으니 그가 바로 이 책의 주인공 요노스케다.[43]

여기에서 벚꽃과 달은 자연미를 상징하는 중세적·귀족적 정신의 은유적 표현이다. 중세적 정신은 이제 금방 지고 마는 벚꽃과 산 너머로 사라져버리는 달처럼 덧없는 정경에 불과할 뿐이다. 그런 덧없는 정경을 쳐다보며 세속의 욕망에 초탈한 척 고상을 떠는 것보다 차라리 쾌락과 향락을 추구하며 욕망에 충실한 것이 훨씬 더 현실적인 삶이다. 이 욕망에 충실한 현실적인 삶이 곧 대도시 상인계급 조닌의 세계다. 《일본인의 사랑과 성〔日本人の愛と性〕》의 저자 데루오카 야스타카暉峻康隆 박사는 이 작품의 첫 부분을 거론하며 "말할 것도 없이 벚꽃과 달은 자연미를 상징한다.

사이카쿠는 자연을 존중하는 중세적 시 정신을 부정하고 인간적인 환희로서의 애욕을 한층 긍정적으로 주장한 것이다"[44]라고 말했다.《호색일대남》은 성애와 애욕을 부정하거나 죄악시한 중세의 귀족적 통념과 억압적 가치관에서 벗어나 오히려 성애와 애욕의 자유와 환희를 향유하거나 추구하는 새로운 상인계급, 곧 조닌의 욕망과 개성 넘치는 삶을 긍정적으로 그렸다. 즉 사이카쿠는 당시 지배계급을 형성하고 있던 귀족과 사무라이의 생활과 문화 속에 담긴 철학과 세계관을 부정하고, 자신이 속한 피지배계급 상인 세력의 삶에 담긴 철학과 세계관을 드러내는 일종의 글쓰기 전략으로, 인간의 본성과 욕망을 가장 적나라하게 묘사할 수 있는 성애와 애욕을 주제로 삼고 유곽을 배경으로 삼아《호색일대남》을 집필했던 셈이다. 이러한 까닭에 사이카쿠는 대도시 조닌들로부터 절대적인 지지를 얻고 인기를 끌었다. 대도시 조닌들이《호색일대남》등 사이카쿠의 우키요조시를 자기 계급의 소설 문학으로 인식했기 때문이다. 이로 인해 그는 당대 최고의 베스트셀러 작가이자 일본 문학사상 최초의 전업 작가로 활약할 수 있는 탄탄한 토대를 쌓을 수 있었다고 한다.

사이카쿠의 소설이 대중적으로 성공한 배경에는 "조닌들의 성격과 당대 도시의 풍경을 사실적이고 생생하며 유머러스하게 풍자하는 데 특출난 문학적 재능"[45]이 자리하고 있었다. 그 모두 사이카쿠 자신이 상인계급, 곧 조닌 출신이었기 때문에 가능한 일이었다. 예를 들어《호색일대남》에 묘사되고 있는 오사카, 교토, 에도 등 대도시 유곽의 주요 향유자는 조닌들이었기 때문에, 유곽의 풍경과 그곳에서 일어난 온갖 사건들은 곧 상인계급의 생활 속 깊숙한 곳에 자리 잡고 있던 조닌 문화 중 하나였다. 오사카의 유곽 문화와 뒷골목 풍경을 생생하게 묘사하면서 그곳 사람들의 살아가는 모습을 구체적이고 사실적으로 그린 다음과 같은 대목은 일찍이 존재했던 그 어떤 문학작품에서도 찾아보기 힘든 장면이다. 《호색일대남》이 호색 소설 혹은 풍속소설임에도 불구하고 일본 리얼리즘 문학의 원형이라는 찬사를 받는 까닭이 바로 여기에 있다.

> 오사카에 도착한 요노스케는 오사카 동남부, 다니마치 거리의 후지노다나에 집을 얻어 귀이개 등을 만들며 덧없는 나날을 보냈다. 여전히 연애질은 계속되었고, 고타나 후다노쓰지의 사창, 월정 계약의 첩, 남자를 좋아하는 식모에 이르기까지 모조리 찾아다녀 모르는 것이 없을 정도가 되었다. 그러다가 본디 이 길에 몸 바쳐왔던 터라 남들이 손가락질을 하든 말든 기생들의 기둥서방을 하기도 했다. 이런 유의 일에 종사하는 여자들은 호적 조사가 두려워 한 남자를 지아비로 가장하고 자신은 매춘으로 생계를 꾸려나가는 것이 관례이기도 했다. 나카데라초나 오바시 등 절이 많은 동네의 중을 상대로 하는 사창이 있긴 하나, 기둥서방들은 연말에 유곽 부근은 얼씬도 못하는 노인네들 돈을 등쳐먹는 일을 하기도 한다. 오, 파파노인이 되어도 색의 번뇌는 어찌할 수 없나니.

그래서 대도시 조닌들은 일본 전역을 돌아다니며 벌이는 《호색일대남》 속 요노스케의 호색 행각을 묘하게도 자신들이 소망하던 이상적인 삶의 구체적인 실현으로, 또한 요노스케를 조닌의 꿈을 실현하는 '이상적인 조닌의 대명사이자 대변자'로 즐겨 읽는 경향이 있었다.[46] 이러한 사실은 사이카쿠의 제자인 사이긴西吟이 썼다는 《호색일대남》의 발문을 통해서도 엿볼 수 있다. 여기에는 이렇게 적혀 있다. "세상 사람들은 넓은 바닷물은 퍼올릴 줄은 알아도, 사람의 마음을 읽어낼 줄은 모른다. 그런데 사람들에게 이 작품을 보여줬더니 무식한 사람들조차 박장대소 포복절도하며 재미있어 했다."[47] 인간의 욕망과 감정과 마음을 잘 포착해 그려낸 작품은 일찍이 없었기 때문에 모든 사람들이 즐겨 읽었다는 증언이다. 《호색일대 남》속 이야기와 삽화를 탐독하면서 당대의 독자들은 이 기상천외하고 괴상망측한 이야기에 흠뻑 빠져들었다. 또한 주인공 요노스케가 저지르는 황당무계한 사건들에 즐거워하면서, 이전의 어떤 작품에서도 찾아볼 수 없었던 성애와 애욕에 관한 인간 본성과 감정 및 심리를 생생하게 느끼게 되었다. 그런 의미에서 《호색일대남》은 17세기 일본 독자들에게 진실로 기궤첨신한 소설이었고, 이 소설이 창시한 우키요조시는 참으로 기궤첨신한 문학 장르였다.

그러나 《호색일대남》은 대도시 유곽의 풍경과 호색 행각을 통해 조닌의 삶의 한 단면을 보여주는 데 그치고 있다. 이 때문에 상인계급인 조닌의 삶과 세계를 온전하게 그린 작품이라고 평가하기 어려운 측면이 있다. 이러한 까닭에 더욱 주목을 끄는 사이카쿠의 작품은 호색물好色物로 분류되는 《호색일대남》과 구분되어 조닌물町人物로 분류되는 소설 《일본영대장》이다.

일본 전역 30개 지방에 전해오는 상인과 부자들의 이야기를 토대로 해 30개의 단편소설로 구성된 이 작품은—'대복신장자교大福新長者教'라는 부제에서 알 수 있는 것처럼—거상과 부자가 되기 위해 조닌은 어떻게 해야 하는가에 관한 도움을 제공하려고 집필한 책이다. 요즘 식으로 표현하자면 '소설'과 '자기계발'이 결합된 작품의 형식을 취하고 있는 셈이다. 호색물을 통해 조닌의 향락 생활과 소비 풍속을 사실적으로 묘사했던 사이카쿠는, 조닌물을 통해서는 이제 비로소 조닌의 조닌다운 면모, 즉 일본의 상업자본주의를 주도한 도시 상인계급의 경제활동과 사업 및 축재 방식을 본격적으로 다루었다. 조닌 출신이 조닌의 경제적 성공과 몰락을 계몽적이고 교훈적인 내용에서 탈피해 현실적이고 사실적인 기법으로 다루었다는 점에서 《일본영대장》은 이전 시대 가나조시의 치부담과는 차원이 다른 독특하고 창의적인 소설이었다. 이 소설에는 무엇보다 금전과 재물에 담긴 17세기 도시 상인계급의 삶과 철학이 고스란히 녹아 있다. 사이카쿠는 당대 조닌의 지극히 현실적인 금전관과 삶의 철학을 지극히 사실적인 기법으로 이렇게 묘사해놓았다. 그것은 금전과 재물을 중심으로 사회의 서열을 새롭게 세우고, 세계의 질서를 새롭게 부여하고 싶은 새로운 계급, 곧 조닌의 열정과 야망이 담겨 있다는 점에서 특별히 주목된다.

> 이 돈이야말로 양친 다음으로 중요한 생명의 부모인 것이다. … 곰곰이 생각해보면 세상 사람들이 바라는 것 중에서 돈의 힘으로 되지 않는 것은 천하에 다섯 가지가 있을 뿐이니, 이것은 사람 마음대로 되지 않는 목숨을 말하는 바, 그 이외에는 돈이면 다 되는 것이다. 그렇다고 하면 금은보다 월등한 보물선이 있을쏘냐. … 사람들은 집 정원에 대개 매화나무, 벚나무, 소나무, 단풍나무 등을 심고 싶어 하지만 그것보다 중요한 것은 금과 은, 쌀값이다. 정원의 석가산보다 보기 흐뭇한 것은 뜰 구석에 있는 재물 창고이고, 이 창고에 사계절의 여러 물품들을 제철마다 다량으로 확보해두는 것이야말로 극락세계의 즐거움으로 삼고 있는 남자가 있었다.[48]

《일본영대장》은 《호색일대남》보다 6년 후인 1688년에 간행되어 세상에 발표되었다. 그런데 이쯤에서 한 가지 궁금증이 일어난다. 초기 조닌 문학, 즉 우키요조시의 작품으로 성애와 애욕을 화제로 삼았던 사이카쿠가 왜 이때에 와서 금전과 재물을 주제로 다룬 조닌물로 집필의 방향을 크게 바꿨던 것일까? 이에 대한 답을 찾기 위해서는 사이카쿠의 대표적인 호색물인《호색일대남》(1682년)과《호색일대녀》(1686년)에 등장하는 주인 공들의 마지막 행적에 주목할 필요가 있다.《호색일대남》의 주인공 요노 스케나《호색일대녀》의 주인공인 노파는 끝내 세상 속에서 살아가지 못 한다. 자신의 과거 생활에 염증과 환멸을 느낀 나머지 요노스케는 홀연히 머나먼 섬으로 떠나버리고, 노파는 말년에 부처에게 의탁해 염불에 열중 하는 삶을 살아간다. 이 두 소설의 마지막 장면은, 향락과 쾌락을 추구하 는 삶 속에서는 더 이상 조닌의 미래를 찾을 수 없다는 사이카쿠의 문학 적 선언이라고 해석할 수 있다. 그런데 흥미롭게도 사이카쿠는《호색일대 남》과《호색일대녀》의 마지막 모습과는 극히 대조적으로《일본영대장》을 이렇게 마무리 짓고 있다.

> 금은은 있는 곳에만 있는 법이다. 그렇기에 앞에서 적은 여러 이야기를
> 전해 듣고 일본 대복장大福帳(매매 장부 혹은 금전출납부)에 적어두어 앞으로
> 길이길이 이것을 보는 사람들에게 도움이 되기를 바라는 마음으로 이
> 책 제목을 '영대장永代藏'이라고 붙인 것이다. 태평성대의 이 나라에 부
> 는 바람도 잠잠하기만 하니 경하스럽기만 하도다.

'영대장永代藏'을 글자 뜻 그대로 해석하자면 '영구히 대를 이어 재물 을 지킬 수 있는 창고'이다. 금전과 재물을 바탕 삼아 경제적 힘을 키운 조 닌이 영구히 그 힘을 지키고 더 나아가 사회적 영향력을 행사하기 위해서 는 마땅히 '영대장'을 찾아서 열심히 금전과 재물을 모으고 또 모아야 한 다. 이러한 조닌의 열정과 소망을 문학적으로 표현한 작품이 바로《일본 영대장》이었다. 즉 조닌의 현실적인 삶을 묘사한 소설이《호색일대남》과

《호색일대녀》였다면, 조닌의 현실적인 삶은 물론 미래의 모습까지 조망하며 쓴 작품이 바로 《일본영대장》이었던 셈이다. 이러한 까닭에 《일본영대장》은 사이카쿠의 어떤 작품보다 대중적인 인기를 끌었고 더 나아가 조닌의 삶과 철학은 물론 꿈과 희망과 미래의 대변자로 그를 자리매김하는 데 일등 공신 역할을 했다. 그렇다면 사이카쿠가 이상적인 모델로 삼은 대도시 상인계급, 곧 조닌의 삶과 미래는 어떤 것이었을까? 이에 대한 구체적인 모습이 《일본영대장》의 말미에 이렇게 묘사되어 있다.

> 조닌은 돈을 많이 소유해야 세상에 이름을 남기는 것이다. 그러하니 상인이 젊을 때부터 돈을 벌어 부자의 이름을 세상에 남기지 못한다면 유감천만한 일이라 할 수 있다. … 설사 대직관大織冠 가마타리鎌足 공의 혈통을 잇고 있다고 해도 시중의 상인 동네에서 가난하게 살고 있다면 원숭이 곡예로 먹고 사는 처지보다도 못한 것이다. 어쨌든 조닌은 큰 행복을 빌면서 장자長子가 되는 것이 가장 기본인 것이다. 부자가 되려면 마음을 산처럼 크게 갖고 좋은 하인을 데리고 있는 것이 무엇보다 중요하다. 오사카에서도 에도에 판매할 술을 주조해서 그 일족이 크게 번창하는 사람도 있다. 또 광산에 손을 대 벼락부자가 된 사람도 있다. 요시노산 옻 장사를 해서 사람들 모르게 큰돈을 모으는 사람이 있는가 하면 소형 쾌속선을 만들어내고 선박 도매상을 해 이름을 날린 사람도 있다. 집을 담보로 잡고 돈을 빌려주어 부자가 된 사람도 있다. 이들은 근년의 벼락부자들로 최근 30년간의 성공담들이다.

특별히 《일본영대장》에서 추구했던 사이카쿠의 글쓰기의 지향과 전략이 이러했기 때문에, 이 소설에서 그는 이전에 발표한 그 어떤 작품보다 완성도가 높은 창작방법과 창의성이 강한 독특한 구성 및 표현 기법을 선보였다. 먼저 사이카쿠는 이전 작품에서 자주 시도했던 여러 지방의 이야기를 하나의 소설 속에서 동시에 다루는 스토리 구조와 전개 방식, 즉 자신의 소설 창작 방법을 이《일본영대장》을 통해 비로소 완성했다. 예를 들어 '첫 오일午日 날 말 타고 오는 행운'에서는 에도의 해운금융업과 센슈의 고리대금업을 도카이도東海道를 이용한 마상上運 운송을 통해 경제적으로 연결시켜 하나의 이야기를 완성했다. 이러한 방법은 여러 지방의 경제활동을 한 편의 이야기 구조 속으로 편입하고 연결시켜 완성하는 사이카쿠만의 창의적인 소설 작법이었다. 또한 '옛날은 외상 거래, 지금은 현금 거래'에서는 교토와 에도를 하나의 경제권으로 한 포목점과 의류업에 얽힌 상인들의 성공담과 실패담을 다루면서 지역별 수요 차이에 따라 장사 방법을 달리한 경우를 하나의 이야기 구조 속에 체계적으로 배치하고 있다. 이 방식 역시 한 편의 이야기 속에서 일본을 대표하는 대도시의 포목과 의류 사업에 관련된 당대의 경제 풍속을 일목요연하게 읽을 수 있는 재미를 제공했다. 이렇듯 여러 지방의 경제활동과 상인 및 부자들의 이야기를 한 편의 단편소설 안에서 유기적으로 접합, 연결시켜 읽을 수 있게 한 참신한 소설 작법이야말로《일본영대장》이 대중들로부터 선풍적인 인기를 모았던 비결이었다.

　　《일본영대장》에서 보여준 또 다른 독창성은 논픽션과 픽션을 넘나드는 창작 기법을 시도했다는 점이다. 이 소설은 17세기 대도시 상공업을 주도한 실존 인물들의 에피소드를 중심으로 변화하는 사회경제의 현실을 사실적으로 묘사했다는 점에서는 논픽션이라고 할 수 있다. 그러나 사이카쿠 자신의 작가적 관찰과 분석을 통해 이야기를 자유롭게 배치하고 새롭게 구성했다는 점에서는 픽션에 가깝다. 이러한 독특한 구성과 묘사야말로 다른 작가에게서는 결코 찾을 수 없는 독창성이다. 이 때문에《일본영대장》을 읽는 내내 독자들은 끊임없이 논픽션과 픽션을 오고가는 팽팽한 긴장감을 체험할 수 있었다. 이것이 독자들을—사실인 듯 사실 아닌 사실 같은—《일본영대장》의 이야기 속으로 빨아들인 또 다른 인기 비결이었던 셈이다.

앞서 살펴보았던 것처럼, 사이카쿠가 대표작인《호색일대남》,《호색일대녀》,《일본영대장》이외에 많은 우키요조시 작품에 담은 사회상과 세계관은, 곧 그가 속한 대도시 상인계급의 삶과 철학에 다름없었다. 대도시 상인계급의 실제 생활과 풍속을 중심으로 이야기가 전개되는 우키요조시는 그들의 삶의 지향과 인간, 사회, 세계에 대한 사고를 고스란히 담고 있었다. 그리고 상인계급이 성장하면서 점차 문화적, 사회적, 정치적 힘과 영향력을 키워나가는 데 비례하여 사이카쿠가 창시한 우키요조시 역시 많은 작가 집단을 배출하며 크게 성장해나갔다. 우키요조시는 분명 그 시대 사람들에게 익숙하지 않은 낯설고 새로운 문학이었지만 대도시 상인계급의 이야기를 그들이 소망했던 실제적이고 이상적인 방법으로 탁월하게 묘사했기 때문에 빠른 시간 안에 성공적인 문학 장르로 자리 잡을 수 있었다.

그러나 대중적인 인기에도 불구하고 사이카쿠의 작품이 학문과 문학에 정통한 당대의 지식인과 문인들에게 얼마나 기상천외하면서도 완전히 새로운 '별종'으로 인식되었는지에 대해서는 당대의 저명한 유학자 이토 바이우伊藤梅宇가 저서《견문담총見聞談叢》에 적은 다음과 같은 말을 통해서도 확인해볼 수 있다.

17세기 후반기에 오사카에 히라야마 도고平山藤五라는 상인이 있었다.

… 하이카이에 심취해 잇쇼一笑에 사사한 뒤 스스로 유파를 만들어 이름을 이하라 사이카쿠라고 바꾸었다.《영대장》,《서쪽 바다(西の海)》,《세상 사민世上四民》,《히나가타雛形》라는 작품을 창작했다. 세간의 길흉, 회인悔吝, 예탈豫奪의 기미와 인정을 묘사하는 데 천부적인 소질을 지닌 사람이 었다. 그의 작품은 노장老莊과는 다른 별종의 성격을 지닌 것으로 보인다.

이전 시대의 작품과는 다른 작품을 창작한 별종으로 취급당하면서도 대중적인 관심과 인기를 끌어 모았던 것은 '낯설고 새로운 것'을 '익숙하고 흥미로운 것'으로 다룰 줄 알았던 사이카쿠의 문학적 능력과 자질 때문이었다. 그런 점에서 그의 존재는 찬사와 혹평을 오가는 기궤첨신한 작품이라고 하더라도 문학성과 대중성의 두 마리 토끼를 모두 잡을 수 있음을 보여주는 사례가 되고 있다.

이탁오의 후예들,
조선 선비들을 매료시키다

• 공안파

18세기 조선의 문학사와 지성사를 살펴보면, 그 시대의 문인과 지식인들에게 막대한 영향력을 행사한 중국의 지식인 그룹을 도저히 피해갈 수 없다는 사실을 깨닫게 된다. 그들은 다름 아닌 '공안파'라고 불리는 명나라 말기의 지식인 그룹이다. 강명관 교수는 18세기 조선의 문학과 공안파의 관계에 대해 이렇게까지 말하고 있다. 이용휴는 "공안파 이론을 깊이 통찰"해 글을 썼고, 이덕무의 "창작적 실천은 공안파의 논리를 따르고 있었던 것"이다. 심지어 박지원의 문장에 대해서는 "공안파의 사유와 비평으로부터 출발하여 자신의 사유와 비평을 정립하고 그것을 실천에 옮긴" 글쓰기였으며 "연암의 다양한 문체는 바로 그 사유와 비평의 실천"이고 "연암에 와서 공안파의 이해와 실천은 절정에 이르렀다"고 평가했다. 조선 최고의 문장가라는 박지원의 문학적 사유라는 것도 꼼꼼하게 따져보면 사실 공안파의 문학적 사유 위에서 구축된 것이라는 얘기다. 강명관 교수의 주장에 모두 동의할 수는 없다고 하더라도, 18세기 조선 지식인의 기궤첨신한 글쓰기가 공안파의 글을 탐독하고 문학적 사유를 직간접적으로 수용하거나 비평하는 과정을 거쳐 성립되었다는 사실만은 부정하기 어렵다. 이 때문에 이용휴는 "공안파의 탁월하고 오묘한 비결을 이해하는 사람이 없다"고 탄식하며 당대의 문단 상황을 비판했는가 하면, 이덕무는 공안파의 리더였던 원굉도를 가리켜 "원석공袁石公(원굉도의 호)은 어찌 기이한 사람이 아니겠는가!"라며 극찬을 아끼지 않았다.

그런데 18세기 조선 지식인들에게 그토록 강력한 문학적 영향력을 행사한 공안파란 도대체 무엇이며 구체적으로 누구를 가리키는 말인가? 공안파를 대표하는 인물은 대개 '삼원三袁'이라고 통칭되는 원씨 삼형제, 곧 원종도, 원굉도, 원중도이다. 공안파는 이들의 고향이 형주부 공안公安이었기 때문에 생겨난 용어이다. 그러나 비록 원씨 삼형제를 통칭해 공안파라고 하지만 실제 공안파는 곧 원굉도를 지칭한다고 해도 과언이 아니다. 원굉도의 사상적·문학적 영향력이 절대적이었기 때문이다. 실제 18세기 조선의 지식인들에게 거대한 영향을 끼친 공안파의 문장과 철학이란 대개 원굉도의 문집인《원중랑집》에 실려 있는 글들이었다고 봐도 무방하다.

공안파는 일찍부터 이탁오의 사상적·문학적 영향력 아래에서 문학적 사유를 정립하고 창작 활동을 했다. 이들 원씨 삼형제가 이탁오와 처음 만난 때는 1590년이다. 1560년생인 원종도가 31세, 1568년생인 원굉도가 23세, 1570년생인 원중도가 21세 때였으니까 모두 혈기 방장한 젊은 문인이자 지식인이었던 셈이다. 1527년생인 이탁오는 이들보다 많게는 43세, 적게는 33세나 많은 64세의 나이로 이미 문장과 철학이 완숙한 경지에 오른 노장의 학자이자 문인이었다. 이들 삼형제는 1591년과 1592년, 또 1593년에도 이탁오를 만났는데, 원굉도가 마지막으로 이탁오를 만난 것이 1596년이었다고 한다. 특히 원굉도는 1590년에 간행된 유학사 최대의 문제작 《분서》를 이탁오로부터 증정받아 탐독하면서 깊은 감화를 받았다고 한다.[49] 이 《분서》에 실려 있는 '동심설'은 원굉도의 문장론에 절대적인 영향을 끼쳤고, 문학적 사유의 기저를 형성하는 데 큰 역할을 했다. 도덕-윤리와 견문-지식에 가려지지 않은 최초의 본심과 진심을 동심이라고 했던 이탁오와 유사한 맥락에서 원굉도는 무엇에도 얽매이거나 속박당하지 않은 진실한 마음과 감정, 즉 오직 '성령性靈'을 표현한 글만이 진문眞文, 즉 참된 글이라고 했다. 원굉도가 동생 원중도의 작품을 비평하면서 밝힌 이른바 "독서성령獨抒性靈 불구격투不拘格套", 곧 "오직 성령을 표현할 뿐 격식에 얽매이지 않는다"는 말은 공안파가 평생에 걸쳐 추구했던 새롭고 독창적인 문장 철학이자 미학이 되었다.

그 시문은 대부분 오직 성령을 표현할 뿐 격식에 얽매이지 않았다. 자기의 가슴속에서 흘러나와 드러낸 것이 아니면 붓을 휘둘러 시문을 지으려고 하지 않았다. 때때로 심정과 풍경이 제대로 만나 마음속에 깨달아 터득한 것이 있게 되면 눈 깜빡할 짧은 시간 안에 천 마디 말을 마치 강물이 동쪽으로 흐르듯이 한달음에 써 내려갔기 때문에 사람들의 혼을 쏙 빼놓았다. 그 시문들 가운데에는 훌륭한 곳도 있고 또한 결점이 있는 곳도 있다. 훌륭한 곳이야 스스로 말할 필요가 없겠지만 결점이 있는 곳도 역시 본색本色이자 독조獨造의 말이다. 그런데 나는 그 결점이 있는 곳을 지극히 좋아하고, 다른 사람들이 이른바 훌륭하다고 말하는 곳은 오히려 보기 좋게 다듬고 거짓으로 꾸민 것이요 옛사람을 그대로 따라 모방하거나 답습한 것이라고 하지 않을 수 없어서 한탄스럽게 여긴다. 그 까닭은 근대 문인의 기질과 습성을 완전히 벗어나지 못했다고 생각하기 때문이다.

_원굉도, 《원중랑집》, 서소수시叙小修詩

이탁오의 문장론이라고 할 수 있는 '동심설'이 원굉도에 와서 '성령론'으로 재해석되어 나타난 것이다. 특히 원굉도는 성령, 즉 진실한 정감을 자연스럽게 표현하는 창작 활동을 '의취意趣'라는 문학적 개념을 빌어 구체적으로 설명하면서, 동심으로 돌아가지 않는다면 결코 의취를 얻지 못할 것이라고 역설했다. 의취는 지취志趣, 정취情趣, 흥취興趣 등으로 확장해 해석할 수 있는 말로, 세상 만물을 표현하는 작자의 참된 뜻, 감정, 마음, 생각, 취향 등을 가리킨다.

세상 사람들이 터득하기 어려운 것은 오직 의취意趣일 따름이다. 의취라는 것은 마치 산 위의 색깔, 물의 맛, 꽃 속의 빛깔, 여인의 자태와 같아서, 비록 설명을 잘하는 사람이라고 해도 그 형상에 대해 한 마디 말도 하지 못하는 것이다. 오직 마음으로 터득해 깨달은 사람이라야 알 수 있다.…
의취란 마땅히 어린아이와 같아서 자신에게 의취가 있다는 사실을 알지 못한다고 해도 어느 곳에 있거나 의취 아닌 것이 없는 것이다. 어린아이의 얼굴에는 일부러 단정하게 꾸민 모습이 없고, 눈동자는 여기저기 두리번거리느라 한 곳에 고정되어 있지 않고, 입은 말을 참지 못해서 재잘거리고, 발은 이리 뛰고 저리 돌아다니느라 한 곳에 가만히 있지를 못한다. 인생의 지극한 즐거움은 참으로 어린아이 시절보다 더 좋은 때가 없다. 맹자가 말한 "어린아이를 잃어버리지 않는다"는 것이나 노자가 말한 "어린아이만이 그렇게 할 수 있다"라는 것은 모두 이와 같은 상태를 가리키는 것이다.

_원굉도, 《원중랑집》, 서진정보회심집敍陳正甫會心集

'성령'과 '의취'의 관계는 진실하고 진솔하며 자연스럽다는 측면에서 동심과 일맥상통한다. 이러한 까닭에 명나라 말기인 17세기 초(1633년) 16명 문장가의 소품문을 모아 엮은 《황명십육가소품皇明十六家小品》을 간행한 육운룡陸雲龍은 원굉도의 소품문을 망라한 《원중랑선생소품袁中郎先生小品》의 서문에서, 그 시문을 가리켜 "진실하고 솔직하다"고 칭송하면서 원굉도가 글을 지을 때 '성령이 어떻게 작용하는가'에 대해 이렇게 밝히고 있다.

소수小修(원중도의 자)는 중랑(원굉도의 자)의 시문을 칭송하며 말하기를 "진실하고 솔직하다"고 했다. 진실하고 솔직하면 성령이 발현된다. 성령이 발현되면 의취가 생겨난다. 중랑은 벼슬자리에 묶이거나 얽매이지 않아서 정직하게 그 의취를 감추지 않았고, 그 성령이 발현되는 지점을 억누르지 않았다. … 가슴에서 용솟음치는 대로 거리낌 없이 말하고, 손이 움직이는 대로 거침없이 붓을 휘둘러 온전히 중랑 자신의 의취를 묘사하고 성령을 표현하였다. 그렇게 해서 중랑은 마침내 스스로 한 사람의 중랑을 완성하였다.

_육운룡, 원중랑선생소품서袁中郎先生小品序

이러한 논리의 연장선상에서 원굉도는 자신의 창작 방법에 대해 이렇게까지 과감하게 말할 수 있었다. "나의 문장은 팔이 움직이는 대로 맡겨놓고 곧바로 써 내려간 것에 불과하다. 시를 지을 때는 성정性情을 진실하게 묘사한다. 문장을 지을 때는 진실하지 않거나 실속이 없는 말 또는 사실이 아닌 것을 사실인 것처럼 거짓으로 꾸미는 말은 절대로 쓰지 않았다."

그렇다면 이제부터 도대체 공안파의 '무엇'이 18세기 조선의 지식인들을 그토록 매료시켰던 것일까? 여기에 대한 궁금증을 하나씩 하나씩 풀어나가보자.

무엇보다 먼저 발견할 수 있는 공안파의 면모는 고문에 대한 맹목적인 추종, 다시 말해 고문을 문장의 전범과 표준으로 삼아 학습하고 모방하는 것을 최고의 가치로 여겼던 당대 문단의 현실을 전면적으로 거부했다는 점이다. 고문을 전범과 표준으로 삼아 글을 쓰는 것은 '모사하고 답습하는 글쓰기'에 불과하다. 모사하거나 답습하는 글은 옛글일 뿐 지금의 글이 아니다. 그것은 남의 글이지 나의 글이 아니다. 그러한 글은 가짜 글일 뿐 참된 글이 아니다. 여기에는 그 어떤 독창성이나 참신성도 존재하지 않는다. 그럼 어떻게 해야 하는가? 전범으로 삼거나 표준으로 삼아야 할 시대의 문장이란 애초에 존재하지 않는다. 각각의 시대에는 그 시대의 고유한 문체와 문장이 있을 뿐이기 때문이다. "고문古文이 금문今文이 될 수 없는 까닭은 시대가 다르기 때문이다. 그 간결하고 명확하고 단정하고 유창하며 아름답고 통쾌한 것은 문장이 변화한 것이다. 세상을 움직이는 도리가 이미 변했다면 문장 역시 이에 따라 변화한다. 현재가 과거를 모방할 필요가 없는 까닭 역시 시대가 다르기 때문이다." 따라서 공안파는 그 시대마다의 글을 써야 비로소 모사하거나 답습하지 않은 독창적이고 참신한 글이 나온다고 역설했다.

이른바 고문이라는 것은 오늘날에 이르러서는 해악이 극심하다. 왜 그러한가? 한나라의 문장을 배우처럼 모방하는 것을 문장이라고 말하지만, 그것은 문장이 아니다. 당나라의 시에 노예가 되어 숭상하는 것을 시라고 말하지만, 그것은 시가 아니다. 송나라와 원나라의 여러 문장가들이 흘려 남겨놓은 침방울을 과장되게 꾸미거나 아름답게 장식하여 시문의 대가들이라고 말하는데, 그들은 시문의 대가가 아니다. 대개 옛것이면 옛일수록 더욱 고루해 천박하고, 비슷하면 비슷할수록 더욱 가짜일 따름이다. 하늘과 대지 사이의 참된 문장이 점차 몰락하여 거의 사라져버렸다. 다만 홀로 박사가博士家의 말만은 오히려 취할 만한 것이 있다. 박사가의 문체만은 옛것을 그대로 따라 모방하거나 답습하지 않았고, 박사가의 문장만은 반드시 재주가 지극한 경지에 이를 때까지 전력을 다했고, 박사가의 운율만은 해마다 변화하고 달마다 동일하지 않았다. 그래서 손과 눈이 각각 다르게 드러나고, 방법과 체재 역시 다르다. 지난 200년 이래로 제왕이 선비를 취한 이유와 선비가 자신의 독창적인 경지를 펼쳐 보인 것은 겨우 이 박사가의 문장이 있었을 뿐이다. 그런데 오늘날의 문장을 비루하다고 멸시하는 문사들은 오히려 문장이 고문의 종류와 같지 않다고 해서 멀리하거나 내쫓으며 문장가 집단에 들어오지도 못하게 한다. 아아! 그러한 자들은 시대가 있다는 것을 알지 못하는데, 어찌 문장이 있다는 것을 알겠는가!

_ 원굉도, 《원중랑집》, 제대가시문서諸大家時文序

옛사람의 글을 쓰지 않고 지금 나의 글을 쓰게 되면, 그렇게 하지 않으려고 해도 반드시 남의 글을 흉내 내는 것에서 벗어나 각자의 글, 곧 자신만의 진정과 진심이 담겨 있는 글을 짓게 된다. 이러한 관점에서 원종도는 시대의 문장을 의론한 '논문論文'이라는 글에서 자기에게서 나온 감정이 아니면 가짜 연기일 뿐이고, 자신에게서 나온 글이 아니면 아무것도 쓰지 않은 백지나 다름없다고 주장했다. 그러면서 "만약 그 가슴속에 자기 의견이 무성하고 자기 생각이 충만하다면 먹을 갈 겨를도 없고 붓을 휘두를 틈도 없이" 저절로 글이 쏟아져 나오기 때문에 옛사람의 문장을 흉내 내거나 모방할 필요도 없을 뿐더러 그럴 시간도 없게 될 것이라고 역설했다.

음악을 연주할 경우 쇠북은 북소리를 빌리지 않고, 북은 쇠북 소리를 빌리지 않는다. 어째서 그러한가? 그 악기의 성질이 다르기 때문이다. 문장 역시 마찬가지다. 한 학파의 학문은 하나의 의견을 만들어 표출하고, 하나의 의견은 그에 합당한 일반적인 언어를 창출해낸다. 이와 반대로 의견을 갖지 못하면 공허하거나 부박浮薄하게 되고, 공허하거나 부박하면 옳고 그른 것도 분별하지 못하고 뚜렷한 소신 없이 그저 남이 하는 대로 따라가게 된다. 이러한 까닭에 크게 기뻐하는 사람은 반드시 기절하여 넘어지고, 크게 슬픈 사람은 반드시 고통스럽게 울부짖고, 크게 분노한 사람은 반드시 땅이 울리도록 큰 소리로 울며 아우성치고 머리털을 곤두세우는 법이다. … 만약 그 가슴속에 자기 의견이 무성하고 자기 생각이 충만하다면 먹을 갈 겨를도 없고 붓을 휘두를 틈도 없게 될 것이다.

_원종도, 논문 하下

이렇게 문장을 짓는다면, 그것이 바로 나에게서 나온 자신의 글이자 지금 시대의 문장이 되는 것이다. 따라서 이전에 존재했던 어떤 글과도 비슷하거나 닮지 않은 글을 써야 한다는 점에서 그것은 반드시 기궤첨신한 글을 지향해야 한다. 기궤첨신하면 기궤첨신할수록 어느 누구도 흉내 내지 않고 어떤 글도 모사하거나 답습하지 않은 글이 될 수밖에 없기 때문이다. 따라서 어느 곳에서도 본 적이 없거나 어느 누구의 글도 닮지 않은 글이라는 평가는 문장가가 가장 기뻐해야 할 찬사이지 혹평이 아니다. 원굉도는 문장의 '신기新奇(새롭고 기이하다)'라는 것도 여기에서 벗어나지 않는다고 보았다.

> 문장의 새로움[新]과 기이함[奇]에는 일정한 규칙과 법식이 없다. 다만 요약하자면 다른 사람이 드러낼 수 없는 것을 드러내고, 구법句法과 자법字法과 조법調法 하나하나가 자기 가슴속에서 흘러나왔다면, 이것이야말로 진정한 새로움과 기이함이다. 요즈음 일종의 새롭고 기이한 투의 속임수가 있어서 마치 새로운 것 같이 보이지만 실상은 진부한 것에 불과하다. 아마도 이러한 투의 문장에 한번 떨어지게 되면 혐오감만 더욱 심해지게 될 것이다.
>
> _원굉도, 《원중랑집》, 답이원선答李元善

그런데 재미있게도 박지원의 《연암집》에 실려 있는 '영처고서'를 읽어보면 마치 데자뷰 현상처럼 원굉도의 주장이 150여 년이 흘러 조선에서 되풀이되고 있는 것 같은 모습을 발견할 수 있다. 18세기 조선에서도 이덕무의 시문을 두고 세상 사람들이 이렇게 조롱하고 비웃는다. "비루하구나! 이덕무가 지은 시야말로. 옛사람의 시를 배웠건만 그 시와 비슷한 점을 볼 수 없구나. 이미 털끝만치도 비슷하지 않는데 어찌 그 소리가 비슷하겠는가? 거칠고 서툰 사람의 비루함에 안주하고, 오늘날의 자질구레하고 보잘것없는 풍속과 유행을 즐겨 읊는다. 지금의 시일 뿐 옛 시는 아니다." 한당漢唐과 송명宋明, 즉 중국의 옛 시문을 모범으로 삼고 그 가르침에 따라 시문을 짓지 않는 이덕무의 작품은 시문이라고 할 수도 없다는 얘기다. 그러나 이와 같은 비난과 비방에 대해 박지원은 오히려 "나는 이 말을 듣고서 크게 기뻐했다"고 말하면서 이것이야말로 이덕무의 시에서 볼 만한 것이라고 목소리를 높였다. "옛날로 말미암아 지금을 보면 진실로 비루하다. 그러나 옛사람도 자신을 볼 때 반드시 자신은 옛사람이 아니라고 생각했을 것이다. 당시에 그 옛사람의 시를 본 옛사람 역시 그때는 한 명의 지금 사람이었을 따름이다. 따라서 세월이 도도히 흘러가는 것에 따라 풍요風謠도 여러 차례 변하였다. 아침에 술 마시던 사람이 저녁에는 세상을 떠나 과거의 사람이 되어 있다. 천만 년 동안 이것을 따라 옛날이 되었다. 그렇다면 '지금'이라는 것은 '옛날'과 대비하여 이르는 말이다. '비슷하다'는 것은 모름지기 '저것'과 비교하여 쓰는 말이다. 대개 '비슷하다'는 말은 비슷한 것일 뿐이니, 저것은 저것일 따름이다. 이것은 저것이 아니다. 그러므로 나는 이것이 저것이 되는 것을 아직 보지 못했다." 그러면서 박지원은 이렇게 말했다. "지금 이덕무는 조선 사람이다. 산천과 풍속과 기후가 중화와 다르고, 언어와 민요 역시 한나라나 당나라와 같지 않다. 그런데 만약 작법이 중화를 본받고 문체는 한나라와 당나라를 답습한다면, 나는 그 작법이 고상해질수록 그 뜻은 참으로 비루해지고 또한 문체가 비슷할수록 그 언사는 거짓일 뿐이라는 것을 본다"라고. 원굉도의 사유를 통해 박지원의 사유를 볼 수 있고, 박지원의 사유를 통해 원굉도의 사유를 볼 수 있지 않은가?

어쨌든 이러한 독창적이고 참신한 문장론 때문에 공안파는 등장 당시부터 중국 문단의 전통을 거스르는 이단인가, 아니면 중국 문단의 진부한 폐단을 일신한 혁신인가의 논란에 휩싸였다. 이로 인해 극단적인 혹평과 배척에 시달렸는가 하면, 극단적인 찬사와 열광을 받기도 했다. 18세기 조선에서도 이용휴, 이덕무, 박지원 등 일단의 지식인 그룹의 창작 활동에 막대한 영향을 끼쳤는가 하면, 경학에 근거한 순정한 고문을 옹호한 나머지 심지어 문체반정까지 일으켰던 정조의 경우에는 "문장을 망치는 가장 해로운 적"으로 원굉도의 《원중랑집》을 지목하기도 했다. 공안파의 문장과 철학에 동의하든 그렇지 않든, 이들의 기궤첨신한 작품과 창작 활동은 그만큼 17~18세기 동아시아 문인과 지식인 사회를 뒤흔들었던 핫 이슈 중 하나였던 것이다.

필자는 앞서 18세기 조선 지식인의 글쓰기는 두 가지 차원에서 이전 시대와는 본질적으로 달랐다고 말한 적이 있다. 그 하나가 '무목적성', 즉 목적 없는 글쓰기라면, 다른 하나는 '주관성', 곧 주관적인 글쓰기였다. 전자가 특정한 목적 없이 자유롭게 글을 썼다는 뜻이라면 후자는 주관적 의견, 즉 개성과 자기 취향이 강한 글을 썼다는 얘기다. 그런데 이 두 가지 특징, 다시 말해 '자유'와 '개성'은 공안파가 새롭게 주창한 문장론의 핵심적인 가치관이었다.

명예나 출세에 속박당하거나, 권세나 이익에 얽매이지 않은 채 자신의 감정과 마음을 진실하고 솔직하게―또한 중요하게도―자유롭게 표현하려면 무엇보다도 글쓰기에 '목적'이 없어야만 한다. 목적이 있게 되면 반드시 그 목적을 이루기 위해 글을 인위로 짓게 되고 가식으로 꾸미게 될 수밖에 없기 때문이다. "오직 성령을 표현할 뿐 격식에 얽매이지 않는다"는 문장 철학이자 미학 자체가 어떤 것에도 구속받거나 속박당하지 않고 아무것에도 구애받지 않은 채 창작 활동을 했던 공안파의 진면목을 대변한다. 그것은 지극한 자유와 극한의 자유를 추구하는 것이야말로 문학의 진정한 정신이라는 주장에 다름없었다. 원중도는 《중랑선생전집中郎先生全集》에 서문을 쓰면서 원굉도의 문학적 사유의 기저에 뿌리박고 있는 자유정신을 이렇게 묘사했다.

> 선생의 시문들은 사람들의 집착과 속박을 깨뜨리는 데 뜻이 있었다. … 황노직黃魯直(황정견黃庭堅)은 이렇게 말했다. "노부老父의 글씨는 애초 정해진 법도가 없다. 단지 세상 사이에서 살아가며 마주한 모든 인연들을 마치 모기떼가 모였다가 흩어지는 이치와 같다고 바라보고, 일찍이 가슴속에 한 가지 일이라도 가로 걸어놓은 적이 없었다. 이러한 까닭에 붓과 먹을 따져서 가리지 않았고, 우연하게라도 종이를 대하면 즉시 글씨를 쓰고, 글씨를 쓸 종이가 다 없어지면 그만두었을 뿐이다. 또한 다른 사람들의 품평이나 비평, 조롱이나 힐책에 마음을 두고 헤아려볼 겨를조차 없었다. 비유하자면 마치 나무로 만든 인형이 곡조에 따라 박자를 맞춰 춤추는 모습을 보면 사람들은 공교工巧롭다고 하다가도 춤이 다 끝나면 다시 조용해지는 것과 같다." 이것은 참으로 선생이 예전에 하신 말씀과 뜻이 다르지 않다. … 영혼의 깊은 곳에서 자연스럽게 발출發出하고, 지혜로운 입에서 토설吐說하고, 날카롭고 우렁찬 울림의 묘사를 고요하고 가지런하며 맑고 깨끗하게 쏟아내어서, 모든 시문이 세속의 먼지에 찌든 더러운 마음을 말끔히 씻어내고 활활 타오르는 속세의 욕망을 덜어내고 번뇌를 없애줄 만한 것들이었다.
>
> _ 원중도, 중랑선생전집서中郎先生全集序

원중도의 증언은 앞서 인용했던 육운룡의 원굉도 비평, 즉 '원굉도는 벼슬을 할 때도 관직에 묶이거나 얽매이지 않아서 진솔하게 자신의 의취를 감추지 않았고, 자신의 성령을 억누르지 않았다'는 증언과 일맥상통한다. 이렇듯 문학의 자유정신을 작품 속에서 철저하게 추구하고 지극하게 구현하기 위해―어떤 것에도 구속받지 않고 아무것에도 얽매이지 않고―자신의 전부를 써냈기 때문에 원굉도는 마침내 온전한 원굉도가 될 수 있었다는 얘기다. 그것은 원굉도의 문장이 기궤첨신할 수 있었던 또 하나의 비결이었다. 또한 '주관적 글쓰기', 즉 원굉도가 주관적인 감성과 의견을 중시하는 글을 썼던 점에 대해 원중도는 이렇게 말하고 있다. "문장의 작법을 주된 것으로 삼아 자기 의견을 다듬거나 꾸미는 잘못에서 벗어나서, 마땅히 자기 의견을 주된 것으로 삼아 문장의 작법을 부릴 줄 알았다."

본조本朝(명나라)에 와서 여러 군자들이 출현하여 그것을 교정할 때, 문장은 진한秦漢 시대, 시는 성당盛唐 시대를 본보기로 삼았다. 이에 사람들은 비로소 고법古法이 있다는 사실을 알게 되었다. 그러나 그렇게 기본이 세워진 이후로 시와 문장을 짓는 사람들이 자기 생각 없이 그저 옛사람들이 하는 대로 따라하거나 심지어 표절을 일삼게 되었는데, 이러한 일은 마치 위조한 참정讒鼎(춘추전국시대 노나라의 국보 중 하나였던 솥의 이름)이나 가짜 고觚(술잔)와 같이, 그 형상은 비슷하게 흉내 냈지만 신기한 골격은 도저히 찾아볼 수 없는 것이나 다름없었다. 이때 선생이 나타나서 이렇게 그릇된 세태를 구제하니, 비로소 자기 의견을 주된 것으로 삼아 문장의 작법을 부릴 줄 알게 되어서, 문장의 작법을 주된 것으로 삼아 자기 의견을 다듬는 잘못에서 벗어날 수 있게 되었다. … 서로 함께 어울려서 각자의 기이한 재주를 드러내 보이고 끝없이 쉬지 않고 변화를 추구한 다음에야 한 사람 한 사람마다 모두 간직하고 있는 일단의 진면목이 종이와 먹, 글자와 문자 사이에서 넘쳐흘러 드러나게 될 것이다. 다시 말해 모난 것과 둥근 것, 검은 것과 흰 것이 서로 대립하고, 순수한 것과 잡스러운 것이 어지럽게 뒤섞여 나오더라도, 이러한 것들이 모두 각자의 장점을 가지고서 영원히 썩어 사라지지 않을 이름을 만들어가는 것이다. 이러한 이유 때문에 선생의 공적은 위대하다고 할 만하다.

_원중도, 중랑선생전집서

원굉도의 글쓰기 전략은 이렇다. 어떤 시대의 문장도 모방하거나 답습하지 않는다. 어떤 사람의 글과도 비슷하거나 닮지 않는다. 오직 자신에게서 나온 감정과 생각을 진실하게 표현한다. 그래야 나만의 글이 나온다. 이렇게 하게 되면, 문장의 표준이나 원칙과 방법으로 삼을 수 있는 객관적 기준과 준거는 철저하게 부정된다. 그럼 결국 글을 쓸 때 의지할 것은 내가 보고 듣고 느끼고 생각한 주관적인 감성과 의견뿐이다. 그런데 주관적인 감정과 의견이란 도대체 무엇인가? 이에 대해서는 앞서 인용했던 원굉도가 자신의 동생 원중도의 시문에 대해 비평한 '서소수시'로 다시 돌아가 살펴볼 일이다. 원굉도는 이렇게 말한다. "그저 자신의 본성에 맡겨서 저절로 흘러넘쳐 드러나는 희로애락의 감정, 기호와 취향, 정욕과 욕망에 통해 자연스럽게 시문으로 묘사하거나 표현하면 된다." 이것을 묘사하고 표현하는 글만이 원굉도가 역설한 진문, 즉 참된 글이다. 그리고 이 진문은 어떤 시대의 글에서도 찾아볼 수 없고, 어느 누구의 글에서도 찾을 수 없는 오직 나 자신의 글이라는 점에서 세상 모든 사람들에게는 기괴첨신한 글이 된다. 심지어 원굉도는 비록 서툴고 엉성해 결점이나 잘못이 있는 글이라고 하더라도 주관적인 감정과 의견의 본색을 드러내고 독조獨造한 글이라면, 차라리 모방하고 답습하거나 거짓으로 꾸미고 그럴싸하게 장식한 훌륭한 글보다 훨씬 나은 글이라고 주장했다. 이렇듯 자신에게서 나온 욕망을 긍정하고, 감정의 유출을 독려하고, 개성과 취향을 찬미하는 등 주관적인 감성과 의견을 중시했던 원굉도의 글쓰기가 탄생시킨 일종의 문예사조가 18세기 조선의 지성사에서 크게 유행했던 '벽癖 예찬'이다. 이 점에 대해서는 10여 년 전 정민 교수가 《미쳐야 미친다》라는 책을 통해 널리 알린 바 있다. 원굉도는 일찍이 병화甁花(화병에 꽂아 놓은 꽃)에 관한 자신의 기호와 취향을 묘사한 '병화사甁花史'라는 제목의 글에서 "벽이 없는 사람일수록 그 언어가 맛이 없거나 그 면목이 가증스러울 뿐이다"라고 말했다.

내가 관찰해보았는데, 세상에서 그 언어가 맛이 없거나 그 면목이 가증스러운 사람은 모두 벽이 없는 무리였을 따름이다. … 옛날에 꽃에 미치도록 탐닉해 화벽花癖에 걸린 사람이 사람들에게 어떤 장소에 한 송이 기이한 꽃이 있다는 말을 듣기라도 하면, 비록 깊은 산골짜기나 높고 가파른 산봉우리일지라도 미끄러져 거꾸러지거나 다리가 아파 절뚝절뚝 저는 고통조차 기꺼워하며 찾아다녔다. 혹독한 추위와 한창 심한 더위에 피부가 얼어터지고 비 오듯 흘러내리는 땀에 흠뻑 젖어 마치 진흙을 뒤집어쓴 것처럼 온몸이 더러워져도 전혀 알지 못할 정도였다. 한 송이 꽃이 장차 피기 시작하면 베개와 이부자리를 옮겨 깔고 덮고서는 그 꽃 아래에 누워 잠자면서, 꽃이 막 필 때부터 활짝 피어 만발하고 시들어 땅에 떨어질 때까지 모두 관찰한 다음에야 그 자리를 떠났다. 더러 천 뿌리와 만 줄기의 꽃으로써 그 변화를 궁리하는가 하면, 더러 한 가지와 여러 꽃

송이로써 그 자태를 즐기는가 하면, 더러 잎의 냄새를 맡아보고서는 꽃의 작고 큰 것을 아는가 하면, 더러 뿌리를 살펴보고 꽃이 붉은 빛깔인지 하얀 빛깔인지 분별하곤 하였다. 이러한 일은 진심으로 꽃을 사랑한다고 말할 수 있을 뿐만 아니라 또한 참으로 호사를 누리는 삶이라고 말할 수 있다.

_원굉도,《원중랑집》, 병화사

이렇게 본다면 정민 교수가 《미쳐야 미친다》에서 소개했던 박제가 등 18세기 지식인들의 '벽 예찬'은 사실 원굉도의 조선판 버전에 다름없었음을 알 수 있다. 18세기 조선 사회를 뒤흔든 문장의 혁신적 사유는 공안파, 특히 원굉도의 문학적 사유의 기저 위에서 성립되었다고 해도 크게 틀린 말이 아니다. 아니, 오히려 공안파의 문학적 사유를 알아야 비로소 18세기 조선의 지식인들이 어떻게 그토록 높고 넓은 수준의 글쓰기 혁명을 이루었는지를 제대로 이해할 수 있다.

이제 정리해보자. 글을 잘 썼느냐 못 썼느냐, 훌륭한 글인가 별 볼 일 없는 글인가는 전혀 중요하지 않다. 비록 서툴고 엉성해 잘못투성이인 글일지라도 어느 시대에도 없고 다른 누구도 쓰지 못한 나만의 글을 써야 한다. 왜? 서툴고 엉성하거나 잘못된 글은 고치면 되지만 이른바 명문이란 것을 모방하고 답습하거나 흉내 내어 비슷하게 닮은 글은 버려야 하기 때문이다. 전자의 글은 진문, 즉 진짜 글이지만 후자의 글은 가문假文, 곧 가짜 글일 뿐이다. 만약 문학사에 남을 가치가 있는 글이 있다면 아마도 서툴고 엉성한 진짜 글이지 명문을 모방하거나 흉내 낸 가짜 글은 아닐 것이다. 기궤첨신한 글이 갖는 문학적 가치와 의미는 여기에서 찾아야 한다. 그리고 공안파는 바로 그 '기궤첨신함' 때문에 비록 수백 년 동안 이단과 혁신의 혹평과 찬사를 오고 가는 역사적 풍파를 겪었지만 오늘날까지 중국 문학을 일거에 바꾸어놓은 대문장가로 유명세를 치르고 있다. 만약 누군가 필자에게 중국의 3대 문장가를 추천해보라고 한다면, 필자는 주저하지 않고 사마천과 원굉도 그리고 노신을 꼽을 것이다. 왜? 이들은 이전 시대와 다른 나라의 글을 모방하거나 답습하지 않았을 뿐더러 옛사람을 흉내 내거나 다른 사람과 비슷하거나 닮은 글을 쓰지 않았기 때문이다. 다시 말해 오직 자신에게서 나온 기궤첨신한 글을 썼기 때문이다. 물론 이것은 순전히 필자의 주관적인 의견이기 때문에 독자들이 이에 동의하는가 그렇지 않는가는 전혀 중요하지 않다.

앙시앙 레짐에 던져진 최초의 폭탄

• 볼테르

프랑스의 세계적인 문호 빅토르 위고는 이렇게 말했다. "이탈리아에는 르네상스가 있고 독일에 종교개혁이 있다면 프랑스에는 볼테르Voltaire가 있다." 서양사에서 르네상스와 종교개혁이 중세와 결별하고 근세로 넘어가는 혁명적인 분기점이었다는 사실을 상기한다면, 빅토르 위고의 말은 볼테르(1694~1778)야말로 르네상스라는 이탈리아의 문화혁명과 종교개혁이라는 독일의 종교 혁명과 동일한 가치와 의미를 갖는 프랑스의 사상 혁명과 문학 혁명을 불러일으킨 인물이었다는 평가다. 빅토르 위고는 왜 이토록 볼테르를 높게 평가했던 것일까? 그것은 볼테르가 철학과 문학의 글쓰기를 통해 유럽의 구체제, 즉 절대왕정에 최초로 혁명의 폭탄을 던진 사상가이자 문학가였기 때문이다. 오늘날 우리가 '빛의 세기' 혹은 '이성과 계몽의 시대'로 부르는 유럽의 18세기를 만들고 나아가 그 세기 말에 마침내 구체제, 즉 절대왕정을 무너뜨린 프랑스혁명을 완성한 혁명 세대는 모두 볼테르의 철학적·문학적 후계자였다고 해도 과언이 아니다. 실제 볼테르가 사망한 1778년 5월 30일로부터 13년이 지난 1791년 7월 12일 프랑스 혁명군의 국민의회가 루이 16세에게 강요하여 볼테르의 유해를 판테온으로 가져올 때, 남녀 시민 10만여 명이 호위하고 60만 명이 지켜본 파리의 거리를 지나간 그의 영구차에는 이런 글귀가 씌어져 있었다고 한다. "그는 인류의 정신에 위대한 자극을 주었다. 그는 우리를 위하여 자유를 준비하였다."[50]

모두 99권의 저서와 2만 여 통의 편지를 남긴 볼테르는 평생 동안 다양한 형식의 실험적이고 독창적인 글쓰기를 대담하고 과감하게 시도한 집필 작업을 멈추지 않았다. 그 까닭은 이러한 글쓰기가 자신이 추구했던 철학과 문학의 불온한 정신, 즉 절대왕정 체제의 정치-종교-지식 권력에 대한 '저항과 자유정신'을 전파하는 데 효과적이었기 때문이다. 과거와 단절하려는 사람이 과거의 글을 답습할 수는 없다. 새로운 시대를 열려는 사람은 새로운 시대의 글을 써야 한다. 볼테르의 이러한 실험적이고 독창적인 글쓰기는 크게 세 가지 차원에서 살펴볼 수 있다. 첫째는 온갖 계층의 사람들에게 보내는 편지 형식의 글이고, 둘째는 철학과 소설을 결합한 콩트 형식의 글이고, 셋째는 학문과 지식을 집대성한 사전 형식의 글이다. 첫 번째에 해당하는 대표적인 저작이《철학서간Lettres philosophiques》(1734년)이라면, 두 번째에 해당하는 대표적인 저작은《미크로메가스 Micromégas》(1752년)와《캉디드Candide ou l'optimosme》(1759년)이고, 세 번째에 해당하는 대표적인 저작은 《백과전서》(1751년)와 《철학사전Dictionnaire philosophique portatif》(1764년)이라고 할 수 있다.

볼테르의 실험적인 글쓰기와 불온한 정신이 가장 돋보이는 첫 저서라는 평을 받고 있는 《철학서간》은 영국에서 3년 동안 망명 생활을 거치면서 탄생한 작품이다. 《철학서간》에는 영국의 종교 제도와 정치체제는 물론 상업, 철학, 문학, 학술 등에 관한 볼테르의 입장과 견해가 모두 25편의 편지로 구성되어 있다. 영국의 사례를 빌려서 프랑스를 비판하는 형식의 글이다. 실제 볼테르는 3년의 망명 생활 동안 직접 목격한 영국의 입헌군주제와 의회 민주주의 그리고 직접 경험한 사상과 표현의 자유를 사상적 기반으로 삼아 프랑스를 비롯한 유럽의 절대왕정을 우회적으로 비판하고 공격했다. 영국의 입헌군주제와 의회 민주주의에 대한 직접적인 찬양을 통해 프랑스의 절대왕정 체제를 공격하고 나아가 프랑스인에게 저항과 자유정신을 호소하고 있다. 특히 그는 여기에서 왕은 '배의 일등 조종사'에 불과할 뿐 '배의 주인'이 되어서는 안 된다는 강력한 메시지를 보내고 있다. 이러한 까닭에 프랑스의 문학사가이자 평론가인 귀스타브 랑송Gustave Lanson은 이 책에 담긴 불온성과 혁명성을 가리켜 "《철학서간》은 구체제(앙시앙 레짐ancien régime)에 던져진 최초의 폭탄"이라고까지 말했다.

영국 국민은 자신의 자유만 열망하는 것이 아니라 다른 국민들의 자유도 열망한다. 영국인들이 루이 14세에 악착같이 대항한 것은 오직 루이 14세가 야심이 있다고 생각했기 때문이었다. 그들은 루이 14세와 어떤 확실한 이해관계도 없이 마음의 기쁨을 위한 전쟁을 치렀던 것이다. 물론 그들은 영국 내에 자유를 확립하기 위해 대가를 치렀다. 전제 권력의 우상을 피의 바다에 빠뜨려 죽게 했지만, 영국인들은 훌륭한 법을 갖기 위해 너무 비싼 값을 치렀다고는 생각하지 않는다. … 프랑스인들은 이 섬나라 정부가 섬을 둘러싼 바다보다 더 풍랑이 심하다고 생각하는데 사실 맞는 말이다. 그러나 그것은 왕이 폭풍을 불러올 때, 그리고 일급 조종사에 지나지 않을 따름인 왕이 배의 주인이 되려고 할 때다. 프랑스의 내란은 영국 내란보다 더 오래 끌었고, 더 잔인했고, 더 범죄가 넘쳤지만, 이 모든 내란 가운데 그 어떤 경우도 지혜로운 자유를 목적으로 하지는 않았었다.

_볼테르, 《철학서간》, 의회에 관하여[51]

이렇듯 영국의 정치체제를 이상적인 국가 형태로 찬양하고 프랑스의 정치체제를 비판했다는 이유에다가 귀족과 성직자들을 노골적으로 비난한 탓에, 《철학서간》은 위험하고 불온한 서적으로 낙인 찍혀 즉시 금서 처분을 받았고 볼테르에게는 체포령이 내려졌다. 당국의 체포령을 피해 로렌 지방 에밀리 뒤 샤틀레Emilie du Châtelet 부인의 시골 별장으로 몸을 숨긴 볼테르는 이곳에서 무려 10년을 머물러야 했다.

볼테르가 쓴 수많은 편지 글과 떨어져서 생각할 수 없는 또 다른 저작으로는 《관용론Le Traité sur la tolérance》이 있다. 이 저서는 당시 프랑스 사회를 지배했던 종교의 폭정과 광기에 대한 고발이자 동시에 "파렴치를 분쇄하시오!"라는 슬로건을 앞세워 종교적 관용을 호소한 작품이다. 특히 이 작품은 아들이 구교도로 개종하려고 하자 홧김에 살해했다는 죄를 뒤집어 쓴 신교도 장 칼라스Jean Calas가 정확한 조사 과정도 없이 처형당한 사건—사실 아들은 목을 매어 자살했다—에 대해, 볼테르가 앞장서 그의 무죄와 명예 회복, 나아가 종교적 관용을 위한 사회적 연대와 공론을 일깨우기 위한 전략으로 탄생했다. 그런 점에서 《관용론》은 이전 시대는 물론 동시대의 어떤 작가의 문학작품에서도 찾아보기 힘든 볼테르 특유의 문학 정신을 담고 있다. 그 문학 정신이란 다름 아닌 '르포르타주를 통한 사회 고발과 비판 정신'이다. 이 점에 대해 볼테르는 이렇게 밝히고 있다.

> 1762년 3월 9일 툴루즈 시의 재판정이 정의의 이름을 빌려 집행한 칼라스의 사형은 참으로 특이한 사건으로, 우리 시대와 후대의 사람들은 이에 관심을 기울일 필요가 있다. … 만약 죄 없는 한 가장의 운명이 오류나 편견, 혹은 광신에 사로잡힌 자들의 판결에 맡겨진다고 하자. 이 피고인이 스스로를 변호하기 위해 내세울 것이란 자신의 훌륭한 품성밖에 없다면, 그리고 그의 생명을 심판하는 자들이 잘못 생각해서 무고한 그의 목을 베도록 한다면, 즉 이 재판관들이 판결을 통해 벌 받지 않고 살인을 저지를 수 있다면 어떻게 될까? 그렇다면 공중公衆의 여론이 들고 일어날 것이다. 사람들은 각자 자기 자신에게 그런 경우가 닥칠까 봐 두려워할 것이며, 시민의 생명을 보호하기 위해 세워진 재판정 앞에서 그 누구의 생명도 안전하지 않음을 알게 될 것이다. 그리하여 모두들 입을 모아 그 무고한 사람의 복수를 요구하게 될 것이다.[52]

편지 형식의 글쓰기는 유인물이나 선언문과 같이 직접적으로 투쟁을 선동하는 형식을 취하지 않으면서도 그 못지않게 모든 계층의 사람들에게 저항과 자유를 호소하는 강력한 힘을 갖출 수 있다는 장점이 있다. 이러한 글쓰기는 "그 자체로 독자적인 문학 형식이었을 뿐만 아니라, 또—편지라는 거대한 통신망을 의식적으로 이용함으로써—사회적 네트워크와 그것에 기반한 공론의 형성을 담당하는 중요한 전략적 장치"[53]로 작동했다. 이러한 까닭에 볼테르를 비롯해 당대의 저명한 계몽주의 사상가나 혁명가들이 가장 많이 채택한 작품 형식이 다름 아닌 서간체였다는 점에 주목할 필요가 있다. 예를 들자면 몽테스키외의《페르시아인의 편지Lettres persanes》(1721년), 루소의《신 엘로이즈Julie ou la nouvelle Héloïse》(1761년), 라클로pierre Choderlos de Laclos의《위험한 관계Les Liaisons Dangereuses》(1782년) 등이 그렇다. 18세기에 등장한 새로운 혁명 세대가 탄생시킨 독창적인 문학 형식이자 절대왕정에 대한 저항과 자유정신을 전 사회적으로 확산시킨 위험하고 불온한 글쓰기가 바로 서간체 형식의 저서였다는 얘기다. 이러한 까닭에 문학사적으로 볼 때 유럽의 18세기는 서간체 작품이 전성기를 구가한 시대였다고 해도 틀린 말이 아니다. 특히 볼테르는 이름 없는 시민에서부터 프로이센의 프리드리히 2세나 러시아의 예카테리나 2세와 같은 계몽 군주에 이르기까지 각계각층의 사람들에게 무려 2만여 통이 넘는 편지를 썼다. 편지의 형식을 통한 계몽주의 사상의 전파와 확산에서 볼테르의 글쓰기는 독보적이었다고 할 수 있다.

18세기를 전후해 조선과 중국 등 동양의 기궤첨신한 작품들이 전략적으로 소품문 형식의 글쓰기를 취했다면, 프랑스 등 서양의 기궤첨신한 작품들이 서간문 형식의 글쓰기를 취했다는 점도 비교해볼 만하다. 동양에서는 고문의 전통과 전범에 속박당하거나 격식에 얽매이지 않은 소품문을 통해 유학과 성리학의 정치-지식 권력에 저항했다면, 서양에서는 구체제의 정치-종교-지식 권력에 대한 저항과 자유정신을 서간문을 통해 전 사회적으로 호소하고 구축했다. 전자가 '소극적인 저항'이라면 후자는 '적극적인 저항'이고, 전자가 '부분적인 저항'이라면 후자는 '전면적인 저항'이었다. 이러한 까닭에 전자가—물론 사상 혁신과 사회 개혁 사상을 내포하고 있었다는 사실을 부정할 수는 없지만—주로 '문장 혁신을 위한 글쓰기'였다면, 후자는—사상 혁명과 문학 혁명을 뛰어넘는—'사회혁명을 위한 글쓰기'로 작용했다. 전자가 엄밀히 따져 그 본질적인 성격에 있어서 '개인적인 글쓰기'의 수준을 벗어나지 못했다면 후자는 명백하게 '사회적인 글쓰기'였다. 그래서 전자는 사회를 변화시키는 데 별다른 작용을 하지 못했지만, 후자는 근대 시민혁명을 인도하는 거대한 역할을 했다.

볼테르의 실험적이고 독창적인 글쓰기의 두 번째 유형에 해당하는 작품은 철학과 소설을 결합한 콩트 형식의 글들이다. 볼테르가 창안했다고 할 만한 기이하고 독특하면서 아주 새로운 18세기의 문학 장르가 바로 '철학 콩트' 혹은 '철학소설'이다. 그런데 서양문학사에 익숙하지 않은 사람들에게 철학 콩트 혹은 철학소설이라는 용어는 약간 생소할 것이다. 문학 사전에서 찾아보면 철학소설은 이렇게 정의되어 있다. "철학 및 사회 정치 문제에 대한 견해를 해설하고 선전하는 것을 주요 목적으로 하는 소설이다. 18세기 유럽의 계몽주의 문학에서 발생한 소설 유형으로, 봉건사회의 질곡과 기독교의 몽매주의를 비판하며 계몽주의 사상을 유포하는 역할을 하였다." 콩트란 대개 단편소설보다 더 짧은 소설을 가리킨다. 볼테르는 이 콩트를 독창적인 문학 형식으로 발전시켰다. 즉 짧은 소설 속에 간결하면서도 속도감 있는 문체로 종교, 이성, 교육, 학문, 운명, 진리 등 계몽주의의 철학적 메시지를 담았다.

아마도 볼테르가 철학 콩트라는 독특한 형식으로 쓴 소설 가운데 대표 작품이라고 할 수 있는 《미크로메가스》를 처음 읽는 사람은 그 기발한 발상과 기상천외한 스토리에 한 번 놀라고, 또한 그토록 짧은 이야기 속에 그토록 깊은 철학적 견해와 과학적 식견을 담은 구성에 다시 한 번 놀랄 것이다. 마치 《걸리버여행기》를 패러디한 이야기처럼 보이는 《미크로메가스》는—실제로 볼테르는 영국에서 망명 생활을 할 때 《걸리버여행기》를 프랑스어로 번역한 적이 있었다—지구보다 그 둘레가 2,160만 배나 큰 시리우스 은하계의 행성에서 태어난 미크로메가스라는 외계인의 우주 여행기이다.《걸리버여행기》와 유사하지만 그보다 훨씬 웅장한 문학적 스케일과 상상력을 담고 있다.《걸리버여행기》가 지구적 스케일과 상상력의 틀을 벗어나지 못한 반면《미크로메가스》는 우주적 스케일과 상상력으로 지구라는 별과 그 속에 사는 인간이라는 존재를 풍자하고 있기 때문이다. 아마도《미크로메가스》는 우주를 무대로 한 최초의 공상과학소설이라고 불러도 괜찮지 않을까 싶다.

흥미롭게도 미크로메가스는 키가 무려 2만 피트나 된다. 인간보다 몇 1,000배나 큰 존재다. 이러한 설정은 어떤 철학적 메시지를 담고 있을까? 우주적 관점에서 보면 지구는 지극히 작은 별에 불과하고 더욱이 인간은—현미경으로 보지 않으면—보이지도 않는 미물, 즉 좀벌레 같은 존재일 뿐이다. 미크로메가스라는 이 외계인의 이름은 '극소'를 의미하는 미크로micro와 '극대'를 의미하는 메가mega의 합성어이다. 어떤 존재의 관점에서 어떤 존재를 보면 '극소'이지만, 또 다른 존재의 관점에서 보면 그 존재는 '극대'가 된다.

인간과 비교해보면 꿀벌이 작고 보잘것없는 존재에 불과한 것처럼 꿀벌과 비교해보면 역시 작고 보잘것없는 존재가 있다는 것, 인간에 비교하면 어마어마한 크기의 미크로메가스도 그가 우주에서 보았다고 말한 어마어마한 크기의 거대한 동물들에 비교하면 작고 보잘것없는 존재에 불과하다는 사실, 또한 그 거대한 동물들도 비교해보면 작고 보잘것없는 존재에 지나지 않은 또 다른 존재가 우주의 어느 곳에 있다는 것을 그에게 일깨워주었다.

_볼테르,《미크로메가스》, 제6장 그들과 인간들 사이에 일어난 일[54]

'크다' 혹은 '작다'라는 개념이 절대적일 수 없듯이 모든 것은 관점에 따라 상대적일 뿐이라는 이 사고가 《미크로메가스》에 내포되어 있는 철학적 메시지다. 그리고 그것은 당대 사회를 지배하고 있던 종교적 진리의 '절대성'과 '편협성'에 대한 해체이자 전복이다. 그것은 '상대성'과 '다양성'에 대한 계몽주의적 찬양이다. 이러한 사실은 이 철학 콩트의 마지막에 등장하는 다음과 같은 에피소드에서 더욱 확연하게 드러난다. 미크로메가스는 지구에서 만난 철학자들에게 "그대들의 영혼은 무엇이며 어떻게 생각을 형성하는가?"라는 질문을 던진다. 지구의 철학자들은 아리스토텔레스, 데카르트, 말브랑슈Nicolas de Malebranche, 라이프니츠Gottfried Wilhelm Leibniz, 로크John Locke의 이름과 학설을 언급하며 각자의 의견을 말한다. 그런데 그 자리에 있던 신학자가 다른 철학자들의 말을 가로막으면서 이렇게 말한다. "나는 비밀을 다 알고 있다. 그것은 모두 토마스 아퀴나스Thomas Aquinas의 《신학대전Summa Theologiae》에 있다."[55] 그리고 미크로메가스를 위아래로 훑어보면서 그의 인격, 세계, 태양, 별 등 이 모든 것은 오직 인간을 위해 만들어졌다는 오만한 발언을 한다. 신학자의 말에 도저히 웃음을 참을 수 없었던 미크로메가스는 무한한 자존심으로 무장한 이 미물, 즉 인간의 편협함과 오만함에 화가 났지만 더없이 친절한 마음으로 모두가 볼 수 있도록 지극히 작고 가느다란 글씨로 근사한 철학 책 하나를 써주겠다고 약속한다. 그런 다음 이 철학 책 속에서 '사물의 궁극'을 볼수 있을 것이라고 말한다. 그리고 지구를 떠나기 전 책 한 권을 건네준다. 철학자들은 절대 진리를 찾았다는 기쁨에 들떠 파리의 과학 아카데미로 책을 가져가서 펼쳐보았다. 그러나 허망하게도 이 책은 '완전한 백지'였다. 미크로메가스가 인간에게 전해주고 간 진리란 백지의 모습을 하고 있다. 그것은 '절대적 진리는 존재하지 않는다'는 메시지였다. 미크로메가스

가 남긴 이 메시지가 바로 볼테르가 철학 콩트《미크로메가스》에 담고자
한 계몽주의 시대의 철학적 이상이다.

볼테르는 이 밖에도 사망하기 전까지 수많은 철학 콩트 혹은 철학소
설을 집필했다. 그렇지만 그중 가장 널리 읽히고 대중적인 인기를 끌었던
작품은 단연 그의 나이 65세 때인 1759년에 발표한《캉디드》다. 18세기
중엽까지 유럽에서 크게 유행한 철학은 라이프니츠의 사상인데, 그것은
'가능한 모든 세계 중 최선의 것'이라는 낙관주의 철학이었다. 볼테르에
게 인간 사회는 온갖 불행과 비극이 끊이지 않는 세계였다. 이 때문에 그
는 누구보다도 더 라이프니츠의 철학에 비판적이었다. 볼테르는 바로 이
라이프니츠의 철학인 낙관주의적 세계관을 실컷 비웃고 조롱할 목적으
로《캉디드》를 집필했다. 이 책의 제목인 '캉디드'는 주인공의 이름이다.
프랑스어 '캉디드'는 우리말로 번역하면 '순진한, 순박한, 순진무구한'이
라는 뜻 정도 된다. 어쨌든 이 순진무구한 젊은이, 곧 캉디드는 '형이상학
적-신학적-우주론적 학문의 교수'라는 팡글로스의 영향을 받아 처음에는
세상을 아주 긍정적이고 낙천적으로 바라본다. 여기에서 팡글로스는 볼
테르가 라이프니츠를 비웃고 조롱하기 위해 등장시킨 철학자다.

해맑은 영혼과 순박한 천성의 소유자였던 캉디드는 팡글로스가 '가능
한 최선의 세계 안에서 가장 아름다운 곳'이라고 증명해 보인 툰더 텐 트
롱크 남작의 성에서 더없이 낙천적으로 자랐다. 그렇지만 캉디드는 남작
의 딸 퀴네공드를 사랑했다는 이유 때문에 쫓겨나는 신세가 되고 만다.
이후 캉디드는 네덜란드, 포르투갈, 스페인, 남아메리카의 부에노스아이
레스, 파라과이, 엘도라도, 수리남, 프랑스, 영국, 베네치아 등을 떠돌아다
닌다. 그는 이들 나라에서 종교재판의 폭력성, 노예제도의 잔혹함, 인간과
인간 사이의 착취와 사기와 배신, 야만적인 식인 풍습, 지진, 폭풍 등의 천

재지변, 페스트와 같은 전염병 등 세상의 온갖 불행과 비극, 악행과 악습 그리고 부패와 타락을 경험하게 된다. 그러나 불행과 재앙과 비극 속에서도 캉디드는 팡글로스의 철학적 가르침인 낙관주의적 세계관을 잃지 않는다. 그저 이 세상이 '가능한 모든 것의 최선'이라고 한다면 도대체 다른 세상은 어떤 모습일까라는 궁금증을 품고 살 뿐이다. 그러다가 수리남에서 흑인 노예를 만나 그의 비참한 현실을 전해 듣던 캉디드는 마침내 그토록 질기게 지켜온 낙관주의적 세계관을 포기하려는 마음을 먹게 된다. 그 순간 옆에 있던 하인 카캄보가 낙관주의가 뭐냐고 묻자 캉디드는 이렇게 말한다. "그것은 나쁠 때도 모든 것이 최선이라고 우기는 광기야." 낙관주의에 대한 최초의 회의 이후 캉디드는 마르틴이라는 마니교도와 동행하게 된다. 마르틴은 팡글로스의 낙관주의와 반대되는 비관주의를 대변하는 인물이다. 신은 악을 행하는 몇몇 존재에게 이 지구를 내맡겼다고 생각하는 마르틴은 세상에는 '선'은 존재하지 않는다고 말한다. 팡글로스에게 세계가 '가능한 모든 것의 최선'이라고 한다면, 마르틴에게 세계는 단지 '악이 지배하는 곳'일 뿐이다. 여하튼 온갖 우여곡절과 파란만장한 일을 겪은 여정을 끝마치고 구사일생으로 목숨을 건진 캉디드는 터키에서 낙관주의적 세계관의 스승 팡글로스, 연인 퀴네공드, 비관주의자 마르틴, 하인 카캄보와 작은 사회 공동체를 이루고 함께 농사를 지으며 여생을 마감할 수 있게 된다. 이 마지막 순간에도 팡글로스는 불행과 비극과 고통을 겪으며 생사의 경계를 넘나들던 캉디드의 지난날들을 '가능한 최선의 세계'라는 자신의 낙관주의적 철학으로 명쾌하게 설명한다.

모든 사건들은 가능한 최선의 세상 안에서 서로 연결되어 있다네. 왜냐하면 결국, 만일 자네가 퀴네공드를 사랑했다는 이유로 엉덩이를 발로 차이고 아름다운 성에서 쫓겨나지 않았다면, 만일 자네가 종교재판에 회부되지 않았다면, 만일 자네가 아메리카 대륙을 누비고 다니지 않았다면, 칼로 남작을 찌르지 않았다면, 엘도라도 낙원에서 끌고 온 양들을 잃어버리지 않았다면, 여기서 이렇게 설탕에 절인 레몬과 피스타치오 열매를 먹지 못했을 테니까 말이야.

_볼테르, 《캉디드》[56]

책의 마지막을 장식하고 있는 팡글로스의 이 궤변에 대해 캉디드는 이렇게 답한다. 이 답변이야말로 볼테르가 《캉디드》에 담고자 한 철학적 메시지다. "참으로 맞는 말씀입니다. 하지만 우리의 정원은 우리가 가꾸어야 합니다." 여기에서 볼테르는 낙관주의냐 비관주의냐를 따질 필요도 없이 인간의 운명은 인간 자신의 손으로 개척해나가야 한다는 능동적이고 주체적인 세계관의 철학을 역설한 것이다. 그것은 인간의 운명, 즉 인간과 사회와 세계를 변화시킬 수 있는 힘을 인간 자신이 지닌 '이성의 힘'에서 찾았던 계몽주의 시대에 딱 들어맞는 철학적 메시지였다. 이러한 까닭에 《캉디드》는 계몽주의 문학과 철학의 최고 걸작으로 손꼽히며 당대의 사상가와 혁명가들의 정신적·혁명적 영감에 막대한 영향을 끼쳤다.

그렇다면 볼테르가 철학 콩트 혹은 철학소설이라는 독특하고 독창적인 문학 형식을 취해 글을 썼던 이유는 무엇일까? 그것은 앞서 편지 형식의 글이 사회적 연대를 구축하고 그것을 기반으로 공론, 즉 사회 여론을 형성하는 데 큰 장점이 있었던 것처럼, 철학 콩트 혹은 철학소설은 속도감 있게 읽어 내려갈 수 있는 짧고 간결한 이야기 속에 계몽주의의 철학적, 교육적, 계몽적 메시지와 이상을 담아 빠르게 전파, 확산시킬 수 있다는 장점을 갖고 있었던 문학 형식이었기 때문이다. 이러한 장점 때문에 당대 사람들은 어려운 철학 서적과 씨름하지 않고도 흥미롭고 재미있는 이야기 속에서 계몽주의 철학의 핵심 테제와 가르침을 쉽게 이해할 수 있었다. '어려운 것을 어렵게 쓰는 것'은 누구나 할 수 있는 일이다. 그러나 '어려운 것을 쉽게 쓰는 것'은 누구나 할 수 없는 일이다. 진정 위대한 작가는 어려운 것을 쉽게 쓰는 사람이다. 18세기 유럽의 계몽주의 철학자 가운데 볼테르보다 더 '어려운 것을 쉽게 쓴' 인물은 없었다. 그런 의미에서 볼테르야말로 18세기 유럽을 대표하는 위대한 철학자이자 문학 작가이다.

볼테르의 실험적이고 독창적인 글쓰기의 세 번째 유형에 해당하는 작품은 세상의 모든 학문과 지식을 집대성한 사전 형식의 글이다. 18세기는 '백과사전의 전성시대'라고 불릴 만큼 백과사전의 집필과 출판이 크게 유행했던 때였다. 이러한 지적 현상은 비단 유럽에만 국한되지 않았다. 조선은 물론 중국과 일본에서도 백과사전류의 저작이 대유행을 이루었다. 지봉芝峯 이수광李睟光의《지봉유설芝峯類說》을 효시로 태동한 조선의 백과전서파는 성호 이익의《성호사설》, 순암順菴 안정복安鼎福의《잡동산이雜同散異》, 이덕무의《청장관전서》, 풍석楓石 서유구의《임원경제지林園經濟志》, 오주五洲 이규경李圭景의《오주연문장전산고五洲衍文長箋散稿》로 이어졌다. 중국(청나라)에서는 1728년에 모든 분야의 학문과 지식을 총망라한 백과사전이자 고금의 도서를 집대성한 총서인《고금도서집성古今圖書集成》이 간행되었고, 다시 이《고금도서집성》을 저본으로 하여 1785년에는《사고전서》라는 중국 역사상 최고, 최대 규모의 총서를 완성하였다. 일본에서는 1713년에 의사인 데라시마 료안寺島良安이 저술한《화한삼재도회和漢三才圖會》가 편찬되었다. 이들 백과사전은 외부 세계의 새로운 학문과 지식에 목말라 있던 조선, 중국, 일본의 지식인들에게 막대한 영향을 끼쳤다.

또한 동아시아에서 다시 유럽으로 눈을 돌려보면, 근대 유럽의 문명사와 지성사에서 가장 획기적인 사건으로 기록되고 있는 프랑스 계몽사상가들의 《백과전서》(정확한 제목은 '백과전서 또는 과학, 기술, 공예에 관한 합리적 사전 Encyclopédie, ou dictionnaire raisonné des sciences, des arts et des métiers') 역시 18세기 중반인 1751년에 첫 출간되었다. 그리고 현재까지도 세계 백과사전의 대명사라고 할 수 있는 영국의 《브리태니커백과사전》은 1768년에 초판이 발행되었다.

그렇다면 동서양을 막론하고 왜 18세기에 이렇듯 '백과사전'이 대거 등장하고 대유행을 이루었을까? 그것은 18세기에 들어와 이전까지 지식인들을 지배했던 전통적인 세계관이 몰락하면서 기존의 정치-지식 권력이 급속하게 쇠퇴하거나 붕괴했기 때문이다. 예를 들어 동아시아에서는 '중화주의 세계관'이 몰락하면서 유학과 성리학이라는 정치-지식 권력이 쇠퇴했고, 유럽에서는 '기독교적 세계관'이 붕괴되면서 기독교와 신학의 정치-지식 권력이 힘을 잃었다. 그리고 이 폐허 속에서 새롭게 등장한 학문과 사상 그리고 최신의 지식과 정보, 특히 일상생활과 관련된 실용적인 지식과 혁신적인 산업 및 과학기술을 모두 아울러 집대성하기에 가장 적합한 저술 형태가 바로 백과사전이었다.

특히 프랑스 계몽사상가들의 《백과전서》는 모든 학문 분야의 새로운 흐름을 반영했는데, 자연과학의 최신 지식과 공예와 산업 기술을 중요시해 각종 기기와 기계 등의 도해와 설명을 자세하게 첨부하여 다른 곳에서는 결코 찾아볼 수 없는 특징을 갖고 있었다. 더욱이 이들은 민간이나 공예가 혹은 기술자들의 작업 현장에서 실증적인 방법을 통해 실용적인 지식과 정보를 수집하고 기록하였는데, 이는 기존의 사변적이고 관념적이며 형이상학적인 학풍을 전복하는 혁명적인 것이었다. 이에 대해 달랑베르Jean Le Rond D'Alembert는《백과전서》의 '서문'에서 이렇게 썼다.

우리들은 파리와 전국의 숙련공과 대화했다. 우리는 그들의 공장에 들어
가서 질문하여 말을 받아 적고 그들의 생각을 상세히 썼다. 그 직업의 고
유한 용어를 정리하고 뜻을 적어 넣었다. 이미 내용을 글로 적어주었던
사람들과 다시 대화하고 (빼놓을 수 없는 주의 사항이지만) 한쪽 사람과 오랜
대화를 통해 다른 사람들이 불완전하고 애매하게, 때론 부정확하게 설명
한 것을 정정하는 수고를 했던 것이다.[57]

달랑베르와 디드로Denis Diderot와 같은 젊은 세대의 계몽주의 사상가
들이 주도한 이《백과전서》편찬 작업에 볼테르와 같은 노장이 적극적
으로 참여하는 방식으로 집필 및 출간 작업이 이루어졌다. 젊은 계몽주
의 사상가들은 볼테르를 기꺼이 계몽주의의 지도자로 존중했고, 볼테르
는 이들의 웅대한 기획과 계획에 동조한다는 뜻으로 몇 가지 항목의 집
필에 기꺼이 응대했다. 그러나 볼테르는《백과전서》의 집필 및 편찬 작업
에 동참하는 데 만족하지 못했다. 특별히 철학과 종교에 대한 자신의 생
각을 집대성할 필요성을 느꼈던 볼테르는 자신만의 백과사전을 집필하기
로 마음먹는다. 그렇게 해서 탄생한 책이《철학사전》이다. 여기에서 볼테
르는 대담하고 독창적이게도 생각나는 대로 제목을 정하고 알파벳 순서
로 정리한 철학과 종교 용어 속에 자신의 계몽주의 사상을 담았다. 특별
히 주목할 점은 볼테르에게 있어서 '철학적'이란 말은 곧 '반종교적'인 것
을 의미한다는 사실이다.《철학사전》에서 볼테르는 반기독교적 성향을 본
격적으로 표명했는데, 이로 말미암아 다른 어떤 저작보다 종교에 대한 그
의 날카로운 비판 정신과 신랄한 고발정신을 읽을 수 있다. 사전의 형식

을 빌려 교묘하게(?) 종교-성직자 권력을 본격적으로 공격할 목적을 갖고 《철학사전》을 집필했던 것이다. 사실 볼테르의 저작을 꼼꼼히 살펴보면, 절대왕정, 즉 정치권력에 대한 비판과 공격보다 오히려 종교-성직자 권력에 대한 비판과 공격이 주를 이루고 있다. 왜? 절대왕정-정치권력보다 종교-성직자 권력이 사회 전반에 끼치는 부패와 해악이 훨씬 더 컸기 때문이다. 볼테르가 볼 때 정치적 억압보다 종교적 억압이 더 견디기 어려웠고, 또한 정치적 관용보다 종교적 관용이 더 필요했던 것이 바로 프랑스를 비롯한 18세기 유럽 사회였다. 《철학사전》의 알파벳 A 항목의 앞 대목에 등장하는 'Abbé', 곧 '신부, 사제, 수도원장'은 세속화된 종교-성직자 권력에 대한 전면적인 선전포고다.

옛날의 수도사들은 그들이 선택한 장로에게 신부abbé라는 이름을 올렸다. 신부는 그들의 정신적 아버지였다. 그런데도 시대가 달라지면서 같은 명칭이 전혀 다른 뜻을 갖게 되니 어찌 된 셈인가. 정신적 신부는 가난한 신도들의 앞장을 서는 가난뱅이였었다. 그러다가 가난한 정신적 아버지들은 200년 전부터 오늘까지 40만 루블의 연금을 타먹고 있는 것이다. 오늘날 독일의 가난한 정신적 아버지들은 1개 연대의 호위병을 고용하고 있는 형편이다. … 나는 이탈리아와 독일과 플랑드르와 불로뉴의 신부 양반들이 이렇게 말하는 것을 듣고 있다. "우리는 왜 재산과 명예를 바라서는 안 되는가? 우리는 왜 군주가 될 수 없는가? 사교司敎들은 그렇게 되고 있지 않은가? 그들도 본래는 우리와 마찬가지로 가난뱅이였는데, 부자가 되고 감투를 쓰고 그들 중 어떤 이는 국왕보다 더 높은 자리에 올라타고 앉았다. 우리도 그렇게 좀 되어보고 싶단 말이다"라고. 신부님들이여, 당신들의 주장도 일리는 있겠지. 토지를 약탈해보시오. 약탈은 강자와 권모가의 상습이니까. 당신들은 무지와 미신과 광란의 풍조를 이용하여 우리의 유산을 빼앗고, 우리를 발밑에 짓밟아 불우한 백성의 양식으로 사복을 채워왔었다. 하지만 이성의 날이 다가옴을 두려워하라.

_볼테르, 《철학사전》[58]

앞서 《관용론》에서도 보았던 것처럼, 볼테르는 종교적 억압으로부터의 해방은 반드시 자신과 다른 종교에 대한 관용이 수반되어야 한다고 생각했다. 서양의 역사를 보면 대부분의 나라에서 갈등과 분쟁, 전쟁과 살육 등은 종교적 광기와 맹신에서 비롯되었다. 이 종교적 광기와 맹신은 필연적으로 다른 종교에 대한 증오와 혐오, 배척과 적대를 낳았다. 종교적 광기와 맹신이 사라지지 않는 한 인간은 종교적 억압과 착취로부터 벗어날 수 없다. 어떻게 해야 할까? 볼테르는 그 방법을 '종교적 관용'에서 찾았다. 심지어 볼테르는 이렇게 말했다. "관용은 인류에게 배당된 몫이다. 인류는 모두 나약함과 잘못투성이로 만들어져 있다. 우리들의 어리석은 행동을 서로 용서하자. 이것이 자연의 제일의 율법이다."[59] 그리고 볼테르는 터키의 사례를 들어, 특정 종교나 교파의 절대적 지배를 허용하지 않아야 비로소 종교적 관용과 평화가 찾아올 것이라는 사실을 역설했다.

나는 여러분에게 다음과 같이 말해왔으므로 다른 할 말은 없다. 만약 여러분의 나라에 두 개의 종교가 있다면 서로 숨통을 물고 뜯겠지만, 만약 30종의 종교가 있다면 함께 평화롭게 살 것이라고. 터키 황제를 보시오. 그는 조로아스터교도, 인도 상인, 그리스계 그리스도교도, 네스토리우스파, 로마인을 지배하고 있는 것이다. 분쟁을 불러일으킬 생각을 하는 자는 누구를 막론하고 꼬챙이에 꿰서 효수형에 처했다. 그래서 세상은 온

통 평온한 것이다.[60]

_볼테르,《철학사전》

《백과전서》나《철학사전》과 같은 사전 형식의 글은 가능한 한 많은 대중을 각성시키는 데 가능한 한 많은 지식을, 가능한 한 빨리, 가능한 한 효과적으로 전달할 수 있다는 장점이 있었다. 즉 다양한 분야의 지식과 정보, 최신의 정치적, 철학적, 종교적, 과학적, 기술적 용어와 개념들을 알파벳 순서로 정리해 하나의 책에 모두 담는 글쓰기 전략은 더 많은 지식을 더 쉽고 빠르게 대중들에게 전달할 수 있는 매력을 지니고 있었다. 이러한 글쓰기 전략과 관련해 볼테르는 특히《철학사전》에서 여느 사전과는 다르게 현학적인 언어와 학술적인 표현보다는 쉽고 간결하고 명쾌하고 이해하기 쉬운 언어와 표현을 사용했다.《철학사전》의 모든 항목은 "간결, 명석, 기지의 모범"이었다.

볼테르는 종종 라이벌 관계로 묘사되는 장 자크 루소에 비해 낮게 평가되어왔다. 그러나 여태까지 살펴봤던 모든 이유 때문에, 볼테르야말로 18세기에 등장한 위험하고 불온하며 혁명적이었던 새로운 세대를 대표 혹은 대변하는 글을 썼다고 평가할 수 있다. 그래서 윌 듀랜트Will Durant 는《철학 이야기The Story of philosophy》에서 "살아 있을 동안에 볼테르처럼 많은 영향을 미친 사람은 그때까지 없었다"고 했다. 또한 귀스타브 랑송 은《프랑스 문학사Histoire de la Litterature francaise》에서 이렇게 말했다. "볼테르는 18세기를 지배했다." 최소한 문학과 철학 방면에서 볼테르는 그 참신성과 독창성, 불온성과 혁명성의 측면으로 볼 때 여타의 계몽주의 사상가와 문학가를 뛰어넘는 독보적인 존재였다. 다시 윌 듀랜트의 말을 빌리자면, 더욱이 "볼테르와 함께 비로소 프랑스는 생각하기 시작했다." 그리고 생각하기 시작한 프랑스는 볼테르가 사망한 10여 년 뒤 마침내 절대왕정의 봉건 체제를 무너뜨리고 근대 시민사회의 서막을 연 프랑스혁명을 성공시켰다. 생전에 볼테르는 자신의 사후 일어날 혁명을 이미 감지했던 것 같다. 다음과 같은 유명한 편지를 썼기 때문이다.

> 내 눈에 비치는 모든 것은 언젠가 반드시 올 혁명의 씨를 뿌리고 있는 것
> 처럼 생각되지만, 나는 이제 혁명을 내 눈으로 보는 즐거움은 얻을 수 없
> 을 것이다. 프랑스인은 언제나 일에 착수하는 게 늦다. 그러나 마침내 그
> 들도 움직이기 시작했다. 빛은 이웃에서 이웃으로 퍼지게 마련이므로 기
> 회 있는 대로 찬란한 폭발이 일어날 것이다. 그리고 세상에 보기 드문 대
> 소동이 일어날 것이다. 젊은이들에겐 행운이다. 그들은 유쾌하기 이를
> 데 없는 광경을 직접 보게 될 것이다.[61]

훗날 왕좌에서 쫓겨난 루이 16세는 사원의 감옥에서 볼테르와 루소의 저작을 보고 이렇게 말했다고 한다. "이 두 사람이 프랑스를 파괴하였다." 당대의 모든 계몽주의 철학자나 문학가의 시도를 뛰어넘는 기궤첨신한 글쓰기를 추구하면서, 결국 자신의 책이 세계를 지배할 것이라고 했던 볼테르의 예언이 적중한 것이다.

5장

웅혼의 글쓰기

사마천의 문장은 광활한 세상으로부터 나왔다

글쓰기 동서대전
東西大戰

천애지기의 만남과
북벌에서 북학으로의 대전환

• 홍대용

《표준국어대사전》을 참조해 웅혼雄渾의 뜻을 살펴보면, 그것은 "글이나 글씨 또는 기운 따위가 웅장하고 탁 트여 막힘이 없다"라고 해석할 수 있다. 그런데 웅장하고 탁 트여 막힘이 없는 글과 글씨와 기운은 어떻게 구할 수 있을까? 조선 초기 때 인물인 서거정徐居正은 일찍이 사마천이 고금에 길이 남을 걸출하고도 위대한 문장을 쓸 수 있었던 까닭에 대해 이렇게 말한 적이 있다. "사마천은 먼 곳을 여행하면서 웅장한 기운을 품을 수 있었다. 이 때문에 사마천의 문장은 크고, 넓고, 탁 트이고, 끝이 없었다." 사마천은 여행을 통한 폭넓은 세상 견문과 경험으로 웅장한 기운을 길렀고, 이 기운이 글 속에 스며들어 탁 트여 막힘이 없고 끝을 헤아리기 어려운 걸출한 문장이 나왔다는 이야기다.

이렇게 본다면 웅장하고 탁 트여 막힘이 없는 글이란 책이나 문자가 아닌 세상 밖에 있다고 하겠다. 따라서 '웅혼의 글쓰기'는 자신의 글을 책이나 문자에만 의존하지 않았던, 즉 세상 밖에서 찾았던 문사와 지식인들의 글쓰기에 관한 이야기다. 여행을 통해 원대한 뜻을 담은 위대한 문장과 웅장한 기운을 품은 걸출한 문장을 얻었던 조선의 대표적인 문사를 꼽으라고 한다면, 대개 《열하일기》의 저자 연암 박지원을 어렵지 않게 떠올릴 수 있을 것이다. 맞다. 그런데 사람들은 《열하일기》의 탄생을 가능케 한 또 하나의 위대하고 걸출한 청나라 여행기가 존재한다는 사실에 대해서는 잘 알지 못한다. 이 여행기는 박지원과 함께 북학파를 이끌었던 담헌湛軒 홍대용(1731~1783)이 지은 《을병연행록乙丙燕行錄》과 《연기燕記》다. 《을병연행록》이 일기체 형식의 여행 기록이라면 《연기》는 주제별로 구분한 청나라의 제도와 문물에 관한 여행 보고서다. 홍대용이 《을병연행록》과 《연기》에 담았던 원대한 뜻과 웅장한 기운을 통해 18세기 조선의 진보적 지식인들은 비로소 새로운 세계에 대해 눈을 떴다고 해도 틀리지 않다. 박지원의 청나라 여행도 그보다 무려 15여 년 앞선 1765년과 1766년 두 해에 걸쳐 청나라에 다녀온 홍대용의 견문과 경험에서 비롯되었다고 볼 수 있다.

박지원은 1780년 청나라 연행 길에 나섰던 자신의 심정을 "비 내리는 지붕 아래, 눈 오는 처마 밑에서 연구하고 술기운이 거나하고 등 심지가 가물거릴 때까지 맞장구를 치면서 토론하던 내용을 한번 눈으로 확인할 목적"이라고 밝힌 적이 있다. 그가 연구하고 토론한 내용이 어디에서 나왔겠는가? 청나라를 직접 견문하고 경험하고 돌아본 홍대용에게서 나온 지식과 정보 이외에 무엇을 갖고 연구하고 토론했겠는가? 이러한 까닭에 필자는 홍대용의 《을병연행록》과 《연기》를 '북학파를 탄생시킨 책'이라고 감히 말할 수 있다. 홍대용의 여행을 시작으로 1776년에는 유득공의 숙부 유금柳琴이 청나라에 다녀왔고, 2년 뒤인 1778년에는 박제가와 이덕무가 연행에 나섰고, 그로부터 다시 2년 뒤인 1780년에는 박지원이 청나라 여행길에 올랐다. 1765년부터 1780년까지 15여 년의 청나라 여행을 통한 견문과 경험이 성호학파와 더불어 18세기 진보적 지식인 그룹의 양대 산맥을 형성한 북학파를 만들었다고 할 수 있다. 그 북학파의 시작점에 바로 홍대용의 청나라 여행이 자리하고 있었던 것이다. 그러나 자신이 보고 싶은 것만을 보고, 듣고 싶은 것만을 듣고, 자신의 좁은 식견과 그릇된 소견에 따라 여행의 견문과 경험을 임의대로 해석한다면, 그러한 여행은 얻는 것보다 오히려 잃는 것이 더 많다. 예를 들어 박지원은《열하일기》에서 자신이 청나라를 가기 전 지난 100여 년 동안 청나라를 다녀온 수많은 조선의 문사와 관료들을 '상사上士, 중사中士, 하사下士'로 구분해 진단했다.

조선의 선비들 중에서 가장 학식이 높다는 상사는 말할 것도 없고 중사들도 좁고 구석진 조선에 시야가 갇힌 채 소중화라 자부하며 청나라를 비롯한 외부 세계를 오랑캐라고 혐오하고 경시하며 배척했다. 그들이 볼 때 청나라는 오랑캐인 여진족이 세운 야만국에 불과했다. 더욱이 이미 멸망한 명나라에 대한 춘추의리春秋義理와 병자호란의 치욕을 씻는다는 북벌론의 허상에 사로잡혀 강희제-건륭제의 융성기를 거치며 세계 제일의 경제력은 물론 선진 문명과 과학기술까지 보유한 청나라의 현실을 철저하게 외면했다. 심지어 그들은 예전 명나라에 사신으로 다녀온 사행록使行錄에는 '천자天子(황제)를 배알한다'는 뜻의 '조천록朝天錄'이라고 이름 붙이고 가문의 영광으로 떠받들었던 반면, 청나라에 사신으로 가는 일은 오랑캐에게 머리를 조아리는 수치라고 여겨 서로 기피하면서 그 사행록에는 단지 '연경燕京을 다녀왔다'는 뜻으로 '연행록燕行錄'이라고 이름 붙였다.

연행에 나섰던 조선의 관료와 문사들은 새로운 세상에 대한 견문과 경험을 얻었던 것이 아니라, 청나라는 오랑캐라는 자신들의 그릇된 생각을 오히려 공고히 했을 뿐이다. '눈먼 장님'의 꼴을 면하지 못한 셈이다. 이들의 청나라 여행은 조선을 강대한 부국으로 만들거나 문명화하겠다는 원대한 뜻을 품게 한 것이 아니라 도리어 오랑캐에 불과한 외부 세계와의 교류를 막아야 한다는 비루한 소견을 단단히 다지게 했을 뿐이다. 그러나 홍대용의 청나라 여행은 애초부터 원대한 뜻과 웅장한 기운을 품고 있었다. 홍대용은 당시 대부분의 조선의 관료나 문사들과는 완전히 다르게 분명한 목적과 계획을 갖고 청나라에 갔다. 홍대용이 청나라에 가려고 했던 까닭이《을병연행록》의 첫머리에 이렇게 기록되어 있다.

'진시황의 만리장성을 보지 못하니 / 사내대장부의 높은 뜻과 기운 저버렸도다. / 미호漢湖 한 굽이에 고기 낚는 배 적으니 / 홀로 도롱이를 입고 이 인생을 웃노라.'

이 네 구절의 시는 농암農巖 김창협 선생이 청나라 연경에 사신으로 가는 사람에게 주어 보낸 글이다. 대개 사람이 작은 일을 즐기고 큰일을 모르는 자는 그 가슴속에 뛰어나고 당당한 뜻이 적기 때문이요, 좁은 곳을 평안히 여기고 넓은 곳을 생각하지 않는 자는 그 도량에 원대한 계교計巧가 없기 때문이다. … 또한 제 비록 더러운 오랑캐라고 할지라도 중국을 차지하고 자리를 잡은 지 백 여 년 동안 태평을 누리니, 그 규모와 기상이 어찌 한번 볼 만하지 않겠는가? 만일 "오랑캐의 땅은 군자가 밟을 곳이 아니요, 오랑캐의 복장을 한 인물과는 더불어 말을 할 수 없다"고 한다면, 이것은 편협하고 고루한 소견일 뿐 어진 사람의 마음이 아니다.

_홍대용,《을병연행록》, 1765년 11월 초2일

홍대용은 나이 35세가 되는 1765년(영조 41) 청나라 사신단의 서장관書

狀官이 된 계부季父 홍억洪憶을 따라 자제군관子弟軍官 자격으로 청나라 여행길에 올랐다. 을유년인 1765년 11월 한양을 떠나 연경에 도착한 후 병술년인 1766년 5월 고향집으로 돌아왔다. 이처럼 을유년과 병술년에 걸쳐 약 6개월간 청나라 여행을 다녀왔다고 해서 여행기의 제목이 '을병연행록乙丙燕行錄'이 되었다. 1765년 11월 2일 한양을 떠난 지 한 달 여가 지난 12월 6일 드디어 홍대용은 요동 벌판에 당도했다. 평생 조선의 산천 풍경밖에 보지 못했던 그가 마주한 광활한 요동 벌판은 그야말로 탁 트여 막힘이 없고 도무지 끝을 알 수조차 없는 거대한 세상이었다. 홍대용은 이때 자신이 느꼈던 장쾌한 심사를 이렇게 표현했다.

> 10여 리를 행차하여 석문령을 넘었다. 압록강을 건너면서부터 이곳에 이르기까지 다 산이 험하고 물이 많아, 길과 마을이 전부 산 가운데 있어서 우리나라 두멧길과 별반 다르지 않았다. 그런데 이 석문령을 넘어 10여 리를 더 나아가서 산어귀를 나가자 큰 들판이 하늘에 닿아 앞으로는 산을 보지 못하였다. 먼 수풀과 희미한 촌락이 구름 가운데 나타났다 사라졌다 하는 모습이 한순간 훌륭한 경치를 보여줄 뿐 아니라, 참으로 사람의 옹졸한 가슴을 확 뚫어 밝고 환하게 풀어헤치고, 악착스러운 심사를 말끔히 잊을 만하였다. 이제 스스로 내 평생을 헤아려보니 독 속의 자라와 우물 안의 개구리였을 뿐이다. 어찌 하늘 아래 이렇게 거대한 곳이 있는 줄 생각이나 했겠는가?
>
> _홍대용, 《을병연행록》, 1765년 12월 초6일

다시 보름여의 시간이 흐른 12월 19일 마침내 홍대용은 연경(북경)으로 들어가는 관문인 산해관에 도착한다. 산해관에 머물며 바닷가 망해정

에 오른 홍대용은 압록강을 건너 청나라 땅에 발을 들여놓은 이후, 변방의 작은 도시 봉황성이나 옛 수도 심양을 거쳐 오면서 엿본 청나라의 번성한 거리 풍경, 풍부한 물화, 발달한 문물 등 지난 20여 일 동안의 여행체험을 반추해본다. 그리고 비로소 조선이라는 좁디좁은 "우물 속에 들어앉아 꿈틀댔던 벌레 같은 존재에 불과하면서도—마치 우물 안이 세상의 전부인 양 여기면서—함부로 천하의 일이 이러니 저러니 논했던" 자신의 편협함과 무지함과 어리석음을 깨우친다. 이 깨우침은 이후 청나라 여행을 통해 홍대용이 원대한 뜻과 웅장한 기운을 품은 대가로 새롭게 태어나는 데 거대한 자양분 역할을 한다. 또한 이 깨우침은 여태까지 조선 지식인 사회를 지배했던 청나라를 정벌하자는 북벌의 정신이 이제 청나라를 배워야 한다는 북학의 정신으로 뒤바뀌는 18세기 지성사 최대 사건의 서막이 열리는 순간이기도 하다. 하지만 연경에 도착하기 전 홍대용이 목격하고 경험한 청나라는 '작은 세계'요 '호젓하고 쓸쓸한 경색'에 불과한 것이었다. 연경에 들어서자마자 홍대용은 자신의 상상을 넘어선 이 대도시의 첫인상을 일찍이 "꿈속에서도 상상해보지 못한 하늘 아래의 거대한 세계"라고 표현했다.

수레바퀴와 말발굽 소리가 천지를 뒤흔들 정도로 우렁차고 요란해서, 거리를 오가는 사람들이 손이 닿을 만큼 가까워도 서로 말이 통하지 않을 지경이었다. 조양문에서 10리쯤 가니 수많은 사람이 짚단을 묶어 세워놓은 것처럼 빽빽하게 들어차서 어수선하고 떠들썩했다. 앞에서 길을 인도하는 군졸들이 몽둥이를 휘두르며 길을 비키라고 크게 소리치면 수많은 사람들이 흩어졌다가 다시 모여 합해지곤 했다. 대개 중국이 태평한 세월을 누린 지 백 년이 지나서 백성과 재물의 번성함과 풍요로움이 참으로 형세를 이루고 있었다. … 동악묘 앞 패루에 이르자 채색한 담장과 민가와 누대의 성대함은 한 하늘 아래에 이와 같이 거대한 세계가 있는 줄 미처 알지 못할 정도였다.

_홍대용,《담헌서湛軒書》,〈연기〉, 황성에 들어가다〔入皇城〕

성문에 거의 이르자 길에 네 패루가 세워져 있는데, 웅장한 단청이 다 눈부시게 광채를 발해 빛이 났다. 그 안으로 들어가자 셀 수도 없을 만큼 많은 사람들이 어깨를 걸어 좌우로 끼고 층층이 세워진 누각의 영롱한 채색에 눈이 부시고 정신이 현란하니, 비로소 중국이 거대한 줄과 인물의 번성함을 시원스럽게 알 수 있었다. 지나온 길을 돌이켜 심양을 생각해 이곳과 비교해보건대 또한 작은 지방에 불과하고 매우 호젓하고 쓸쓸한 경색이었을 뿐이었다. … 조양문의 제도는 3층이요, 청기와로 이었고 앞으로 옹성을 둘렀는데, 그 안은 둥글어 사면이 백여 걸음 정도 되었다. 북쪽에 큰 문을 내고 남쪽으로 성문을 대하여 적의 침입을 방비하는 누각을 지었는데, 높이는 거의 성문과 다름이 없었다. 적의 침입을 방비하는 누각에 연이어서 벽돌을 쌓아 올리고 층층이 작은 문을 내고 문짝을 막아 세 개의 구멍을 내었다. 활을 쏘고 총을 놓아 도적을 막기 위한 목적이었다. 성의 두께는 20여 보 가량 되고 높이는 8~9장이다. 그 웅장한 제도와 규모는 심양과 산해관이 감히 비교하지 못할 수준이었다. … 남쪽 패루로 나와 남쪽으로 향해 걸어가자 길 가운데 또한 장막과 임시로 지은 건물에 온갖 종류의 물화를 벌이고 온갖 술업術業(음양陰陽, 복서卜筮 등 방술方術의 일)하는 사람이 앉아 있었지만, 이루 다 기록하지 못하였다.

_홍대용,《을병연행록》, 1765년 12월 27일

앞서 필자가 소개했던 문장 혁신을 비롯해 18세기 조선 사회를 뒤흔든 학문적·사상적 변화는 연경의 서점 거리, 즉 유리창에서 들여온 청나라와 서양의 서적들과 깊은 관련이 있다. 유리창은 18세기 중후반에 들어와 헤아릴 수 없을 만큼 많은 외국 서적들을 조선에 쏟아부었다. 연행에 나선 조선의 사신들은 유리창을 통해 적게는 수십 권에서 많게는 수천 권에 달하는 서적을 가지고 들어왔다. 유리창琉璃廠은 글자 뜻대로 보자면 '유리(기와) 공장'이다. 실제 유리창은 원래 원나라와 명나라 때 수도 연경을 건설하기 위해 세운 유리 기와와 벽돌을 만드는 공장이었다. 그러나 황성인 자금성이 완공되고 연경이 수도의 모양을 갖추어나갈수록 유리 기와와 벽돌의 수요가 줄어들었고, 이에 따라 점차 이들 공장은 줄어들고 그 자리와 주변 좌우 거리에 서적과 종이, 서화와 골동품 등을 파는 가게가 들어서기 시작했다. 그리고 18세기에 들어와서 유리창은 천하의 온갖 서책과 함께 지식인들이 모여드는 '인문학의 중심지'로 변모했다. 이러한 유리창을 조선의 지식 사회에 자세하게 소개한 최초의 사람이 바로 홍대용이었다. 수많은 서점, 셀 수도 없을 만큼 엄청난 양의 서적, 그 서적들을 사고파는 사람들로 넘쳐나는 유리창의 풍경은 홍대용이 청나라에서 본 어떤 장관보다 기이하고 웅장했다.

길가에 머물러 구경을 하고 있으니 김복서가 말하기를 "유리창에 이르면 무수한 기명을 이루 다 구경하지 못할 지경입니다. 이것들은 족히 볼 것이 없습니다"라고 하였다. … 먼저 서책 점포를 찾았다. 그랬더니 이 안에 대개 일곱 내지 여덟 곳이 있었다. 남쪽의 한 점포에 가장 볼 만한 서책이 많다고 하기에, 그 점포에 들어가 반등에 나란히 앉으니 주인이 나와 인사하고 "무슨 책을 사려고 하십니까?"라고 물었다. 김복서가 "좋은 책이 있으면 사고자 하는데 값을 가져오지 않았으니 먼저 좋은지 나쁜지를 보고자 합니다"라고 대답했다. 주인이 탁자를 가리키며 "사고자 하는 책이 있거든 마음대로 보십시오"라고 하였다. 일어나서 두루 바라보니 삼면에 층층이 탁자를 만들었다. 높이는 두세 길인데 칸칸이 서책을 가득히 쌓아 책갑冊匣(책을 넣어두거나 겉으로 싸는 작은 상자)마다 종이로 쪽지를 붙여 이름을 표시하였다. 대개 경서와 사기와 제자백가에 없는 서책이 없고, 그중 듣지 못했던 이름이 절반이 넘었다. 창졸간이라 이루 볼 길이 없었다. 한참 동안 바라보니 뒤통수가 아프고 정신이 어지러워 그 서책의 이름을 두루 살피지 못할 지경이 되었다.

_홍대용,《을병연행록》, 병술년(1766년, 영조 42), 정월 11일

유리창과 함께 홍대용의 마음을 뒤흔든 또 다른 연경의 저잣거리 풍경은 '융복시隆福市', 즉 융복사에서 열리는 정기 시장이었다. 유리창과 융복시를 통해 홍대용은 조선이 가난하고 궁색한 처지를 탈피해 경제적 번성함과 풍요로움을 누리기 위해서는 농본상말農本商末의 오래되고 낡은 전통에서 벗어나 시장과 상업을 중시하는 방향으로 나아가야 한다는 사실을 몸소 체험했다. 앞서 인용했던 서거정의 말을 빌리자면, 문장이란 다른 것이 아니라 단지 자신의 뜻과 기운을 드러내는 것일 뿐이다. 다시 말해 여기 유리창과 융복시를 소개한 홍대용의 글에는 바로 청나라를 통해 조선이 나아갈 길을 본 그의 원대한 뜻과 웅장한 포부가 담겨 있다.

융복사는 큰 저잣거리가 서북쪽에 자리하고 있다. 명나라 경태景泰 연간에 세운 사찰인데, 마당과 전각들이 넓고 높아 역시 거대 사찰에 속한다. 근년에 들어와서 항상 열흘마다 8, 9, 10 사흘 동안 그 안에서 시장

을 개설하게 되자, 온 성안의 상인과 거간꾼 그리고 화폐와 재물이 모여들게 되었다. … 문 안에 각양각색의 안구鞍具가 진열되어 있는데, 그 제도가 아주 가볍고 정교하고 치밀하다. 금과 은으로 도금한 꽃으로 장식된 고삐들이 햇빛에 찬란하게 빛을 발하고 있었다. 책상 위에는 각양각색의 비연호鼻烟壺(코담배 병)가 놓여 있는데, 모두 지극히 화려하고 공교로웠다. 한 사람이 왼손에 큰 대접 하나를 들었는데, 그 대접 안에는 약간 불그스름한 색깔의 혼탁한 물이 담겨져 있었다. 오른손에는 대나무 숟가락을 들었는데, 그 숟가락으로 대접 속 물을 떴다가 놓았다가 하더니 허공을 향해 흩뿌렸다. 순간 갑자기 천백 개의 거품 방울이 만들어져 위와 아래로 날아다니며 꽤 오래 동안 사라지지 않았다. 햇빛이 투명하게 비치자 온통 일곱 가지 무지개 모양을 이루니, 짙고 옅은 색깔과 얕고 깊은 색깔이 가지가지 괴이한 광채를 띠어 이 또한 한 가지 기이한 장관이었다. … 문을 나와 남쪽으로 가자 책상 위에 여러 가지 천리경千里鏡이 놓여 있는 모습이 보였다. 모두 짧고 가늘어서 마치 소관簫管(대금의 일종)과 비슷한데 통筒을 뽑아서 한 마디(節)로 모으면 주머니 속에 넣을 수 있었다. 천리경을 사용하여 오십 보 밖에 있는 전각 편액의 기문을 살펴보니, 글자의 획이 또렷해 아주 분명하게 보였다.

_홍대용,《담헌서》,〈연기〉, 유복사

그렇다면 홍대용은 이처럼 직접 목격하고 경험한―조선에 있었을 때는 상상할 수도 없었던―청나라의 발전과 번영의 원인을 어디에서 찾았을까? 그것은 조선의 사대부들이 호발毫髮을 했다고 오랑캐요 짐승이라고 멸시한 청나라 황제들의 정치적 능력과 그들이 시행한 정책이다. 청나라를 다녀온 어떤 사람에게서도 찾아보기 힘든 선입견이나 편견 없는 냉철한 평가이자 정확한 진단이었다. 특히 중국 대륙의 정세를 읽는 홍대용의 막힘없는 안목과 거침없는 식견이 돋보이는 장쾌한 글이다.

청나라가 중국의 주인이 되자 명나라 왕조의 옛 땅을 모두 차지하였다. 그 영토의 범위가 서북쪽으로는 감숙甘肅에 이르고 서남쪽으로는 면전緬甸(오늘날의 미얀마)에 이르렀다. 동쪽에는 올라선창兀喇船廠이 있는데, 그곳은 청나라 왕조가 처음 나라를 일으켜 세운 땅이다. 그런데 올라선창은 명나라 왕조 때에도 명나라 영토의 바깥에 자리하고 있었으니, 그 영토의 광대함으로 보자면 중국의 역대 왕조 중 청나라 왕조가 으뜸이라고 할 만하다.

_홍대용, 《담헌서》, 〈연기〉, 번이들의 다른 습속(藩夷殊俗)

역대 왕조에 세워진 누대樓臺의 사치스러움과 범람함은 진秦나라, 한漢나라, 진陳나라, 수隋나라 왕조보다 번성한 때가 없었다. 이들 누대의 규모와 제도를 관찰해볼 때, 그 거대함과 웅장함은 더러 아방궁과 건장궁建章宮(한나라 무제武帝 때 지은 궁궐)에 미치지 못한다고 할지라도 그 공교함과 오묘함은 오히려 뛰어나다고 할 만했다. 그러므로 강희제의 어질고 현명한 정치도 거의 끝이 난 것이 아닌가 싶다. 비록 그러하나 백성에게는 부역의 고통이 없고, 경작지에는 세금이 증가하지 않고, 중국과 변방 오랑캐 모두 평화와 평온을 누리고, 관동 수천 리에 근심과 원망의 소리가 들리지 않으니, 청나라가 세운 간략하고 검소한 제도는 참으로 역대 왕조가 미칠 수 있는 바가 아니었다. 그러므로 지금 황제의 재능과 지모智謀와 책략 또한 반드시 남보다 훨씬 뛰어나다고 할 것이다.

_홍대용, 《담헌서》, 〈연기〉, 서산西山

일찍부터 홍대용은 박지원과 뜻을 함께 하며 "사대부들이 대부분 이용利用과 후생厚生, 경제經濟와 명물名物 등의 학문을 소홀히 여긴 탓에 그릇된 지식을 답습하는 일이 많아 그 학문이 매우 거칠고 우둔하다는 것을 큰 병통"으로 생각했다. 이러한 까닭에 홍대용과 박지원은 젊은 시절에 일찍이 평생 이용후생과 경세제민經世濟民의 학문과 방법을 함께 모색하고 탐구하기로 도의지교道義之交를 맺었다. 실제로 홍대용은 압록강을 건너 청나라 땅에 들어선 직후부터 구석구석에 시선을 두고 시종일관 백성들의 일상생활에서부터 사회 풍속은 물론 국가 정책에 이르기까지 이용후생과 경세제민의 제도와 방법을 목격하는 족족 즉시 기록으로 남겼다. 장차 조선으로 돌아가 사회경제 제도를 개혁하고 시행할 포부와 웅지를 품었기 때문이다. 심지어 영원현의 중후소에 이르러서는 조선에서 사용하는 모자를 주로 만들어 수출하는 공장을 일부러 찾아가 둘러보았다. 물건을 만드는 공장工匠 제도, 청나라 노동자들의 작업 방식, 높은 생산성과 효율적인 생산을 가능하게 하는 시스템 등을 직접 견문하고 체험하고 싶어서였다.

> 모자 만드는 공장 40~50명이 동그랗게 빙 둘러 앉아서 작업을 하는데, 그 작업 행렬이 전혀 혼란스럽지 않았다. 모든 직공이 옷과 모자를 전부 벗고서 단지 홑바지만 입고 있었다. 몸과 손이 힘을 모아 이동하며 재빠르고 세밀하고 민첩하게 작업을 했다. 그 뛰어다니며 바쁘게 움직이는 모양새가 처음 보는 순간 놀라서 괴상하게 여기지 않을 사람이 없을 정도였다. 대개 중국 사람들은 비록 공장과 같이 변변치 못한 맨 하층의 기술자라고 할지라도 그 부지런하고 노력하며 대충대충 하지 않는 것이 이와 같았다. 참으로 우리나라 사람이 미치지 못할 수준이었다.
>
> _홍대용, 《담헌서》, 〈연기〉, 연로기략沿路記略

홍대용은 특히 수레와 선박에 큰 관심을 보였다. 낙후된 조선의 교통망과 운송 수단을 개혁하지 않고서는 이용후생과 경세제민의 온갖 제도와 정책들이 무용지물이 된다고 여겼기 때문이다. 이러한 사고방식과 개혁 방향은 이후 등장하게 될 또 다른 청나라 여행기이자 사회 개혁서인 박제가의 《북학의》와 박지원의 《열하일기》에도 고스란히 반영되어 나타나고 있다.

(멍에를 매는) 끌채 끝에는 말뚝이 있어서 걸쇠를 걸어 당기면 벗겨지지 않는다. 대개 이것은 옛 제도에 얽매이지 않고 상황에 따라 융통성 있게 처리해 이용했으므로, 말이 전신全身의 힘을 다 발산할 수 있을 뿐더러 목을 조르는 고통을 느끼지 못하게 된다. 어찌 이른바 '나중에 나온 것이 솜씨가 뛰어나고 공교롭다'고 하지 않겠는가? … 무릇 먼 거리에 물건을 운반하는 데는 모두 수레를 이용한다. 성안 저잣거리 같은 곳에서는 편담扁擔(어깨에 걸치는 나무 막대)이 있어서 물건을 등에 지거나 머리에 이고 다니지 않는다. 편담이라는 것은 일 장丈 가량 되는 나무 막대를 어깨에 걸치는데, 나무 막대의 양쪽 끝에는 끈이 있어서 물건을 매달면 마치 저울처럼 보인다. 그러나 편담에 매단 물건이 땅에 닿을 것처럼 가까워서 잠시라도 몸을 앞으로 구부리면 물건을 땅에 내려놓고 숨을 돌릴 수 있으므로, 오른쪽 어깨와 왼쪽 어깨 양쪽으로 번갈아 물건을 옮겨가면서 메고 다닌다. 대개 온갖 종류의 물건을 팔고 다니는 행상이나 땔나무와 물과 일상에서 사용하는 기물들을 운반할 경우에는 모두 이와 같이 하였다.

_홍대용, 《담헌서》, 〈연기〉, 기용器用

선박의 제도는 더욱 정교하고 치밀하다. … 통하通河에는 부교(배다리)가 많은데, 큰 배들을 가로로 잇닿아 늘어놓고 양쪽 머리에는 각각 쇠고리를 설치해두었다. 큰 나무를 깎아 그 끝을 뾰족하게 하여 물에 박아놓고 널판자를 가로 걸쳐서 그 위에는 흙을 모아다가 깔았다. 비록 여름철 큰 비가 내려도 물을 따라서 떠올랐다가 잠겼다가 했으므로 허물어지거나 가라앉을 걱정을 하지 않아도 된다. 더욱이 길 가던 사람들이 물에 막혀 멈추는 일도 없다. 이것이 선박을 이용해 만든 배다리(航橋)의 이로운 점이다. 운수의 이로움을 말하자면 사람이 말보다 못하고, 말이 수레보다 못하고, 수레가 선박보다 못하다. 그러므로 수천 리나 되는 운하와 선박을 이용해 물건을 운반하는 조운漕運의 편리함이 제공하는 이익은 몇 십 배 몇 백 배에 달한다. 따라서 산을 뚫거나 땅을 파서 물길을 열고 운하를 내는 공력과 하천을 준설하는 비용을 아끼지 않아야 한다.

_홍대용, 《담헌서》, 〈연기〉, 기용

홍대용이 본 새로운 세상은 청나라만이 아니었다. 그는 연경에서 청나라보다 더 큰 세계를 보았다. 곧 연경에 있던 천주당을 방문해 당시 조선에는 너무나 낯선 곳이었던 서양이라는 세계를 엿본 것이다. 천주당은 유리창과 더불어 18세기 조선에 들어오는 새로운 학문과 사상, 최신의 지식과 정보를 전달하고 매개하는 통로였다. 이로 인해 천주당은 북학에 뜻을 둔 조선의 지식인이라면 반드시 한번 찾아가야 할 장소로 인식되었다. 홍대용이 유리창보다 먼저 찾았던 곳 역시 천주당이었다. 《을병연행록》을 읽어보면, 당시 그가 처음 본 서양의 문물인 파이프오르간의 거대한 규모와 웅장한 소리에 감탄하는 모습과 슬로베니아 출신의 서양인 선교사 유송령劉松齡(아우구스트 할러스타인August von Hallerstein)과 포우관鮑友管(안톤 고

가이슬Antoine Gogeisl)을 마주하고 천문, 역학에 대해 진지하게 토론하는 장면을 만날 수 있다. 그 장면들을 뒤적일 때마다 필자는 북학파 지식인들이 얼마나 새로운 문물과 문화에 개방적이었으며, 얼마나 최신의 지식과 정보를 열정적으로 탐색했는가를 느끼게 된다. 홍대용은 여태껏 본 적 없는 거대한 서양 악기인 파이프오르간에게 완전히 매혹되었던 모양이다. 거문고의 명수이자 동양의 음악 이론에도 밝았던 홍대용은 단지 구경하는 것만으로 성이 안 찼던지 대담하게도 악기의 소리까지 직접 시험해보고 나아가 조선의 악기를 본떠서 곡조를 연주하기까지 했다.

내가 유송령에게 풍류(파이프오르간)의 소리가 듣고 싶다고 청하였다. 그런데 유송령은 "풍류를 아는 사람이 마침 병이 들어서 할 수가 없습니다"라고 말하였다. 그러면서 철통을 세운 틀 앞으로 나아갔다. 틀 밖으로 조그만 말뚝 같은 두어 치의 네모진 나무가 줄줄이 구멍에 꽂혀 있었다. 유송령은 그 말뚝을 차례로 눌렀다. 상층의 동쪽 첫 말뚝을 누르자 홀연히 한결같은 저^笙 소리가 누각 위에 가득하였다. 웅장한 소리 가운데 지극히 바르고 깊고 그윽하며, 심원한 가운데 지극히 맑은 소리가 났다. … 내가 앞으로 나아가 그 말뚝을 두어 번 오르내려 누른 다음에 우리나라 풍류를 흉내 내어 잡자 거의 곡조를 이룰 듯하였다. … 그 소리의 맑고 탁함과 높고 낮음은 각각 통의 크고 작은 것과 길고 짧은 것에 따라 음률을 다르게 하는 것이다. 그 틀 속은 비록 열어보지 못하나 겉으로 보아도 그 대강의 제작을 짐작할 수 있었다. 내가 유송령을 향하여 그 소리 나는 까닭을 형용하여 말하였다. 그러자 유송령이 웃으면서 "맞는 말씀입니다"라고 하였다.

_홍대용, 《을병연행록》, 병술년 정월 초9일

당시 연경에는 동서남북으로 네 곳의 천주당이 있었다. 그중 홍대용이 찾았던 곳은 남천주당이었다. 1766년 정월 초9일에 처음 천주당을 방문했던 그는 열흘이 지난 19일에 일관日官 이덕성李德星과 함께 다시 이곳을 찾아 첫 방문 때 만났던 서양인 선교사 유송령, 포우관과 더불어 천문과 역학에 관한 진지하고 깊이 있는 토론을 가졌다. 특히 유송령과 포우관은 청나라의 국립 천문대인 흠천감의 관원으로 천문, 역학에 관한 최고 수준의 지식과 정보를 갖춘 석학이었다. 이때 유송령은 나이 62세로 종2품의 벼슬이었고, 포우관은 64세로 6품의 벼슬을 하고 있었다. 이 두 사람은 이미 학문과 지식이 완숙할 나이였고 또 흠천감의 관원으로 수십 년의 경험을 쌓고 있었기 때문에, 스스로 혼천의渾天儀를 만들 정도로 천문, 역학에 밝았던 홍대용조차 조선에서는 해결하지 못했던 수많은 의문들을 풀 수 있었다. 서양 사람과 처음 조우했던 홍대용은 그 짧은 시간조차도 그들의 문물과 과학기술을 배우고 익히는 데 활용할 만큼 새로운 세계의 지식과 정보에 개방적이고 열정적이었다.

　하지만 필자가 볼 때, 뭐니 뭐니 해도《을병연행록》에서 웅혼의 미학을 제대로 감상할 수 있는 대목은 홍대용이 당시 동아시아 인문학의 중심지이자 새로운 지식과 정보의 보고요, 지식의 바다로 유명세를 떨쳤던 연경의 서점가 유리창의 한 골목인 건정동에서, 청나라 항주杭州 출신의 지식인 세 사람과 개인적인 만남을 가지고 천애지기天涯知己를 맺은 일이다. 이들은 당시 나눈 교류와 우정에 만족하지 않고 홍대용이 귀국한 후부터 죽을 때까지 수십 년 동안 서신과 인적 왕래를 통해 조선과 청나라를 오고 가는 친교를 맺었다. 이러한 일은 청나라는 물론이고 이전 왕조인 명나라에 갔던 조선의 어떤 지식인에게서도 그 사례를 찾아보기 힘든 전무후무한 지성사적 사건이었다.

처음 조선을 떠나 청나라로 향할 때 홍대용은 "천하가 거대하다는 것을 보고" "천하의 선비를 만나 천하의 일을 의논할 뜻"을 갖고 있었다. 홍대용의 청나라 여행은 처음부터 청나라 선비(지식인)들 만나 사귈 큰 뜻이 있었던 것이다. 그러나 홍대용이 청나라에서 만난 인사들은 한결같이 학식이 모자라고 인물됨이 편협해서 사귈 만하지 못했다. 간혹 사귀어볼 만한 사람을 만나 교제를 청하면 외국인 조선에서 온 사람이라고 의심하고 피했다. 이러한 까닭에 처음 홍대용은 연경에서 수천 리 떨어진 절강성 항주에서 공명을 좇아 과거 시험을 보러 온 이들에 대해 '높은 뜻이 없는 시속時俗의 인물'일 것이라고 여겨 별 기대를 하지 않았다. 그러나 첫 만남에서 필담을 나누면서 이들이 학식과 인물됨은 높되 명리를 추구하지 않는 참된 선비라는 사실을 깨닫게 된다.

내가 또한 말하였다. "그대가 회시會試를 치르기로 정해진 날짜가 멀지 않으니 반드시 과문科文에 마음을 두어야 할 것입니다. 오랜 시간 앉아 있는 것이 공부에 해로울까 염려가 됩니다." 모두 머리를 가로저으며 말하였다. "그렇지 않습니다. 우리는 이곳에 이르러 본래 과문에 마음을 쓰지 않았습니다." 내가 말하였다. "그러면 과거에 합격하기를 바라지 않습니까?" 엄생嚴生이 말하였다. "바라기는 바라지만 다만 천명을 기다릴 뿐이니, 우리는 전혀 명리에 뜻을 두는 사람이 아닙니다." … 내가 다시 말하였다. "우리가 우연히 만나 비록 한 번 보았지만 오래 사귄 친구와 다름이 없습니다. 이후에 다시 만나기를 기약함이 어떻습니까?" 반생潘生이 말하였다. "옛사람이 말하기를 '신하는 밖으로 사귐이 없다'고 하였습니다. 그러므로 다시 만남을 도모하기는 어렵습니다." 내가 말하였다. "그와 같은 말은 서로 적국인 사람을 가리키는 것일 따름입니다. 우리나라가 비록 중국과 다른 외국이지만 매년 조공으로 내왕하니 어찌 서로 혐의嫌疑를 의논하겠습니까?" 이에 반생이 크게 기뻐하며 말하였다. "황제가 천하로써 한 집을 삼으니 어찌 중국과 외국 사이에 간격이 있겠습니까? 하물며 조선은 예의지방禮儀之方이므로 모든 나라의 으뜸이 되니, 세상의 속된 사람의 생각으로 어찌 훗날 일어날 일을 되돌아보며 염려하겠습니까? 천애天涯에 서로 마음을 알아 사랑하고 생각하는 것이 다하여 없어질 때가 없을 것이니, 다른 때에 혹 벼슬을 얻어 동방의 사신을 받드는 일이 있으면 마땅히 성문 아래에 나아가 뵙기를 청할 것입니다. 그러하니 마음속에 감추어놓고 어느 날이라도 잊겠습니까?" 내가 말하였다. "앞으로 서로 만나는 것은 지극히 아득하고 막막한 계교인지라 미리 예정할 수 없는 일입니다. 그렇지만 우리가 조선으로 돌아가기로 약속된 날짜가 오히려 10여 일 정도 남아 있습니다. 그러니 어찌 다시 만남을 도모하지 않겠습니까?" 반생이 말하였다. "높은 의義와 후한 뜻에 극히 감사드립니다. 만일 이곳에 찾아오시는 것을 어렵게 생각하지 않으신다면 다시 이곳에 오셔서 하루가 다 가도록 높은 의론을 들려주시는 것이 어떻겠습니까?" 내가 말하였다. "우리가 이곳에 다시 오는 것은 지극히 쉬운 일입니다. 다만 외국 사람의 족적이어서 이목이 번거로우니, 그대들에게 불편함이 없지 않을까 우려됩니다." 그러자 엄생과 반생이 동시에 말하였다. "무슨 불편함이 있겠습니까? 마땅히 길을 쓸어 기다리고 있겠습니다."

_홍대용, 《을병연행록》, 1766년 2월 초3일

홍대용은 1766년 2월 초3일 첫 만남을 가진 후 한 달 동안에 무려 일곱 차례나 이들 청나라의 지식인들을 만났다. 그만큼 서로의 학식과 인물듦에 깊이 감화되었기 때문이다. 말은 비록 통하지 않았지만 모두 당시 동아시아 지식인들의 공용 문자였던 한자에 능통했기 때문에 의사소통에 는 아무런 장애가 없었다. 이러한 까닭에 홍대용과 청나라의 지식인들은 짧은 시간 안에 그토록 가까워질 수 있었던 것이다. 이 만남은 홍대용이 기록한 것처럼 "천고에 썩지 않을 보배로운 사건"이었다.

이때 조선으로 돌아가기로 한 날짜가 망전望前(음력 보름이 되기 이전)으로 계획이 되어 있었다. 이날 모임 후에 다시 만나는 것을 기약할 수 없는 까닭에, 주인과 손님 모두 분위기가 우울하고 낯빛은 서글퍼져 서로 이 별의 섭섭함과 슬픔을 이기지 못하였다. 내가 말하였다. "한번 이별한 후 에 다시 만날 날을 기약할 수 없지만, 다만 두어 자 필적으로 만 리의 소 식을 주고받으면 또한 서로 생각하는 마음을 위로할 수 있을 것입니다." 그러자 반생이 이렇게 말하였다. "서로 소식을 주고받는 일을 엄형과 더 불어 충분히 의논하여 한 사람을 얻었습니다. 성은 서徐이고 별호는 낭 정朗亭인데, 저의 외사촌형이요 또한 항주 사람입니다. 연경에 과거 시험 을 보러 왔다가 참여하지 못하였습니다. 이로 말미암아 이후 북경에 머 물러 점포를 베풀고 물건을 매매하는 일로 생계의 이치를 삼고 있습니 다. 서로 편지를 주고받고자 한다면 이 사람에게로 해마다 부치는 것이 해롭지 않을 것입니다."

_홍대용, 《을병연행록》, 1766년 2월 초8일

이 약속과 다짐을 지키기 위해 홍대용은 조선으로 돌아와 이들과의 만 남과 대화를 기록한 《회우록會友錄》을 엮어 책으로 만들었다. 이 《회우록》 은 박지원과 이덕무를 비롯한 북학파 지식인과 그 주변 인물들 사이에서 널리 읽히고 사랑받았다. 이것이 계기가 되어 향후 100여 년 가까이 지속된 '조선-청나라 지식인 간의 인문학 네트워크'가 만들어져 두 나라의 학술과 문화 수준을 획기적으로 향상시켰다. 특히 박지원은 《회우록》에 서문을 지어서 홍대용과 청나라 지식인의 교제와 교류의 지성사적 의미와 가치를 밝히기도 했다.

이렇듯 홍대용이 청나라를 다녀온 뒤 세상에 내놓은 청나라 여행록, 즉 《을병연행록》, 《연기》, 《회우록》은 18세기 조선 지식인 사회를 일대 충격에 빠뜨렸다. 이 여행록을 통해 비로소 조선을 벗어나 거대한 세상이 존재한다는 사실에 눈을 떴기 때문이다. 더욱이 그것은 새로운 세상과 거대한 세계에 대한 지식과 정보를 전달하는 데만 그치지 않았다. 새로운 세상과 더 큰 세계를 향해 나아가야 한다는 시대적 메시지를 던졌기 때문이다. 당시 그리고 향후 최소 수 십 년 동안 홍대용의 여행록이 조선 지식인 사회에 끼친 영향은 크게 다섯 가지 차원에서 살펴볼 수 있다.

첫째, 청나라는 더 이상 오랑캐나 야만국이 아니라 "그 규모가 광활하고 거대하며, 사상은 정확하고 치밀하며, 제작은 심오하고 원대하며, 문장은 찬란하게 빛나는" 선진 문명국이다. "진실로 법이 훌륭하고 제도가 아름답다면 비록 오랑캐라고 하더라도 찾아가서 스승으로 섬기고 배워야 한다"는 새로운 정신 사조의 대유행을 낳았다.

둘째, 청나라는 혐오하고 배척해야 할 나라가 아니다. 오히려 가난하고 궁색한 조선의 처지를 벗어나고자 한다면 청나라의 문물과 제도를 적극적으로 받아들이는 북학을 일으켜야 한다. 이것만이 세계 제일의 경제 대국이자 문화 강국인 청나라의 수준으로 조선을 개혁하고 발전시키는 길이다. 홍대용의 청나라 여행록을 통해 조선의 지식인들은 조선을 부국안민의 나라로 변화시켜 청나라와 어깨를 나란히 하는 경제·문화 강국으로 만들겠다는 거대한 포부와 담대한 비전을 품게 되었다. 이보다 더 원대한 뜻과 웅장한 기운이 어디에 있겠는가?

셋째, 중국보다 더 큰 세계, 즉 서양의 존재를 알게 되었다. 청나라뿐만 아니라 서양 오랑캐에게도 배워야 할 것이 있다면 마땅히 배워야 한다는 새로운 기운을 불러일으켰다. 이러한 사고의 연장선상에서 홍대용의 사우였던 박제가는 훗날 "국가 차원에서 서양인 선교사를 초빙해 선진 문물과 과학기술을 배우자"는 주장을 했다.

넷째, 청나라 지식인과의 교제와 교류가 일대 붐을 이루었다. 홍대용이 개척해놓은 '인적 네트워크'를 통해 이후 청나라에 간 이들은 모두 청나라의 문사와 학자들과 어렵지 않게 교제를 맺을 수 있었다. 이 네트워크는 19세기 중반까지 이어져 청조학淸朝學의 제일인자 추사 김정희를 배출해낼 만큼 대성공을 거두었다. 18세기와 19세기에 찬란하게 번성했던 한-중 지식인, 곧 조선-청나라 지식인의 '문예공화국'은 진실로 홍대용에게서부터 시작되었다고 할 수 있다. 이로 말미암아 지식인들 사이에서 청나라 여행이 대유행을 이루게 되었다는 사실 역시 어렵지 않게 확인할 수 있다.

다섯째, 청나라 여행으로 균열을 일으킨 화이론적 세계관은 1773년 홍대용의 나이 43세 무렵 출간한《의산문답》으로 철저하게 붕괴된다. 이 저작에서 홍대용은 실옹이라는 가상의 인물을 통해 지구설地球說, 지전설地轉說, 무한우주설無限宇宙說과 같은 자신의 과학 지식과 사상을 한껏 펼쳐보였다. 특히 지구는 둥글다는 지구설에 근거해 '중화와 오랑캐가 따로 있지 않다'고 논하면서 모든 나라가 세상의 중심이 될 수 있다는 당시로서는 너무나도 파격적인 주장을 했다. 이것은 중국이 천하의 중심이라는 화이론적 세계관에 빠져 있던 조선의 사대부나 지식인들에게 일대 경종을 울린 지성사적 쾌거였다. 세계는 둥글고 자전하기 때문에 어느 곳이나 세상의 중심이 될 수 있다는 혁신적인 사고는 18세기 조선에 등장한 새로운 세계관과 지식혁명의 원동력이었다.

이렇게 본다면, 홍대용의 청나라 여행록 속 글 하나하나에 담긴 원대한 뜻과 웅장한 기운이 거대한 폭풍을 일으켜 18세기 조선의 지식혁명을 낳았다고 해도 별 무리한 해석이 아닐 것이다. 웅혼, 즉 웅장하고 탁 트여 막힘이 없는 문장의 힘이란 이토록 거대하고 위대한 것이다.

신세계를 향해 떠난 광사狂士의 60만 자 일기

• 서하객

18세기 조선의 지식인 가운데 둘째가라면 서러워할 만큼 지독한 독서광이자 탐서가였던 성호 이익과 청장관 이덕무가 즐겨 읽었던 서책 중 《서하객유기徐霞客遊記》가 있다. 이들이 《서하객유기》를 즐겨 읽었던 까닭은 무엇이었을까? 이익과 이덕무는 세상의 온갖 지식과 정보를 섭렵해 습득하려고 했던 18세기 '백과전서파'를 대표하는 인물들이다. 이러한 지식과 정보 탐구, 특히 18세기를 전후해 중국의 자연 지리와 인문 지리에 관한 최신의 지식과 정보를 《서하객유기》보다 더 생생하고 생동감 있게 전해주는 서적은 없었다. 이 점은 일찍부터 《서하객유기》에 대한 중국 문사들의 비평을 통해서도 쉽게 확인된다.

서하객徐霞客 선생의 《유기》를 읽는 사람들은 비록 수천 리 먼 곳에 떨어져 있다고 해도 무릇 산의 높음과 강의 광대함을 알 수 있게 된다. 더불어 괴상한 나무와 기이한 재목, 풍토병과 바람과 무더위의 침식侵蝕, 음습한 장마와 맹렬한 폭풍의 엄습, 뱀과 호랑이와 도적의 위협, 들판에서의 숙식, 역참의 촌뜨기와 산 귀신의 야유와 조롱 등과 격렬하게 부딪쳐 가면서 유람했다는 사실을 알게 된다. 무릇 오吳(강소성)에서부터 초楚(호남성), 검黔(귀주성), 전滇(운남성)에 이르기까지 강과 땅에서 일어나는 모든 경이롭고 괴이한 일들을 선생께서 직접 겪으셨으니, 후대 사람들이 《유기》를 읽게 되면 마음으로 깨달아 눈과 귀가 활짝 열리고 시원스럽게 통하지 않은 것이 없게 된다. 참으로 예로부터 지금에 이르기까지 일찍이 존재하지 않았던 기이한 서적이 아니겠는가!

_서하객, 《서하객유기》, 해우부의 서문(奚又溥序)

그러나 조선 지식인들 사이에서 《서하객유기》가 널리 읽혔던 더 중요한 이유는 그 문학적 가치 때문이었다. 18세기에 등장한 유람기는 이전 시대의 유람기와 확연히 다른 특징을 지니고 있다. 18세기 이전의 유람기는 대개 심성 수양과 심신 단련의 한 방편으로 산수 기행을 했기 때문에 다분히 도학적(성리학적) 가치와 미학 의식을 담은 유람기가 많다. 그러나 18세기에 들어서면 산수에 대한 개인적인 심미 체험을 중시해 자신만의 관점으로 자연 지리의 아름다움을 새롭게 발견하고 다시 글로 옮겨 쓰는 유람기가 등장했다. 그 대표적인 사례가 이덕무의 절친한 사우였던 박제가가 묘향산을 유람하고 쓴 〈묘향산소기妙香山小記〉다. 이것은 주관적인 감성과 개성을 중시하는 미적 체험이 도학(성리학)의 보편적인 가치를 중시하는 미적 체험보다 더 의미가 있다고 여기는 새로운 미학 의식의 출현을 뜻한다. 이러한 유람기가 크게 유행한 배경에 바로 《서하객유기》가 존재하고 있었다. 특히 《서하객유기》는 문장의 기운이 웅장한데다가 광활하고 탁 트여 막힘이 없으면서도 우아하고 아름다운 격식을 갖추고 있어서 18세기에 크게 유행했던 소품문 가운데 하나인 소품 유기小品遊記, 즉 소품문의 형식을 갖춘 유람기의 롤 모델로 작용했다. 서하객(1586~1641)의 소품 유기에 담긴 문장의 웅장한 기운과 웅혼한 기세가 박제가의 〈묘향산소기〉에 남긴 영향과 흔적을 간접적으로나마 살펴볼 수 있는 대목이 '폭포의 풍경'을 묘사한 다음과 같은 장면이다.

> 협곡 안의 물은 거꾸로 비스듬하게 아래를 향해 떨어지는데, 양쪽 벼랑이 물길을 물샐틈없이 단단하게 죄이는 형세여서, 그 폭포의 기세가 매우 웅장하다. 비스듬하게 물이 쏟아져 내리던 귀주성의 백수하白水河도 이 폭포만큼 깊지는 않다. 또한 높이 매달린 채 물을 쏟아붓는 등양騰陽의 적수滴水도 이 폭포만큼 거대하지는 않다. 폭포의 형세가 높고 깊은데다가 협곡이 다시 비좁고 기울어서 성이 난 듯 미친 듯이 격렬하게 울부짖으니, 더 이상 평범한 모양새가 아니다. … 비록 수십 장丈 위에 있지만 오히려 거세게 쏟아지는 폭포의 물길이 만들어내는 자욱한 물방울이 돌돌 말려 오르는 듯 보였다가 싸락눈이 모이는 듯 보이곤 한다.
>
> _서하객, 《서하객유기》, 〈운남 유람일기〔滇遊日記〕 11 〉, 7월 초8일

만폭동에 앉자 석양에 지는 해가 사람을 비춘다. 거대한 바위가 마치 산봉우리와 같은데 기다란 폭포가 넘어서 온다. 물길이 세 번이나 꺾어 흐르고 나서야 비로소 바위의 뿌리를 침식한다. 우묵하게 패어 들어간 곳에서는 소용돌이가 일어난다. 그 형상이 마치 고사리 싹이 주먹을 모은

모습과 같고, 마치 용의 수염과 호랑이의 발톱과 같은 모양이어서 가로
채거나 움켜쥐는 듯하다가 멈추는 듯하였다. 물을 뿜어대는 소리가 한
차례 비스듬하게 기우뚱하더니, 폭포의 하류가 서서히 넘쳐흘렀다. 움츠
러들었다가 다시 쏟아지니 마치 숨이 가빠 헉헉대는 것 같았다. 고요히
한참 동안 그 소리를 듣고 있자니, 내 몸 역시 그 소리와 더불어 호흡하
고 있는 것처럼 느껴졌다. 잠깐 동안 조용하게 아무 소리도 들리지 않더
니, 또 조금 뒤에는 더욱 격렬하게 물결이 부딪치는 소리가 났다.

_박제가,《정유각집貞蕤閣集》, 묘향산소기

　《서하객유기》의 작자인 서하객의 본명은 서홍조徐弘祖다. '노을 나그
네'라는 멋들어진 뜻의 '하객霞客'은 그의 호다. 필자가 졸저《호, 조선 선
비의 자존심》에서 "호를 보면 그 사람을 알 수 있다"고 한 것처럼, '하객'이
라는 호만 보아도 그의 삶과 철학을 단박에 알아챌 수 있다. 혹은 서굉조
徐宏祖라고도 하는데 그 까닭은 이렇다. 서홍조의 '홍弘'이 청나라 황제의
이름과 같다고 해서 청나라 때 나온《서하객유기》에서는 '홍弘'자를 '굉宏'
자로 바꾸어 적었다. 이로 인해 서홍조 혹은 서굉조로 불리게 된 것이다.
서하객은 중국 강소성 강음현 남양기에서 서유면徐有勉과 왕씨 부인 사이
의 둘째 아들로 태어났다. 몰락한 사대부였던 그의 집은 어머니 왕씨 부
인의 근면 절약과 장사 수완 때문에 비교적 넉넉하고 여유로운 생활을 했
다고 한다. 서하객 역시 과거 시험을 위해 유가 경전을 읽고 팔고문을 짓
는 등 열심히 글공부에 힘썼다고 한다. 그런데 나이 18세가 되는 1603년
뜻하지 않은 사건으로 아버지 서유면이 목숨을 잃자 세상사에 염증을 느
껴서 과거 시험을 통한 입신양명과 출세의 미련을 버리고 마침내 명산대
천을 유람하기로 결심하기에 이른다. 다만 어머니 왕씨 부인이 살아 있었

기 때문에 쉽게 길을 떠나지 못한 채 차일피일 망설이고 있었다. 이때 호방한 여장부의 기질이 있었던 그의 어머니 왕씨 부인이 이러지도 저러지도 못하고 있는 서하객에게 "사내대장부가 할 일이란 천하에 뜻을 두는 것이다"라고 하면서 천하 유람에 나설 것을 적극 독려했다.

천하를 마음껏 유람하며 천하를 품는 큰 뜻을 지니고 살아갈 것을 적극 권면하고 격려해준 어머니 덕분에 마침내 서하객은 나이 21세가 되는 1607년 명산에 오르고 대천과 명승을 찾아다니는 유람에 나서게 되었다. 이후 장장 30여 년에 걸쳐 이어진 서하객의 유람은 크게 세 시기로 구분해 살펴볼 수 있다. 첫 번째 시기는 처음 유람에 나선 1607년 나이 21세 때부터 38세가 되는 1624년까지다. 이때는 어머니 왕씨 부인이 살아계셨기 때문에 그 뜻에 따라 매년 봄에 유람을 떠났다가 가을이나 겨울이 되면 집으로 다시 돌아오는 방식으로 유람을 했다. 이러한 까닭에 먼 곳으로의 유람은 하지 못했다. 두 번째 시기는 1625년 어머니가 사망한 후 3년 상을 마치고 난 1628년 나이 42세 때부터 1635년 나이 49세 때까지다. 어머니가 이미 세상을 떠났기 때문에 이때에 이르러 비로소 먼 곳으로의 유람을 나서기 시작했다. 서하객은 지팡이 하나와 이불 하나에 의지한 채 바위틈에서 잠을 청하고 여러 날 동안 굶주림을 견뎌내며 유람을 다니는 것을 두려워하지 않았다. 세 번째 시기는 말년에 접어든 1636년 나이 50세부터 발에 병이 나는 바람에 더 이상 유람을 하지 못해 집으로 돌아올 수밖에 없었던 1640년 나이 54세 때까지다. 이때 서하객은 평생 염원했던 중국 서남부 변방 지역으로의 유람을 결심하고 마침내 수만 리 대장정에 나섰다.[62]

그리고 서하객은 나이 21세 때부터 54세 때까지 장장 30여 년 간에 걸쳐 중국 전역을 유람한 자신의 여정을 꼬박꼬박 유람 일기에 기록하는 전무후무한 행적을 남겼다. 〈천태산 유람일기(遊天台山日記)〉, 〈안탕산 유람일기(遊雁宕山日記)〉, 〈백악산 유람일기(遊白岳山日記)〉, 〈황산 유람일기(遊黃山日記)〉, 〈무이산 유람일기(遊武彝山日記)〉, 〈여산 유람일기(遊廬山日記)〉, 〈황산 유람일기(遊黃山日記) 후편〉, 〈구리호 유람일기(遊九鯉湖日記)〉, 〈숭산 유람일기(遊嵩山日記)〉, 〈태화산 유람일기(遊太華山日記)〉, 〈복건 유람일기(閩遊日記) 전편〉, 〈복건 유람일기(閩遊日記) 후편〉, 〈천태산 유람일기(遊天台山日記) 후편〉, 〈안탕산 유람일기(遊雁宕山日記) 후편〉, 〈오대산 유람일기(遊五臺山日記)〉, 〈항산 유람일기(遊恒山日記)〉, 〈절강 유람일기(浙遊日記)〉, 〈강서 유람일기(江右遊日記)〉, 〈호남 유람일기(楚遊日記)〉, 〈광서 유람일기(粤西遊日記)〉, 〈귀주 유람일기(黔遊日記一)〉, 〈운남 유람일기(滇遊日記)〉 등이 바로 그것이다. 서하객은 대개 유람 도중 매일같이 일기를 썼지만, 그렇지 못할 경우에는 며칠 동안의 여정을 한순간에 기록하곤 했다. 더욱이 유람을 마치고 집으로 돌아온 다음에도 유람 일기를 다듬고 보충하는 일을 멈추지 않았다. 이렇게 기록한 유람 일기가 무려 60만 자에 달했다. 일찍이 역사상 이보다 더 견문이 넓고, 식견이 깊고, 규모가 크고, 분량과 범위가 방대한 유람과 유람기는 존재하지 않았다.

서하객이라는 인물과 그 삶을 한마디로 정의한다면 필자는 유람에 미친 광자狂者이자 기록에 미친 광사狂士라고 표현하고 싶다. 그가 얼마나 유람에 탐닉해 온전히 유람에 자신의 삶을 던졌는가를 알 수 있는 극적인 장면이 《호남 유람일기》에 등장한다. 도적떼를 만나 재물을 빼앗기고 목숨을 잃을 뻔한 절체절명의 위기에서 벗어나자마자 그는 다시 어떻게 유람을 계속할 수 있을까를 고민할 뿐이다. 더욱이 혹시라도 가족에게 소식이 전해지면 유람이 중단될까 우려할 뿐 재물과 목숨 따위는 안중에도 두지 않는다.

급히 김상보金祥甫가 머물고 있는 처소로 달려가서 뜻밖에 도적의 무리를 만난 사건의 전말을 이야기했다. 김상보는 마음 아파하며 분개했다. 나는 처음 번부藩府에서 수십 금金을 일시 빌리려는 생각에 김상보에게 보증을 서달라고 청탁했다. … 김상보는 번부藩府에는 내게 빌려줄 수 있는 은자가 없다고 말하면서, 내게 상의하기를 만약 고향으로 돌아간다면 별도로 의복과 행장을 준비해주겠다고 하였다. 그러나 내가 만약 뜻밖에 재난을 만나 갑자기 집으로 돌아간다면, 여행할 자금을 구해 다시 오려고 해도 처자식이 반드시 길을 나서도록 놓아주지 않을 것이라는 생각이 들었다. 여행을 계속 하려는 나의 뜻을 변경하고 싶지 않았던 까닭에 거듭 김상보에게 도움을 달라고 간곡하게 부탁했다.

_서하객,《서하객유기》,〈호남 유람일기〉, 1637년 2월 13일

주변 사람들로부터 "기이함을 지나치게 좋아해 미쳤다"는 비난과 조롱을 감수하면서까지 한 가지 일에 탐닉해 자신의 모든 것을 온전히 내던졌던 문사와 지식인의 출현은 16세기 말과 17세기 초, 즉 명나라 말기에 나타난 일종의 지성사적 현상이자 사건이었다. 앞서 여러 차례 언급했던 '벽癖'에 대한 예찬 역시 이와 동일한 맥락에서 이해할 수 있다. 즉 '벽癖'과 '광狂'은 동일한 뿌리에서 나온 다른 표현일 뿐이다. 특히 이 시대에 들어와 사상 혁신과 문풍 혁신을 주도했던 이탁오와 원굉도는 '광狂'에 대한 철학적 견해와 문학적 학설을 세워 이들 지식인의 삶을 이전 시대의 부정적 의미나 가치와는 완전히 다르게 재발견·재해석·재창조하기까지 했다.

이탁오는 '광견狂狷'이 있어야 모든 사람이 숭배하고 복종하는 성현의 '허점과 잘못'까지도 거리낌 없이 찾아낼 수 있기 때문에, 광견이 있는 사

람만이 진실로 호걸지사豪傑之士가 될 수 있다고 역설했다. 더욱이 원굉도는 "지식에 구애받지 않고 규범에 얽매이지 않고 흔적을 남기지 않지만, 행여 뜻을 이루게 되면 바람이 일어 힘을 발휘하듯이 세상에 반향을 불러 일으키는" 이들의 삶을 가리켜 "광사의 태연자약한 삶의 정취"라고 찬미하기를 마다하지 않았다.[63]

17세기 초 명나라 말기 이탁오와 원굉도의 철학적·문학적 영향권 아래에 있었던 당대의 많은 청년 지식인들과 마찬가지로 서하객 역시 부패할 대로 부패한 조정과 혼탁한 세상에 나아가 명리를 구하고 출세를 좇는 삶을 사느니 차라리 자신이 좋아하고 하고 싶은 일에 오롯이 탐닉했던 광자 혹은 광사의 길을 선택했다. 서하객이 사망한 후 〈서하객묘지명〉을 쓴 진함휘陳函輝는, 일찍부터 서하객이 과거 시험용 학문인 유가 경전을 읽거나 과거 시험용 문장인 팔고문 짓는 것을 좋아하지 않았고, 항상 "대장부가 마땅히 아침에는 푸른 바다를 보고 저녁에는 벽오동(푸른 오동나무)을 보아야 할 터이니, 어찌 한 구석에 스스로 갇혀 지내리오"[64]라고 되뇌며 오직 천하 유람에만 뜻을 두었다고 밝혔다. 더욱이 사하륭史夏隆은 서하객을 가리켜 '기인'이라고 하면서, 그 천하 유람의 '기이함'과 '오묘함'을 이렇게 표현했다.

몸은 시간을 허비하지 않고 길은 정해진 여정이 있어서, 사물의 연혁과 사방의 변경은 물론이고 지역에 따라 다른 토양과 토산물의 차이에 이르기까지 하나하나《유기》속에 상세하게 적어두었다. 이《유기》를 읽다 보면, 마치 직접 찾아가서 그 지방의 사람들을 보는 것 같고, 또한 그 지방을 몸소 돌아다니고 있는 것 같다. … 서하객의 기이함은 여기에서 그치지 않는다. 명승지를 찾아 돌아다니는 것은 마치 하늘로부터 그 능력과 자질을 부여받은 것 같았으니, 위태로운 산봉우리와 깎아지른 듯한 골짜기와 험준하고 머나먼 길을 마다하지 않고 마치 원숭이가 기어올라 가듯, 학이 날아오르듯, 말이 빠르게 내달리는 듯하였다. 이틀 걸려야 갈 수 있는 길을 하루 동안에 주파하면서도 전혀 지친 기색이 없었다. 더욱이 추위와 더위도 여정을 침범하지 못하고, 굶주림과 목마름도 여행을 방해하지 못하였다. 이러한 까닭에 서하객의 기이함은 참으로 하늘로부터 타고난 기이함이라고 하겠다.

_서하객,《서하객유기》, 사하룡의 서문(史夏隆序)

이렇듯 오직 유람이라는 한 가지 일에 미쳐—세속의 명예와 이욕과 출세의 욕망을 뛰어넘어—온 삶을 던진 사람에게서만 나오는 아우라로 말미암아 서하객의 문장은 웅장하고 굳세며 기이하고 빼어나게 된 셈이니, 참으로 불광불급不狂不及, 즉 '미쳐야만 비로소 미칠 수 있다'는 말이 꼭 들어맞는 경우라고 하지 않을 수 없다.

당시 서하객의 여행이 얼마나 거침없고 막힘이 없었으며 담대하고 원대했는가를 알 수 있는 글이 반뢰潘耒라는 문사가 쓴 서문에도 잘 나타나 있다. 오직 성령性靈, 즉 타고난 성정과 욕망에 따라 기꺼이 자신의 온몸을 던졌던 여행이었다.

산을 오를 때 반드시 길이 있을 필요가 없었다. 황량한 덤불숲과 빽빽한 대나무 숲이라고 해도 반드시 뚫고 지나갔다. 강물을 건널 때 반드시 나루가 있을 필요가 없었다. 소용돌이치는 여울과 거센 급류라고 해도 결코 발걸음을 멈추지 않았다. 산봉우리가 지극히 위태로운 곳이라고 해도 반드시 뛰어올라서라도 그 산꼭대기에 걸터앉았다. 동굴이 지극히 깊은

곳이라고 해도 반드시 원숭이가 매달리고 뱀이 기어가는 것처럼 해서라
도 그 옆으로 뻗어나간 구멍을 끝까지 탐험했다. 서하객은 가던 길이 끊
어지더라도 두려워하지 않았고, 길을 잘못 찾아갔다고 해도 후회하지 않
았다. 날이 어두워지면 나무 사이와 바위틈에서 잠을 자고, 배가 고프면
풀과 나무의 열매를 씹어 먹었다. 비가 오거나 바람이 불어도 피하지 않
고, 호랑이와 이리를 만나더라도 두려워하지 않았다. 여정의 기한을 계
산하지 않았고, 여정을 함께할 동행을 구하지 않았다. 그저 성령에 따라
유람했기 때문에 온몸을 내던지고 목숨을 내걸고서 유람했다고 하겠다.
예로부터 유람한 모든 사람을 다 뒤져보아도 오직 서하객 한 사람만 그
렇게 했을 뿐이다.

_서하객,《서하객유기》, 반뢰의 서문〔潘耒序〕

성령이란 이탁오의 동심을 원굉도가 재해석한 문학적 개념이자 소품
문이 추구한 미학적 가치이다. 그것은 '자신에게서 나온 진실한 감정을 자
연스럽게 드러내는 글을 써야 한다'와 '무엇에도 얽매이거나 속박당하지
않은 진실한 마음과 감정으로 글을 쓰겠다'는 작가 정신이다. 그런 점에서
서하객의 유람기 역시 명나라 말기 크게 명성을 떨쳤던 공안파, 즉 원굉
도의 문학적 영향력 아래에 있었다고 보아야 한다. 성령을 중시하는 유람
기의 미학 의식은 18세기 조선을 대표하는 유람기인 박제가의 〈묘향산소
기〉에 대한 어떤 이의 다음과 같은 평어評語를 통해서도 확인할 수 있다.

글은 마치 첩첩산중 층층이 쌓인 봉우리 같고, 기세는 마치 놀란 파도나
성난 물결과 같다. 글의 차례는 마치 소반의 구슬이나 널빤지의 탄환과
같아서, 순서를 뛰어넘어 오르는 아득함이 없다. 성인군자의 성령이자

문장가의 기상을 여기 〈묘향산소기〉에서 볼 수 있다고 말할 수 있다.

_박제가, 《정유각집》, 묘향산소기

이렇듯 거침없이 중국 전역을 여행한 서하객은 "광서와 귀주와 운남 등 변방 여러 소수민족의 마을들을 헤아릴 수 없을 만큼 수없이 왕래하고, 난창강(메콩강 상류)과 금사강(양쯔강 상류)을 따라 거슬러올라가며 탐험한데다가 남반강과 북반강의 발원지를 찾아 그 경계까지 다녀온" 최초의 중원 사람이었다. 고금을 통틀어 어느 누구도 하지 못했던 이러한 독특하고 독보적인 체험을 한 탓에 자신이 유람한 곳의 자연 풍경과 인문 지리를 담은 그의 글은 다른 사람이 감히 따라올 수 없을 정도로 기이하고 빼어날 수밖에 없었다. 특히 서하객이 자연을 묘사하고 사물을 서술하는 기법은 마치 사마천의 문장과 비슷해서 《서하객유기》를 읽는 사람은 누구나 그 기이함과 웅장함에 감탄하지 않을 수 없었다.

서하객 선생이 기록한 《유기》 10권은 고금의 일대 기이한 저서이다. 그가 붓을 들어 《유기》를 저술한 뜻은 유종원柳宗元과 비슷하고, 그가 사물을 서술한 방식은 사마천과 유사하다. 이러한 까닭에 산의 형상을 묘사하면 높고 낮은 뭇 봉우리가 붓 끝에 숨어 있거나 솟아오르고, 물의 형상을 표현하면 굽이굽이 꺾어져 흐르는 원류가 종이 위에 당당하고 힘차게 내달리며, 멀고 외진 변방을 기록하거나 서술하면 마을을 계측하여 지경地境을 구분하는 것이 마치 손바닥을 손가락으로 가리키는 것처럼 명확하고, 빈 골짜기와 막다른 동굴을 기술하면 기이한 발자취와 빼어난 행적이 마치 별을 늘어놓은 것처럼 찬란하게 빛이 난다. 무릇 문자로 엮어놓은 모든 것이 기이한 것을 찾아내고 괴이한 것을 드러내지 않은 것이 없다. 새롭고 탁월한 운치를 토설하니 스스로 일가의 언어를 이루었다.

_서하객, 《서하객유기》, 해우부의 서문

당대의 중국 사람들조차 《서하객유기》를 통해 비로소 남서쪽 변경 지방인 광서, 귀주, 운남 등에 중원 지역을 크게 능가하는 드넓고 괴이한 산천이 많다는 사실을 깨달을 수 있었다. 예를 들어 〈운남 유람일기〉에 등장하는 보석을 캐는 마노산의 마노 광산이나 석성石城 그리고 수렴동水簾洞 등은 일찍이 어느 누구도 찾아보지 못한 기이한 장관이요 웅장한 절경이었다. 그것은 서하객의 글이 아니면 어느 누구도 상상하기 힘든 장면들이었다. 이 때문에 《서하객유기》를 읽는 사람이라면 누구라도 기이하고 웅장하면서도 환상적인 미지와 미답의 세계에 대한 동경의 감정에 휩싸이지 않을 수 없었다.

오후에 집의 서쪽 아래에서 비탈진 협곡 속을 내려왔다. 1리를 가다 북쪽으로 돌아서 나가니 아래로는 협곡의 물길을 내려다보고 위로는 위태로운 벼랑이 많이 자리하고 있었는데, 등나무와 나무가 거꾸로 버려져 있었다. 벼랑을 뚫고 바위를 깨트리면 마노가 그 가운데에 박혀 있다. 마노의 색깔을 살펴보면 흰색도 있고 붉은색도 있다. 마노의 크기를 살펴보면 모두 별로 크지 않아서 겨우 주먹만 하다. 이곳은 마노의 광맥이 뻗어 있다. 그 광맥을 따라 깊숙이 들어가다 보면, 간간이 오이가 맺혀 있는 형상을 하고 있는 곳을 만나게 된다. 크기는 되(升)만 하고 모양은 마치 공처럼 둥글다. 가운데는 매달린 채 동그랗게 파인 구멍을 이루고 있는데 바위에 달라붙어 있지는 않다. 동그랗게 파인 구멍 속에는 마노를 기르는 물이 있다. 마노는 정교하고 투명하며 견고하고 치밀해서 보통의 광맥과

5장 웅혼의 글쓰기   315

는 다르다. 이것은 마노 중에서도 품질이 좋은 상품上品으로 갑작스럽게 만날 수 있는 것이 아니다. 항상 쌓아두고 다른 사람들에게 장사하는 것들은 모두 광맥을 굴착해서 얻는 것이다(그 크기가 주먹만 한데, 단단한 것은 값이 한 근에 2전 정도 된다. 이것을 다시 잘라서 조금 작은 것은 한 근에 1전일 따름이다).

_서하객, 《서하객유기》, 〈운남 유람일기 11〉, 7월 초6일

상강上江을 건너서 서쪽으로 가다보면, 돌로 쌓은 성(石城)이 하늘에 꽂아놓은 것처럼 높이 솟은 채 설산의 동쪽에 기대어 있다. 이곳은 사람의 발자취가 닿은 적이 없는데다가 한밤중에는 북소리가 들려오는 까닭에 원주민들은 귀신이 산다고 해서 귀성鬼城이라고 불렀다. 하지만 이곳은 머나먼 변방의 아름다운 경관이다. 상강 동쪽 그리고 마노산 북쪽에는 산이 빙 둘러 서 있고 골짜기가 갈라져 내달리고 있다. 가운데에는 아스라한 벼랑이 공중에 매달려 있고, 연이은 봉우리는 거꾸로 우뚝 솟아 있으며, 바위 동굴은 참으로 깊고 그윽하다. 이곳은 송파松坡라고 부르는데, 마원강馬元康 가문의 장원이다.

_서하객, 《서하객유기》, 〈운남 유람일기 11〉, 7월 초8일

특히 수렴동을 묘사한 글은 비유가 빼어나게 아름답고, 기운이 호탕하며 장쾌하기가 서하객 산문의 백미 중 백미라고 할 만하다. 《서하객유기》가 단순한 유람기를 넘어서 오랜 세월 미학적 가치를 인정받고 그 문학적 영향력을 행사할 수 있었던 까닭은 이처럼 "꾸밈이 없고 진실하며 상세하고 세밀한 문체를 잃지 않았을 뿐더러, 사물의 모양을 형용하고 정경을 표현하고 묘사할 경우에도 자신의 느낌을 우아하고 화려하게 그려내 사람을 감동시키기에 충분했기" 때문이다.

수렴동은 협저교에서 거리가 불과 1리밖에 떨어져 있지 않다. 단지 길의 흔적조차 찾을 수 없고, 깊은 풀숲에 막혀서 분별할 수 없었을 따름이다. 이곳의 벼랑은 남쪽을 향해 있는데 앞으로는 흘러가는 계곡을 내려다보고 있다. 깎아지른 듯 우뚝 솟은 낭떠러지는 층층이 겹쳐 쌓인 채 위로 올라가 있다. 그 높이가 몇 장丈이나 되었다. 그 벼랑 위 동굴 입구는 깊고 그윽한데, 겹치고 다시 겹쳐서 덮이고 포개지고 다시 포개져서 이어져 있었다. 비록 동굴은 별로 깊지 않았지만, 그 안으로 들어가면 온통 옆으로 통해서 뚫려 있으니 마치 용마루가 날아오르는 듯 전각이 겹쳐 있는 듯 처마와 창문이 서로 잇닿아 있는 듯하다. 밖으로 산산이 부서져 흐르는 물은 처마를 따라 아래로 쏟아지고 있다. 벼랑 아래에서 이 장관을 바라보고 있자니 마치 아래로 쏟아져내리는 물방울이 나뉜 채 허공에 매달려 있는 것처럼 보이다가, 다시 동굴 안에서 이 광경을 바라보고 있자니 마치 발(簾)이 바깥에 장막을 친 것처럼 보였다. 이러한 까닭에 '물발'이라는 뜻의 '수렴水簾'이라는 이름과 꼭 빼닮았다고 하겠다. … 벼랑 사이에 매달려 있는 나무줄기와 구부러진 나뭇가지는 물방울에 축축하게 젖어서 물이 되어 있고, 나무껍질은 온통 엉기고 떨어져서 돌이 되어 있었다. 대개 석고石膏는 오랜 세월을 거치면서 석태石胎가 한 덩어리로 엉겨 굳어져서 이루어진다. 곧 조그마한 이파리와 가느다란 가지가 모두 원래의 모양을 따라 마치 눈이 얼어서 맺히고 얼음이 감싸고 있는 것처럼, 크고 작은 형상을 이룬 채 중도에 맞게 어느 한쪽으로도 기울어 있지 않다. 이 또한 눈처럼 얼어서 맺히고 얼음처럼 감싸고 있으니, 이처럼 고르고 또한 빼닮을 수는 없다.

_서하객,《서하객유기》,〈운남 유람일기 11〉, 7월 초9일

서하객은 이와 같은 여정을 통해 어떤 것에도 걸림이 없는 웅혼한 기상과, 어떤 것에도 흔들리지 않는 호방한 기운과, 어떤 것에도 두려워하지 않은 당당한 기백과, 어떤 것에도 속박당하지 않는 자유분방한 정신을 길렀다. 그리고 그 모든 것을 바탕 삼아 중국의 자연, 역사, 지리, 풍속, 인물 등을 자신만의 웅장하고 호방한 필치로 생동감 넘치게 묘사했다. 지극한 경지에 이른 문장이란 "애써 그렇게 쓰려고 하지 않아도 그렇게 쓰인 글"이다. 웅혼한 문장 역시 그렇게 글을 쓰려고 인위적으로 노력한다고 해서 나오는 것이 아니다. 세상 밖 견문과 경험과 체험이 쌓이고 쌓이다 보면 자기도 모르는 사이에 웅장한 기운이 자라나고 탁 트여 막힘이 없는 기질이 길러진다. 그러면 그 기운과 기질이 자연스럽게 글에 드러나 애써 그렇게 하려고 하지 않아도 오히려 문장은 웅혼하게 된다. 이에 반뢰는 서하객의 전기傳記를 지은 전겸익錢謙益의 말을 빌려《서하객유기》를 가리켜 "고금의 유기문遊記文 가운데 으뜸"이라고 하면서, 그 글 한 편 한 편이 그렇게 된 까닭을 이렇게 밝혔다.

대개 무엇인가를 하겠다는 의도 없이 그렇게 한 것이기 때문에 뜻이 오로지 한 가지에 집중되어 있었다. 뜻이 한 가지에 집중되어 있기 때문에 행동이 어떤 것에도 얽매이거나 구애받지 않고 홀로 마음이 가는 대로 이루어졌다. 행동이 홀로 마음이 가는 대로 이루어졌기 때문에 오고 가는 것이 자기 뜻대로 되고 자기가 원하는 대로 통하지 않는 것이 없었다. 조물주는 산천의 신령함과 기이함을 장구한 세월 동안 숨겨놓은 채 드러내지 않게 하고 싶어서, 이 사람 서하객을 인간 세상에 낳아 그 신령함과 기이함을 들추어내게 한 것일까?

_《서하객유기》, 반뢰의 서문

30여 년 동안 중국 전역을 유람하고 다니면서 웅장하고 호방한 필치로 그곳의 자연, 역사, 지리, 풍속, 인물 등을 생동감 넘치게 묘사한 《서하객유기》의 문장 한 편 한 편이 17세기 중국의 문사와 지식인은 물론 18세기 조선의 문사와 지식인을 사로잡았다.

서하객이 유람을 시작한 첫 동기가 명산대천을 두루 유람하는 데 있었기 때문에, 《서하객유기》에서 가장 큰 비중을 차지하고 있는 글은 당연히 명산대천을 유람하며 느낀 자연 풍경과 산천 지리에 대한 감상이다. 특히 보편적인 미적 체험보다 개인적인 미적 체험을 중시했던 서하객은 자연 풍경의 묘사와 서술에서도 기존 유람기의 문장 미학과는 확연히 다른 자신만의 글쓰기를 보여주었다. 그 대표적인 경우가 명산의 상징인 오악五岳, 즉 '태산泰山, 화산華山, 형산衡山, 항산恒山, 숭산嵩山'보다 황산黃山을 찬미한 "오악을 보고 나면 다른 산이 보이지 않지만, 황산을 보고 나면 오악이 보이지 않는다(五岳歸來不看山 黃山歸來不看岳)"는 글이다. 나이 30세(1616년) 때 처음 황산 유람을 떠난 서하객은 큰 눈을 만나 무려 석 달 동안이나 산길이 막히는 바람에 유람을 할 수 없었다. 그러나 다른 어떤 산보다 황산의 기이함과 웅장함에 크게 매료되었던 그는 조금도 물러서지 않고 산길이 열리자 2월 3일부터 11일까지 9일 동안 황산 구석구석을 유람하고 다녔다. 이 때문인지 〈황산 유람일기〉 속 자연 풍경 묘사는 다른 곳보다 훨씬 기이하고 빼어날뿐더러 치밀하고 상세하다. 그의 글은 비록 "정교하거나 치밀하게 깎고 다듬어 문장을 짓지는 않았으나" 바로 그 때문에 "천연의 정취가 널리 넘쳐흘러 자연스럽고 기이하며 참신한" 풍격을 갖추고 있다. 서하객의 글에 나타나는 이러한 특징은 그가 자신보다 한 세대 앞선 문장가 원굉도의 문장 철학과 작법으로부터 적지 않게 영향을 받았다는 사실을 확인시켜준다.

혼자 천도봉에 올라갔다. 내가 천도봉 앞쪽에 서면 안개는 뒤쪽으로 이동했다. 내가 천도봉의 오른편으로 넘어가면 안개는 천도봉의 왼쪽에서 생겨났다. 천도봉의 소나무는 구불구불하거나 높이 솟아 자유자재로 거침없이 뻗어 자라는데, 잣나무는 비록 큰 줄기가 팔뚝만 해도 바위 위에 고르게 붙어 있지 않은 것이 없어서 마치 파릇파릇한 이끼처럼 선명했다. 산은 높고 바람은 세찼다. 안개 기운은 나타났다 사라졌다 하는 모습이 일정하지 않다. 눈 아래 있는 뭇 봉우리들을 내려다보고 있으려니, 봉우리의 형상이 나타날 때는 푸른빛의 높이 치솟은 산봉우리였다가 봉우리의 형상이 사라질 때는 은빛의 바다로 바뀌었다. 다시 산 아래를 내려다보니, 환하게 빛나는 햇살이 별도로 하나의 세계를 이루고 있었다. …한 줄기로 뻗어있는 외딴 길을 가면서 줄곧 위태로운 절벽을 따라 서쪽으로 나아갔다. 무릇 다시 오르고 다시 내려가기를 반복하면서 백보운제百步雲梯(백 보의 구름사다리)를 내려갈 즈음 곧바로 연화봉으로 오르는 길이 나타났다. … 산꼭대기는 탁 트여 넓고 사방으로 보이는 하늘은 푸르렀다. 천도봉이라고 해도 역시 머리를 숙일 만했다. 연화봉은 황산의 중앙에 자리하고 있다. 홀로 우뚝 솟아 뭇 봉우리보다 위에 있고, 사방으로 깎아지른 듯 험하게 솟구친 벼랑에 빙 둘러싸여 있었다. 비가 갠 햇살 가득한 맑은 아침나절이면 선명하게 비치는 연화봉의 모습이 층층이 드러났다. 사람으로 하여금 미친 듯이 소리치게 하고 덩실덩실 춤추고 싶게 하는 풍경이었다. … 소나무에 기댄 채 앉아서 우묵한 평지 속에 빙 에워싸고 모여 있는 봉우리 바위들을 바라보고 있으니 그림처럼 화려한 장관이 눈 안 가득 들어왔다. 그때서야 비로소 여산의 석문石門은 일체의 풍광을 갖추고 있지만 어느 한쪽 면은 결여되어 있어서 이곳의 거대하고 웅장하며 풍성하고 화려한 경관만 못하다는 것을 깨달을 수 있었다.

서하객은 자연 풍경과 산천 풍광에만 시선을 두지 않았다. 서하객은 어렸을 때부터 고금의 역사서와 지리지 그리고 《산해도경山海圖經》 등 기이한 서적을 좋아했다. 더욱이 그는 중국 전역을 돌아다니며 자신이 본 서적의 기록들을 직접 견문하고 몸소 체험하며 그것들이 실제와 합치하는지 확인해보고 싶은 강렬한 욕망을 지닌 채 살았다.

서하객의 유람은 나이 50세가 되는 1636년에 일대 전환기를 맞게 된다. 어렸을 때부터 마음 깊은 곳에 품고 있던 중국 서남 변방 지역으로의 유람을 결심하고 마침내 만 리 대장정에 올랐기 때문이다. 일찍이 중원 출신의 문사와 지식인 가운데 누구 하나 가본 적이 없는 미지와 미답의 세계를 향한 여정이었다. 특히 서하객은 53세 때 그토록 열망했던 중국의 남쪽 끝 운남성 북서부 변경의 난창강까지 찾아가 현장 탐방과 지역민들의 의견을 종합한 다음 역사 지리서 《일통지一統志》의 기록이 잘못되었다는 사실을 논증하는 글을 남겼다. 서하객이 사망하기 불과 2년 전에 있었던 일이다. 이 또한 몸소 현장을 찾아가 대대로 정설로 전해온 역사 지리서의 학설을 논파해보겠다는 원대한 뜻과 포부가 없었다면 결코 할 수 없는 일이었다.

나는 처음에는 운주에서 지주知州 양씨를 만나 동남쪽의 난창강 하류 끝까지 가볼 뜻을 품고 있었다. 《일통지》에서는 말하기를 "난창강이 경동에서 서남쪽의 차리로 흘러내려가다가 원강부의 임안하臨安河에서 원강元江으로 흘러내려간다"고 하였다. 다시 그 주석에서 말하기를 "예사강禮社江으로부터 흘러나와서 백애성을 경유한 다음 난창강에 합류하여 남쪽으로 흘러간다"고 하였다. 나는 본래부터 난창강은 예사강과 합류하지 않으며, 예사강과 합류하는 것은 마룡강馬龍江과 녹풍에서 발원하는 강이 아닐까 하는 의혹을 갖고 있었다. 다만 난창강이 곧바로 남쪽으로 흘러갈 뿐 동쪽으로 흘러가지 않는다는 사실을 명백하게 증명할 방법이 없었다. 이러한 까닭에 이곳까지 찾아온 기회를 놓치지 않고 이러한 사실을 궁구해보고자 하였다. 예전에 옛 성을 지나갈 때 우연히 절름발이 한 사람을 만났는데, 그 사람이 들려주는 말에 유독 역력한 증거가 있었다. 그는 다음과 같이 말했다. "이 지방의 서쪽 300여 리에 자리하고 있는 노강潞江은 운주의 서쪽 경계입니다. 노강은 남쪽의 경마를 경유하여 흘러가서 사리강渣里江이 되지만 동쪽으로 굽이져서 난창강과 합류하지는 않습니다. 이 지방의 동쪽 150리에 자리하고 있는 난창강은 운주의 동쪽 경계입니다. 난창강은 남쪽의 위원주를 경유하여 흘러가서 과룡강擴龍江이 되지만 동쪽으로 굽이져서 원강과 합류하지는 않습니다." 이때에 이르러서야 나는 비로소 과룡강이라는 이름을 처음 알게 되었고, 동쪽으로 합류한다는 설이 터무니없다는 사실도 알게 되었다. 또한 새로운 성에 거주하는 사람들에게 이러한 사실에 대해 물어보았다. 비록 원주민들이 분명하게 다 알지는 못해도 그 가운데에는 강소성과 사천성 등 외지에 드나든 사람이 있는데, 그 사람들 말이 앞서 절름발이가 들려준 이야기와 합치되었다. 이에 그동안 미심쩍었던 부분이 환하게 풀려 의심할 여지가 없이 명백해졌다. 그래서 마침내 더 이상 남쪽 끝까지 찾아갈 마음이 사라져버렸다.

_ 서하객, 《서하객유기》, 〈운남 유람일기 12〉, 1639년 8월 초9일

더욱 중요한 사실은 서하객은 중국의 어떤 문사나 지식인도 기록한 적

없는 운남, 귀주, 광서 등 변방 지역 민중의 삶과 생활을 정밀하고 상세하게 묘사했다는 점이다. 이 때문에 양명시楊名時라는 인물은 "가령 서하객이 직접 찾아가서 눈으로 분명하게 본 곳들에 대해 오직 자신만 알고 즐기면서 책에 기록하여 세상에 전하지 않았다면, 또한 사람들이 어떻게 그것이 있는지 없는지 알 수 있었겠는가?"라고 반문하면서, "이 책이 사라져서는 안 되는 이유는 천지의 자취가 이 책 속에 담겨 있기 때문이다"라고 역설하기도 했다. 이러한 사실은 《서하객유기》를 탐독했던 18세기 조선의 지식인들에게도 적용된다. 실제 이덕무는 전성滇城, 즉 운남 안녕주의 머리 모양을 꾸미는 풍속을 《서하객유기》에서 읽고 난 후, 우리나라의 풍속과 비슷하다고 비교한 다음 이 모두가 몽골이 남긴 제도라고 변증하고 있다. 또한 수만 리 멀리 떨어져 있는 귀주에서도 조선에서와 마찬가지로 저자(市)를 장場이라고 한다는 사실을 알게 된 것도 《서하객유기》 덕분이었다.

서하객은 일찍이 어떤 서적과 문헌에서도 본 적 없는 중국 변방 사회의 생활 풍속과 인정세태를 특유의 장쾌하고 호방한 필치로 거침없이 써 내려갔다. 이 때문에 오늘날 수많은 인문학자들이 《서하객유기》를 가리켜 명나라 말기의 사회 문화와 생활 풍속을 집대성한 백과전서요 종합 보고서라고 부르기를 주저하지 않는다. 특히 광서와 귀주, 운남 구석구석을 누비고 다니면서 그곳 민중들의 실제 생활과 세태를 묘사해놓은 글은 때로는 장쾌하고, 때로는 호쾌하고, 때로는 상쾌하고, 때로는 통쾌하며, 혹은 웅장하고, 혹은 기이하고, 혹은 빼어나고, 혹은 정밀하고, 혹은 생생해 마치 문장의 삼라만상을 펼쳐놓은 것 같다.

필자는 서거정의 글을 통해 "사마천의 문장은 결코 책 속에 있지 않았다"고 언급한 적이 있다. 이와 비슷한 맥락에서—수많은 걸출한 시인

과 문장가들이 나타나 사상과 문예의 번성기를 누린 탓에 '목릉성세穆陵
盛世'라 일컫는 선조 시대 8대 문장가 중 한 사람인—아계鵝溪 이산해李山
海 역시 사마천의 문장을 이렇게 평가했다. "사마천은 온 세상의 명산대천
을 두루 유람해 기운을 얻어 글로 나타내었다. 이 때문에 그의 글은 부드
러우면서 호탕하고, 기이하면서도 굳세어 변화하는 기운이 넘쳐흘렀다."
《서하객유기》에 담긴 서하객의 문장 또한 천하 유람을 통해 사마천이 얻
었던 웅장하고, 호탕하고, 기이한 기운을 얻어 글로 나타냈기 때문에 일찍
이 어느 누구도 오르지 못했던 문장의 경지에 오를 수 있었다고 말할 수
있다. 그러나 사마천의《사기》가 누리는 인기와 명망에 비해 서하객의《서
하객유기》는 인문학 중에서도 소수의 중국 인문학 전공자나 독자가 아니
라면 그 제목조차 생소할 것이다. 이 때문에 서하객의 글이 가지는 미학
적 가치와 의미에 대한 총괄적인 평가는 필자의 견해보다 옛사람의 비평
을 인용하는 것이 더 나을 것 같다. 일찍이 그 문학적 가치와 의미를 깨우
쳤던 옛사람과 비교해볼 때, 현재 우리의 문학적 혹은 미학적 안목이라고
하는 것이 얼마나 보잘것없는 것인가를 깨달을 수 있기 때문이다.

대체로 서하객의《유기》는 모두 경물景物에 근거하여 솔직하게 글을 썼
기 때문에, 하나도 남김없이 상세하게 표현하고 촘촘하고 장황하게 묘사
하는 것을 꺼리지 않았다. 경물과 문자를 서로 엮고 이어서 묘사하고 표
현하며, 감흥에 의탁하여 감회를 토해냈다. 더불어 옛사람의 유기와 문
장의 공교함을 다투는 데 마음을 두지 않았다. 그러나 그 안에서 명산대
천이 크고 넓으며 풍성하고 화려하다고 말하고 있는 것은 모두 높음과
낮음의 방위가 정해지고 움직임과 고요함이 변화하는 상도常道이다. 아
래로는 물가와 고개, 날짐승과 물고기, 풀과 나무에 이르기까지도 현인

군자가 편안하게 한가로이 노닐면서 잠결에 자신의 마음을 묘사하는 경지에 올랐다고 하겠다. ⋯ 서하객이 등장하기 이전에도 경계는 절로 천하 어느 곳에나 존재하고 있었다. 하지만 그것을 알아주는 사람이 없고 그것을 말하는 사람도 없었다. 그것을 알아주고 말하는 사람이 있었다고 해도 역시 수백 수천의 경계 가운데 단지 10분의 1 정도를 거론했을 뿐이다. ⋯ 천지의 마음이나 인생의 근본과 관련해서 옛 성인과 현인은 마음으로 알고 몸으로 익히면서 미루어 깨달은 바를 행동으로 옮겨 세상에 공공연하게 드러냈으니, 서하객이 후대 사람들에게 남겨놓은 글은 그 얼마나 보배롭고 소중한 것인가?

_서하객, 《서하객유기》, 양명시의 서문 2〔楊名時序二〕

대항해시대의 시작점이 된
뜨거운 욕망과 심원한 포부

● 마르코폴로

혜초慧超의 《왕오천축국전往五天竺國傳》, 현장玄奬의 《대당서역기大唐西域記》, 이븐바투타Ibn Battūtah의 《여행기》와 함께 마르코폴로Marco Polo(1254~1324)의 《동방견문록》을 세계 4대 여행기로 일컫는다. 그런데 마르코폴로의 '동방견문록'은 사실 이 책의 정확한 제목이 아니다. 오늘날 우리가 너무나 당연하게 사용하고 있는 '동방견문록'이란 제목은 일본에서 이 책을 번역할 때 붙인 제목에 불과하다. 이 책의 원래 제목은 'Divisament dou Monde'였다. 우리말로 번역하자면 '세계의 서술'이라고 할 수 있다. 두 개의 제목을 비교해보면 원래 제목과 후대 사람들이 붙인 제목 사이에는 큰 간극이 존재한다는 사실을 알 수 있다. 왜? '동방견문록'이라는 제목은 말 그대로 동방, 즉 중국(원나라 혹은 몽골제국)을 비롯한 아시아에 국한된 여행기로 해석되지만, '세계의 서술'이란 제목은 아시아의 규모와 범위를 넘어선 세계에 대한 여행기가 되기 때문이다. 실제로 마르코폴로의 여행 기록은 동방인 아시아는 물론이고 남방인 아프리카의 마다가스카르와 북방인 시베리아 및 북극에 이르기까지 그야말로 세계 전역을 무대와 배경으로 하고 있다. 그러므로 '동방견문록'이라는 제목은 정확히 따지자면, 마르코폴로가 이 책에 담고자 했던 원래의 뜻, 즉 서구 유럽의 사람들에게 그들 지역을 제외한 세계 전역을 소개하겠다는 웅대한 포부를 심각하게 왜곡하고 있는 제목이라고 할 수밖에 없다. 그러나 필자는 물론이고 독자들에게도 '동방견문록'이라는 제목이 워낙 익숙해질 대로 익숙해져 있는 만큼 여기서는 편의상 '동방견문록'을 그냥 사용하겠다. 다만 마르코폴로의 글과 기록이 단지 동방에 국한되어 있지 않다는 사실을 염두에 두고 이 책 속에 깊게 뿌리박혀 있는 '웅혼의 미학'을 추적해보자.

육로와 해로를 두루 넘나들며 약 24년에 걸쳐 지구의 절반을 돌아본 마르코폴로의 여정은 그 원대한 규모에서 일찍이 서양인 중 어느 누구도 경험한 적 없는 전무후무한 행로였다. 사실 마르코폴로를 이끌어주며 이 원대한 여행을 가능하게 만든 막후의 인물이 있었는데, 그 사람은 다름 아닌 베네치아의 상인이자 마르코폴로의 아버지인 니콜로폴로Nicolau Polo다. 마르코폴로가 베네치아를 떠나 중국을 향해 대장정에 오르기 10여 전인 1260년, 니콜로폴로는 동방무역을 위해 동생 마페오폴로Mafeu Polo와 함께 유라시아에 걸쳐 대제국을 건설한 몽골제국의 영토를 경유하여 중국까지 여행했다. 1269년 베네치아로 돌아온 니콜로폴로와 마페오폴로

형제는 2년 후인 1271년 다시 중국을 향해 머나먼 무역 행로에 올랐다. 이때 니콜로폴로는 당시 17세였던 자신의 아들 마르코폴로를 데리고 길을 나섰다. 인류 역사상 가장 경이로운 여행기 가운데 하나로 길이 남을 《동방견문록》이 탄생할 수 있는 길을 활짝 열어준 셈이다.

마르코폴로가 나이 41세가 되는 1295년 다시 베네치아로 돌아오기까지 장장 24년 동안이나 계속된 대장정의 경로를 살펴보자면 대략 이렇다. 먼저 바그다드를 경유해 이라크 남동부에 자리하고 있는 무역항인 바스라에 간 마르코폴로는 바닷길을 이용해 중국으로 가려고 했다. 그러나 바닷길을 이용하는 게 어렵게 되자 결국 중앙아시아를 경유하는 육로를 선택하게 된다. 페르시아를 거치고 파미르고원을 통과한 다음 타림분지에 당도한 마르코폴로는 '들어가면 다시는 나올 수 없다'는 뜻의 무시무시한 이름을 가진 타클라마칸사막을 지나 마침내 중국의 서북 변방인 감숙성에 도착했다. 마르코폴로는 이곳에서 1년 동안 머물렀다. 1274년 여름을 넘기고 겨울을 보내는 긴 여행 끝에 당시 몽골제국 황제 쿠빌라이 칸의 여름 궁전이 있는 상도上都(케멘푸)에 다다른 마르코폴로는 마침내 베네치아를 떠날 때 목적지로 정했던 중국(원나라)에 본격적으로 발을 들여놓게 되었다. 이곳에서 마르코폴로는 감격스럽게도 쿠빌라이 칸을 처음으로 직접 알현하는 영광을 누렸다. 이때부터 마르코폴로는 몽골제국의 왕조 중 하나인 페르시아의 일한국으로 시집가는 코가틴 공주를 호송하는 일행에 참가해 원나라를 떠날 때까지 장장 17년간이나 중국에 머물면서, 제국의 심장부인 북경에서부터 남쪽의 사천과 운남은 물론이고 동쪽의 산동과 절강에 이르기까지 중국 전역을 구석구석 여행하고 다녔다.

더욱이 당시 몽골제국은 최고의 전성기를 누릴 때여서 그 영토의 범위와 세력이 북쪽으로는 시베리아, 남쪽으로는 인도양, 서쪽으로는 러시아, 동쪽으로는 태평양 연안에 이르러 있었다. 이러한 까닭에 원나라에 머무는 동안 마르코폴로는 지구의 절반에 해당하는 세계의 여러 지역과 나라들에 관한 온갖 것들을 보고 듣고 경험할 수 있었다. 당시 서구 유럽 사람들에게 북쪽 변방의 시베리아, 태평양 연안의 지팡구(일본), 아프리카 남동쪽 인도양의 마다가스카르는 일찍이 들어본 적 없는 낯선 세계였다. 그러므로 유럽이 이들 지역으로까지 세계에 대한 시선을 확장하고 지리적 상상력을 갖게 된 계기 역시 마르코폴로의 《동방견문록》 덕분이었다고 말할 수 있다. 이러한 세계에 대한 시선의 확장과 지리적 상상력은 몇 세기가 지난 후에 일어난 유럽의 지리적·경제적 팽창에 엄청난 영향을 미치게 된다는 점에서 마땅히 '세계사적 사건'이라고 불러야 한다. 어쨌든 1290년 말경 중국 남동부 복건성 천주항을 떠나 귀국길에 오른 마르코폴로는 통킹만, 말라카해협, 인도양의 스리랑카, 인도 서남부 말라바르 그리고 아라비아해를 거쳐 페르시아의 호르무즈에 상륙했다. 그런 다음 다시 육로를 통해 소아시아의 트레비존드를 거쳐 흑해로 들어간 후 보스포루스해협을 통과하고 나서야 비로소 베네치아로 돌아올 수 있었다. 이 해가 1295년으로 마르코폴로의 나이 41세 때였다.

귀국한 다음 마르코폴로는 《동방견문록》의 기록 작업에 곧바로 착수하지 않았다. 사실 당시 그가 자신의 여행을 기록으로 남길 뜻이 있었는지에 대해서도 의문이 든다. 다만 마르코폴로는 지난 24년 동안 자신이 보고 듣고 경험한 거대하고 경이로운 세계의 모든 것들을 베네치아 사람들에게 떠들고 다녔다. 그러나 당시 사람들은 마르코폴로의 말을 진실로 받아들이기보다는 오히려 입만 열면 '수백만이 어쩌고저쩌고' 하는 그에게 '밀리오레', 즉 '백만'이라는 조롱 섞인 별명을 붙여주었고 '허풍쟁이 마르코'라고 비아냥댔다. 마르코폴로는 단숨에 유명인사가 되었다. 그의 말은 심하게 과장된 황당한 이야기처럼 들렸지만 그만큼 흥미롭고 신기했기 때문이다. 그러나 그가 얻은 유명세는 분명 명예스러운 것은 아니었다. 그러다가 귀국한 지 3년이 지난 1298년 뜻밖의 사건으로 이 여행을 기록할 기회를 얻게 되자, 마르코폴로는 자신이 보고 듣고 경험한 기이함과 웅장함과 경이로움이 가득한 세계에 대한 기록들을 거침없이 쏟아내기 시작했다.

그런데 마르코폴로가 세계 여행 기록인《동방견문록》을 세상에 내놓게 된 뜻밖의 사건이란 도대체 무엇이었을까? 1298년 베네치아가 제노바 선박 세 척을 나포하는 사건이 발생했다. 동방무역로의 지배권과 지중해의 제해권을 둘러싸고 적대했던 두 도시 공화국은 결국 전쟁에 돌입했다. 이때 마르코폴로는 자원해 베네치아 해군의 고문관으로 참전했다. 그렇지만 그해 9월 벌어진 쿠르졸라 해전에서 패배해 포로가 되어 제노바의 감옥에 갇히고 만다. 제노바의 감옥에서 마르코폴로는 피사 출신의 작가 루스티첼로Rustichello와—다시 우연하게도—같은 방에 수감되었다. 천하에서 둘째가라면 서러워할 이야기꾼과 천생연분의 이야기 작가가 만났으니 어떤 일이 벌어졌겠는가? 마르코폴로는 약 1년간의 감옥 생활 동안 자신이 여행에서 겪었던 온갖 경이롭고 기이한 경험들을 마구 쏟아냈다. 루스티첼로는 이 마르코폴로의 구술을 받아 적었다. 그리고 마침내 1299년 마르코폴로의 구술을 필사한 루스티첼로의 기록, 원래 제목이 '세계의 서술'인《동방견문록》이 세상에 나왔다. 아마도 이렇듯 멀고 긴 여정을 거치면서 일생에 한 번 겪기도 힘든 기이하고 경이로운 일들을 숱하게 경험한 사람이라면 누구라도 자연스럽게 내면 깊숙한 곳에서부터 웅장한 기운과 불굴의 기상이 자라나게 될 것이다. 그렇지 않다면 어떻게 그렇듯 험난한 과정들을 뚫고 살아남아 고향 집으로 돌아올 수 있었겠는가? 그리고 어떻게 자신의 여행 경험을 그토록 객관적인 시각을 견지한 채 정밀하고 상세하게 서술할 수 있었겠는가? 마르코폴로의 웅장한 기운과 불굴의 기상에다가 루스티첼로의 필력이 더해져 인류 역사상 최고의 여행기 중 하나인 《동방견문록》이 탄생했던 것이다.

만약 마르코폴로가 자신이 보고 듣고 경험한 모든 것을 장사와 거래와 이익만 따지는 상인의 시선으로 바라보았다면, 《동방견문록》은 그토록 오랜 세월 대중적으로 사랑받는 고전의 반열에 오르지 못했을 것이다. 그가 남긴 모든 기록에서는 상인의 시선이 아니라 인간의 시선이 느껴진다. 이러한 점은 그가 상인 집안 출신이자 또한 상인의 신분이었다는 사실을 염두에 둔다면 참으로 놀라운 일이라고 하지 않을 수 없다. 누구라도 《동방견문록》을 읽어보면, 오직 자신이 보고 듣고 경험한 경이롭고 웅장하고 거대한 외부 세계(아시아, 아프리카, 시베리아, 동북부 러시아 등)의 모든 것을 결코 본 적도, 들은 적도, 상상해본 적도 없는 내부 세계(베네치아를 비롯한 서구 유럽의 사람들)에 객관적이고 체계적으로 전달하려는 인간의 강렬한 욕망과 뜨거운 열정이 느껴질 것이다. 이러한 까닭에 《동방견문록》은 인문학은 물론이고 온갖 기이한 광물과 신기한 동식물을 기록하고 있는 자연과학의 향연이자 보고가 될 수 있었다. 필자는 《동방견문록》이 그 어떤 여행기보다 더 원대한 뜻을 품고 있고, 더 웅혼한 기운을 내재하게 된 근본적인 힘이 바로 여기에 있다고 생각한다.

그러한 까닭에서였을까? 마르코폴로가 구술한 내용을 기록해 《동방견문록》을 집필한 루스티첼로는 이 책 속 한 편 한 편의 글에 담긴 신기함과 웅장함과 거대함을 한껏 자부하며 황제에서부터 도시민에 이르기까지 온갖 계층의 사람들을 향해 이렇게 외쳤다.

세상의 모든 황제, 국왕, 공작, 후작, 백작, 기사, 시민 그리고 인류의 다양한 인종과 세계의 다양한 지역에서 일어나는 신비로운 일에 대해 알고 싶은 모든 사람들은 이 책을 펼쳐서 읽어보라! 이 책에서 당신은 거대한 아르메니아와 페르시아와 타타르와 인도는 물론이고 수많은 다른 나라들의 아주 불가사의하고 진기한 일들을 발견하게 될 것이다. 현명하고 고귀한 베네치아 시민인 마르코폴로가 당신에게 직접 눈으로 본 그들과 관련된 수많은 이야기를 꾸밈없이 솔직하게 서술하고 있기 때문이다. …

따라서 이 책을 읽거나 듣게 되는 모든 사람들은 여기에 실려 있는 기록과 이야기를 완전하게 신뢰해도 된다. 왜냐하면 이 책에는 진실만이 담겨 있기 때문이다. 더욱이 당신은 주님께서 우리 인류의 최초의 아버지인 아담을 직접 손으로 창조하신 이후로 오늘날까지 그리스도교도와 이교도, 타타르인과 인도인 또는 그 밖의 어떤 종족의 사람이라고 하든, 마르코폴로보다 세계의 다양한 지역과 그곳에서 일어나는 경이롭고 불가사의한 일들을 이토록 널리 경험하거나 알고 있는 사람은 없다는 것을 알게 될 것이다.

_마르코폴로, 《동방견문록》[65]

마르코폴로와 루스티첼로의 자부심과 자신감에 걸맞게 《동방견문록》은 당시 유럽 사람들이 감히 상상해본 적도 없고 또 상상할 수도 없을 정도로 경이롭고 웅대한 세계를 서술하고 있다. 예를 들어 마르코폴로가 묘사한 몽골제국의 대도大都 북경의 황궁 부분을 읽어보면, 당시 사람들이 마르코폴로를 향해 '밀리오레', 즉 '백만'이라는 뜻의 별명으로 부르면서 거대한 허풍쟁이이자 거짓말쟁이라고 한 이유를 엿볼 수 있다. 그것은 보지 않고는 도저히 믿기 힘들 만큼 엄청난 규모였고 그 호화로움과 사치스러움은 한 나라의 재력을 모두 합쳐도 모자랄 정도로 보였기 때문이다. 대칸의 황궁 규모와 재력은 당시 유럽의 어떤 왕실도 비교 대상조차 될 수 없었다. 오늘날 몽골제국의 황궁이 자금성의 규모 못지않았다는 점을 감안해볼 때, 마르코폴로의 진술과 기록의 신빙성에는 의심의 여지가 없다. 아마도 훗날 명나라 혹은 청나라 때 중국을 방문한 유럽 사람들은 그 웅장하고 호화로운 규모에 한 번 놀라고,《동방견문록》의 기이함과 진실성에 다시 한 번 탄복하지 않을 수 없었을 것이다.

대칸(쿠빌라이)은 1년 중 3개월 동안, 즉 12월부터 2월까지 카타이의 북동쪽 끝에 자리하고 있는 위대한 도시 캄발루에서 보낸다. 카타이의 수도인 캄발루의 남쪽에는 어마어마하게 거대한 궁전이 자리하고 있다. 이제 궁전의 외관과 규모에 대해 설명하면 이렇다. 첫 번째 성벽은 정사각형으로 높은 벽과 깊은 도랑으로 둘러싸여 있다. 정사각형의 한쪽 면은 길이가 8마일(약 13킬로미터)에 달하는데, 성벽의 각 가장자리로부터 똑같은 거리에 성문이 세워져 있다. 캄발루에 들어오는 사람들은 이들 성문을 통한다. 성벽의 안쪽에는 사면으로 폭 1마일(1.6킬로미터)의 빈 공간이 있는데, 이곳에 군대가 주둔하고 있다. 두 번째 성벽은 한쪽 면의 길이가 6마일(약 10킬로미터)가량 되는 정사각형의 벽으로 둘러싸여 있는데, 세 개의 성문은 남쪽으로 또 세 개의 성문은 북쪽으로 세워져 있다. … 이 성벽 안쪽으로는 다시 한쪽 면의 길이가 4마일(약 6킬로미터)이나 되는 벽이 경계를 이루고 있는데, 일찍이 어떤 사람도 본 적이 없을 정도로 어마어마한 규모를 뽐내고 있는 대칸의 궁전이 자리하고 있다. 이 궁전은 북쪽 성벽에서부터 남쪽 성벽에까지 이르고 있다. 사람이 드나드는 성문은 오직 한 곳뿐인데, 이곳으로는 고위 관료와 궁전을 지키는 수비대 병사만

이 통과할 수 있다. 궁전은 2층 건물은 아니지만 지붕이 매우 높아 우뚝 솟아 있다. 잘 포장되어 있는 토대에 지상보다 열 뼘가량 높이에 세워져 있는데, 폭 두 걸음 정도의 대리석 벽으로 전체를 에워싸고 있다. 그 벽이 테라스의 역할을 하는데, 이곳에서 사람들은 걸을 수도 있고 또한 외부를 바라볼 수도 있다. … 궁전의 거대한 홀과 각 방의 벽면에는 금박을 입힌 용 장식을 비롯하여 전사의 형상, 여러 종류의 새와 짐승, 전투 장면을 묘사한 갖가지 그림이 화려하게 펼쳐져 있었다. 천장도 마찬가지로 사람의 손길을 거쳐 화려하게 장식되어 있는데, 눈앞에는 온통 도금하고 금칠한 그림이 가득 차 있었다. … 거대한 홀은 만찬을 벌일 경우 셀 수도 없을 만큼 많은 숫자의 사람들을 수용할 정도로 크고 길며 넓었다.

_마르코폴로, 《동방견문록》

당시 사람들이 도저히 믿을 수 없다는 의혹의 시선을 보낼 수밖에 없는 기록은 이뿐만이 아니었다. '장작처럼 타는 검은 돌', 즉 석탄은 당시 유럽 사람들에게는 아직 알려져 있지 않은 연료였다. 더욱이 이 불타는 돌을 이용해 카타이인들이 일주일에 세 번, 겨울에는 매일같이 목욕을 한다는 기록은 당시 유럽의 생활 및 문화 수준에서 볼 때는 도무지 믿기지 않는 일이었다. 마르코폴로에게는 낯선 만큼 신기하고 놀라운 경험이었지만, 당시 사람들에게는 황당한 이야기에 지나지 않았던 셈이다.

카타이 땅 이곳저곳에서 검은 색깔을 띠는 돌이 발견된다. 이 검은색 돌은 산에서 캐는데, 이곳에는 검은색 돌의 광맥이 뻗어 있다. 불을 피우면 이 검은색 돌은 숯처럼 활활 타오른다. 그 불길은 나무 장작보다 훨씬 더 오랜 시간 유지된다. … 이 검은색 돌은 처음 불을 피울 때 잠깐 동안을 제외하고는 불길이 일어나지 않는다. 그런데 타는 동안 내내 상당히 강한 화력을 발산한다. 이 나라에 불을 땔 나무가 부족하지는 않지만, 카타이의 인구는 상상을 초월할 정도로 어마어마한 숫자이기 때문에 난방과 목욕을 위해 끊임없이 불을 땔 경우, 그 엄청난 수요를 감당할 수 있는 나무를 공급한다는 것은 불가능하다. 검은색 돌을 연료로 사용하기 때문에 카타이 사람들은 최소한 일주일에 세 번 그리고 겨울 동안에는 매일같이 따뜻한 물에 목욕을 할 수 있다. 더욱이 모든 귀족이나 부자들은 자기 집에 목욕탕을 갖춰놓고 사용하고 있다.

_마르코폴로,《동방견문록》

그러나《동방견문록》에서 당시 사람들을 가장 경악케 했던 것은 마르코폴로가 세상 어느 곳에서도 볼 수 없었던 독특하고 독자적인 형태의 돈이라고 말한 종이로 만든 돈, 즉 지폐의 존재와 그 제조법 및 유통에 관한 기록이었다. 금화나 은화와 같은 화폐나 보석이 아닌 단지 '종잇조각'에 불과한 것이 물건의 가치와 경제력의 규모를 측정하는 수단이 된다는 것도 믿기 어려운데, 마르코폴로는 지폐의 유통이야말로 쿠빌라이 칸이 대제국을 효율적으로 움직일 수 있는 힘의 원천이라고 했으니 어떤 사람이 그의 말을 곧이곧대로 믿을 수 있었겠는가? 마르코폴로는 지폐를 통해 당시 몽골제국의 경제력이 이미 화폐로 운용될 수 없을 만큼 거대한 규모와 막강한 위용을 자랑하고 있다는 사실을 간파할 정도로 관찰력이 예리했다. 특히 이 기록을 읽으면 마르코폴로가 유럽의 독자들에게 몽골제국의 제도와 풍속을 얼마나 정확하고 정밀하고 상세하게 전달하려고 애썼는가를 십분 느낄 수 있다.

이 도시 캄발루에는 대칸의 유명한 조폐국이 있다. 이 책을 읽는 여러분은 대칸이 연금술사의 비법을 간직하고 있다고 생각할지도 모르겠다. 왜냐하면 대칸은 다음과 같은 과정을 통해 돈을 만들어내는 기술을 보여주기 때문이다. 먼저 잎사귀를 누에의 먹이로 사용하는 뽕나무의 껍질을 벗겨낸다. 그리고 뽕나무 목재와 거친 껍질 사이에 가로로 기다랗게 놓여 있는 얇은 안쪽 껍질을 채취한다. 이 얇은 안쪽 껍질을 물에 담갔다가 걸쭉하게 줄어들 때까지 절구로 쾅쾅 두드리면 종이가 만들어진다. 이것은 물질적인 면에서 보자면, 목화로 제작된 종이와 비슷한 것 같지만 그 색깔이 매우 검다는 특징이 있다. 물기가 다 말라 이용할 수 있게 되면, 거의 정사각형에 가깝게 여러 다른 크기의 지폐 단위로 잘라서 사용한다. 다만 지폐는 정사각형에 가까운 모양을 하고 있지만 너비보다 길이가 약간 길다. 또한 지폐는 금액에 따라 크기가 제각각인데, 가장 작은 크기의 지폐는 1데니어 투르누아의 가치와 통하고, 그 다음 크기의 지폐는 베네치아의 은화 1그로트의 가치와 맞먹고, 그 밖의 다른 지폐들은 2그로트, 5그로트, 10그로트와 통용할 수 있다. 또한 이외의 다른 지폐들은 1베잔트 금화, 2베잔트 금화, 3베잔트 금화에서부터 10베잔트 금화에 이르기까지 통할 수 있다. … 그럼에도 불구하고 지폐가 통용되지 않는 다른 나라에서 온 상인들에 대해서는, 그들이 자기 나라에서 매매할 수 있는 다른 상품으로 교환해갈 수 있도록 허용했다. 또한 어떤 사람이 너무 오랫동안 사용하는 바람에 심하게 손상되어 더 이상 사용할 수 없는 지폐를 소유하고 있다면, 그 지폐를 조폐국으로 가지고 가서 수수료로 금액의 3퍼센트만 지불하고 새로운 지폐로 교환할 수 있었다. 더욱이 누군가 예를 들어 술잔이나 허리띠 혹은 금은을 재료로 사용하는 어떤 상품을 제조할 목적으로 금은이 필요할 경우, 마찬가지 방법으로 조폐국에 가서 자신이 소유하고 있는 지폐를 금은으로 교환해달라고 신청하면 요구하는 만큼의 금은을 얻을 수 있다. 대칸이 보유하고 있는 모든 군대에도 지폐를 사용하여 봉급을 지불했다. 이때 그 지폐의 가치는 금은과 동일한 가치를 갖고 있다. 이러한 통화 제도를 운용하기 때문에, 대칸은 전 세계에 존재하는 어떤 나라의 국왕보다 광대한 규모의 영토를 보유하고 있으면서도 효율적인 통치를 하고 있다고 분명하게 단언할 수 있다.

_마르코폴로, 《동방견문록》

　바로 이러한 묘사 때문에 마르코폴로의 《동방견문록》은 그 기록의 진위 여부를 둘러싸고 온갖 논란과 억측과 혹평에 휘말렸다. 아마도 일찍이 세상 어떤 여행기도 마르코폴로의 《동방견문록》만큼 큰 논쟁과 논란을 빚은 작품은 없을 것이다. 당시 사람들은 본 적도 없고 들은 적도 없을뿐더러 상상해본 적조차 없는 세계에 대한 마르코폴로의 진술을 도저히 믿을 수 없었기 때문이다. 심지어 오늘날에도 마르코폴로가 중국을 단 한 번도 다녀온 적 없다고 주장하는 사람들이 사라지지 않고 있다. 중국에는 가본 적도 없는 마르코폴로가 당시 유럽에서 유행한 여행기나 여행 소설의 내용 혹은 동방무역로를 오가는 상인들 사이에 떠도는 온갖 풍문들을 그럴싸하게 짜깁기해 거짓으로 꾸며낸 이야기가 《동방견문록》이라는 이야기다. 그러나 시간이 흐를수록 《동방견문록》의 기록이 거짓임이 드러나는 것이 아니라, 예전에는 확인할 길이 없어서 그 진실성과 신빙성이 의심받았던 기록들조차 역사적 사실로 하나둘 입증되고 있는 실정이다. 예를 들면 쿠빌라이 칸이 공공 도로의 길옆에 가로수를 심으라고 명령한 기록은 유럽의 어떤 여행 기록과 문헌에도 등장하지 않는 내용이다. 그런데 최근에 당시 원나라의 문헌 자료를 살펴보니, 쿠빌라이 칸의 명령은 역사적 사실로 확인되었다. 마르코폴로가 중국을 직접 다녀오지 않았다면 결코 기록할 수 없는 내용임이 입증된 셈이다.

물론 《동방견문록》에는 마르코폴로가 실제로 보고 경험한 사실만을 기록한 것이 아니라 다른 사람을 통해 전해 듣고 기록한 내용도 다수 존재하기 때문에, 그 내용이 과장되거나 일부 실제와 부합하지 않는 내용도 있다. 예를 들면 마르코폴로가 '황금의 나라'로 묘사한 지팡구, 즉 일본에 관한 기록이 그렇다. 다만 이러한 기록조차도 낯설지만 경이로운 신세계에 대한 강렬한 호기심과 상상력을 자극해 이후 수많은 유럽의 상인과 탐험가들이 동방의 황금을 찾아 거의 지구 반 바퀴를 도는 대항해에 나서도록 영향을 미쳤다는 사실은 잊지 말아야 한다.

지팡구는 동쪽 대양에 자리하고 있는 하나의 섬인데, 대륙 혹은 만지 연안으로부터 1,500마일(2,400킬로미터) 떨어진 먼 거리에 위치해 있다. … 지팡구는 그 자원이 무궁무진한 엄청난 수량의 황금을 보유하고 있는데, 국왕이 외국으로의 금 유출을 허용하지 않았기 때문에 그 나라를 찾아간 상인도 거의 없고 다른 나라에서 온 선박도 찾아보기 힘들다. 이러한 환경이 지팡구가 기이할 정도로 막대한 규모의 황금을 나라 안에 간직하는 데 기여했다고 하겠다. 국왕의 궁전에 접근한 적이 있는 사람이 말해준 내용에 따라, 지팡구의 국왕이 소유하고 있는 궁전의 어마어마한 부富에 대해 설명해보겠다. 궁전의 지붕 전체는 순금으로 덮여 있다. 마치 우리들이 집이나 혹은 교회당 지붕을 납판으로 잇는 것처럼 말이다. 각 방의 천장도 똑같이 순금으로 되어 있다. 궁전 안의 수많은 건축물에는 상당한 두께를 자랑하는 순금의 작은 탁자가 놓여 있고, 창문 또한 황금으로 장식되어 있다. 그러나 참으로 궁전이 보여주고 있는 막대한 부

의 규모가 가히 상상을 초월할 정도여서 그 전체 모습을 사람들에게 전
달한다는 것은 불가능한 일이다.

_마르코폴로,《동방견문록》

　　《동방견문록》을 둘러싼 온갖 의혹과 논란에도 불구하고—설령 그것
이 실제로 존재한 사실을 기록한 것인지 아니면 단지 상상력과 창작의 산
물에 불과한 것인지에 상관없이—이 책의 글에 담긴 기이함과 웅대함과
광활함과 호방함은 누구도 부정할 수 없을 것이다. 서구 유럽을 제외한
아시아 여러 지역, 아프리카, 시베리아와 러시아 등 세계 전역을 무대로
삼아 글을 쓰고 기록을 남긴 사례는 일찍이 존재하지 않았기 때문이다.
마르코폴로가 보고 듣고 경험한 세상은 당대 사람들이 결코 상상도 할 수
없을 만큼 거대하고 광활한 세계였다. 하지만 그처럼 사람들이 본 적도
없고, 들은 적도 없고, 상상한 적도 없는 기이하고 괴상한 낯선 세계의 기
록인《동방견문록》때문에 마르코폴로는 생전에 '허풍쟁이'라는 조롱과
놀림을 받고 수모와 멸시를 견디며 살아야 했다. 심지어 그가 세상을 떠
나기 직전 마지막으로 그의 친구들이 이렇게 설득했다고 한다. "지금이라
도 자네가 한 거짓말들을 취소하고 참회할 생각은 없는가?" 이에 마르코
폴로는 자신에 대한 세간의 혹평에 마치 분노와 억울함을 토로하는 것처
럼 이렇게 일갈했다. "나는 내가 본 것의 절반도 말하지 못했다." 그가 생
전 미처 드러내지 못한 채 마음속 깊은 곳에 감춰 두고 있었던 뜻과 기운
이 얼마나 웅장하고 원대했는가를 짐작해볼 수 있는 대답이다. 그렇게 보
면 당시 사람들에게 마르코폴로의 말이 심하게 과장된 것처럼 들렸던 것
은, 그가 허풍쟁이였기 때문이 아니라 그의 마음속 깊은 곳에 자리하고
있던 누구도 넘볼 수 없는 웅지와 누구도 억제할 수 없는 열정 때문은 아

니었을까?

홍대용과 서하객과 마르코폴로의 여행기에는 모두 그 작자나 화자가 품었던 원대한 뜻과 웅장한 기운이 깊게 배어 있다는 공통점이 존재한다. 그렇다면 홍대용과 서하객의 유람기와 마르코폴로의 여행기 사이에는 어떤 차이점이 존재할까? 특히 《동방견문록》은 홍대용의 여행기나 서하객의 유람기와 비교해볼 때 매우 뚜렷한 특징을 갖고 있다. 홍대용의 여행기나 서하객의 유람기가 주관적인 체험과 감상 그리고 흥취에 대한 묘사를 중시하는 작법을 취한다면, 마르코폴로의 《동방견문록》은 그것들을 최대한 배제한 채 세계에 대한 객관적이고 체계적인 서술을 중시하는 작법을 보이고 있다. 전자의 경우가 주관성을 중시하는 '감상문'에 가까운 여행기라고 한다면, 후자의 경우는 객관성을 중시하는 '설명문'에 가까운 여행기라고 할 수 있다. 거리 풍경 혹은 자연 풍경을 묘사한 이들 세 사람의 글을 비교해 읽어보면 더욱 글쓰기의 차이를 확연하게 느낄 수 있다.

의복을 파는 점포에는 재상 대인이 입는 용무늬의 관복과 온갖 선명한 의복을 모두 처마 안으로 줄줄이 걸어놓았는데, 그 광경을 보고 있으려니까 빛깔이 눈부시게 아름다웠다. 그 밖의 낡은 의복은 처마 밖으로 삿집을 짓고 산같이 쌓아놓았다. 여러 사람이 그 가운데로 들어가서 하루 종일 서로 옮겨 쌓으면서 두 손으로 한 가지를 들고 목소리를 높여 노래를 부르는 것처럼 무슨 말을 읊은 다음에 쌓는 편으로 낡은 의복을 던지면 다른 사람이 그 옷을 받아 쌓았다. 그 소리가 무슨 소리인지 자세히 알 길이 없었지만, 대강 짐작하건대, "이 옷이 품질은 높지만 값은 적으니 부디 사 가지고 가서 입으시오" 하는 말을 곡조를 만들어 어깨를 으쓱이며 어수룩한 거동을 갖가지로 하여 사람들을 웃기려고 한 것이다. 이런 까닭에 그 소리가 특별히 짓궂고 떠들썩한 점포에는 행인이 무수히 둘러서 있다. 사람이 많이 모이면 모일수록 더욱 모양을 내고 자세를 잡아 소리를 높인다. 더러 목이 쉬어 소리를 외치지 못하는 장사치도 있고, 더러 소리를 잘 하지 못해 사람이 보지 않고 다른 장사치의 점포에 많이 모이면 겸연쩍고 머쓱해 하는 거동이 더욱 웃음을 자아내었다. 대개 이렇게 해서 사람을 많이 모으면 많이 모을수록 흥정이 잘 되는가 싶었다.

_홍대용,《을병연행록》, 1766년 정월 초6일

동굴을 나가자 좁다란 고개에 작은 바위가 서 있고, 위로는 큰 바위 하나가 가로질러 걸쳐 있었다. 바위의 형상을 보니까 이리저리 꺾이고 굽이졌으며 파란색과 붉은색의 색깔이 사이사이 뒤섞여 있었다. 마치 물고기 비늘과 같은 형태가 뚜렷하게 나타났다. 본래 이 산에 있었던 바위가 아니라 어디에선가 이 산으로 옮겨다가 걸쳐놓았을지도 모르겠다는 생각이 들었다. … 동굴 안을 따라가다가 서쪽으로 나와서 돌계단을 타고 동쪽으로 올라가자 마애비磨崖碑가 나타났다. … 이 길을 따라 위로 발걸음을 옮기자 층층이 돌을 쌓아 새롭게 만든 계단이 있었다. 바위의 벌어진 틈 사이를 구불구불 돌아서 산 정상에 이르자 스님들이 거처하는 정실靜室이 자리하고 있었다. 이 건물 역시 새로이 지은 것인데, 스님은 이미 떠나버리고 없었다. 네모난 창문은 서쪽을 향해 나 있고, 지게문과 침상은 소탈한 느낌이 났다. 방은 크지 않았지만 깨끗했다. 이에 정문 스님과 더불어 옷을 벗고 안석案席에 기대어 호병胡餠을 먹으면서 서쪽 산의 풍광을 바라보았다. 참으로 마음이 너무나 흡족했다.

_서하객,《서하객유기》,〈광서 유람일기 1〉, 1637년 윤사월 29일

이 새롭게 세워진 도시의 성벽은 완전한 형태의 정사각형을 이루고 있다. 사방의 너비가 24마일(38킬로미터)에 달하는데, 각 변의 너비는 정확히 4마일(6킬로미터)이다. 도시는 벽돌을 쌓아 만든 성벽이 빙 둘러 에워싸고 있다. 그 바닥 쪽은 두께가 대략 열 걸음 정도 되는데, 위로 올라갈수록 점차 줄어들다가 꼭대기에 이르면 그 두께가 세 걸음을 넘지 않았다. 성벽의 모든 곳에는 눈부신 흰색의 흉벽胸壁이 자리하고 있었다. 도시 배치는 선에 따라 규칙적으로 정렬되어 있고 거리는 대개 똑바로 뻗어 있다. 사람이 성문 중의 하나를 통과해 성벽에 올라 곧바로 전방을 바라보면, 도시의 다른 편에서 자신을 향해 마주보고 있는 반대편의 성문을 볼 수 있다. 공공 도로의 양쪽에는 모든 종류의 점포와 가게가 즐비하게 늘어서 있다. 도시 전역에 분포되어 있는 거주지는 각각 선에 따라 정확히 정사각형으로 세워져 있는데, 그 저택은 멋들어진 건물과 넓은 마당과 정원을 모두 지을 수 있을 정도로 충분히 널찍하다. 각 부족의 수장들은 이 저택들 중의 하나를 할당받아 거주하는데, 이후 이 저택에 대한 재산권은 대대로 세습된다. 이러한 방식으로 도시의 내부는 전체적으로 완전한 정사각형 모양으로 배치되어 있다. 그 모양이 마치 체스 판과 같은데, 계획된 정확성과 아름다운 외관이 만들어내는 경관은 말과 글로 묘사하기에는 도저히 불가능하다고 하겠다. 도시의 성벽에는 12개의 성문이 있다. 정사각형 모양의 각 변마다 3개의 성문이 세워져 있다. 각 성문과 성벽 안에는 멋들어지게 지어진 건물이 자리하고 있다. 거대한 방을 포함하고 있는 이 건물은 성의 각 변마다 다섯 채가 있는데, 그곳에는 도시를 지키는 수비대의 무기들이 보관되어 있다. 모든 성문에는 1천 명의 군사가 배치되어 주둔하고 있다. 이 수비대는 이 거대한 나라를 다스리는 대칸의 명예와 위엄에 딱 들어맞았다. 이 때문에 대칸의 성에서는 불미스러운 사건이 거의 발생하지 않았다.

_마르코폴로,《동방견문록》

　　물론 양자의 글쓰기는 장점도 있고 단점도 있다. 홍대용과 서하객의 글쓰기가 여행의 견문과 경험을—주관적인 감성으로—생생하고 생동감 넘치게 묘사할 수 있다는 장점을 갖고 있다면, 마르코폴로의 글쓰기는 여행을 통해 습득한 지식과 정보를—객관적인 시각으로—충실하게 전달할 수 있다는 장점을 갖고 있다고 볼 수 있다. 단점은 반대의 경우라고 생각하면 될 것이다. 물론 양자를 절충해 각각의 단점을 넘어선 글쓰기도 존재할 수 있다. 예를 들어 홍대용은《을병연행록》에서는 주관적인 감성을 앞세워 생생하고 생동감 넘치는 묘사의 글쓰기를 취했다면,《연기》에서는 객관적인 시각을 견지하며 지식과 정보를 충실하게 전달하는 글쓰기 방식을 택했다. 단 어떤 글쓰기 방식을 선택했는지에 상관없이, 아마도 홍대용과 서하객 그리고 마르코폴로는 이렇게 글을 쓰라고 말하지 않을까? "반드시 자신의 뜻과 기운을 담아 글을 써야 한다"라고. 글에 담긴 뜻과 기운은 대개 그것을 읽는 사람들에게 전달되기 마련이다. 그래서 그 뜻과 기운이 크면 클수록, 깊으면 깊을수록, 넓으면 넓을수록 그것이 남긴 영향과 족적은 크고 깊고 넓을 수밖에 없다. 마르코폴로가《동방견문록》에 담은 기이하고 경이로운 세계에 관한 기록들이 유럽사, 아니 세계사에 끼친 거대한 영향은 이 책을 읽은 사람들에게 신기하고 풍요로운 동방 세계를 찾아 나서는 욕망과 열정을 불러일으켜 16세기의 최대 사건, 즉 '지리상의 대발견과 대항해시대'를 활짝 여는 나침반이자 항해도가 되었다는 점이다. 그 대표적인 인물이 바로 크리스토퍼 콜럼버스다. 콜럼버스는《동방견문록》에 100여 개에 달하는 독자적인 주석을 달 정도로 탐독에 탐독을 했다고 한다. 그만큼 이 책에 담긴 내용들은 새로운 세계와 거대한 부를 갈망하는 사람들에게는 거부할 수 없는 매력이 있었다.

콜럼버스를 비롯한 16세기 '지리상의 대발견과 대항해시대'를 연 야심만만한 탐험가와 모험가들은 《동방견문록》을 통해 유럽 바깥의 세계에 대한 거대한 상상력과 무한한 호기심을 키웠다. 그리고 그 상상력과 호기심을 원동력 삼아 콜럼버스는 마침내 1492년 8월 3일 풍요로운 동방의 신세계를 찾아 미지의 대항해에 나섰다. 《동방견문록》이 세상에 출현한 1299년으로부터 193년이 지났고, 마르코폴로가 세상을 떠난 지 168년이 지난 시점이었다. 이러한 시간적 격차만 보아도 마르코폴로의 여정과 기록이 당대는 물론 후대의 유럽 사람들에게 얼마나 신기하고 경이로운 일이었는가를 새삼 확인할 수 있다. 마치 18세기 조선의 지식인들이 홍대용의 여행기를 통해 새로운 세상을 꿈꾸고 찾아 나섰던 것처럼, 콜럼버스와 같은 16세기 유럽의 탐험가와 모험가 그리고 상인들은 마르코폴로의 여행기를 보고 새로운 세상을 꿈꾸고 찾아 나섰던 것이다. 그것은 그들이 모두 이 두 사람의 여행기에 담긴 '웅혼의 미학', 즉 웅장한 뜻과 광대한 기운에 매혹당했기 때문일 것이다. 역사의 흐름이 바로 그러한 뜻과 기운이 담긴 문장으로 인해 크게 바뀌었다고 하면 지나친 과장일까?

대문호의 재생을 이끌어낸
고대 로마와의 조우

• 괴테

괴테Goethe(1749~1832)만큼 '위대한 작가는 여행을 통해 태어난다'는 말
이 어울리는 작가도 없다. 1774년 나이 25세 때 폭발적인 인기를 끈 첫 소
설《젊은 베르테르의 슬픔Die Leiden des jungen Werthers》의 발표를 전후한 시
기부터 괴테는 평생에 걸쳐 시와 소설, 희곡과 산문 그리고 편지 등 엄청
난 분량의 작품을 남겼다. 그러나 작가 괴테의 삶은 크게 보면 1786년 나
이 37세 때부터 1788년 나이 39세 때까지 머물렀던 이탈리아에서의 여행
이전과 이후로 나눌 수 있다고 해도 과언이 아니다. 국정을 책임진 바이
마르를 도망치듯 떠난 후 2년간의 이탈리아 여행을 마치고 다시 바이마
르로 돌아온 괴테는 지난 10여 년 동안의 공직 생활로 말미암아 메말라버
렸던 문학적 상상력을 되찾을 수 있었을 뿐만 아니라 고대 로마의 예술적
·철학적 사유 위에 자신의 문학적 사유를 얹어 새롭게 태어났다. 이탈리
아 여행을 통한 '상상력의 부활'과 '사유의 대전환'이 비로소 대문호 괴테
를 탄생시켰던 것이다. 로마에 첫 발을 들여놓은 초기부터 괴테는 새로운
세계의 여행과 새로운 문명의 체험을 통해 새로운 인간으로 변신해가는
자신의 모습을 이렇게 묘사했다.

> 세계의 역사가 전부 이 도시 로마와 연결되어 있기 때문에, 내가 로마에
> 들어선 바로 그날부터 나의 제2의 삶 또는 진정한 재생이 시작되었다고
> 생각한다.
>
> _괴테, 《이탈리아기행Italienische Reise》, 1786년 12월 3일[66]

이탈리아, 특히 로마는 괴테에게 제2의 탄생, 곧 새로운 삶의 가치와 의미를 부여해준 공간이었다. 괴테는 예전에 자신이 속해 있었던 세계와는 상이한 새로운 세계, 그곳 로마에서 자신의 삶과 정신이 완전히 새롭게 변화할 것임을 직관적으로 예감한다. 괴테는 당시 감격에 겨웠던 자신의 심정을 여행기에 진솔하게 표현했는데, 호방하고 장쾌한 필치 속에 우아하고 세련된 기운까지 느껴지는 멋진 문장이다.

지금, 마침내 나는 이 세계의 수도 로마에 도착했다. … 어느 곳을 향해 걷더라도, 나는 이 낯선 세계에서 친숙한 대상들과 마주치게 된다. 모든 것이 내가 예전부터 상상했던 그대로이지만, 그런데도 또한 모든 것이 새롭다. 이것은 나의 관찰과 관념에 대해서도 동일하게 적용할 수 있다. 나는 이곳 로마에 와서 완전히 새로운 생각을 갖게 되거나 깜짝 놀랄 만한 것을 발견하지는 않았다. 그러나 나의 낡은 관념도 이곳에서는 아주 명확하고 활기 넘치고 논리정연하게 되었기 때문에, 그것들을 새로운 것이라고 불러도 아무 문제가 없을 정도였다. 피그말리온Pygmalion이 자신이 이상으로 여긴 여성의 형상에 정확히 일치하게 빚었을 뿐더러 예술가로서 할 수 있는 최대한의 사실성과 현실성을 불어넣었던 바로 그 조각상 갈라티아Galatea가 마침내 그에게 다가와서 "나예요!"라고 말했을 때, 살아 있는 여성과 돌로 빚은 조각상 사이에는 얼마나 커다란 차이가 있었겠는가!

_괴테, 《이탈리아기행》, 1786년 11월 1일, 로마

그리고 2년에 걸친 이탈리아 여행을 끝마치고 바이마르로 돌아가기 직전인 1788년 1월 25일 바이마르의 군주 칼 아우구스트Karl August 공에

게 보낸 편지에서, 괴테는 육체적-도덕적으로 새롭게 태어나고 예술과 문학에 대한 뜨거운 열정과 참된 기운을 되찾은 감격을 이렇게 전했다.

> 제 여행의 진정한 의도는 육체적-도덕적 폐해를 치유하는 것이었습니다. 그것이 독일에서 저를 고통스럽게 하고, 마침내는 저를 무용한 존재로 만들었습니다. 다음은 참된 예술에 대한 뜨거운 갈증을 진정시키는 것이었습니다. 전자는 상당히, 후자는 완전히 성공을 거두었습니다.[67]

이러한 글들을 통해 대략이나마 짐작해 볼 수 있는 것처럼, 괴테의《이탈리아기행》이 다른 여행기와 차원을 달리하는 가장 큰 특징은 여행의 견문과 경험에 대한 묘사보다는 괴테 자신의 '내면적 성찰과 철학적 사유'로 가득한 여행기라는 점이다. 그런 의미에서《이탈리아기행》은 견문록이나 경험담이라기보다는 오히려 고백록 혹은 성찰록에 가까운 여행기이다. 그러므로《이탈리아기행》은 거장 괴테가 탄생하는 웅장한 과정과 극적인 장면을 들여다볼 수 있는 한 편의 자전적 기록이라고 할 만하다. 괴테는 여기에서 자신의 예술적, 철학적, 문학적 사유가 어떻게 형성되고 변화하는가를 치밀하고 섬세하면서도 대담하게 묘사하고 있다. 따라서《이탈리아기행》을 읽는 독자들 역시 여타의 여행기와는 다르게 이러한 사실에 초점을 맞춰야 이 책의 진정한 묘미를 맛볼 수 있을 것이다.

> 친애하는 벗들에게 몇 자 적어 보냅니다. 저는 매우 잘 지내고 있습니다. 점점 더 내면으로 깊이 빠져들어 내 자신이 누구인지 발견하고 있습니다. 진짜 나는 누구이고 그렇지 않은 나는 누구인지를 구별하는 법을 배우고 있습니다. 열심히 작업하고 할 수 있는 한 외부로부터 내게 다가오

는 모든 분야를 가리지 않고 흡수하면서 내면으로부터 점차 성장해나가고 있습니다. 지난 며칠 동안은 로마 북동쪽에 위치한 유명 피서지인 티볼리에서 보냈습니다. 그곳의 자연경관, 곧 폭포나 풍경의 전체적인 조망은 영원토록 인간의 삶을 풍요롭게 하는 경험 중 하나였습니다.

_괴테, 《이탈리아기행》, 1787년 6월 16일, 로마

저는 하케르트Jakob Hackert와 함께 콜로나 화랑을 방문했습니다. 그 화랑에는 푸생Poussin, 클로드 로랭Claude Lorrain, 살바토르 로사Salvator Rosa의 그림 작품들이 나란히 걸려 있었습니다. 하케르트는 이 그림들 중 몇 가지를 베껴 그렸고, 다른 작품들은 철두철미하게 연구해왔습니다. 그래서 그의 설명과 조언은 매우 명확하게 그림에 대한 저의 이해를 도와주었습니다. 화랑을 처음 방문했을 때 저는 이 그림들에 대한 저의 판단이 대체로 하케르트의 생각과 같다는 것을 발견하고선 너무나 기분이 좋았습니다. 하케르트가 제게 말해준 그 어떤 것도 저의 관점을 변화시키도록 강요하지 않았습니다. 오히려 저의 생각을 더욱 확고하게 하고 확장시켜 주었을 뿐입니다. 우리에게 필요한 것은 이 작품들을 감상하고 난 후 이제 곧장 자연을 관찰하여, 그 화가들이 발견하고 많든 적든 모방한 것들을 배우는 것입니다. 그렇게 한다면 우리의 영혼은 잘못된 생각들을 깨끗이 씻어내고, 마지막에는 자연과 예술 사이의 관계에 대한 진정한 개념에 도달하게 될 것입니다.

_괴테, 《이탈리아기행》, 1787년 6월 27일, 로마

저는 여기에서 평생 동안 저를 따라다니며 괴롭혀온 중대한 결점 가운데 두 가지를 요즘에 들어와서야 찾아낼 수 있었습니다. 그중 한 가지 결

점은 제가 작업하고 싶었거나 또는 해야만 했던 어떤 것의 기술적인 방법을 배우는 일에 전혀 신경 쓰지 않았다는 점입니다. 그러한 이유로 저는 비록 타고난 능력이 충분한데도 불구하고 실제 성취한 일은 별로 없습니다. 더욱이 순전히 정신력을 앞세워 우격다짐으로 이루려고 했기 때문에, 성공과 실패의 여부는 저의 능력과 계획보다는 행운이나 우연의 힘에 의해 결정되었습니다. 만약 제가 어떤 일을 정말로 잘 해내고 싶어서 심사숙고한 다음에 할 때조차도 의심과 걱정과 두려움에 휩싸여 끝까지 해내지 못했던 것입니다. 이 첫 번째 결점과 밀접하게 관련되어 있는 저의 또 다른 한 가지 결점은, 제가 어떤 작업이나 일의 실현에 요구되는 충분할 만큼의 시간을 단 한 차례도 기꺼이 투자하지 않았다는 점입니다. 저는 짧은 시간에 수많은 것을 생각하고 또한 그것들의 연결을 시도할 수 있는 능력과 행운을 소유하고 있기 때문에, 그 결과 어떤 일을 단계적으로 한 걸음 한 걸음씩 서서히 실행해나가는 것은 저를 지루하게 하고 짜증나게 했습니다. 이제 이곳에서 이러한 저의 두 가지 결점을 고치고 바로잡을 최상의 시기를 맞이한 것 같습니다.

_괴테, 《이탈리아기행》, 1787년 7월 20일, 로마

이탈리아 여행에 나서기 직전 괴테는 정신적-육체적으로 매우 큰 고통을 겪고 있었다. 실제로 괴테는 다른 사람의 눈을 피해 비밀리에 어둠을 틈타 마치 도망이라도 치는 것처럼 바이마르를 떠나 이탈리아 여행에 올랐다. 그리고 두 달 가까이 사람들의 눈을 피해 잠행하며 여행의 목표점이었던 로마에 무사히 도착해 여장을 푼 괴테는 그때서야 안도의 한숨을 내쉬며 바이마르에 남겨두고 온 친구들에게 소식을 전하며 용서를 구했다. 하지만 지난 몇 년간 자신의 육신과 정신을 갉아먹고 있던 병증을

고칠 수 있는 유일한 길은 이 여행밖에 없었다고 역설했다. 그러면서 자신도 어찌할 수 없는 그 욕구가 충족되고 난 다음 다시 바이마르로 돌아가고 싶은 생각이 커지면 친구들의 곁으로 돌아가겠다는 말을 전했다.

나는 그대들이 이 나라에 오기까지 내가 유지했던 비밀주의와 거의 잠행이나 다름없었던 여행에 대해서 너그럽게 용서해주기를 바란다. 나 스스로도 감히 내가 어디로 가고 있는지 거의 분명하게 말하기 어려웠으며, 심지어 여행하는 동안 내내 여전히 두려움이 계속 따라다녔다. 로마의 북문인 포르타 데 포폴로Porta del Popolo를 통과하고 나서야 나는 마침내 내가 정말로 로마에 왔다는 확신을 분명하게 가지게 되었다. … 참으로 지난 몇 년 동안 나는 일종의 병에 걸린 것이나 다름없는 상태였다. 그 병을 고칠 수 있는 방법은 오직 내 눈으로 직접 로마를 보고, 그 땅에 몸을 두는 것 외에 다른 길이 없었다. 이제 솔직히 고백해도 되니까 말하지만, 나는 그때 그곳에서 진실로 라틴어로 쓰인 단 한 권의 책도, 이탈리아 풍경을 그린 단 한 장의 그림조차 바라볼 수 없는 형편이었다. 이 땅을 보고 싶다는 나의 욕망이 너무나 강렬해서, 내가 감당할 수 있는 수준을 넘어섰기 때문이다.

_괴테,《이탈리아기행》, 1786년 11월 1일, 로마

그렇다면 괴테는 왜 이토록 절박한 심정과 비장한 각오를 품은 채, 그것도 혼자 몸으로 마치 무엇인가에 쫓기는 사람처럼 황급히 이탈리아로 떠났던 것일까? 괴테는 8세 때 시를 쓰고, 13세 때 첫 시집을 내고, 18세 때 첫 희곡인 〈연인의 변덕Die Laune Veliebten〉을 썼는가 하면 25세 때 이미 베스트셀러의 반열에 오른《젊은 베르테르의 슬픔》을 발표할 정도로 타

고난 문학 천재였다.《젊은 베르테르의 슬픔》이 선풍적인 인기를 끈 덕분에 젊은 나이에 일약 유명인사가 된 괴테는 1775년 나이 26세 때 바이마르 공국의 신임 군주인 칼 아우구스트 공의 초청을 받고 고향인 프랑크푸르트를 떠났다. 아우구스트 공의 환대에 인구 6,000명의 작은 공국에 흠뻑 빠진 괴테는 이곳에 머물기로 결심하는데, 1776년 7월 아우구스트 공은 괴테를 추밀원 고문관에 임명해 국정까지 맡겼다. 더욱이 괴테의 역할은 점점 커져 광산 운영의 책임자가 되었는가 하면 국방위원회 의장직까지 맡기에 이르렀다. 이후 10여 년 동안 이어진 바이마르 공국에서의 공직 생활은 매우 성공적이었다. 그러나 괴테의 공직 생활이 성공적이면 성공적일수록 역설적이게도 문학 천재 괴테의 삶과 행적은 초라해졌다. 공무에 온 몸과 마음이 묶여 있느라 그의 문학적 자질과 예술적 열정은 억압당했기 때문이다. 마치 날개는 있지만 새장에 갇혀 있어서 날지 못하는 '새장 속의 새' 신세와 다름없는 삶이었다. 괴테는 뭔가 돌파구를 찾지 않는 한 영원히 글을 쓸 수 없다는 불안감에 휩싸여 매일 매일을 보내야 했다. 일찍이 괴테가 메르크에게 보낸 편지에서 밝혔던 것처럼, "이제 완전히 정치와 궁정의 일에 깊숙이 끌려들었고 다시는 벗어나지 못할 것 같다"[68]고 했던 불길한 예감이 현실이 되고 말았던 셈이다. 결국 미래에 대한 억누를 수 없는 불안감과 문학을 향한 끓어오르는 열정을 참을 수 없었던 괴테는 1786년 나이 37세 때 중대한 결심을 하기에 이른다. 아버지의 영향을 받아 어렸을 적부터 동경했던 고대 문명을 찾아 이탈리아로 무작정 여행을 떠나기로 한 것이다. 그리고 앞서 보았던 것처럼 9월 3일 새벽, 칼 아우구스트 공과 함께 휴양 차 머물던 칼스바트를 혼자 몰래 빠져나와 도망치듯 이탈리아를 향해 발길을 옮겼다. 답답하고 편협한 바이마르에서 벗어나 웅장하고 거대한 고대 로마 문명의 발상지 이탈리아를 찾아가 새롭게 출발해야겠다는 오직 한 가지 생각만으로 떠난 '계획했지만 계획하지 않은' 여행이었다.

2년에 걸쳐 이루어진 괴테의 이탈리아 기행의 경로를 세부적으로 살펴보면 일곱 단계로 시기를 구분할 수 있다. 독일의 칼스바트를 떠난 1786년 9월 3일부터 로마에 도착한 10월 29일까지가 첫 번째 시기고, 로마에 체류한 10월 29일부터 나폴리 여행을 떠난 1787년 2월까지가 두 번째 시기다. 그리고 나폴리에 도착한 2월부터 다시 시칠리아 여행에 나선 3월까지가 세 번째 시기고, 시칠리아에 체류한 3월부터 5월까지가 네 번째 시기다. 다시 시칠리아에서 나폴리로 돌아와 체류한 5월과 6월이 다섯 번째 시기고, 이후 로마로 돌아와 머문 1788년 4월 23일까지가 여섯 번째 시기다. 그리고 이때로부터 마침내 바이마르로 귀국한 6월 18일까지가 일곱 번째 시기라고 할 수 있다.[69] 특히 괴테는 이탈리아의 고대 문명 가운데에서도 스스로 '세계의 위대한 수도'라고 부른 로마에 완전히 매료당했다. 그곳은 위대함과 웅장함과 경이로움에서 괴테가 상상한 이상의 세계였다.

이제 이곳에서 7일이나 지내고 보니 점차적으로 이 도시에 대한 대체적인 윤곽이 생겨나기 시작했다. … 여기에 2,000년의 시간을 거쳐 오는 동안 헤아릴 수 없을 만큼 수많이 근본적인 변화를 겪어온 실체가 있다. 그러나 시대의 변천에도 불구하고 아직도 그 땅과 산은 옛 로마의 땅과 산과 다름이 없고, 그 기둥과 벽도 여전히 옛날과 변함이 없고, 그 안의 사람들에게서는 아직까지 고대인의 기질적 특성의 흔적을 발견하곤 한다. … 다른 지역에서는 의미가 있거나 호기심을 유발하는 중요한 장소를 이곳저곳 찾아 돌아다녀야 하지만, 이곳 로마에서는 그와 같은 유적들이

한 곳에 놀랄 만큼 풍부하게 모여 있다. 어디를 가든 혹은 어느 곳을 바라보든, 원경과 근경 그리고 당신이 마주하게 되는 궁전, 폐허, 정원, 황무지, 소규모 가옥, 마구간, 개선문, 기둥 등과 같은 온갖 종류의 풍경이 모두 매우 가까이에 있는 경우가 많아 한 장의 종이에 한 폭의 그림으로 다 그려 넣을 수 있는 정도다. 그것들에 대해 글로 쓰려면 천 개의 철필鐵筆로도 모자랄 텐데, 이 자리에서 고작 한 자루의 펜으로 무엇을 묘사할 수 있겠는가?

_괴테,《이탈리아기행》, 1786년 11월 7일, 로마

심지어 괴테는 말년에 접어들어서도 여전히 자신의 정신 및 문학 세계에 강력한 흔적을 남기고 있는 지난 시절 로마에서의 체험에 대해 이렇게까지 고백했다.

인간이 도대체 무엇인가 하는 것을 로마에서만 느꼈노라고 말할 수 있다. 나는 훗날 다시는 이러한 절정, 이렇듯 행복한 감정에 도달하지 못했다.[70]

물론 괴테의 시선을 사로잡고 그의 사유와 정신세계에 혁명적인 변화를 불러일으켰던 곳은 비단 로마에 국한되지 않았다. 예를 들어 나폴리 근교의 페스툼에 자리하고 있는 거대한 장방형의 물체, 즉 아테나 사원에서 일찍이 겪어보지 못했던 경이로운 미적 체험에 압도당한 괴테는 온몸을 관통하는 듯한 전율마저 느꼈다. 괴테는 자신의 온 몸과 정신을 휘감은 이 벅찬 감동을 도무지 주체할 수 없었다. 그래서 괴테는 하루 종일 이곳에 머무르며 낯섦, 놀라움, 두려움, 친숙함 그리고 마침내 감득感得의 과

정으로 순간순간 변화해나간 자신의 미적 체험 상태를 정밀하고 장쾌하게 묘사해 여행기에 남겨놓는 수고를 아끼지 않았다. 객관적 풍경 묘사와 함께 주관적인 심리 묘사에서도 괴테가 얼마나 탁월한 대가의 풍모를 지니고 있었는가를 알 수 있는 장면이다.

먼 곳에서 어떤 거대한 장방형의 물체가 시야에 나타났다. 그리고 마침내 우리가 그 거대한 물체에 접근했을 때, 처음에는 그저 바위무더기를 지나가고 있는 것이지 아니면 고대 유적의 폐허를 지나가고 있는 것인지 그 여부가 확실하지 않았다. 한참이 지나서야 우리는 그 물체가 옛적에 찬란한 영광을 누렸던 도시의 기념 건축물 또는 사원의 유적이라는 사실을 인식할 수 있었다. … 처음 가까이에서 직접 그 건축물을 봤을 때 받았던 첫인상은 오직 경이로움뿐이었다. 나는 완전히 낯선 다른 세계에 발을 들여놓은 나 자신을 발견했다. 수백 년의 세월은 엄숙한 것을 매력적인 것으로 변화시켜왔던 것처럼, 동시에 다른 인간까지도 개조하고 심지어 창조해왔던 것이다. 우리의 눈과, 시각을 통한 우리의 모든 감각 전체는 이들 건축물보다 더욱 섬세한 건축양식에 익숙하게 개념이 정립되어 있기 때문에, 이 무수하게 늘어서 있는 원추형의 둔중한 기둥들은 우리의 눈에 불쾌하고 심지어 두렵게까지 나타나는 것이다. 그러나 나는 다시 마음을 가다듬고 머릿속으로 예술의 역사를 떠올려보았다. 이러한 건축양식과 조화를 이루었던 시대를 생각해보고 머릿속으로 고대 그리스의 엄격한 조형 양식을 상기하며 그려보았다. 그렇게 하고 한 시간이 채 지나지 않았는데, 나는 이 건축에 친근한 감정을 느끼는 내 자신을 발견했다. 심지어 나는 이렇게 훌륭하게 보존된 고대 유적을 직접 눈으로 볼 수 있도록 허락해준 나의 수호천사에게 감사하다며 찬양하기까지 했다.

_괴테, 《이탈리아기행》, 1787년 3월 23일, 나폴리

이러한 고대 문명의 흔적과 잔상들을 둘러보면서 괴테의 내면에 두텁게 쌓인 예술적 심미안은 이후 치열한 문학적 사유의 과정을 거쳐 그의 작품 구석구석에서 발현되기에 이른다. 예를 들어 아테나 사원의 미적 체험과 감득은 괴테의 최고의 대작이자 최후의 걸작 《파우스트Faust》의 2부 제1막 '기사의 방'에서 천문박사와 건축가의 대화로 완벽하게 재현된다.[71]

천문박사 : 이상한 힘에 의해 여기 나타난 것은 장엄하기 짝이 없는 고대의 신전이다. 옛날에 하늘을 떠받치고 있던 아틀라스처럼 수많은 기둥들이 줄지어 늘어섰다. 기둥 두 개면 능히 큰 건물을 받칠 수 있으니, 저 기둥들은 바위산의 무게라도 지탱할 수 있으리.
건축가 : 저게 고대의 양식인가요? 칭찬할 정도는 못 되는군요. 조야한데다 너무 육중한 것 같아요. 거친 것을 고상하다 하고, 졸렬한 것을 위대하다 하는군요. 내가 좋아하는 건 한없이 위로 뻗으려는 좁은 기둥입니다. 뾰족한 아치형의 지붕은 인간의 정신을 높여주지요. 그런 건물이야말로 우리를 정말로 기쁘게 한답니다.

_괴테, 《파우스트》, 기사의 방[72]

여기에서 고대 건축양식에 관한 건축가의 비난과 혹평은 괴테가 처음 아테나 사원의 고대 그리스 양식을 보고 느꼈던 놀라움 혹은 낯설음과 정확히 맥락이 같다. 자기 시대, 즉 17~18세기의 건축양식인 뾰족한 아치형의 지붕, 즉 고딕 양식에 익숙해 있던 건축가가 고전 양식의 건축

물에 거부감을 느꼈던 바로 그 이유와 마찬가지로, 아테나 사원을 본 괴테 역시 처음에는 낯설고 놀랍고 두려운 감정에 휩싸였던 것이다. 그러나 불과 한 시간도 되지 않아 괴테는 '신과 영웅의 시대'였던 그 당시의 시대정신에 적합했던 건축양식 앞에서 웅장하고 장엄하면서도 조화와 균형의 아름다움을 이상적으로 구현한 미학의 세계를 발견하고선 친숙한 감정을 느끼게 된다. 그리고 다시 사원의 주변과 내부를 찬찬히 둘러보며 수천 년이 흘러도 사라지지 않은 그 본래의 생명력을 감지하고 체험하면서 마침내 자신의 온 몸과 마음으로 그 예술 사조와 시대정신을 감득하기에 이른다. 이렇게 보면《파우스트》속 천문박사와 건축가의 대화는 수십 년 전 이탈리아 나폴리 여행 때 바로 괴테 자신이 느꼈던 아테나 사원에 대한 감상과 비평을 탁월한 문학적 묘사로 옮겨놓은 셈이다. 여기에서 볼 수 있는 것처럼, 중세의 고딕 건축양식에서 고대 건축양식으로 시선을 전환한 괴테의 예술적 사유 위에 구축된 문학적 사유가 독일을 중심으로 형성된 '고전주의 문학'이다. 이 한 편의 짧은 글을 통해서도 이탈리아 여행에서 일어난 괴테의 '사유의 대전환'이 얼마나 거대한 것이었는가를 읽을 수 있다.

그리고 시칠리아 여행에서 괴테는 스스로 "세상에서 가장 아름다운 곳"이라고 부른 팔레르모의 부둣가 옆 줄리아 공원의 아름다운 풍경에 흠뻑 젖은 채 자신의 감각과 기억 속으로 호메로스의 고대 서사시《오디세이아Odysseia》를 불러낸다. 그 순간 괴테는 북쪽 수평선, 검푸른 파도, 독특한 향기 등 이국적인 지중해의 풍경 앞에서 마치 오랜 옛적 고대 그리스 문명의 섬 한가운데 놓여 있는 것 같은 환상에 빠져들었다. 이 과정에서 기이하고 아름다운 공원, 웅장한 지중해 풍경, 찬란한 고대 문명의 삼중주가 오묘하게 교차하는 한 편의 걸작 산문이 탄생했다. 고대 그리스 로마 문명의 세계와 괴테가 일체가 되는 이러한 순간이 수없이 반복, 재생되면서 괴테의 내면 깊숙한 곳에서부터 고대 문명의 예술과 철학과 문학이 체득되었다고 해도 과언이 아니다.

부둣가와 가까운 공원에서 혼자 행복하고 평화로운 시간을 보냈다. 이곳은 지구상에서 가장 경이롭고 신비로운 공간이다. 공원은 비록 규칙대로 설계되어 있고 매우 오래되었지만, 마치 선경仙境과 같은 느낌이 드는 과거 세계로 되돌아온 듯 사람을 황홀하게 만들었다. 녹색 화단 주변으로는 이국적인 식물들이 둘러싸고 있고, 벽에 붙여 자란 레몬 나무들은 아름다운 무지개 모양의 산책로를 형성하고 있으며, 카네이션과 닮은 수천 송이의 붉은 꽃으로 뒤덮인 협죽도夾竹桃의 높은 생울타리가 눈을 매혹시켰다. … 황홀할 정도로 신비로운 그 공원은 내 마음속에 깊고 강렬하게 아로새겨졌다. 북쪽 수평선의 검붉은 파도에서부터 만의 구불구불한 해안에 부딪치는 파도와 싸하게 올라오는 독특한 바다 냄새까지, 이 모든 것이 호메로스의 서사시《오디세이아》에 나오는 행복한 페아케인이 사는 섬의 이미지를 떠올리게 했다. 나는 서둘러 호메로스의 시집을 사러 갔다. 호메로스가 사람들에게 읊은 서사시의 한 구절을 읽고 싶은 충동이 일어났기 때문이다. 다시 돌아왔을 때 나는 하루의 힘든 노동을 마친 후에 누리는 휴식을 즐기고 있는 크니프를 발견하고서, 달콤한 포도주 한 잔을 기울이며 급하게 즉흥적으로 번역한 시를 그에게 암송해주었다.

_괴테,《이탈리아기행》, 1787년 4월 7일, 팔레르모

이처럼 고대 로마의 자취를 탐사하는 여정을 통해 괴테는 고대의 물

질문명과 정신세계를 깊고 넓게 체험했다. 이 체험은 괴테를 "가장 깊은 골수까지 변화"시킬 만큼 거대한 충격이었다. 그것은 비록 천천히 이루어졌지만, 그러나 괴테의 삶과 문학 전체를 뒤바꾼 혁명적인 사유의 전환이었다.

새로운 세계에 대한 관찰만큼 사고하는 인간에게 새로운 삶을 선사하는 것은 아무것도 없습니다. 나는 여전히 같은 존재이지만, 가장 깊은 골수까지 변화되었다고 말하고 싶습니다.[73]

이러한 까닭에 필자는 이탈리아 여행을 거치면서 괴테는 비로소 내면 깊숙한 곳에 거장의 뜻과 기운을 얻었다고 자신 있게 말할 수 있었다. 그것은 바로 고대 로마와 이탈리아의 문명과 예술과 철학 위에 새로운 문학적 사유와 문장의 힘을 얹은 것이다. 그 문학적 사유와 문장의 힘이 바로 오늘날 우리가 '독일 고전주의 문학'이라고 일컫는 18세기 말과 19세기 초의 새로운 문예사조를 만들었다고 할 수 있다. 웅장하고 장엄하면서도 조화와 균형의 아름다움을 극한적으로 추구하고 또 이상적으로 구현한 고대 문명의 예술적·철학적 사유를 괴테 자신의 문학적 사유로 재창조한 것이 독일 고전주의의 미학이다. 그것은 조화미와 균형미를 추구했던 고대 그리스와 로마의 정신 사조와 시대정신을 괴테 당대의 예술적 형식과 문학적 언어로 재현한 것이다. 이미 두 번째 로마 체류 때의 여행기에 등장하는 다음과 같은 대목은 천재적 자질과 재능을 가진 작가에서 이제 고전주의 거장의 사유와 문장까지 체득한 괴테의 저력을 느끼게 하기에 충분하다.

웅장한 콜로세움의 유적으로 다가가 격자문을 통해 내부를 들여다본 순간, 솔직히 고백하건대, 온몸에 전율이 흘렀다. 그래서 발걸음을 서둘러 집으로 돌아왔다. 거대한 것은 모두 내게 독특한 인상을 남겼는데, 그 인상은 곧 장엄하면서도 단순하다는 느낌을 풍겼다. 나는 이번 여행을 거치면서 이탈리아에 머문 전체 체류 기간에 대한 총체적인 대요大要를 그려낼 수 있었다. 이것은 나의 불안한 영혼에 영웅적이고 비가적인 감정을 불러일으켰다. 그리고 나는 시적인 형태의 비가 한 편으로 이러한 감정을 표현하고 싶은 마음이 들었다. 그런 순간에 어떻게 달 밝은 밤에 추방당해 강제로 로마를 떠나야 했던 시인 오비디우스Publius Naso Ovidius의 비가가 가슴속에 떠오르지 않을 수 있겠는가! "그날 밤을 떠올릴 때마다!" 머나먼 흑해 연안에서 슬픔과 한탄에 빠져서 고향을 그리워하며 시를 읊은 그의 처지가 나의 머릿속에서 떠나지를 않았다.

_괴테, 《이탈리아기행》, 1788년 4월 '회상', 로마

그렇게 이탈리아 여행의 결과로 얻은 새로운 문명에 대한 개안과 혁신적 사유의 바탕 위에 탄생한 작품이 바로 괴테의 대표작이자 오늘날에도 세계 최고의 명작 중 하나로 자주 언급되고 있는 《파우스트》다. 《파우스트》는 괴테가 60여 년에 걸쳐 집필한 대작이다. 《파우스트》의 초고는 1773년에서 1775년에 걸쳐 집필되었다. 그러나 괴테는 초고를 집필해놓고도 이 대작을 고치고 다듬어 완성할 엄두조차 내지 못했다. 앞서 살펴봤던 것처럼, 바이마르 공국의 궁정과 정치에 깊숙하게 참여했기 때문이다. 이탈리아 여행을 감행하기 이전 10여 년 동안 괴테는 바이마르 공국에 온 몸과 마음이 묶여 있느라 문학적 상상력은 고갈되고 창작의 에너지는 억압당해야 했다. 바이마르 공국에 묶여 있는 한 어떤 돌파구도 비상구도 없다고 판단했기 때문에, 괴테는 혼자 몸으로 마치 도망치는 것처럼

홀연히 이탈리아로 떠났던 것이다. 그리고 이탈리아에서 익숙한 세계로 부터 스스로를 고립시킨 채 '장기간의 휴식과 은둔 생활'을 거치고 '자신이 원하는 방식의 삶'을 살면서 마침내 완전한 자신으로 돌아갈 수 있었다. 2년간의 이탈리아 여행이 마감되는 1788년 3월에 이르자 이제 문학적 상상력은 부활했고, 문학적 열정과 영감이 용솟음쳤으며, 문학적 사유는 대혁신이 일어났다. 이제 괴테는 자신이 원하는 것이 무엇인지 정확히 알아냈고, 이제 이를 실행하기 위해 첫 번째 작업으로 《파우스트》에 대한 구체적인 집필 계획을 세웠다.

먼저 나는 《파우스트》를 작업할 계획을 세웠습니다. 이 집필 작업이 잘되기를 소망하고 있습니다. … 나는 작업이 지체되는 바람에 잃은 것은 없다고 생각합니다. 왜냐하면 다시 집필을 계속할 수 있는 실마리를 찾았다는 확신이 들기 때문입니다. 또한 작품의 전반적인 억양에 대해서도 자신감이 생겼습니다. 나는 이미 한 장면을 더 새로이 써놓기까지 했습니다. 그리고 내가 원고를 약간 그을려놓으면, 어떤 사람도 예전에 쓴 다른 원고들로부터 새로 쓴 이 원고를 구별해낼 수 없을 것이라는 생각이 듭니다. 장기간 평온하고 고독한 생활을 한 덕분에 나 자신으로 완전히 되돌아올 수 있었습니다. 나는 지금의 내가 예전의 내 모습과 얼마나 많이 닮았는지, 1년 동안 일어났던 모든 일이 어떻게 내 새로운 자아에 영향을 끼쳤는가를 발견하고 깜짝 놀라곤 합니다.

_괴테, 《이탈리아기행》, 1788년 3월 1일, 로마

이탈리아 여행을 거치고 나서야 괴테는 비로소 《파우스트》를 완성할 수 있는 문학적 상상력과 문학적 열정과 문학적 영감과 문학적 사유를 체

득할 수 있었던 것이다. 그리고 나이 59세가 되는 1808년에《파우스트》 1부를 출간하고, 나이 82세가 되는 1831년에《파우스트》2부를 완성하기에 이른다. 무려 60여 년에 걸쳐 집필한 이 전무후무한 대작의 탄생은 이탈리아 여행에서 체득한 문학적 사유와 창작의 기운이 없었다면 결코 가능하지 않았을 것이다. 사정이 이러한데, 어떻게 글이 책과 문자 속에만 있다고 하겠는가? 오히려 걸작을 소망하고 대작을 갈망하는 사람이라면 마땅히 세상 밖에서 자신만의 글과 문장을 구해야 하지 않겠는가? 그것이 바로 멀리 사마천의《사기》에서부터 가깝게는 괴테의《파우스트》에 이르기까지 인류 역사상 최고의 대작과 걸작이 일러주는 '웅혼의 미학'의 메시지다.

6장

차이와 다양성의 글쓰기

수천의 존재가 탄생하는 수천 겹의 주름

글쓰기 동서대전
東西大戰

붉을 홍 한 글자로
꽃을 단정 지어서는 안 된다

• 박제가

박제가(1750~1805)는 잘 알려져 있다시피 박지원, 홍대용, 이덕무, 유득공, 이서구 등과 사상적으로는 '북학파'를 형성하고, 문학적으로는 '백탑파'로 활동했다. 이들을 '백탑파'라고 부르는 까닭은 백탑, 즉 현재 서울 종로 2가의 탑골공원 안에 자리하고 있는 원각사지십층석탑을 중심으로 모여 살면서 함께 시문詩文 활동을 했기 때문이다. 흔히 북학파 혹은 백탑파는 이 그룹의 리더인 박지원의 새로운 문체, 곧 '연암체'의 문학적 영향력 아래에 있었다고 생각하기 쉽다. 물론 박지원의 문학적 영향력을 결코 무시할 수 없지만 다른 측면에서 살펴보면 박제가는 이덕무, 유득공 등과 함께 당대 사람들이 '검서체檢書體'라고 부른 자신만의 문체를 갖추고 있었다. 박제가와 이덕무와 유득공의 시문체詩文體를 '검서체'라고 한 까닭은 여항의 이름 없는 문사에 불과했던 이들이 정조의 서얼 허통 정책 중 하나로 추진됐던 규장각의 서얼 출신 검서관으로 발탁되어 문재를 드러내며 크게 명성을 얻었기 때문이다. 실제로 오늘날에도 박제가는 이덕무, 유득공, 서이수徐理修와 함께 '규장각 사검서관四檢書官'으로 널리 알려져 있지 않은가? 이러한 상황은 유득공의 아래와 같은 증언을 통해서도 어렵지 않게 확인할 수 있다.

나는 무관懋官(이덕무)과 차수次修(박제가)와 더불어 상투를 틀 때부터 조계曹溪 백탑의 서쪽에서 시를 일컬었다. 당나라와 송나라와 원나라와 명나라만 고집하거나 가려서 보지 않았다. 그 뜻은 단지 온갖 부류의 시인들을 마음 내키는 대로 살펴보고 그 정화를 모으는 데 있었을 뿐이다. 규장각에서 임금님을 받들어 모시고 나랏일에 힘쓰면서부터는 시작詩作의 여가조차 나지 않았다. 그런데 영편단구零篇短句가 간혹 세속에 물든 사람들의 눈에 걸리면 지나치게 정확하다거나 너무 깨끗하다고 의심하곤 하였다. 그리고 마침내 '검서체'라고 지목하였다. 참으로 가소로운 일이다. 검서체라는 것이 어찌 다른 문체이겠는가? 안목을 갖추고 있는 사람은 마땅히 저절로 알 수 있을 것이다.

_유득공, 《고운당필기古芸堂筆記》, 검서체

어쨌든 당시 사람들이 박제가 등의 시문체를 가리켜 특별히 '검서체'라는 이름을 붙인 것만 보아도, 이들의 문체가 얼마나 독창적이고 참신했는가를 짐작해볼 수 있다. 이처럼 박제가를 비롯해 북학파 혹은 백탑파는 시와 문장 모두에서 이전 조선에 존재했던 어떤 시문체와도 다른 새로운 문체의 경지를 개척하며 18세기 조선의 문풍 혁신을 주도했다고 할 수 있다.

그런데 1792년 10월 박제가와 박지원 등이 일으킨 새로운 문체의 유행에 강력하게 제동을 거는 조치가 발생했다. 이른바 '문체반정'이 그것이다. 이 문체반정을 주도한 이는 박제가와 그의 사우들의 문학적 재능과 학문적 식견을 높이 사 관직의 길을 열어준 정조였다. 정조의 문체반정은 자유분방한 정신, 강렬한 개성, 주관적인 감성 등을 중시하는 글쓰기와 소설, 패관소품 등 실험적이고 창의적인 문체를 추구했던 새로운 문풍에 대한 탄압이었다. 특별히 정조는 수많은 문사와 관료들의 문체를 해친 주범이자 새로운 문풍의 근원지로 박지원과 함께 박제가와 이덕무 등 북학파 혹은 백탑파 인물들을 지목했다.

당시 정조는 박제가와 이덕무에게 일종의 반성문이라고 할 수 있는 자송문自訟文을 지어 올리라고 명령하면서 "이덕무와 박제가 등의 문체는 모두 패관소품에서 나왔다. 내가 이들을 내각內閣(규장각)에 둔 일로 이들의 문장을 좋아한다고 생각한 듯하나, 이들의 처지가 남들과 달라서 스스로를 표방한 것일 뿐이다"라는 말까지 했다. 또한 이덕무와 박제가에게 견책 처분을 내린 1793년 1월경에는 새로운 문체의 근원이 박지원에게 있다면서 '순정한 글' 한 편을 지어 올리지 않으면 무거운 벌을 내리겠다고 하였다. 이때 정조가 말한 '순정한 글'이란 정학正學인 성리학과 유학의 경전인 육경에 근본을 둔 고문체를 말한다. 박종채는 당시의 상황을 《과정록》에 이렇게 기록했다.

이때 임금님께서 문풍이 예스럽지 않다고 하시면서 여러 차례에 걸쳐 엄한 분부를 내리시어 홍문관과 예문관의 여러 신하들이 모두 잘못을 자송自訟하는 글을 지어서 바쳤다. 하루는 임금님께서 규장각 직각直閣 남공철에게 하교하시기를 "근래에 들어 문풍이 이와 같은 까닭은 박아무개의 죄가 아닌 것이 없다. 내가 《열하일기》를 이미 익히 보았는데 어찌 감히 속이거나 숨길 수 있겠느냐?《열하일기》가 세상에서 유행한 이후로 문체가 이와 같이 되었다. 마땅히 스스로 결자해지해야 할 것이다. 속히 순정한 글 한 부를 짓고 곧바로 올려 보내 《열하일기》로 지은 죄를 속죄한다면 비록 남행南行(음직)으로 문임文任(홍문관·예문관의 제학)의 관직을 내린다고 한들 어찌 아깝다고 하겠는가? 허나 그렇게 하지 않는다면 중죄를 내릴 것이다. 모름지기 이와 같은 뜻으로 즉시 편지를 보내도록 하라"고 하셨다.

_박종채, 《과정록》

이때 정조에게 지목당한 문사와 관료들은 대부분 자신의 글이 잘못되었다고 하면서 용서를 구했다. 심지어 박지원마저도 남공철의 편지를 받고 보낸 답장에서 "중년 이래로 불우한 환경에 처해 실의에 빠지고 가난한 살림살이에 영락하여 스스로 자중하지 못하고 유희 삼아 문장을 짓는 바람에 자신을 그르치고 다른 사람을 그르쳤다"고 반성하면서 스스로 회초리를 들어 자신의 종아리를 때려가면서 순정한 글 한 편을 지어 바치겠다고까지 말했다. 잘못된 문체를 고치라는 정조의 명령에 소신껏 발언하기는커녕 오히려 급히 "지난날의 허물을 고쳐서 죄인이 되지 않겠다"는 굴복 선언을 한 셈이다.

이러한 상황에서 유일하게 정조의 문체반정에 대해 자신의 목소리를 내고 소신 있는 주장을 펼쳤던 인물이 바로 박제가였다. 이때 박제가가 정조를 향해 일갈했던 주장이 다름 아닌 "문장의 도(진리 혹은 이치)는 한 가지로 말할 수 없으므로, 마땅히 그 차이와 다양성을 인정해야 한다"는 것이었다. 이러한 박제가의 문장 철학을 담은 글이―자송문의 형식으로―정조에게 올린 '비옥희음송比屋希音頌 병인幷引', 곧 〈비옥희음송〉의 서문이다. 먼저 박제가는 순정한 글을 지어 올리라는 정조의 명령에 복종하는 것처럼, 경전의 어구와 문체를 적극적으로 활용한 〈비옥희음송〉을 지어서 자신의 문체가 패관소품에만 기울어 있지 않다는 사실을 증명해 보였다. 그러나 자신의 문체가 잘못되었다는 정조의 논의에 대해서는 그 서문을 통해서 적극적으로 반박했다. 즉 박제가는 문장 하는 사람의 글은 시대가 있는 반면 뜻을 세운 선비의 글은 시대를 초월한다면서, 자신은 실용에 힘쓰는 글을 쓴다는 점을 분명하게 강조했다. 이것은 자신은 실용에 뜻을 둔 글을 쓸 뿐 그 글이 고문체인가 신문체인가는 중요하게 생각하지 않는다는 말이나 다름없었다. 더욱이 중국의 고사까지 인용해 자신의 잘못을 지적하는 것은 "노나라의 술이 싱겁다는 이유로 조趙나라의 수도인 한단邯鄲을 포위하는 옛일에 거의 가깝다고 하지 않겠습니까?"라고 반박했다. 이 또한 결코 잘못이 될 수 없는 일을 가지고 죄를 묻는 정조의 조치는 부당하다고 정면으로 항의한 셈이다.

무릇 문장가의 글은 시대가 있지만 뜻 있는 선비의 글은 시대가 없습니다. 신은 진실로 감히 문장가라고 자처하지 않았습니다. 만약 신이 뜻을 둔 바가 있다면 십삼경十三經으로 날줄을 삼고 이십삼사二十三史로 씨줄을 삼아 서로 융합시켜 시비곡직是非曲直을 헤아려 그 옳고 그름을 의론하고자 하는 것입니다. 또한 처음부터 끝까지 실용으로 돌아가 힘쓰는 것이 신이 배우고자 소원하는 것입니다. 비록 아직 미처 이르지는 못했지만 마음만은 벌써 그곳에 가 있었습니다. 이에 체재를 구별하여 당시唐詩의 전성기였던 성당盛唐을 종주로 삼고 팔대가八大家를 일컬으며 스스로 문장에 능숙한 것에 이르러서는 진실로 한가로울 여유조차 없었습니다. 이것을 넘어선 이후로는 간사하고 흉악한 사람의 문장을 표절한 문체나 소설과 희극의 대본 등을 독실하게 믿는 것을 또한 신은 큰 부끄러움으로 여겨왔습니다. 대개 요즈음 사람들은 신의 반 조각 원고조차 실제로는 본 적이 없으면서 무엇을 좇아 신에 대해 의론한다는 말입니까. … 이치가 이러하다면 이와 같은 글로 신에 대해 의론하는 것은 거의 노나라의 술이 싱겁다는 이유로 조나라의 수도인 한단을 포위하는 옛일에 가깝다고 하지 않겠습니까.

_ 박제가, 《정유각집》, 비옥희음송 병인

심지어 박제가는 여기에서 정조에게 음식과 맛에 비유해 사물의 천성은 제각각 달라서 어느 한 가지로 귀결시킬 수 없는 것처럼, 문장이란 다양한 것, 곧 시대에 따라 변하고 사람에 따라 차이가 나는 것이 본성이기 때문에 "문장의 도는 한 가지로 일괄해서 말할 수가 없다"라고까지 주장했다. 정조의 문체반정을 반박하는 박제가의 논리는 이렇다. 짠맛, 신맛, 매운맛, 쓴맛, 단맛 등 음식의 맛이란 차이와 다양성이 본질이며 천성이다. 그런데 짠맛이 나는 소금과 매운맛이 나는 겨자와 쓴맛이 나는 찻잎을 두고 매실과 같은 신맛이 나지 않는다면서 나무라거나 처벌한다면, 그것은 소금과 겨자와 찻잎의 본성을 무시하는 것일 뿐더러 사물이 지니는 천성을 폐기하려는 것에 다름없다. 만약 이렇게 세상의 모든 맛을 매실의 신맛에 맞추라고 한다면 온 천하의 맛은 반드시 사라지고 말 것이다. 문장도 마찬가지다. 정조의 명령대로 세상의 모든 문장을 순정한 고문에 맞추라고 한다면 이로 인해 온 천하의 문장은 반드시 없어지고 말 것이다.

엎드려 규장각의 관문關文에서 부연한 글을 읽어보건대 "잘못을 고쳐서 스스로 새로워져야 한다"고 하였습니다. 대개 잘못에는 두 가지가 있습니다. 배움이 지극함에 이르지 못한 것은 진실로 신의 잘못입니다. 그러나 천성이 같지 않은 것은 신의 잘못이 아닙니다. 음식에 비유해 말씀드리겠습니다. 상에 놓은 음식의 자리로 말한다면 서직黍稷(찰기장과 메기장)은 앞에 자리하고 국과 고기는 뒤에 자리합니다. 맛으로 말한다면 소금으로는 짠맛을 내고, 매실로는 신맛을 취하고, 겨자에서는 매운맛을 가져오고, 찻잎으로는 쓴맛을 냅니다. 지금 짜지도 않고 시지도 않고 맵지도 않고 쓰지도 않은 것을 가지고 소금과 매실과 겨자와 찻잎에게 죄를 묻는 것은 마땅하다고 하겠습니다. 그렇지만 만약 반드시 소금과 매실과 겨자와 찻잎이 그러한 것을 책망하면서 "너는 어찌하여 서직과 같지 않느냐?"라고 하거나 국과 고기에게 "너는 왜 상의 앞에 자리하지 않느냐?"라고 말한다면, 지목을 당한 것들은 실질을 잃어버리고 천하의 맛은 폐해지게 될 것입니다. … 대개 문장의 도는 한 가지로 개괄해서 논의할 수 없습니다. 문장이 오래도록 전해지기를 바란다면 반드시 그 학문이 깊어야만 합니다. 이러한 까닭에 군자는 독서를 귀하게 생각합니다. 이것이 신 등이 매일같이 착실하게 힘을 쓰며 독서를 폐기하지 않는 이유입니다. 신은 삼가 임금님의 말씀을 취하여 '비옥희음송' 한 편을 짓고 두 번 절하고 머리를 조아려 이를 임금님께 바칩니다.

_박제가,《정유각집》, 비옥희음송 병인

차이와 다양성을 중시하는 박제가의 문장 철학은 일찍이 박지원, 이덕무 등과 사우 관계를 맺은 10대 후반 무렵부터 형성되었다고 할 수 있다. 박제가는 1768년과 1769년 사이, 곧 나이 18~19세 무렵 직접 박지원을 찾아가 사제의 인연을 맺었다. 이덕무와의 인연은 이보다 1년 정도 앞서 이뤄졌다. 박제가는 이들과 사우 관계를 맺은 이후 함께 백탑파의 문장 철학을 만들어나가며 시문 창작 활동을 했다. 박제가의 젊은 시절 시집인《초정시고楚亭詩稿》의 서문을 보면, 이러한 박제가의 문장 철학이 고스란히 표현되어 있다. 그것은 "문장의 도리와 이치는 시대에 따라 각기 다르고, 사람에 따라 각기 다르다. 따라서 옛사람 혹은 다른 사람의 문장을 답습해서는 안 된다. 답습한 문장은 군더더기일 뿐이다"라는 미학 의식이다.

특히 박제가는—앞서 '검서체'라는 표현에서 알 수 있듯이—문학적인 면에서는 박지원보다 이덕무와 더 밀접한 관계를 형성하고 있었다. 어떻게 보면 박제가에게 사상적 스승은 박지원이고, 문학적 스승은 이덕무였다고 해도 크게 틀린 말이 아니다. 이덕무는 자신과 박제가의 관계를 "뭐라고 표현할 수 없을 만큼 서로의 뜻과 생각이 너무나 들어맞았다"고 했는가 하면, 박제가는 자신과 이덕무의 관계를 "나의 스승이자 천지가 생긴 이래 드문 사이"라고까지 말했다. 박제가가 이덕무와 이토록 밀접한 문학적 관계를 형성했던 까닭은, 이덕무 역시 박제가와 마찬가지로 차이와 다양성을 자기 문장론의 핵심적 가치로 여겼기 때문이다. "역대의 시 가운데 어느 작품이 가장 좋습니까?"라는 어떤 사람의 질문에 대한 아래와 같은 답변은 차이와 다양성을 중시하는 이덕무의 미학 정신을 읽을 수 있게 한다.

벌이 꿀을 만들 때는 꽃을 가리지 않는 법이니, 벌이 만약 꽃을 가린다면 꿀은 이루어지지 않는다. 시를 짓는 일도 이와 같다. 시를 짓는 사람이 마땅히 여러 사람과 여러 시대의 것을 두루 섭렵해서 시를 지어내게 된다면, 곧 그 시는 역대의 체재와 격조를 모두 갖추게 될 것이다. 지금 사람이 "좋은 시는 당나라나 송나라 그리고 원나라나 명나라 시대의 작품이지"라고 하면서 각기 숭상하는 바가 따로 있는 것은 시를 말하는 절대적 논리가 아니다.

_이광규李光奎,《청장관전서》, 선고부군유사先考府君遺事

꽃을 가리지 않아야 꿀을 만들 수 있다는 이덕무의 논리는 모든 글에
는 벌이 꿀을 취하듯 반드시 취할 것이 있으므로 두루 모든 시를 섭렵하
려고 해야지, 어떤 시는 숭상하고 어떤 시는 배척해서는 안 된다는 주장
과 같다. 이러한 생각은 이덕무가 말년에 박제가에게 보낸 편지 글에서도
찾아볼 수 있다.

우리 무리가 20년 전에 제자백가서를 두루 열람한 것이 풍부하다고 하
겠지만, 그것을 익힌 궁극적인 뜻은 바로 모든 경전과 역사서를 완전히
습득하기 위한 것이었습니다. 그리고 책을 저술해 이론을 세운 뜻은 경
제經濟와 실용에서 벗어나지 않았습니다. 그래서 그윽이 송나라의 학자
어중漁仲(정초鄭樵의 호)과 송말원초宋末元初의 학자 귀여貴與(남송南宋의 역
사가 마단림馬端臨의 호)의 반열에 들었다고 자부하였습니다. 문장을 드러
낼 때는 별도로 위체僞體를 만들어서 과거의 수많은 문인들을 스승으로
삼기로 서로 약속하고 맹서했습니다. 대개 삼백편시三百篇詩와 소부騷賦
와 고일古逸은 물론 한나라와 위魏나라와 육조와 당나라와 송나라와 금
나라와 원나라와 명나라와 청나라 및 신라와 고려와 우리 조선에서부터
안남安南과 일본과 유구琉球의 시에 이르기까지 상하로 3천 년, 종횡으
로 1만 리에 걸쳐 안력眼力이 닿는 곳은 하나도 남김없이 알아보지 않는
것이 없을 정도였습니다. 감히 스스로 옛사람들에게 양보할 것이 없다고
수없이 일컬었습니다. 간혹 일찍이 그 좋아하는 바를 따라 종종 본뜨거
나 흉내 내어 한번 시험 삼아 마음이 가는 대로 거리낌 없이 유희하기도

했습니다.

_이덕무, 《청장관전서》, 박제가에게 보내는 편지(與朴在先(齊家)書)

이 편지 글을 통해 이덕무와 박제가 등이 중국과 우리나라 그리고 바다 밖 베트남과 일본 및 유구의 옛 작품부터 당대의 시문에 이르기까지 다양한 작품들을 두루 섭렵해 새로운 문풍을 세우려고 했다는 사실을 알수 있다. 그래서 그들은 때로는 옛 작품을 흉내 내어 시험 삼아 문장을 지어보기도 하고, 스스로 어느 곳에서도 찾아볼 수 없는 위체僞體를 별도로 만드는 문학적 실험을 감행해보기도 했다.

박제가 역시 자신의 문장론이라고 할 수 있는 '시학론詩學論'이라는 글에서, 문장의 이치란 여러 시대와 여러 사람의 차이와 다양성을 배우고 익혀서 마음의 지혜를 열고 견문을 넓히는 것에 달려 있는 것이지, 배운 시대에 관계되는 것도 아니고 배운 사람에 관계되는 것도 아니라고 역설했다. 그러면서 두보를 배운 사람을 가장 낮게 보는 것도 잘못이고, 혹은 두보만 있는 줄 알고 그 나머지는 보지도 않는 것도 큰 잘못이라고 지적했다.

우리나라의 시는 송나라, 금나라, 원나라, 명나라의 시를 배운 사람을 상등上等, 당나라의 시를 배운 사람을 차등次等, 그리고 두보의 시를 배운 사람을 가장 하등下等으로 여긴다. 배운 것이 더욱 높으면 높을수록 그 재능은 더욱더 낮아진다. 왜 그럴까? 두보의 시를 배운 사람은 오직 두보의 시만 있는 줄 알고 있기 때문이다. 그 밖의 다른 시는 보지도 않은 채 먼저 "뭐 볼 것이 있겠느냐?"며 업신여기고 무시해버린다. 이러한 까닭에 재능은 더욱 서투르고 보잘 것이 없어지고 만다. 당나라의 시를 배우는 폐단 역시 마찬가지다. 그래도 조금이라도 더 나은 점이 있다면 두보의 시 이외에 왕유王維, 맹호연孟浩然, 위응물韋應物, 유종원 등 수십 명에 이르는 문장가들의 이름을 가슴속에 간직하고 있기 때문이다. 이러한 까닭에 두보의 시를 배운 사람보다 더 뛰어나려고 하지 않아도 저절로 뛰어나게 된다. 만약 송나라, 금나라, 원나라, 명나라의 시를 배운다면 그 사람의 식견은 또한 이들보다 훨씬 더 진일보할 것이다.

_박제가, 《정유각집》, 시학론

또한 앞서 언급했던 것처럼, 유득공은 자신은 이덕무, 박제가와 함께 "당나라와 송나라와 원나라와 명나라만 고집하거나 가려서 보지 않았고, 단지 온갖 부류의 시인들을 마음 내키는 대로 살펴보고 그 정화를 모으는 데 뜻이 있었을 뿐"이라고 밝혔다. 이들의 문학적 실험과 새로운 글쓰기를 가리켜 당대의 사람들이 '검서체'라고 불렀다는 사실도 앞에서 확인했다. 이렇듯 이들은 모든 시대와 나라 그리고 온갖 종류의 시문을 배우고 익히면서 거칠 것이 없이 마음 가는 대로 실험하고 창작하는 과정을 거쳐 비로소 자신만의 문장을 가질 수 있었던 것이다. 다시 말해 역대 시문과 온갖 종류의 문장을 통해 '차이'를 깨우치고 '다양성'을 터득하며 각각의 글 속에 담겨 있는 이치와 논리를 알아본 다음에 비로소 자신의 문장을 완성한 것이다. 그렇지 않고 만약 한당漢唐의 문장만을 숭상했다면 그들의 문장은 한당의 문장에서 벗어나지 못했을 것이고, 송원宋元의 문장만을 본받으려고 했다면 그들의 문장은 송원의 문장을 흉내 내는 아류에 머무르고 말았을 것이다. 이덕무는 이러한 문장 공부와 습작 그리고 창작의 과정을 이렇게 표현한 적이 있다.

한나라와 위나라를 본받아 따라봤자 참마음만 잃을 뿐 / 나는 지금 사람
이기에 또한 지금을 좋아할 뿐이네. / 만송晩宋과 만명晩明 사이의 별다
른 길을 개척했다는 / 반정균의 한마디 말은 나를 알아본 것이네.

조선을 지배했던 정치-지식-문화 권력은 다들 알다시피, 한당과 송원
등 중국의 고문만이 문장의 전범이고 공자나 주자와 같은 성현의 학문 특
히 성리학만이 정학이므로 그 외의 문장은 비루하고 그 밖의 학문은 이단
이자 사설邪說에 불과하다는 인식 체계를 갖고 있었다. 여기에서 중화(중
국)는 고정불변의 중심이자 절대적 가치이고, 이적夷狄(오랑캐)은 중국의 종
속적인 존재거나 하위 개념일 뿐이다. 이것은 문장에서도 동일한 이치로
적용된다. 문장의 측면에서 보자면, 중국의 문장은 중심적·절대적 가치
이자 진리이고 그 밖의 문장은 오랑캐의 미개하고 천박한 글에 불과할 따
름이다. 오랑캐의 미개함과 천박함에서 벗어나 문명의 중심에 도달할 수
있는 유일한 방법은 바로 중국의 문장을 추종해 그들과 같아지는 것이다.
그러나 이덕무 등 백탑파에 이르면 이제 중국과 조선을 중심과 주변 혹은
문명과 미개의 관계로 보는 전통적인 사고와 가치관은 단숨에 뒤집혀버
린다. 이들의 시선, 곧 평등의 시선으로 보는 순간 중국과 조선의 관계는
'차이'와 '다양성'으로 존재할 뿐이다.

조선 역시 좋은 점 있으니 / 어찌 중국만 모두 좋겠는가. / 중심과 주변의
구별이 있다고 해도 / 모름지기 평등하게 보아야 하네.

_이덕무, 《청장관전서》,

연경으로 떠나는 박감료와 이장암에게 주다[奉贈朴憨寮李莊菴建永之燕 十三首]

역대의 문장을 중심과 주변 혹은 지배와 종속의 관계로 보지 않고 차이와 다양성의 시선으로 바라보는 사고의 대전환을 거치면서 박제가와 이덕무를 비롯한 백탑파의 문장 철학은 탈중심적이고 상대주의적인 가치 인식으로 확장되어나갔다. 그래서 이덕무는 글을 지을 때는 한 가지 방법이나 한 가지 법칙만으로 국한해서는 안 되고 오히려 변화하는 것이 끝이 없어야 한다고 역설했다. 모든 글이 제각기 나름의 묘미를 갖고 있듯이, 글을 지을 때 역시 여러 상황과 경우 혹은 글쓴이의 수준과 자질에 따라 제각각 천변만화의 묘미를 갖출 수 있고 또한 갖추어야 한다는 얘기다.

> 문장이란 글 짓는 사람의 재능에 따라 임시변통하는 기이함과 원칙을 지키는 올바름을 갖추게 되면 저절로 볼 만한 것이 있게 된다. 억누르거나 드러내거나 또는 빼거나, 글에 담은 뜻을 곧바로 나타내거나 은밀하게 풍자하거나, 마음 가는 대로 이끌거나 뒤집어서 말하는 방법 등 문장의 변화는 끝이 없는 것이다. 다만 그 깊고 넓은 상태의 본연本然과 천진天眞을 깎아버리거나 훼손하지 않고 그 진부한 찌꺼기와 낡은 구습을 버리자는 것뿐이다. 더욱이 옛사람이 남긴 문장의 자취나 법칙을 그대로 따르는 구속을 받아서도 안 되지만 또한 완전히 버리거나 멀리하는 것도 옳지 않다. 따라서 자신의 힘으로 스스로 오묘하게 풀어내고 투철하게 깨우치는 방법도 있으니, 한 사람 한 사람마다 각자가 어떻게 잘 터득하느냐 그렇지 못하느냐에 달렸을 뿐이다.
>
> _이덕무,《청장관전서》,〈이목구심서 1〉

쉽게 말하자면 때로는 첨신尖新하게, 때로는 법고法古하게, 때로는 동심으로, 때로는 기궤하게, 때로는 풍자와 해학으로, 때로는 직설적으로,

때로는 역설적으로, 때로는 우아하게, 때로는 평범하게 글을 짓는 것이지, 오로지 '이것은 옳고 저것은 틀렸다'고 고집해서는 안 된다는 얘기다. '차이와 다양성의 미학'이 전하는 핵심 요지가 바로 어떤 미학이나 철학 혹은 문장론도 중심적이고 절대적인 가치나 고정불변의 진리가 될 수는 없다는 것이다. 이와 같은 이덕무의 문장 미학은 젊은 시절부터 이미 형성되어 있었다. 앞에 인용한 글이 실려 있는《이목구심서》는 이덕무가 24세에서 26세까지 3년 동안 쓴 소품의 글들을 모아 엮은 산문집이다. 또한 그가 나이 24세 때인 1764년(영조 40) 9월 9일부터 11월 1일까지 서책을 읽고 사색한 내용을 기록한 〈관독일기觀讀日記〉에도 이와 비슷한 내용의 문장론이 등장하고 있다.

나는 증약曾若(윤가기尹可基)에게 이렇게 말했다. "문장은 오로지 한 가지 문호門戶만 주장해서는 안 된다. 단지 형편에 따라 마음 가는 대로 지어야 한다. 다시 말해 때로는 아주 아름답게 짓기도 하고, 때로는 아주 괴이하게 짓기도 하고, 때로는 참신하고 기이하게 짓기도 하고, 때로는 평범하고 쉽게 짓기도 하고, 혹은 넓게 짓기도 하고, 혹은 섬세하게 짓기도 하고, 혹은 가볍게 짓기도 하고, 혹은 무겁게 짓기도 한다. 다만 옛사람의 뜻을 잃지 않으면서 그 변화하는 것과 늘어나고 줄어드는 것이 자신의 수중에 있어야 한다. 만약 옛사람의 뜻을 잃어버린다면, 그것은 잡설일 뿐 좋은 문장이 될 수 없다." 그리고 곧바로 화분에 심어진 국화를 가리키면서 이렇게 말했다. "화분에 심어진 저 국화는 혹은 기울어져 있기도 하고, 혹은 우뚝 서 있기도 하고, 혹은 우러러보기도 하고, 혹은 쓰러져 있기도 한다. 황색 꽃과 녹색 잎과 자색 줄기와 흰색 뿌리에서 볼 수 있는 것처럼 그 형상이 다방면으로 드러나기 때문에 말로 다 설명할 수는 없지만 결국 국화는 국화이다. 대개 모든 사물 역시 이와 같은 이치로 미루어 짐작할 수 있다. 가령 내가 당나라의 시문을 위주로 하고 다른 사람이 송나라의 시문을 위주로 할 경우, 만약 다른 사람이 나처럼 당나라가 아닌 송나라를 위주로 한다고 해서 책망한다면 어찌 이것을 공론公論이라고 하겠는가?" 내 말을 다 듣고 난 증약은 '맞는 말'이라고 대답했다.

_이덕무,《청장관전서》,〈관독일기〉

더욱이 박제가는 '시선 서문〔詩選序〕'이라는 글에서는—훗날 정조의 문체반정을 반박할 때처럼—음식의 다양한 맛에 비유하여 신맛, 단맛, 쓴맛, 짠맛, 매운맛 등 모든 맛을 본 사람만이 맛에 대해 말할 자격이 있는 것처럼, 시와 문장에 대해 말하는 사람 역시 한 가지만을 획일적으로 고집해서는 안 되고, 모든 시와 문장이 갖고 있는 나름의 묘미를 알아야 비로소 작품을 잘 가려뽑을 수 있다고 역설했다.

작품을 가려뽑는 방법은 온갖 맛을 모두 갖추되 한 가지 색깔로 소멸되게 해서는 안 된다는 것에 그 핵심이 있다. 도대체 '가려서 뽑는다'는 것은 무엇인가? 선택을 하되 서로 뒤섞이지 않게 하는 것이다. 다른 색깔은 자취도 없이 온통 한 가지 색깔로 작품을 가려뽑는 것은 다시 뒤섞는 것일 따름이다. 그렇다면 애초 어찌 가려뽑았다고 할 수 있겠는가! … 신맛을 낼 때는 지극히 신맛을 선택하고, 단맛을 낼 때는 지극히 단맛을 선택해야 한다. 그런 다음에야 맛에 대해 말할 수 있다. 공자가 말하기를 "먹고 마시지 않는 사람은 없지만 음식의 맛을 아는 사람은 드물다"고 하였다.

_박제가,《정유각집》, 시선 서문

흥미로운 사실은 박제가보다 200여 년 앞선 선조-광해군 시대의 인물인 교산 허균에게서도 이와 유사한 문장론을 만날 수 있다는 것이다. 허균은 만약 맛있고 진귀한 음식을 먹어보았다고 거칠고 소박한 음식을 먹지 않는다면 그 사람은 끝내 굶어죽고 말게 될 것이라면서—맛있고 진귀한 음식도 먹고, 거칠고 소박한 음식도 먹어야 하는 이치처럼—문장 역시 노자의 글은 노자의 글로, 맹자의 글은 맹자의 글로, 한비자韓非子의 글은 한비자의 글로, 사마천의 글은 사마천의 글로, 반고班固의 글은 반고의 글로, 한유韓愈의 글은 한유의 글로, 구양수歐陽脩의 글은 구양수의 글로 배우고 익혀야 한다고 했다. 왜? 문장이란 제각기 나름의 묘미를 갖고 있어서, 어느 하나만을 고집하지 않고 각각의 문장에 담긴 묘미를 깨우칠 때에야—역설적이게도—비로소 자신만의 문장을 갖출 수 있기 때문이다.

구양수와 소식蘇軾은 송나라의 대문장가이다. 구양수의 문장은 그 기백이 힘차고 아름다우며, 사람의 마음과 감정을 뒤흔들 만큼 부드럽고 간절하다. 일찍이 구양수와 같은 사람은 없었다. 소식은 마음먹은 대로 베를 짜듯 문장을 지어서 그 변화가 끝도 없었으므로 사람들이 문장의 기묘함을 감히 다 헤아릴 수 없었다. 그 또한 천 년에 한 번 날까 말까 한 인물이라고 할 수 있다. … 예를 들어 어떤 사람이 대궐 주방의 쇠고기와 표범의 태胎 그리고 곰 발바닥 요리를 맛보고 난 후 스스로 세상의 진귀한 음식을 모두 먹어보았다고 여겨, 끝내 메기장이나 차기장 혹은 날 생선이나 구운 고기를 먹지 않는다면 굶어죽을 수밖에 없을 것이다. 이 같은 어리석은 행동은 선진先秦과 전한前漢 시대의 문장을 으뜸으로 여겨 소식의 문장을 가볍게 다루는 것과 무엇이 다른가?

_ 허균, 《성소부부고惺所覆瓿藁》, 구양수와 소식의 문장에 간략하게 부친다[歐蘇文略跋]

차이와 다양성의 미학을 바탕삼아 창작을 했던 박제가의 시문은 한두 가지 특징으로 규정할 수 없을 만큼 다양한 색깔과 변화무쌍한 풍격을 띨 수밖에 없었다. 이로 말미암아 박제가는 멀리 만 리 밖 청나라에까지 그 문명을 떨쳤다. 이때 청나라의 저명한 학자이자 문사였던 이조원李調元이 쓴 박제가의 시문에 대한 비평을 읽어보면—앞의 인용문에서 허균이 말한 문장의 도리와 이치처럼—박제가가 세상 온갖 시문을 두루 섭렵하면서 그 정수를 습득하고 그 묘미를 터득하는 과정을 거쳐 비로소 자신만의 '기이한 문장'을 가질 수 있었다는 사실을 엿볼 수 있다.

초정 박제가는 동국의 빼어난 문장가이다. 그 사람의 용모는 키가 작고 체격은 왜소하지만, 그 기상은 굳세고 날카롭다. 또한 재치 있는 생각은 찬란하게 빛을 발한다. 위로는 초나라 굴원屈原의 《이소》와 양梁나라 때 의 《문선文選》을 깊이 연구하고, 옆으로는 온갖 문장가의 시문을 채집했 다. 이러한 까닭에 그 문장은 찬란하기가 마치 별빛 같은가 하면, 조개가 자아내는 신비로운 기운 같다가, 교룡蛟龍이 사는 용궁의 물과 같다. 더 욱이 어둡기로 말하자면 마치 먹구름이 하늘을 가린 것 같은가 하면, 오 랫동안 흐린 날이 계속되는 것 같다가, 나뭇잎이 시들어 썩은 것 같고, 불 에 타거나 까맣게 그슬린 색깔 같기도 하다. 다른 한편으로는 마치 봄볕 같이 따사로운가 하면, 화려하게 단장한 시내가 구불구불 굽이져 끝없이 잇닿아 있는 것 같기도 하다. 어찌 천하의 기이한 문장이 아니겠는가! 진 실로 스스로 떨쳐 일어난 사람이라고 할 만하다.

_이조원, 《정유각집》, 정유각집 서문[貞蕤閣集序]

마지막으로 특별히 박지원의 '까마귀', 이덕무의 '백마' 그리고 박제가의 '꽃'을 묘사한 시문을 비교해 읽어보자. 이들 북학파 혹은 백탑파 문인들이 얼마나 획일성이 아닌 다양성의 시각과 더불어 사물의 제각각 다른 차이를 중시하는 미학에 투철했는가를 뼛속 깊이 체감할 수 있다.

까마귀를 보라. 세상에 그 깃털보다 더 검은 것은 없다. 그러나 홀연히 유금乳金 빛이 번지기도 하고 다시 녹색 빛을 반짝거리기도 하고, 더욱이 해가 비추면 자줏빛이 튀어 올라 번득이다가 비취색으로 바뀌기도 한다. … 까마귀는 검다고 할 수 있지만, 누가 그 검은 빛깔 속에 푸른빛과 붉은빛이 들어 있는 줄 알겠는가? 흑黑을 두고 어둡다고 하는 것은 까마귀만 제대로 알지 못할 것일 뿐 아니라 검은 빛깔이 무엇인지도 모르는 것이다.

_박지원,《연암집》, 능양시집 서문(菱洋詩集序)

천리마의 한 오라기의 털이 희다고 해서 미리 그것이 백마라고 단정해서는 안 된다. 온몸에 있는 수많은 털 중에서 누른 것도 있고 검은 것도 있을지 어찌 알겠는가. 그러니 어찌 사람의 일면만을 보고 그 모두를 평가하랴.

_이덕무,《청장관전서》,〈이목구심서 4〉

붉을 홍紅 한 글자만을 가지고 / 널리 눈에 가득 찬 꽃을 일컫지 말라. / 꽃 수염도 많고 적음의 차이가 있으니 / 세심하게 하나하나 살펴보아야 하네.

_박제가,《정유각집》, 위인부령화爲人賦嶺花

여기 "붉을 홍紅 한 글자로 꽃을 단정 짓지 말라!"는 이 한마디 시 구절에 '차이와 다양성의 미학'이 지닌 모든 가치와 의미가 함축되어 있다고 해도 과언이 아니다. 이렇듯 문장의 중심적·절대적 가치와 권위를 전복 해체하는 박제가와 그 사우들의 탈중심적인 문장 철학과 개성적인(상대주 의적인) 창작 활동을 통해 18세기 조선에서는 다양한 문학 세계가 활짝 꽃을 피울 수 있었다.

조선을 사랑한 유일한 17세기 일본 지식인

● 아메노모리 호슈

한일 관계가 악화될 때마다 우리나라의 정치인에서부터 언론인 나아가 지식인에 이르기까지 빼놓지 않고 거론하는 인물 가운데 18세기 일본 사람 아메노모리 호슈雨森芳洲(1668~1755)가 있다. 이들은 대부분 한 목소리를 낸다. 성실과 신뢰, 즉 성신誠信 외교를 바탕 삼아 바람직한 한일 관계를 만들어가는 데 롤 모델로 삼아야 할 사람이 바로 아메노모리 호슈라는 것이다. 아메노모리 호슈는 아마도 우리나라와 관련된 역사 속 일본인 중 유일하게 긍정적인 평을 듣는 사람이 아닐까 싶다.

호슈는 18세기 조선-일본 간 외교 일선에서 활약했던 외교관이자 통역관이었다. 일본어과 조선어는 물론 중국어 등 언어에 능통했던 그는 또한 학문적 식견이 깊은 학자였고 뛰어난 필력을 갖춘 문사이기도 했다. 호슈는 1668년 의사 집안에서 태어났다. 일찍이 12세의 어린 나이에 의

학 공부를 시작한 그는 장차 의사가 되려고 했지만, "글을 배우는 학자는 종이를 낭비하고 의술을 배우는 의사는 사람을 낭비한다"는 말을 듣고 충격을 받아 의사의 길을 포기했다고 한다. 그 뒤 아버지가 돌아가시자 에도에 가서 당대 최고의 유학자 기노시타 준안木下順庵에게 유학을 배웠다. 1689년 나이 22세 때 기노시타 준안의 추천으로 대마번의 관직에 임명되어 공직 생활을 시작했다. 이후 번주의 명령으로 나가사키에 가서 중국어를 익혔고 부산으로 건너가 왜관에 3년 동안 머물며 조선어를 배웠다. 이때를 전후해 탁월한 외국어 구사 능력은 물론이고 학문과 시문에 대한 깊은 식견을 인정받아 조선과의 외교 및 무역 문제를 처리하는 한편, 일본에 온 조선통신사의 접대와 에도까지 안내하는 일을 도맡아 조선-일본 간 외교와 문화 교류에서 핵심적인 역할을 수행했다. 평생 동안 조선-일본 간 외교와 문화 교류의 최일선에서 보냈던 경험을 살려 조선어 학습서인 《교린수지交隣須知》와 조선의 풍속을 기록한 《조선풍속고朝鮮風俗考》, 외교서인 《교린제성交隣提醒》, 수필집인 《다와레구사たはれ草(미친 소리)》와 《귤창다화橘窓茶話》 등을 저술하기도 했다. 특히 나이 60세 때인 1727년에 일본 최초의 '조선어 학교'를 세우는 등 평생에 걸쳐 조선의 언어와 문화를 일본인들에게 소개하고 이해시키는 데 큰 힘을 쏟았다.

그런데 필자는 18세기 조선-일본 간 외교 및 문화 교류에서 호슈가 한 역할을 알게 되면 알게 될수록 일어나는 한 가지 궁금증을 떨쳐버릴 수 없었다. 당시 조선-일본의 관계를 보면 조선이 일본을 멸시하는 만큼 일본도 조선을 멸시했다. 형식적으로 대등한 외교와 교류를 하는 것처럼 보였지만 실상은 조선은 조선대로 일본에 비해 문명국이라는 우월의식을 갖고 있었고, 일본은 일본대로 조선에 비해 자신들을 발전한 강국으로 인식했다. 이러한 상대 나라에 대한 인식 수준은 지식인이라고 해서 별반 다르지 않았다. 당시 일본을 다녀온 조선통신사의 기록을 살펴보면, 일본에 대한 편견과 혹평으로 가득 차 있다. 일본 지식인들의 기록 역시 결코 호의적이지 않다. 조선에서는 선진 학문과 문물의 전파자로 조선통신사를 인식하고 있었지만, 일본에서는 상국에 조공을 바치러 온 조공국의 사신 정도로 이해하고 있었기 때문이다. 냉혹하게 평가하자면, 임진왜란 이후 17세기 중반부터 18세기 중반까지 100여 년 넘게 지속된 조선-일본 간의 외교 및 문화 교류, 곧 조선통신사는 '겉과 속이 다른', 즉 겉으로는 선린우호의 관계를 표방했지만 속으로는 상대 나라를 업신여기고 제압하려고 한 편견과 아집의 역사였을 뿐이다. 이렇게 된 까닭은 조선이 '조선 중화주의'의 미망에 휩싸여 일본을 자신보다 열등한 오랑캐로 바라보았던 것처럼, 일본 역시 신국神國 관념과 만세일계萬世一系의 천황 이데올로기를 중심으로 한 '일본 중화주의'를 앞세워 조선을 자신보다 열등한 오랑캐로 바라봤기 때문이다.

이러한 상황에서 호슈는 당시 조선-일본의 관계와 지식인의 인식 수준을 초월해 '평등과 호혜'의 시선으로 이 문제를 바라보고 해결하려고 한 거의 유일한 사람이었다. 앞서 필자가 결코 떨쳐버릴 수 없었다고 한 그 궁금증이 일어난 지점이 바로 여기다. 호슈는 어떻게 그러한 생각에 도달할 수 있었던 것일까? 필자는 이 궁금증에 대한 해답을 찾기 위해 호슈의 삶과 행적 그리고 그가 남긴 글과 기록들을 추적해나가다가 뜻밖의 결론을 얻게 되었다. 그가 당시 조선과 일본의 지식인들과는 전혀 다른 인식 체계, 즉 탈중심적이고 상대주의적인 세계관과 문명관을 갖고 있었다는 사실을 알게 된 것이다. 쉽게 말하자면, 그는 조선과 일본 혹은 중화와 오랑캐의 관계를 우월/열등, 존귀/빈천, 중심/주변, 문명/미개, 선진/후진의 관계가 아닌 '차이와 다양성이 공존하는 관계'로 보고 있었다.

나라가 귀하고 천함은 그 나라에 군자와 소인의 많고 적음과 그 나라의 풍속이 좋고 나쁜지에 따라 정해지는 것이다. 중국에 태어났다 하여 뼈 길 것 없고 오랑캐 땅에 태어났다 하여 부끄러워할 일 없다. 시골 사람이 누군가로부터 시골 사람이라 불린다 하여 부끄러워 화내는 것처럼, 어리 석은 사람은 아무런 이유 없이 자기 나라를 중국이라고 주장하려 한다. 그것은 이치가 아니다.

_아메노모리 호슈, 《다와레구사》[74]

여기에는 차이와 다양성을 긍정하는 철학과 미학이 존재하고 있다. 그 가 평생에 걸쳐 남긴 수많은 글과 기록 곳곳에서도 이 차이와 다양성의 철학이 나타나고 있다. 특히 호슈는 인생 후반부인 나이 61세 무렵 조선 과 일본의 정치 경제와 사회 문화의 차이는 물론 풍습과 기호의 차이, 심 지어 조선인과 일본인의 인식 수준의 차이에 이르기까지를 체계적, 논리 적으로 집약해 정리한 한 권의 책을 세상에 내놓았다. 그것이 바로 그의 대표작이라고 일컬어지는 《교린제성》이다. 필자는 앞으로 이 《교린제성》 을 중심으로 호슈의 글과 기록 속에 담긴 '차이와 다양성'의 철학과 미학 의 가치와 의미를 살펴볼 생각이다. 이 책이야말로 차이와 다양성이 공존 하는 관계로 조선-일본 관계를 보려고 한 그의 사상적 의지와 글쓰기 전 략을 분명하게 읽을 수 있는 텍스트이기 때문이다.

먼저 《교린제성》에서 조선과 일본의 차이를 '다양성의 공존'이라는 관 점에서 다루는 호슈의 철학이 가장 단적으로 묘사되어 있는 대목은 '일본 과 일본인이 조선과 조선인을 대할 때 유념할 태도'에 관한 것이다.

조선과 교제를 하는 데 있어서는 첫째 인정과 사세事勢, 즉 풍속이나 관습을 아는 것이 중요하다. … 일본에서는 좋다고 생각하는 것을 조선인은 좋지 않은 것으로 이해하고, 일본에서 좋지 않다고 생각하는 것을 조선인은 좋다고 생각하는 것이 수없이 많이 있다. … 이쪽에서 좋다고 생각한다 하여 그것이 반드시 저쪽에서도 좋다고 생각하리라고 판단해서는 안 된다. … 많은 사람들이 성신誠信으로 교류한다고 말을 하는데, 이 글자의 뜻을 잘 모르고 말하는 경우가 많다.

_아메노모리 호슈, 《교린제성》[75]

'조선과 일본의 풍습과 기호의 차이에서 발생하는 오해와 편견을 어떻게 다룰 것인가'에 대해 하나하나 세세하게 기록한 글을 읽어보면, 차이와 다양성에 관한 호슈의 논리를 더욱 잘 이해할 수 있다. 그의 논리를 간략하게 정리한다면 이렇다. 서로의 차이를 알아야 비로소 상대방을 진정으로 이해하게 되고 또 이해할 수 있다. 단 그 차이를 우월/열등과 선진/후진을 가르는 잣대가 아닌 다양성의 관계로 볼 때만이 그렇다. 그렇지 않으면 차이는 오히려 오해, 편견, 멸시, 혐오, 차별, 배척의 관계로 왜곡·변질되기 쉽기 때문이다. 억지로 '같음'을 강조하기보다는 오히려 '다름'을 드러내고, 그 차이와 다양성을 상호 인식하고 이해하는 방법과 과정을 통해 성실하게 상호 존중과 신뢰를 쌓아나가야 진정한 선린 관계가 형성된다는 것, 그것이 바로 호슈가 자신의 글쓰기에 담은 사상이었다.

일본과 조선은 모든 면에서 풍습이 다르고 기호도 다르다. 그런데 이러한 점을 생각하지 못한 채 일본의 풍습대로 조선인과 교제하게 되면 일에 따라서는 서로 맞지 않는 경우가 많다. … 일본에서는 고관의 가마를 끄는 일꾼들이 추운 겨울에도 옷자락을 걷어올리고 다닌다. 또 창을 들고 주인을 모시고 다니는 하인이나 짐꾼들은 가짜 수염을 붙이고 발장단을 맞추며 다닌다. 그들은 그것이 틀림없이 조선인 눈에는 훌륭하게 보일 것으로 생각하겠지만, 사실은 그렇지 않다. 조선인은 옷자락을 걷어올리는 것을 무례라고 생각하고 가짜 수염을 다는 것은 이상한 짓이라 여길 것이며 발장단을 맞추는 동작은 고생을 자초하는 어설픈 짓이라고 속으로 비웃는 것이다. … 전에 있었던 일인데 어떤 일본인이 조선 역관에게 물었다. "국왕의 정원에는 무엇을 심어 두느냐?"라고 묻자 박 첨지가 대답하길 "보리를 심는다"라고 말했다. 그러나 일본인들이 "형편없는 나라구나!" 하고 손뼉을 치며 비웃은 적이 있었다. 아마도 조선 국왕이 정원에 화초류를 전혀 심지 않았을 리는 없겠지만, 역관이 그렇게 대답한 것은 이런 의도에서였을 것이다. 즉 '국왕 신분이면서도 농사를 잊지 않고 있다고 말하면 그것은 예부터 군주의 미덕이 되는 일이므로 아마 일본인도 감동할 것이다.' 이렇게 생각하고 위와 같이 대답했건만 오히려 일본인의 비웃음을 샀다. 모든 일을 처리할 때 이러한 점을 깊이 헤아려야 할 것이다.

_아메노모리 호슈, 《교린제성》[76]

더욱이 조선인과 일본인이 제각기 '중요하게 여기는 가치와 인식'의 차이를 알아야 한다는 지적에 이르면, 그가 얼마나 조선인의 내면 심리, 곧 사고방식과 의식 수준까지 '온전히' 이해하고 존중하려고 했는가를 엿볼 수 있다.

천화天和 연간(1682)에 있었던 일이다. 통신사 일행이 지나는 통로 주변의 가로수가 모두 고목인데도 나뭇가지와 잎사귀가 손상된 곳이 없음을

본 삼사三使들이 법령의 엄숙함 때문이리라 하면서 특히 감탄했다. 닛코
日光와 대불大佛을 통신사 일행에게 보여줌으로써 웅장함과 화려함을 과
시할 수 있으리라 생각했는데 거기에는 감탄도 하지 않고 오히려 일본
인들이 생각하지도 못했던 가로수에 통신사 일행이 감탄한 것을 보면
이것 또한 일본과 조선이 중요하게 여기는 가치가 어디에 있는지 그 차
이를 알아야만 하는 것이다.

_아메노모리 호슈, 《교린제성》[77]

그렇다면 호슈와 동시대를 살며 그와 외교적, 문화적으로 교류했던 조
선의 지식인들은 조선-일본 관계를 어떻게 인식하고 있었을까? 이에 대
해서는 조선통신사의 일원으로 일본을 다녀온 문사와 관료들의 사행 일
기와 사행록을 통해 알 수 있다. 이들 기록 가운데 오늘날 가장 널리 알려
져 있는 책이 바로 청천泉青 신유한申維翰의 일본 견문록인 《해유록海遊錄》
이다. 그런데 이 책을 읽어보면—호슈와는 전혀 다르게—조선과 일본의
관계를 철저하게 우월/열등과 문명/미개의 시선으로만 바라보는 당시 조
선 지식인의 인식 수준이 짙게 배어 있다. 특히 신유한은 1711년 조선통
신사의 일원으로 일본에 갔을 때 호슈를 직접 만나 교류하기도 했다. 이
때도 신유한은 호슈에게서 섬나라 오랑캐의 사납고 난폭한 기질과 성향
만을 봤을 뿐이다.

우삼동雨森東은 사나운 사람이었다. 화풀이할 곳이 없자 곧장 역관의 우
두머리인 수역관首譯官과 사사로운 문제로 싸움을 했다. 조선말과 일본
말을 뒤섞어 사용하면서 마치 사자처럼 으르렁대는가 하면 고슴도치처
럼 성을 부렸다. 어금니를 드러내고 기세를 부렸다가 눈초리를 찢어가며

사납게 흘겨보는 모습은 거의 칼이 칼집에서 나올 때만큼이나 살벌했다.

_신유한,《해유록》, 신미년 11월 3일

　　필자는 예전에 어떤 사람이 "사유가 곧 표현이다"라고 말한 것을 들은 적이 있다. 당시 필자는 이 말에 백 번 천 번 공감했다. 만약 누군가 '그렇게' 생각했다면—언제 어느 곳에선가—반드시 '그렇게' 표현할 수밖에 없다. 일본이 아무리 번성하고 발전해도 오랑캐의 나라일 뿐이고 일본인이 아무리 식견을 갖추고 있다고 해도 오랑캐일 뿐이라고 생각한다면—아무리 자신이 보고 듣고 경험한 사실이 그렇지 않다는 것을 증명해 보여도—일본과 일본인은 오랑캐로 묘사되고 표현될 뿐이다. 부산을 떠나 일본으로 들어서는 첫 관문인 대마도(쓰시마)에 발을 들여놓는 순간부터 신유한은 오랑캐의 나라라는 편견으로 일본을 바라볼 뿐이다. 다음과 같은 글은 일본의 경제적 번성과 사회적 풍요로움조차도 이익을 다투는 미개한 오랑캐의 습속으로 폄훼하는 편협한 사유가 낳은 편협한 표현일 따름이다.

　　대마주의 백성과 풍속은 거짓말과 도둑질에 능숙하고 속이기를 잘한다. 실 한 오라기나 털끝만한 이로움이라도 보면 마치 오리 떼처럼 사지死地에 뛰어드는 일조차 마다하지 않는다. … 그래서 관부의 기물이나 의복과 잔치하고 질탕하게 노는 오락이 왕후에 비견할 만하고, 세도가와 재산가들은 봉건 영주와 비교할 만하다. 모든 군사에게 급료를 지급하는 것 이외에는 관청에서 백성들에게 곡식을 빌려주거나 구휼해주는 제도가 전혀 없기 때문에, 그 백성 중 기력이 부족해 장사를 할 수 없는 자는 품을 팔아 먹고사는 품팔이꾼이 되거나 구걸해서 먹고사는 걸인이 되거나 아니면 처자식을 팔아 살기도 한다. 생선과 소금을 거래하는 상인에게는 관청에서 또한 무거운 세금을 매긴다. 이러한 까닭에 사람들이 마치 새나 물고기 모이듯 하다가 사마귀가 성내듯 하곤 한다. 관리나 백성모두 한 글자도 쓰거나 읽을 줄 모르고 윗사람과 아랫사람이 서로 이익을 다툰다. 참으로 갈백葛伯(오랑캐)의 나라이다.

_ 신유한, 《해유록》, 무술년 6월 27일

더욱이 신유한이 《해유록》의 부록 격인 〈문견잡록聞見雜錄〉의 끝 부분에 남긴 글은 그의 일본 견문에 관한 총평이라고 할 수 있는데, 여기에서도 일본은 여전히 '천박하고 누추하며 이익만을 쫓는' 참새나 여우 혹은 사마귀나 쥐로 비유되는 나라에 불과하다. 중화/오랑캐, 문명/미개, 우월/열등의 이분법적 사유에 사로잡혀 있는 한, 신유한이 일본에서 직접 보고 듣고 경험한 일은 오히려 일본과 일본인에 대한 멸시와 차별과 배척 의식을 더욱 강화시켰을 뿐이라는 사실을 확인할 수 있는 대목이다.

내가 일본의 인물을 본 것이 국군國君(관백關白) 이하로 관직이 높은 자와 일반 관리에 이르기까지 각종의 사람들을 다 헤아려보면 수천 명은 넘을 것이다. … 그 성정을 거론하면 대부분 풍속은 조급하고 겉모습은 박정해 자신에게 이로우면 기쁜 마음을 감추지 못하고 참새처럼 팔짝팔짝 뛰느라 오장육부를 다 드러내 보이다가, 조금이라도 마음에 거슬리면 곧바로 떠들고 날뛰며 허둥지둥하는 모양새가 생사를 모를 지경이었다. 사람들을 상대하여 말을 할 때에는 마치 여우가 얼음 밑 물소리를 듣는 것처럼 하고, 일을 마주할 때는 마치 사마귀가 자기 분수를 모르고 수레바퀴를 막는 것처럼 했다. 모두 새나 쥐의 창자를 갖고 있고 사람을 쏘아

해치는 벌과 전갈의 본성을 휘두르느라 넓은 도량을 깊이 간직하고 두 터운 인망을 지닌 자는 단 한 사람도 없었다.

_ 신유한, 《해유록》, 부문견잡록附聞見雜錄

오로지 조선인의 시각에서 일본인을 바라볼 뿐인 신유한의 이러한 사 유 방식은 조선인에 관한 것을 파악하기 위해서는 일본인의 시각이 아닌 조선인의 입장에서 바라볼 줄 알아야 한다고 쓴 호슈의 사유 방식과 달라 도 너무나 다르다. 신유한의 일방주의적 사유 방식과 호슈의 상대주의적 사유 방식 중 어떤 것이 '편협한 것'이고 어떤 것이 '공정한 것'인지는 구 태여 밝히지 않아도 누구나 쉽게 알 것이다. 일방주의적 사유 방식에서는 상대방에게 자신과 다른 '차이점'을 발견하면 업신여기거나 비난하거나 배척하려고 하기 쉽다. 그러나 상대주의적 사유 방식에서는 자신과 다른 '차이점'이 나타나면 무조건 비난하거나 배척하려고 하기보다는 상대방 의 입장에서 생각하고 또한 이해하려고 한다. 설령 이해가 되지 않더라도 최소한 내가 상대방에게 존중받고 싶은 만큼 상대방을 존중해준다. 즉 거 기에는 비록 나와 다른 차이가 있다고 해도, 그것을 다양성의 하나로 바 라보는 관용의 정신이 존재한다.

예의범절에 이르게 되면 언제나 일본의 풍습이나 방식으로 조선 관계 일을 처리하려고 생각하므로 가끔 판단 착오를 일으킨다. 그 밖에 조선 인이 함부로 지껄이지 않는 것을 보고 조선인을 어리석다고 여기며 조 선인이 소매가 긴 옷차림으로 여기저기 돌아다니는 것을 보고 조선인을 우둔하고 게으른 것으로 생각한다. 또 역관이라고 하는 것은 양국의 중 간에 서 있는 관리이므로 매번 양쪽의 관계가 원만하게 유지되도록 하려는 취지에서 빈말을 하기도 하는데, 그것을 보고 조선은 거짓말을 하는 나라라고 여겨버리는 부류는 모두 분별없는 생각이다. 조선인이 함부로 말을 내뱉지 않는 것은 사물의 앞뒤를 분간하는 깊은 지혜와 배려에서 비롯된 것으로서 어리석은 것으로 보이지는 않는다. 더욱 고금의 서적에서 전하는 것에도 깊은 지식을 갖고 있기 때문에 아주 보잘것없는 천한 사람들이라 하더라도 사려의 깊고 얕음에 있어서는 일본인이 좀처럼 따라갈 바가 못된다. 소매가 긴 옷을 입고 일하므로 일본인들과 같이 민첩하게 일하는 것처럼은 보이지 않지만 일단 무슨 일이 생겨 마음을 먹으면 뜻밖에도 기민하게 일을 하게 된다. … 역관은 중간에서 말을 전하는 사람이므로 가끔 잘못을 말할 수도 있는데 이는 자연스러운 일이다. 일본 사람도 중간에서 교섭하는 사람은 자연히 그런 경우가 많지 않을까? 만약 조선 사람이 거짓말만 하고 산다면 그 나라 자체가 존립할 수 없을 것이다.

_아메노모리 호슈, 《교린제성》[78]

물론 불행 중 다행스럽게도 18세기 조선의 지식인이 모두 신유한과 같지는 않았다. 그러나 호슈가 사망한 이후 20여 년이 지난 1778년 《청령국지蜻蛉國志》를 저술한 이덕무에 와서야 조선의 지식인 사회는 비로소 조선과 일본의 차이를 다양성의 관점에서 바라보는 탈중심적이고 상대주의적인 문명관의 인식 수준에 도달할 수 있었다. 《청령국지》는 이덕무의 상대주의적 세계관과 문명관이 낳은 일본에 관한 백과사전적 저술이다. 참고로 '청령蜻蛉'은 잠자리인데, 그 지형이 잠자리처럼 생겼다고 해서 옛적에는 일본을 '청령국'이라고 부르기도 했다. 어쨌든 여기에서 이덕무는 일본을 섬나라 오랑캐가 아닌 하나의 문명국으로 바라보고, 조선과는 다른 일본의 정치와 경제, 사회와 문화, 학술과 제도, 군사와 외교 그리고 민간의 풍속과 각종 기술 등을 객관적으로 분석 서술하고 있다. 앞서 북학파 지식인들이 청나라를 바라봤던 것과 동일한 관점에서, 즉 문명/미개, 중심/주변을 구분하는 화이론적 세계관과 문명관에서 벗어나 일본의 현실과 변화 발전상을 체계적이고 객관적으로 기록했다. 조선의 사대부들이 갖고 있는 일본에 대한 관념은 침략과 노략질을 일삼는 잔인하고 교활한 오랑캐이자 야만의 나라였지만, 이덕무가 자세히 고찰하고 정밀하게 따져본 18세기 일본의 현실은 경제와 문화 등 모든 방면에서 거대한 변화와 발전을 이룬 문명국이었다. 특히 이덕무는—당시 어느 누구도 꿰뚫어보지 못했던—일본 문명의 원동력은 다름 아닌 외국과의 통상과 상공업을 중요시하는 사회경제 구조에 있다고 보았다. 이러한 일본의 사회경제 구조는 바닷길을 통한 교역을 금지하고 농업을 중시하며 상공업을 천시하던 조선의 기준에서 볼 때 이해하기 힘든 아주 '낯선' 것이었다. 조선통신사의 일원으로 일본에 직접 다녀온 수많은 조선의 사대부들은 이러한 일본의 모습을 두고서 오히려 인의仁義와 예의禮義는 모른 채 이로움만 좇는 야만적인 행태라며 개탄했다. 예를 들면 앞서 언급했던 신유한은 쓰시마와 나가사키의 거대한 상거래와 무역 규모에 놀라움을 금치 못했지만, 또한 이러한 광경을 이익만 추구하는 야만적인 오랑캐의 문화로 깔보았다. 농업 중심의 경제구조와 '사농공상士農工商'의 신분 질서 속에서 상공업을 천시하던 조선의 환경에서 나고 자란 신유한에게, 상업 활동과 해상무역을 통해 이룬 일본의 풍요로움과 화려함은 이익만을 좇는 천한 장사꾼의 성공에 불과했던 셈이다.

그러나 이덕무는 인의/이익 혹은 문명/미개의 관점이 아니라 조선과 다른 일본의 사회경제 구조와 신분 체제 및 질서의 차이로 이 문제를 바라보았다. 특히 이덕무는 조선의 '사민四民'과는 완전히 다른 일본의 '사민'에 눈길을 돌렸다.《청령국지》풍속 항목의 '사민四民'을 읽어보면, 이덕무는 18세기를 전후해 오히려 일본의 경제와 문화가 조선을 앞질러 발전한 힘의 원천이 다름 아니라 '상인과 공장이 농민보다 더 지위가 높은 신분 질서'와 '농업보다 상공업을 더 중시한 경제구조' 그리고 '지식인이 상업과 공업에 종사하는 일을 꺼리지 않는 사회의식'에 있다고 보았다는 사실을 어렵지 않게 짐작할 수 있다. 이러한 조선과 일본의 차이를 인식하고 이해할 때에야 아무런 편견과 오해 없이 제도와 문화의 차이는 물론 관념과 의식의 차이까지 비로소 파악할 수 있다는 것이 이덕무의《청령국지》에 담긴 철학적 바탕이다.

> 들판에서 농사짓고 사는 농부의 아들은 농부가 되고, 공장工匠의 아들은 공장이 되고, 상인으로 재화나 재물을 모은 자는 비록 공후公侯의 즐거움을 누린다고 해도 집 밖을 나서면 감히 존귀한 사람과 어울려 말을 나누지 못한다. 그러나 그 풍속은 직위가 있는 사람이 가장 높고, 그 다음 계층은 상인이고, 그 다음 계층은 공장이고, 농부는 최하층이다. 더욱이 문사文士라고 일컫는 사람들은 공업과 상업을 겸하여 직업으로 삼아 생활한다. 이러한 까닭에 하류에 자리한 사람 중에도 진실로 시문을 짓는 문인과 학식 있는 선비가 많았다.
>
> _이덕무,《청령국지》,〈풍속〉, 사민

어쨌든 조선은 중화이자 문명이라는 중심적, 지배적, 획일적인 기준과 시각으로 일본을 오랑캐이자 미개, 야만으로 구분 짓는 신유한과 같은 당시 조선 지식인의 세계관과 문명관이 호슈의 인식 수준과 크게 대비되는 것처럼, 차이와 다양성의 공존을 중시한 호슈의 상대주의적 세계관과 문명관은 19세기 중반 이후 조선-일본 관계를 암흑의 역사, 곧 제국/식민의 역사로 만들었던 후쿠자와 유키치의 제국주의적 세계관 및 문명관과 극명하게 대비된다.

> 지금 세계의 문명을 논하건대, 유럽 제국 및 아메리카합중국으로써 최상의 문명국으로 보고, 터키, 중국, 일본 등 아시아의 여러 나라로써 반개半開국으로 칭하고, 아프리카와 오스트레일리아 등을 지목해서 야만 국가라고 하며, 이러한 명칭으로써 세계의 통설로 삼아서 서양 제국의 인민은 혼자 자칭 문명을 뽐낼 뿐만 아니라, 저 반개와 야만의 인민 역시 스스로 이 명칭이 왜곡되지 않았음을 승복하고 스스로 반개 혹은 야만이라는 이름에 만족하여서, 굳이 자국의 현상을 자랑하여 서양 제국보다 더 뛰어나다고 생각하는 자가 없다.
>
> _후쿠자와 유키치, 《문명론의 개략〔文明論之槪略〕》[79]

1875년 《문명론의 개략》에서 세계는 문명국가, 반개半開 국가, 야만 국가로 구분할 수 있다고 밝힌 후쿠자와 유키치의 세계관과 문명관은 이후 탈아입구, 즉 "일본은 아시아를 벗어나 서양을 지향해야 한다"는 사상으로 발전했다. 일본이 나아갈 길은 반개와 야만 상태에 머물러 있는 아시아에서 탈피하여 서양과 대등한 수준의 문명국가가 되는 데 있다는 것이다. 그리고 청일전쟁과 갑신정변을 전후한 1880년대 중반에 들어서자 후쿠자와 유키치는 일본을 문명국가로 조선과 중국을 야만 국가로 규정한 다음, 문명국가인 일본이 변화와 진보를 방해하는 야만 국가인 조선과 중국을 문명국가로 개조·개혁할 역사적 소명과 시대적 의무가 있다는 논리를 앞세워 일본의 조선과 중국 침략을 정당화했다. 선진 문명사회가 미개하고 야만적인 상태에 머물러 있는 후진 사회를 문명의 수준으로 개조하고 향상시키는 데 앞장서야 인류와 세계가 진보한다는 논리야말로 제국주의자의 전형적인 침략 논리가 아니고 무엇인가?

만약 후쿠자와 유키치의 세계관과 문명관이 잘못된 것이라면, 신유한과 같은 18세기 조선 지식인의 세계관과 문명관 역시 마땅히 잘못된 것으로 비판받아야 한다. 문명/미개, 선진/후진이라는 이분법은 결국 우월/열등을 구분 짓고 더 나아가 차별/배척, 지배/종속의 관계로 확장되어나가기 때문이다. 여기에서는 '평등과 호혜'가 아닌 '지배와 힘'의 논리가 작동할 뿐이다. 그런 의미에서 차이와 다양성의 관계를 중시한 호슈의 사상적 의지와 글쓰기 전략은 시간과 공간을 초월해 오늘날에도 한국과 일본의 지식인이 무엇을 추구해야 하는가를 보여주는 길잡이 역할을 하고 있다고 할 수 있다. 그것은 차이와 다양성의 공존이라는 관점에서 상대방을 바라보고 상호 이해하고 존중할 때 참된 의미에서의 선린善隣, 즉 '선한 이웃'이 될 수 있다는 사실이다.

암흑과 절망의 목도, "하지만 절망은 희망처럼 허망하다"

• 노신

어떤 인물을 해석할 때 한 개의 눈과 한 개의 길밖에 없다면, 그 사람의 학문과 문학 세계는 진실로 편협하고 졸렬하고 비루하다고 할 수밖에 없다.

반면 니체를 해석할 때 흔하게 표현하는 것처럼 천 개의 눈과 천 개의 길로 어떤 인물을 해석할 수 있다면, 그 사람의 학문과 문학 세계는 진실로 그 깊이와 넓이를 헤아릴 수 없을 만큼 무궁무진하다고 할 수 있다. 예를 들어 우암 송시열처럼 "주자학만이 천하의 진리이고 주자학 이외에는 말을 해서도 안 되고 글을 써서도 안 된다"고 한다면 그 사람의 학문과 문학에서 주자학 이외에 달리 무엇을 볼 수 있겠는가? 반면 박지원처럼 "오랑캐라도 배울 것이 있다면 마땅히 찾아가 섬기고 배워야 한다"고 한다면 그 사람의 학문과 문학에서는 천하의 모든 것을 볼 수 있지 않겠는가?

노신(1881~1936)은 전자의 삶이 아니라 후자의 삶을 살았던 사람이다. 그러므로 노신을 해석하는 눈과 길은 결코 한 개가 아니라 천 개라고 할 수 있다. 여기에서는 어떤 사람의 해석이 옳고, 어떤 사람의 해석은 틀렸다는 이분법보다는 노신에 대한 다종다양하고 무궁무진한 해석의 가능성에 무게 중심을 두려고 한다. 그런 의미에서 '다양성'과 '특이성'의 관점에서 노신을 해석하는 필자의 관점은 그에 대한 절대적이고 유일한 해석이라기보다는, 노신을 바라보는 천 개의 눈과 노신을 찾아가는 천 개의 길 중 단지 하나의 눈과 하나의 길일 뿐임을 유념해야 할 것이다.

'독특하게 다른 성질'을 뜻하는 특이성은 자기 바깥의 다양성과 밀접하게 관련을 맺고 있다. '독특하게 다르다'는 말의 뜻은 두 개를 비교해 하나와 다른 하나를 말하는 것이 아니라 세 개 이상을 비교해 두 개 이상과 다른 하나를 말하는 것이기 때문이다. 두 개를 비교해 하나와 다른 하나는 '특이성'이라고 하기보다는 '상대성'이라고 하는 것이 더 정확할 것이다. 더욱이 비교 대상이 많으면 많을수록 '독특하게 다르다'의 말의 뜻은 그만큼 더 강한 의미를 갖게 된다. 단일성 속에서는 특이성이 결코 존재할 수 없다. 특이성은 다양성 속에서만 존재할 수 있다. 노신의 문학 세계에서 발견할 수 있는 특이성이 다양성과 관계하는 방식이 바로 이것이다.

노신이 신문학운동의 하나로 제창했던 백화문白話文과 소품문을 예로 들어보자. 백화문과 소품문은 중국의 문단-지식 권력을 장악하고 있던 전통적인 문장과 문체인 '문언문文言文'과 '고문체'에 대한 저항과 거부로 시작되었다. 이때 백화문이 저항과 거부의 대상으로 삼았던 문언문과 고문체는—일부 송대와 원대와 명대의 희곡과 소설 혹은 패관소품 등을 제외한—중국의 지식인 사회에서 전통적으로 계승되어온 거의 모든 문장과 문체를 의미했다. 그런데 노신이 문언문과 고문체에 대한 저항과 거부의 형태로 새롭게 제창한 백화문과 소품문의 형태는 결코 단일하지 않았다. 그것은 다양한 형태를 띠고 일어났는데 혹은 소설의 형태로, 혹은 소품(수필)의 형태로, 혹은 잡문의 형태로, 혹은 시문의 형태로, 혹은 희극의 형태로, 혹은 논설의 형태로, 혹은 기사의 형태로, 혹은 비평(평론)의 형태로 다양한 모습을 취하고 있다.

이러한 다양성 속에서 노신의 소설은 소설의 특이성으로, 소품(수필)은 소품의 특이성으로, 잡문은 잡문의 특이성으로, 시문은 시문의 특이성으로, 희곡은 희곡의 특이성으로, 논설은 논설의 특이성으로, 기사는 기사의 특이성으로, 비평(평론)은 비평의 특이성으로 존재했다. 이때의 특이성은 이중적인 의미를 갖는다. 다시 말해 노신 문학의 다양성 속에서 소설은 소설의 특이성을, 잡문은 잡문의 특이성을 갖지만, 다른 한편으로 노신의 소설과 잡문은 과거 중국 문학의 소설과 잡문과 다른 특이성을 갖고, 당대 중국 문단의 어떤 작가의 소설과 잡문과도 다른 특이성을 갖고 있다는 의미다. 중국 문학평론가인 쑨위孫郁는 노신과 그의 동생 주작인周作人의 삶과 문학을 비교 연구한《노신과 주작인(魯迅與周作人)》에서 노신 문학의 이러한 특징은 "관점의 특이성, 참조 체계의 다원성, 인식의 비범성"

에서 찾을 수 있다고 언급했다. 남과 다르게 보는 '특이한 관점', 모든 학문과 문학에 대한 '다양한 경험과 다원적인 참조', 보통 사람의 생각을 뛰어넘는 '비범한 인식'이 바로 노신 문학의 다양성과 특이성의 근원적인 힘이라는 얘기다.

노신의 작품 활동이 소설에만 머무르지 않고 소품(수필), 잡문, 시문, 논설, 기사, 비평, 문학사와 문학 이론 등 다종다양한 방식으로 전개되었던 원동력 역시 바로 이 다양성과 특이성의 철학과 미학에서 발견할 수 있다. 실제 노신이 평생에 걸쳐 집필한 작품들을 살펴보면 의외의 사실과 마주하게 된다. 오늘날 누구나 현대 중국 문학의 아버지로 부르고 있지만 실제 그가 발표한 소설은 중편 1편에 단편 32편에 불과하다. 소설가의 자질과 역량을 가늠해볼 수 있는 장편소설은 단 한 편도 남기지 않았다. 그럼에도 불구하고 어느 누구도 노신을 가리키는 '현대 중국 문학의 아버지'라는 용어에 시비를 걸지 않는다. 왜 그럴까? 노신은 소설은 소설대로 다른 작가들은 넘볼 수 없는 독특하게 다른, 즉 특이성의 경지를 보여주었고, 소품과 잡문은 또한 그대로 다른 작가들과 차원이 다른 특이성의 경지를 보여주었고, 비평(평론)에서도 역시 다른 비평가들과 수준을 달리하는 특이성의 경지를 보여주었기 때문이다. 다시 말해 '소설가' 혹은 '수필가' 혹은 '잡문가' 혹은 '비평가' 등 어느 한 가지 색깔로 자신을 규정하지 않는 '다양성'을 지니고 있으면서도, 각각의 장르마다 자신만의 색깔을 뚜렷하게 갖추고 있는 '특이성'의 마력이 바로 현대 중국 문학의 모든 방면에서 영향력을 발휘하는 대문호 노신을 만들었다고 하겠다.

그럼 서론은 이쯤에서 접어두고 이제 본격적으로 노신의 문학 세계에서 다양성과 특이성이 관계하는 방식을 탐구해보자. 노신의 첫 소설집인 《외침(吶喊)》의 자서自序를 읽어보면, 그가 작품 활동을 하던 초기부터 작가로서의 자신을 '특이성의 존재', 즉 당대 중국 사회와 문단의 별종으로 인식하고 있었다는 사실을 알 수 있다.

다만 나는 이렇게 말했다. "가령 철로 만든 방 한 칸이 있다고 하자. 이 방은 창문도 없이 바깥과 단절되어 있고 깨뜨리기도 어렵다. 그런데 방안에는 수많은 사람들이 깊이 잠들어 있다. 얼마 지나지 않아 모두 질식해 죽게 될 것이다. 하지만 깊은 잠에 빠져 의식이 없기 때문에 죽음이 다가오고 있다는 비애 따위는 느끼지 못할 것이다. 지금 자네가 크게 소리쳐서 그 가운데 몇몇 사람을 깨운다고 하자. 그렇게 되면 놀라 깨어나 정신을 차린 몇몇 사람은 불행하게도 아무런 도움도 받지 못한 채 죽음을 맞게 되는 고통을 감수해야 한다. 자네는 오히려 그들에게 죄를 지었다는 생각이 들지 않겠는가?" "그러나 몇몇 사람이라도 잠에서 깨어날 수만 있다면, 자네가 말한 것처럼 철로 된 방을 깨뜨릴 희망이 절대 없다고 말할 수는 없지 않겠나." 맞다. 나는 비록 확고한 신념이 있었지만, 희망을 말하는 데 이르러서는 차마 그것을 아주 무시하거나 꺾어버릴 수는 없는 노릇이었다. 희망이란 다가올 미래에 속하는 문제이기 때문에, 희망은 절대 없다는 나의 확신을 증명할 수는 없기 때문이다. 따라서 미래에 희망이 있다는 그의 말을 꺾을 수도 없었다. 그렇게 되어서 결국 나도 그에게 글을 한번 써보겠다고 대답했다. 이것이 곧 내가 쓴 최초의 소설 《광인일기》다.

_노신,《노신 전집》,〈외침〉 자서

여기에서 노신이 묘사한 작가로서의 소명 의식은 중국인 모두가 깊이 잠들어 있는 현실에서 비록 극소수의 사람일지라도 깨워—비록 변화할 수 있다는 희망이 없다손 치더라도—현실을 깨치고 나아가도록 만드는 것이다. 그것은 당대의 보편적인 중국인 혹은 중국 작가의 삶과 행동 그리고 의식과는 다른 길을 가겠다는 문학적 별종 선언이다. 이렇듯 작가로서의 자신을 남과 다른 독특한 무엇, 즉 '특이성의 존재'로 자각하고 있었던 노신의 작가 의식이 빚어낸 대표적인 소설 작품이 《외침》에 실려 있는 〈광인일기〉와 〈아큐정전阿Q正傳〉이다. 특히 이 〈광인일기〉와 〈아큐정전〉은 앞서 노신 문학의 특징으로 언급했던 '관점의 특이성'과 '인식의 비범성'이 그 어떤 작품보다 돋보이는 소설이다.

'관점의 특이성'은 무기력하고 암울한 중국의 상황과 허위의식 혹은 자기기만으로 가득한 중국인의 의식구조에 대한 노신의 독특한 시각이다. 노신의 첫 소설인 〈광인일기〉는 주변의 모든 사람이 자신을 잡아먹으려고 한다는 광인의 심리를 빌어 인의도덕仁義道德으로 포장한 전통 유교사회의 잔혹성과 낙후성 그리고 위선과 기만을 폭로하고 있는 작품이다. 그리고 노신을 대표하는 소설인 〈아큐정전〉은 온갖 멸시와 모욕을 당해도 반발하거나 저항하기는커녕 오히려 자신을 '버러지'로 취급하는 자기경멸과, 패배의 고통조차 '정신적 승리'로 둔갑시키는 정신 요법과 '망각'을 통한 자기만족 속에서 이내 흡족하고 의기양양한 삶을 누리는 아큐의 의식구조를 줄거리로 하는 전반부와, 혁명당원이라고 자처하며 거들먹거리지만 끝내 도둑으로 몰려 총살당하고 마는 아큐의 어처구니없는 죽음을 줄거리로 하는 후반부로 구성되어 있다. 이들 작품에서 노신은 당대 어떤 작가에게서도 찾아볼 수 없는 자신만의 독특한 관점으로 이미 낡아버린 유교 전통에 여전히 갇혀 있는 중국 사회의 후진성과 중국인의 노예근성 그리고 배신당한 신해혁명의 허구성과 허망함을 묘사하고 있다.

특히 관점의 특이성은 묘사의 특이성과 결합되어 나타나고 있는데, 노신은 이 특이성을 가리켜 "나는 암흑을 좀 지우고, 웃는 얼굴을 좀 더하여 작품에 비교적 밝은 색채를 띠게끔 했다"[80]고 언급했다. 이러한 까닭에 이들 소설은 비판과 고발의 신랄함과 날카로움을 잃지 않으면서도 위트와 재치, 유머와 풍자라는 색채를 강하게 띠고 있다. 이들 소설에 나타나고 있는 암흑과 밝은 색채, 즉 절망과 희망을 묘사하고 있는 노신의 특이성은, 아마도 "절망이 허망한 것은 바로 희망이 그러한 것과 같다"는 그의 말처럼, 매우 미묘하고 복잡하게 뒤섞여 있다.

'인식의 비범성'은 피해망상증에 사로잡힌 광인과 허위의식으로 가득한 날품팔이 아큐라는 최하층 민중의 삶과 의식의 흐름을 묘사하는 창작 기법을 통해 20세기 초 전통과 변화, 근대와 혁명, 식민과 저항의 소용돌이 한복판에 놓여 있던 중국의 현실 상황과 중국인의 의식구조를 해부했다는 점이다. 여기에서 노신은 당대 어떤 작가나 사상가도 미처 인식하지 못했던 중국과 중국인의 내면세계 가장 깊숙한 곳에 자리하고 있는 속살과 민낯을 고발하고 폭로한다. 흔히 사람들은 그 사회에 속해 있는 사람이 그 사회를 가장 잘 알고 있다고 생각하기 쉽다. 그러나 오히려 사람들은 사회가 뒤집어쓰고 있는 온갖 가면과 허위와 기만에 사로잡혀 있거나 세뇌당해 있는 경우가 다반사여서, 그들이 인식하고 있는 자신의 사회란 단지 겉모습일 뿐 그 속살과 민낯은 알지 못한다. 가면과 허위와 기만으로 가려진 그 사회의 속살과 민낯은 일반적인 관습 도덕이나 사회 통념에 갇혀 있지 않은, 즉 다른 관점과 시각으로 자신이 속한 사회를 바라보는 사람들에게만 그 진면목을 드러낸다. 노신은 최하층 민중, 그것도 특별히 불행한 사람들을 소재로 삼아 자신이 속한 사회의 속살과 민낯을 들여다보려고 했다. 이러한 남다른 인식의 비범성이 노신 소설의 특이성으로 나타난 것이다. 노신은 이러한 자신의 소설적 특이성을 가리켜 "병든 사회

의 불행한 사람들에게서 다양한 모습을 취재해 글로 써서, 그 병의 뿌리
와 고통을 고발하고 폭로함으로써 치료의 필요성과 긴급성을 깨닫게 하
려는 것"이라고 밝혔다.

'무엇 때문에' 소설을 쓰는가라는 질문에 대해 설명하자면, 나는 거듭 십
수 년 전의 '계몽주의'를 마음에 품은 채 반드시 '인생을 위해서'여야 하
고, 또한 반드시 인간의 삶을 개량하기 위한 것이 핵심이라고 생각하였
다. 나는 예전부터 소설을 일컬어 '한가할 때 심심풀이로 읽는 책(閑書)'
이라고 한 주장을 몹시 혐오하였다. 또한 소설을 가리켜 '예술을 위한 예
술(爲藝術的藝術)'이라고 한 것은 '심심풀이용 책'의 새로운 또 다른 이름
에 불과하다고 간주하였다. 이러한 까닭에 나는 병든 사회의 불행한 인
간들에게서 다양한 모습을 취재해 글을 쓰려고 했다. 그 병의 뿌리와 고
통을 폭로하고 고발함으로써 치료의 긴급성과 필요성을 깨닫게 하는 데
뜻이 있었기 때문이다.

_노신, 《노신 전집》, 〈남강북조집南腔北調集〉, 나는 어떻게 소설을 쓰게 되었는가?

작가는 언제나 남과 다른 독특한 무엇을 지향하는 '특이성의 존재'여
야 한다. 왜? 작가가 모두 남과 다른 독특한 '무엇'으로 작품을 쓴다면 절
대로 옛사람을 모방·답습하거나 다른 사람을 표절하지 않게 될 것이다.
이렇게 되면 작가가 생산하는 작품은 어느 누구의 작품도 흉내 내거나 혹
은 닮거나 비슷하지 않은 새로운 작품이 될 것이고, 새로운 작품이 많으
면 많을수록 그만큼 문학 세계는 다양해질 것이기 때문이다. 만약 100명
의 사람이 한 사람의 글을 모방하거나 답습한다면, 이 경우에는 단 하나
의 글만이 존재할 뿐이다. 그 하나의 글을 제외한 나머지 글은 모두 모방

작이거나 가작假作이거나 위작偽作이기 때문이다. 반면 100명의 사람이 모두 남과 다른 자신만의 글을 쓴다면, 이 경우에는 100개의 글이 존재하게 된다. 따라서 '특이성', 즉 남과 다른 독특한 글을 쓰면 쓸수록 '다양성', 즉 다양한 글이 창조되고 생산된다. 이것이 문학에서 '특이성'이 '다양성'과 관계하는 방식이다. 노신이 남긴 글 가운데 절대적인 비중을 차지하고 있는 소품문(수필)과 잡문은 바로 이러한 관점에서 바라보아야 한다. 그렇다면 노신의 소품문과 잡문, 즉 산문의 특이성은 무엇인가? 필자가 볼 때 그것은 '암흑과 절망'이다. 노신에게는 암흑, 곧 절망만이 진실이다. 암흑과 절망으로 가득한 세계에서 희망을 얘기하는 것은 가식이요 거짓이며 위선이요 기만일 뿐이다. 노신과 동시대를 살았던 일본의 중국 문학가이자 평론가인 다케우치 요시미竹內好(1910~1977)는 노신에 관한 평론서에서 노신 산문의 특징을 '암흑'이라는 한 단어로 집약해 표현했다. 그는 작가 노신의 '존재론적 특이성'은 암흑과 절망에서 찾아야 한다고 역설했다.

노신이 보았던 것은 암흑이다. 그러나 그는 온몸에 열정을 품고 암흑을 보았다. 그리고 절망했다. 그에게는 절망만이 진실이었다. 그러나 이윽고 절망도 진실이 아니게 되었다. 절망도 허망이다. '절망이 허망인 것은 바로 희망이 그러함과 같다.' 절망도 허망하다면, 사람은 무엇을 해야만 좋을까. 절망에 절망했던 사람은 문학가가 되는 수밖에 없다. 누구에게도 의지하지 못하고, 누구도 자신의 기둥이 되지 못하기 때문에, 전체를 스스로 자기 것으로 만들어가지 않으면 안 된다. 그래서 문학가 노신은 현재적으로 성립한다.

_다케우치 요시미, 《노신魯迅》, 제5장 〈정치와 문학〉[81]

필자는 '암흑과 절망', 이것보다 더 노신 산문의 특이성을 잘 포착한 단어는 없다고 생각한다. 노신 산문의 특이성은 암흑, 곧 절망이다. 노신은 암흑을 들여다보고 절망에 절망하면서도 그 암흑과 절망을 철두철미하게 묘사하는 작가 의식을 철학적 바탕과 미학적 근원으로 삼았기 때문에, 역설적이게도 당대 어떤 사람도 보지 못했던 중국 사회와 중국인에 대한 가장 깊은 관찰과 내밀한 통찰에 이를 수 있었다. 이에 대해 노신의 동생 주작인은 일찍이 이렇게 말한 적이 있다.

> 노신의 소설과 산문에는 (명예를 구하지 않은 것 외에) 다른 사람이 미칠 수
> 없는 특징이 또 하나 있다. 그것은 중국 민족에 대한 깊은 관찰이다. 현대
> 의 문인 가운데 중국 민족에 대해 이만큼 어두운 비관을 품고 있는 이는
> 그 외에 단 한 사람도 없을 것이다.
>
> _주작인, 〈노신에 관해서〉[82]

중국인이 느끼는 '극도의 공포'와 자신이 느끼는 '극도의 공포'의 차이를 표현한 '수감록隨感錄 36'이나 관습이나 인습에 얽매여 '사회적으로는 개혁이 없고 학술에는 발명이 없고 예술에는 창작이 없는' 중국의 현실을 묘사한 '수감록隨感錄 41'이라는 제목의 잡문을 보면, 단적이나마 노신이 들여다본 암흑과 절망의 모습을 엿볼 수 있다.

> 오늘날 중국인 중 아주 많은 사람들이 극도의 공포감을 갖고 있다. 나 역
> 시 극도의 공포를 느낀다. 많은 사람들은 지금 '중국인'이라는 허울뿐인
> 이름이 자취도 없이 사라지고 있다는 것을 두려워한다. 그런데 내가 두
> 려워하는 것은 바로 '중국인'이 '세계인'에서 밀려나 쫓겨나는 것이다.

나는 '중국인'이라는 허울뿐인 이름은 결단코 사라지거나 없어질 것이라고 생각하지 않는다. 인류가 사라지지 않는 한 언제나 '중국인'이라는 이름 역시 존재할 것이다. 비유하자면 이집트 유대인은 그들이 다른 민족과 구분되는 '유대인의 고유한 특성'을 지니고 있는가 혹은 그렇지 않는가에 상관없이 오늘날까지 여전히 이집트 유대인으로 불리고 있다. … 게다가 자기만의 고유한 특성이 많은 국민일수록 더욱더 노력하고 마음을 다해야 한다. 그들은 세계의 추세와는 다른 자기만의 특성이 너무나 많기 때문이다. 자기만의 특성이 지나치게 많다는 것은 다시 말하자면 지나치게 특별하다는 것이다. 지나치게 특별하면 다양한 세계인과 더불어 화합하고 성장하며, 그 가운데에서 제 나름의 지위를 얻기 위해 경쟁하는 것이 어렵게 된다. 어떤 사람들은 이렇게 말한다. "우리는 반드시 특별하게 성장해야 한다. 그렇지 않으면 어떻게 중국인이라고 하겠는가?" 그러나 이렇게 해서 반드시 우리 중국인은 세계인의 대열에서 밀려나거나 쫓겨나고 말 것이다. 이렇게 해서 우리 중국인은 세계를 잃어버렸으면서도 오히려 잠깐만이라도 이 세계 위에 머물고자 한다! 나에게는 이러한 것이 바로 극도로 공포스러운 일이다.

_노신, 《노신 전집》, 〈열풍熱風〉, 수감록 36

그러나 누가 뭐라 해도 필자가 볼 때 산문에서 작가 노신의 존재론적 특이성을 가장 잘 들여다볼 수 있는 작품들이 실려 있는 곳은, 그가 1920년대 중후반에 쓴 소품 수필과 잡문들을 모아 엮은 《들풀〔野草〕》과 《아침 꽃을 저녁에 줍다〔朝花夕拾〕》라는 산문 작품집이다. 여기에 수록되어 있는 산문들은 혹은 신변잡기, 혹은 자기 성찰록, 혹은 자전적 회상기에 가깝다. 그런데 이 글들은 중국인과 중국 사회를 직접적으로 고발하고 폭로하며 비판하는 다른 어떤 글들보다 암흑과 절망의 극한을 들여다본 노신 특유의 고통과 비관이 절절하게 배어 있다. 절망의 극한에서 절망의 허망함을 알아챈 바로 그 순간 노신은 희망도 절망과 마찬가지로 허망하다는 것을 깨닫는다. 이 순간 보통 사람들이 흔하게 쓰는 절망의 밑바닥에서 비로소 희망을 보았다는 말은 얼마나 고루하고 상투적이 되고 마는가? 절망과 희망의 관계는 그렇게 단순하지도 않고, 그렇게 간단하지도 않다. 정상인의 범위를 넘어서는 절망과 희망에 관한 사유의 특이성이 묘사의 특이성으로 나타난 노신의 산문이 1925년에 발표한 '희망'이다. 만약 절망이 허망한 것처럼 희망도 허망한 것이라면, 희망이 없는 것처럼 절망도 없게 된다. 희망도 없고 절망도 없다면 어떻게 해야 할까? 애써 희망을 품으려고 하지도 말고, 그렇다고 절망할 필요도 없이—당당하고 의기양양하게—그냥 자신의 길을 가면 된다.

나는 희망의 방패를 내려놓고서, 페퇴피 산도르Petöfi Sándor의 '희망'이라는 노래를 들었다. "희망은 무엇인가? 그것은 창기娼妓다 / 희망은 누구에게나 웃음 흘리고, 모든 것을 바치네. / 그대의 지극한 희생이 가장 큰 보물— / 그대의 청춘—희망은 그대를 버렸네." 이 위대한 서정 시인이자 헝가리의 애국자가 조국을 위하여 카자크 병사의 날카로운 창끝에 죽임을 당한 지 이미 75년이 지났다. 슬프구나, 페퇴피의 죽음이여! 그러나 더욱 서글픈 것은 바로 페퇴피의 시가 지금까지 죽지 않고 살아 있다는 것이다. 하지만, 참혹한 인생이여! 페퇴피처럼 당당하고 영특하며 용감한 사람도 결국 암흑 같은 밤을 만나서는 걸음을 멈추고 고개를 돌려 넓고 멀어 아득하기만 한 동방東方을 보았다. 그리고 그는 이렇게 말했다. "절망이 허망한 것은 희망이 그러한 것과 같다." 만약 내가 오히려 이

밝지도 않고 어둡지도 않은 '허망' 속에서 구차하게 삶을 부여잡고 견뎌 내야 한다면, 나는 반드시 저 사라져버린 서럽고 쓸쓸하며 어렴풋해 아득하기만 한 청춘을 찾아서 구해야 할 것이다. 그것이 단지 내 몸 밖에 존재한다고 해도 괜찮다. 만약 몸 밖의 청춘이 사라져 없어진다면 내 몸 안의 노쇠한 기운도 즉시 시들어버릴 것이다. 그러나 지금 이 순간 별도 모습을 감췄고 달빛도 사라져버렸다. 땅에 떨어져 말라 굳어버린 나비도, 지극한 웃음의 막막함도, 사랑의 춤사위도 존재하지 않는다. 그렇지만 청년들은 아주 평안하다. 나는 직접 이 공허 속의 암흑 같은 밤과 온몸으로 부딪쳐 싸울 수밖에 없다. 비록 몸 밖에서 청춘을 찾지 못한다면, 내 몸 안의 노쇠한 기운이라도 내쫓아야 한다. 그런데 암흑 같은 밤은 어디에 있는가? 현재 별도 존재하지 않고, 달빛도 사라져버렸고, 지극한 웃음의 막막함과 사랑의 춤사위도 없다. 청년들은 아주 평안하고, 내 눈앞에도 진실로 암흑 같은 밤은 존재하지 않는다. "절망이 허망한 것은 희망이 그러한 것과 같다."

_노신, 《노신 전집》, 〈들풀〉, 희망

《아침 꽃을 저녁에 줍다》는 노신이 어린 시절과 젊은 시절을 추억하며 써 내려간 자전적 회상기다. 이 산문 모음집은 베이징에서 발간한 반월간지 〈망원莽原〉에 '옛일을 다시 들추기'라는 제목으로 연재했던 글들을 모아 엮어내면서 '아침 꽃을 저녁에 줍다'라는 제목으로 고친 것이다. 노신은 그 까닭을 이렇게 밝혔다. "아침 이슬에 살포시 젖은 모습을 드러내고 있는 꽃을 꺾는다면, 색깔도 향기도 자연스러워 훨씬 더 좋을 것이다. 하지만 나는 그 꽃을 꺾을 수가 없다. 지금 내 마음속에 자리하고 있는 괴상하고 기이하며 어지럽고 잡스러운 생각조차 순식간에 변화시켜,

괴상하고 기이하며 어지럽고 잡스러운 문장으로 바꾸어 다시 표현하거나 묘사할 수도 없다. 혹시 훗날 흘러가는 구름을 쳐다보고 있을 때 내 눈앞에서 잠깐 반짝 빛나는 일이 일어날지는 모르겠지만." 마치 노신이 자신의 어린 시절과 젊은 시절을 회상하는 형식을 취하고 있지만, 여기 열 편의 산문에는 노신 특유의 관점과 시각으로 관찰한 중국의 전통적인 가족제도, 도덕 윤리, 관습과 인습, 풍속과 풍습 그리고 일본 유학 시절 등이 묘사되어 있다. 특히 일본 유학길에 올라 의사가 되려고 수년 간 의학 공부를 했던 노신이 의사의 길을 포기하고 문학가로 변신하게 된 사고의 대전환이 등장하는 '후지노 선생'을 통해서는 그가 작가로서의 존재론적 근거를 어디에서 찾았는가를 발견할 수 있다. 이 글에서도 평생에 걸쳐 노신의 정신과 육신 깊숙한 곳에 박혀있던 중국인으로서의 절망과 고통을 느낄 수 있다. 이 절망과 고통이야말로 바로 노신 소설과 산문의 특이성과 비범성의 문학적 바탕이 되었던 것이다.

2학년 때 세균학이라는 교과가 추가되었다. 세균의 모양과 상태는 전부 영화를 이용해 보여주며 가르쳤다. 한번은 세균에 관한 영화가 완전히 끝났지만 아직 수업 시간이 남는 바람에 시사영화 몇 편을 보여준 적이 있었다. 당연하게도 시사영화는 모두 일본이 러시아와의 전쟁에서 승리하는 장면이었다. 그런데 일본군의 상황과 동태를 정탐해 러시아에 제공하는 중국인이 그 속에 끼어 있는 영화 한 편이 있었다. 그 중국인은 일본군에게 체포되어 결국 총살당했다. 그런데 총살 현장을 착착 빙 둘러싸고 구경하는 한 무리의 사람들이 다름 아닌 바로 중국인이었다. 그리고 강의실 안에 또 한 사람의 중국인이 있었다. 바로 보잘것없는 나 자신이었다. "만세!" 영화를 보던 학생들은 모두 일어나서 박수를 치며 환호

했다. 이러한 환호는 매번 영화를 볼 때마다 터져 나왔다. 다만 나는 이 환호 소리가 오히려 특별히 부끄럽고 귀에 거슬렸다. 이후 중국으로 다시 돌아와서도 나는 범죄자를 총살하는 장면을 아무 생각이나 감정 없이 구경하는 사람들의 무리를 보았다. 그들 역시 어찌된 일인지 술도 취하지 않았는데 영화 보던 학생들과 똑같이 박수치며 환호하는 것이 아니겠는가—아아! 더 이상 어떻게 해 볼 방법이 없는 것이구나! 하지만 그 순간 그 곳에서 나의 생각은 마침내 변화가 일어났다.

_노신, 《노신 전집》, 〈아침 꽃을 저녁에 줍다〉, 후지노 선생

이 순간 노신은 의학은 전혀 중요하지 않다는 사고의 대전환에 이르렀고, 결국 의학 공부를 그만둔다. 어리석고 겁 많고 나약하기만 한 중국인의 정신을 뜯어고치지 않는 한 아무리 육신이 건강하고 체격이 건장하다고 해도 '조리돌림의 재료나 구경꾼'이 될 뿐이라는 게 노신의 생각이었다. 노신은 썩은 정신과 노예근성으로 사는 것이 불행이지 병으로 죽는 것은 불행이라고 할 수도 없다는 극단적인 언사까지 서슴없이 하고 있다. 결국 노신은 가장 먼저 해야 할 일은 중국인의 정신을 뜯어고치는 것이라는 결론에 도달한다. 그리고 노신은 "정신을 뜯어고치기 위해서는 당연히 문예文藝를 들어야겠다는 생각을 하고 문예운동을 부르짖게 되었던 것"이라고 밝히고 있다. 육신을 고치기 위해서는 의학을 해야 하지만 정신을 고치기 위해서는 문학을 해야 한다는 얘기다. 노신이 중국인의 정신에 흥미로움과 즐거움을 주기 위해 문학을 한 것이 아니라, 중국인을 불편하고 불쾌하게 만들어 그 정신을 뜯어고칠 생각에 문학을 선택했다는 사실을 알 수 있는 대목이다. '불편함'과 '불쾌함', 이 역시 노신 문학의 특이성이다.

노신은 소설가, 잡문가(수필가)로서 큰 명성을 얻었지만—문학가라는

좀 더 광의의 범위로 보자면—또한 탁월한 비평가이자 문학 이론가 혹은 문학사가이기도 했다. 비평가이자 문학 이론가요 문학사가였던 노신의 자질과 역량이 빚어낸 작품이 중국 문학사 중 특히 소설 문학사를 통사의 형식으로 분석·서술하고 있는 기념비적 저작 《중국소설사략中國小說史略》이다. 특히 이 저서는 노신의 문학 세계가 얼마나 다종다양한 중국 문학을 섭렵하고 체득하는 과정을 거쳐 형성되었는가를 들여다볼 수 있다는 점에서 가치가 크다. 다시 말해 노신 문학의 '현대성'이 중국 문학의 '전통성'과 '다양성'을 체험하고 섭렵하면서 자득自得한 것이라는 사실을 읽을 수 있는 핵심적인 텍스트가 《중국소설사략》이라고 해도 과언이 아니다.

문학의 다양성이 공존하는 가운데 시대별 혹은 나라별 혹은 작가별로 그 특이성이 어떻게 나타났는가를 고찰하고 있는 《중국소설사략》에서도, 여타의 문학가와는 다르게 중국 문학을 바라보는 노신만의 개성적인 관점과 분석, 즉 '비평의 특이성'이 뚜렷하게 나타나고 있다. 노신은 《중국소설사략》을 통해 중국 문학사 특히 소설사에 관해 완전히 새롭고 독창적인 시대 배치와 독해 및 이론적 구성을 하고 있다. 그렇다면 암흑과 절망이 노신 소설과 산문의 특이성을 관통하고 있는 것처럼, 노신 비평의 특이성을 관통하는 키워드는 무엇일까? 노신은 중국 문학사, 특히 소설사를 비평하는 자신만의 독특한 관점을 '반복'과 '뒤섞임'이라고 말했다. 그런 의미에서 전통 속에서 변화의 실마리를 찾아내면서도 전통과의 단절을 통한 혁신을 도모했던 노신 문학의 이중적 과제를 《중국소설사략》을 통해서 읽을 수 있다. 그것은 노신이 시도한 중국 문학 비평과 문학사 이론의 전략적 의도이기도 하다. 이와 관련해 노신은 1924년 7월 '중국 소설의 역사적 변천'을 주제로 한 서안의 강연에서 자신만의 비평적 관점과 전략적 의도를 이렇게 밝혔다. 여기에는《중국소설사략》을 관통하는 '비평의 특이성'이 분명하게 표현되어 있다.

중국이 진화한 상황을 살펴보면, 오히려 매우 특별한 현상 두 가지가 있다. 한 가지는 새로운 것이 중국에 들어와서 오랜 시간이 흐르고 난 후 옛것이 다시 되돌아오는 현상이다. 말하자면 바로 '반복'이다. 또 한 가지는 새로운 것이 중국에 들어와서 오랜 시간이 지난 이후에도 옛것이 쇠퇴하거나 사라지지 않는 현상이다. 말하자면 바로 '뒤섞임'이다. 그렇다면 진화하지 않는다는 말인가? 그렇지는 않다. 다만 진화가 비교적 완만해서 우리와 같이 성격이 급한 사람들은 하루가 마치 3년처럼 느껴진다고 하겠다. 문예 그리고 문예의 하나인 소설 또한 당연히 이와 같다. 예를 들어서 비록 오늘날에 이르러서도 매우 많은 작품 속에 당나라나 송나라 시대의 낡은 것은 물론이고 심하게는 원시시대 인민의 사상 수단의 찌꺼기까지 오히려 사라지지 않고 존재하고 있다. 오늘 내가 강연하려고 하는 내용은, 이와 같은 찌꺼기들을 염두에 두지 않고—비록 이러한 찌꺼기들이 오히려 사회에서 환영을 받고 있다고 해도— 진화의 도리에 어긋나는 어수선하게 뒤섞여 어지럽게 널려 있는 작품들로부터 진화의 방향으로 진행하는 하나의 실마리를 찾는 것이다. 강의할 내용은 모두 여섯 차례로 나누었다.

_노신,《노신 전집》,〈중국소설사략〉부록: 중국 소설의 역사적 변천

노신은 평생 동안 70여 개에 달하는 필명을 사용했다는 점에서도 독보적인 인물이다. 그런데 왜 노신은 이토록 많은 필명을 사용했던 것일까? 물론 권력의 탄압을 피하기 위한 방책으로 다양한 필명을 사용했다는

것이 중론이다. 그렇다고 해도 노신과 비슷한 상황에 놓여 있던 여타의 작가들과 비교해보면 그의 필명은 유례를 찾기 힘들 정도로 많은 편이다. 그래서 필자는 이렇게 생각해본다. 특정한 어느 지점에만 머무르지 않고 끊임없이 이동하며 다양한 방식으로 변신을 추구했던 노신의 창작 욕구와 열정에 따라 끊임없이 새로운 필명이 만들어지지 않았을까라고. 마치 매번 새로운 글을 지을 때마다 새로운 호를 만들어 썼다고 고백한 이덕무처럼 말이다. 다양한 글을 쓰면서도 매번 그 글 속에서 새롭게 혹은 다르게 태어나는 자신을 새로운 필명으로 표현했다고나 할까? 그런 의미에서 70여 개(혹은 100여 개)에 달하는 노신의 필명과 그에 필적하는 이덕무의 호 속에는 다양성과 특이성의 미학이 흐르고 있다.

결론적으로 노신의 문학 세계는 절망과 희망, 광명과 암흑, 계몽주의와 사실주의, 모더니즘과 포스트모더니즘, 근대의 완성과 근대의 극복, 혁명과 반혁명, 혁명주의와 회의주의, 허무주의와 실존주의, 낙관주의와 비관주의 등—때로는 상호 연관되어 있지만 때로는 상호 모순적인—어느 한쪽의 색깔로 규정지을 수 없을 만큼 다양하고 다채로운 색깔을 띠고 있으면서 동시에 어떤 사람과도 다른 비범하고 독특한 관점과 인식 그리고 지향을 가지고 있다. 이로 말미암아 노신은 평생 동안 보수와 진보, 좌익과 우익, 구세대와 신세대 양 진영으로부터 모두 찬사와 혹평, 찬성과 반대의 논쟁과 공격을 수도 없이 겪어야 했다. 그것은 작가의 길을 걸은 초기부터 자신을 '특이성의 존재', 곧 중국 문단의 별종으로 인식했던 노신이 스스로 선택한 길이기도 했다. 이와 관련해 일본의 중국 문학비평가 다케우치 요시미는 노신이 사망한 후 그를 둘러싸고 벌어졌던 중국 문단의 비평과 논쟁을 이렇게 소개하고 있다.

살아생전 그는 문단 생활의 많은 부분을 논쟁 속에서 보냈다. 번역과 문학사 연구를 제외한다면, 대부분은 논쟁의 문자다. 소설까지도, 특히 만년에 신화에서 소재를 취했던 몇 편은 논쟁의 성질을 지녔다. 논쟁은 노신 문학이 자신을 지탱하는 양식이었다. 18년의 세월을 논쟁으로 소비한 작가는 중국에서도 보기 드문 일이다. "병적일 정도다"라는 비평이 방관자들에게서 생겨나는 것도 이해 못 할 바가 아니다. … 그는 구시대를 공격했을 뿐만 아니라 신시대도 관대히 보지 않았다. 그는 사랑했던 후세대 청년들에게서 많은 조소를 받았다. 많은 조소를 받았음에도 그는 뒤로 물러서지 않았다. 선량한 인간성에 대해서는 많은 사람들의 평가가 일치하기 때문에, 이 논쟁은 그의 문학의 측면에서 설명되어야만 한다. 그는 논쟁을 통해서 무엇인가를 얻었던 것이다. 또는 무엇인가를 버렸던 것이다. 궁극적인 안정을 구하지 않고서 할 수 있는 일은 아니다. 노신에게 논쟁은 '생애의 지정거림'이었을 것이다.[83]

앞서 박제가나 이덕무 그리고 박지원은 물론이고 여기 노신의 경우를 보더라도, 문학이란 모든 방면을 향해 열려 있는 '다양성'을 추구하면서 동시에 남과 다른 독특함, 즉 '특이성'을 모색해야 비로소 대가의 경지에 오를 수 있다는 사실을 깨우칠 수 있다.

천 개의 눈으로 좇은
천 개의 주름과 창조

미셸 푸코는 질 들뢰즈 철학의 위대성을 이렇게 말했다. "20세기는 들뢰즈의 시대로 불릴 것이다." 그런데 질 들뢰즈는 프리드리히 니체 철학의 위대성을 이렇게 표현했다. "현대 철학은 대부분 니체 덕으로 살아왔고, 여전히 니체 덕으로 살아가고 있다."[84] 이 표현에서 알 수 있는 것처럼, 20세기 최고의 철학자로 일컬어지는 푸코가 '20세기는 그의 시대가 될 것'이라고 극찬한 위대한 철학자 들뢰즈의 철학적 사유의 토대는 니체 철학이었다. 특히 들뢰즈는 그동안 오독과 오석으로 그릇되게 형성된 니체의 이미지, 즉 '나치즘과 니힐리즘의 철학자'로서의 니체를 철저하게 깨부수고 완벽하게 무너뜨렸다. 들뢰즈는 《니체와 철학Nietzsche und die Philosophie》이나 《차이와 반복Difference et repetition》 등의 저서를 통해 니체의 철학을 완전히 새롭게 발견하고 해석해 선보였는데, 이때 그는 니체 철학의 핵심 개념을 '차이', '반복', '다양성', '긍정', '생성', '창조', '영원회귀' 등으로 집약해 내놓았다.

여기에서는 주제가 주제니 만큼, 차이와 다양성의 철학으로서의 니체 철학을 조명해보려고 한다. 엄격하게 따져 문학작품 역시 작가의 철학적 사유의 산물이라는 관점에서 본다면, 니체의 철학은 분명 글을 쓸 때 바탕이 되는 철학적 사유를 기르고 미학적 사고를 키우는 데 일조할 것이다. 그리고 이 철학적 사유와 미학적 사고가 다름 아니라 작가 의식이다. 필자가 생각할 때, 작품의 가치 평가는 작가 의식이 있는가 혹은 없는가 또는 작가 의식이 무엇인가에 따라 비평할 수 있을 따름이다. 그런 의미에서 니체의 철학적 사유와 미학적 사고를 통해 그의 작품 속에 담긴 작가 의식이 무엇인가를 탐구하는 것은 "어떻게 니체처럼 독창적이고 독보적인 글을 쓸 수 있을까?"에 대한 하나의 실마리를 제공할 것이다.

어쨌든 니체 철학의 차이와 다양성 그리고 다원성은—흔히 쓰는 말로 표현하자면—'천 개의 눈과 천 개의 길'로 함축할 수 있다. 고병권은 이 말의 의미를 "니체는 사물들의 차이를 구별할 수 있는 천 개의 눈을 가진 사상가다. 그는 사물들의 기원에 감추어져 있는 천 개의 주름을 본다"고 해석한다. 더욱이 고병권은 '천 개의 눈'과 '천 개의 길' 이외에도 니체 철학에 나타나는 차이와 다양성의 가치를 '천 개의 기원', '천 개의 젖가슴', '천 개의 주사위', '천 개의 화살', '천 개의 가면', '천 개의 이야기' 등으로 묘사했다.[85] 그렇다면 이에 대해 니체 자신은 어떻게 말했을까?

> 다종다양한 눈이 있다. 스핑크스도 역시 눈을 가지고 있다. 따라서 다종다양한 진리가 있고, 따라서 어떠한 진리도 없다.
>
> _니체, 《권력에의 의지 Wille zur Macht》[86]

인간이 가진 두 개의 눈은 오로지 절대적이고 유일한 진리만을 보도록 길들여져 있다. "그러나 여전히 많은 눈들이 있다. 진리를 묻는 자 스핑크스도 눈을 가졌고, 인간이라고 답하는 자 오이디푸스도 눈을 가졌다. 따라서 아주 많은 진리들이 있고, 따라서 어떤 진리도 없다."[87] 진리는 유일하지 않다. 진리는 다양하다. 그러므로 진리를 보는 눈 역시 하나여서는 안 된다. 진리를 보는 눈은 천 개여야 한다. 이제 진리의 '유일성'은 부정되고, 진리의 '다양성'은 긍정된다. 진리는 결코 절대적이거나 고정불변한 것이 아니다. 그것은 오히려 상대적이거나 가변적인 것이다. 따라서 진리에 접근하기 위해서는 어느 것은 옳고 어느 것은 틀렸다는 극단적인 사고에서 벗어나 견해의 다양한 전환과 관점의 무궁한 변환이 필요하다. 천 개의 시각과 천 개의 관점을 통한 무궁무진한 전환과 변환, 그것만이 진리에 다가갈 수 있는 유일무이한 길이다. 그렇기 때문에 진리란─우리가 믿고 있는 것과는 다르게─명확한 것이기보다는 애매모호한 것이다. 진리를 보는 천 개의 눈, 그것은 '명확성' 속에서가 아니라 '애매모호성' 속에서 진리를 찾아야 한다는 철학적·미학적 메시지다.

> 아직 그 누구의 발길도 닿지 않는 길이 천 개나 있다. 천 개나 되는 건강이 있으며 천 개나 되는 숨겨진 생명의 섬이 있다. 무궁무진하여 아직도 발견되지 않은 것이 사람이며 사람의 대지다.
>
> _니체, 《차라투스트라는 이렇게 말했다》[88]

세계와 인간을 생성하고 창조할 수 있는 길은 한 가지 방식만 존재하지 않는다. 더 이상 길이 없다고 불평하거나, 더 이상 길을 찾을 수 없다고 포기하지 말라. 아직 사람의 발길이 닿지 않는 천 개의 길과 천 개의 섬 그리고 무궁무진한 방식이 남아 있다. 길은 부족하지 않다. 길은 넘쳐나고 있다. 어떻게 해야 하는가? 하나의 길과 하나의 방식에 길들여지기를 거부하고 그것에 저항하라. 그리고 스스로 새로운 세계와 새로운 인간을 만들어 나갈 수 있는 천 개의 길을 생성하고 천 개의 방식을 창조하라. 그것은 바로 차이의 창조이자 다양성의 생성이다. 예를 들어보자. 현존하는 자본주의는 역사상 유일한 체제도 아니었고 영속하는 체제이지도 않다. 자본주의가 유일하고 영속하는 체제라는 믿음은 역사에는 단지 하나의 길과 하나의 방식밖에 없다는 오래된(낡은) 사고에 길들여진 것일 뿐이다. 어떻게 해야 할까? 자본주의의 길과 자본주의의 방식에 길들여지기를 거부하고 저항하라. 그리고 스스로 자본주의를 넘어서는 천 개의 길을 창조하고 천 개의 방식을 생성하라. 그런 의미에서 자본주의에 대한 유일한 대안은 사회주의라는 믿음 역시 잘못된 것이다. 사회주의 또한 자본주의를 넘어서는 하나의 길이자 하나의 방식에 불과하다. 만약 사회주의가 실패했다면, 그것은 자본주의를 넘어서려는 천 개의 대안 중 단지 한 개의 길과 하나의 방식이 실패했을 뿐이다. 사회주의 이외에 아직 역사의 발길이 닿지 않는 길이 천 개나 되고, 인간이 미처 발견하지 못한 방식 역시 천 개나 된다. 그 천 개나 되는 길을 창조하고, 천 개나 되는 방식을 생성하는 것은 오로지 인간 자신의 몫이다. 그렇게 되면 인간은 차이의 다양성 혹은 다양한 차이가 공존하는 세계에서 살 수 있을 것이다. 이것이야말로 인간이 오랫동안 꿈꿔온 유토피아가 아니고 무엇인가?

> 일체의 좋은 사물의 근원(기원)은 수천 겹으로 되어 있다. 일체의 좋고 분방한 사물은 기쁨에 넘쳐 현존하고 있는 존재 속으로 뛰어든다. 어찌 사물들이 이 같은 도약을 단 한 번으로 그칠 것인가!
>
> _니체, 《차라투스트라는 이렇게 말했다》

사물의 근원(기원)은 한 겹으로 이루어져 있지 않다. 그것은 벗기면 벗길수록 수많은 사건과 새로운 사실이 드러나는 수천의 겹을 이루고 있다. 그러므로 문학가와 철학자는 "수천 겹의 주름 속에 숨겨진" 무수한 사건을 탐색하고 새로운 사실을 탐사하는 '세계의 탐험가'이자 수천 겹의 원인과 수천 겹의 결과를 세상 밖으로 드러내는 '지식의 고고학자'이자 '도덕의 계보학자'가 되어야 한다. 특히 니체는 "자기 자신으로부터 눈길을 돌리고", "자기 자신을 뛰어넘어서까지" "모든 사물의 바탕과 배경을 보려고 하는" 철학자이자 작가였다. 그가 피와 살로 썼던 모든 작품은 천 개의 눈과 천 개의 길을 통해 수천 겹으로 이루어진 사물(존재)의 근원을 정복하려는 준엄한 용기와 거대한 열정을 내재하고 있다.

> 많은 것을 보기 위해서는 자기 자신으로부터 눈길을 돌릴 줄도 알아야 한다. 이 같은 준엄함이 산을 오르는 모든 사람들에게 필요하다. 사물의 이치를 터득하고 있는 자이면서 지나치게 덤벙대는 눈을 가졌다면 일체의 사물에서 앞에 드러난 근거 이상을 볼 수 있겠는가? 그러나, 너 차라투스트라는 모든 사물의 바탕과 배경까지 보려고 했다. 그러니 너는 너 자신을 뛰어넘어 오르지 않을 수 없는 것이다. 너의 별들을 발아래 둘 때까지 위로, 위를 향해. 그렇다! 나 자신과 나의 별들을 내려다볼 수 있는 경지, 그것만이 나의 정상이렷다. 바로 그 경지가 내가 오를 마지막 정상으로 남아 있는 것이다.
>
> _니체, 《차라투스트라는 이렇게 말했다》

더욱이 사물의 근원(기원)이 한 겹이 아닌 수천 겹으로 되어 있다는 말은, 사물(존재)의 운동이란 하나의 원인과 하나의 결과가 아닌 무수한 원인과 무수한 결과로 이루어져 있다는 뜻이다. 여기에서 인과관계는 동일한 원인과 동일한 결과가 아니라 다양한 원인과 다양한 결과로 구성되어 있다. 동일한 원인도 동일한 결과도 없기 때문에, 사물(존재)의 운동은 동일한 목적을 갖는다는 목적론 역시 존재하지 않게 된다. 그럼 이제 필연성과 법칙성은 부정되고 우연성은 긍정된다. 왜? 필연성과 법칙성은 동일성으로의 귀결(동일한 목적, 동일한 결론)을 의미하지만, 우연성은 어떤 결론도

가능하면서 또한 어떤 결론도 가능하지 않은 다양성으로의 확산(무목적성, 무결론, 영원회귀)을 의미하기 때문이다. 이러한 까닭에 니체는 사물(존재)의 우연성 혹은 뜻밖의 성질을 높여 찬양한 반면 사물의 목적성을 맹렬하게 비판했다.

> '모든 사물 위에 우연이라는 하늘, 천진난만이라는 하늘, 뜻밖이라는 하늘, 자유분방이라는 하늘이 펼쳐져 있다.' 내가 이렇게 가르친다면 그것은 축복일망정 모독은 아니다. '뜻밖에.' 이것이야말로 세상에서 더할 나위 없이 유서 깊은 귀족이다. 그것을 나 모든 사물에게 되돌려주었다. 그렇게 하여 나 모든 사물을 목적이라는 것의 예속 상태에서 구제해준 것이다.
>
> _니체, 《차라투스트라는 이렇게 말했다》

니체가 천재와 광기의 경계를 넘나들면서 그토록 열정적으로 글을 썼던 까닭은 무엇일까? 그것도 전통적으로 철학을 지배한 언어와 논리와 문법을 무시하고 자신만의 언어와 논리와 문법, 즉 '아포리즘'으로 말이다. 그 이유는 니체가 자신의 글이 문자로 읽혀지기보다는 화살로 쏘아지기를 바랐기 때문이다. 그의 글은 확실히 특이하다. 철학의 경계를 넘어선 문학인 것 같고, 문학의 경계를 넘어선 철학인 것 같다가, 철학도 아니고 문학도 아닌 그 무엇인 것 같다. 그래서 니체 철학을 가리켜 '아포리즘의 철학'이라고 한다. 또한 그것은 '아포리즘의 문학'이기도 하다. 그런데 흥미로운 사실은 니체가—자신에 대한 온갖 비난과 혹평을 기꺼이 감내하면서—분명한 전략적 의도를 갖고 아포리즘을 썼다는 것이다. 니체가 자신의 철학과 글쓰기의 전략적 의도는 '모든 가치의 전도'이며, 이것은 영원한 우상들을 망치를 들고 때려 부수겠다는 중대한 선전포고라고 밝힌 《우상의 황혼Götzen-Dämmerung》의 시작은 '아포리즘과 화살'로 되어 있다.

> 상처에 의해 정신이 성장하고 새 힘이 솟는다increscunt animi, virescit volnere virtus. … 아포리즘과 화살. … 2. 우리 중에서 가장 용감한 자도 그가 진정으로 알고 있는 것에 대해서는 좀처럼 용감하지 못하다 … 11. 나귀가 비극적일 수 있는가?—짊어질 수도 던져버릴 수도 없는 무거운 짐 밑에서 사람들이 몰락한다는 것 … 철학자의 경우 … 14. 뭐라고? 네가 찾고 있다고? 너를 열 배, 백 배로 늘리고 싶다고? 추종자를 찾는다고?—차라리 무를 찾아라!—… 26. 나는 체계주의자들을 모두 불신하며 피한다. 체계를 세우려는 의지는 성실성이 결여되어 있다. … 31. 밟힌 지렁이는 꿈틀거린다. 똑똑한 일이다. 지렁이는 그렇게 해서 또 다른 것에게 밟힐 가능성을 줄이는 것이다. 도덕 언어로 말하면: 순종한다.—… 39. 실망한 자가 말한다.—나는 위대한 인간을 찾았었지만, 언제나 그 인간의 이상을 흉내 내는 원숭이들만을 발견했을 뿐이다.
>
> _니체, 《우상의 황혼》[89]

왜 니체는 '아포리즘'과 '화살'을 하나로 묶었던 것일까? 그 까닭은 니체가 이 아포리즘이 단순히 읽혀지는 것이 아니라 화살로 쏘아져 사람들의 육체와 정신에 상처를 내기를 원했기 때문이다. 그러한 의미에서 "니체의 아포리즘들은 모두 화살이다."[90] 그것은 천 개의 화살이 되어 사람들에게 꽂혀 상처를 낸다. 어리석고 겁 많고 나약해 순종과 복종밖에 몰랐던 사람들은 바로 그 상처에 의해 비로소 새로운 정신이 성장하고 새로운 힘이 솟아나게 될 것이다. 천 개의 아포리즘과 천 개의 화살. 니체의 아포리즘은 아름답지도 교훈적이지도 계몽적이지도 않다. 그것은 불쾌하고 불편하다. 그것은 육신과 정신에 혼란을 일으켜 고통을 유발하고 분노를 폭발시킨다. 이 불쾌함과 불편함 그리고 고통과 분노로 인해 생겨난 육신과 정신의 상처 위에서 비로소 새로운 정신이 성장하고 새로운 힘이 솟아나는 것이다. 이것이야말로 니체 철학의 특이성이자, 니체 스스로 차이를 창조하고 다양성을 생성하는 천 개의 길이자 천 개의 방식이다.

들뢰즈는 말한다. 지금까지의 철학은 차이를 적대나 대립으로 이해했다라고. 특히 "변증법의 논리를 통해서는 무한한 차이들이 두 개의 대립으로 변질되었다."[91] 그러나 니체에게 차이란 부정의 개념인 적대나 대립이 아니다. 그것은 긍정, 곧 순수한 긍정이다. 니체는 차이를 긍정하고 더욱이 열망한 최초의 철학자였다. 니체가 자기 철학의 지향으로 삼은 '모든 가치의 전도' 혹은 '가치의 창조자'란 바로 '다른 가치, 곧 차이의 생성' 혹은 '다른 가치, 곧 차이의 창조자'로 해석해도 별반 무리가 없다. 차이의 차이, 다시 그 차이의 차이, 또다시 그 차이의 차이의 생성과 창조. 니체 철학에서 그것은 적대나 대립, 즉 부정의 부정, 다시 그 부정의 부정, 또다시 그 부정의 부정의 생성과 창조가 아니라, 긍정의 긍정이고, 다시 그 긍정의 긍정이고, 또다시 그 긍정의 긍정의 생성과 창조다. 차이는 부정, 대립, 모순의 대상이 아닌 긍정의 대상이자 향유의 대상이다. 이제 "자신이 다르다는 것을 인지하는 기쁨, 즉 차이의 향유"는 부정되어야 할 혹은 극복되어야 할 무엇이 아니라 지향하면 할수록 추구하면 할수록 더 좋은 것이 된다.

> 니체는 부정, 대립, 모순의 사변적 요소를 긍정의 대상이자 향유의 대상인 차이라는 실천적 요소로 대체한다. … 하나의 의지가 원하는 바는 자

신의 차이를 긍정하는 것이다. 다른 것과의 본질적인 관계 속에서 의지
는 자신의 차이를 긍정의 대상으로 만든다. 자신이 다르다는 것을 인지
하는 기쁨, 곧 차이의 향유. … 차이는 본질로부터 분리할 수 없고, 현존
을 구성하는, 실천적인 긍정의 대상이다.

_질 들뢰즈,《니체와 철학》[92]

계속해서 들뢰즈를 따라가보자. 들뢰즈에 따르면 변증법주의자는 모
든 규정을 부정으로 간주한다. 부정을 통해 운동과 변화를 파악하고 지향
하며 실천한다. 따라서 니체의 '차이' 개념이 변증법주의자의 부정으로서
의 규정을 전면적으로 전복·해체하려면 차이에 대한 자신의 가치, 즉 '긍
정에 근거한 운동의 양식'을 창조해야 한다. 이때 들뢰즈는 니체 철학의
'영원회귀'에서 이 운동과 변화의 양식을 발견한다. 들뢰즈가 볼 때 니체
에게 "영원회귀는 '이중의 긍정', 즉 긍정의 긍정으로서 차이를 생산하는
반복 운동이다."[93] 긍정의 긍정으로서 차이를 생산하는 반복을 바라봤던
니체는 그래서 이렇게 당당하게 외칠 수 있었다. "그것이 생이었던가? 좋
다! 그렇다면 다시 한 번!"

들뢰즈는 차이와 다양성의 가치를 긍정하고 생산하는 니체 철학의 정
수를 '영원회귀'라고 말한다. 그는 '영원회귀'에 대한 기존의 해석, 즉 '동
일한 것의 반복 혹은 동일한 것으로의 회귀'라는 해석을 비판한다. 영원회
귀는 차이의 반복 운동이자 차이의 생산 운동이기 때문이다. 니체의 철학
을 가리켜 '영원회귀의 철학'이라고 하는 데서 알 수 있듯이, '영원회귀'는
니체 철학을 구성하는 핵심 개념이다. 다르게 표현하자면 '영원회귀'는 니
체 철학의 세계관이자 존재의 운동관이다. 그렇다면 '영원회귀'란 무엇인
가? 쉽게 말해 그것은 마치 뫼비우스의 띠처럼 시작도 없고 끝도 없는 무

한의 반복이다. 단 이때 무한의 반복이란 동일한 것으로의 회귀 혹은 동일한 것의 반복이 아니다. 들뢰즈의 표현을 빌리자면, 반복은 "동일성으로 환원되지 않는 차이 그 자체"이다. 예를 들어보자. 매일같이 아침이 무한히 반복되어 시작되지만, 그 아침은 어제의 아침과 오늘의 아침과 내일의 아침이 동일하지 않다. 또한 어제 아침의 나는 오늘 아침의 나와 다르고, 오늘 아침의 나는 내일 아침의 나와 같지 않다. 일신우일신日新又日新. 박지원은 일찍이 '초정집 서문〔楚亭集序〕'에서 이렇게 말한 적이 있다. "하늘과 땅은 비록 그대로이지만 그 사이에서 끊임없이 생명이 태어나고, 해와 달은 비록 그대로이지만 그 광휘光輝는 날마다 새롭다." 여기에서 반복은 무한하게 새로운 차이를 생성한다. 그런 의미에서 반복은 차이의 다양성을 창조한다. 니체는 차이의 반복 운동이자 차이의 생산 운동인 '영원회귀'를 창조의 능력을 지닌 신들의 주사위 놀이에 비유해 이렇게 묘사했다.

일찍이 창조의 능력을 지닌 숨결로부터, 그리고 아직도 우연이라는 것들을 강요하여 별의 윤무를 추도록 하는 저 천상의 필연이라는 것으로부터 한 줄기 숨결이 내게 다가왔더라면, 내 일찍이, 행위의 긴 뇌성雷聲이 투덜투덜하면서도 고분고분 뒤따르고 있는, 저 창조의 능력을 지닌 번개의 웃음을 한 번 터뜨려보았더라면, 내 일찍이 신들의 탁자인 이 대지에 앉아 대지가 요동치고 터져 불길을 토하도록 신들과 주사위 놀이를 벌여보았더라면, 이 대지가 신들의 도박대이고, 창조의 능력을 지닌 새로운 말들과 신들의 주사위 놀이로 인해 떨고 있기 때문이다. 오, 내 어찌 영원을, 반지 가운데서 결혼반지인 회귀의 반지를 열망하지 않을 수 있으리오?

_니체, 《차라투스트라는 이렇게 말했다》

창조의 능력을 지닌 신들의 주사위 놀이는 앞서 '동심의 글쓰기'에서 필자가 언급했던 어린아이의 주사위 놀이와 같다. 주사위 놀이는 같은 행위를 반복하고 있는 것처럼 보이지만, 주사위를 던져 나온 결과는 항상 새롭다. 같은 숫자가 나온다고 해도, 그것은 동일한 의미를 갖고 있지 않는 다른 결과이기 때문이다. 주사위 놀이는 무한히 반복되는 과정이지만 던질 때마다 새로운 상황과 결과를 만들어낸다. 여기에서 반복은 결코 동일한 것으로의 회귀도 동일한 것의 반복도 아니다. 오히려 반복은 무한한 차이와 다양성을 생성한다. 그러므로 주사위 놀이는 신들이 창조의 능력을 발휘하는 것처럼 무한히 새로운 차이를 생산하는 창조의 놀이가 된다. 특히 여기에서는 사물(존재)의 행위에 의해 차이가 생산 혹은 창조된다는 것에 주목할 필요가 있다. 들뢰즈에 따르면 니체 철학의 또 다른 비범성은 "차이를 결정되어 있는 것이 아니라 생산되는 것"으로 바라보았다는 점이다. 이것은 인간의 의지와 실천이 작용하는 인간 세계뿐만 아니라 모든 것이 결정되어 있다고 생각하기 쉬운 자연의 운동과 변화 역시 그렇다. 무한히 반복되는 아침의 경우만 하더라도 날씨와 기후의 차이에 따라 전혀 다른 아침을 생성한다. 그러나 그 날씨와 기후는 결코 결정되어 있지 않다. 그것은 대자연의 운동과 변화에 의해 매일매일 다르게, 즉 변화무쌍하게 생산되어질 뿐이다. 일기예보나 날씨 예측이 항상 빗나가는 까닭이 바로 여기에 있다. 거기에는 필연성과 법칙성이 아닌 뜻밖의 우연성이 항상 작용하고 있기 때문이다. 카오스 이론에서 자주 언급하는 나비효과를 생각해보라. 쉽게 이해가 될 것이다.

그러나 필자가 생각할 때 차이와 다양성에 관한—앞서 언급했던 모든 문학가와 사상가의 한계를 뛰어넘는—니체 철학의 진정한 위대성과 비범성은, 차이와 다양성을 '인식의 문제'가 아니라 '실천의 문제'로 바라봤다는 것이다. "니체는 다양한 가치 판단들, 즉 판단들의 차이를 받아들이는 것을 차이를 긍정하는 것과 동일시하지 않는다."[94] 니체에게 차이란 가치 판단과 가치 인식이 아니라 가치 선택과 가치 창조의 문제이다. 차이와 다양성을 철저하게 긍정한다는 것은 차이와 다양성을 새롭게 생산하고 창조하는 삶이다. 그렇기 때문에 차이의 긍정은 인식의 문제가 아니라 실천의 문제가 되는 것이다. 마치 마르크스가 《포이에르바하에 관한 테제 Thesen über Feuerbach》에서 한 "지금까지 철학자들은 단지 세계를 다양한 방식으로 해석해왔을 뿐이다. 그러나 중요한 것은 세계를 변혁하는 것이다"라는 말이 연상되지 않는가?

그렇다면 차이의 긍정이 가치 선택과 가치 창조의 문제라는 의미를 실천하기 위해서는 어떻게 해야 할까? 이 순간 니체는 인간은 제각각 스스로 차이와 다양성의 가치를 창조하고 생성하는 독자적인 실천가가 되어야 한다고 역설한다. 그는 이렇게 말한다. 스승을 추종하고, 스승을 숭배하고, 스승에게 복종하는 제자로 머물러 있지 마라. 그것은 스승에 대한 도리가 아니다. 스승에게 맞서라! 스승의 월계관을 낚아채라! "부처를 만나면 부처를 죽이고, 조사를 만나면 조사를 죽여라!"는 임제선사臨濟禪師의 말이 떠오르지 않은가? 스스로 차이의 가치를 창조하고 스스로 다양성의 가치를 생성하려는 사람은 그 어떤 것에도 의존하거나 의지해서는 안 된다. 그는 홀로 가야 한다. 그래서 문학가와 사상가, 즉 글을 쓴다는 것과 철학을 한다는 것은 본질적으로 고독한 것이다. 고독의 담금질을 견뎌내야 비로소 문학의 창작과 사상의 창조가 가능하기 때문이다. 니체는 차라투스트라와 제자의 대화 형식을 빌려, 모든 사람은 누구에게도 의지하거나 의존하지 않은 채 홀로 자기 가치의 창조자가 되어야 한다면서 이렇게 충고했다.

나의 제자들이여 나는 홀로 가련다! 너희도 각각 홀로 길을 떠나라! 내가 바라는 것이 바로 그것이다. 나를 떠나라. 그리고 차라투스트라에 맞서라! 더 바람직한 것은: 그의 존재를 부끄러워하라! 그가 너희를 속였을지도 모르지 않은가. 인식하는 인간은 자신의 적을 사랑하는 것뿐만 아니라, 자신의 벗을 미워할 줄도 알아야만 한다. 영원히 제자로만 머문다면 그것은 선생에 대한 도리가 아니다. 너희는 어찌하여 내가 쓰고 있는 월계관을 낚아채려 하지 않는가? … 너희는 너희 자신을 아직도 찾아내지 않고 있었다: 그때 너희는 나를 발견했다. 신도들은 너 나 할 것 없이 이 모양이다; 그러니 신앙이란 것이 하나같이 그렇고 그럴 수밖에. 이제 너희에게 말하니, 나를 버리고 너희를 찾도록 해라; 그리고 너희가 모두 나를 부인할 때에야 나는 너희에게 돌아오리라…

_니체, 《이 사람을 보라》[95]

모든 사람이 가치의 창조자가 된다면, 세계는 존재하는 사람의 숫자만큼이나 다양한 차이 혹은 차이의 다양성이 존재하게 될 것이다. 나의 가치가 다른 사람에게 이해되고 존중되기를 바라는 만큼 다른 사람의 가치를 이해하고 존중한다면, 세계는 무수한 차이와 무궁무진한 다양성이―적대하거나 대립하지 않고―공존하는 공간이 될 것이다. 그런 의미에서 차이와 다양성을 생성하는 삶을 사는 것, 즉 새로운 가치의 창조자는 탐험가, 발명가, 모험가, 여행가가 되어야 한다. 니체는 이렇게 외친다. "모든 인간은 담대한 용기, 공격적인 용기를 지녀야 한다." 진정 니체에게 벗이란 그러한 사람들이다.

용기는 심연에서 느끼는 현기증까지 없애준다. 그런데 사람이 있는 곳치고 심연이 아닌 곳이 어디 있던가? 바라본다는 것 그 자체가 심연을 들여다본다는 것이 아닌가? 용기는 더없이 뛰어난 살해자다. 그것은 연민의 정까지도 없애준다. 연민의 정이야말로 더없이 깊은 심연이 아닌가. 생을 그토록 깊이 들여다보면, 고통까지도 그만큼 깊이 들여다보게 마련이다. 용기는 더없이 뛰어난 살해자다. 공격적인 용기는 "그것이 생이었던가? 좋다! 그렇다면 다시 한 번!" 이렇게 말함으로써 용기는 죽음을 죽이기까지 한다. 이 같은 말 속에는 많은 승리의 함성이 들어 있다. 귀 있는 자, 들을지어다.

_니체,《차라투스트라는 이렇게 말했다》

무한한 다양성을 만들어내는 차이의 가치가 얼마나 인간을 담대하고 용맹스럽고 역동적이며 창조적이게 하는가? 모든 인간이 제각기 스스로의 용기와 힘으로 차이와 다양성을 생산하는 가치의 창조자가 된다면, 비로소 우리는 어떤 것에도 복종하거나 굴종하지 않고 또한 어떤 것에도 의존하거나 의지하지 않는 육체적, 정신적으로 완전히 독립된 존재가 될 수 있을 것이다. 더욱이 그렇게 모든 권력과 권위로부터 완전히 독립된 인간만이 세계의 경계와 인간의 한계를 넘어선 문학과 역사와 철학을 생성하고 창조할 수 있을 것이다. 만약 그러한 사람이 있다면, 그 사람을 가리켜 니체 철학이 궁극적으로 지향한 이상적인 인간상인 '위버멘쉬(초인)', 곧 인간을 넘어선 인간이라고 불러도 무방할 것이다. 그러한 까닭에 문학가와 철학자는 마땅히 남과 다른 독특한 존재를 지향하고, 남보다 탁월한 독보적인 경지를 추구해야 한다. 그러기 위해서는 남과 같아지기를 바라기보다는 남과 달라지기를 원해야 하고, 동질적인 집단에 속하려고 하기보다는 이질적인 존재가 되려고 해야 하며, 동일성을 모색하기보다는 다양성을 좇아야 한다. 진정으로 위대한 작가와 철학자는 모두 그러한 과정을 통해서만 탄생했다.

니체는 독특한 존재를 지향하고 독보적인 경지를 추구했다는 점에서도 다른 어떤 누구도 따라올 수 없을 만큼 특이성의 존재였기에, 자전적 기록인 《이 사람을 보라》에서 자신의 작품 《차라투스트라는 이렇게 말했다》에 대해 이러한 자평을 남길 수 있었다. 니체의 자화자찬을 듣기 위해서가 아니라, 창조적인 작업을 하는 모든 사람은 마땅히 니체와 같은 담대한 정신과 거대한 열정을 지녀야 한다는 사실을 일깨우고 싶어서 마지막으로 여기에 그의 자평을 소개해본다. 대작과 걸작은 그러한 담대한 정신과 거대한 열정이 있어야 비로소 생산될 수 있기 때문이다. 여기에서 니체는 더 이상 진리를 '인식'하는 자에 머무르지 않는다. 그는 이제 진리를 '창조'하는 자이다.

> 이 작품은 단연 독자적이다. 시인들은 제쳐두자: 이 작품을 쓰게 했던 그 풍부한 힘과 같은 힘으로 쓰여진 것은 결단코 없을 것이다. … 괴테나 셰익스피어도 이런 거대한 열정과 높이에서는 한순간도 숨을 쉬지 못하리라는 것, 차라투스트라에 비하면 단테도 한갓 신봉자에 불과하지, 진리를 비로소 창조하는 자나 세계를 지배하는 정신이나 하나의 운명은 아니라는 것―, 베다의 시인들은 사제에 불과하며 차라투스트라의 신발끈을 풀어줄 수조차 없는 자들이라는 것. 하지만 이 모든 것은 사실은 그 작품에 대한 최소한의 것일 뿐이며, 이 작품이 살아 숨 쉬고 있는 그 거리에 대해서나 푸른 하늘빛 고독에 대해서는 아무것도 말해주는 바가 없다. 차라투스트라는 다음처럼 말할 권리를 영원히 갖고 있다: "나는 내 둘레에 원을 만들어 신성한 경계로 삼는다; 산이 높아질수록 나와 함께

산을 오를 자는 그만큼 적어진다—나는 더욱 신성해지는 산들로 하나의 산맥을 만들어낸다." 정신과 위대한 영혼의 온갖 선의가 하나로 뭉쳐 합산된다 해도: 그 모든 것들의 합은 차라투스트라의 말 한 마디를 만들어 낼 수 없을 것이다.

_니체, 《이 사람을 보라》[96]

7장

일상의 글쓰기

수숫대 속 벌레가 노니는 소요유

글쓰기 동서대전
東西大戰

문체반정이 지워버린
19세기 조선의 문학 천재

● 이옥

오늘날 우리의 보잘것없는 안목 때문에 그동안 낮게 평가됐거나 혹은 거의 알려지지 않았던 대표적인 조선의 문사를 언급한다면, 필자는 1초의 주저함도 없이 18세기에는 이용휴가 있었고, 19세기에는 이옥李鈺 (1760~1815)이 있었다고 말할 것이다. 왜? 이옥은 단언컨대 16세기의 문제적 인물 허균의 재림에 비견할 만한 이단적인 사유와 혁신적인 사고, 과감한 도전과 실험 정신에다가 문장의 내공과 필력을 두루 갖춘 독보적인 존재였기 때문이다.

특히 이옥은 유학이나 성리학과 같은 거대 정치-지식 권력이 즐겨 다루는 거대 주제나 담론이 아닌 자기 생활 주변의 '자질구레하고 사소하고 보잘 것 없는 존재(사물)'들을 글감으로 삼아 글을 쓰는 것을 즐겼다. 일상적으로 마주하는 특별할 것 없는 온갖 존재(사물)들을 자기만의 시각과 감성으로 묘사하고 표현했다는 점에서 그의 글에 담긴 미학 의식은 '일상성'이라고 말할 수 있다. 일상성, 이것은 앞서 필자가 여러 차례 언급했던 18세기 조선의 글쓰기가 이전 시대의 글쓰기와 뚜렷하게 구분되는 특징인 무목적성, 주관성과 더불어 이 시대의 문학 사조와 미학 의식을 대표하는 개념이라고 해도 과언이 아니다. 이옥은 일상성을 묘사하는 데 있어서 걸출하고 탁월한, 즉 독보적인 작가였다. 그는 일찍이 '담배에 관한 경전'이라는 뜻의 재미있는 제목을 붙인《연경煙經》이라는 저서에서, 주변의 보잘것없고 초라한 온갖 사물을 소재로 하는 글쓰기를 추구했던 자신의 집필 작업에 대해 이렇게 표현한 적이 있다.

> 옛사람들은 일상생활에 필요한 음식에 관한 일에 대해 기록하여 서책으로 남기지 않은 것이 없었다. 이러한 까닭에 추평공鄒平公(단문창段文昌)은《식헌食憲》50권을 저술했고, 왕적王績은《주보酒譜》를 지었고, 정운수鄭雲叟(정오鄭磝)는《속주보續酒譜》를 기록했고, 두평竇苹 역시《주보酒譜》를 저술했다. 또한 육우陸羽는《다경茶經》을 지어 남겼다. 주강周絳은 이 육우의《다경》을 보완하는 책을 저술했고, 모문석毛文錫은《다보茶譜》를 지었다. … 이러한 저술을 통해 옛사람들은 아무리 하찮고 사소한 대상이라고 해도 변변치 않거나 보잘것없는 것조차 명백하게 밝혀서 천하의 사람들과 후대의 자손들과 함께 그 쓰임새를 공유하려고 하였다. 그 뜻이 어떻게 일시적으로 재미 삼아 필묵을 휘두른 것에 지나지 않겠는가?
>
> _이옥,《연경》, 서문

이옥은 조선에 담배가 등장한 지도 거의 200년이 다 되어 그동안 "마땅히 문자로 담배를 기록해 저술한 서책이 존재할 만도 한데" 아직까지 "담배에 관한 것을 저술한 문장가가 있다거나 또는 담배에 관한 기록들을 모아 엮은 서책이 나왔다는 말을 들어보지 못했다"고 하였다. 그러면서 이렇게 반문한다. "담배를 기록하는 것이 자질구레한 일이고, 담배라는 물건이 쓸모없는 것이어서 고상하기 그지없는 붓을 휘둘러 저술하기에는 터무니없이 부족하다고 생각했기 때문인가?" 그리고 이옥은 자신은 담배를 몹시 좋아하고 지나치게 즐기는 일종의 '연벽烟癖'이 있는 사람이기 때문에, 세상 사람들이 자신을 망령된 사람이라고 비웃거나 미친 사람이라고 조롱하는 것에 두려워하지 않고 담배에 관한 모든 자료를 정리하고 기록해 저술을 내놓는다고 밝혔다. 여기에서 이옥은 일상생활의 사소하고 하찮고 보잘것없는 기호품에 불과한 담배를 지식 탐구의 중요한 소재로 삼아 저술함으로써—오늘날의 관점에서 본다면—이른바 '담배학(烟學)'이라고 할 수 있는 새로운 학문을 창조해냈다고 해도 틀린 말이 아니다. 사소하고 하찮고 보잘것없는 것 속에서 비범하고 특별한 것의 발견과 창조, 이것이야말로 이옥이 추구했던 글쓰기 철학, 즉 '일상의 미학'이다.

그러나 이옥의 문장에 담긴 일상의 미학이 가장 뚜렷하게 드러나 있는 저술은, 그가 백운사白雲舍라는 궁벽한 곳에 머물면서 단지 지루하기 짝이 없는 시간을 보내기 위해 썼다고 밝힌 글들을 모아 엮은 소품 산문집인《백운필白雲筆》이다. 특히《백운필》은 이옥의 사후 발견된 시문 가운데 핵심적인 비중을 차지한다고 평가할 수 있을 만큼, 그의 문학 세계와 미학 의식을 살펴볼 때 중요하게 다루어져야 할 작품이다. 더욱이 이옥이 직접 쓴《백운필》의 서문은 18세기 글쓰기의 세 가지 특징, 즉 '무목적성'과 '주관성'과 '일상성'이 무엇인가를 일목요연하게 들여다볼 수 있는 명문장 중의 명문장이다. 백운白雲이라는 궁벽한 곳에서 하는 일도 없고 이야기를 나눌 사람도 없고 지루한 시간을 보낼 소일거리도 없어서 어쩔 수 없이 글을 쓴다는 것이야말로, '무목적성'의 극치가 아닌가? 부득불 글을 쓴다면 새와 물고기와 짐승과 곡식과 과일을 쓴다는 것이야말로, 내가 좋아하거나 쓰고 싶은 것을 글로 쓸 뿐이라는 '주관성'의 극치가 아닌가? 천문과 지리와 귀신과 성리性理와 문장과 석가와 노자와 방술方術과 조정과 관직과 재물과 이익과 여색은 특별히 이야기할 것이 없어서 단지 자기 주변의 벌레와 꽃과 채소와 나무와 풀을 이야기한다는 것이야말로, '일상성'의 극치가 아니고 무엇이란 말인가? 그런 의미에서 여기에 그 전문을 옮겨 적으니, 비록 길더라도 18세기 조선에 등장했던 새로운 글쓰기 철학을 가장 뚜렷하게 엿볼 수 있는 글이라는 사실을 유념하고 한 번쯤 정독해보기 바란다. 목적이 없는 가운데 목적이 있는 것, 주관적인 감성에 담긴 객관적인 세계, 일상적인 것 속의 비범한 것, 이러한 역설과 반어를 통한 글쓰기 전략, 이것이야말로 이옥의 《백운필》에 깔려 있는 문장 철학이자 미학 의식이다.

이 글에 어째서 '백운白雲'이라고 이름을 붙였는가? 그 까닭은 '백운사白雲舍'라는 곳에서 지은 글이기 때문이다. 그렇다면 어째서 '백운사'에서 '백운'이라는 글을 지었는가? 대개 그렇게 하지 않을 수 없어서 어쩔 수 없이 지은 것이다. 어찌하여 그렇게 하지 않을 수 없어서 어쩔 수 없이 지었다고 하는 것인가? 백운사는 본래 궁벽한 곳에 자리하고 있을 뿐더러 여름철 하루는 더디기만 해 무료하기 그지없다. 궁벽한 곳에 자리하고 있기 때문에 인적이 드물고, 하루가 더디기만 해 무료하기 때문에 특별한 일이 없다. 이미 일도 없고 사람도 없는데, 내가 어떻게 해야 이 궁벽한 곳에서 무료하기 짝이 없는 나날들을 보낼 수 있겠는가? 나는 바깥세상을 마음대로 돌아다니고 싶었지만 혼자 갈 만한 곳도 마땅히 없는데다가 불처럼 뜨겁게 내리쬐는 태양이 등을 그을리지나 않을까 하는 두려운 마음이 앞서 감히 나가지 못했다. 나는 잠을 자고 싶었지만 멀리서 불어오는 바람이 발[簾]을 흔들고 가까이에서는 풀 냄새가 코끝을 찌르는 바람에, 크게 일이 나면 입이 비뚤어질 수 있고 작게 일이 나더라도 또한 학질에 걸릴 수 있기 때문에 두려운 마음이 앞서 감히 눕지도 못했다. 나는 책이라도 읽고 싶었지만 몇 줄 읽고 나자 곧 혀가 마르고 목구멍이 아파서 그마저도 더 이상은 억지로 읽을 수 없었다. 나는 그저 아무 생각 없이 눈으로라도 서책을 보고 싶었지만 불과 몇 장 뒤적이지도 않았는데 곧 책으로 얼굴을 가리고 잠에 빠져드니 그조차 마음대로 할 수가 없었다. 나는 바둑을 두고 장기와 쌍륙雙六과 아패牙牌(골패)로 승패를 다투고 싶었지만 이미 집 안에는 그것들을 할 수 있는 기구가 없고 내 성격 또한 그것들을 즐거워하지 않기 때문에 이 역시 할 수 없었다. 그렇다면 나는 도대체 장차 어떻게 해야 이 궁벽한 곳에서 무료하기 짝이 없는 하루하루를 보낼 수 있겠는가? 어쩔 수 없이 손으로 혀를 대신하여 먹과 붓과 더불어 말을 잊은 경지에서 주거니 받거니 글을 지을 수밖에 다른 도리가 없다. 그런데 나는 또한 장차 어떤 이야기를 할 것인가? 나는 하늘에 대해 이야기하고 싶지만, 그렇게 한다면 사람들은 내가 반드시 천문을 배운다고 생각할 것이다. 하지만 천문을 배운 사람은 재앙을 맞는다. 그래서 나는 하늘을 이야기할 수 없다. 나는 땅에 대해 이야기하고 싶지만, 그렇게 한다면 사람들은 반드시 내가 지리를 안다고 생각할 것이다. 하지만 지리를 아는 사람은 다른 사람에게 부림을 받는 법이다. 그래서 나는 땅에 대해 이야기할 수 없다. 나는 사람에 대해 이야기하고 싶다. 하지만 사람에 대해 이야기하면 다른 사람 역시 그 사람에 대해 이야기하게 된다. 그래서 나는 사람에 대해 이야기할 수 없다. 나는 귀신에 대해 이야기하고 싶다. 하지만 사람들은 반드시 내가 망령된 말을 한다고 생각할 것이다. 그래서 나는 귀신에 대해서도 말할 수 없다. 나는 성리性理에 대해 이야기하고 싶다. 하지만 나는 평생 성리에 대해 들은 것이 없다. 나는 문장에 대해 이야기하고 싶다. 하지만 문장은 나와 같은 사람이 비평하거나 평론할 수 있는 것이 아니다. 나는 석가, 노자 그리고 방술에 대해 이야기하고 싶다. 하지만 그러한 것들은 내가 배운 것이 아니다. 더욱이 나는 그러한 것들에 대해서는 이야기하고 싶지도 않다. 조정에서의 이로움과 해로움, 지방 관리의 장점과 단점, 관직, 재물과 이익, 여색, 주식酒食 따위에 이르러서는 남송 때의 대학자 범익겸范益謙의 '일곱 가지 해서는 안 될 말[七不言]'이 있다. 나는 일찍이 이 '일곱 가지 해서는 안 될 말'을 좌우명으로 삼아 지내왔다. 그래서 그것들에 대해서도 이야기할 수 없다. 그렇다면 나는 또한 장차 어떤 것을 이야기하고 무엇을 글로 써야 하는가? 그 형편상 어쩔 수 없이 이야기를 하는데, 만약 이야기를 하지 않는다면 그뿐이겠지만, 이야기를 한다면 그렇게 하고 싶지 않다고 해도 어쩔 수 없이 새에 대해 이야기하고, 물고기에 대해 이야기하고, 짐승에 대해 이야기하고, 벌레에 대해 이야기하고, 꽃에 대해 이야기하고, 곡식에 대해 이야기하고, 과일에 대해 이야기하고, 채소에 대해 이야기하고, 나무에 대해 이야기하고, 풀에 대해 어야기할 수 있을 뿐이다. 이것이《백운필》이 어쩔 수 없이 지은 것이고, 또한 마지못해서 이야기한 것이라고 말한 이유이다. 만약 이와 같이 사람은 이야기하지 않을 수 없는 것이고, 또한 이야기할 수 없는 것이 있다면, 아아, 삼가 말을 하지 말자! 계해년(1803) 5월 상순, 백운사의 주인이 백운사의 앞마루에서 붓을 들어 글을 짓는다.

_이옥,《백운필》, 소서小敍

《백운필》은 새에 관한 글을 모은 '담조談鳥', 물고기에 관한 글을 모은 '담어談魚', 짐승에 관한 글을 모은 '담수談獸', 벌레에 관한 글을 모은 '담충談蟲', 꽃에 관한 글을 모은 '담화談花', 곡식에 관한 글을 모은 '담곡談穀', 과일에 관한 글을 모은 '담과談果', 채소에 관한 글을 모은 '담채談菜', 나무에 관한 글을 모은 '담목談木', 풀에 관한 글을 모은 '담초談草' 등 열 가지 부분으로 이루어져 있다. 글의 소재는 우리가 일상생활 주변에서 쉽게 찾을 수 없는 것은 단 하나도 없다. 이옥은 비둘기, 꿩, 닭, 거위, 참새, 까마귀, 청어, 진주, 석화, 거북, 늑대, 말, 여우, 고양이, 족제비, 쥐, 모기, 거미, 두꺼비, 지렁이, 송충이, 벼룩, 이, 국화, 살구꽃, 두견화, 모란, 작약, 무궁화, 벼, 기장, 콩, 보리, 옥수수, 깨, 감, 복분자, 앵두, 복숭아, 머루, 잣, 가지, 오이, 시금치, 고추, 호박, 생강, 상추, 떡갈나무, 참나무, 옻나무, 소나무, 두충나무, 느릅나무, 칡, 약초, 인삼, 목면, 담배, 고구마 등 온갖 사물들을 때로는 지식과 정보를 전달하는 방식으로, 때로는 자신만의 독특한 시각을 담아서, 때로는 세계와 만물을 새롭게 발견하고 인식하는 창구로, 때로는 인간 사회의 세태를 풍자하고 비유하는 방식으로, 때로는 삶의 고통을 관조하고 성찰하는 수단으로, 때로는 인간의 관점으로 사물을 보는 것이 아니라 사물(존재)의 관점으로 인간을 보는 방식으로 묘사하고 있다. 마치 거대하고 특별하고 비범한 것을 통해 인간과 세계와 우주와 만물을 보는 관점과 사유를 거부하면서, 미세하고 일상적이고 보잘것없는 것을 통해 인간과 세계와 우주와 만물을 바라보고 사고하며 글을 쓰는 것처럼 보인다. 이것은 18세기에 들어와 새롭게 등장한 관점의 대전환과 사유의 대혁신이다.

그런 의미에서 이옥은 성명性命이나 이기理氣 혹은 사단칠정四端七情이나 도덕 윤리 등을 중시한 유학과 성리학의 거대 담론 속에서 우주의 질서와 자연의 조화와 세상의 이치를 깨우치고 글을 썼던 이전 시대나 동시대의 전형적인 양반 사대부 출신 지식인과는 달라도 한참 다른 새로운 유형의 지식인이었다. 그는 우리 삶 가까이에 존재하는 지극히 미미하고 하찮고 보잘것없는 사물들을 세밀히 관찰하면서—관점의 전환과 발상의 혁신을 통해—우주와 자연과 인간 세계의 원리와 이치를 깨우치려고 했다. 예를 들어 흐드러지게 피어난 꽃과 나물 사이에서 즐겁게 노니는 나비를 통해 '아름다움과 추함'을 바라보는 관점의 전환을 묘사한 다음과 같은 글은, 이옥의 독특한 글쓰기 비법, 즉 '일상적인 것 속에서 비범한 인식'을 발견했던 방식을 읽을 수 있다.

나비를 잘 아는 사람이 있는데, 그가 손가락으로 가리키면서 내게 이렇게 말했다. "이것은 춘목충春木蟲이다. 이것은 멧누에나방의 고치〔野繭〕이다. 이것은 채청충菜靑蟲이다." 그 벌레가 꿈틀꿈틀 움직이는 상태를 아주 상세하게 말해주고 나서는 앞에다 침을 탁 뱉고 다시 말했다. "그대는 저 벌레들을 부러워할 필요가 없다. 그 근본이 지극히 추해 가까이할 수 없기 때문이다." 내가 말했다. "아! 아니다. 그대는 벌레는 곧 벌레라고 말하고, 나비는 곧 나비라고 말하는 것이 옳지 않은가? 하필 그 나비의 지난날을 생각해 벌레라고 말하는가? 이것은 비유하자면 한때 노예로 살았지만 대장군이 된 전한前漢 시대 위청衛靑을 노예라고 말하고, 젊었을 때 성질이 난폭했지만 개과천선해 충성스럽고 의로운 관리가 된 진晉나라의 주처周處를 패륜아라고 말하고, 고려시대 문장가 곽원진郭元振을 도적이라고 말하는 것이나 다름없다. 그대는 개구리의 꼬리에 죄를 주려고 하고, 비둘기의 눈을 의심하고자 한다. 그대 앞에서는 용납되어 인정받기가 어렵겠다."

추한 것에서 나왔어도 아름다우면 아름다운 것이고, 아름다운 것에서 나왔어도 추하면 추한 것인가? 아니다. 애초 아름다운 것과 추한 것의 구분부터가 잘못되었다. 추하다고 인식하는 것, 즉 벌레는 벌레일 뿐이고, 아름답다고 인식하는 것, 즉 나비 역시 나비일 뿐이다. 벌레가 나비가 되면 추한 것이 아름다운 것이 되고, 또한 나비가 죽으면 아름다운 것이 추한 것이 되고 만다. 추한 것이 아름다운 것이고, 아름다운 것이 추한 것이다. 아름다운 것과 추한 것은 구분할 수 없다. 무엇이 추하고 무엇이 아름답다거나, 무엇이 귀하고 무엇이 천하다는 구분은 오직 인간의 눈에 그렇게 보일 뿐 벌레나 나비와는 하등 상관이 없다.

이렇듯 평범한 일상 속에서 마주하는 사물을 관찰하다가 느끼고 깨달은 것을 소재와 주제로 삼은 글을 즐겨 썼던 이옥의 글쓰기는 《백운필》의 곳곳에서 빛을 발하고 있다. 짐승과 새와 물고기는 사람이 가까이 가면 반드시 달아난다. 오직 벌레만은 그렇지 않다. 모기는 한밤을 틈타 사람의 피를 빨고, 파리는 대낮을 노려 사람의 땀을 핥는다. 벼룩은 침상과 이불 사이에 살면서 사람의 살갗을 파고든다. 이〔蝨〕는 사람의 온몸을 삶의 터전 삼아 지내면서 사람을 괴롭힌다. 그러나 모기와 파리와 벼룩과 이는 사람의 몸 밖에 있기 때문에 사람의 몸 안에 살고 있는 온갖 기생충과 비교하면 더 낫다고 하겠다. 모기의 해로움은 사람의 살갗을 뚫어 종기와 고름이 나고, 이의 해악은 상처를 내어 머리카락을 잘라내는 데 그치지만, 회충의 해로움은 사람의 머리까지 올라와 목숨을 잃게 만든다. 《백운필》의 '담충'에 나오는 '사람의 몸에 기생하는 벌레들'을 묘사한 글이다. 사람이 비록 만물 가운데 가장 우월하다고 거만을 떨지만, 모기와 파리와 벼룩과 이을 물리치지 못하고 심지어 기생충은 어찌할 도리조차 없다. 이러한 까닭에 필자는 사람이 더 우월한지, 벌레가 더 우월한지 알지 못하겠다. 더욱이 벌레는 사람이 무서워하는 맹금猛禽과 맹수조차 두려워하는 존재다. 예를 들어보자. 매와 새매가 비록 날쌔고 빠르지만 자기 발 사이의 모기를 피할 수 없다. 호랑이와 표범은 사납고 날카로운 이빨을 가졌지만 자기 턱 아래의 이를 제압할 수 없다. 그래서 이옥은 이렇게 역설한다. "비로소 천하의 근심이 거대한 것에 있는 것이 아니라 사소한 것에 있다는 사실을 알았다. 어찌 그것이 사소하고 보잘것없다고 해서 소홀히 여기거나 쉽게 생각할 수 있겠는가?"

모기는 한밤을 살피고 파리는 대낮을 헤아려서 휘장을 뚫고 발(簾)을 엿봐가며 사람의 피를 빨고 사람의 땀을 핥는다. 벼룩은 침상과 이부자리 사이를 연못과 수풀로 삼아 사람의 피부를 재빠르게 물어뜯는 것을 멈추지 않는다. 이(蝨)는 오히려 침상과 이부자리 사이도 멀다고 하면서 사람의 바지와 속옷의 솔기를 점거하고, 사람의 터럭과 머리카락이 무성한 곳에 의지하여 마치 농사짓기 위해 일구는 논밭처럼 사람에게 의뢰한다. 그러면서 틈만 나면 거듭 사람의 피부를 뚫고 들어가 굴을 만든 다음 그곳에서 거주한다. 그런데 이 모기와 파리와 벼룩과 이는 오히려 사람의 몸 바깥에 존재하는 것들일 따름이다. 삼충三蟲은 사람의 오장육부 속에 들어가 은밀하게 사람을 이용해 자신의 옷과 음식과 집으로 삼아 살아간다. … 가만히 생각해보면, 미처 깨닫지 못하는 중에 등줄기에 소름이 돋고 다리가 덜덜 떨린다. 비로소 천하의 근심이 거대한 것에 있는 것이 아니라 사소한 것에 있다는 사실을 알았다. 어찌 그것이 사소하고 보잘것없다고 해서 소홀히 여기거나 쉽게 생각할 수 있겠는가?

'신루蜃樓(신기루)'를 소재로 삼아 쓴 글은 우리가 '보고 있는 것'은 마치 신기루처럼 진짜인지 가짜인지 알기도 어렵고 알 수도 없다는 회의와 혼란 속으로 우리를 끌고 들어간다. 실재인 듯 보이지만 다가가면 허상과 환상인 것을 알고 돌아섰다가, 다시 보면 실재하는 것 같아 다시 가까이 가보면 결국 허상과 환상인 게 신기루다. 실재와 환상의 관계나 진리와 허상의 인식에 관한 철학적 해석을 전혀 특별하지 않은 평범한 소재인 '신기루'로 풀어내는 것만 보아도, 이옥의 글에 담긴 일상적인 소재와 비범한 인식, 곧 '소재가 하찮다고 글까지 하찮은 것은 아니다'는 일상의 미학의 가치와 의미를 어렵지 않게 깨달을 수 있다. 특히《백운필》〈담어〉에 실려 있는 '신기루'는, 신기루를 다루고 있는 이옥의 또 다른 글인 '신루기蜃樓記'와 비교해 읽어야 그 의미와 가치를 더욱 확실하게 깨우칠 수 있다.

나는 일찍이 신루蜃樓에 대해 들었다. 신루라는 것은 붉은색 난간과 청록색 기와, 무성한 안개와 찬란한 꽃 등을 또렷하게 분별할 수 있다고 하며 매우 아름다운 장관이라고 한다. … 모두 사람의 생각에 따라서 형상이 이루어진다. 대개 기운일 따름으로 형상이 비슷할 뿐 실체가 없고 실재하지도 않는다.《본초本草》에서 말하기를 "신蜃은 이무기에 속한다. 뱀과 유사한데 크고 마치 붉은 비늘을 지닌 용처럼 뿔이 있다. 허리 아래로는 비늘이 다 거꾸로 되어 있다. 기운을 내뿜어 누대와 성곽의 모양을 만들어낸다. 장차 비가 내리려고 하면 즉시 볼 수 있다. 이름은 신루이며 또한 해시海市라고 부르기도 한다"고 하였다. 이것이 과연 신蜃의 기운이라면, 왜 하필 산에 의지해야 비로소 이루어지겠는가? 신루가 여기에서 그친다면, 또한 어째서 신루를 바다 위의 아름다운 장관이라고 하겠는가? 사람들이 본 것은 단지 다른 '섬의 환영'이고, 옛사람들이 일컬은 이른바 '신루蜃樓'나 '해시海市'가 아닌 것인가? 이도 저도 아니면 옛사람들은 거짓으로 부풀려서 떠벌이거나 아름답게 꾸미고 더해서 말하는 것을 지나치게 좋아했던 것인가?

_이옥, 《백운필》, 〈담어〉

이 '신기루'와 연작이라고 할 수 있는 '신루기'에서 이제 이옥은 제 아무리 웅장하고 화려한 것도 한순간 사라지고 마는 신기루처럼 영원히 존재할 수 없다는 사실을 말하면서, 이러한 까닭에 실재도 결국 허상이요 환상일 뿐임을 밝히고 있다. 실재와 허상의 불일치와 역설적 관계를 신기루에 빗대어 쓰고 있지만, 여기에서 필자는 '아는 것'과 '보는 것'의 관계 역시 실재와 허상의 불일치와 배반에서 한 치도 벗어나지 않는다는 생각을 읽는다. 즉 '아는 만큼 보이는 것'이 아니라 '아는 것'과 '보는 것'은―비록 일치하는 것처럼 생각하기 쉽지만―결코 꼭 들어맞지 않아 반드시 서로를 배반하게 된다.

들판의 기운은 성곽을, 바다의 기운은 누대의 형상을 만든다. 어떤 사람이 말하기를 "바다 속에는 벌레가 있다. 그 이름을 '신蜃'이라고 부른다. 몸은 뱀의 형상을 하고 있는데 그 크기가 천 척尺에 달한다. 불의 비늘에 용의 뿔을 갖고 있다. 이것이 기운을 내뿜어 누대의 모양을 만든다"라고 하였다. … 작은 사람이 달팽이 집만큼이나 아주 조그마한 집을 짓는다고 하더라도 도끼로 산에서 나무를 찍고 진흙을 높이 쌓는 작업을 며칠에 걸쳐 한 다음에야 비로소 완성할 수 있다. 큰 저택은 일 년, 진평공

晉平公의 궁궐인 사기虒祈는 삼 년, 진시황의 아방궁은 십 년이 걸려도 완성하지 못하였다. 그런데 눈 깜짝할 시간도 되지 않아 성곽과 누대를 만들고, 다시 눈 깜짝할 시간도 되지 않아 누대와 성곽을 이지러뜨린다. 어떻게 그렇게 할 수 있는가? … 사물도 역시 그렇다. 기운이 신령스러운 작용을 하는 것을 또한 어떻게 인간의 능력으로 헤아릴 수 있겠는가? 어떤 원인도 없이 만들어내고, 어떤 것도 빌리지 않고 이루어낸다. 그러므로 내가 어찌 반드시 바다와 신蜃이 만들어낸다고 말할 수 있겠는가? … 하루는 바닷가에 사는 사람이 신기루가 일어났다고 말해주었다. 나는 즉시 바다로 나가서 신기루를 바라보았다. 나 자신으로부터 거리가 대략 십 리 쯤 떨어져 있는 곳에 산이 바다를 차지하고 우뚝 솟아 있는데, 그 빛깔이 짙푸르다 못해 검푸르렀다. 그 형상이 보루堡壘를 이루고, 병풍을 이루고, 담장을 이루고, 성을 이루었다가 갑자기 다시 구멍을 뚫어서 엿보고 통하는 큰 성문을 만들었다. … 옛사람들은 세상에 영원히 존재하는 누대는 없다는 것에서 세상사의 비애悲哀를 알았다. 산도 역시 영구하지 않은데 누대 따위가 어찌 영원할 수 있겠는가? 나는 이러한 까닭에 거듭 슬픔을 느낀다.

_이옥, 신루기

그렇다면 우리는 영원히 진짜와 가짜, 실재와 허상, 사실과 거짓, 실체와 환상의 여부를 가늠할 수도 가릴 수도 없는 것일까? 안타깝지만 필자의 대답은 '그렇다'이다. 그러나 실망할 필요는 없다. 절대적이고 고정불변한 실재와 사실과 진실과 진짜는 비록 알 수 없을지 몰라도 그것을 깨우칠 수 있는 혜안이 전혀 존재하지 않는 것은 아니기 때문이다. 여기에서 혜안이란 쉽게 말해—'아는 것'과 '보는 것'에 머무르지 않고—'보이는 것 너머까지 통찰하는 안목'을 말한다. 만약 안다는 것과 보이는 것 너머까지 통찰하는 안목이 없다면 글쓰기란 인간 세상의 이치를 제대로 담을 수 없고, 자연과 만물의 참된 모습을 온전히 묘사하거나 그 참된 본성을 표현할 수 없게 되고 만다.

또한 이옥은 구태여 철학적 해석과 함의를 온축하지 않은 채 단순히 자신이 일상적으로 접하는 사물들의 지식과 정보를 묘사하는 데 그친 글들 역시 많이 적어놓았다. 그것은 앞서 《연경》의 서문에서 밝혔던 '일상성'에 대한 남다른 인식, 즉 "옛사람들은 사물을 볼 때 진실로 기록할 만한 좋은 것이 한 가지라도 있을 경우에는, 그것이 미물이라고 해서 내팽개치지 않았다. 오히려 그 드러나지 않은 것을 수집하거나 열거하여 그 깊이 간직하고 있는 것을 환하게 드러내어 밝혔다. 또한 그것들을 모아서 서책으로 만들지 않은 것이 없었다"는 사고와 연관되어 있다. 그렇게 하는 까닭은 무엇인가? 이옥은 말한다. 첫째, 그것은 "아무리 하찮고 사소한 것이라고 해도 허투루 보지 않고 그 변변치 않거나 보잘것없는 것조차 명백하게 밝혀서 세상 사람들과 그 쓰임새를 공유"하기 위해서다. 둘째, 그것은 "아무리 자질구레하고 별 볼 일 없고 쓸모없는 사물일지라도 붓을 휘둘러 글로 옮겨 적는 데 부족한 것은 결코 없다"고 생각하기 때문이다. 셋째, 그것을 "몹시 좋아하고 또한 즐겨서 스스로 세상 사람들의 비웃음과 조롱을 두려워하지 않고 마음 가는 대로 모아 엮을 만하다"고 여겼기 때문이다. 이치가 이러한데 "그 뜻이 어떻게 일시적으로 재미 삼아 필묵을 휘두른 것에 지나지 않겠는가?" 닭을 기르는 방법을 구체적으로 묘사한 '양계養鷄'가 이러한 경우에 해당한다. 선비가 양계를 소재로 삼아 글을 쓴다는 것 자체가 이전 시대에는 결코 용인되지 않은 일이었다. 그렇듯 중인 이하의 사람들이나 종사하는 생업을 언급하는 것은 잡학이자 잡기雜技요,

잡기雜記이자 잡문에 불과했기 때문이다. 그것은 책 읽고 글 짓는 것을 전업으로 삼아야 할 선비에게는 수치스러운 일이었다.

우리나라의 풍속은 거위나 오리를 거의 기르지 않는다. 이러한 까닭에 닭이 가축 기르는 일의 큰 부분을 차지하고 있다. 제사를 모실 때에도 닭을 사용하고, 부모님에게 올릴 음식에도 닭을 사용하고, 손님을 대접할 때에도 닭을 사용하고, 질병에 걸려 몸을 보양해야 할 때에도 닭을 사용하니, 모두 아주 긴요하게 쓰인다고 하겠다. 그래서 시골의 가난한 집일수록 더욱 닭을 기르지 않을 수 없는 것이다. 닭을 기르는 사람들은 반드시 청수피青繡皮·황계黃鷄·적흉赤胸·백오白烏·당계唐鷄 등의 희귀한 종자를 구할 필요가 없다. 단지 수탉은 튼튼하고 새벽 일찍 우는 놈을 고르고, 암탉은 노랗고 다리가 짧은 놈을 고른 다음 대나무로 울타리를 둘러쳐서 닭 우리를 만든다. 이렇게 해야 들고양이와 족제비가 닭을 잡아먹는 재앙을 막을 수 있다. 만약 닭에게 역병이 돌면 소고기를 아주 작게 잘라서 아직 전염되지 않은 닭에게 먹이면 곧 병에 걸리지 않게 된다. 만약 이러한 조치를 조금이라도 늦게 하면 반드시 닭의 무리가 전부 죽고 난 다음에야 역병이 잠잠해질 것이다. 암탉을 많이 기를 경우에는 계란을 먹는 것이 가장 좋다. 그 까닭은 대개 물건으로 치자면 검소하지만 맛으로 치자면 사치스럽고, 살생을 하지 않고도 고기를 먹을 수 있고, 또한 사람에게는 몸을 보양하는 이로움을 주기 때문이다.

_이옥, 《백운필》, 〈담조〉

이제 너무나 흔해 특별할 것 하나 없는 오이를 소재로 삼아 그 다양한 용도를 논하면서, 사람을 잘 만나면 크기와 용도에 따라 긴요하게 사용되지만 사람을 잘못 만나면 버려지는 운명에 처하는 오이처럼, 사람의 능력 또한 어떤 시대에 누구를 만나느냐에 따라 그 쓰임을 얻을 수도 있고 버려질 수도 있다는 은미한 뜻을 담고 있는 '과어瓜語'라는 글을 읽어보자. 이 글은 하찮은 소재와 글감을 갖고도 결코 하찮지 않은 뜻과 정신을 얼마든지 펼칠 수 있다는 산 증거이기 때문이다. 작가의 정신이 살아 있는 글이라면 그 소재와 글감이 무엇이 된다고 하더라도 전혀 문제가 되지 않는다는 사실을 깨우쳐주는 작품이다.

> 재실齋室 아래로 마당이고, 마당 아래로 채마밭이다. 채마밭에는 보리를 심어서 두 말을 수확할 수 있다. 해마다 오이를 심어서 60여 뿌리의 오이를 거둘 수 있다. … 크기가 작은 오이는 꼭 엄지손가락만 하고, 큰 오이는 양의 뿔만 하고, 그보다 더 큰 오이는 한 손으로 움켜쥘 만하다. 크고 늙은 오이는 둘레가 한 자나 된다. 크기가 작은 오이는 깨끗하게 씻은 다음 소금에 절여서 껍질을 벗기지 않고 그대로 씹어 먹는데, 그 맛이 화주火酒(소주)와 잘 어울린다. 크기가 큰 오이는 자르고 갈라서 미나리와 파와 마늘 등의 여러 가지 재료를 속에 넣은 다음 혹은 소금에 절여두거나, 혹은 초장(혜장醯醬)을 첨가하거나, 혹은 장수醬水(간장)를 끓여서 절임을 만든다. 날씨가 추워서 절임이 잘 숙성되지 않으면 매실을 넣는다. 한 손으로 움켜쥘 만한 크기의 오이는 국을 끓여서 먹거나 또는 나물로 무쳐서 먹는다. … 나는 알지 못한다. 오이가 장차 안주가 될 것인지 혹은 반찬이 될 것인지? 장차 절임이 될 것인지? 장차 국이 될 것인지 혹은 나물이 될 것인지? 장차 늙어서 버려질 것인지 혹은 씨만 남기고 말 것인지? 이것은 도무지 알 수 없는 일이다.
>
> _이옥,《봉성문여鳳城文餘》, 오이 이야기[瓜語]

상추쌈을 예찬하며 마치 한 폭의 그림을 보듯이 세밀하고 생동감 넘치게 상추쌈을 먹는 방법을 묘사하고, 이 세상에서 가장 진귀한 음식인 용미봉탕龍味鳳湯이나 팔진고량八珍膏粱과 같은 음식보다 더 맛있다고 한 글 역시 일상의 하찮은 일을 소재로 삼아 맛깔나게 지어낸 한 편의 희작이다. 특히 상추쌈을 먹는 중에 우스운 이야기를 나누다가, 한 번 크게 웃기라도 하면 밥알과 상추 잎이 입 밖으로 튀어나와 사방에 흩뿌려질 것이니 조심하라는 경고 아닌 경고 앞에서는 실소를 금할 수 없다. 오늘날에도 우리 주변에서 식사나 회식 중에 흔하게 만날 수 있는 광경이기 때문이다.

매년 여름 단비가 처음 지나가고 나면 상추 잎이 아주 잘 자라서 마치 푸른 비단 치마처럼 싱싱해 보인다. 커다란 동이의 물에 한참 동안 상추를 담갔다가 깨끗하게 씻어낸다. 그리고 대야에 물을 받아 두 손을 정갈하게 씻는다. 왼손을 크게 펼쳐서 하늘에서 내리는 장생불사의 감로수를 받아먹기 위해 만들었다는 승로반承露盤처럼 손 모양을 만든 다음 오른손으로 두텁고 커다란 상추를 골라서 두 장을 뒤집어엎고 손바닥 위에 펼쳐놓는다. 이때 비로소 흰밥을 취해 큰 숟가락으로 두드려서 마치 거위 알처럼 둥글게 모양을 만들고 상추 위에 얹어놓는다. 그리고 흰밥의 가장 윗부분을 약간 평평하게 다져놓고 다시 젓가락을 들고 얇게 회를 뜬 소어蘇魚(송어)를 집은 다음 황개장黃芥醬에 담갔다가 흰밥 위에 올려놓는다. … 처음 상추쌈을 씹을 때에는 옆 사람과 우스갯소리를 주고받지 않도록 해야 한다. 만약 삼가 그렇게 하지 않고 한 번 깔깔거리며 웃기라도 하면, 입에서 내뿜은 하얀 밥알이 이리저리 튀고 파란 상추 잎이 이곳저곳으로 흩뿌려질 것이다. 반드시 입에 든 모든 것을 다 뱉어내고 난 다음에야 멈추게 될 것이다. 이와 같이 10여 차례 상추쌈을 목구멍 아래로 삼키고 나면, 나는 진실로 천하의 진기한 맛인 용미봉탕과 천하의 진귀한 맛인 팔진고량과 같은 허다한 음식조차 알지 못하는 지경이 되고 만다.

_이옥, 《백운필》, 〈담채〉

특히 상추쌈을 즐겨 먹었던 우리의 음식 문화를 호방하고 유쾌한 필치로 묘사한 이 글을 보고 있으면, 이옥이 글감의 선택에서 얼마나 얽매임이 없이 자유로웠는가, 표현의 기법에서 얼마나 개성적이고 자유분방했는가를 알 수 있다. 이렇게 자신만의 감성을 담아 세태기 혹은 풍속기를 즐겨 썼던 이옥의 글을 통해, 필자는 다시 한 번 일상생활 속 신변잡기와 잡감을 기꺼이 글로 옮겼던 18세기 특유의 미학 의식, 즉 일상성을 접하게 된다.

이옥이 패관소품체나 괴이한 문체를 썼다는 죄 아닌 죄를 뒤집어 쓴채 경상도 삼가현에 충군充軍(죄인을 군역에 복무하도록 하는 제도)으로 나가 있을 때 쓴 시골 시장 풍속기인 '시기市記'에는 이옥의 글에 담긴 일상성의 미학 의식이 종합적으로 나타나 있다. 이 글 속에서 이옥은 당시 머물고 있던 주막에서 "너무나 심심하고 지루한 나머지 종이창의 구멍을 통해 바깥세상을 내다보며 구경하다가" 우연히 장이 서는 풍경을 접하고 재미 삼아 붓이 가는대로, 마음이 가는대로 시장 안팎 백성들의 다종다양한 모습을 묘사하고 있다. 아무도 관심조차 두지 않는 일상의 시간과 그저 흘러갈 뿐인 그 시간 속의 사건이 '일상의 미학'으로 재발견된다. 특히 이 '시기'는 일상의 미학은 물론이고 동심의 미학과 기궤첨신의 미학과 진경의 미학이 한 편의 글 안에서 종합적으로 어우러지고 있다는 점에서 18세기와 19세기 소품문의 쾌작이자 걸작이다. 패관소품체 때문에 죄를 뒤집어쓰고 처벌을 받는 고통스런 상황 속에서도 오히려 패관소품체를 썼으니, 또한 이옥의 남다른 문기文氣와 웅지에 탄복하지 않을 수 없다. 어쨌든 그 덕분에 우리는 18세기 말 조선의 시골 시장 풍경을 가장 사실적으로 묘사하고, 가장 생동감 있게 표현한 글을 21세기에 접할 수 있게 되었다. 마치 18세기 조선의 일상적인 풍경을 화폭에 담은 김홍도와 신윤복의 풍속화가 없다면, 우리가 18세기 조선 사람들의 삶과 풍속을 제대로 알기 어려운 이치와 같다고 하겠다. 더욱이 김홍도와 신윤복과 같은 훌륭한 화가의 그림이 아니라, 이름 없는 이들이 그린—비록 그림으로서는 수준이 한참 떨어지지만—민화만 해도 김홍도와 신윤복의 그림에서 찾아볼 수 없는 그 시대의 삶과 풍경을 보여주고 있지 않은가? 글 역시 이와 다르지 않다. 너무나 흔하고 가까이 있어서 별 존재감이 없는 글의 소재라고 하더라도 특별하고 색다르며 훌륭한 글이 나올 수 있고 또한 지금은 비록 누추하고 천박한 것처럼 보이는 글이라고 해도 특정한 시대와 특정한 사람에게서 그 존재 가치를 빛낼 수도 있는 것이다. 너무 흔하고 하찮으며 사소하고 보잘것없는 일상의 풍경이라고 해도 글로 옮겨 묘사하는 데 주저하지 않아야 할 진정한 이유가 바로 여기에 있다.

> 12월 27일에 시장이 열렸다. 나는 너무나 심심하고 지루한 나머지 종이 창의 구멍을 통해 시장 풍경을 엿보았다. 그때 마치 눈이 올 것처럼 하늘이 컴컴했는데, 눈구름인지 먹구름인지 분변하기가 어려웠다. 대략 정오는 이미 넘긴 시간이었다. 송아지만 하게 보이는 소를 몰고 오는 사람도 있고, 소 두 마리를 몰고 오는 사람도 있고, 품에 닭을 안고 오는 사람도 있다. 팔초어八梢魚(문어)를 들고 오는 사람도 있고, 돼지의 네 다리를

결박한 채 들쳐 메고 오는 사람도 있고, 청어靑魚를 묶어서 오는 사람도 있고, 다시 청어를 엮어서 흔들거리며 오는 사람도 있고, 품에 북어北魚 를 잔뜩 안고 오는 사람도 있다. … 서로 만나 허리를 숙여 절하는 사람 도 있고, 서로 대화를 나누는 사람도 있고, 서로 화를 내며 밀치고 다투는 사람도 있고, 손을 잡아당기며 서로 희롱하는 남자와 여자도 있고, 시장 을 떠났다가 다시 돌아오는 사람도 있고, 시장에 왔다가 다시 떠나는 사 람도 있다. … 시장 풍경을 다 구경하지 않았는데 땔나무를 한 짐 짊어진 사람이 나타나 종이창 바깥으로 바로보이는 담장 쪽에 앉아서 휴식을 취했다. 나 역시 안석에 기대어 누웠다. 한 해가 다 저물어갈 무렵이기 때 문인지 시장은 더욱 사람들로 북적댔다.

_이옥, 《봉성문여》, 시기

그런데 왜 이 시대에 들어와 이옥과 같은 지식인들은 일상생활 주변의 '하찮고 사소하고 보잘것없는 사물(존재)'들에게—새삼스럽게—주목했던 것일까? 여기에 대해서는 무엇보다 이 시대의 진보적 지식인들의 정신세 계에 거대한 영향을 미쳤던 철학 논쟁, 곧 '인물성동이논쟁人物性同異論爭' 에 주목할 필요가 있다. 이 논쟁을 거치면서 18세기의 지식인들은 비로소 인성人性과 물성物性은 동등하다는 가치와 인간과 사물은 변별할 수 없다 는 사고에 이르렀고, 그렇기 때문에 마침내 만물은 평등하다는 새로운 인 식에 도달할 수 있었기 때문이다. 이와 같은 인식은 홍대용의 《의산문답》 속에서 이렇게 표현되고 있다. "인간의 입장에서 짐승(사물)을 보면 인간 이 귀하고 사물이 천하다. 그렇지만 짐승(사물)의 입장에서 인간을 보면 짐 승(사물)은 귀하고 인간은 천하다. 그러나 하늘의 입장에서 보면 인간과 짐 승(사물)은 균등하다." 극단적으로 인성과 물성이 같은가 아니면 다른가에 대한 철학적 질문은 중화와 오랑캐의 구별, 양반과 천민의 구별이 옳은가 그른가에 대한 정치-사회적 질문의 다른 형태였을 뿐이다. 왜? 그 시대에 오랑캐와 천민은 인간이 아닌 짐승(사물)으로 취급되었기 때문이다. 여기에서 오랑캐와 천민은 중화와 양반의 시선에서 보자면, 사람의 본성을 갖추지 못한 짐승에 불과할 뿐이다. 인성과 물성이 다르다는 철학적 사고는 인간과 짐승(사물), 중심과 주변, 문명과 야만 그리고 아름답고 선한 것과 추하고 악한 것의 주종 관계가 존재할 수밖에 없다고 보지만, 인성과 물성이 균등하다는 철학적 사고에 이르게 되면 이제 무엇이 중심이고 무엇이 주변인지, 무엇이 문명이고 무엇이 야만인지, 무엇을 아름답고 선하다고 해야 할지 혹은 무엇을 추하고 악하다고 해야 하는 것인가에 대한 근본적인 의문과 함께 가치 체계의 일대 전복과 세계관의 대변혁이 일어난다.

그리고 세상에 존재하는 모든 사물은 변별되지 않는 균등성과 동등한 가치를 갖고 있다는 인식은, 문장 미학의 차원에서 본다면 글쓰기의 주제와 소재 및 대상을 세상 만물로 무한정 확장시킨다고 해석할 수 있다. 다시 말해 지금까지 문장과 미학의 측면에서 아무런 가치가 없다고 여겨졌던 우리 주변의 하찮고 사소하고 보잘것없는 사물들이 비로소 문학적·미학적 가치를 갖게 되는 것이다. 그래서 이덕무는 "지극히 가늘고 작은 사물에 불과한 개와 고양이와 누에와 개미에게서 무궁한 조화의 이치"를 보았고, 또한 박지원은 "지극히 미미한 사물인 풀과 꽃과 새와 벌레에게서 하늘과 자연의 오묘하고 심오한 이치"를 볼 수 있다고 말했다. 이제 일상 속의 사건과 사물(존재)들은 새로운 생명을 얻는다. 특히 이덕무는 나이 24세에서 26세까지 3년 동안 집필한 소품의 글들을 모아 엮은 산문집《이목구심서》와 이보다 조금 이른 시기에 쓴 소품문 모음집《선귤당농소蟬橘堂濃笑》에서, 특유의 감성과 사유를 통해 평소 별반 가치나 의미가 없다고 지나쳤던 우리 주변의 사소하고 하찮고 보잘것없는 것들이 지닌 가치와 의미를 보여준다. 《이목구심서》와 《선귤당농소》 속 소품문을 하나하나 읽어내려가다 보면, 누구라도 우리 주변의 하찮고 사소하고 보잘것없는 사물(존재)들의 아름다움에 대한 깨달음, 곧 일상의 가치와 미학을 재발견할 수 있을 것이다.

이옥이 이러한 앞선 시대 북학파의 글쓰기 철학과 미학 의식에서 직간접적으로 영향을 받았을 것이라고 추정해볼 수 있는 근거가 다름 아닌 유득공과 이옥의 관계다. 유득공의 부친은 유춘柳瑃이다. 이옥의 부친은 이상오李常五다. 유춘은 홍이석洪以錫의 맏딸과 결혼해 맏사위가 되었고, 이상오는 홍이석의 셋째 딸과 결혼해 셋째 사위가 되었다. 다시 말해 유득공과 이옥은 이종사촌 사이였다. 현재 이옥의 삶과 행적을 알 수 있는 기록은 남아 있는 것이 거의 없다. 따라서 북학파 특히 유득공과 이옥의 사상적·문학적 연관성은 확인이 불가능하다. 다만 이옥의 글 여러 곳에서 북학파의 문학적 사유를 엿볼 수 있을 뿐이다. 예를 들자면, 이덕무의 《이목구심서》에 실려 있는 '쥐와 족제비와 벼룩'에 관한 글을, 이옥의 《백운필》 〈담수〉의 '족제비'에 대한 글과 비교해서 읽어보라. 일상적인 것에서 비범한 것을 보는 것 혹은 특별하지 않는 것에서 특별한 것을 포착하는 것, 즉 일상의 재발견과 그것을 글로 옮기는 참신한 발상의 유사성을 읽을 수 있을 것이다.

한 마리 족제비가 온몸에 진흙을 발라 더럽기 짝이 없다. 어디가 머리이고 어디가 꼬리인지조차 분간하기 어렵다. 앞발 두 개를 모으고 밭둑에 서 있는 사람처럼 하고 있다. 마치 썩은 말뚝의 형상과 같다. 다른 족제비 한 마리가 눈을 감고 마치 죽은 듯 그 아래에 뻣뻣하게 누워 있다. 그때

까치가 와서 살펴보고 족제비가 죽은 줄 알고 부리로 한번 찍어본다. 그런데 족제비가 꿈틀대며 움직이면 까치는 살아 있는 줄 의심하여 재빨리 날아올라 썩은 말뚝처럼 서 있는 다른 족제비 위에 내려앉는다. 그 순간 족제비는 입을 벌려 까치의 발을 문다. 까치는 비로소 자신이 족제비의 머리 위에 내려앉았다는 사실을 알게 된다. 벼룩이 온몸을 물면 곧장 나무토막 하나를 입에 물고 먼저 시냇물에 꼬리를 담근다. 벼룩은 물을 피해 족제비의 허리와 등 쪽으로 모여든다. 물에 담그면 피하고 다시 물에 담그면 피한다. 점차 목덜미까지 물속으로 집어넣는다. 벼룩은 마지막으로 족제비가 입에 물고 있는 나무토막으로 모인다. 그러면 족제비는 나무토막을 물에 버리고 언덕으로 뛰어오른다. 누가 가르쳐주었겠는가? … 이것이 바로 자연이 아니겠는가.

_이덕무, 《이목구심서 1》

짐승 중에 꾀가 많은 놈으로는 신狐이 있다. 세상 풍속에서는 '황광黃獷'이라고 부른다. 가죽을 가리켜 '조서피臊鼠皮'라고 일컫는다. 또한 '소서騷鼠'라고 하기도 한다. 우리나라에서는 그 본래 이름의 뜻과는 다르게 전해지거나 바뀌어서 '족제비足齊飛'라고 부른다. 미물이지만 그 성질이 매우 교활하고 속임수를 잘 쓴다. 몸에 검푸른 빛을 띠는 진흙을 바르고 앞발을 모은 채 바닷물이 드나드는 갯가에 똑바로 서 있다. 까치가 말뚝으로 착각하고 와서 앉으면 재빨리 움켜잡아 먹어치워버린다. … 몸에 많은 벼룩이 들끓기라도 하면 즉시 나뭇가지 하나를 입에 머금고 꼬리에서부터 물에 담그기 시작한다. 점차적으로 물이 서서히 목덜미와 주둥이에 이르게 되면 벼룩은 모두 물을 피해 족제비가 입에 물고 있는 나뭇가지로 한꺼번에 몰려든다. 이 순간 족제비는 즉시 나뭇가지를 버리고 물 밖으로 달아나버린다. 짐승 가운데 가장 교활하고 속임수를 잘 쓰는 놈이라고 하겠다.

_이옥, 《백운필》, 〈담수〉

자연이란 누가 가르치거나 깨우쳐준 것도 아닌데 제각기 나름의 방식을 찾아서 생명을 유지하고 보존한다. 니체의 표현을 빌자면, 자연은 "스스로의 힘에 의해 돌아가는 바퀴"다. 누가 그렇게 하라고 해서 그렇게 하는 것이 아니라, 저절로 그렇게 하는 것, 그것이 바로 자연이다. 이덕무와 이옥은 그렇게 쥐와 족제비와 벼룩의 습성과 행태 속에서 다시 한 번 일상을 재발견하고 대자연의 섭리를 깨우친다. 특별히—묘하게도—이덕무가 《이목구심서》에서 다루고 있는 글의 소재와 대상은 대부분 이옥의 《백운필》과 겹쳐 있다. 앞의 인용문에서 보았던 것처럼 내용과 표현이 비슷한 것도 적지 않다. 이덕무가 《이목구심서》를 집필한 시기는 1764년에서 1766년 무렵이다. 이옥이 《백운필》을 집필한 시기는 1803년 무렵이다. 따라서 만약 문학적 측면에서 영향을 받았다면, 이옥의 《백운필》이 이덕무의 《이목구심서》에서 영감을 얻었다고 말할 수 있다. 물론 이것은 문헌이나 기록을 통해서는 확인 불가능한 하나의 추론일 뿐이다. 하지만 이들의 관계를 직접적으로 증명할 수는 없다고 해도 이들이 18세기를 지배했던 새로운 문예사조와 미학 의식을 상당 부분에서 공유하고 있었다는 점만은 인정하지 않을 수 없다. 다만 박지원이 자신의 글쓰기 철학을 '법고창신法古創新', 즉 새로운 글쓰기를 추구하면서도 그 바탕은 고문에서 찾았던 것과는 다르게, 이옥은 "고문을 배우면서 허위에 빠진다"는 발언을 서슴없이 했다고 한다.[97] 북학파 문사들의 한계를 훌쩍 넘어설 정도로 이옥은 혁신적인 사유와 파격적인 글쓰기를 철저하게 추구했다는 사실을 엿볼 수 있다. 이러한 까닭에 필자는 앞서 이옥을 가리켜 16세기의 허균이 18세기에 재림한 것이라고 평가했던 것이다.

그런데 이쯤에서 한 가지 궁금증이 일어난다. 왜 이토록 걸출한 문재와 탁월한 문필文筆의 소유자였던 이옥이 여태까지 그토록 철저하게 문학사에서 사라진 존재가 되었던 것일까? 그 까닭은 개성적이며 자유분방한 새로운 글쓰기를 추구했던 이옥의 혁신적인 사유와 경전과 사서史書에 근거한 고문의 순정한 글쓰기를 지키려고 했던 정조의 보수적인 사유의 충돌이 빚어낸 악연의 악순환에서 찾을 수 있다. 사실 반정 하면 중종반정이나 인조반정처럼 선혈이 낭자한 유혈 사태가 떠오르지만 정조의 문체반정은 거의 무혈의 반정이나 다름없었다. 실제 책을 읽고 글을 쓰는 데 제약을 받았을 뿐 문체반정에 걸려든 조정 관료나 지방 관리 가운데 벼슬을 잃은 사람도 귀양을 간 사람도 거의 찾아볼 수 없다. 대부분의 경우 정조에게 자송문(반성문)을 제출하는 것으로 처벌을 면제받았다. 그런데 유독 이옥은 문체반정으로 인해 혹독한 고통을 겪어야 했다. 그는 문체반정의 희생양이자 최대 피해자라고 해도 과언이 아니다. 아니, 다르게 말하면 그는 자신의 문체를 고수하며 정조의 문체반정에 끝까지 저항했던 유일한 지사였다고 해야 맞다.

어쨌든 이옥은 1790년 나이 31세 때 생원시에 급제한 후 성균관에 들어가 생활하고 과거 시험을 준비했다. 그런데 정조가 문체반정을 일으킨 해인 1792년 나이 33세 때 성균관 유생의 신분으로 작성한 응제문應製文의 문체가 패관소설체로 지목당해 정조로부터 견책의 처분을 받았다. 그러나 이후에도 이옥은 자신의 문체를 고수한 탓에 여러 차례에 걸쳐 "문체가 불경스럽고 괴이하다" 혹은 "음조가 지나치게 낮고 구슬프다"는 지적을 받았다. 결국 정조는 문체를 해친 죄를 물어 이옥에게 과거에 응시하지 못하도록 '정거停擧' 조치를 취하고 다시 충군充軍의 명령을 내려 처음에는 충청도 정산현 그리고 다시 경상도 삼가현으로 귀양을 보냈다. 삼가현을 떠나 한양으로 돌아온 1801년 나이 42세 이후로는 경기도 남양에 머무르며 그저 붓이 가는 대로 마음이 내키는 대로 글을 지으며 남은 생애를 보내다가 나이 53세가 되는 1812년 숨을 거두었다.[98] 성균관 유생으로 과거에 급제해 문재와 문필을 발휘할 나이에 정조의 문체반정에 걸려든 까닭에 한미하고 불운한 재야 문사의 삶을 살아야 했던 셈이다. 더욱이 이옥은 그 출신 성분이 서출인데다 평생 문체를 둘러싸고 정조와 악연을 맺은 까닭에 조정 안팎의 어느 누구도 그와 교제를 맺지 않았던 것으로 보인다. 이로 인해 이옥의 삶과 행적을 밝힌 기록과 문헌이 전해오지 않고 그의 문집과 저작 역시 출간되지 못했다. 이옥의 작품들은 그의 절친한 벗인 김려金鑢의 저서《담정총서潭庭叢書》에 유고 11종이 수습 수록되어 있을 뿐이다. 이 밖에《백운필》과《연경》등은 최근에 와서야 발굴되었다. 이러한 까닭에 오랜 세월 이옥은 조선의 문학사에서 찾아볼 수 없었고, 그 걸출한 문재와 탁월한 문필에 비해 너무나 초라한 평가를 모면하지 못했던 것이다. 그러나 최근에 들어와 이옥의 시문이 완역되고, 그 문재와 문필을 알아본 수많은 인문학자들에 의해 그에 관한 연구가 활발하게 일어나면서, 그는 비로소 혁신적인 글쓰기를 추구했던 18세기의 대표적인 지식인이자 문사로 자리매김되고 있다. 특히 이옥은 일상에서 마주하는 사물(존재)에 대한 개인적인 정서와 개성적 감성, 주관적 경험 위에 철학적 사유를 얹은 글을 즐겨 썼다는 점에서 18세기의 어떤 지식인과 문사도 따라올 수 없을 만한 독보성과 비범성을 지니고 있다. 별반 가치가 없거나 혹은 주목받지 못하는 우리 주변의 일상적인 사건과 사물을 자신만의 독특한 관점으로 포착해내고 다시 그것의 미학적 가치와 의미를 묘사했다는 점에서 이옥은 문학적으로 볼 때 '일상성의 대가'라고 불러도 손색이 없다. 일상의 미학적 가치와 의미를 새삼 발견했다는 점에서 그는 일상생활의 소재와 주제를 즐겨 다루는 현대문학의 한 장르, 곧 수필 문학, 특히 생활 수필 혹은 잡감 수필의 선구자였다고 해도 과언이 아니다.

이옥과 같은 자유분방하고 개성적인 글쓰기를 추구했던 문사들이 이시대에 들어와 새삼 일상의 미학적 가치와 의미를 재발견했다는 관점에서, 마지막으로 외할아버지 이용휴와 외삼촌 이가환에게서 어렸을 때부터 학문을 익히고 문장을 배웠던 19세기의 문장가 이학규가 지은 '서소기舒嘯記'라는 글을 함께 읽어보자. '서소舒嘯'는 '한숨을 쉰다'는 뜻인데, 이학규는 보통의 사람들이 글감으로 삼으리라고는 상상하기도 힘든 '후유!'라는 한숨 소리를 글의 소재로 삼아 삶의 냄새가 물씬 배어나는 한 편의 기발한 글을 남겼다. 특히 성호학파의 일원이었던 이학규의 글은, 18세기 당시 진보적인 지식인들이 일상생활의 하찮고 사소하고 보잘것없는 소재를 글쓰기의 대상으로 삼아 개성과 독창성을 표현하는 데 얼마나 열정을 쏟았는가를 보여준다는 점에서 의미가 크다.

무천茂川 서생徐生은 교외에 밭을 몇 이랑 가지고 있는데, 그 밭 가운데 집을 짓고 여덟 식구가 농사를 지으며 살고 있다. 간간이 꽃과 과수의 모종을 심고 경서와 사기史記 등의 서책을 살펴보고 헤아린다. 고생과 피곤에 찌든 삶을 사는 사람이 아닌데 자신이 사는 집에 '한숨을 내쉰다'는 뜻의 '서소舒嘯'라는 이름을 붙였다. 어떤 사람이 그렇게 집에 이름을 붙인 까닭을 물었다. 그랬더니 서생은 이렇게 말했다. "나는 어려서부터 가난한데다가 어머니를 모시고 살았네. 또한 여러 자매들의 자녀와 조카들까지 데리고 있었네. 아침저녁으로 필요한 물건은 물론이고 추운 겨울과 더운 여름에 꼭 갖추어야 할 물건에 이르기까지 모두 나만 바라보며 도움을 기대했네. 나는 시끌벅적하거나 번잡스러운 것을 싫어하고 사치스럽고 화려한 것을 좋아하지 않는다네. 그런데 지금 나는 물건이나 논밭을 매매하는 물목物目이나 적는 늙은 장기掌記가 되어 의대衣帶를 갖추어 입고 분주하게 저잣거리를 드나들며, 날마다 비단과 곡물이 들고 나는 내역과 가득 쌓인 장부에 어쩔 줄을 모르고 있다네. 이것이 어찌 나의 뜻이겠는가? 매일 나는 한 번 이 집에 이르러 문 앞에 서면 마치 아홉 차례나 꺾어진 꼬불꼬불한 고갯길을 가다가 평탄한 곳을 만난 것처럼 상쾌하고, 방안에 누워 쉬고 있으면 또한 마치 만 근이나 되는 무거운 짐을 벗어던진 것처럼 날아오를 듯하네. 그 순간 나도 모르는 사이에 '후유!' 하는 한숨 소리가 터져 나온다네. 마치 숲을 헤치고 걷는 저녁나절이나 오동나무에 기대어 앉은 동틀 무렵이면 맑은 소리가 깨끗하고 뚜렷하게 터져 나와 고목에 내려앉은 솔개가 된 것 같은 기분이 들다가, 높이 솟은 버드나무에 매달린 매미가 된 것 같은 기분이 들기도 한다네. 내가 한가로운 날을 얻어서 비단과 곡물 그리고 장부 따위를 까맣게 잊어버리는 그 다음 순간을 기다려보게. 황량黃粱(메조)으로 밥을 짓고 노규露葵(아욱)를 삶아 먹으면서, 마땅히 내가 자네와 더불어 어떤 음식이 더 맛있는지 한번 확인해보겠네."

_이학규,《낙하생집洛下生集》,〈문의당집文漪堂集〉, 서소기

'후유!'라는 한숨 소리조차 좋은 글감이 되어 이렇듯 기발하고 참신한 글을 쓸 수 있는데, 도대체 세상 무엇이 글의 소재와 대상이 될 수 없다고 하겠는가?

불교적 무상과 생에 대한 애정의
잔잔한 충돌

• 요시다 겐코

참으로 오묘하고 신기하게도 이옥이 《백운필》을 썼던 1803년보다 무려 500여 년 전인 14세기에 나온 일본 수필에서도, 이옥이 《백운필》의 서문에서 밝힌 바로 그 상황과 심경, 즉 "궁벽한 곳에서 하는 일도 없고 이야기를 나눌 사람도 없고 지루한 시간을 보낼 소일거리도 없어서 어쩔 수 없이 마음 가는 대로 붓을 휘둘러 주변의 일상적인 것들을 묘사했다"는 것과 꼭 닮은 글을 발견할 수 있다.

> 하는 일도 없이 하루하루를 무료하고 따분하고 지루한 채로 보내느라, 벼루를 향해 앉아 마음속에 떠오르는 걷잡을 수 없는 생각들을 특별히 정해진 것 없이 붓이 가는 대로 쓰고 있노라면 묘하게도 이상야릇한 기분에 휩싸이게 된다.
>
> _요시다 겐코, 《도연초徒然草》, 서단序端[99]

이 글이 실려 있는 일본 수필의 제목은 '쓰레즈레구사徒然草', 우리말로 읽으면 '도연초'다. 여기에서 '도연徒然'이란 '할 일이 없어 무료하고 따분하다'는 뜻이고, '초草'는 원고 혹은 글을 의미한다. 즉 '쓰레즈레구사'라는 제목 자체가 '할 일이 없어 무료하고 따분한 나머지 쓴 글'이라는 뜻이다. 참 심심하고 담백한 뜻을 담고 있는 제목이지만, 그런 까닭에 오히려 참으로 멋들어진 제목이기도 하다는 감상평을 남기지 않을 수 없다. 실제 《쓰레즈레구사》를 우리말로 번역한 채혜숙 씨에 따르면, 이 수필의 서두에 나오는 "무료하고 쓸쓸한 나머지"라는 말은 "일본 고전에서도 제일 멋있는 머리말로 유명하다"고 한다.[100]

《쓰레즈레구사》의 저자는 요시다 겐코吉田兼好(1283~1353)인데, 그는 신분이 승려였다. 요시다 겐코가 살았던 13세기 후반에서 14세기 중반은 일본에 막부 시대를 연 가마쿠라鎌倉 막부의 말기에서부터 두 명의 천황이 남북에서 양립하며 대립했던 남북조南北朝 시대에 이르는 때에 해당한다. 이때는 귀족 계급에서 무사 계급으로 정치·경제·사회적 권력과 지배력이 넘어가던 시대로 이른바 '야만과 혼돈의 시대'로 불린다. 정치적 불안정, 사회 경제적 혼란, 문화적 혼돈 등이 이 시대의 특징이었다고 해도 틀리지 않다. 이러한 시대적 분위기 속에서 계급과 신분에 상관없이 누구나 할 것 없이 자의 반 타의 반으로 삶과 죽음, 출세와 몰락, 성공과 실패가 순식간에 뒤바뀌는 예기치 않은 운명과 재난을 직간접적으로 경험하게 되었다. 이로 인해 영원한 것이나 변하지 않는 것은 아무것도 없기 때문에 인간사와 세상사란 근본적으로 덧없는 것일 뿐이라는 일종의 무상과 허무의 관념이 사회 전반을 지배했다. 문학 역시 이러한 시대적 상황의 영향을 강하게 받아서 이른바 '무상 문학'이 하나의 트렌드로 자리 잡게 되었다. 여기 요시다 겐코의 수필《쓰레즈레구사》는 이 시대에 등장한 무상 문학을 대표하는 작품이자 최고의 작품으로 손꼽을 만큼 걸작으로 평가받고 있다. 오늘날에도 일본의 중학교와 고등학교 교과서에 반드시 실릴 정도로 유명세를 톡톡히 치르고 있는 고전 작품이기도 하다.

《쓰레즈레구사》는 서단에서부터 243단까지 모두 244개의 짧은 글로 구성되어 있다. 글의 분량과 형식도 제멋대로이고, 글의 소재나 주제도 자유분방하다. 그야말로 자유롭고 개성 넘치는 글이다. 승려라는 신분 때문에 지닐 수 있었던 자신만의 특이한 시선으로 일상적인 삶의 풍경과 사물

(존재)의 변화, 세상사와 인간사의 변천을 묘사하는 요시다 겐코의 글은 일면적이기보다는 다면적이다. 거기에는 귀족적인 것과 무사적인 것, 승려적인 것과 세속적인 것, 불교적인 것과 유교적인 것, 노장적인 것과 토속적인 것, 일본적인 문학과 중국적인 문학, 삶과 죽음, 아름다움과 추함, 자연과 인위, 욕망과 절제, 소유와 무소유, 출세와 은둔 등 여러 가지 경향과 태도가 혹은 상호 대립하거나 혹은 하나로 융합되거나 혹은 다양한 모습으로 기묘하게 뒤섞여 있거나 뒤엉켜 있다. 게다가 요시다 겐코는 특별할 것 없는 일상적인 삶에서 글의 소재와 주제를 찾아 자기 시대의 정치적 상황과 문화적 특징과 사회적 분위기를 진솔하고 곡진하게 묘사하고 있다는 점에서 참으로 대가의 반열에 오른 작가라고 평가할 수 있다. 그런 의미에서 《쓰레즈레구사》를 관통하고 있는 요시다 겐코의 미학 의식을 꼽는다면, 그것은 '일상성'과 '평범성'이라고 단언할 수 있다.

> 친구로 사귀기에 나쁜 사람에는 일곱 가지 부류가 있다. 첫 번째 부류는 신분이 높고 고귀해서 나와 사는 세계가 다른 사람이다. 두 번째 부류는 젊은 사람이다. 세 번째 부류는 평생 병을 앓은 적 없이 항상 건강한 사람이다. 네 번째 부류는 술을 좋아하는 사람이다. 다섯 번째 부류는 혈기가 왕성해 용맹하기만 한 사람이다. 여섯 번째 부류는 거짓말을 하는 사람이다. 일곱 번째 부류는 욕심이 많은 사람이다. 반면 친구로 사귀기에 좋은 사람에는 세 가지 부류가 있다. 첫 번째 부류는 어떤 물건이나 잘 주는 친구이다. 두 번째 부류는 의사 친구다. 세 번째 부류는 지혜로운 친구이다.
>
> _요시다 겐코, 《도연초》, 제117단

그러나 요시다 겐코의 글은 일상성을 묘사하는 철학적 태도에서 앞서 살펴봤던 이옥의 글과 구별된다. 이옥의 글에서 찾을 수 있는 일상성이 유교적 혹은 성리학적 이념을 거부 혹은 해체하는 무사상無思想에 뿌리를 두고 있다면, 요시다 겐코의 수필에 나타나는 일상성은 변하지 않는 것은 없다거나 영원한 것은 존재하지 않는다는 불교적 무상관을 근거로 쓰여진 것들이다.《쓰레즈레구사》전체를 관통하고 있는 사상적 뿌리라고 할 수 있는 무상관을 요시다 겐코는 이렇게 표현했다. 세상사와 인간사는 정해진 것이 아무것도 없다. 세상의 흐름도, 인간의 운명도, 사람의 목숨도 언제 어떻게 변화하고 사라질지 알 수 없다. 이것이야말로 인간 세계와 우주 만물의 근사한 일이자 오묘한 맛이다. 일상의 삶, 즉 인생사와 세상사에 대한 이보다 멋들어진 관조가 있을까?

아다시노ぁだし野 묘지에는 눈물이 사라지는 순간이 없고, 죽은 자를 화장하는 토리베야마鳥部山에서는 시신을 태울 때 나는 연기가 끊이지 않는다. 만약 연기처럼 사람의 목숨이 영원히 흐른다면 산다는 것이 무슨 의미가 있고, 무슨 재미가 있겠는가. 인생은 덧없고 앞날은 예측할 수 없기 때문에 삶의 묘미가 있다는 것이야말로 적절한 표현이다. 세상에 사는 생명체를 관찰해보면 사람만큼 오래 사는 존재도 드문 것 같다. 하루살이는 하루가 지나기를 기다렸다가 죽는다. 여름 한철을 사는 매미는 봄과 가을은 알지도 못한 채 죽고 만다. 그렇게 곰곰이 한 해를 살면서 생각해보면 하루 종일 멍한 상태로 보내는 시간조차도 대단히 길게 느껴지기도 한다. 언제까지나 만족하지 못하고 지나간 세월만 아깝다고 생각하면 천 년을 산다고 해도 하룻밤 꿈처럼 짧게 느껴져서 이미 흘러가버린 시간만 탓하게 될 것이다. 영원히 존재할 수 없는 세상에서 그저 입

을 벌리고 무엇인가를 기다리고 있어도 변변한 일은 아무것도 없다. 오히려 오래 살면 살수록 그만큼 치욕스러운 일을 겪게 되는 횟수도 많아지는 법이다. 길게 산다고 해도 40세 이전에 죽는 것이 보기에도 좋다. 40세가 지나고 나면 보기 흉한 자신의 모습을 수치스러워하는 마음도 없이 사람들이 모여드는 곳에 나아가 교제하면서 어떻게 하면 자손들을 입신출세시켜볼까 하는 탐욕만 깊어질 뿐이다. 더욱이 지는 석양처럼 곧 죽을 목숨이면서 자손들이 그렇게 될 때까지 살고 싶다고 생각거나 탐욕에 마음을 빼앗긴 나머지 참된 삶의 의미와 죽음의 즐거움도 이해하지 못하는 고깃덩어리에 불과한 존재로 전락해가는 것이 참으로 안타깝다.

_요시다 겐코, 《도연초》, 제7단

이러한 철학적 관점에 연원하여 봄 여름 가을 겨울 사계절의 변해가는 모습을 담담하게 묘사해놓은 '제19단'의 수필은, 시시각각 변화하는 일상의 풍경과 더불어 살아가는 사람이 보고 듣고 느끼는 정취와 정감을 기가 막히게 표현한 걸작이다. 특히 고전 작품인 《겐지모노가타리源氏物語》나 《마쿠라노소시枕草子》에 나타나는 미학 세계를 언급하고 있는 대목 등 중세 시대 일본인이 바탕으로 하고 있는 일상과 관련한 미학 의식의 한 단면을 여실히 보여준다는 점에서 그 문학적 가치와 의미가 매우 높은 글이다.

봄에는 새소리마저 봄답게 유별나다. 한가롭기 그지없는 따뜻한 햇볕을 받은 울타리의 풀이 싹트는 무렵부터 봄은 점차적으로 무르익어가고, 때마침 안개에 가려졌던 꽃봉오리가 조금씩 개화하기 시작한다. 찰나의 순간에 비바람이 몰아치면 벚꽃 잎은 혜성처럼 흩어져 날린다. 벚꽃

은 파릇파릇한 떡잎이 나올 때까지 사람의 속을 태우고 마음을 안타깝게 한다. "감귤나무 꽃향기는 옛일을 떠올리게 하네"라는 단가短歌도 있기는 하지만, 그렇다고 해도 역시 그리운 옛일을 추억하게 만드는 데는 매화꽃 향기야말로 간절한 분위기를 지니고 있다. … 이렇게 계절이 변화하는 모습을 계속 써 내려가면, 모두《겐지모노가타리》와《마쿠라노소시》에 쓰여 있는 내용을 반복하는 것이 될 뿐이지만, 같은 말을 두 번 써서는 안 된다는 법칙도 없고 역시 똑같은 의미도 아니어서 그저 붓에 맡길 뿐이다. … 한 해가 저물 무렵에는 누구나 분주하게 움직이는데, 그러한 연말 풍경에서도 특별한 감정이 일어난다. 흥취를 깨는 바람에 누구나 외면하는 스무 날이 지난 겨울 달이 쓸쓸하게 빛을 발하고 있는 차가운 밤하늘 역시 허전한 마음을 일게 한다. 궁중에서《불명경佛名經》을 읽고 죄를 참회하며 악을 없애줄 것을 비는 법회인 불명회佛名會나 연말에 궁중에서 이세 신궁伊勢神宮 및 여러 신사와 능묘에 각 지방의 공물을 바치러 파견되는 칙사인 노사키노츠카이荷前の使い의 모습은 엄숙한데다 기품이 있어서 진심으로 고개가 숙여진다. … 섣달 그믐날 밤 횃불로 어둠을 밝히고 요란스럽게 남의 집 대문을 두드리고 뛰어다니면서 동틀 무렵까지 무슨 일인지는 모르겠지만 시끌벅적하게 떠들어대던 사람들도 새해 첫날이 밝기 이전에 지쳐서 얌전해진다. 이렇게 한 해가 지나가는 풍경 역시 쓸쓸한 생각에 젖게 한다. 죽은 사람의 영혼이 하늘나라에서 인간 세상으로 내려온다고 하여 모시는 진혼제 역시 요즈음에는 교토에서도 찾아볼 수 없지만 간토關東 지방에서는 계속해서 볼 수 있다고 하니 감격스러운 마음 금할 수 없다.

_요시다 겐코,《도연초》, 제19단

그렇다면 앞서《백운필》의 서문과《쓰레즈레구사》의 서단에서 살펴본 대로 무목적성과 일상성의 미학을 모두 보여주고 있는 이옥과 요시다 겐코 사이의 공통점은 무엇이고 또한 차이점은 무엇일까? 필자가 생각할 때 이옥과 요시다 겐코에게서 찾을 수 있는 공통점은 관조와 성찰의 미학, 즉 일상의 삶 속에서 마주하는 세상사와 자연 만물 그리고 자기 자신을 관조하고 성찰하며 글로 묘사하는 것이다. 여기에서 관조란 '감정의 고조 없이 고요하고 담담한 마음으로 세상과 만물을 관찰하고 조명하는 것'을 뜻하고, 성찰이란 '자신의 삶과 행동 혹은 마음 상태를 돌아보고 살펴보는 것'을 뜻한다. 이 순간 일상의 삶 속에서 자신이 마주하는 모든 것이 관조 와 성찰의 대상이 되어 글감으로 선택되고 글로 묘사된다. 특별히 이들이 주목하는 것은 거창하고 특별하고 기이한 것이 아니라 우리 주변의 '자질 구레하고 하찮고 사소하고 보잘것없는 것'들이다. 이들은 '자질구레하고 하찮고 사소하고 보잘것없는 것'들 속에서 그들만의 독특한 아름다움과 특별한 이치를 찾고, 자신의 삶과 행동 그리고 마음 상태를 관조하고 성 찰하는 소재와 주제를 발견한다. 그런 점에서 그들은 사소한 일상 속에서 사소하지 않은, 즉 비범한 것을 보는 심미안을 가졌다고 하겠다.

　　먼저 세상의 온갖 식물을 관찰하면서, '사물 중 완전히 갖춘 것은 존재 하지 않는다'는 이치를 일깨우는 이옥의 글을 읽어보자. 사물 중 모든 것 을 완전히 갖추고 있는 것이 없다는 것은 다르게 표현하면 천하에는 완벽 한 것이 결코 존재할 수 없다는 말이나 다름없다. 이것은 성리학의 이치 와 화이론의 세계관만이 완전하고 유일한 진리라는 관념에 대한 전복이 다. 왜? 모든 것을 완전히 갖추고 있는 천하의 사물이 존재하지 않는다면, 모든 사물에 적용할 수 있는 완전한 진리나 이치 또한 존재할 수 없기 때 문이다. 모든 사물이 제각기의 특징을 갖추고 있듯이, 진리나 이치 역시 제 나름의 지위와 역할을 갖고 있을 뿐이다. 즉 대나무가 길지만 크지 않고, 파초는 잎은 크지만 연꽃처럼 꽃이 무성하지는 않고, 연꽃은 꽃은 무성하지만 수박처럼 열매가 크지는 않는 것처럼, 진리와 이치 또한 어떤 경우에는 적용할 수 있지만 어떤 경우에는 적용할 수 없다는 얘기다.

> 모든 것을 완전히 갖추고 있는 천하의 사물은 존재하지 않는다. 식물 역시 그렇다. 줄기로 보자면 대나무보다 높은 것은 없다. 잎으로 보자면 파초보다 큰 것은 없다. 꽃으로 보자면 연꽃보다 무성한 것은 없다. 열매로 보자면 수박보다 커다란 것은 없다. 지금 만약 높이가 열 길이나 되는 대나무에 파초만큼 큰 잎이 달려 있거나, 연꽃처럼 무성하게 꽃이 피고 수박만큼 커다란 열매가 열린다면, 이것은 천하의 진귀한 나무라고 할 것이다. 그러나 대나무, 파초, 연꽃, 수박 등은 각자 그 한 가지를 얻었을 뿐 여러 가지를 겸하여 갖추고 있는 것은 없다. 즉 모든 것이 완전히 갖추어진 것을 천하의 사물에게 요구할 수는 없는 것이다.
>
> _이옥, 《백운필》, 〈담초〉

요시다 겐코의 글도 이옥의 글 못지않다. 예를 들어 "대개 어떤 것도 완벽하게 만들어진 것은 오히려 좋지 않은 법이다"라고 하면서 미완성 혹은 결여와 탈락이 지닌 아름다움의 가치를 묘사한 '제82단'의 수필을 읽어보자. 마치 완벽한 이치나 진리란 결코 존재하지 않으며 오히려 미완성과 결여와 탈락이야말로 진리나 이치의 본성 혹은 본질에 가깝다는 식의 태도다. 그런 점에서 필자는 이옥과 요시다 겐코가 인식한 세상의 이치에 대한 유사성에 그저 놀라울 따름이다. 현달한 사람들은 아무런 관계도 없고 어떠한 영향을 주고받지 않아도—시간과 공간을 초월해—이처럼 상통하는 것이 있는가 보다.

"얇은 표지의 두루마리는 금방 망가져서 좋지 않다"라고 누군가가 말했을 때, 돈아頓阿가 "두루마리는 위아래가 망가지고 나전螺鈿으로 꾸민 축軸의 장식에서 조개 조각이 떨어져나간 다음에야 풍취와 격조가 느껴진다"라고 말했다. 그 말이 참으로 훌륭한 생각이어서 무심코 올려다보고 말았다. 한 질로 된 서책이나 두루마리 모양의 옛 책도 전체의 체재를 갖추고 있어야 보기에 좋다고 말하지만, 고유弘融 승도僧都는 "어떤 것이든 반드시 물품의 전부를 다 갖추려고 생각한다면, 그것은 정취가 무엇인지도 모르는 사람들이나 하는 짓이다. 오히려 완전하게 갖추지 못해 불구인 모양이 더 좋다"고 말하였다. 이 말 또한 훌륭한 생각이어서 마음에 크게 감동이 일어났다. "대개 어떤 것도 완벽하게 만들어진 것은 오히려 좋지 않은 법이다. 완성이 되지 않은 부분을 있는 그대로 내버려두는 것이 더 흥미로워 재미가 있고 생명 연장의 가능성을 찾을 수도 있다. 황궁을 건축할 때도 반드시 완성하지 않는 부분을 남기고 있다"라고 어떤 사람이 말하였다. 선현이 저술한 내외內外의 문헌 가운데에도 문장과 단락이 결여되거나 탈락한 부분이 꽤 많다.

_요시다 겐코,《도연초》, 제82단

꽃이 주는 독특한 아름다움과 나뭇잎이 주는 특이한 풍취 때문에 인간을 감탄하게 만드는 국화꽃과 단풍잎에 심취해 있다가, 특별한 맛과 재물의 이로움 때문에 귀한 몸이 되어 오히려 인간의 접근을 막아버린 나머지 특유의 매력을 잃어버리게 된 감귤나무의 처지를 한탄하는 글을 읽다 보면, 사소한 것에서 사소하지 않은 것을 볼 줄 아는 요시다 겐코의 비범한 심미안을 들여다볼 수 있다. 사람 역시 감귤나무처럼 귀해지면 귀해질수록 도리어 접근하기 어려워져 애초의 인간적인 매력을 상실하는 것은 아닐까?

신무월神無月(음력 10월) 즈음 구루스노栗栖野를 지나 어느 산촌의 지인을 찾아 나선 적이 있었다. 끝없이 이끼가 덮여 있는 오솔길을 헤치고 낙엽을 밟으며 나가자 구석진 곳에 작은 암자 한 채가 자리하고 있었다. 나뭇잎에 묻혀 있는 땅에 걸쳐놓고 물을 끄는 홈통에 떨어지는 물방울 소리 이외에는 아무 소리도 들리지 않았다. 불상에 올리는 공물용 선반에 국화꽃과 붉은 단풍잎이 장식되어 있는 모습을 보니 누군가 살고 있는 것이 틀림없었다. '이런 곳에서도 살려고 한다면 살 수 있겠구나!'라는 생각이 들 정도로 마음이 끌려 엿보고 있는데, 건너편의 자그마한 정원에 가지가 부러질 것처럼 보일 만큼 귤이 무성하게 열린 커다란 감귤나무가 눈에 들어왔다. 그런데 그 감귤나무 주변은 사람들을 경계하느라 엄중하게 가시나무 울타리가 둘러쳐져 있었다. 그 모습을 보고 있자니 어처구니가 없어서 지금까지 감동했던 마음은 사라져버리고, '차라리 이 감귤나무가 없었으면 좋았을 것을…' 하는 생각이 들었다.

_요시다 겐코,《도연초》, 제11단

소나무, 벚꽃나무, 황매화나무, 등나무덩굴, 제비붓꽃, 패랭이꽃, 물억새풀, 도라지, 싸리꽃, 여랑화, 개미취, 오이풀, 솔새, 용담, 국화, 담쟁이넝쿨, 칡, 나팔꽃 등 집 안 정원과 담장을 장식하고 싶은 온갖 화훼의 풍경과 향기를 찬미하다가, 이들 화훼 이외에 진기하거나 흔히 보지 못해 낯설거나 손에 넣기 어려운 식물들을 "좋아하여 수집하거나 즐거워하는 것은 교양이 없는 사람이거나 아름다움의 참된 가치에 무지한 사람이나 하는 일"
이라고 힐책하는 '제139단'의 수필에서는, 진기하고 기이하고 특별한 것
에서 아름다움을 찾지 않고 일상에서 흔하게 접할 수 있는 사물에서 아름
다움을 찾았던 요시다 겐코만의 일상 속 미학 세계를 다시 발견할 수 있다.

집에 심고 싶은 나무는 소나무와 벚꽃나무이다. 소나무는 다섯 잎이 뭉
쳐서 나는 오엽송五葉松이 좋고, 벚꽃나무는 꽃잎이 한 겹인 외겹벚나무
가 좋다. 천엽벚나무는 옛 나라奈良의 도읍지에서만 자랐는데, 요즈음 세
상에서는 너무 많이 늘어나 이곳저곳에서 흔하게 찾아볼 수 있다. 요시
노吉野 산의 벚꽃나무나 사콘에후左近衛府의 벚꽃나무는 모두 외겹벚꽃
이다. 천엽벚나무는 색다른 모양의 벚꽃을 피우는데, 벚꽃의 풍모가 정
원에는 어울리지 않아 일부러 심을 필요는 없을 것 같다. 철지나 늦게 피
는 벚꽃도 시기가 어긋나 흥취를 깨고, 벌레가 붙어 있는 벚꽃도 징그러
워 분위기와 향취를 망쳐버린다. … 풀은 황매화, 등나무덩굴, 제비붓꽃,
패랭이꽃이 좋다. 연못에는 연꽃이 어울린다. 가을철 풀은 물억새풀, 박
하풀, 도라지, 싸리꽃, 마타리(女郎花), 등골나물, 개미취, 오이풀, 솔새, 용
담, 국화가 좋다. … 이 밖에 세상에서 찾아보기 어려운 진기한 꽃과 풀
또는 외국에서 들어와 이름이 익숙하지 않은 것들은 본 적도 없는 낯선
것들이어서 아끼거나 그리운 마음이 들지 않는다. 대개 어떤 것이든 진
귀하여 손에 넣기 어려운 물건을 좋아하여 수집하거나 즐거워하는 것은
교양이 없는 사람이거나 아름다움의 참된 가치에 무지한 사람이나 하는
일이다. 그러한 물건들은 차라리 없는 것이 좋다.

_요시다 겐코, 《도연초》, 제139단

그런데 이옥과 요시다 겐코의 글을 조금 더 찬찬히 비교해 읽다 보면, 유사한 것 같지만 제각기 뚜렷한 특징을 지니고 있다는 측면에서 큰 차이점을 발견하게 된다. 무엇보다 큰 차이점은 세상 만물을 바라보는 관점과 수용의 상이함이다. 예를 들어 이옥의 글에서는 사물과 자아의 일체, 즉 주관적 일체감이라는 특징을 발견할 수 있다면, 요시다 겐코의 글에서는 사물과 자아의 구분, 즉 객관적 거리감이라는 특징을 엿볼 수 있다. 이옥의 소품 산문집인《백운필》에 실려 있는 '수숫대 속 벌레의 소요유逍遙遊'를 묘사한 글은 특히 그러한 특징이 잘 녹아 있는 글이다. 마치 수숫대 속 벌레를 관찰하는 것과 같은 묘사 기법을 취하고 있지만, 실상은 수숫대가 세계 혹은 우주를 은유화한 것이라면 벌레는 이옥 자신을 의인화한 것이라고 할 수 있다. 여기에는 세계 혹은 우주를 아무런 거리낌 없이 자유분방하게 소요유하고 싶은 이옥의 욕망이 짙게 스며 있다. 이옥이 벌레가 되고 다시 벌레가 이옥이 된다는 바로 그 의미에서 사물과 자아는 일체가 된다. 이 순간 이옥은 세상 만물 중 가장 미물인 벌레가 되어 인간의 시각으로는 결코 볼 수 없는 우주 가운데 가장 미소한 세계를 돌아다닌다. 미물인 벌레가 되어야 비로소 들여다 볼 수 있는 세계, 이것이야말로 별 볼 일 없고 사소하고 하찮고 보잘것없는 사물(존재)의 위대함과 비범함과 거대함의 역설이 아니고 무엇인가? 멀게는 장자의《장자》〈소요유〉를, 가깝게는 카프카의《변신Die Verwandlung》을 겹쳐 떠올리게 하는―필자가 본 수천 수만 편의 소품문 가운데 가장 탁월하고 독보적인―걸작 소품문이다.

　일찍이 우연히 수숫대를 꺾어서 그 한 마디(節)를 쪼개본 적이 있다. 가운데가 텅 비어 구멍이 나 있고 위아래로 마디에 미치지는 못하였는데, 그 크기를 비교하자면 마치 연근 구멍과 같았다. 그곳에 살고 있는 벌레가 있었다. 그 벌레의 길이는 기장 두 알가량 되는데, 꿈틀거리며 움직이는 것이 생명력이 느껴졌다. 나는 한숨을 쉬고 탄식하면서 이렇게 말했다. "즐겁구나, 벌레여! 이 사이에서 태어나고, 이 사이에서 성장하고, 이 사이에서 기거하고, 이 사이에서 입고 먹고 자는구나. 더욱이 이 사이에서 늙어가겠지. 이것은 위의 마디로는 하늘을 삼고, 아래의 마디로는 땅을 삼고, 백색의 속살로는 음식을 삼고, 청색의 껍데기로는 집을 삼는 것이다. 그래서 해와 달, 바람과 비, 추위와 더위로 인한 재앙도 없고, 산과 강, 성곽과 도로의 험난함과 평탄함으로 인한 괴로움도 없다. 농사짓고, 길쌈하고, 음식을 만들려고 힘을 쓸 일도 없고, 예악과 문물을 빛내려고 애를 쓸 일도 없다. … 귀로는 듣지 않고 눈으로는 보지 않으며 그 수숫대의 하얀 속살을 이미 실컷 먹으며 배부르게 살다가, 이따금 우울하거나 답답하고 심심하거나 지루할 때면 그 배때기를 세 번 굴려서 위의 마디에 이르러 멈추니, 이 또한 하나의 소요유逍遙遊라고 하겠다. 어찌 거대하고 광활해서 여유로운 땅이라고 하지 않겠는가? 즐겁구나, 벌레여!" 이것은 옛날 지극한 경지에 이른 진인眞人이 배우면서도 미처 도달하지 못한 것이다.

_이옥, 《백운필》, 〈담충〉

반면 요시다 겐코의 글에 나타나는 사물과 자아의 구분, 즉 객관적 거리감은 "모든 것을 한 발자국 뒤로 물러선 곳에서 파악하고자 하는 자유로운 은자의 사상"[101]에서 기원한다고 할 수 있다. 어느 봄날 일상의 풍경을 담담하게 묘사하고 있는 '제43단'의 수필을 읽어보자. 조금 열려 있는 여닫이문 앞에 엉성하게 쳐진 발 사이로 엿보이는 매력 있는 젊은이에게 호기심을 품지만 끝내 아무것도 물어보지 못하는 요시다 겐코의 심경을 묘사한 이 글에서는, 사물(존재)과 자신 사이에 객관적인 거리를 유지한 채 끝내 그것을 넘어서지 않는(혹은 못하는) 그의 태도, 즉 한 발자국 뒤로 물러서서 사물(존재)을 관조하고 파악할 뿐인 사상의 단면을 읽을 수 있다.

> 봄도 다 저물어가는 어느 화창한 날 산책을 하고 있는데, 그 나름 괜찮아 보이는 집 한 채가 눈에 들어왔다. 집은 깊고 그윽한데, 정원의 나무은 오랜 세월의 흔적을 담고 있고 시들어 떨어져 있는 꽃잎은 정원에 흩어져 있었다. 그 풍경 앞에서 그냥 못 본 척 지나칠 수가 없어서 자리를 떠나지 못하고 있는데 마침 문이 열려 있어 주인의 허락도 받지 않고 무작정 집 안으로 들어갔다. 건물 남쪽의 격자문은 모두 닫혀 있어서 고요하고 쓸쓸한 분위기가 났지만 동쪽으로 향한 여닫이문은 약간 열려 있어서 그 안을 들여다볼 수 있었다. 고운 발의 찢어진 틈 사이로 들여다보니, 대략 스무 살 정도 되어 보이는 맑은 기운을 풍기는 잘생긴 젊은 남자가 마음을 빼앗길 만큼 아주 차분하고 편안한 몸가짐을 하고 책상 위에 펼쳐놓은 책을 보고 있었다. 그는 도대체 어떤 사람일까, 물어보고 싶었지만 그렇게 하지 못한 것이 참으로 아쉬웠다.
>
> _요시다 겐코, 《도연초》, 제43단

이렇게 한 발자국 뒤로 물러서서 관조하고 파악하는 사상은 세상사와 인간사에 대한 요시다 겐코의 태도에서도 여실히 드러난다. 삶과 죽음에 대한 그의 태도를 살펴보자. 요시다 겐코에게 죽음이란 삶과 마찬가지로 일상적인 것이다. 삶은 곧 죽음이고, 죽음은 곧 삶이다. 그런데 그는 죽음조차도 사계절과 사물의 변화를 바라보는 것처럼 일정한 거리를 유지한 채 관조한다. 이제 죽음은 더 이상 불행도 아니고 고통도 아니고 슬픔도 아니다. 단지 사계절이 변화하고 사물이 변화하는 것과 마찬가지로 죽음은 하나의 변화일 뿐이다. 다만 죽음이란 사계절의 변화와는 다르게 일정한 순서 없이 생각보다 빠르게 불쑥 사람을 찾아온다. 일상적인 삶뿐만 아니라 죽음을 관조하는 요시다 겐코의 사유 역시 그의 사상의 근간을 이루고 있는 무상관에 바탕하고 있다는 사실을 알 수 있는 대목이다.

> 계절이 변화하는 이치를 따져보아도 봄이 다 저물고 난 후 여름이 되고 여름이 다 지나가고 나서 가을이 오는 것은 아니다. 봄은 벌써부터 여름 기운을 재촉하고, 여름은 이미 가을 분위기가 뒤섞여 있다. 가을은 곧 추워지고, 10월 초겨울의 날씨에도 풀은 파랗고, 매화에도 꽃봉오리가 맺다 떨어진다. … 인생에서 생로병사가 옮겨가고 찾아오는 일은 사계절이 변화하는 자연의 속도보다 더 빠르다. 그러나 계절의 변화에는 일정한 순서가 있지만, 사람에게 찾아오는 죽음의 시기는 순서를 기다리지 않는다. 죽음이란 앞에서 와락 달려들기만 하는 것이 아니라 뒤에서도 다급하게 쫓아오고 있는 것이다. 인간은 모두 자신이 죽는다는 사실을 알고 죽음을 기다린다. 하지만 죽음은 기다리지 않고 아주 다급하게 사람을 찾아온다. 죽음의 순간은 마치 아득하게 멀리 보이는 파도가 순식간에 밀려와 바닷가가 조수潮水로 가득 차버리는 바람에 온통 바다가 되어버리는 것과 같다.
>
> _요시다 겐코, 《도연초》, 제155단

그러나《도연초》를 읽어보면, 인간 세계와 우주 만물의 일상적인 삶과 풍경을 바라보는 요시다 겐코의 남다른 애정과 애착이 그의 은둔자적인 사상이나 사물을 관조하는 태도와—격렬하기보다는 잔잔하게—충돌을 일으키고 있는 장면을 곳곳에서 발견할 수 있다. 그런 의미에서 필자에게 요시다 겐코는 일상의 삶 한가운데로 뛰어들지도 않지만 또한 일상의 삶으로부터 도망치지도 않는 모순적인 존재로 보인다. 그런데 흥미롭게도 이 모순적인 상황이 오히려 보통 사람이 볼 수 없거나 묘사할 수 없는 바로 그 지점에서, 요시다 겐코 특유의 필치로 중세 시대 일본의 일상적인 삶과 풍경을 비범하게 묘사할 수 있었던 원동력으로 보인다.

마음에 피가 흐르지 않을 것처럼 보이는 몰인정한 사람이라도 가끔은 좋은 말 한 마디를 한다. 성질이 난폭하고 무섭게 생긴 어떤 무사가 동료에게 "아이가 있는가?"라고 물었다. 그 동료는 "한 명도 없네"라고 대답했다. 그러자 무사는 이렇게 말했다. "그렇다면 세상에 가득 넘치는 사랑을 잘 모르겠군. 자네가 사랑을 모르는 냉혹한 인간이라고 생각하니 무서워지는군. 아이가 있어야 진정한 사랑을 알 수 있는 법이지." 맞는 말이다. 사랑하는 마음을 선택했기 때문에 이렇게 난폭하고 무섭게 생긴 사람에게도 자비로운 마음이 싹튼 것이다. 불효자식이라도 아이를 가지면 비로소 부모의 마음을 알게 된다. 세상을 버리고 모든 인연을 끊은 채 출가한 사람이라고 해도 세상 사람들이 수많은 인연에 얽혀서 살거나, 다른 사람에게 아첨을 하거나, 욕망에 이끌려 산다고 바보 취급하며 경멸한다면, 이러한 일은 도리에 어긋나는 짓이다. 그 사람의 마음이 되어 생각해 본다면, 진심으로 사랑하는 부모와 아내 혹은 아이들 때문에 수치스러운 마음까지도 잊어버리고 도둑질을 할 수밖에 없는 마음도 이해하게 될 것이다. 이러한 까닭에 도둑을 포박해 그가 저지른 범죄를 처벌하는 것보다 세상 사람들이 먹을 것이 없어서 아사하거나 입을 것이 없어서 동사하는 일이 없도록 정치를 개혁하지 않으면 안 된다. 사람은 일정한 생산과 재산이 있었을 때에야 항상 변하지 않는 올바른 마음을 갖게 된다.
… 입을 옷과 먹을 음식이 충분한 처지이면서도 도리에 어긋나는 행동
을 한다면, 그 사람이야말로 진정한 도둑이라고 말할 수 있다.

_요시다 겐코,《도연초》, 제142단

만약 필자의 말에 공감하는 독자라면 반드시 《도연초》를 읽어보라. 마
치 눈앞에 14세기 일본이 펼쳐져 있는 것처럼 하나하나의 장면이 생생하
고 생동감 넘치게 다가올 것이다. 더욱이 이 책이 저술된 시대를 망각하
고 읽는다면, 여기에 실려 있는 한 편 한 편의 수필이 과연 700여 년 전에
쓰여진 것인지 아니면 최근에 쓰여진 것인지 헷갈리는 상황에 봉착하게
될 것이다. 그만큼 우리 주변에서 흔하게 접할 수 있는 '자질구레하고 사
소한' 일상적인 삶의 풍경을 요시다 겐코가 탁월하게 묘사하고 있기 때문
이다. 예를 들어 활짝 핀 벚꽃과 휘영청 밝은 달의 풍경만이 그윽한 정취
를 자아내지 않으며 막 피어나려고 올라오는 벚나무 가지 끝 꽃봉오리나
시들어 떨어진 벚꽃 잎이 흩날리는 정원에서도 깊은 정취를 느낄 수 있
는 것과 마찬가지 이치로, 남녀 사이도 서로 만나서 정을 나누고 사랑하
는 것만이 전부가 아니라 이별의 안타까움에 괴로워하거나 기나긴 밤을
홀로 지새우며 마음속으로 연인을 그리워하며 애수에 젖거나 옛 시절을
떠올리며 추억에 젖어 지내는 것이야말로 진정 정취를 아는 것이라고 표
현한 다음과 같은 글을 읽어보라. 시간과 공간을 초월해 누구라도 공감할
수 있는 일상적인 삶의 풍경을 이보다 탁월하게 묘사할 수 있겠는가?

벚꽃은 활짝 필 때 혹은 달은 이지러진 곳 하나 없이 가득 찬 보름달일
때 감상해야만 그윽한 정취가 있는 것인가? 비 내리는 풍경을 마주하여

마음으로 달을 연모하고, 방안에 틀어박혀 무르익은 봄의 기운조차 깨닫지 못한 채 지나간다고 해도 그 역시 나름대로 깊은 정취가 있지 않겠는가! 막 피어나려고 올라오는 벚나무 가지 끝 꽃봉오리에도 깊은 정취가 있고, 벚꽃이 시들어 떨어져 꽃잎이 흩날리는 정원이라도 가늠할 수 없을 만큼 볼 만한 풍경 거리가 많다. … 남자와 여자의 사랑이라는 것도 본능이 시키는 대로 정을 나누는 것만이 전부이겠는가? 서로 만나지 못한 채 끝나버린 사랑의 안타까움에 마음을 애태우거나, 변심한 여인과 끝내 이루지 못한 둘 사이의 약속을 아쉬워하거나, 기나긴 밤을 홀로 지새우며 그리운 사람이 있는 그곳을 애타게 그리워하며 애수에 젖거나, 잡초만 무성한 황량한 뜰을 바라보면서 그리운 옛 시절을 떠올리거나 한다면, 그 사람이야말로 사랑의 정취를 잘 아는 사람임에 틀림없다.

_요시다 겐코,《도연초》, 제137단

지봉芝峰 이수광李睟光은 "흔히 볼 수 있는 소재", "알기 쉬운 글자", "읽고 외우기에 쉬운 문장"을 글쓰기가 추구해야 할 올바른 길이며, "사람들이 쉽게 말하는 것을 쉽게 쓰는 것"이 글을 잘 짓는 방법이라고 말한 적이 있다. 일상적이고 평범한 것에서 문장의 지극한 경지를 얻을 수 있다는 얘기다. 여기에서 우리는 '일상의 미학'이 추구하는 글쓰기의 전략을 확연하게 깨우칠 수 있다. 그리고 만약 이 말에 꼭 들어맞는 옛글이 있다면, 그 중의 하나가 바로 요시다 겐코의 《도연초》일 것이다. 그런 의미에서 참으로 요시다 겐코는 우리 주변에서 흔히 볼 수 있는 소재, 즉 '일상적인 것'과 보통의 사람들도 알기 쉬운 문자와 쉽게 말하는 것, 즉 '평범한 것'을 쉽게 쓸 줄 알았던 '일상과 평범의 미학'의 대가라고 하지 않을 수 없다.

책과 글과 꽃과 나비와
구름과 바람과 물소리의 글

• 장조

현대 중국 문학의 거장 임어당은 《생활의 발견》이라는 제목의 수필집을
발표했을 정도로 문학과 일상성을 접목하는 면에서 탁월한 작가였다. 그
런데 문학과 일상성을 접목하는 임어당의 문학 세계와 미학 의식을 구축
하는 데 결정적인 역할을 했던 고전 작품 가운데 '그윽한 꿈속 그림자'라
는 멋들어진 뜻의 제목을 가진 《유몽영幽夢影》이라는 책이 있다. 심지어
임어당은 중국 문학사에서 비슷한 종류나 장르의 책 가운데 《유몽영》과
비교할 만한 책을 찾아볼 수 없다고까지 단언했다. 그렇다면 도대체 임어
당은 《유몽영》의 어떤 점에 매료되어 이토록 극찬을 아끼지 않았던 것일
까? 그것은 우리의 일상적인 삶의 풍경 속으로 들어오는 자연 만물을 묘
사하는 《유몽영》의 탁월한 표현 기법과 미학 의식 때문이다.

> 자연은 모든 소리이기도 하고, 모든 색깔이기도 하고, 모든 모양이기도
> 하고, 모든 감정이기도 하고, 모든 분위기이기도 하다. 지적이면서 동
> 시에 감각적인 생활 예술가인 인간은 자연 속에서 적당한 감정을 선택
> 해, 그것들을 자신의 삶 전체와 조화시킨다. 이것은 시는 물론이고 산문
> 을 짓는 중국의 모든 문인들에게서 나타나는 태도이다. 그러나 나는 그
> 들 가운데에서도 가장 탁월한 표현은 장조張潮의 《유몽영》 속 에피그램
> epigram에서 발견할 수 있다고 생각한다. 《유몽영》은 수많은 문학적 격언
> 을 모아 엮은 저서이다. 이처럼 문학적 격언을 모아 엮은 중국의 서책을
> 쌓아놓는다면 한 무더기가 될 만큼 많다. 그러나 장조가 직접 쓴 《유몽

영》과 비교할 만한 서책은 결코 존재하지 않는다.

_임어당,《생활의 발견》, 장조의 경우

임어당이 20세기에 들어와 발굴, 아니 재발견했다고 할 수 있는《유몽영》은 청나라 초기에 활동한 문인 장조(1659~?)의 작품이다. 여기《유몽영》에서 장조는 자기 주변의 일상 풍경을 혹은 담담하게 혹은 격정적으로 혹은 미려美麗하게 혹은 읊조리듯 혹은 직관적으로 혹은 천진하게 혹은 호소하듯 혹은 분석적으로 혹은 고상하게 혹은 분위기 있게, 다종다양한 감정과 논리와 색깔과 모양으로 담아내고 있다. 장조는 평생 과거도 보지 않고 출사도 하지 않은 채 자연 만물과 함께하는 재야 문인의 삶을 살았다. 그러한 까닭에서일까? 그가《유몽영》에서 글의 소재와 주제로 선택한 대상은 특별하지도 기이하지도 않다. 그저 우리 주변에서 쉽게 접할 수 있는 소재와 누구라도 일상생활에서 어렵지 않게 마주할 수 있는 글감들뿐이다. 그런데 바로 그러한 까닭에 장조의 글은 공감의 진폭이 넓고 감동의 크기가 크다. 왜? 흔히 볼 수 있는 소재에서 기이한 묘사를 발견할 수 있고, 일상적인 삶의 글감에서 특이한 관점을 포착할 수 있고, 알기 쉬운 글자에서 신이한 표현을 찾을 수 있기 때문이다. 흔한 것과 기이한 것, 일상적인 것과 특이한 것, 알기 쉬운 것과 신기하고 남다른 것의 지극한 융합, 이것이 바로 일상적인 것을 다루는 장조 특유의 비범한 자질과 탁월한 역량이다. 일상성과 비범성의 오묘한 조화와 균형이 주는 아름다움, 이것이 바로 장조 특유의 문학 세계와 미학 의식이다. 예를 들어 천하에 자신을 알아주는 사람이 단 한 사람이라도 있다면 그 사람의 삶은 후회스러울 것도 한탄스러울 것도 없다고 한 아래와 같은 글을 읽어보자. 여기에서 장조는 국화꽃은 도연명을 자신을 알아주는 벗으로 삼았고, 돌은 미전米顚을 자신을 알아주는 벗으로 삼았고, 거위는 왕희지를 자신을 알아주는 벗으로 삼았다고 묘사한다. 기가 막히지 않은가? 여기에서 자연 만물을 향유하는 주인은 옛사람이 아니다. 오히려 자연 만물이 옛사람을 향유하는 주인이다. 인간과 자연 만물의 전도된 관계와 묘사. 일상적인 것을 이보다 더 기이하게 묘사하고, 특이하게 바라보고, 신이하게 표현한 경우가 있었던가? 이제 장조에게 인간과 자연 만물은 대등한 관계 혹은 동등한 가치로 포착된다. 그에게 자연 만물은 인간이 소유하는 물건이나 향유하는 대상이 아니다. 그것은 자신의 일상적인 삶과 더불어 존재하는(혹은 함께하는) 벗이다.

세상 천하에서 한 사람이라도 자신을 알아주는 사람이 있다면 한恨이 없을 것이다. 사람만 유독 그렇겠는가! 사물 역시 그러한 것이 있다. 마치 국화가 도연명을 자신을 알아주는 참된 벗으로 삼고, 매화가 임포林逋를 자신을 알아주는 참된 벗으로 삼고, 대나무가 왕희지를 자신을 알아주는 참된 벗으로 삼고, 연꽃이 주돈이周敦頤를 자신을 알아주는 참된 벗으로 삼은 것과 같다. … 서로 더불어 한 번 맺어지면 천 년의 세월이 흘러도 옮기지 않는다. 소나무와 진시황, 학과 위의衛懿(춘추전국시대 위衛나라 의공懿公)와 같은 사이는 똑바로 말하자면 서로 인연을 잘 맺지 못한 것이라고 할 수 있다.

_장조, 《유몽영》

그렇다면 장조에게 후회스럽고 한탄스러울 일은 무엇이었을까? 그는 자신의 일상에서 한탄스럽게 여길 만한 열 가지에 대해 이렇게 묘사했다. 여기에 등장하는 글의 소재 역시 어느 것 하나 기이하거나 특별하지 않다. 하지만 그것을 다루는 장조의 관점과 묘사는 참으로 기이하고 특별하다. 필자가 앞서 언급했던 장조의 미학 의식, 즉 일상성과 비범성의 오묘한 조화와 균형이 바로 이런 것이다. 특별히 이옥과 요시다 겐코가 일상적인 삶의 풍경 속에서 터득했던 "천하에 완벽한 사물은 없다"는 이치를 여기에서도 발견할 수 있다. 일상적인 삶 속에서 인간 세계와 우주 만물의 이치와 섭리를 포착하는 것, 이것이야말로 일상적인 것을 관찰하면서 비범한 인식에 접근하는 이들만의 특이한 관점이 아니던가? 인간이 범접하기 힘든 사물만의 독특한 매력과 미적 가치란 바로 그것이 완벽하지 않다는 것에 있다.

> 첫 번째 한탄스러운 일은 책을 담은 상자가 쉽게 벌레 먹는 것이다. 두 번째 한탄스러운 일은 여름밤 모기가 괴롭히는 것이다. 세 번째 한탄스러운 일은 월대月臺에 쉽게 비가 새는 것이다. 네 번째 한탄스러운 일은 국화 잎이 너무 많이 바짝 마른 것이다. 다섯 번째 한탄스러운 일은 소나무에 큰 개미가 많은 것이다. 여섯 번째 한탄스러운 일은 대나무에 잎이 너무 많이 떨어진 것이다. 일곱 번째 한탄스러운 일은 계수나무와 연꽃이 쉽게 시드는 것이다. 여덟 번째 한탄스러운 일은 쑥이 우거진 수풀에 살무사가 몸을 감추고 있는 것이다. 아홉 번째 한탄스러운 일은 장미꽃에 가시가 자라는 것이다. 열 번째 한탄스러운 일은 하돈河豚(복어)에 독이 많다는 것이다.
>
> _ 장조, 《유몽영》

장조의 비범하고 특이한 관점, 즉 인간과 자연 만물의 일상적인 관계를 포착하는 그만의 독특한 시선 때문에—임어당의 말처럼—여기에서

"자연은 장조의 삶 전체 속으로 들어온다." 그런데 어떻게 자연이 장조의 인생 속으로 들어온다는 말인가? 먼저 자연은 장조의 일상적인 삶 속에 소리로 들어온다. 봄, 여름, 가을, 겨울, 대낮, 달밤의 소리와 소나무, 달빛, 계곡, 산속에서 듣는 거문고, 통소, 폭포, 불경 소리 그리고 물소리와 바람 소리와 빗소리는 동일한 것이 단 하나도 없다. 자연의 소리는 그렇게 무한하고 무궁무진하다. 이치가 이러한데, 어찌 일상에 지루할 틈이 있겠는가?

봄에는 새소리를 듣는다. 여름에는 매미 소리를 듣는다. 가을에는 벌레 소리를 듣는다. 겨울에는 눈 오는 소리를 듣는다. 대낮에는 바둑 소리를 듣는다. 달밤에는 통소 소리를 듣는다. 산중에서는 소나무 바람 소리를 듣는다. 물가에서는 노 젓는 소리를 듣는다. 이렇게 한다면, 살아가면서 귀를 헛되이 한 것은 아니다. 만약 품행이 포악한 젊은 사람이 손가락질을 하며 욕을 지껄이거나 성질이 사나운 아내가 폭언하는 하는 소리를 듣는다면 진실로 귀머거리가 되는 것만 못할 것이다.

소나무 아래에서 거문고 소리를 듣고, 달빛 아래에서 통소 소리를 듣고, 산골짜기 가에서 폭포 소리를 듣고, 산중에서 범패梵唄 소리를 듣는다면, 귀 속에는 듣는 기능이 따로따로 있어서 소리가 동일하지 않다는 사실을 깨닫게 될 것이다.

물에는 네 가지의 소리가 있다. 폭포가 쏟아지는 소리가 있고, 샘물이 흐르는 소리가 있고, 여울물이 흐르는 소리가 있고, 도랑물이 흐르는 소리가 있다. 바람에는 세 가지의 소리가 있다. 소나무가 바람에 일렁이는 소리가 있고, 가을 낙엽이 뒹구는 소리가 있고, 파도가 물결치는 소리가 있다. 빗소리에는 두 가지가 있다. 오동나무 잎이나 연꽃 잎 위에 두둑두둑 떨어지는 빗소리가 있고, 처마 밑으로 떨어지는 낙숫물과 대나무 통 속으로 흘러드는 빗소리가 있다.

_장조, 《유몽영》

그리고 다시 자연은 장조의 일상적인 삶 속에 색깔로 혹은 감정으로 혹은 모양으로 혹은 분위기로 들어온다. 일찍이 이덕무는 박지원의 글을 품평하는 자리에서 "글에는 소리와 색깔과 감정과 경계가 있다"고 말한 적이 있다. 자연 만물, 즉 "바람과 구름, 천둥과 번개, 비와 눈, 서리와 이슬, 하늘을 나는 새와 물속을 헤엄치는 물고기, 뛰고 노니는 짐승과 곤충들의 웃음, 울음, 지저귐에도 소리와 색깔과 감정과 경계가 존재한다"는 것이다. 글에 소리가 있다는 말은 무슨 뜻인가? "어질고 현명한 옛사람인 이윤伊尹과 주공周公이 한 말을 직접 들어보지는 못했지만 그들이 남긴 글을 통해 그 목소리가 매우 정성스러웠을 것이라고 상상해볼 수 있다. 또한 아버지에게 버림받아 내쫓긴 주周나라 백기伯奇와 홀로 남겨진 제齊나라 기량杞梁의 아내를 직접 만나보지는 못했지만, 글을 보면 그 목소리가 매우 간절했을 것이라고 상상할 수 있다." 글에 색깔이 있다는 말은 무슨 의미인가? "《시경》에서 그 사례를 찾아볼 수 있다. '비단 저고리에는 엷은 덧저고리를 걸치고, 비단 치마에는 엷은 덧치마를 걸치네'라거나 '검은 머리 구름 같아 덧댄 머리 필요 없네'라는 시 구절이 바로 그것이다." 글에 감정이 있다는 말은 무슨 뜻인가? "당나라 현종이 사랑하는 양귀비와 사별한 후 지은 '새가 울고 꽃이 피고, 물이 푸르고 산이 푸르다'가 바로 그것이다." 글에 경계가 있다는 말은 무슨 의미인가? "먼 곳의 물은 파도가 없고, 먼 곳의 산은 나무가 없고, 먼 곳에 있는 사람은 눈이 없다거나 말하는 사람은 손가락으로 가리키고, 듣는 사람은 팔짱만 끼고 있다는 표현이 바로 그것이다." 그런 의미에서 자연 만물이 때로는 소리로, 때로는 색깔로, 때로는 모양으로, 때로는 감정으로, 때로는 분위기로 우리의 인생 속에 들어온다는 임어당의 비평은, 바로 이러한 관점과 시각으로 《유몽영》의 미학 세계를 읽어야 한다는 주문이라고 하겠다. 이제 여기 장조가 자연 만물을 혹은 색깔로, 혹은 모양으로, 혹은 감정으로, 혹은 분위기 등으로 묘사한 글을 감상해보라.

> 푸른 산이 있으면 바야흐로 푸른 물이 있다. 물은 오직 산에서 푸른 색깔을 빌렸을 뿐이다. 맛과 빛깔이 좋은 술이 있으면 곧 아름다운 시가 있다. 시 역시 술에서 아름다운 감정을 구걸한 것이다.

> 봄바람은 마치 술과 같다. 여름바람은 마치 차와 같다. 가을바람은 마치 연기와 같다. 겨울바람은 생강 혹은 겨자와 같다.
>
> _장조, 《유몽영》

특별히 장조는 자연 만물 가운데 나비를 사랑했던 것 같다. 나비에 대한 그의 묘사는 탐미주의라고 표현할 수 있을 만큼 집요하다. 그는 만약 벌레가 될 수 있다면 나비가 되고 싶다고 하는가 하면, 장자와 나비의 고사를 빌려 나비의 불행을 읊었고, 나비를 재주 있는 재사才士의 화신으로 묘사하기도 했다. 심지어 장조는 자신이 꽃을 심는 까닭은 나비를 맞이하려고 하기 때문이라고까지 말한다. 장조가 나비고, 나비가 장조가 된다고 해야 할까? 물아일체, 여기에서 장조와 나비는 마치 둘이 아닌 하나처럼 느껴진다. 장조는 왜 나비가 되고 싶었던 것일까? 아무것에도 방해받거나 구속당하지 않고 마음 내키는 대로 인간 세계와 자연 만물을 유영하고 다니는 그 자유분방한 영혼 때문이 아니었을까?

> 장주莊周(장자)가 꿈속에서 나비가 되었다. 나비가 된 것은 장주의 행복이다. 나비가 꿈속에서 장주가 되었다. 장주가 된 것은 나비의 불행이다.
>
> 꽃을 심는 마음은 나비를 맞이하려는 것이다. 돌을 포개어 쌓는 마음은 구름을 맞이하려는 것이다. 소나무를 심는 마음은 바람을 맞이하려는 것이다. 물을 담아두는 마음은 부평초浮萍草(개구리밥)를 맞이하려는 것이다.
>
> _장조, 《유몽영》

물론 장조는 자연 만물만을 다루고 있지 않다. 그는 자기 주변과 일상생활 속의 모든 것, 특히 '자질구레하고 사소하고 평범한' 것들을 자유분방하게 글의 소재로 선택한다. 예를 들어 눈과 코와 혀와 손 그리고 거울과 저울과 칼을 소재로 삼아 스스로의 힘으로 할 수 있는 것이 아무것도 없는 사물의 이치를 묘사한 재미난 글을 읽어보자.

> 눈은 스스로 볼 수 없다. 코는 스스로 냄새를 맡을 수 없다. 혀는 스스로 핥을 수 없다. 손은 스스로 잡을 수 없다. 오직 귀만은 스스로 그 소리를 들을 수 있다.
>
> 거울은 스스로 비출 수 없다. 저울은 스스로 저울질할 수 없다. 검은 스스로 공격할 수 없다.
>
> _장조, 《유몽영》

눈은 떠야 볼 수 있고, 코는 숨을 쉬어야 냄새를 맡을 수 있고, 혀는 음식이 있어야 핥을 수 있고, 손은 물건이 있어야 잡을 수 있다. 다만 귀만은 가만히 있어도 스스로 소리를 들을 수 있다. 거울은 물체가 있어야 비출 수 있고, 무게는 물건이 있어야 저울질할 수 있고, 검은 무사가 있어야 휘두를 수 있다.[102] 이것이 존재해야 저것이 존재할 수 있듯이, 만물은 홀로 존재하지 않고 상호 연관되어 있다. 일상적인 소재 속에 내재되어 있는 일상의 이치를 독특한 관점과 비범한 인식으로 포착하는 것, 이것이 장조가 묘사한 '일상의 미학'이다. 꽃과 나무 그리고 사람의 심리 사이의 관계를 절묘하게 묘사한 다음과 같은 글에서도 '일상성'과 '비범성'의 관계를 바라보는 장조 특유의 관점과 인식을 읽을 수 있다.

> 매화는 사람으로 하여금 고상하게 만든다. 난초는 사람으로 하여금 그윽하게 만든다. 국화는 사람으로 하여금 꾸밈없이 순박하게 만든다. 연꽃은 사람으로 하여금 맑고 깨끗하게 만든다. 봄철 해당화는 사람으로 하여금 아름답게 만든다. 모란은 사람으로 하여금 넓은 마음과 높은 기상을 갖게 만든다. 파초와 대나무는 사람으로 하여금 고아한 품격을 갖추게 만든다.
>
> _장조, 《유몽영》

앞서 말했던 것처럼, 장조는 독서하고 사색하고 저술하는 데 평생을 바친 재야 문인의 삶을 살았다. 가장 많은 시간 동안 그의 일상을 지배했던 것 또한 독서와 사색과 저술이었을 것이다. 이러한 까닭에서일까? 장조는 《유몽영》의 많은 부분을 독서와 사색과 저술에 관한 글로 할애하고 있다. 그것은 장조를 비롯한 17~18세기 중국 문인과 지식인의 일상적인 삶의 풍경이기도 하다.

경전經典을 독서하는 시기는 겨울이 알맞다. 그 까닭은 정신을 오로지 한 곳에 집중할 수 있기 때문이다. 역사서를 독서하는 시기는 여름이 알맞다. 그 까닭은 밤보다 낮이 길어서 오랜 시간 독서할 수 있기 때문이다. 제자백가서를 독서하는 시기는 가을이 알맞다. 그 까닭은 가을에는 그 운치가 제각각 다르기 때문이다. 여러 문사의 개인 문집을 독서하는 시기는 봄이 알맞다. 그 까닭은 봄에는 만물이 생동해 생각에 막힘이 없기 때문이다.

소년의 독서는 마치 구멍을 통해 달을 엿보는 것과 같다. 중년의 독서는 마치 마당 가운데서 달을 바라다보는 것과 같다. 노년의 독서는 마치 누대 위에서 달을 구경하며 즐기는 것과 같다. 이러한 일은 모두 과거에 경험한 것들의 얕음과 깊음을 돌아본 것으로, 그 얻은 것이 얕은 것과 깊은 것이 될 따름이다.

_ 장조, 《유몽영》

만약 독서와 사색과 저술 이외에 이 시기 중국 문인과 지식인의 일상을 지배했던 삶의 풍경이 무엇이냐고 질문한다면, 필자는 완상玩賞과 풍류라고 대답할 것이다. 완상과 풍류란 쉽게 말해, 사계절의 변화나 자연 경물의 운치와 일상의 풍취를 즐겨 감상하며 호방하고 멋스럽게 노니는 삶이다.

천하에 서책이 없다면 그만이겠지만, 서책이 있다면 반드시 읽는 것이 마땅하다. 술이 없다면 그만이겠지만, 술이 있다면 반드시 마시는 것이 마땅하다. 명산이 없다면 그만이겠지만, 명산이 있다면 반드시 유람하는 것이 마땅하다. 꽃과 달이 없다면 그만이겠지만, 꽃과 달이 있다면 반드시 구경하고 즐기는 것이 마땅하다. 재능 있는 남자와 아름다운 여자가 없다면 그만이겠지만, 재능 있는 남자와 아름다운 여자가 있다면 반드시 소중히 여기고 사랑하며 어여삐 여기고 아껴주는 것이 마땅하다.

상원上元(정월대보름)에는 모름지기 호탕한 벗과 술을 마신다. 단오에는 모름지기 아름다운 벗과 술잔을 기울인다. 칠석에는 모름지기 운치 있는 벗과 술을 마신다. 중추中秋에는 모름지기 마음이 맑은 벗과 술잔을 기울인다. 중구重九(중양절)에는 모름지기 편안한 벗과 술을 마신다.

_장조, 《유몽영》

장조에게는 벗을 사귀는 것도 하나의 풍류였다. 그렇다면 좋은 벗이란 어떤 사람일까? 벗 가운데 으뜸은 시에 능숙한 사람이요, 그 다음은 대화에 능숙한 사람이요, 그 다음은 서화에 능숙한 사람이요, 그 다음은 노래에 능숙한 사람이요, 그 다음은 술자리 예절에 능숙한 사람이다. 권력과 출세와 이익의 득실과는 아무런 관련이 없는 사람이면 사람일수록 좋은 벗이다. 그저 더불어 풍류를 누리기에 적합한 사람이면 적합한 사람일수록 좋은 벗이라고 할 만하다. 그렇다면 장조가 일컫는 삶의 일상적인 풍경 가운데 최고의 경지는 무엇이었을까? 그것은 한가로움을 즐기면서 독서하고, 유람하고, 벗과 사귀고, 술 마시고, 저술하는 삶이다. 또한 홀로 있을 때는 북과 거문고로 즐거움을 삼고, 사람과 더불어 있을 때는 바둑과 장기로 즐거움을 삼고, 많은 사람과 함께 있을 때는 마작으로 즐거움을 삼는 것이다. 만약 그마저도 여의치 않다면 화폭으로 자연을 삼고, 분재로 정원을 삼고, 서적으로 벗을 삼아 살면 될 뿐이다. 이보다 더 평범하면서 유유자적하고 여유로운 삶이 어디에 있을까?

그래서 장조의《유몽영》에서는 어떤 것도 목적으로 삼지 않고 어떤 특별한 것도 추구하지 않은 채 자신만의 감성과 기호와 취향에 충실한 삶을 읽을 수 있다. 그런데 이것이야말로 앞서 이옥과 요시다 겐코의 글에서 발견할 수 있었던 '무목적성'과 '주관성'과 '일상성'의 미학이 아니고 무엇이겠는가? 이러한 까닭에 장조와 거의 동시대를 살았던 항주杭州의 유명 문인 왕탁王晫은 장조를 가리켜 현인이기도 하고, 철인哲人이기도 하고, 달인達人이기도 하고, 기인이기도 하고, 고인高人이기도 하고, 운인韻人이기도 하다고 비평했다. 목적도 없고 특별하지도 않고 오직 주관적인 감성과 취향에 따라 진솔하게 자기 주변의 일상적인 삶의 풍경을 묘사한 장조의 미학 의식이, 그처럼 다채롭고 다종다양하며 무궁무진한 색깔과 분위기의 글을 창조했다는 얘기나 다름없다. 평범하고 일상적인 것을 글감으로 삼으면서도 그 속에서 비범하고 기묘한 묘사와 관점과 표현을 얻었던 장조만의 독특한 작법의 묘미를 엿볼 수 있다.

《유몽영》에 나타나고 있는 장조의 미학 의식은 그보다 조금 후대에 등장한 청나라의 문인들을 적지 않게 사로잡았다. 특히 18세기 중반에 활동한 문사 주석수朱錫綬는《유몽영》에 열광한 나머지 단지 독서하는 데 그치지 않고 그 문학 정신을 계승하려는 뜻에서 아예 '《유몽영》의 속편續篇'이라는 뜻의 제목, 곧《속유몽영續幽夢影》이라는 책을 쓰기까지 했다. 여기에서 주석수가 계승하려고 했던 장조의 문학 정신이란 바로 평범하고 일상적인 삶의 다종다양한 모습들을 개성적으로 포착하고 감성적으로 묘사하는 것이었다.《유몽영》이 모두 216개의 단문으로 이루어져 있는 반면

《속유몽영》은 이보다 훨씬 적은 86개의 단문으로 구성되어 있다. 그러나 글의 밀도와 정취에 있어서 주석수의 글은 결코 장조의 글에 뒤지지 않는다. 다만 주석수의 글은 장조의 글을 모방하거나 답습하고 있다는 인상이 강해 독창성과 창의성에 있어서는 결코 장조를 넘어서지 못하고 있다. 그렇지만 사람은 자신이 좋아하는 사물의 기상과 기운과 정취와 뜻을 닮는다는 글이나 혹은 일상적으로 마주하는 모든 사물을 악기와 음악의 조화로 묘사한 글을 비롯한 여러 글들은 제각기 나름의 지극한 묘미가 있다.

> 진실로 술을 즐기는 사람은 기운이 웅장하다. 진실로 차를 즐기는 사람은 정신이 맑다. 진실로 죽순을 즐기는 사람은 골격이 수척하다. 진실로 나물 뿌리를 즐기는 사람은 뜻이 원대하다.

> 인적 없는 쓸쓸한 산에 폭포가 내달리고 깎아지른 듯한 골짜기에 소나무가 울면, 바로 그 순간 거문고 소리가 떠오른다. 위태롭게 솟은 누각 위로 기러기가 날아가고 외로이 떠 있는 배에 바람이 불면, 바로 그 순간 피리 소리가 떠오른다. 그윽한 산골짜기에 꽃이 떨어지고 듬성듬성 나무가 자라는 숲에 새가 내려앉으면, 바로 그 순간 축筑의 소리가 떠오른다. 낮에 발[簾]이 바람에 출렁이고 평대平臺에 달이 가로 걸려 있으면, 바로 그 순간 통소 소리가 떠오른다.

> _ 주석수,《속유몽영》

그런 점에서 주석수 또한 일상적인 것을 자신만의 시선으로 포착하고 탁월하게 묘사할 줄 알았던, 혹은 지극히 사소하고 평범한 소재로 비범한 인식과 기묘한 표현을 구사할 줄 알았던 '일상의 미학자'였다고 할 만하다.

평범하고 소박하고 단순한 것 속의
조화로운 삶[103]

• 스코트 니어링과 헬렌 니어링

스코트 니어링Scott Nearing(1883~1983)과 헬렌 니어링Helen Knothe Nearing(1904~
1995)을 가리키는 말은 수도 없이 많다. 사회주의자, 반제국주의자, 반전주
의자, 평화주의자, 진보주의자, 평등주의자, 반자본주의자, 근본주의자, 생
태주의자, 환경주의자, 자연주의자, 채식주의자… 등등. 모든 맞는 말이다.
그렇지만 그들이 어떤 주의자로 불리든 간에 상관없이, 그들의 삶을 근본적
으로 지배했던 철학은 항상 '평범하고 단순하고 소박한 삶 가운데에서 조화
로운 삶'을 찾는 것이었다. 그리고 스코트 니어링과 헬렌 니어링은 1932년
자신들이 세운 삶의 철학을 일상적으로 실천하려는 마음을 먹고, 대도시
생활을 버리고 작은 농장을 꾸리며 자급자족하는 시골 생활을 시작했다.
이들의 삶은 스코트 니어링이 사망한 1983년까지 50여 년 동안은 공동으
로, 그리고 이후 헬렌 니어링이 사망한 1995년까지 12년 동안은 홀로, 장
장 62년 동안이나 지속되었다. 또한 헬렌 니어링이 세상을 떠난 이후 오
늘날까지 그들의 개척자적 삶이 남긴 뜻은 자본주의적 일상에 길들여지
기를 거부하며―도시에서든 시골에서든―단순하고 소박한 생활 속에서
조화로운 삶을 모색하고 추구하는 온갖 진보주의자와 생태주의자와 환경
주의자와 채식주의자들에게 일종의 나침반이자 지도 역할을 하고 있다.

   평범하고 소박하고 단순한 삶에서 조화로운 삶을 찾는 이들에게 도
시에서의 삶은 정신이 없을 만큼 복잡하고 번거롭고 변화무쌍하게 느껴
질 것이다. 그러나 시골에서의 삶은 단순하고 소박하고 단조롭다. 헬렌 니
어링은 오래된 책과 도서관의 희귀 장서 열람실에서 읽은 서적들에서 발

췌해 모아 엮은 인용구 모음집인《조화로운 삶을 위한 지혜의 말들Wise Words for the Good Life》에서 도시 생활과 대비되는 시골에서 누리는 '소박한 일상의 즐거움'을 이렇게 노래했다. 그것은 그들이 추구한 조화로운 삶의 가치이자 의미였다.

시골에서 이루어지는 모든 일은 멍에와 함께 놀이의 즐거움을 포함하고 있다. 나는 아침 일찍 일어나서 소의 젖을 짜는 방법을 배울 수 있지만 또한 일출의 풍경을 볼 수도 있다. 만약 내가 곧장 저녁에 불을 피울 때 깨끗한 불꽃을 피우며 활활 타오를 통나무를 찾기 위해 숲으로 가면, 나의 허파는 숲이 뿜어내는 향기 속에서 건강한 공기를 흠뻑 들이마셨다. 그리고 정원에서 일을 할 때면 나는 식품 저장실에 온갖 종류의 맛있는 식재료를 추가할 수 있었다. 도시에 있을 때 나는 다른 사람들을 위해 일하면서 생계를 유지했다. 내 두뇌는 매일같이 나의 주인이 켄싱턴에 있는 고급 주택을 유지할 수 있도록 착취당했다. 임대주가 수도 요금과 전기 요금 그리고 세무 공무원이 나에게서 징수해야 할 모든 세금을 가져가버리고 나면, 내 소유라고 부를 수 있는 것은 거의 남아 있는 것이 없었다. 하지만 그와 정반대로 여기 시골에서는 내가 하는 모든 것들이 내자신의 건강과 행복한 삶에 즉각적이고 직접적으로 관련되어 있다.

_W.J. 도슨W.J. Dawson,《소박한 삶의 모색The Quest of the Simple Life》, 1907년

이러한 삶을 가능하게 하기 위해 스코트 니어링과 헬렌 니어링이 무엇보다 먼저 감행한 일은 경제활동에 관한 자본주의적 관념과 목적을 전복·해체시켜버린 것이다. 다시 말해 그들은 경제활동의 목적을 돈을 벌고 모으기 위해서가 아니라 단지 먹고 입고 살기 위해 필요한 것으로만 여

겼다. 그들은 이렇게 역설한다. "돈은 먹을 수도 없다. 돈은 입을 수도 없다. 돈은 비바람과 위험을 막을 수도 없다. 돈은 생계를 구성하는 의식주에 필수적인 물건을 얻기 위한 수단, 다시 말해 교환의 매개체일 뿐이다. 중요한 것은 생계를 유지하기 위한 필수품이지, 그것들과 교환하기 위해 필요한 돈이 아니다." 이렇듯 경제활동의 목적을 단지 먹고 입고 살기 위한 것으로 삼은 스코트 니어링과 헬렌 니어링이 선택한 대안적 삶은 바로 '스스로 노동하며 자급자족하는 삶'이었다.

> 첫 번째, 우리는 생계를 유지하기 위한 필수품을 절반 정도는 자급자족할 수 있는 가정을 만들고 싶다. 가능한 한 우리를 둘러싸고 있는 가격-이윤 추구 경제로부터 독립하여 생활할 수 있기를 바란다. … 바로 이 가격-이윤 추구 경제에서 계속해서 생활할 것을 강요받기 때문에, 우리는 그것들이 초래할 수 있는 두려운 영향들을 수용해야만 하거나 아니면 그것들로부터 벗어날 수 있는 실행 가능한 대안을 찾아내야만 했다. 우리는 먹고 입고 자는 데 반드시 필요한 물건을 절반 정도 자급자족할 수 있는 준생계농의 생활을 대안으로 생각해냈다. … 두 번째, 우리는 돈을 벌거나 임금을 얻거나 이윤을 추구할 생각이 없다. 오히려 가능한 한 우리가 직접 재배하고 생산하는 경제를 기본으로 삼아 생계를 꾸려나가는 것을 목표로 한다. 한 해 동안의 생계를 유지하는 데 충분한 식량을 얻는 노동을 완수했다면, 우리는 다음 수확 계절이 올 때까지 돈 버는 일을 중단할 것이다.
>
> _헬렌 니어링 · 스코트 니어링, 《조화로운 삶Living The Good Life》,
>
> 제2장 〈생계를 위한 우리의 계획〉

스코트 니어링과 헬렌 니어링은 1929년 미국 뉴욕에서 시작된 세계 경제 대공황이 최악으로 치달아 자본주의의 병폐가 만천하에 모습을 드러내고 있던 1932년, 대도시를 떠나 미국 동북부의 버몬트 주 시골로 거주지를 옮겼다. 그들은 현금 300달러를 주고 저당권 800달러를 설정해 구입한 버몬트 주 남부의 '황무지 지대' 언덕에 자리 잡은 작은 외딴 농장에서 새로운 삶을 시작했다. 스코트 니어링의 나이 49세, 헬렌 니어링의 나이 28세 때였다. 두 사람이 만나 사랑을 싹틔우기 시작한 지 4년째 되는 해이기도 했다. 스코트 니어링과 헬렌 니어링은 버몬트의 숲 속으로 옮겨가 살았던 이때부터 다시 메인 주로 거주지를 옮기기 이전까지 스무 해 동안의 일상생활을 《조화로운 삶》이라는 제목의 공동 저작 속에 남겨놓았다. 여기에서 이들은 책의 제목대로 평범하고 사소하고 소박한 것에서 조화로움과 아름다움과 즐거움을 추구하고 모색했던 일상적인 삶의 풍경을 이렇게 묘사했다.

첫째, 쓸모없고 황폐하기만 한 산악지대의 땅 한 조각을 개간해 비옥한 땅으로 회복시켜 고품질의 야채와 과일과 꽃 등의 좋은 농작물을 생산해냈다. 둘째, 농장 살림은 가축이나 가축의 분뇨 또는 화학비료를 사용하지 않고도 성공적으로 수행해냈다. 셋째, 스스로 농사지어 자급자족하는 농장으로 확실히 자리를 잡았다. 빚을 지지 않고 살아갔을 뿐만 아니라 모자라지도 않고 그렇다고 넘치지도 않는 잉여 농작물을 수확하기도 했다. 우리가 생활하면서 소비한 물건들 중 대략 4분의 3 정도는 우리 자신의 노력으로 직접 얻은 결과물이었다. 이렇게 해서 우리는 우리 자신을 노동시장과 상품 시장에 의존하지 않고 살아갈 수 있는 독립적인 존재로 만들었다.

_ 헬렌 니어링·스코트 니어링, 《조화로운 삶》, 서문

이러한 삶을 통해 스코트 니어링과 헬렌 니어링은 "경쟁적이고 공업화된 사회 양식", 즉 자본주의적 삶의 방식에 "필연적으로 따라다니는 네 가지 해악"에서 꽤 벗어날 수 있었다고 말한다. 그런 점에서 이들의 삶은 불가피하게 자본주의에서 살아가고 있지만 자본주의적 삶의 방식과 사회 양식을 거부하는 이들이 선택할 수 있는 일상적인 삶의 대안 혹은 희망이 될 수도 있겠다. 스코트 니어링은 자연과 더불어 사는 일상 속에서 돈을 벌기 위해서가 아니라 단지 먹고 사는 데 필요한 만큼의 생계 노동을 하면서 만족스럽고 보람 있는 삶을 살았다. 그는 "생계를 위한 노동 네 시간, 지적 활동 네 시간, 좋은 사람들과 친교하며 보내는 시간 네 시간"이면 진실로 "완벽한 하루의 일상"이 짜여 진다고 역설한다.[104] 이것은 뉴욕과 같은 대도시에서 살았다면 결코 충족시킬 수 없는—소박하지만 커다란—일상의 즐거움이었다. 어떤가? 앞서 요시다 겐코와 장조의 일상에서는 볼 수 없었던 먹고사는 문제, 즉 생계 노동에 대한 스코트 니어링의 고민과 노력이. 비록 자본주의적 고민이라고 해도 우리에게는—마치 술과 이슬만 먹는 신선처럼 살 것 같은 옛사람의 삶보다는—훨씬 더 구체적이고 현실적인 일상의 모습이 아닌가?

> 우리 수입의 약 4분의 3은 우리가 직접 생산에 공을 들여 얻은 결과물이었다. 다시 말하면 우리가 4달러어치의 물품을 소비할 경우, 돈을 내고 사야 하는 것은 단 1달러어치뿐이라는 뜻이다. 나머지 3달러어치는 자급이 가능했다. 우리는 이런 방법으로 가격-이윤 경제에 직접 의존하는 데서 크게 벗어날 수 있었다. … 우리는 경쟁적이고 공업화된 사회 양식에 필연적으로 따라다니는 네 가지 해악에서 벗어나는 데 꽤 성공한 편이었다. 그 네 가지 해악이란 (돈과 가재도구를 비롯한) 물질에 대한 탐욕에

물든 인간들을 괴롭히는 권력, 다른 사람보다 출세하고 싶은 충동과 관련된 조급함과 시끄러움, 부와 권력을 차지하기 위한 투쟁에 반드시 수반되는 근심과 두려움, 많은 사람이 좁은 지역으로 몰려드는 데서 생기는 복잡함과 혼란을 말한다.

_스코트 니어링, 《스콧 니어링 자서전The making of a Radical》,

제2부 〈황혼의 마지막 섬광〉[105]

특히 스코트 니어링과 헬렌 니어링은 조화로운 삶을 개척했던 버몬트가 관광지로 개발되자 그곳에서의 생활을 마감한 이후 이주했던 메인에서의 생활에서도 자신들의 일상 풍경을 글로 옮기는 작업을 한 순간도 멈추지 않았다. 이러한 까닭에 이들은 혹은 단독으로 혹은 공저로 적지 않은 저서를 세상에 남겼다. 진보적 지식인이었던 스코트 니어링이 저술한 경제학·정치학·사회학 관련 저서들을 제외한다면, 이들의 저작은 대개 버몬트와 메인에서 체험하고 느꼈던 일상적인 삶에 대한 기록 그 이상도 그 이하도 아니다. 다시 말해 수많은 저서들에서 스코트 니어링과 헬렌 니어링이 일관되게 추구했던 글쓰기는 자신들의 평범하고 소박하고 단순한 삶을 진술하고 가감 없이 그린 일상의 묘사였을 뿐이다.

봄의 기운이 대지에 가득하다. 봄 햇빛은 4월의 소나기와 함께 번갈아 찾아왔다가 떠나갔다가 한다. 햇빛은 온 세상을 따사롭게 비춘다. 소나기는 눈을 녹인다. 메인에서 맞게 된 우리의 첫 봄은 몹시 따뜻했다. 얼음과 눈은 사라졌다. 우리는 지난 가을에 새로이 표시해놓은 땅에 처음이자 마지막으로 쟁기질을 하고 써레질을 하여 땅을 갈아엎고 흙덩어리를 부수어 바닥을 편평하게 고르는 작업을 해놓았다(그때 이후로는 내내 손에 연장을 들고 농사를 지었다). 우리는 두툼한 건초 덮개로 갈아엎은 땅을 덮어놓았는데, 이제 봄이 되자 이 건초 덮개를 걷어냈다.

_헬렌 니어링·스코트 니어링, 《조화로운 삶의 지속Continuing The Good Life》,

제2장 〈봄과 여름의 땅 갈기〉

이들의 삶 자체가 지극히 평범하고 소박하고 단순하고 일상적인 것 속에서 삶의 가치와 의미, 곧 조화로움과 즐거움을 찾다 보니 이들의 글에서는 애써 그렇게 하려고 하지 않아도 자연스럽게 일상의 아름다움과 즐거움이 묻어나올 수밖에 없었다. 그런 의미에서 스코트 니어링과 헬렌 니어링의 글뿐만 아니라 삶 전체 속에서 우리는 '일상의 미학'을 발견할 수 있다. 이들에게 일상의 글쓰기란—무슨 특별한 작법이나 표현 기법이 필요했던 것이 아니라—평범하고 소박하고 단순한 있는 그대로의 삶에 대한 기록이었던 셈이다. 그런 의미에서 그들의 글에 나타나는 일상의 미학은 애써 묘사하려고 한 것이 아니라 그저 자신들의 삶을 드러낸 것에 불과하다. 삶이 곧 글이고 글이 곧 삶인 것, 이것이야말로 스코트 니어링과 헬렌 니어링의 글에 나타나고 있는 일상성의 특징이자 개성이요 조화로움이자 아름다움이다.

우리는 재배한 작물들을 마침내 지하 저장고에 보관하기로 결정했다. 우리는 집을 짓는 과정에서 3개의 지하 저장고를 만들었다. 첫 번째 지하 저장고는 우리가 주로 거처하는 집의 부엌 아래에 있었다. 집을 지을 때 팠던 이 지하 저장고는 단풍 시럽을 저장할 뿐만 아니라 그때그때마다 바로 먹거나 요리할 수 있는 주스와 과일 그리고 채소를 보관할 수 있도록 설계했다. 지하 저장고는 단지 이중으로 붙인 나무판자에 불과한 바닥을 사이에 두고 부엌과 분리되어 있었기 때문에 오랫동안 작물들을 보관할 수 있을 정도로 충분히 서늘하지 않았다. 이곳보다 더 오랜 시간 채소를 보관할 수 있는 우리의 공간은 나중에 게스트하우스가 된 작업실 아래에 있는 지하 저장고였다. 이 지하 저장고 위에 있는 방에서는 아주 가끔씩만 불을 피웠을 뿐이다. 지하 저장고의 온도는 화씨 20도(영하 약 7도)까지 떨어졌으며, 가장 추운 겨울 동안에는 그보다 더 아래로 온도가 내려갔다. 이 지하 저장고는 암반 아래로 흐르는 샘을 갖추고 있었다.

_헬렌 니어링 · 스코트 니어링, 《조화로운 삶》, 제5장 〈건강한 삶을 위한 먹거리〉

    사람이 의식주 가운데 가장 많은 노동을 할애하고 시간을 빼앗기는 것은 단연 음식이다. 특히 자급자족하는 삶에서 대부분의 노동은 음식을 얻기 위한 것이며, 노동 시간 이외에도 많은 시간을 음식을 요리하는 데 빼앗긴다. 그런데 헬렌 니어링은 이 너무나 당연한 것 같은 삶에 근본적인 의문을 제기한다. 그녀는 소박하고 단순한 삶, 즉 조화로운 삶을 누리기 위해서는 "매일 여성들이 있어야 할 자리가 반드시 부엌일 필요는 없다는 것, 오히려 여성들이 원하는 곳이라면 다른 어떤 곳에서도 만족할 만한 일을 해야 한다는 사실"을 강조하면서 음식 준비에 최소한의 시간과 힘을 들이는 게 자신의 목표라고 밝혔다. 그러면서 이렇게 되묻는다. "요리라는 일이란, 꼭 번거롭고 힘들며 어려운 일이어야만 할까?" 그것은 특별히 여성의 관점에서 바라본 평범하고 소박하고 단순하면서 동시에 즐겁고 조화로운 일상의 삶에 대한 추구이자 모색이다. 헬렌 니어링은 음식과 요리에서도 자신의 '일상의 철학', 즉 단순하고 소박한 삶의 철학을 적용했다. 그렇게 해서 탄생한 책이 바로 《조화로운 삶을 위한 소박한 밥상Simple Food for the Good Life》이다. 여기에서 헬렌 니어링은 모든 음식과 요리 서적에 어김없이 깔려 있는 전통적인 전제조건, 즉 음식은 맛있고 화려하며 풍요로워야 한다는 관념을 전복한다. 그녀는 음식은 가장 최소한의 시간을 들여서 건강하면서도 가장 단순하고 소박하게 요리해 먹을 수 있어야 한다고 주장한다. 그런 의미에서 헬렌 니어링의 요리 서적은—희귀하게도—단순한 요리와 소박한 음식을 위한 가이드북이다. 또한 그것은 더 맛있는 음식, 더 풍요로운 음식, 더 만족스러운 음식, 더 화려한 음식을 향한 그칠 줄 모르는 개인적·사회적 욕망 특히 자본주의적 탐욕에 대한 전면적인 거부이자 저항이었다.

> 세상에는 너무 많은 요리책이 있다. 세상에는 요리사가 너무 많다. 세상에는 지나치게 많은 조리 음식이 존재한다. 만약 내가 음식에 대해 우연히 마주친 여타의 요리책과 완전히 다른 태도와 다른 경향을 갖고 책을 쓸 수 없다면, 바로 여기에서 글쓰기를 중단해야만 할 것이다. 그러나 나는 독특한 요리책을 쓰는 것을 목표로 하고 있으며 또한 소망하고 있다. 내가 제안하고 서술하는 식단과 요리법은 건강한데다가 무해하고 간편하며 기운을 북돋아주는 음식들로 구성될 것이다.
>
> _헬렌 니어링, 《조화로운 삶을 위한 소박한 밥상》,
> 제1장 〈나는 어떻게 그리고 왜 음식과 요리법에 대해 쓰게 되었는가?〉

> 미국은 슈퍼마켓의 나라이다. … 하룻밤 사이에 우후죽순처럼 자라는 버섯과 같이 쇼핑센터가 급속도로 확장되면서, 즉석 식품이 마치 배출구가 열린 것처럼 시장에 흘러 넘쳐나고 있다. 만약 사람들의 마음을 끄는 제품을 만들 수 있다면, 만약 소비자가 그 제품을 구입하고 소비하고 나서 다시 계속해서 구입하러 찾아온다면, 만약 그 제품을 10센트의 비용으

로 만들어서 1달러에 판매할 수만 있다면, 바로 그때에 사업가는 거대한 이익을 거둬들이는 데 급급할 뿐 소비자의 건강 따위에는 전혀 신경을 쓰지 않게 된다. … 만약 사람들에게 충고를 한다면 나는 이렇게 말할 것이다. 순간적으로 미각을 자극하는 음식을 먹는 미국인의 대열에 휩쓸려 빨려 들어가서는 안 된다. 또한 TV나 라디오에서 극찬하는 식품이나, 신문에서 대문짝만하게 광고하며 떠들어대는 할인 식품의 공세에 유혹당하지 말아야 한다.

_헬렌 니어링,《조화로운 삶을 위한 소박한 밥상》,
제5장〈복잡한가 아니면 간단한가 : 가공 식품 대 신선 식품〉

스코트 니어링은 정확히 100세가 되던 1983년 세상을 떠났다. 평생 자기 삶의 결정권자로 살았던 스코트 니어링은 죽음 자체도 주어진 운명이 아닌 자신의 결정에 따라 맞이했다. 그는 모든 음식의 섭취를 중단하는 방식으로 서서히 그리고 담담하게 죽음을 맞았다. 삶 못지않게 죽음 또한 스스로 선택하고 결정했다는 점에서 그는 진실로 주체적이고 능동적이며 자유로운 인간의 표상이었다. 스코트 니어링이 사망한 이후 그의 사상과 문학 세계는 아내 헬렌 니어링의 삶과 글을 통해 계속 이어져 세상에 전해졌다. 스코트 니어링과 헬렌 니어링은 버몬트에서의—1932년부터 1952년까지—스무 해 삶을《조화로운 삶》에, 다시 메인에서의—1952년부터 1978년까지—스물여섯 해 삶을《조화로운 삶의 지속》이라는 책에 기록해놓았다. 그리고 헬렌 니어링은 스코트 니어링이 사망한 지 8년이 지난 1992년 드디어 그들 부부가 50년 동안 추구했던 삶의 철학인 '평범하고 소박하고 단순한 삶 속의 조화로운 삶'을 완결 짓는《조화로운 삶, 사랑 그리고 마무리Loving and Leaving the Good Life》라는 책을 저술해 세상에 내놓았다. 여기에서 헬렌 니어링은 자본주의적 생활 방식과 사회 양식을 넘어서기 위해 자신들이 평생 동안 모색하고 추구했던 일상적인 삶의 풍경, 즉 조화로운 삶에 담긴 참된 철학적 가치를 이렇게 표현했다.

> 우리는 조화로운 우리 생활이 다른 사람들을 위한 모범이라기보다는 우리 스스로 그릴 수 있는 가장 나은 삶의 방식을 찾아가는 순례의 길이라고 생각했다. 우리는 모든 훌륭한 진취적인 정신과 함께 앞서가는 삶의 물결에 합류하는 데 기쁜 책임감을 느꼈다. 이것은 긍정하고 기여하는 삶이며, 모든 행위와 나날의 삶에 목적을 갖게 하는 것이었다. 우리는 최선의 삶이란 어떤 주어진 여건에서 우리가 감당할 수 있는 최선의 일을 하는 것임을 알았다.
>
> _헬렌 니어링,《조화로운 삶, 사랑 그리고 마무리》, 버몬트 숲에 둥지를 틀고[106]

다른 한편으로 스코트 니어링은 나이 71세가 되던 1954년에 세상에 내놓은《조화로운 삶을 위한 인류의 모색Man's Search for the Good Life》이라는 저작을 통해 일상생활 속에서 자본주의적 삶을 넘어설 대안을 찾으면서, 우리가 일상에서 실천할 수 있는 대안적 삶의 모습을 이렇게 묘사하기도 했다. 이것은 이윤 추구를 위한 경쟁과 야만이 판치는 정글과 같은 자본주의적 삶에 길들여지기를—전면적이든 혹은 부분적이든—거부하는 이들에게 제안하는 대안적 삶을 위한 일상생활의 지침서라고도 할 수 있다. 그런 의미에서 스코트 니어링과 헬렌 니어링은 자본주의 경제구조와 일상생활의 한가운데에서 대안적인 삶, 즉 일상적인 삶의 변화와 혁신을 모색하고 추구했던 '일상의 사상가'이자 '일상의 혁명가'였다고 해도 틀리지 않다. 사회체제의 변화와 혁신을 모색하고 추구하는 사람을 가리켜 '사회혁명가'라고 부르는 것처럼 말이다. 그것은 자본주의경제로부터 물질적·정신적으로 독립한 채 자영농으로 자연과 더불어 자급자족하면서 또한 사회의 개조와 변화를 모색하는 삶이다. 스코트 니어링에게 조화로운 삶이란 바로 그런 삶이었다.

필자는 이쯤에서 일종의 근본적인 의문을 품어본다. 과연 스코트 니어링과 헬렌 니어링이 추구했던 삶은 도시를 떠난 시골에서만 가능한 것일까? 필자의 대답은 '그렇지 않다'이다. 시골에서처럼 생계 노동을 통해 의식주를 자급자족하는 삶은 불가능하다고 해도, 스코트 니어링과 헬렌 니어링이 역설했던 조화로운 삶의 핵심적인 가치, 곧 경제활동에 관한 자본주의적 관념과 목적을 전복한다면 도시에서도 얼마든지 그렇게 살 수 있다. 다시 말해 돈을 벌기 위해서 혹은 부자가 되기 위해서가 아니라 단지 먹고살기 위해 필요한 만큼만 경제활동을 하는 것으로 자기 삶의 목적을 재조정한다. 그렇게 하면 집을 사려고 돈을 모으거나 은행에 돈을 저축하기 위해 자기 삶의 소중한 시간을 낭비할 필요가 없게 될 것이다. 그리고 먹고살기 위해 필요로 하는 노동 시간을 제외한 나머지 시간에는 헬렌 니어링이 말한 것처럼 "좋은 책을 읽는 것, 좋은 글을 쓰는 것, 좋은 음악을 연주하고 감상하는 것, 담장을 쌓는 일, 정원을 가꾸는 일, 수영과 스케이트 또는 산책 등 보다 더 활동적이거나 혹은 보다 더 지능적이거나 혹은 보다 더 영감과 상상력을 고양시켜주는 일"을 하는 데 사용한다. 만약 이 가운데에서도 돈을 투자해야 할 수 있는 일이 있다면 과감하게 포기하면 된다. 대신 돈이 안 드는 다른 일을 찾으면 된다. 예를 들어 그림 그리기, 등산, 자전거 타기 같은 것 말이다. 이렇듯 단순하고 소박한 삶을 추구하면 추구할수록 오히려 일상의 삶은 즐겁고 조화롭게 될 것이다. 앞서 스코트 니어링이 말한 자본주의적 삶의 네 가지 해악으로부터 해방될 수 있기 때문이다. 이것이 바로 스코트 니어링과 헬렌 니어링이 평생에 걸쳐 자신들의 삶과 글쓰기를 통해 우리에게 보여준 '일상의 미학'의 참된 가치이자 의미이다.

8장

자의식의 글쓰기

나라는 사람은 도대체 어떤 사람인가?

글쓰기 동서대전
東西大戰

조선 호모 스크립투스의
참된 자아 찾기

• 심노숭

필자는 작년에 출간한《호, 조선 선비의 자존심》을 통해 조선 지식인의 호에 담긴 '자의식의 세계'를 밝힌 적이 있다. 조선의 지식인은 평생 3개 이상의 호칭을 사용했다. 명名과 자字와 호號가 그것이다. 명은 '이름'으로 오늘날 우리가 사용하고 있는 이름과 같다. 자는 관례(성인식)를 치르고 난 후 명을 대신해 부르는 호칭이다. 명과 자는 부모나 어른 혹은 스승이 지어주는 것으로 자기 마음대로 지어 사용할 수 없었다. 반면 호는 자신이 살아가면서 뜻한 바가 있거나 마음이 가는 사물이나 장소에 따라 또는 어떤 의미를 취해서 제멋대로 지을 수 있고 다른 사람이 지어줄 수도 있었다. 이렇게 보면 명과 자는 자신의 의사나 의지와는 무관한 '생물학적 자아(태생적 자아)'에 가깝다면, 호는 사람이 자신의 뜻을 어디에 두고 마음이 어느 곳에 가 있는지를 나타내는 '사회적 자아'를 표상한다고 말할 수 있다.

그런데 특정인의 사회적 자아, 즉 자의식의 세계를 엿볼 수 있는 호의 변천사를 살펴보면, 18세기 이전 시대와 18세기를 전후한 시기 사이에 뚜렷하게 구분되는 특징을 발견할 수 있다. 다시 말해 18세기 이전에는 유학적 혹은 성리학적 자아(유학적 자의식 혹은 성리학적 자의식)에 충실한 호가 대부분을 차지하고 있다면, 18세기를 전후해서는 여기에서 벗어나 개성적 자아(개성적 자의식)를 한껏 드러내는 호가 다수 나타난다. 호를 통해 보더라도 18세기를 전후한 시대는 조선의 지식인들이 유학적 혹은 성리학적 관습과 규범 및 도덕에서 벗어나 새롭게 개성적인 자아를 발견하고 또한 추구했던 온전한 '자의식의 시대'였다고 하겠다. 이러한 사실은 이 시대에 들어와 문인과 지식인들 사이에서 크게 유행한 '자전自傳'이나 '자찬묘지명自撰墓誌銘'과 '자찬행장自撰行狀'을 통해서도 어렵지 않게 찾아볼 수 있다. 자전의 대표적인 경우로는 성호학파의 순암 안정복과 북학파의 이덕무 그리고 박제가가 남긴 기록을 들 수 있다. 먼저 안정복은 자신의 또 다른 호인 '영장산객靈長山客'을 자전적 기록의 제목 삼아 반평생을 갓 넘은 자신의 삶을 깊이 성찰하는 자서전을 남겼다.

> 객客은 광주廣州 사람이다. … 영장산 속에서 독서하며 영장산객靈長山客
> 이라고 자호自號하였다. … 자질과 성품은 보잘것없고 어두우며 허술하
> 고 우활하여 백 가지 중에 한 가지도 능숙한 것이 없다. 다만 한 가지 스
> 스로 허여許與한 것은 다른 사람의 선한 것을 보면 좋아하고, 다른 사람
> 의 능숙한 것을 보면 자신을 굽혀 배우기를 소원하는 것이었다. 사물을
> 대하면 거스르지 않고 다른 사람을 지나치게 나무라지 않았기 때문에
> 일찍이 다른 사람과 얼굴빛을 붉힌 적이 없었다. 버슬살이한 5년 동안에
> 도 주어진 임무와 본분을 지키느라 분주했지만 단 한 사람도 때린 적이
> 없었다. … 그러나 문장을 짓는 것만은 좋아하지 않았다. 이 또한 문사文

辭에 자신의 단점이 있다는 것을 알았기 때문에 그런 것이다. 저술이 대 바구니에 가득 찼지만 미처 다 탈고하지 못한 것들이다. 비록 연석燕石처 럼 스스로는 진귀하다고 하지만 있어도 되고 없어도 되는 것들로 심력心 力만 낭비했을 뿐 요긴하지도 않은 것이 어지럽게 많기만 하다.

_안정복, 《순암집》, 영장산객전靈長山客傳

문장의 형식에 구애받지 않은 자유분방함과 개성 넘치는 작가 정신으 로 자의식이 충만한 자전적 기록을 남긴 이로는 단연 이덕무를 으뜸으로 꼽을 만하다. 그는 여항에 사는 가난한 서얼 출신의 무명자無名子였을 때 부터 관심 갖는 이 없는 자신의 삶을 스스로 기록하는 일을 큰 즐거움 중 하나로 삼았다. 그 대표적인 글이 184자에 불과한 짧은 글에 자신의 21년 인생을 담은 '간서치전看書痴傳'이다.

목멱산(남산) 아래 어리석은 사람이 있었는데, 어눌하여 말을 잘하지 못 하고, 성품은 게으르고 졸렬해 시무를 알지 못했으며, 바둑이나 장기는 더구나 알지 못했다. 이를 두고 다른 사람들이 욕을 해도 변명하지 않고, 칭찬해도 자랑하거나 뽐내지 않으며, 오로지 책만 보는 것을 즐거움으로 삼아 추위나 더위, 배고픔이나 아픈 것도 전연 알지 못했다. 어렸을 때부 터 21세가 되기까지 하루도 손에서 고서古書를 놓지 않았다. 그의 방은 매우 작았다. 그러나 동창과 남창, 서창이 있어, 해의 방향을 따라 밝은 곳에서 책을 보았다. 지금까지 보지 못했던 책을 보면 문득 기뻐서 웃으 니, 집안사람들은 그가 웃는 것을 보고 기서奇書를 구한 줄 알았다. 두보 의 오언율시를 더욱 좋아하여, 병을 얻어 끙끙 앓는 사람처럼 골몰하여 웅얼거렸다. 심오한 뜻을 깨우치면 매우 기뻐서 일어나 왔다 갔다 걸어

다녔는데, 그 소리가 마치 갈까마귀가 우짖는 듯했다. 혹 아무 소리도 없이 눈을 동그랗게 뜨고 뚫어지도록 보기도 하고 혹은 꿈꾸듯이 혼자 중얼거리기도 하니, 사람들은 그를 두고 간서치看書痴(책만 보는 바보)라고 했다.

_이덕무, 《청장관전서》, 간서치전

더욱이 '벌레가 나인가 기와가 나인가'라는 처연한 뜻의 '충야와야오蟲也瓦也吾'라는 제목의 시에서는, 스스로 '나는 누구인가?'에 대해 끊임없이 질문을 던지면서 온전한 자아를 찾고자 일상적인 삶 곳곳에서 마주하게 되는 보통 사람, 즉 타자화된 자아를 부정하려는 의지를 보이고 있다. 처연하다 못해 처절하기까지 한 자기 고백을 담은 이 시에 대한 감상을 한마디로 표현한다면 '자의식의 과잉'이라고 할 만하다.

벌레가 나인가 기와가 나인가 / 참으로 기술도 없고 재주도 없구나. / 뱃속에서 불처럼 기운만 활활 타올라 / 보통 사람과는 크게 다르네. / 사람들이 백이伯夷가 탐욕스럽다고 말하면 / 내 분하여 이를 가네. / 사람들이 영균靈均(굴원)이 간사스럽다고 말하면 / 내 성내어 눈초리가 찢어지네. / 가령 내게 백 개의 입이 있다고 해도 / 단 한 명도 귀 기울이는 이 없으니 어찌하랴! / 우러러 하늘에게 말하자 하늘이 흘겨보고 / 구부려 땅을 바라보자 땅도 눈초리 상했네. / 산에 오르려고 하자 산이 어리석고 / 물에 접근하려고 하자 물도 멍청하네. / 어이! 어허! 오호라! / 한탄하며 탄식하다가 아이구 아이구 곡하네. / 광대뼈와 뺨과 이마는 트거나 주름지고 / 간과 허파와 지라는 애태우고 졸여졌네. / 백이와 영균이 탐욕스럽고 간사스럽다고 한들 / 그대가 어찌 간여할 일이랴! / 잠시 술이라도 마셔 취하려고 하거나 / 책이라도 보며 잠들려고 할 뿐이네. / 아아!

차라리 거짓 없이 / 저 벌레와 기와로 돌아가려네.

_이덕무,《청장관전서》, 벌레가 나인가 기와가 나인가

이덕무의 가장 절친한 벗이자 사상적 동지이고 문학적 동인이었던 박제가의 자전적 기록인 '소전小傳' 역시 이덕무의 글 못지않게—비록 짧은 문장 속이지만—마치 자화상을 그리듯 그 외적인 용모는 물론 내면 의식까지 매우 강렬한 색채와 기운을 담아 묘사한 걸출한 자전이다. 옛사람들은 글과 그림의 관계를 이렇게 표현했다. "글은 곧 그림이고, 그림은 곧 글이다." 박제가의 글을 읽어보면 이 말의 의미를 쉽게 깨우칠 수 있다. 마치 솜씨가 탁월한 화가가 자화상을 그리듯이 자신을 글로 묘사하고 있기 때문이다. 그런 의미에서 박제가의 소전은 '글로 그린 자화상'이라고 불러도 좋겠다.

나는 조선이 일어난 지 384년째 되는 해에 압록강 동쪽으로 1천여 리 떨어진 곳에서 태어났다. 나의 조상은 신라에서 나왔고 밀양이 본관이다. 《대학》의 한 구절인 '수신제가치국평천하修身齊家治國平天下'의 뜻을 취해 이름을 '제가齊家'라고 하였다. 또한 '초사楚辭'라고 부르는 《이소離騷》의 노래에 의탁하여 '초정楚亭'이라고 자호하였다. 그 사람됨은 이렇다. 물소 같은 이마와 칼 같은 눈썹에 초록빛 눈동자와 하얀 귀를 갖추었다. 유독 고고함을 가려서 더욱 가까이하고 번잡함과 화려함은 더욱 멀리하였다. 이러한 까닭에 세상과 맞지 않아서 항상 가난함을 면치 못했다. 어렸을 때는 문장가의 글을 배웠고, 장성해서는 나라를 경영하고 백성을 구제할 학문과 기술을 좋아했다. … 마음은 고명高明한 것만 좋아해 세상사에 대해서는 무관심했다. 수만 가지 사물의 명칭과 이치의 그윽하고 미묘한 곳을 깊이 연구하였다. 오로지 시간적으로는 백세百世 이전의 사람들과 대화하고 공간적으로는 만 리를 넘나들며 훨훨 날아다녔다. 구름과 안개의 기이한 자태를 분별하고, 온갖 새의 신선한 소리에 귀 기울였다. 대체로 머나먼 산과 개울과 해와 달과 별자리 그리고 지극히 작은 풀과 나무와 벌레와 물고기와 서리와 이슬은 하루하루 변화하는데 그 이유를 알지 못하는 것들을 흉중胸中에서 빼곡하게 깨달았다.

_박제가,《정유각집》, 소전

또한 자찬묘지명이나 자찬행장의 대표적인 경우로는 서계西溪 박세당朴世堂의 '서계초수묘표西溪樵叟墓表'와 정약용의 '자찬묘지명'을 찾아볼 수 있다. 자전, 자찬묘지명, 자찬행장은 모두—오늘날의 언어로 옮기면—자서전의 일종이다. 그런 의미에서 18세기를 전후해 조선 지식인들 사이에 크게 유행한 사회 문화적 신드롬이 바로 '자서전 쓰기'였다고 해도 과언이 아니다.

10여 세에 이르러서야 비로소 중형仲兄에게 처음 수업을 받았으나 스스로 노력하지 않았다. 현종이 즉위한 원년인 32세 때 과거에 급제해 벼슬길에 올랐다. 그러나 8~9년 동안 벼슬살이를 해보니, 스스로 재주가 짧고 힘이 모자라 세상에서 무엇인가를 하기에는 부족하다는 것을 깨닫게 되었다. … 농사지을 달이 되면 몸을 항상 밭고랑 사이에 두고, 호미와 가래를 둘러멘 농부들과 어울리며 함께 일을 했다. 처음에는 조정에서 명을 내려 부르면 나아갔으나 나중에는 여러 차례 불러도 일어나지 않았다. 30여 년을 그렇게 살다가 세상을 떠났다. 수명은 70세이다. … 대개 맹자의 말을 깊이 좋아하여 차라리 세상과 어울리지 못하고 홀로 쓸쓸하게 살아갈망정, 끝내 "이 세상에 나왔으니 이 세상에서 하라는 대로 하고 이 세상이 좋아하는 대로 하겠다"는 사람들에게 머리를 숙이거나 마음을 낮추려고 하지 않았다. 이것은 그 뜻이 그러했기 때문이다.

_박세당,《서계집西溪集》, 서계초수묘표

　자신을 극진히 총애한 정조대왕의 죽음 직후 노론의 마수에 걸려들어 18년 유배 생활을 마치고 고향 마현 마을로 돌아온 정약용은 회갑을 맞은 1822년(순조 22)에 '자찬묘지명'을 지었다. 여기에는 정조대왕과의 인연, 천주교에 대한 입장, 자신을 시기하여 자신과 자신의 집안을 역적으로 몬 인물들, 유배 생활 동안 심혈을 기울여 저술하고 엮은 500여 권의 책 그리고 평생의 뜻을 새긴 명銘이 담겨 있다. 정약용이 스스로 묘지명을 지은 까닭은 비록 폐족으로 몰락했지만 그 누구도 감히 자신의 인생을 모욕하거나 왜곡해 후세 사람들에게 전하지 못하도록 하기 위해서였다. 특히 정약용은 문집에 실을 집중본集中本과 무덤에 묻을 광중본壙中本의 두 가지 자찬묘지명을 썼다. 집중본에서는 장문의 글로 자신의 생애를 상세하게 서술한 반면, 광중본에서는 비교적 간략하고 핵심적인 내용만을 기록했다. 여기에서는 광중본을 소개하는데, 이 자찬묘지명은 현재 경기도 남양주시 조안면 능내리의 정약용 생가와 묘지가 있는 다산 유적지 내에 게시되어 있다.

　약용은 어려서는 남보다 뛰어나게 영리하고 명석했고, 자라면서는 배우는 것을 좋아했다. 22세 때 경의經義로 진사가 된 이후로는 한결같이 대과大科의 문체인 변려문騈儷文을 연마하는 데 온 힘을 쏟아서 28세 때 갑과甲科 2등으로 급제했다. … 예전에 성균관에 들어가 공부할 때 이벽李

蘖을 따라 어울려 다니면서 서교西敎(천주교)에 대해 듣고 서교에 관한 서책들을 살펴보았다. 정미년(1787, 정조 11) 이후로 4~5년 동안은 매우 심혈을 기울여 서교를 대했지만, 신해년(1791, 정조 15) 이래로는 나라에서 천주교를 엄격히 금지했으므로 마침내 천주교에 대한 마음을 끊어버렸다. 을묘년(1795, 정조 19) 여름에 천주교 신부인 청나라 소주蘇州 사람 주문모周文謨가 우리나라에 찾아왔다. 이로 인해 나라 안의 여론이 흉흉해졌다. 이때 외직인 금정찰방의 보직을 맡아 한양을 떠나서는 임금님의 교지를 받들어 천주교에 대한 마음을 끊도록 천주교도들을 유인하고 단속했다. 신유년(1801, 순조 1) 봄에 사헌부 관료 민명혁閔命赫 등이 서교의 일을 문제 삼아 다시 조사하여 임금님에게 아뢰어 처벌을 청하는 바람에, 이가환과 이승훈 등과 함께 감옥에 갇히게 되었다. 이미 나의 두 형님 정약전丁若銓과 정약종丁若鍾도 모두 체포되어 투옥되었는데, 한 사람(정약종)은 죽고 두 사람(정약전과 정약용)은 목숨을 건졌다. … 약용은 유배지에 머물던 18년 동안 오로지 마음을 경전 연구에 쏟았다.《시경》,《서경書經》,《예기禮記》,《악경樂經》,《역경易經》,《춘추》와《논어》,《맹자》,《대학》,《중용》에 관한 여러 학설을 저술한 것이 모두 230권으로, 정밀하게 연구하고 오묘하게 깨우쳐서 옛 성인이 남긴 근본 취지를 많이 얻었다. 시문을 엮은 것이 모두 70권인데, 조정에서 벼슬할 때 지은 작품들이 많았다. 이외에도 국가의 제도와 문물 및 백성을 다스리는 일, 송사訟事와 옥사獄事를 조사하고 다스리는 일, 무기와 군사 시설을 정비해 나라를 방비하는 일, 나라의 강역에 관한 일, 의약에 관한 일, 문자를 밝히는 일 등을 편찬한 것이 거의 2백 권에 달했다. 모두 여러 성인의 경전에 바탕을 두면서도 지금 시대의 문제를 진단하고 해결하는 데 마땅하도록 힘을 썼다. 그러므로 이 저술들이 없어지지 않는다면 더러 취해 쓸 만한 것들이 있을 것이다. 약용은 벼슬하지 않은 이름 없는 선비 시절에 임금님께서 알아주시는 인연을 맺었다. 정조대왕께서 각별히 아껴주시고 남달리 사랑해주시며 칭찬하고 권면해주신 것이 동료들과 비교해볼 때 훨씬 지나쳤다. 전후로 임금님께 받은 상품이나 임금님께서 내려주신 서적, 마구간의 말, 호랑이와 표범의 가죽 및 진귀하고 기이한 여러 물건들이 모두 기록하지 못할 정도로 많았다. 더불어 국가의 기밀에 대해 질문할 때에는 마음속에 품은 생각이 있으면 붓으로 종이에 적어 조목조목 진술하도록 허락하셨다. 그리고 모두 그 자리에서 바로 윤허하시고 그대로 따르겠다고 말씀해주셨다.

_정약용,《다산시문집茶山詩文集》, 자찬묘지명 광중본

그렇다면 이 시대에 들어와서 이전 시대에는 거의 발견되지 않는 자전이나 자찬묘지명이 유독 일종의 사회 문화적 현상처럼 유행했던 까닭은 무엇일까? 이에 대한 의문을 풀기 위해 먼저 이들의 자서전에 담긴 미학 의식, 즉 자의식이란 무엇인가에 대한 문제부터 해결해보자. 자의식의 사전적 의미는 "자기 자신(혹은 자기 정체성)에 대한 자각적 의식"이다. '나란 누구인가' 혹은 '나는 어떤 사람인가?'에 대한 자기 인식이나 자각적 의식, 다시 말해 나는 어떤 존재인지, 나는 어떤 사람인지에 대해 스스로 갖고 있는 어떤 인식과 의식이 바로 자의식이다. 그런데 대개 사람들이 '나는 어떤 사람이다, 나는 어떤 존재이다'라고 말하거나 생각하거나 확신하는 이른바 '자의식'이란 두 개 이상으로 분열되어 있는 경우가 많다. 그 하나가 '타자화된 자아'라면, 다른 하나는 '온전한 자아'이다. 타자화된 자아란 말 그대로 타자, 즉 다른 사람의 시선과 생각으로 자신을 보는 것 혹은 다른 사람의 시선과 생각에 지배당하는 자아를 뜻한다. 여기에서 다른 사람이란 말 그대로 사람을 뜻하기도 하고 또는 사회와 체제와 이념과 문화를 뜻하기도 한다. 예를 들어 조선시대 지식인(선비)들의 자기 정체성과 자의식은 성리학이 이상으로 여겼던 군자나 성현에 의해 지배당했다. 여기에서 군자나 성현이란 성리학에서 절대적 숭배 대상이자 이상적인 인간 모델로 섬겼던 요순이나 주공, 공자와 맹자와 주자 등을 가리킨다. 일찍이 조선 선비의 사표가 된 율곡 이이는 이렇게 말하지 않았던가? "성인을 본보기로 삼아서 털끝만큼이라도 성인에 미치지 못하면 나의 일은 끝난 것이 아니다." 이렇듯 유학 혹은 성리학 사상과 그것의 관습과 도덕과 규범에 길들여진 정신세계에서는 유학 혹은 성리학적 자의식만이 성장할 수 있었다. 필자는 이러한 지식인의 유형을 성리학적 자아상을 지닌 '성리학적 존재' 또는 성리학적 자의식을 내재한 '성리학적 인간'이라고 부른다. 그들은 유학적 혹은 성리학적 사상과 관습-규범-도덕을 통해서만 자신을 바라볼 줄 알았던 이른바 유학 혹은 성리학에 의해 '타자화된 자아'였다. 따라서 그들이 가진 자의식이라고 해봐야 기껏 '유학적 혹은 성리학적 자의식'에 불과했다고 해도 틀리지 않다. 다르게 표현하면 이들 지식인(선비)에게 '나'라는 존재는 성리학에 의해 '타자화된 자아'이다. 이것은 일종의 보편적으로 규범화된 자의식이지 자신만의 용모와 생김새, 성격과 성향, 취미와 기호, 색깔과 특징으로 규정되는 개성적인 자의식은 아니다.

반면 유학 혹은 성리학의 시선과 생각에 지배당하는 타자화된 자아, 즉 유학 혹은 성리학적 자아에서 벗어난—비록 소수이지만—조선 지식인들의 자기 정체성과 자의식을 가리켜 필자는 '온전한 자아'라고 부르고 싶다. 여기에서 '온전한 자아'란 어떤 것(이념 혹은 사상)도 장애가 되지 않고 어떤 것(사회 혹은 체제 또는 문화)에도 구속받지 않는 자유롭고 개성적이며 창의적인 존재를 가리키는 말이다. 그것은 18세기를 전후해 주자 성리학에 맞서 자유로운 학문과 사상 세계를 펼쳐보였던 박세당이 앞서 소개했던 자찬묘지명인 '서계초수묘표'에 남겼던 "차라리 세상과 어울리지 못하고 홀로 쓸쓸하게 살아갈망정, 끝내 '이 세상에 나왔으니 이 세상에서 하라는 대로 하고 이 세상이 좋아하는 대로 하겠다'는 사람들에게 머리를 숙이거나 마음을 낮추려고 하지 않았다. 이것은 그 뜻이 그러했기 때문이다"라는 말에 담겨 있는 바로 그 자의식이다.

18세기를 전후해서는 폐쇄적이고 보수적인 성리학과 노론의 권력 독점에 대한 반감으로, 이에 맞서 유학 혹은 성리학의 세계에 갇혀 살기를 거부하거나 또는 과거 시험을 통한 입신출세의 뜻을 버렸던 지식인들이—자의반 타의반으로—수없이 양산되었다. 그 대표적인 경우가 성호학파와 북학파 그룹과 직간접적으로 관계를 맺고 있었던 지식인들이었다. 이들은 유학 혹은 성리학 사상과 그것의 관습과 도덕 및 규범에 안주하지 않고, 그것을 뛰어넘어 자신만의 개성, 즉 성격과 기질, 취향과 기호를 드러내는 것을 주저하지 않았다.

동양에서는 특정 인물의 전기나 묘지명은 다른 사람이 써주는 것이 전통이었다. 서양과는 다르게 동양의 역사서에는 열전列傳이 하나의 체재로 자리 잡고 있다. 즉 특정 인물의 전기는 역사의 일부로 다루어졌기 때문에 객관적인 서술과 평가를 주된 가치로 삼았다. 이런 분위기에서는 주관적인 서술과 묘사가 중심을 이루는 자전이 발달할 수 없었다. 또한 어떤 사람이 죽고 난 후 그 사람의 생전 행적을 기록하는 묘지명은 대개 권력이 있는 사람이나 유명한 문인이 써줄수록 더욱 가치가 높고 명예로운 것이라고 여겨졌기 때문에, 스스로 묘지명을 짓는 것은 대개 불명예스럽거나 수치스러운 일로 생각되었다. 그것은 묘지명을 써줄 사람이 아무도 없다거나 아니면 내놓을 만한 사람에게 묘지명을 받지 못했다는 얘기나 다름없었기 때문이다. 그래서 자신의 할아버지나 아버지가 사망했을 경우 자손들은 누구나 할 것 없이 더 권세 높은 사람, 더 저명한 문인에게 묘지명을 청탁하는 것이 대세였다. 가령 묘지명을 써달라는 요청을 거부하거나 혹은 묘지명에 죽은 사람의 살았을 때 흠이나 불명예스러운 일을 적었을 경우 집안끼리 원수가 되는 일이 다반사로 벌어졌던 까닭도 묘지명을 명성과 명예의 문제로 봤기 때문이다. 따라서 유학적 혹은 성리학적 자의식을 내재하고 있는 '유학적 인간' 혹은 '성리학적 인간'에게 '자전'이나 '자찬묘지명'을 짓는다는 것은 명백히 자신의 명성에 누를 끼치는 것이자 불명예스러운 일이었다. 그런 의미에서 18세기를 전후해 등장한 이들 지식인은—스스로 의식했든 혹은 의식하지 못했든 간에 상관없이—유학과 성리학적 자의식에서 벗어나 자유분방하고 개성적인 자의식을 드러낸 새로운 유형의 지식인이었다고 평가할 수 있다. 이러한 시대적 경향이 글로 표현되어 바깥으로 표출된 것이 바로 자전 또는 자찬묘지명이었던 셈이다.

어쨌든 앞서 소개했던 안정복, 이덕무, 박제가, 박세당, 정약용 등을 통해서도 18세기를 전후해 등장한 새로운 유형의 개성적 자의식의 징후와 증좌를 엿볼 수 있지만—현대적 수준의 자서전과 비교해보면—이들의 글은 매우 단편적이라는 게 흠이라면 흠이다. 즉 그들 삶과 의식의 전모나 진면목을 알기가 어렵다. 그런데 특이하게도 단편적인 수준의 기록이 아니라 자신의 용모와 생김새, 성격과 기질, 취미와 취향과 기호, 색깔과 특징 등 자신만의 독특한 개성을 전면적이고 체계적인 수준에서 기록한 인물이 있었다. 그는 스스로 글쓰기 병에 걸렸다고 자처했던 심노숭沈魯崇(1762~1837)이라는 문사다. 비록 현대적 의미의 자서전과는 다르다 하더라도, 그가 남긴 《자저실기自著實紀》는 조선시대에 등장한 자전적 기록 가운데 가장 총체적이고 체계적일 뿐더러 정밀하고 사실적이기까지 한 자전 문학의 걸작이다.

조선의 선비에게 외모에 대한 관심과 언급은 성리학적 인간상, 즉 성현의 외양에 가까우면 가까울수록 이상적인 것이었다. 이것은 조선시대의 인물화나 초상화를 보면 쉽게 이해할 수 있다. 이 시대의 인물화나 초상화는 개성적이기보다는 규범적이고, 자연스럽기보다는 인위적이고 작위적이다. 권위와 위엄 가득한 얼굴과 단정하고 엄숙한 몸가짐이 판에 박은 것처럼 비슷하기 때문이다. 필자의 경우에는 조선의 인물화나 초상화를 보면 볼수록 개성미보다는 인위적인 전형미만 확인하게 된다. 성리학이 이상으로 여긴 성현의 외양과 풍모에 가능한 한 가깝게 그려주는 것이 화가의 도리이자 의무였다고나 할까? 그런 의미에서 이 시대의 대부분의 인물화나 초상화는 그 외모와 외양이—마치 성현의 그것처럼—미화되어 있다. 이러한 사회적 환경이나 사상적 풍조에서는 자신의 개성을 드러낸다는 것은 미덕이 아니라 일탈이다. 냉정하게 평가해 '그림으로 그린 자전'이라고도 할 수 있는 자화상다운 자화상을 남긴 인물이 공재恭齋 윤두서尹斗緖와 표암豹菴 강세황姜世晃 정도밖에 없다는 사실만 보더라도, 선비들에게 자신의 외모나 외양을 개성적으로 드러낸다는 것은 분명 일탈적인 행위이자 파격적인 일이었다.

바로 이 점에서도 심노숭은 당대의 어떤 지식인과도 구별되는 독특한 개성적인 자의식을 갖고 있었다. 심노숭은 이렇게 말한다.

터럭 한 올이라도 똑같지 않다면 곧 그 사람의 모습이 아니다. 그림도 오히려 그러하거늘, 글을 써서 그 사람을 온전히 나타낼 수 있을까? 그러나 그림으로 그려내지 못한 모습을 더러 글로 얻기도 한다. 마치 "새하얀 얼굴빛에 서늘한 눈썹과 눈매 그리고 아름다운 수염"과 같은 묘사를 통해 한나라 무제武帝 때 사람 박륙후博陸侯(곽광霍光)를 상상해보면, 천 년 전 사람이라고 할지라도 마치 하루 전에 본 사람처럼 그 모습이 선명하다. 이것이 어찌 그 사람의 모습과 다른 변변치 않은 그림으로 가능하겠는가? 나는 어렸을 때부터 사진寫眞(초상화)을 좋아했다. 그래서 우연히 화공을 만나기라도 하면 늘 초상화를 그려달라고 부탁했다. 몇 사람의 화공을 거쳐 수십 본의 초상화를 바꾸어보았지만 내 모습과 같은 그림은 단 하나도 없었다. 마침내 마음이 지쳐서 초상화를 좋아하는 뜻이 사라져버렸다. 이미 그림으로 내 모습을 얻을 수 없다면 부득불 글로 묘사할 수밖에 없다. 글로 묘사한다면 반드시 다른 사람의 손에 맡길 필요가 없다. 오히려 스스로 직접 글로 묘사해서 후세 사람들에게 믿음을 주는 것이 더 낫다고 하겠다. 소자첨蘇子瞻은 사진(초상화)에 대해 이렇게 논했다. "그 사람의 특징과 의사意思가 나타난 곳을 묘사했다면 그 나머지는 더할 수도 있고 덜어낼 수도 있다." 그림을 취해 자신과 같은 모습을 묘사할 수도 있고, 글을 취해 자신과 같은 모습을 표현할 수도 있다. 다만 사람의 실제 모습을 밝힌다는 점에서는 글로 묘사하는 것이 그림으로 그리는 것보다 분명히 낫다고 하겠다.

_심노숭,《자저실기》

이것이야말로 그 어떤 것에도 의지하거나 의존하지 않은 독립된 인간 정신, 근대적 의미에서의 자아상, 개성적인 자의식이 아니고 무엇인가? 아마도 자화상을 그린 동양과 서양의 모든 화가들 역시 바로 이러한 정신과 미학을 지니고 있었을 것이다. 대개 자의식이 충만한 사람은 반드시 그림으로서든 혹은 글로서든 자신의 외면과 내면을 드러내 묘사하거나 표현하고자 하는 강렬한 욕망을 지니고 있다. 동서고금을 막론하고 자화상과 자전(혹은 자서전)은 항상 이러한 사람에게서 나왔다. 어쨌든 여기에서 심노숭은 "터럭 한 올이라도 똑같지 않다면 곧 그 사람의 모습이 아니다"는 사실주의적 미학을 바탕 삼아 어떤 인위적인 미화나 작위적인 묘사 없이 진솔하게 자신의 생김새와 육신을 표현한다. 자신의 생김새와 육신에 대한 그의 묘사와 표현에서는 그 어떤 유학 혹은 성리학적 면모나 이상을 찾아볼 수 없다. 이러한 글은 분명 18세기 이전 시대의 지식인에게서는 찾아볼 수 없는 새로운 자의식이다.

내 두상은 둥글면서도 넓적하다. 머리는 평평하면서도 넓다. 이마는 뼈가 툭 튀어나와 우뚝 솟아 있다. 눈썹은 흩뜨려져 있고 모가 나서 간혹 눈을 덮곤 했다. 눈은 크고 눈자위가 눈동자를 가리지 않았다. 콧마루는 광대뼈보다 높은데, 콧마루 끝은 아래로 처져 있다. 콧구멍은 넓고 두툼해서 마치 매부리코처럼 생겼다. 귀는 구레나룻 위로 우뚝 솟아 있고, 귀둘레는 두텁고 구슬이 매달려 있는 듯하다. 광대뼈의 형세는 서로 감싸고 있어서 툭 튀어나오지도 않고 평퍼짐하지도 않다.

몸은 비쩍 마르고 바람에 쓰러질 것처럼 허약하다. 키는 보통 크기의 사람들에게도 미치지 못할 정도로 작다. 등은 둥그렇게 우뚝 솟았고, 배는 널찍하게 아래로 늘어뜨려져 있다. 어렸을 때는 의복을 가누지 못할 정도로 몸이 허약해서 혼사를 의논하려고 찾아온 사람이 내 모습을 본 다음 혼사를 없던 일로 할 지경이었다. 오래 살지 못하고 젊은 나이에 일찍 죽을 관상을 갖고 있기 때문이라고 말했다고 한다.

_심노숭, 《자저실기》

필자가 밝혔듯이, 유학 혹은 성리학이 정신세계를 지배하는 사회에서는 자전이나 자화상처럼 자신의 손으로 직접 다른 사람과 구별되는 자신의—외양적이든 내면적이든—개성을 드러내는 것은 자랑스럽기보다는 부끄럽거나 수치스러운 일이었다. 분명 그것은 선비가 평생 추구하고 실천해야 할 이상적인 인간형, 즉 성현의 모습과 거리가 멀어도 너무나 먼 사람이기 때문이다. 그러나 심노숭은 오히려 "다른 사람의 손을 빌린다면 나의 참모습을 나타내는 것이 가능하겠는가?"라고 반문한다. 분명 그 시대의 보편적이고 규범적인 의식과는 정면으로 충돌하는 생각이다. "스스로 직접 묘사하되, 그 글은 과장하여 포장하지 않고 실제를 잃지 않으면서 사실에 들어맞도록 간략하게 쓰는 것", 이것이 심노숭이 밝힌 '자의식의 미학'이다.

> 외모와 형상을 두고 성격과 기질을 증험해보면 열에 여덟, 아홉은 들어맞는다. 눈동자를 보면 속일 수 없다는 말보다 생김새를 보고 성격과 기질을 알 수 있다는 말이 더 들어맞는다고 하니, 이것은 이치가 있다. 그러나 빈틈이 없고 성실해 보이는 사람 속에도 제멋대로인데다가 엉성하고 방종한 면이 있는가 하면, 대충대충 하거나 방탕해 보이는 사람 속에도 매우 엄격하고 강직한 기상이 감추어져 있곤 한다. 나를 아는 사람들은 몸과 마음이 이중적으로 보일 만큼 다르다고 말하고, 나를 모르는 사람들은 외모와 성격이 일치한다고 말한다. 이렇게 상반된 상황에 대해 내가 무슨 말을 하겠는가!
>
> _심노숭, 《자저실기》

이러한 미학 의식을 동력 삼아 외양과 외모를 넘어서 이제 심노숭은 자신의 성격과 기질 그리고 좋아하는 것과 싫어하는 것 등 기호와 취향에 이르기까지 자신의 내면세계를 묘사한다. 또한 자신의 훌륭하고 아름다운 모습뿐만 아니라 추악하고 부끄러운 모습도 스스럼없이 기록하는 것, 이것이 심노숭의 자서전이라고 할 수 있는《자저실기》에 내재하고 있는 기록 정신이다.

어렸을 때는 몸을 씻어 깨끗이 하는 것과 빗으로 머리를 빗는 것을 좋아해서 어른이 기다리고 서서 재촉하거나 책망하는 일이 없었다. 의대衣帶를 팽팽하게 묶어서 조금이라도 어수선하거나 흐트러지면 참지 못하고 반드시 고쳐서 꾸미고 가지런하게 정돈하곤 하였다. 부모님을 가까이에서 모시며 시중들 때에는 옷걸이, 칼과 자, 거문고와 서책, 안석과 책상 등을 아침에 기상하면 곧바로 정리하거나 물을 뿌리고 비로 쓸며 집 안을 깨끗이 청소해서 먼지 하나 찾아볼 수 없었다. 어른께서 그 깨끗이 하는 성격이 지나치다고 나무라곤 했지만 궁색해진 후에도 개의치 않았다. 일찍이 돌아가신 어머니께서도 "너로 하여금 여자가 되어 방안에 거처하게 한다면 하지 못할 일이 없겠지만 남자가 반드시 너처럼 그렇게 할 필요는 없다"고 가르침을 주신 적이 있다.

_심노숭,《자저실기》

화를 잘 내고 성격이 매우 급해 눈에 거슬리거나 마음에 어긋나는 일을 맞닥뜨리면 잠시라도 억누르지 못하고 몸소 거느리는 하인이나 함께 어울려 노니는 친구처럼 가까이에 있는 사람이라고 할지라도 때때로 용납하지 못하고 주먹으로 때리곤 하였다. 집안의 할아버지 판서공 심성진沈星鎭께서 일찍이 이러한 가르침을 주셨다. "이러한 행동은 나도 어릴 적에 했던 짓이다. 하지만 내 이름이 기로소耆老所에 올라가는 데 아무런 방해가 되지 않았다. 너의 성격이 요절할 됨됨이라고 말하지 마라." 그러면서 웃음을 그치지 않으셨다.

기억력이 다른 사람들과 비교하면 현저히 못 미쳤다. 어렸을 적에는 일과로 글을 30번 넘게 읽고,《서경》의 〈우공禹貢〉과 굴원의 《이소경離騷經》을 백 번 넘게 읽었지만 외우지 못했다. 스물 두세 살 때 성균관의 학생이 되어《시경》을 배우고 익혀서 전강殿講에 나아갔지만 몇 해가 지나도록 단 한 차례도 우수한 학생으로 뽑히지 못했다. 이러한 일은 대개 타고난 재질才質이 모자라기 때문이다.

_심노숭,《자저실기》

심노숭은 싫어하는 것과 좋아하는 것을 묘사하는 데도 주저하지 않는다. 심지어 성리학에 세뇌당한 선비들이 금과옥조로 여긴 '완물상지玩物喪志'조차도 옳지 않다고 거리낌 없이 비판한다. 재물이 없어서 제대로 누리지 못할 뿐 자신이 좋아하는 것에 뜻을 두는 것이 뭐가 문제냐는 것이다. 그러면서 과일을 탐닉하는 고질병이 있다고 해서 '과벽果癖'에 걸렸다고 하는가 하면, 과일 중에서도 특히 감을 좋아했던 자신을 가리켜 '감에 미친 바보'라고 부르는 것조차 주저하지 않는다. 좋아하는 마음이 일지 않아 수레와 옷, 안장과 말, 집기와 병풍 따위의 물건에는 마음을 빼앗기지 않았다는 고백 역시 자신의 기호와 취향에 대한 진솔한 묘사다. 그런 의미에서 필자는 심노숭의 자전적 기록을 통해서야 비로소 그 시대 지식인의 외적인 용모와 함께 내면세계를 온전히 읽을 수 있었다고 해도 과언이 아니다.

과일 먹는 것을 좋아해 마치 병에 걸린 것처럼 지나쳤다. 어렸을 적에는 아직 익지도 않은 과일을 거의 몇 되나 먹었고, 이미 익은 과일은 그 곱절이나 더 먹곤 했다. 여름철에 나는 참외와 같은 종류의 과일은 여러 사람이 먹을 수 있는 양을 혼자 다 먹었다. 대추와 밤과 배와 감을 가장 좋아했다. 그 중에서도 감을 특히 심하게 좋아하였다. 50세를 넘긴 후에도 항상 한 번 먹을 때 60개 내지 70개의 감을 먹었다. 이에 사람들이 감에 미친 바보, 곧 '시치柿癡'라고 떠들어댔다.

연못과 누대, 섬돌과 정원, 진귀한 꽃과 아름다운 나무는 사람으로 하여금 성령性靈을 기를 수 있게 한다. 이것들을 좋아하는 취향을 가리켜 '완물상지'라고 말하는 것은 온당치 않다. 젊었을 적에 그것들에 뜻을 두었는데, 나이가 들어 늙어서도 그 마음이 더욱 심해졌다. 다만 그 뜻을 제대로 얻지 못한 것은 재물이 없기 때문이다.

_심노숭,《자저실기》

심노숭은 정조를 거쳐 순조 연간에 주로 활약한 문인이자 학자이다. 대대로 큰 벼슬을 한 전형적인 한양 명문가 출신이었으며, 그의 아버지 심낙수沈樂洙는 노론 시파時派의 핵심적인 인물 가운데 한 명이었다. 과거에는 진사시에 합격했을 뿐 대과에 급제하지는 못했다. 정조의 개혁 정책에 협력했던 노론 시파였던 까닭에 임금의 배려로 관직에 나갈 수 있었으나, 정조가 사망한 후 노론 벽파僻派가 권력을 장악하자 경상도 기장현으로 유배형에 처해지는 불운을 겪었다. 유배형에 처해진 지 5년여가 흐른 후인 1806년 나이 45세 때 비로소 유배지에서 풀려났고, 그 뒤 친구이기도 한 세도 정권의 수장 김조순金祖淳의 도움으로 의금부도사가 되어 관직에 복귀했다. 이후 태릉직장, 형조정랑을 거쳐 논산 현감, 천안 군수, 광주 판관, 임천 군수 등의 지방관을 지냈다. 그러나 중앙 정계에서는 별반 활약하지 못하고 지방 수령을 전전한 까닭에 출세보다는 평생 시문을 짓는 것을 큰 즐거움으로 삼았던 천생 문사의 삶을 살았다. 다만 현실 정치에 대한 탁월한 안목과 예리한 분석 능력을 갖추고 있었기 때문에 자신만의 시각과 관점으로 당대의 정치 상황과 정치 세력 그리고 인물 등을 신랄하게 비판한 정치 평론 격의 글 또한 적지 않게 남겨놓았다.[107] 그러나 심노숭이 당대는 물론 이전 시대의 어떤 문인이나 지식인과도 구별되는 독보적인 존재감을 드러내는 대목은 뭐니 뭐니 해도 다른 사람의 손을 빌지 않고 자기의 외면과 내면을 자신의 손으로 직접 기록해 남겨놓았다는 사실이다. 자기 고백록 혹은 자기 성찰록에 가까운 그의 글들은 다른 사람에게 쉽게 말하거나 드러내기 힘든 수치스러운 부분까지 노골적으로 묘사하고 솔직하게 표현했다는 점에서 타의 추종을 불허한다.

정욕이 다른 사람보다 지나쳤다. 14~15세 때부터 35~36세 때까지 거의 미친놈이나 다름없이 제멋대로 하고 다닌 탓에 자칫 집안을 망가뜨리고 몸을 망칠 뻔했다. 심지어 기생들을 데리고 좁은 골목을 돌아다니는 것도 모자라 개구멍을 기어 다니는 것도 꺼리지 않아서 세상 사람들이 손가락질하며 비웃었다. 나 또한 뼈를 깎을 만큼 가혹하게 자신을 책망했지만 끝내 스스로 그만두지 못하였다. 대개 정욕에 지나치게 빠지게 되면 의당 마음에 나쁜 기운이 쌓여서 병이 들게 마련이다. 그런데 처음 지나치게 깊이 몸을 담가 돌아오지 못할 것 같았는데, 결국에는 얽매이지 않고 대범하게 물리쳐서 정욕에 대한 미련과 집착이 사라져버렸다.

문장은 자첨子瞻(소동파蘇東坡), 시는 미지微之(원진元稹)를 평생에 걸쳐 독실하게 좋아하는 데 마음을 두었다. 그런데 재주와 성정이 미치지 못한 데다가 공력을 다 쏟지도 않았던 탓에 기대하지도 못할 뿐더러 쳐다보지도 못할 수준에 불과하다. 재앙과 환난을 만나 정처 없이 떠돌아다니다 보니 의욕은 시들해지고 뜻은 움츠러들어 고작해야 마음속 생각을 털어놓거나 다른 사람의 부탁에 응해 글을 지어주는 것에 불과할 뿐이다. … 또한 5~6년 동안 연이어서 상喪을 당하고 병을 앓는 우환을 겪으면서 지방 관직의 업무로 허둥지둥 분주하게 보냈다. 마침내 지금에 와서는 어리석고 방종하며 공허하고 뒤죽박죽이 되어서 손을 빌릴 수도 없이 죽음을 맞이하게 되었다. 시간이 날 때마다 나 자신을 점검해보면 이런 생각이 든다. "이 사람은 도대체 어떤 사람인가?" 이른바 "도사가 되고 승려가 된다고 하더라도 모두 마땅하지 않다"고 하겠다. 어찌 한밤중에 잠을 자고 있다가도 수없이 깨어 일어나지 않을 수 있겠는가?

_심노승, 《자저실기》

만약 누군가 조선 지식인이 지니고 있던 정체성을 한마디로 표현해보라고 한다면, 필자는 단언컨대 '글 쓰고 기록하는 인간', 즉 '호모 스크립투스Homo Scriptus'라고 할 것이다. 이들에게 글을 쓰고 기록을 남기는 일은 일종의 숙명과도 같은 것이었다. 조선시대 지식인의 개인 문집을 살펴보면, 열 살 이전의 시문이 실려 있는 경우를 어렵지 않게 발견할 수 있다. 이것은 훗날 자신의 글을 모아 엮을 의도로 보관하고 있지 않다면 불가능한 일이다. 더욱이 문집에는 다른 사람과 왕래한 서찰(편지)이 수록되어 있는 경우가 다반사다. 다른 사람에게 보낸 편지가 어떻게 그토록 많이 남아 있을 수 있을까? 그 까닭은 대개 편지를 보낼 때 아예 두 편을 써서 한 편은 보내고 한 편은 보관하고 있었기 때문이다. 다른 사람에게 보낸 편지는 자신의 의도와는 상관없이 사라져버리기 쉽다. 그래서 애초 두 통을 작성해 한 통을 보관한 까닭 역시 훗날 문집을 간행할 때 모아 엮기 위해서였다. 이렇듯 이들에게 글을 쓴다는 것은 모두 기록을 남기는 것과 같은 의미였다. 반드시 기록으로 남기려는 의도에서 글을 썼던 것이다. 글쓰기와 기록, 이것은 조선 지식인의 자기표현이자 자기 정체성의 표상이었다. 그런데 심노숭은 이 '글 쓰고 기록하는 인간상'을 자기의식 속에 극단적인 형태로 내면화하고 있었던 대표적인 지식인이다. 자신을 가리켜 어쩔 수 없이 글을 짓는 것 이외에는 달리 즐거움을 찾을 길이 없는 '글쓰기 병에 걸린 환자'라고 표현할 정도였으니 말이다.

> 평생 무엇인가를 지나치게 좋아해 탐닉하는 버릇이 없었다. 젊었을 때에 글쓰기에 대한 기호, 입신출세에 대한 계획, 정욕에 대한 집착 등 이 세 가지 가운데 정욕이 가장 심하였다. 이미 나이가 들어 늙은 후에는 모든 욕망이 사라지고 마음은 맑아져서 물러나 본심本心에 따르는 삶을 살았다. 다만 유독 글쓰기에 대한 젊었을 적 생각만은 평생 멈출 수 없었다. … 이렇듯 한 해가 다 저물고 하루가 다 가도록 특별히 하는 일도 없이 한가롭고 무료하게 살아가는 까닭에 부득불 되돌아와서 서책을 엿보거나 글을 쓰는 것에서 즐거움을 구하지 않을 수 없었다. 하지만 책을 보거나 글을 쓰는 것에서 어떤 결과를 얻은 것도 아니요 새로 깨달은 것이 있지도 않다. 단지 하루하루를 견디며 보내는 계책으로 마치 장기나 바둑을 두거나 주사위 놀이나 골패 노름처럼 하는 것일 뿐이다. 앞으로 죽지 않고 몇 년이나 이렇게 하루하루를 보낼 수 있을까?
>
> _심노숭, 《자저실기》

이렇게 조선시대 지식인들의 자전적 기록들을 살펴보면, 글을 자기 자신과 동일시하고 글을 쓰는 것을 진아眞我, 즉 '참된 자아 혹은 온전한 자아'를 찾는 길이라고 여겼던 투철한 작가 정신의 산물이 바로 '자의식의 미학'이었다고 하지 않을 수 없다.

문화대혁명으로 사그라진 계급 혁명의 뜨거운 불꽃

• 곽말약

앞서 필자는 동양에서는 일찍부터 역사서의 한 체재로 열전이 자리 잡은 까닭에 특정 인물에 대한 전기는 객관적인 서술과 평가를 주된 가치로 삼았다고 밝힌 적이 있다. 이 때문에 주관적인 서술과 묘사를 중시하는 자전이 발달할 수 없었다고 했다. 이것이 보편적인 현상이었다면, 중국 문학사에는 주류 지식인 사회에서 벗어난 일부 재야 문사들 사이에서 이와는 다른 특이한 경향, 즉 자전과 자찬묘지명이 등장하고 있다. 그런 의미에서 중국의 자전 문학은 꽤나 오랜 전통을 갖고 있다고 해도 틀리지 않다. 문학적 형식을 취해 직접 자기 자신을 기록한 가장 이른 시기의 인물은 아마도 위진남북조시대 도연명이 아닌가 싶다. 도연명은 집 앞에 버드나무 다섯 그루를 심어놓고 자신을 일컬어 오류선생五柳先生이라고 자호하였다. 그리고 오류선생의 자전적 기록이라고 할 수 있는 '오류선생전'을 지어서 자신은 어떤 사람이고 자신이 지향하는 삶은 무엇인가를 만천하에 밝혔다. 이 글에 새겨진 도연명의 자기 자신에 대한 자각적 의식이란 바로 가난하고 단순한 삶을 즐거움으로 여기며 사는 '은둔자의 자의식'이다.

선생은 어느 곳의 사람인지 알지 못한다. 또한 그 성과 자도 자세하지 않다. 집 주변에 다섯 그루의 버드나무가 있어서, 그것으로 말미암아 호로 삼았다. 한가롭고 고요하며 말이 많지 않다. 명예와 이익을 탐하지도 않는다. … 물러나 거처하는 곳은 쓸쓸해 조용하고 바람과 햇볕을 가리지도 못했다. 짧은 베옷이 떨어지면 꿰매 입었고, 밥그릇 하나에 표주박 하나로 살면서도 자주 밥그릇이 비어 배를 곯는 곤궁한 생활을 했다. 그 삶이 마치 안회顔回와 같았다. 항상 문장을 짓는 것을 스스로 즐겼는데, 그 글에 자신의 뜻을 상당히 드러내 보였다. 이득과 손실을 헤아리는 마음을 완전히 끊어버렸다. 그렇게 살면서 스스로 일생을 마감했다. 다음과 같이 찬贊한다. "검루黔婁는 이렇게 말했다 / '빈천을 근심하지 않고 부귀를 힘써 좇지 않는다' / 이 말을 지극하게 추구한다면 / 그와 같은 사람이 될 것이다!"

_ 도연명, 오류선생전

도연명의 오류선생전은 이후 출현한 문사들의 자전적 기록에 일종의 전형이 되었다고 해도 과언이 아니다. 원찬袁粲(420~477)의 묘덕선생전妙德先生傳, 왕적王績(590~644)의 오두선생전五斗先生傳, 백거이白居易(772~846)의 취음선생전醉吟先生傳, 육구몽陸龜蒙(?~881)의 보리선생전甫里先生傳, 구양수(1007~1072)의 육일거사전六一居士傳 등이 모두 이 경우에 해당한다. 특히 육구몽의 보리선생전은 차를 좋아하는 자신의 취향과, 세상 사람들과 교제하는 것을 싫어하는 자신의 기질과, 붓을 들어 글을 쓰지 않고서는 살 수 없는 자신의 성격 등 고상한 '은일자隱逸者의 자의식'

을 정밀하게 묘사하고 있다. 그런 점에서 육구몽의 보리선생전은 도연명의 오류선생전 이후 간간히 맥을 이어온 중국 자전 문학의 계보에 한 획을 그은 걸작이라고 하겠다.

보리선생이라는 자가 어느 곳의 사람인지 알지 못한다. 사람들이 보리甫裏에서 농사짓는 모습을 보고 그렇게 불렀기 때문에 보리선생이 되었다. … 어렸을 적에 시가詩歌를 지었는데 조물주와 우열을 다툴 정도로 뛰어났다. 사물을 마주할 때마다 시가의 형식을 바꾸고 다르게 지어서 한 가지 체재에 구속당하지 않았다. 처음에는 큰 파도를 억누르고 헤쳐나가며 동굴을 뚫고 낭떠러지를 제압하며 괴이怪異를 장악하여 적진을 부수고 깨뜨릴 것 같은 수준이었지만, 끝내는 고요하고 담박한 시가를 짓는 데 그쳤을 따름이다. 정결한 것을 좋아해 격자, 창문, 기둥, 벼루, 자리 등에 이르기까지 먼지 하나 없이 깨끗이 청소했다. 책 한 권을 얻으면 익숙해지도록 자세하게 읽고, 그런 다음에 네모난 책 상자에 넣어 보관하였다. 가치가 있는 서책이 손에 들어오면 즉시 교감校勘하였는데, 두 번 혹은 세 번 정도에서 멈춘 적이 없었다. 일찍이 붉은색과 노란색의 두 가지 붓을 단 하루라도 손에서 놓아본 적이 없었다. 비록 소장하고 있는 서책은 적었지만 모두 정확하고 잡스럽지 않으며 잘못을 고쳐서 바로잡았기 때문에 다른 사람에 전하거나 빌려줄 만했다. … 성격이 속인俗人과 더불어 교제하는 것을 좋아하지 않아서, 비록 사람들이 대문 앞까지 찾아와도 만나지 않았다. 집에 수레나 말을 두지 않고, 경조사도 신경 쓰지 않고, 친인척의 복랍伏臘이나 상례와 제례 때도 일체 내왕하지 않았다. 더러 춥지도 덥지도 않은 좋은 날씨를 만나거나 몸 상태가 좋고 아무런 일도 없을 때에는 곧장 작은 배를 타고 뜸과 의자를 설치하고서, 한 묶음의 서책과 차를 끓일 수 있는 부엌과 붓을 놓는 책상과 낚시 도구를 갖추고 노 젓는 사내만 데리고 집을 나서곤 하였다. 그러나 가다가도 마음에 맞지 않는 것이 조금이라도 있으면 한 순간도 머무르지 못하고 곧바로 되돌아와버렸다. 그 재빠르기가 비록 강의 물새가 솟아오르고 산의 사슴이 놀라서 도망갈 때에 비교할 것이 아니었다. 사람들이 강호산인江湖散人이라고 일컬었다. 이에 선생은 '강호산인전江湖散人傳'을 짓고 노래하며 읊었다.

_육구몽, 보리선생전

특히 이들이 대부분 특정한 학문에 지배당하거나 사상에 길들여지지 않은 자유분방한 정신의 소유자였다는 사실을 감안한다면, '나는 누구인가? 나는 어떤 존재인가?'에 대한 자각적 의식과 그것에 대한 묘사와 표현은 대개 자유와 개성을 중시하는 문인들에게서 나타나는 특이한 현상이었다고 하겠다.

역사적으로 살펴볼 때 중국의 자전 문학은 오랜 전통을 갖고 있었지만, 20세기에 들어와 새롭게 등장한 근대 중국의 자전 문학은 옛 전통과 잇닿아 있기보다는 서양에서 유입된 자서전 문학에 더 큰 영향을 받았다고 할 수 있다. 그 대표적인 작가가 노신과 함께 라이벌 관계를 형성하면서 20세기 중국 문단을 주도했던 곽말약郭沫若(1892~1978)이다. 곽말약은 자서전 제1권《소년시절》에 수록된 〈나의 어린 시절〉의 서언에서, 자신은 아우구스티누스나 루소 혹은 괴테나 톨스토이와는 다르게 자신의 인생을 기록할 것이라고 밝히고 있다. 그러나 이 말은 단지 반어일 뿐 오히려 곽말약이 중국의 자전 문학을 모델로 삼기보다는 아우구스티누스의 자서전인《고백록》과 루소의 자서전인《참회록Confessions》과 괴테의 자서전인

《시와 진실Dichtung und Wahrheit》과 톨스토이의 자서전 등을 탐독하고 또한 그것들을 의식하면서 자서전을 집필했다는 사실을 증명해줄 뿐이다.

> 나의 어린 시절은 봉건사회가 자본주의 제도에로 전환하는 시대였다. 나는 이제 그것을 캄캄한 석탄 굴에서 파내놓으려 한다. 나는 아우구스티누스나 루소를 본떠서 참회 같은 것을 적을 생각은 없다. 또 괴테나 톨스토이를 본받아서 천재성을 묘사해낼 생각도 없다. 내가 쓰려고 하는 것은 다만 시대가 나와 같은 인간을 만들었다는 사실이다.
>
> _곽말약, 《소년시절》, 서언[108]

그런데 곽말약은 비록 서양의 자서전에 영향을 받았지만, 중국의 자전 문학이 서양의 자서전과 구별되는 뚜렷한 특징이 있다는 사실을 간파하고 있었다. 곽말약은 서양의 자서전에는 두 가지 특징이 있다고 보았다. 먼저 그는 서양의 자서전은 자기 고백과 자기 성찰에 기반을 둔, 즉 "지난날의 자신을 또 다른 자신이 되돌아보는 그러한 형태의 자기 성찰이 본질을 이룬다"고 보았다. 또한 그는 서양의 자서전의 한 유형으로 "참회와 고백의 양식 말고 천재의 기록이라는 양식"이 존재한다고 보았다. 그러면서 곽말약은 자신이 저술한 자서전은 이 두 가지 서양 자서전의 특징과는 근본적으로 다른 "개인의 배경으로서의 사회와 시대 혹은 사회와 시대 속의 개인"의 기록이라고 역설했다.[109] 즉 자신의 자서전은 자기 참회와 자기 고백과 자기 성찰을 기반으로 하거나 자신의 특별한 천재성을 묘사하는 일에 치중하는 서양의 자서전과 본질적으로 다른, 특정한 시대와 사회 속의 보통 사람의 평범한 인생 기록이라는 얘기다. 그런 점에서 아우구스티누스나 루소 그리고 괴테나 톨스토이와 같은 서양 작가의 대표적인 자서전이 자기 참회와 자기 고백과 자기 성찰을 중시하는 '개인의 기록'이라고 한다면, 곽말약과 같은 중국 작가의 대표적인 자서전은 시대적 배경 또는 사회적 환경 속의 개인을 중시하는 '시대의 기록 혹은 사회의 기록'이라고 할 수 있다.

그런 의미에서 서양의 자서전에서는 한 개인의 '정신 형성사'를 읽을 수 있는 반면, 곽말약의 자서전에서는 현대 중국의 '시대(혹은 사회) 형성사'를 읽을 수 있다. 이러한 까닭에 곽말약의 자서전에 나타나는 자의식이란 한 사람의 '개인적 자의식'이라기보다는 20세기 이후 중국의 '시대적 자의식' 혹은 '사회적 자의식', 즉 다시 말해 현대 중국인의 '집단적 자의식'이라는 시각과 관점에서 읽어야 할 것이다.

곽말약이 살았던 20세기 중국은 혼란과 격동의 시대였다고 할 수 있다.《중국인 이야기》의 저자 김명호 교수는 "청조 멸망에서 문화대혁명에 이르기까지의 중국 근현대사는 삼국지보다 훨씬 더 재미있고 드라마틱한 스토리의 연속"이라고 말한다. 서구 열강의 중국 침략, 청나라의 멸망, 신해혁명과 중화민국의 탄생, 중일전쟁, 국공합작, 국공 내전, 공산당의 승리와 신중국(중화인민공화국)의 건국, 문화대혁명 등 한 인간의 삶 전체를 뒤흔들고도 남을 만한 굵직굵직한 사건이 연이어서 발생했다. 이러한 역사적 사건의 변곡점마다 곽말약의 내면세계는 커다란 충격을 겪었고, 그의 '시대적 자의식' 혹은 '사회적 자의식'은 거대한 변화를 맞았다. 곽말약은 신해혁명 전후를 서술한 자서전의 한 대목에서, 자신의 인생에서 최초의 시대적(혹은 사회적) 자의식은 두 가지 요인이 중첩되어 형성되었다고 진술한다. 그 하나가 제국주의 열강의 침략으로 인해 식민지나 다름없는 처지로 전락해버린 중국의 참혹한 현실이라면, 다른 하나는 청나라 봉건 왕조의 부패와 무능력 그리고 봉건사회의 낙후성과 야만성 또한 봉건 체제의 압제와 착취에 대한 적대감이었다. 전자가 곽말약에게 중국인으로서의 '민족적 자의식'을 갖게 했다면, 후자는 근대 문명사회의 '시민적 자의식'을 갖게 했다. 이러한 민족적 자의식과 시민적 자의식의 혼재는 곽말약이 반제반봉건反帝反封建의 과제(제국주의로부터의 독립과 민국民國의 건설)를 실천하기 위한 일환으로 민족 계몽과 사회 개혁에 나서도록 한 동인이 되었다. 그것은 바로 곽말약이 문학 활동을 하는 작가가 되겠다는 결심을 하게 만든 시대적 자의식이었다. 시대의 고통과 민족의 아픔을 외면하지 못하는 사람에게는 그 시대와 동떨어진 순수한 의미에서의 개인적 자의식이 형성될 정신적 여유가 존재할 수 없다. 그러한 사람은 자신의 모든 것을 자신이 속한 시대 혹은 사회와 연관 지어 사고하기 때문이다. 곽말약은 바로 그런 사람이었다.

청 왕조 말년에는 외래 자본 제국주의의 침략으로 인하여 낡은 봉건사회와 자본주의 간에 투쟁이 벌어졌다. 그러나 아편전쟁과 중일전쟁(갑오년)과 8국 연합군의 북경 함락(경자년)에 의하여 낡은 봉건 세력은 외래 자본주의에게 여지없이 패배당하고 자본 제국주의의 졸개로 전락되지 않을 수 없었다. … 자산계급 혁명인 신해혁명은 오늘에 와서 보면 별로 대단한 공적이 없다. 민국이 성립된 이래 혁명의 과실은 일소 부분의 사람에게 독점되었다. … 이 더 큰 적은 누구인가? 바로 제국주의이다! 제국주의는 중국의 경제 명맥을 단단히 틀어쥐고 중국을 영원한 농촌으로 만들고 있었으며 중국 사람의 산업을 영원히 발전되지 못하게 하고 있다. 그러므로 보로동지회의 운동 그리고 신해혁명으로 결정된 전반 자본주의 혁명 운동은 결국 실패하고 말았다. 이 혁명 운동의 실패는 우리에게 중국 혁명은 처음부터 끝까지 제국주의를 반대하는 혁명이여야 한다

는 것, 이런 혁명은 중국의 자본가에 의하여 수행될 수 없다는 것을 알려
주고 있다.

_곽말약, 《소년시절》, 〈신해혁명 전후〉[110]

그런데 곽말약의 '민족적 자의식과 시민적 자의식'은 일본을 통해 본
근대와 문명의 이중성 앞에서 심한 회의와 실의에 빠지고 만다. 곽말약은
나이 22세 때인 1913년 12월 처음 일본을 방문한 이후 1924년 11월 중국
으로 돌아올 때까지 장장 10여 년 동안 일본에서 생활했다. 감수성이 예
민하고 열정이 넘치는 20대의 전부를 일본에서 보낸 셈이다. 이욱연 교
수는 《곽말약과 중국의 근대》라는 저서에서 이 시기 곽말약이 경험한 일
본을 이렇게 정의했다. "곽말약에게 일본은 근대가 무엇인지를 알게 해준
곳이다. 근대에 대한 매혹과 근대에 대한 혐오, 근대를 넘어서려는 욕망이
잉태된 곳이었고, 근대에 대한 경험의 실체가 형성된 곳이 바로 일본이었
다."[111] 악랄한 제국주의 침략자 일본이 중국의 미개성과 후진성을 극복하
기 위해 본받고 배워야 할 근대와 문명의 모델, 즉 선진 문명국가라는 아
이러니 앞에서 곽말약은 고뇌하고 번민할 수밖에 없었다. 일본에서 경험
한 근대 문명이란 선망과 동경의 대상이기도 했지만 식민지 침략과 강탈
이나 자본가의 독점과 착취 등 제국주의적 잔혹성과 자본주의적 야만성
의 공간이기도 했다.

일본은 개인 자본주의를 채용하여 불과 몇 십 년 동안에 성공하였다. 이
것은 세인이 다 알고 있는 사실이다. 일본이 그래 우리의 나아갈 길을 가
리켜주는 푯말로 되지 않는단 말인가? 우리는 일본을 따라 배워야 한다.
이것은 절대로 '고군파' 제씨들의 특유한 견해도 아니다. 갑오 중일전쟁

이래 이런 경향은 우리 중국의 국시로 되어왔다. 우리와 같은 세대의 사람들은 이런 국시 속에서 도야된 사람들이라고 할 수 있다. 30년래 매년 수천 명의 사람들이 일본으로 유학을 갔으며 학교를 졸업하고 귀국한 사람도 적지 않다. 그런데 모방한 결과는 어떠한가?

_곽말약,《학생시절》,〈창조 10년 속편〉[112]

구라파전쟁이 벌어져서부터 서구라파의 자본가들이 전쟁의 영향으로 하여 한때 좌절당한 기회를 타서 일본의 자본주의가 발흥하였다. … 이런 벼락부자들은 돈이 있게 되자 돈 쓸 방법을 찾는 데 골머리를 앓았다. 경제상의 철칙에 의하여 그들은 규모가 비교적 큰 재생산 면에 돈을 쏟아부었으며 이와 동시에 향락 면에서도 돈을 물 쓰듯 하였다. 따라서 물가는 마치도 마술에 걸린 것처럼 폭등하였다. 이 '벼락부자 바람'이 불어칠 때 일본의 기업가들은 물론 이름 그대로 황금시대를 만났으며 모든 무산계급과 중소 상인들도 실업과 파산의 위험은 꿈에도 생각하지 못하였다. 이때에 타격을 제일 심하게 받은 것은 영업 기능이 없는 중산계층과 팔아먹을 노동력이 없는 지식 계급이었다.

_곽말약,《학생시절》,〈창조 10년〉[113]

그것은 식민지 지식인이 반드시 거쳐야 할 하나의 정신적 관문이었다. 여기에는 두 가지 갈림길이 존재했다. 하나가 서구식 근대 문명을 절대선으로 받아들이고 근대화와 문명화를 지상 과제로 삼아 미개하고 후진적인 식민지 민족을 개량하고 개조하는 길이라면, 다른 하나는 서구식 근대 문명의 명암을 일거에 뛰어넘는 새로운 대안을 실험하고 실천하는 길이었다. 역사적으로 전자의 경우는 '민족 개량주의적 기획'으로 나타났고,

후자의 경우는 '인민 혁명과 계급 혁명' 혹은 '인민 민주주의와 사회주의'의 기획으로 나타났다. 전자의 경우가 불가피하게 제국주의 열강, 특히 일본과의 협력을 통한 서구식 근대화와 문명화를 모색하는 길이라면, 후자의 경우는 제국주의 일본을 축출하고 중국인 스스로의 힘으로 새로운 사회와 국가를 건설하는 길이었다. 한때는 일본 제국주의에 저항한 민족주의자였던 수많은 지식인들이 점차 선진 문명국가 일본을 동경과 선망의 대상으로 삼으면서 친일파로 변모해갔던 이유 역시 근대 문명은 무조건 좋고 전근대와 전통은 미개하고 야만적이어서 무조건 나쁘다는 사고와 심리에서 벗어나지 못했기 때문이다. 그러나 곽말약은 후자의 길을 선택하면서 내면적으로 '혁명적 자의식과 계급적 자의식'을 수용하였다. 일찍이 곽말약은 민족적 자의식과 시민적 자의식에서 혁명적 자의식과 계급적 자의식으로 변화해간 자신의 내면세계를 이렇게 묘사했다. 그것은 서양 열강과 일본의 식민지로 전락한 이후 중국이 겪었던 집단적 열등의식과 패배 의식을 단숨에 뛰어넘고 싶은 강렬한 열망이 내포되어 있는 중국인의 '시대적 자의식 혹은 집단적 자의식'이기도 했다. 아마도 중국 공산당이 절대적 열세 속에서도 국민당과의 내전에서 승리할 수 있었던 이유가 다름 아니라 이러한 중국인의 '집단적 자의식'을 근본 동력으로 삼았기 때문은 아니었을까?

> 중국이 쇠약해진 데 대하여 과거에는 일반적으로 근대적 국가 형태와 근대적 산업이 없기 때문이라고 인정하였다. 그러므로 우리들의 유년 시절에는 변법유신變法維新, 부국강병이란 구호가 나왔다. 바로 그런 구호 밑에 몇 십 년 동안 해온 결과 중국도 형태상 신식 공화국으로 되었지만 산업은 의연히 진흥하지 못하였으며 국가는 의연히 부강하여지지 못했

을 뿐만 아니라 점점 더 쇠약해졌다. … 나 자신의 생각은 혁명에로 기울어졌다. 나는 중국의 현 상태를 타파하지 않으면 안 된다고 생각하였으며 현 상태를 타파하자면 적극적인 유혈적 수단을 취해야 한다고 생각하였다. 고군파는 유혈적 수단을 쓰는 데 찬성하지 않고 법을 보호할 것을 주장하였으며 호적胡適이 내놓은 호인정부好人政府의 주장도 반대하였다. 그러나 법을 보호하자는 주장도 기실 호인정부의 주장에 구체적 방법을 내놓은 데 불과한 것이다. 약법이 회복되어 사람마다 약법을 지키면 그것이 '호인好人'이 아니고 무엇인가?

_곽말약,《학생시절》,〈창조 10년〉[114]

처음 곽말약은 민족 계몽과 사회 개혁을 위한 문학 활동으로 1921년 7월 창조사創造社를 조직하고 기관지〈창조계간創造季刊〉을 통해 '예술을 위한 예술', 즉 낭만주의 문학을 표방하며 본격적으로 작가 생활을 시작했다. 그해 8월에는 첫 시집《여신女神》을 출간했는데, 여기에 실려 있는〈서시序詩〉에는 작가 생활 초기 곽말약의 문학적 자의식이 잘 나타나 있다. 특히 곽말약은 성방오, 욱달부, 전한, 장자평, 정백기 등 '예술을 위한 예술'을 주창한 창조사의 주요 구성원들과 약간은 다르게 사회 현실에 대한 비평적인 창작 활동을 하였다.[115]

나는 무산계급자다:
이 때문에 나는 벌거벗은 몸인 나 이외에,
어떤 사유재산도 없다.
《여신》이 나 자신에게서 나왔다고 하여,
혹시 내 개인 소유라고 말할 수 있다고 해도,

그러나 나는 공산주의자가 되고 싶기에,

그래서 나는 그녀《여신》을 공개하겠다.

《여신》이여!

너는 가라, 저 나와 서로 진동수振動數가 같은 사람을 찾아서 가라:

너는 가라, 저 나와 서로 연소점燃燒點이 같은 사람을 찾아서 가라.

너는 가라, 내가 사랑하는 청년 형제자매의 가슴속으로 들어가서,

그들의 심금을 울리고,

그들의 지혜의 빛에 불을 붙여라!

_곽말약,《여신》, 서시

무산계급자와 공산주의자가 되겠다는 곽말약의 선언은 러시아에서 일어난 1917년 10월 사회주의혁명의 성공에서 영향받은 것이다. 러시아혁명은 그의 의식에 커다란 변화를 일으켰다. 의식의 변화는 곽말약에게 반제반봉건과 새로운 중국의 건설이라는 시대적 과제의 해결을 노동자와 농민이 중심이 되는 사회주의라는 새로운 체제에서 찾게 했다. 물론 이 당시 곽말약의 선언은 그의 고백대로 아직 문자상의 유희에 지나지 않았지만, 그것은 평생에 걸쳐 그의 자의식을 가장 강력하게 지배했다고 할수 있다. 낡고 부패하고 무능력한 구중국의 철저한 파괴와 사회주의 신중국의 창조, 그것에 대한 강렬한 동경과 열망이 곽말약의 내면을 가득 채우고 있었다. 이러한 까닭에 그는 기꺼이 자신의 정신을 '파괴의 선봉'과 '반항의 불꽃'으로 활활 불타오르게 했던 것이다.

창조의 선구는 바로 파괴다. … 옛것을 허물고 깨뜨려 없애지 않는다면

새로운 것은 나오지 않을 것이다. 무너져 못 쓰게 된 초가집 위에다 하늘을 뚫을 만큼 높이 솟은 거대한 건물을 중건할 수는 없다.

_곽말약,《말약문집沫若文集》, 우리의 문화

광명의 앞에는 혼돈이 있고, 창조의 앞에는 파괴가 있다. 새로 빚은 술을 낡은 가죽 부대에 담을 수는 없다. … 우리의 사업은 바로 지금 이 순간 혼돈 속에 있기 때문에 무엇보다 먼저 파괴에서 시작해야 한다. 우리의 정신은 반항의 불꽃이 되어서 맹렬하게 불타올라 투명해져야 한다.

_곽말약,《중국신문학대계中國新文學大系》, 우리의 신문학운동

또한 곽말약은 작가 생활 초기 때부터 '자아의 표현'과 '개성의 해방'을 작품 활동의 철학으로 삼았다는 점에서 자의식의 미학자라고 불러도 손색이 없는 작가다. 일찍이 그는 이렇게 말했다.

나는 초기에 개성의 해방을 주장하였다. 이것은 애국주의와 조화롭게 연계되어 있다. 사상적으로는 개성의 발전을 추구하였다. 그것은 일체의 속박을 타파하고 쇠사슬을 분쇄할 것을 요구하였다. 문학 방면에 있어서는 고유의 형식을 파괴하고 제거할 것을 주장하면서 새로운 형식을 건립하려고 하였다. 이러한 종류의 주장은 시대의 요구에 꼭 들어맞았다. 그 시대의 요구란 바로 반봉건의 요구였다.

_곽말약,《곽말약론창작郭沫若論創作》, 청년의 질문에 답하다(答靑年問)

이렇듯 '자아와 개성의 자유로운 표현'을 중시하는 곽말약의 문학적 자의식이 잘 묘사되어 있는 또 다른 작품이 '천구天狗'와 '나는 우상 숭배

자이다〔我是個偶像崇拜者〕'라는 제목의 시이다. 여기에는 제국주의의 침략과 봉건사회의 속박과 억압에서 벗어나 개성과 자유가 존중되는 근대 문명사회를 이루려는 20세기 중국 사회의 집단적 자의식을 내면 깊숙이 받아들여 문단 생활을 시작한 곽말약의 작가적 자의식이 잘 표현되어 있다.

나는 한 마리 천구天狗이다!
나는 달을 삼켰다,
나는 해를 삼켰다,
나는 일체의 별들을 삼켰다,
나는 전 우주를 삼켰다,
나는 바로 나다 ;

…

나는 나의 피부를 벗기고,
나는 나의 살을 먹고,
나는 나의 피를 빨아먹고,
나는 나의 심장과 간을 씹고,
나는 나의 신경 위에서 날아오른다,
나는 나의 척수 위에서 날아오른다,
나는 나의 두뇌 위에서 날아오른다.

나는 바로 나다!
내 안의 나는 폭발하기를 원한다!

_곽말약, 《여신》, 천구

나는 우상 숭배자이다!

나는 태양을 숭배하고, 산악을 숭배하고, 해양을 숭배한다;

나는 물을 숭배하고, 불을 숭배하고, 화산을 숭배하고, 위대한 강과 하천
을 숭배한다;

나는 삶을 숭배하고, 죽음을 숭배하고, 광명을 숭배하고, 캄캄한 밤을 숭
배한다;

…

나는 폭탄을 숭배하고, 비애를 숭배하고, 파괴를 숭배한다;

나는 우상 숭배자를 숭배하고, 나를 숭배한다!

나는 또한 우상 파괴자이다!

_곽말약, 《여신》, 나는 우상 숭배자이다

곽말약의 문학적·작가적 자의식은 크게 낭만주의 문학과 혁명문학의
두 가지 시기로 구별해 살펴볼 수 있다. 곽말약은 자서전 중 한 편인 《학
생시절》에서 1921년 무렵 자신을 지배했던 자의식을 이렇게 표현한 적이
있다. "그때 나는 민족의식만 있고 계급의식은 없었다." 창조사를 중심으
로 초기 민족적 낭만주의 문학을 표방했던 곽말약의 작가 활동은 1926년
잡지 〈창조월간〉에 '혁명과 문학'이라는 글을 발표하면서 큰 전환점을 맞
는다. 이때에 이르러서야 곽말약의 내면에는 일찍이 문자상의 유희에 지
나지 않았다고 고백했던 무산자 계급과 공산주의자의 자의식이 비로소
자리 잡기 시작했다고 평할 수 있다. 곽말약은 "혁명문학은 프롤레타리아
계급에 동정을 표하는 동시에 낭만주의에 반항하는 문학"이라고 주장하

면서 프롤레타리아계급의 이상을 일깨우고 실현하는 방식으로 작품 활동의 방향을 전환하였다. 곽말약의 문학적·작가적 자의식 역시 그런 방향에서 본격적으로 표출되었다.

> 문학은 한 가지 사회적인 산물이며 그 생존함은 사회의 기본을 위배하고 생존할 수 없다. 그 발전 또한 사회의 진화를 위배하고 발전할 수 없다. … 사회 진화의 과정 가운데 매 시대마다 끊임없이 혁명이 진전되고 있고, 매 시대마다 그 시대의 정신이 있고, 시대정신이 변하면 혁명문학의 내용도 이에 따라서 변화한다. 혁명문학이란 프롤레타리아계급에 동정을 표하는 동시에 낭만주의에 반항하는 문학이다. 혁명문학은 반드시 혁명을 묘사하거나 혁명을 찬양할 필요는 없다. 프롤레타리아계급의 이상을 혁명문학가는 일깨우고 프롤레타리아계급의 고민을 그대로 그려내야 한다. 그래야만 비로소 우리가 요구하는 진정한 혁명문학이 될 수 있다.[116]

이처럼 곽말약이 무산자 계급과 공산주의자의 자의식을 수용해 작가 활동의 방향을 전환하는 데 큰 계기가 되는 사건이 이보다 2년 전인 1924년 4월과 5월 사이에 있었다. 이때 곽말약은 일본의 마르크스주의자이자 혁명가인 가와카이 하지메河上肇의 《사회조직과 사회혁명社會組織と社會革命》을 번역하는 작업을 했다. 이 책을 번역한 이후 곽말약은 성방오成仿吾에게 보낸 편지에서 "나는 이제 마르크스주의의 철저한 신도가 되었다"라고 하면서, "마르크스주의는 우리가 처한 이 시대의 유일한 진리다"라고 선언했다.[117] 곽말약은 이 책을 통해 온전하게 접한 마르크스주의야말로 혼돈과 절망에 빠져 있던 자신을 구제해주고 새롭게 태어나게 해준 부활의 메시지라고 말했다. 이때부터 곽말약은 자신의 정체성을 마르크스주의와 프롤레타리아의 그것과 동일시했다고 해도 틀리지 않다.

> 내가 이 책의 번역을 마치고 얻은 소득은 적지 않다. 종전에 나는 막연하게 개인 자본주의에 대해 증오하고 있었고 사회혁명에 대해서는 신념을 갖고 있었다. 지금은 이성적 배경을 얻게 되었는데, 이는 어디까지나 감정적 작용이 아니다. 이 책의 번역으로 인해 내 일생에 있어서 한 전환기를 맞이하였다. 나를 반수면 상태에서 깨운 것도 이 책이요, 기로의 방황에서 끌어낸 것도 이 책이며, 죽음의 어두운 그림자로부터 나를 구해낸 것도 이 책이다.[118]

이제 프롤레타리아 혁명 문학가로 변신한 곽말약은 자전적 시라고 할 수 있는 '시의 선언(詩的宣言)'을 통해 자신은 노동자와 농민을 사랑하고 부유한 계급을 적대시한다고 밝힌다. 시는 바로 나 자신이며, 자신의 문학적·계급적 자의식은 "프롤레타리아에 속한다"고 공공연하게 선언한다. 그러나 이때까지도 스스로 표현한 것처럼, 곽말약의 혁명적·계급적 자의식은 확고하다기보다는 연약한 상태였다. 하지만 바로 그 이유 때문에, 여기에는 혁명에 대한 무조건적인 열정과 신념을 부르짖기에 바쁜 그 어떤 인위적인 표현보다 곽말약의 내면 심리가 진솔하게 묘사되어 있다. '시의 선언'은 1928년 1월 곽말약의 나이 36세 때 쓴 것으로, 그의 다섯 번째 시집인 《회복恢復》에 실려 있다. 평론가들은 이 시집을 중국 문학사에서 최초의 무산자 계급 혁명 시집으로 평가하기도 한다.[119]

너는 보라, 나는 이렇게 진실하고 솔직하며,

나는 한 점이라도 어떤 수식이 없다는 것을.

내가 사랑하는 사람은 바로 노동자와 농민,

그들은 맨발에 벌거벗은 맨몸일 뿐.

...

나는 바로 시, 이 시는 곧 나의 선언,

나의 계급은 바로 무산자 계급에 속한다.

하지만 나는 아직 연약한 존재에 불과하다는 것을 조금 느끼네,

마땅히 나는 한 번 폭발하여 부서지는 과정을 거쳐야 하네.

_곽말약,《회복》, 시의 선언

곽말약의 혁명적·계급적 자의식은 1930~1940년대 국공 내전과 국공합작 그리고 항일 전쟁 등을 거치면서 더욱 공고해졌다. 1938년부터 1945년까지 비록 곽말약은 국민당 군사위원회 정치부에서 정치 교육과 문화 공작을 맡아 항일 전쟁에 참여했지만, 국민당의 노선보다는 국민당의 정적인 공산당의 노선에 동조하며 그들과 함께 행동했다. 그는 시종일관 국민당 반동파의 가짜 항일 투쟁과 반공산당 행위를 신랄하게 비판했다. 따라서 1945년 일본 제국주의로부터 중국이 해방된 이후 다시 전개된 국공 내전의 결과, 국민당의 장개석이 대만으로 쫓겨가고 공산당이 인민민주주의와 사회주의를 표방한 신중국(중화인민공화국)을 건설할 때 곽말약의 적극적인 협력과 참여는 너무나 당연한 행동이었다고 할 수 있다. 문학예술계의 대표 자격으로 곽말약은 전국인민대표대회 부위원장, 전국정치협상회의 부주석, 정무원 부총리, 중국과학원장, 중소우호협회 부회장 등 중화인민공화국의 주요 관직을 맡고 핵심 인사로 역할하며 승승장구

했다. 1958년에는 중국 공산당에 가입하며 모택동의 지도력을 찬양해 두 터운 신임을 얻었다. 작가로서 그리고 정치가로서 곽말약이 최고의 권력 과 호사를 누리던 시절의 연속이었다. 그러나 1966년 모택동의 주도 하에 문화대혁명이 일어나면서 곽말약에게 커다란 시련이 찾아왔다. 곽말약을 타도하자는 대자보가 나붙기 시작했고, 그의 작품과 발언에 대한 비난과 비판의 목소리가 터져 나왔다. 정치적 숙청의 위기를 느낀 곽말약은 모든 직책에서 물러나 은퇴하려고 했지만 받아들여지지 않았다. 곽말약의 상 황을 보고 받은 모택동은 친히 곽말약은 과오보다는 공적이 더 큰 사람이 라며 신변 보호와 문예 학술 활동을 보장하면서 다만 약간의 자아비판을 하라고 지시했다. 결국 곽말약은 1966년 4월 전국인민대표대회 상무위원 회에서 자아비판에다가 자신이 이전에 쓴 모든 작품은 불살라버려야 한 다는 이른바 '분서焚書 선언'을 하기에 이른다.

> 엄격하게 말해 제가 이전에 썼거나 번역한 글은 모두 태워 없애버려야 한다고 하겠습니다. 그러한 것들은 조금의 가치도 없습니다. … 지금에 와서 생각하건대, 저는 노동자, 농민, 병사들로부터 배워야 합니다. 그들 을 스승으로 모셔야 합니다. 저는 이미 나이 칠십을 넘어섰습니다. 그렇 지만 저는 거대한 뜻을 지니고 있습니다. 온몸이 진흙투성이가 되고, 기 름투성이가 되고, 피투성이가 되고 싶은 것입니다.

곽말약의 자아비판과 분서 선언 그리고 자기 참회에서 얼마만큼의 진 심이 느껴지는가? 필자는 단지 나이 75세가 된 노회한 정치가의 살아남 기 위한 처절한 몸부림이 느껴질 뿐이다. 엄격하게 비평하자면, 곽말약은 문화대혁명의 소용돌이에 휘말려 한 사람의 작가로서, 아니 한 사람의 인간으로서 자의식에 치명적인 상처를 입게 되었다고 말할 수 있다. 지식인 혹은 작가란 명예와 출세와 이익의 득실을 떠나 자신이 해야 하고 또는 하고 싶은 말을 하고 글을 쓰는 것을 존재론적 특성으로 한다고 해도 과언이 아니다. 따라서 자의가 아닌 타의로 어쩔 수 없이 강요된 곽말약의 발언과 행동은 지식인 혹은 작가로서의 자의식에 사망 선고를 하는 것이나 다름없었다. 내부적 동기 없이 외부적 압력에 의한 의식의 변화는—약간 극단적으로 말한다면—거짓이요 사기요 자기기만이다. 그것은 작가적 양심을 배반하는 행위이기 때문이다. 더욱이 작가로서 자신의 작품을 부정한다는 것은, 곧 '글은 나 자신'이라는 자의식을 생명으로 하는 작가에게는 가장 치욕스러운 일이자 견디기 힘든 모욕이다. 비록 곽말약은 자아비판과 분서 선언 이후 12년을 더 살았지만, 이 순간 이미 작가로서의 정체성과 자의식은 죽음을 맞았다고 할 수 있다. 문학은 정치와 무관하다고 할 수는 없지만 정치에 종속된 존재가 될 수도 없고 되어서도 안 된다. 그렇게 된다면 문학의 다양성은 침해되고 표현의 자유는 억압당하기 때문이다. 그런데 문학대혁명은 특정한 정치 이념으로 문학을 평가하고, 그것도 모자라 정치적 이념의 잣대로 문학을 처벌한, 이른바 이념 몰이와 마녀사냥을 자행했다. 곽말약은 이 이념 몰이와 마녀사냥의 덫에 걸려 문학적 사망 선고를 한 셈이다. 20세기 중국인의 '집단적 자의식'과 중국 사회의 '시대적 자의식'을 대변했던 대문호는 그렇게 최후를 맞았다. 그것은 문학대혁명의 광기가 연출한 가장 비극적인 사건 중 하나였다.

근대 문명국가 일본의
뒤틀리고 일그러진 자화상

• 후쿠자와 유키치

문학의 관점에서 보자면, 자신의 정체성과 자의식을 표현하기에 가장 적합한 글쓰기의 형식은 '자서전이다. "'나는 누구인가?' 혹은 '나란 무엇인가?'라는 물음은 사람으로서 가장 근원적 질문이라 할 수 있는데, 이러한 철학적 물음의 문학적 형식이 자서전"[120]이기 때문이다. 문학 양식으로서의 자서전은 18세기를 전후해 등장한 서양 작가들의 근대적 자각의 산물이라고 할 수 있다. 그 대표적인 경우가 루소의 자서전《참회록》과 괴테의 자서전《시와 진실》등이다.

《일본인의 자서전[日本人の自傳]》의 저자 사에키 쇼이치佐伯彰一는 서양에서 '자서전'이라는 말은 근대에 출현한 극히 새로운 용어였다고 언급하면서, 옛 옥스퍼드 영어사전을 인용해 자서전을 뜻하는 영어 단어 Autobiography가 처음 사용된 시기가 1809년이었다고 밝히고 있다. 그러면서 분명하게 확인하는 데 어려움이 있기는 하지만 일본어의 경우 서양의 영향을 받아서 '자서전'이라는 용어를 사용한 가장 오래된 사례가 후쿠자와 유키치의《후쿠옹자전[福翁自傳]》이라고 추정한다.[121] 다시 말해 후쿠자와 유키치(1835~1901)의 자서전은 서양의 자서전을 모델로 삼아 근대 이후 일본에서 탄생한 최초의 자서전이라는 주장이다. 이러한 사실은 후쿠자와 유키치의 자서전 서문에 쓰여 있는 다음과 같은 글을 통해서도 확인할 수 있다.

게이오의숙慶應義塾 내부에서도, 서양의 학자들은 스스로 전기를 기록하고 서술한 사례가 있기 때문에, 예전부터 후쿠자와 선생이 자서전을 저술하기를 희망하며 너무나 간절히 권유하는 친한 사람들이 있었다. 그러나 선생이 평소에 매우 바쁜 까닭에 자서전을 집필할 잠깐의 여유도 얻지 못해서 그대로 시간이 지나가버렸다. 그러던 중 재작년 가을 어느 외국인의 요구에 응하여 메이지유신 전후의 실제 경험담을 기술하던 때에 바람이 몰아치듯 갑자기 생각이 일어나, 어린 시절부터 노후에 이르는 경력을 개략적으로 구술하여 가르쳐주면서 속기사에게 필기하도록 하였다. 그리고 자신이 직접 교정을 더하여 '후쿠옹자전'이라 제목을 붙이고 지난해 7월부터 올해 2월까지 〈시사신보時事新報〉에 게재하였다.

_후쿠자와 유키치,《후쿠옹자전》, 서문[122]

후쿠자와 유키치는 알 만한 사람은 다 알고 있는 것처럼 일본의 1만 엔 지폐의 주인공이다. 그는 메이지유신의 주역이자 일본 근대사상의 아버지로 아마도 일본인이 가장 사랑하고 존경하는 인물일 것이다. 그러나 식민지의 고통을 겪은 한국과 중국을 비롯한 아시아 민중에게 후쿠자와 유키치는 일본 제국주의와 군국주의에 정치적 뿌리와 사상적 양분을 제공한 침략과 착취의 원흉일 뿐이다. 혹자는 구태여 이런 인물의 삶과 사상을 이곳에서 다룰 필요가 있는가 하는 의문을 제기할 수도 있다. 하지만 이처럼 극찬과 혹평, 애정과 증오의 양극단에 서 있는 이 문제적 인물의 삶과 사상을 필자는 결코 지나칠 수 없다. 왜? 후쿠자와 유키치가 서양의 근대와 대면하면서 자신과 일본의 정체성과 자의식을 어떻게 이해했는가, 또한 자신과 일본의 역할을 어떻게 자각했는가, 다시 그러한 인식과 자각이 일본과 서양 그리고 아시아를 어떻게 구별 짓고 차별하게 되었는가를 아는 것이야말로, '탈아입구'를 지상 과제로 삼아 제국주의 침략 국가와 군국주의 전쟁 국가를 향해 질주한 근대 일본의 '뒤틀리고 일그러진 자화상'을 이해하는 데 필수적인 관문이라고 생각하기 때문이다.

후쿠자와 유키치의 자기 인식, 즉 자의식은 곧 20세기를 전후한 근대 일본의 자화상이 되었다는 바로 그 점 때문에, 그가 직접 자신의 삶의 궤적과 사상의 변화를 그린《후쿠옹자전》은 필독할 가치가 충분하다. 더욱이 그는 근대 일본의 정신적·사상적 기반을 구축할 만큼 탁월한 학자이자 사상가였을 뿐더러 자신의 생각과 감정을 표현하고 묘사하는 데 있어서도 뛰어난 문필가였다. 후쿠자와 유키치의 자서전은 자신이 구술한 원고를 기초로 해서 다시 직접 다듬고 고쳐서 완성한 작품이다. 특히 후쿠자와 유키치는 구어체를 사용해서 표현은 간결하고, 감정은 생동하며, 생각은 이해하기 쉽도록 글을 썼다. 평생 서양을 모델로 삼아 일본을 서양식 근대 문명국가로 유신하고, 일본인을 서양식 근대 문명인으로 계몽하는 데 바쳤던 사람답게, 후쿠자와 유키치는 자신의 생애 역시 철저하게 서양식 자서전을 모델로 삼아 썼다. 후쿠자와 유키치는 이 자서전, 즉《후쿠옹자전》의 집필을 1898년에 마쳤다. 초판은 그 다음 해인 1899년에 출간되었다. 그가 사망하기 2년 전이다. 그런 까닭에 여기에는 유년 시절부터 말년의 삶과 사상에 이르기까지 자신에 대한 후쿠자와 유키치의 인식과 자각이 고스란히 담겨 있다고 해도 과언이 아니다.

후쿠자와 유키치의 생애에서 자신에 대한 최초의 인식과 자각은 그의 아버지와 매우 관련이 깊다. 후쿠자와 유키치는 5남매 중 막내로 태어났다. 하지만 그의 아버지는 후쿠자와 유키치가 태어난 지 불과 1년 6개월 만에 세상을 떠났다. 그런데 아버지의 부재는 역설적이게도 아버지라는 존재가 유년 시절과 청소년 시절 후쿠자와 유키치의 내면 심리와 정신세계를 강력하게 지배하는 이유가 되었다. 후쿠자와 유키치의 기록에 따르면, 그의 아버지는 하급 무사였지만 '순수한 한학자'였다고 한다. 그런 까닭에 후쿠자와 유키치의 아버지는 어린 자식들을 완전히 유교주의로 가르치고 키웠다. 아버지가 사망한 이후에도 유학을 중시하는 가풍은 어머니에 의해 유지되었고, 후쿠자와 유키치는 이 때문에 "자연히 아버지의 유풍이 우리 집안에는 남아 있을 수밖에 없었다. 아버지는 돌아가셨어도 나에게는 살아계신 것이나 마찬가지였다"고 고백하고 있다.

유학의 가풍 아래에서 자란 후쿠자와 유키치는《논어》,《맹자》,《시경》, 《서경》과 같은 경서는 물론이고《몽구蒙求》,《세설신어世說新語》,《좌전左傳》,《전국책戰國策》,《노자》,《장자》,《사기》,《한서漢書》,《후한서後漢書》, 《진서晉書》,《오대사五代史》,《원명사략元明史略》 등에 이르기까지 방대한 규모의 동양 고전과 역사서를 탐독하며 자랐다. 그런 의미에서 유년 시절과 청소년 시절 후쿠자와 유키치의 내면 심리와 정신세계를 지배하고 있던 것은 바로 '유교주의'라고 할 수 있다. 이 유교주의와 더불어 후쿠자와 유키치의 자의식에 강력한 영향을 끼쳤던 아버지의 유산은 '봉건적 문벌제도'에 대한 불만과 분노였다. 후쿠자와 유키치는 자신의 아버지가 하급 무사 출신이라는 낮은 신분의 한계 때문에 순수한 학자적 자질과 뛰어난 학문적 역량을 갖고 있었지만 제대로 뜻을 펼쳐보지도 못한 채 세상을 떠났다고 생각했다. "아버지께서 45년 사시는 동안, 봉건제도에 속박되어 어떤 일도 하지 못하고 공허한 불평만 품고 살다가 아무런 소득도 없이 세상을 떠나신 것이 가장 유감스러웠다." 심지어 그는 봉건적 문벌제도야말로 "나의 고통이자 아버지의 원수"라고까지 표현했다. 더욱이 봉건적 문벌제도는 나카쓰中津에서 살던 시절 후쿠자와 유키치의 자존심에 큰 상처를 남겼는데, 이것은 훗날 그가 봉건제도를 철저하게 타파하고 일본을 근대 문명국가로 이끄는 선각자, 사상가, 교육자로 변신하고 성장하는 데 있어서 거대한 영향력을 행사했다.

> 어렸을 때부터 나카쓰에 있으면서 내가 가슴속에 항상 불평불만을 가득 담고 있었던 것은 이치가 없지 않다. 나카쓰 번藩의 모든 기풍은 사족士族 사이의 문벌제도가 아주 엄격하게 정해져 있었기 때문이다. 그 문벌의 견고함은 비단 나카쓰 번의 공적 영역에 대해서뿐만 아니라, 오늘날 일반인들의 개인적인 교제에서부터 어린아이들의 교제에 이르기까지 상하와 귀천의 구별이 명확하게 존재해서, 상급 사족의 자제와 우리 집안과 같은 하급 사족의 자식이 서로를 향해 사용하는 언어가 달랐다. 나 같은 하급 사족의 자식 따위가 상급 사족의 자제에게 "당신이 이렇고 저렇고" 하는 식으로 말을 하면, 상급 사족의 자제는 나에게 "네놈이 알아서 이렇게 저렇게 처리해"라는 투로 말하는 분위기였다. … 그런데 "네놈이 알아서 이렇게 저렇게 처리해"라고 말하는 상급 사족의 자제들과 학교에 가서 여러 명이 함께 책을 읽고 연구 토론할 때면 언제나 내 쪽에서 승리했다. 학문은 말할 것도 없고 완력으로도 나는 그들에게 지지 않았다.
>
> _후쿠자와 유키치, 《후쿠옹자전》, 〈문벌에 대한 불평〉

이런 까닭에 후쿠자와 유키치는 철이 들면서부터 항상 어떻게 하면 나카쓰를 떠날 수 있을까 생각했다. 그는 당시 자신의 간절한 심정을 이렇게 묘사했다. "나는 항상 기원했다. 내 한 몸 어디에 가서 어떤 고생을 한다고 해도 모두 마다하지 않겠다. 다만 이곳 나카쓰에 있지 않고 어떻게 해서라도 다른 곳으로 나가게 해달라고 빌었다." 어쨌든 간절한 바람이 통했던지 후쿠자와 유키치는 나이 19세가 되는 1854년 마침내 나카쓰를 떠나 나가사키로 유학을 가게 되었다. 나가사키는 일찍부터 유일한 개항의 거점이자 서양 문명의 도래지요 난학蘭學의 본고장으로 크게 유명세를 떨치고 있었던 곳이다. 그곳은 나카쓰에서는 구경조차 해본 적이 없는 완전히 새로운 문명의 공간이었다. "그 당시 나카쓰 번의 영지 내에는 서양 문자를 읽을 수 있는 사람이 없었을 뿐만 아니라 서양 문자를 구경해본 적이 있는 사람조차 없었다. 도회지에는 양학洋學과 색복色服이 백 년 전부터 있었지만, 나카쓰는 시골인 까닭에 원서原書는커녕 서양 문자조차 볼 수가 없었다." 후쿠자와 유키치는 나가사키에서 처음으로 서양의 문자를 접하고 배우면서 비로소 서양 근대 문명의 관문에 들어섰다. 이곳에서 후쿠자와 유키치는 당시까지 자신의 정신세계와 내면 심리를 지배하고 있던 유교주의와 봉건적 문벌제도로부터 벗어날 수 있었다. 그리고 난학의 본거지인 나가사키와 대도회지 오사카에서의 생활을 거치면서 후쿠자와 유키치는 마침내 유학자에서 난학자로 거듭나기에 이른다. 난학은 18세기 이후 개항지인 나가사키를 통해 들어와서 일본 전역으로 전파 확산되었던 유럽, 즉 네덜란드의 학문 사상과 의학 및 과학기술을 말한다.

오사카에서 발걸음을 멈추고 오가타 선생의 주쿠塾에 입문한 시기가 안세이安政 2년(1855) 묘년卯年 3월이었다. 그 전에 나가사키에서 거처할 때에도 물론 난학을 학습하고 연구했다. 그 난학을 공부한 곳은 나라바야시楢林라는 네덜란드 통역사의 집과, 또한 나라바야시楢林라는 이름으로 불리는 의사의 집과, 이시카오 오쇼石川櫻所라는 네덜란드의 의술을 다루는 의사의 집이었다. 그런데 이시카오 오쇼는 나가사키에서 큰 병원을 개업하고 있는데다가 훌륭한 학파를 세워 난학의 문호를 확장한 대가인 까닭에, 입문하여 그 집을 드나든다는 것은 쉽지 않은 일이었다. 그래서 그 집의 현관에 가서 약을 조제하는 조합소調合所 사람 등으로부터 난학을 배웠다. 그러한 방식으로 이곳저곳을 돌아다니면서 조금이라도 난학을 가르쳐줄 수 있는 사람이 있으면 찾아가서 공부했다. 어디의 누군가와 관계를 맺어 누군가의 문인으로 제대로 난학 서적을 읽은 적이 없었다. 이러한 까닭에 오사카로 옮겨와서 오카타 고안緒方洪庵이 설립한 오카타주쿠緒方塾의 문하생으로 들어간 것이 진정한 난학 수업의 시작이었다고 하겠다. 이곳에서 처음으로 비로소 규칙적이고 체계적인 난학 서적의 가르침을 받았던 것이다.

_후쿠자와 유키치, 《후우옹자전》, 〈오사카 수업〉

후쿠자와 유키치는 1835년 1월 10일에 태어나 1901년 2월 3일 세상을 떠났다. 그의 인생은 1868년에 발생한―일본 근대화의 출발점이라고 할 수 있는―메이지유신을 기준으로 정확하게 전반기 33년과 후반기 33년으로 구분된다. 특히 후쿠자와 유키치는 이 인생의 전반기와 후반기 사이에 자신이 겪었던 정체성과 자의식의 혼돈과 단절과 비약과 착종에 대해 1875년 출간한 《문명론의 개략》의 서언에서 이렇게 고백하기도 했다. "마치 하나의 몸으로 두 개의 삶을 사는 것과 같고 한 사람이면서 두 개의 몸이 있는 것과 같았다." 그의 생애는 격동과 격변의 시대 그 자체였다. 먼저 인생의 전반기 33년을 살펴보면, 후쿠자와 유키치의 삶과 사상은 세 차례에 걸쳐 큰 변화를 겪었다. 첫 번째 변화는 유교주의와 봉건적 문벌제도에 갇혀 지냈던 나카쓰에서 벗어나 나가사키에서 난학을 접한 1854년 19세 때부터 오사카로 진출해 난학숙蘭學塾의 숙장에까지 오른 1858년 사이에 일어났다. 이때 후쿠자와 유키치는 유학자에서 난학자로 변신했다. 두 번째의 큰 변화는 오사카를 떠나 에도로 거처를 옮긴 1858년 나이 23세 때부터 일어났다. 난학자였던 후쿠자와 유키치는 에도로 옮긴 다음 무엇보다 먼저 네덜란드어로 된 서적으로 서양의 학문과 문명을 가르치는 난학숙을 개설했다.

그런데 그 다음 해인 1859년 에도막부가 미국, 네덜란드, 러시아, 영국, 프랑스 5개국과 잇달아 수호 통상 조약을 맺고 에도 인근의 항구인 요코하마의 문호를 개방하는 사건이 발생했다. 당시 후쿠자와 유키치는 새롭게 서양 문명의 소용돌이에 휩싸인 요코하마를 방문해 영학英學를 접한다. 그리고 난학, 즉 네덜란드의 언어와 학문을 배우는 것이 영학, 즉 영어로 된 서적으로 서양의 학문과 문명을 배우는 것보다 실용성과 국제성과 시대성 면에서 현저히 뒤떨어진다는 것을 깨닫게 되었다. 지금까지 자신이 배운 난학으로는 이 새로운 서양의 문명을 섭취할 수 없다는 사실에 낙담한 후쿠자와 유키치는 '영어가 최우선'이라는 새로운 뜻과 각오를 품고 영학자로의 변신을 모색하기에 이른다.

안세이 6년(1859)에 5개국 조약이 발포되어 요코하마가 개항한 직후, 나는 요코하마의 변화상을 구경해볼 목적으로 그곳에 갔다. 당시 요코하마에는 외국인과 색복이 드문드문 나타나 오가는 모습이 보일 뿐이었다. 주춧돌도 없이 그대로 땅에 기둥만 박은 허술하고 조그만 집들이 여기저기에 세워져 있었는데, 외국인은 그곳에 거처하면서 가게를 열고 있었다. 그곳에 가서 봤더니 한 마디 말도 통하지 않았다. … 요코하마에서 에도로 돌아온 나는 다리가 피로하다는 느낌보다는, 요코하마에서 겪은 충격 탓에 참으로 낙담한 마음이 훨씬 컸다. … 요코하마에서 사용하고 있는 언어와 간판에 적혀 있는 문자는 틀림없이 영어 아니면 프랑스어였을 것이다. … 지금 우리 일본은 조약을 맺고 개항을 해 외국에 문호를 개방했다. 그렇다면 이후로는 영어가 필요하게 될 것이 틀림없다. 서양의 학문과 문물을 공부하고 연구하는 양학자로서 영어를 모른다면 아무 것도 할 수 없다. 그래서 나는 이후로는 영어를 공부하는 방법 이외에 다른 수가 없다고 생각하게 되었다. 요코하마에서 에도로 돌아온 다음 날, 한 차례 낙담했던 마음과 동시에 새로운 뜻을 일으켜서, 이후로는 일체 만사가 영어에 달려 있다는 마음을 먹고 영어 공부에 매진했다.

_후쿠자와 유키치, 《후쿠옹자전》, 〈영학발심英學發心〉과 〈고이시카와에 다니다〉

난학자에서 영학자로 변신한 후쿠자와 유키치는 에도에 개설한 난학숙도 시대의 변화와 흐름에 따라 즉시 영학숙으로 전환했다. 이 영학숙이 1868년 당시 연호인 게이오慶應를 따서 이름을 지은 근대적 명문 사립 교육기관인 게이오의숙의 전신이 된다. 이 게이오의숙을 본거지 삼아 후쿠자와 유키치는 일본에서 가장 유명한 서양 학문과 사상의 교육자로 확고한 위치를 차지했다. 그러나 후쿠자와 유키치의 인생 전반을 살펴볼 때 가장 중요하게 주목해야 할 대목은 세 번째 변화의 시기, 즉 메이지유신을 전후한 1860년부터 1867년까지 미국→유럽→다시 미국 등으로 모두 세 번에 걸쳐 서양 견문 및 탐방 여행을 다녀온 이후이다. 이 여행은 후쿠자와 유키치의 정체성과 자의식에 큰 변화를 불러왔고 그의 남은 생애 전체에 걸쳐 결정적인 영향을 끼쳤다. 어떻게 보면, 후쿠자와 유키치의 인생 후반기 33년은 이 세 번의 여행에서 보고 듣고 배우고 깨우친 서양의 학문과 사상에 따라 일본을 계몽하고 개조하는 것, 또한 서양의 문물과 제도를 일본에 이식하고 실행하는 것이었다고 해도 과언이 아니다.

유학자에서 난학자, 다시 영학자로 변신했던 후쿠자와 유키치가 근대화·문명화된 서양을 자신은 물론 일본이 지향해야 할 정체성으로 전면 수용하고 자의식으로 본격 내면화한 시기 역시 세 번의 서양 여행을

거치면서부터였다고 할 수 있다. 이제 후쿠자와 유키치는 본격적이고 전면적으로 서양주의자이자 문명주의자가 되었다. 이러한 정체성과 자의식의 변화 양상과 흐름은 자서전《후쿠옹자전》은 물론이고, 흔히 후쿠자와 유키치의 근대 문명과 계몽사상 3부작이라고 불리는《서양사정西洋事情》(1866~1870),《학문의 권유〔学問のすすめ〕》(1872~1876),《문명론의 개략》(1875) 등에 잘 나타나 있다. 그렇다면 후쿠자와 유키치는 서양의 근대와 대면하면서 자신의 정체성과 자의식을 어떻게 이해했을까? 일본의 근대화와 문명화를 위한 계몽사상가와 근대 개조론자 그리고 문명 개화론자, 그것이 바로 후쿠자와 유키치가 스스로 규정한 자기 정체성이자 자의식이었다. 그는 전 세계를 야만, 반개半開, 문명의 세 가지 발전 단계로 구분해 정의한 다음, 역사의 흐름이란 야만은 반개로, 다시 반개는 문명으로 진보하는 것이라고 보았다. 그리고 서양의 문명은 아직 반개의 상태에 머물러 있는 일본보다 진보한 단계에 있기 때문에, 일본은 서양의 문명을 전면적으로 모방하고 흡수해 재빨리 문명의 단계로 발전해야 한다고 주장했다.

후쿠자와 유키치는 정치가나 정부 관료가 아닌 저술가와 교육자 그리고 사상가의 길을 선택해 자신의 근대 문명 개화사상을 전파하고 확산시키는 데 온 힘을 쏟았다. 그 결과 평생에 걸쳐 '전체 21권, 약 1만 4,000페이지'에 달하는 엄청난 분량의 저술을 남겼고, 또한 일본 최초의 근대적 사립 교육기관이라고 할 수 있는 게이오의숙을 설립해 서양 학문과 사상을 가르치며 일본의 근대화와 문명화와 산업화를 주도한 수많은 인물들을 길러냈다. 후쿠자와 유키치가 특히 게이오의숙을 "일본을 서양식의 문명 부강한 국가"로 만드는 자신의 포부와 야심을 실행할 수 있는 유일무이한 본거지로 여겼다는 사실은 그의 자서전 곳곳에서 드러나고 있다. 이것은 그가 교육자와 사상가로서의 자신에 대해 얼마나 큰 자긍심과 자부심을 품고 있었는가를 확인할 수 있는 대목이다. 심지어 그는 게이오의숙을 막부 시대에 네덜란드와의 무역이 독점적으로 허용되었던 곳이자 일본이 서양과의 교류를 허용한 유일한 창구였던 나가사키의 데지마出島에 비유하여, 게이오의숙이 "존재하는 한 대일본은 세계의 문명국이다!"라고 큰소리치는가 하면, 게이오의숙을 이끄는 자신을 가리켜 "서양 문명의 안내자"이자 "동도東道의 주인"이라고까지 자부했다.

> 우에노上野의 소동이 가라앉자 오슈奧州와의 전쟁이 개시되었지만, 그러는 가운데에서도 생도들은 지속적으로 입학하려고 찾아왔기 때문에 게이오의숙은 더욱더 번성했다. 당시 세상이 돌아가는 상황을 살펴보면, 도쿠가와막부 시대의 학교는 물론 모두 망해버렸을 뿐만 아니라 거기에서 학생들을 가르쳤던 교사들조차 어디로 갔는지 알 수 없는 지경이었다. 하물며 유신 정부는 학교에 정신을 쏟을 정도의 형편이 안 되었다. 일본 전국에서 적어도 책을 읽을 수 있는 곳이라곤 오로지 게이오의숙밖에 존재하지 않는 상태였다. 그때 내가 게이오의숙의 생도들에게 다음과 같이 말한 적이 있다. … "이 게이오의숙은 일본의 양학을 위해 도쿠가와막부 시대 네덜란드의 거류지였던 나가사키의 데지마와 마찬가지로, 이 세상에 온갖 소동이 벌어지고 수많은 변란이 일어나는 와중에서도 아직까지 단 한 차례도 양학의 명맥이 끊어진 적이 없었다. 이 게이오의숙이 존재하는 한 대일본은 세계의 문명국이다. 세상에 개의치 말고 자부심을 갖고 학문에 매진하라." 나는 많은 청년들을 이렇게 격려했었다.
>
> _후쿠자와 유키치, 《후쿠옹자전》, 〈일본 전국에서 오직 게이오의숙뿐〉

나는 일본에 양학이 번성하게 하여 어떻게 해서라도 우리 나라를 서양식의 문명 부강한 국가로 만들고 말겠다는 열정과 야망을 마음속에 품고 있었다. 그런 의도가 게이오의숙을 서양 문명의 안내자로 삼아 동도東道의 주인이 된 것 같은 입장에서 서양식의 독점 판매 혹은 특별 대리인의 역할을 맡아, 외국인의 부탁을 받지 않고도 자청해서 그들을 위해 일을 해주는 것처럼 보였던 까닭에, 고풍스럽고 완고한 일본인들이 나를 혐오한 것도 무리가 아니었다.

_후쿠자와 유키치, 《후쿠옹자전》, 〈교육 방침은 수리數理와 독립〉

그런데 냉정하게 평가해 서양 문명을 전면적으로 모방하고 흡수해 일본의 근대화와 문명화를 이루겠다는 후쿠자와 유키치의 서양주의와 문명주의는, 뒤집어 이야기하자면 서양의 것이라면 모든 것을 동경하고 선망하는 열등의식의 산물이라고 할 수 있다. 후쿠자와 유키치의 내면에서 서양주의와 문명주의가 강해지면 강해질수록, 일본의 역사와 문화 속에 뿌리박혀 있는 동양의 전통(특히 조선과 중국)에 대한 혐오와 멸시와 적대와 배척은 더욱 심해질 수밖에 없었다. 왜? 후쿠자와 유치키의 관점에서 보면, 일본이 서양의 근대 문명을 재빨리 섭취하고 전면적으로 수용해 문명 부강 국가로 일신하기 위해서는 일본 속에 뿌리박힌 동양의 전통, 즉 유교주의와 봉건적 문벌제도를 철저하게 청소하고 일소하는 것이 다른 무엇보다 중요했기 때문이다.

나는 한학을 섬기지 않았고 중요하게 생각하지도 않은데다가, 일보 전진하여 이른바 낡고 썩어버려 아무런 쓸모도 없는 유학과 그 학설을 모조리 쓸어 없어버리겠다고 젊었을 때부터 마음먹고 있었다. … 이렇게까지 내가 한학을 적대적으로 생각했던 것은, 오늘날과 같은 개국의 시절에 낡고 타락해버려 아무런 쓸모도 없는 유학의 학설이 우리의 미래를 책임질 후세인 소년 학생들의 머릿속에 도사리고 있으면, 절대로 서양의 문명이 일본에 들어오지 못하게 될 것이라고 어디까지나 믿어 의심치 않았기 때문이다. 어떠한 수단과 방법을 써서라도, 그들 소년 학생을 구해내고 우리가 믿는 길로 이끌려고 전력을 다했다. 나의 진면목을 펼쳐 보인다면, '일본 안에 있는 한학자들은 모두 나와라, 얼마가 되든지 상관없이 내가 혼자서 상대해주겠다!' 하는 굳은 결심이 서 있었다.

_후쿠자와 유키치, 《후우옹자전》, 〈교육 방침은 수리와 독립〉

후쿠자와 유키치는 조선과 중국과 일본의 관계 역시 서양주의의 관점과 문명주의의 시각에서 재규정했다. 시간을 두고 후쿠자와 유키치의 사상은 이렇게 발전해나갔다. 즉 서양 수준의 문명 발전 단계에 도달하기 위해 일본은 반개와 야만 상태에 머물러 있는 조선과 중국을 가까이하기보다는 오히려 그들의 대열에서 벗어나야 한다. 그리고 이제 서양 수준의 문명 발전 단계에 도달한 일본은 여전히 반개와 야만 상태를 벗어나지 못하고 있는 조선과 중국을 문명개화의 발전 단계로 인도하는 역할을 해야 한다. 그런 까닭에 이제 일본은 동양의 문명개화와 진보적 발전을 주도하는 지도자이자 맹주가 될 수밖에 없다. 서양에 대한 열등의식의 산물인 후쿠자와 유키치의 서양주의와 문명주의는 동양, 그중에서도 일본의 역사와 문화적 전통에 지대한 영향을 끼친 조선과 중국을, 혐오와 멸시와 적대와 배척의 주된 표적으로 삼아 발전하면서 이른바 동양주의에 대한 우월의식으로 재규정되었다. 이러한 후쿠자와 유키치의 인식과 논리는 조선 문제를 둘러싸고 1894년 발발한 일본과 중국 간의 전쟁, 즉 청일전쟁에 대한 입장에서 극단적으로 표출되고 있다. '근대화와 문명화'를 절대선이자 자기 삶의 지상 과제로 삼았던 후쿠자와 유키치는 여기에서 서양(주의)과 동양(주의)의 관계를 진보와 반동, 선한 것과 악한 것, 좋은 것과 나쁜 것, 새로운 것과 낡은 것의 충돌과 투쟁으로 정의했다. 후쿠자와 유키치는 이 전쟁을 문명과 야만의 전쟁으로 규정하면서, 일본을 '진보의 사도'이자 '문명개화의 수호신'으로 옹호하는 한편, 중국(청나라)을 세계 문명의 진보를 방해하는 야만의 화신으로 타도해야 할 대상이라고 신랄하게 비난했다.

> 전쟁의 실상은 청일 양국 사이에 벌어졌지만, 그 근원을 찾으면 문명개화의 진보를 도모하는 자와 그 진보를 방해하려는 자와의 싸움이지 결코 양국 사이의 싸움은 아니다. … 곧 일본인의 안중에는 중국, 중국인은 없고 오로지 세계 문명의 진보를 방해하는 자를 타도하고자 함이므로 사람과 사람, 나라와 나라 사이의 다툼이 아니라 일종의 종교 분쟁으로 보아야만 하는 것이다.
>
> _후쿠자와 유키치, 〈시사신보〉, 1894년 7월 29일자 사설,
> 청일전쟁은 문야文野의 전쟁이다[123]

서양에 대한 열등의식과 아시아에 대한 우월의식의 착종이 만들어낸 후쿠자와 유키치의 정체성과 자의식이란, 서양처럼 되고 싶은 열망이 강하면 강할수록 동양에 대한 혐오와 멸시와 적대와 배척이 비례해서 커지는, 곧 다른 세계를 갈망한 나머지 자신이 뿌리를 두고 있는 세계마저 철저하게 부정할 수밖에 없는 '뒤틀린 모습과 일그러진 심리' 그 이상도 그 이하도 아니었다. 그렇다면 서양이 되고 싶지만 서양이 될 수 없는, 즉 서양인도 아니고 동양인도 아닌 이 정체성과 자의식의 착종과 모순을 후쿠

자와 유키치는 어떻게 해결했을까? 그것은 앞서 살펴본 대로 자신과 일본의 정체성과 자의식을—체제와 제도뿐만 아니라 정신과 내면 심리까지—서양의 그것으로 철저하게 개조하는 것이었다. '아시아에서 벗어나 서양으로 들어간다'는 '탈아입구'가 바로 그것이다.

후쿠자와 유키치는 《문명론의 개략》에서 근대화와 문명화는 일본의 자존과 독립이라는 목적을 달성하기 위한 방법이라고 주장했다. 즉 서양으로부터 굴종의 모욕과 침략의 치욕을 당하지 않고 일본의 자존과 독립을 지키기 위해서는, 국가 개조와 국민 계몽을 통해 어떻게 해서라도 서양 수준의 근대화와 문명화와 산업화에 성공해 서양 제국과 같은 반열에 올라서야 한다는 주장이다. 또한 《학문의 권유》에서는 "국가(일본)의 부강을 기원하는 것을 사람 된 자의 인지상정"이라고 하는가 하면 "국가(일본)가 외국에게 모욕과 치욕을 당하면 전 국민은 한 사람도 빠짐없이 생명을 바쳐서라도 막아야 한다"거나 "국가(일본)를 위해서라면 전 재산은 물론이고 하나밖에 없는 목숨을 바치는 것도 아까워해서는 안 된다"는 국가 우선주의, 즉 국가주의적 자의식을 적나라하게 드러내기도 했다.[124] 그런 점에서 후쿠자와 유키치에게 탈아입구는 이러한 목적을 달성하기 위해 일본이 실행해야 할 절대선이자 지상 과제였다.

하지만 여기에는 적자생존과 약육강식의 논리가 내재되어 있었다. 후쿠자와 유키치에게 문명화하면 독립국으로 살아남고 문명화하지 못하면 서양의 식민지로 전락한다는 논리는 역사적 명확성과 정당성을 갖고 있었다. 그것은 일종의 필연적인 역사법칙이었다. 이러한 후쿠자와 유키치의 사상은 다시 문명개화는 역사적 진보이자 절대선이기 때문에 문명개화에 성공한 나라는 아직 문명개화를 이루지 못했거나 저항하는 이웃 나라를 문명개화로 이끌어내기 위해 어떤 수단과 방법을 사용해도 정당하다는 논리와 결합하면서 침략과 전쟁의 논리로 변화한다. 아니, 후쿠자와 유키치에게 있어 그것은 침략의 논리가 아니라 가난과 야만 상태를 벗어나지 못하는 이웃 나라를 도와주는 '의협심의 발로'였다. 후쿠자와 유키치는 〈시사신보〉 1898년 4월 28일자에 실린 사설 '대한對韓의 방침'에서 자신의 대한對韓 전략을 이렇게까지 표현했다. "우리나라가 조선을 독립시켜 부강한 나라로 만들려는 의도는 순전히 의협심의 발로이다. 하지만 나라와 나라 사이 교제에는 조금도 효력을 거두지 못했다. 우리 쪽은 의협심에 열중했지만 조선은 조금도 이를 느끼지 않고 오히려 귀찮다는 인상이다. 조선인이 싫어할 때는 어쩔 도리가 없다. 무익한 노파심을 접으면 그만이지만 가엾음을 넘어 밉기 백배이다. 아니, 배은망덕에 적개심마저 든다."[125]

특히 후쿠자와 유키치는 1882년 자신이 주도해 창간한 〈시사신보〉의 1885년 3월 16일자 사설에서 이러한 침략주의적 본성과 제국주의적 야욕을 아주 노골적이고 공공연하게 드러냈다. 후쿠자와 유키치의 탈아입구가 향후 식민지 침략과 전쟁의 광기로 치달은 일본 제국주의와 군국주의의 사상적 양분이자 정신적 뿌리였다는 사실을 확인할 수 있는 글이다. 여기에서 후쿠자와 유키치는 이렇게 외쳤다. "일본은 아시아의 대열에서 벗어나 서양 문명국과 진퇴를 같이해야 한다." 그리고 "서양 문명국과 같은 반열에 오른 일본은 이제 조선과 중국을 접수해야 한다." 그것도 "이웃 나라라고 사정을 봐주어서는 안 되고 반드시 서양이 동양을 접수하는 풍조에 따라 처분해야 한다." 서양이 동양을 식민지로 점령하고 약탈하고 착취하는 그 방식 그대로 일본은 조선과 중국을 접수하고 처분해야 한다는 것이다. 물론 후쿠자와 유키치에게 이러한 방식은 조선과 중국을 침략하고 약탈하고 착취하는 것이 아니라, 오히려 조선과 중국에 근대화와 문명화의 혜택을 주는 정의롭고 은혜로운 행동이었을 뿐이다. 서양주의자와 문명주의자였던 후쿠자와 유키치의 개인적 자의식과 나아가 근대 일본의 국가적 정체성이 제국주의자와 침략주의자의 그것으로 전면적으로 탈바꿈하는 순간이다.

> 일본, 중국, 조선 삼국을 비교하여 중국과 조선의 서로 닮은 상황은 중국과 조선이 일본보다 가까운데다, 이 두 나라 사람들은 한편이 되어 나라에 관해 고쳐 나아가는 길을 알지 못한다. … 이 두 나라를 보면 지금처럼 서양 문명이 동쪽으로 밀려들고 있는 때에 도저히 독립을 유지할 수 있는 길이 없다. … 서양인들은 중국인의 비굴함과 몰염치를 모르므로 일본인의 의협심도 함께 매도하고 조선의 형벌이 참혹하면 일본인도 무정하다고 단정해버린다. … 그 영향이 현실로 나타나 간접적으로 우리들의 외교에 장애가 되는 일이 적지 않다. 우리 일본의 일대 불행이라고 말할 수밖에 없다. 그렇다고 우리나라가 오늘의 꿈을 펴고자 이웃 나라의 개명開明을 기다려 함께 아시아를 일으킬 시간은 없다. 오히려 그 대열에서 벗어나 서양 문명국과 진퇴를 같이하여 중국과 조선을 접수해야 한다. 접수 방법도 인접 국가라는 이유만으로 사정을 헤아려줄 수 없으며, 반드시 서양인이 접하는 풍에 따라 처분해야 할 뿐이다. 나쁜 친구와 친한 자는 함께 악명을 피할 수 없다. 우리가 마음으로부터 아시아 동방의 나쁜 친구를 사절하는 이유도 이 때문이다.
>
> _후쿠자와 유키치, 〈시사신보〉, 1885년 3월 16일자 사설, 탈아론脫亞論[126]

따라서 후쿠자와 유키치의 탈아입구는 서양을 본받고 배워서 근대화와 문명화 그리고 산업화를 달성한 일본이 아시아의 맹주가 되어 아시아를 지배한다는 사상 그 이하도 그 이상도 아닌, 즉 '아시아 침략 사상'이라고 할 수밖에 없다. 그리고 끔찍하게도 말년에 접어든 후쿠자와 유키치는 자서전의 말미에서 자신의 육십 평생을 회고하면서, 자신이 평생 꿈꾼 "새로운 일본의 문명과 부강은 모두 조상으로부터 전해져 내려온 공덕에서 유래한 것이니, 우리는 마침 적당한 시대에 태어나서 조상의 하사품 덕분에 목적을 이루게 된 것"이라면서 기쁨을 감추지 못했다. 비록 간난신고가 없지 않았지만 자신의 생애와 함께했던 일본의 역사는 크게 소원을 성취한 영광과 번영의 나날이었다는 것이다. 하지만 후쿠자와 유키치의 개인적 영광과 근대 일본의 국가적 번영은 조선과 중국을 비롯한 아시아 여러 나라에게는 간난신고, 즉 일본 제국주의의 침략으로 인해 겪은 고통과 시련 그리고 식민지 상태로부터 독립과 해방을 이루기 위한 저항과 투쟁의 시간이었을 뿐이다. 그리고 지금 이 순간에도 후쿠자와 유키치가 심어놓은 제국주의와 침략주의의 망령은 사라지지 않고 여전히 동북아시아 4개국(한국, 북한, 중국, 일본)의 관계를 뒤흔들고 있다. 만약 근대 이후 일본인의 내면 깊숙이 자리 잡게 된 후쿠자와 유키치의 개인적 자의식과 국가적 정체성으로부터 벗어나지 못한다면, 일본인이 20세기를 전후해 그들을 지배했던 제국주의적 본성과 침략주의적 야욕을 완전히 버렸다고 생각하는 사람은 하나도 없을 것이다. 그런 점에서 전쟁을 포기한 평화로운 국가 일본의 꿈은 후쿠자와 유키치에 대한 미망에서 탈피하는 것에서부터 시작해야 하지 않을까? 단언하건대, 후쿠자와 유키치를 버려야만 비로소 일본과 일본인은 새롭게 태어날 수 있을 것이다.

그동안의 지독했던 어려움과 힘겨웠던 고통에 대해 말한다면 끝이 없겠지만, 목구멍만 넘기면 뜨거운 것도 잊어버린다는 속담이 있는 것처럼

지독한 어려움과 힘겨운 고통 역시 지나고 나면 아무렇지도 않는 법이
다. … 신정부의 용기는 내가 《서양사정》에서 말한 정도가 아니라, 그보
다 한두 단계나 더 앞으로 나아가 과감한 개혁을 결단하여 실행했다. 오
히려 그 책을 저술한 작자를 놀라 자빠지게 하는 사례도 적지 않게 보았
으니, 나도 예전에 꿈꿨던 큰 소원을 성취한 것에만 안주하고 있을 수 없
었다. … 일본이라는 나라의 전체 대세는 오직 개진改進과 진보의 한 방
향으로 나아가 순서에 따라 점차 향상되었다. 몇 년 후 그 성과로 나타난
것이 청일전쟁에서 관민이 한 몸 한 마음이 되어 승리한 것이니, 유쾌하
고 고맙기가 이루 말로 다 할 수 없다. … 이렇게 된 원인이 어디에 있는
가에 대해 말한다면, 새로운 일본의 문명과 부강은 모두 조상으로부터
전해져 내려온 공덕에서 유래한 것이니, 우리는 마침 적당한 시대에 태
어나서 조상의 하사품 덕분에 목적을 이루게 된 것임에 틀림없다. 하늘
의 은혜와 조상의 은덕에 의해 시종일관 성공을 이루었으니, 나에게는
두 번째 큰 소원을 성취한 것이라고 하겠다.

_후쿠자와 유키치, 《후쿠옹자전》, 〈인생행로의 많은 변화〉

다른 사람의 손을 빌리지 않고 스스로 자신의 생애를 기록하는 자서전
을 쓰는 까닭은 무엇일까? 그것은 자기 삶의 궤적과 의식의 변화를 자신
보다 잘 아는 사람은 없기 때문이다. 물론 왜곡과 조작 그리고 과장과 미
화의 맹점이 없지는 않지만 자신의 정체성을 표현하고 자의식을 묘사하
기에 자서전보다 더 적합한 글쓰기의 형식은 없을 것이다. 그런 의미에서
자서전을 쓰려는 사람은 이 문학 형식이 다른 어떤 문학작품보다 '진실
성'과 '진정성'이 요구되는 문학이라는 점을 유념해야 한다. '진실성'과 '진
정성'이야말로 '글은 나의 삶이자 나 자신'이라는 자의식의 미학에서 가장

중시해야 할 가치이다. 만약 이 두 가지가 빠져 있다면 그러한 글은 단지 자기 포장이자 자기 홍보일 뿐이다. 그것은 아무리 문학적 형식을 갖추었다고 해도 홍보용 혹은 광고용 책자는 될지언정 결코 미학적 가치를 갖는 문학작품이 될 수는 없다. 그것은 수많은 정치가와 경제인들의 자서전이나 회고록을—아무리 잘 썼다고 해도—문학작품으로 취급하지 않는 이유이기도 하다. 그런 점에서 후쿠자와 유키치의 자서전이 문학적 형식과 더불어 문학적·미학적 가치가 있는지에 대해서는 독자들 스스로 판단해보기를 권한다.

자유를 향한 여정 끝에 만난 그리스인 조르바

• 니코스 카잔차키스

자의식은 엄격하게 그 기원을 따진다면 동양의 의식구조라기보다는 서양의 의식구조라고 할 수 있다. 엄밀하게 따진다면 이 의식구조는 근대 이후의 것이라고 하겠다. 개인의 존재에 비로소 가치를 부여하면서 출현한 근대적 자의식만이 학문적 혹은 종교적 혹은 이념적 절대자로부터 독립한 인간의 온전한 자기의식이라고 할 수 있기 때문이다. 그 이외의 자의식이란 학문적, 종교적, 이념적 절대자에 종속된 이른바 타자화된 자의식에 불과했다고 말할 수 있다. 예를 들어 성리학적 자의식 혹은 기독교적 자의식이 바로 그런 경우다. 그렇다면 근대 이전에는 이러한 자의식이 존재하지 않았는가? 아니다. 근대 이전의 세계에도 근대적 의미의 자의식을 소유한 이들이 존재했다. 다만 이들은 그 시대를 넘어선 '특이한 존재' 들이었거나 또는 그 시대와 불화했던 일종의 '이단적인 존재'들이었을 따름이다. 물론 근대 이후에는 이러한 자의식이 특별하기보다는 더 보편적이게 되었다. 20세기를 전후해 한중일의 작가와 학자들은 자신의 인생을 기록할 때 동양 자전 문학의 전통보다는 서양의 자서전을 모델로 삼았다. 이 역시 개인의 존재와 개성을 중시하는 근대적 자의식을 전면적이고 총체적으로 표현하기에 적합한 문학 형식이 동양의 자전보다는 서양의 자서전이었기 때문이다.

하지만 근대적 자의식이란 것도 엄격하게 따져 들어가보면, 근대 이후에 출현한 자본주의 혹은 사회주의라는 체제와 이념에 길들여진 자본주의적 혹은 사회주의적 자의식에 불과하다고 할 수 있다. 심지어 우리는 자본의 노예가 되어 금전적 이익을 위해 영혼까지 팔아먹기를 마다하지 않지 않는가? 또한 국가사회주의의 노예가 되어 스스로 개성과 자유마저 포기한 역사를 갖고 있지 않은가? 그런 점에서 본다면, 세상 그 어떤 것에도 얽매이거나 속박당하지 않는 영혼의 자유를 노래한 니코스 카잔차키스Nikos Kazantzakis(1883~1957)야말로 온전한 의미에서의 자의식을 소유한 작가였다고 할 수 있다. 만약 카잔차키스의 내면에 자리했던 유일한 자의식이 있다면, 그것은 오직 자유였을 뿐이다. 심지어 죽음 이후에도 자유를 꿈꿨던 카잔차키스는 자신의 묘비명조차 이렇게 썼다.

나는 아무것도 바라지 않는다. 나는 아무것도 두렵지 않다. 나는 자유다.

묘비명의 문구 그대로 니코스 카잔차키스의 생애는 온전한 자유, 즉 '영혼마저도 자유로운 존재로서의 인간'을 찾아가는 반항과 투쟁의 여정이었다고 할 수 있다. 유명 작가이기에 앞서 한 인간으로서 니코스 카잔차키스가 온전한 자유를 찾아가면서 마주친 삶의 진면목, 곧 민족적, 종교적, 사상적 방황과 지적 편력 및 모색 그리고 사회, 체제, 이념과의 투쟁과 역경 및 극복의 전 과정을 진솔하게 고백하고 열정적으로 성찰한 자전적 기록이 다름 아닌《영혼의 자서전》이다. 그런 의미에서《영혼의 자서전》은 펜과 잉크가 아닌 니코스 카잔차키스의 살과 피로 쓰여 졌다고 해야 한다. 니코스 카잔차키스 역시《영혼의 자서전》의 '작가 노트'에서 이 책을 읽을 사람들에게 이렇게 외쳤다. "그러므로 독자여, 이 책에서 당신들은 나의 핏방울로 써 내려간 붉은 자취를 발견하게 될 것이다. 그 자취는 인간과 정열과 사상으로 둘러싸인 내 삶의 여정을 표현하고 있다." 니코스 카잔차키스는 죽기 2년 전인 1955년 나이 72세 때《영혼의 자서전》을 탈고했다. 죽음을 앞둔 노년에 접어든 그는 아주 오래 전 어린 시절을 회고하면서 최초로 자신의 내면세계 가장 깊숙한 곳을 뒤흔들어놓았던 영혼의 울림을 이렇게 묘사했다.

> 진실로 나의 영혼을 처음으로 뒤흔들어놓은 것은 두려움이나 고통도 아니었고, 쾌락과 오락도 아니었다. 그것은 바로 자유를 향한 갈망이었다. 나는 자유를 쟁취해야 했다. 그러나 무엇으로부터 그리고 누구로부터 자유를 찾는다는 것인가? 시간이 경과함에 따라 나는 거칠고 불친절한 자유의 오르막길에 천천히 올라갔다.
>
> _니코스 카잔차키스,《영혼의 자서전》,〈크레타 대 터키〉[127]

니코스 카잔차키스는 스스로 말하기를, 자유를 찾아가는 자신의 반항과 투쟁의 여정에는 네 개의 결정적인 단계가 있었다고 했다. 그러면서

"각각의 단계는 예수, 붓다, 레닌, 오디세우스와 같은 성스러운 이름들로부터 크게 영향을 받았던 여정"이었다고 밝혔다. 네 개의 단계마다 그의 정체성과 자의식에 깊은 흔적과 자취를 남긴 "이 위대한 영혼을 지닌 인물들을 차례차례 통과한 내 피의 여정"을 남기려고 기록하는 것, 그것이 바로 니코스 카잔차키스가 스스로 '자서전이 아니라고 한 자서전', 즉《영혼의 자서전》을 집필한 근본적인 이유였다. 영혼의 자유를 찾아가는 니코스 카잔차키스의 반항과 투쟁의 첫 번째 단계는 바로 그의 고향 크레타를 점령하고 있던 오스만제국, 즉 터키인들로부터의 자유였다.

> 모든 것 중에서 먼저 터키인으로부터 자유를 쟁취하는 것, 그것이 최초의 단계였다. 그 다음 단계는 내면에 자리하고 있는 터키인—다시 말해 무지와 악의와 시기로부터, 두려움과 나태함으로부터, 정신을 현혹시키는 그릇된 사상으로부터, 그리고 최종적으로 가장 존경받고 사랑받는 존재들까지 대상으로 하는 모든 우상들로부터 자유를 쟁취하려는 새로운 투쟁이 시작되었다.
>
> _니코스 카잔차키스,《영혼의 자서전》,〈크레타 대 터키〉

니코스 카잔차키스는 1883년 그리스의 크레타 이라클리온에서 태어났다. 그리스 본토와 달리 당시 크레타 섬은 터키의 전신인 오스만제국의 지배를 받고 있었다. 크레타는 영웅 테세우스와 반인반수 미노타우로스 이야기로 유명한 그리스 신화의 근원지이자 역사상 가장 오래된 문명 중 하나인 미노아문명의 발상지로, 고대부터 오랜 세월에 걸쳐 그들 나름의 독창적인 역사와 문화와 예술을 형성하며 발전해왔다. 동양과 서양의 문명이 교차한 크레타 출신답게 카잔차키스는 아랍인 혈통의 부계와 그리스인 혈통의 모계가 뒤섞여 있는 자신의 집안 내력에 대해 강한 자부심을 갖고 있었다. 카잔차키스는 크레타에 뿌리박고 살았던 조상들이 항상 자신의 영혼을 지배했고, 그들의 속삭임이 언제나 자신을 사고하고 행동하게 했다고 밝혔다. 하지만 그의 영혼과 사고와 행동을 지배한 것은 모계보다는 부계의 기질과 성향이었다.

아버지의 혈통은 성격상 모두 아랍인의 특성을 지니고 있다. 그들은 자존심이 강하고, 고집이 세며, 과묵하고, 금욕적이며, 사람들과 어울리는 것을 싫어한다. 그들은 분노와 사랑의 감정을 자신의 가슴속에 여러 해 동안 담고 있으면서도 절대로 말 한 마디 하지 않는다. 그러다가 갑자기 악마가 그들에게 올라앉기라도 하면 미친 듯이 날뛰며 자신의 감정을 폭발시킨다. 그들에게 최고의 혜택은 삶이 아니라 정열이다. 그들은 착하지도 않고 친절하지도 않다. 그들과 함께 있게 되면 다른 사람들 때문이 아니라 바로 그들 자신 때문에 참을 수 없을 만큼 숨이 막힌다. 그들의 내면에 자리하고 있는 악마가 그들의 목을 조른다. 숨을 쉴 수 없을 지경이 되면 그들은 피를 흘리며 마음의 안정을 찾으려고 술에 취해 인사불성인 상태에서 자신의 팔뚝을 칼로 찌르거나 혹은 해적이 되기도 한다. 더욱이 그들은 여인의 노예가 될지도 모른다는 두려움 때문에 자신이 사랑하는 여인을 죽이기도 한다. 아니면 나처럼 삶의 중심을 잡지 못하고 헤매는 자손은 어두운 무게를 영혼으로 바꾸어놓으려고 힘겹게 일한다. 나의 야만적인 조상들을 영혼으로 바꾸어놓는다는 것, 그것은 무엇을 의미하는가? 그것은 그들로 하여금 최고로 힘들고 불쾌한 시련에 놓이게 함으로써 그들을 말살해버린다는 것을 의미한다.

_니코스 카잔차키스, 《영혼의 자서전》, 〈조상들〉

이런 까닭에서인지 애초 카잔차키스는 그리스인보다는 조상의 혈통과 영혼이 깃들어 있는 크레타인으로서의 정체성과 자의식이 훨씬 더 강했다.

크레타는 일종의 불꽃이었다. 삶이나 죽음보다도 더 강렬한 그것은 차라리 '영혼'이라 불러야 한다. 자존심과 고집, 용기 이외에도 형언할 수도 없고 헤아릴 수도 없는 무엇이 있어 크레타 사람들로 하여금 인간임을 기뻐하면서 전율하게 했다.

_니코스 카잔차키스, 《영혼의 자서전》[128]

나는 크레타의 아들이지 않는가? 나는 크레타의 흙이지 않는가? 내가 가장 오래된 찬란한 문명과 영광스러운 역사와 마주했던 바로 그 순간, 자신이 겪어온 투쟁의 숨겨진 의미와, 자신이 왜 그토록 오랜 세월 동안 외쳐왔는가와, 힘겹게 인류에게 전달하려고 했던 크레타인만의 고유한 메시지를 찾으라고 내게 명령했던 당사자는 바로 크레타가 아니었는가?

_니코스 카잔차키스, 《영혼의 자서전》, 〈조르바〉

더욱이 크레타인으로서의 자의식은 크레타의 자유를 찾겠다는 갈망과, 이와 더불어 터키의 압제에 대한 분노와 저항의 열정이 강렬해지면 강렬해질수록 더욱더 단단해졌다. 카잔차키스의 인생에 "헤아릴 수 없을 정도로 거대한 영향을 미친 것은 진실로 독특한 방식으로 나의 정신을 움직였던 크레타와 터키 사이의 투쟁"이었다. 카잔차키스는 이렇게 말했다. "크레타가 자신의 자유를 쟁취하기 위해 투쟁하는 아주 긴급하고 위태로운 시기에 크레타인으로 태어났다는 우연을 통해서, 나는 오래전 어린 시절로 거슬러올라가서부터 이 세상에는 목숨보다도 더 소중하고, 행복보다 더 달콤한 자유라는 선善이 존재한다는 사실을 인식하고 있었다." 크레타인으로 태어났기 때문에 어린 시절부터 자유인의 자의식을 가질 수 있었다는 고백이다. 크레타인으로서의 자긍심과 자부심을 어떻게 이보다 더 강렬하게 표현할 수 있겠는가?

> 나는 기독교인들과 터키인들이 험악한 곁눈질로 서로를 흘겨보며 격렬한 분노에 휩싸여서 자신들의 콧수염을 비틀어 꼬는 장면을 보았다. 나는 머스킷 총으로 무장한 점령군이 거리를 순찰하면 욕설과 저주를 퍼부으면서 자신의 집 앞 문에 바리케이드를 치는 기독교인들을 보았다. 나는 노인들이 전쟁과 대학살과 영웅적인 행동 그리고 자유와 그리스에 대해 이야기하는 것을 들었다. … 나는 적대하는 양 진영 사이에서 나의 의무가 머물러야 할 곳이 어디인지 너무나 잘 알고 있었다. 나는 할아버지와 아버지의 뒤를 따라서 싸움터에 나갈 수 있을 정도로 빨리빨리 자라고 싶었다. 이것이 씨앗이었다. 이 씨앗으로부터 내 삶의 전체 나무가 싹이 트고, 꽃봉오리를 맺고, 꽃이 만개한 다음 마침내 열매를 맺었다.
>
> _니코스 카잔차키스, 《영혼의 자서전》, 〈크레타 대 터키〉

하지만 터키에 대한 저항과 투쟁에서 카잔차키스는 총을 든 투사가 되지는 않았다. 그 대신 카잔차키스는 펜을 든 작가가 되었다. 카잔차키스의 아버지는 터키로부터의 독립과 자유를 향한 크레타인의 투쟁을 이끌었던 위대한 투사였다. 아버지는 카잔차키스에게 "두려움을 준 존재"이자 또한 "두려움 없이 살아갈 수 있는 용기를 준 존재"였다. 그의 아버지는 어린 카잔차키스를 터키의 압제에 저항하다 목이 매달려 죽은 이들의 처형

현장에 데려갔다. 그리고 누가 그들을 죽였느냐는 아들의 물음에 "자유가 그들을 죽였다"고 말했던 그런 사람이었다. 아버지만큼 자유를 갈망하지만 기꺼이 총을 들고 싸울 만큼 담대했던 아버지의 용기가 자신에게는 없다는 사실을 깨닫고 좌절하며 절망했던 카잔차키스는 결국 '투사의 삶'이 아닌 '작가의 삶'을 선택하게 된다. 카잔차키스는 아버지에 대한 두려움과 존경심과 절망감의 혼돈 속에서 작가의 삶을 선택할 수밖에 없었던 20대 초반 무렵 자신의 심정을 이렇게 고백했다.

> 배운 것 없어도 철저하게 터키에 대항하여 독립 전쟁을 이끌었던 아버지. 아버지에 대한 두려움 때문에 나는 위대한 투쟁을 실천하기보다는 다른 것들, 내가 하고 싶었던 모든 것을 글로 옮기는 것으로 만족하며 살았다. 나는 아버지처럼 뜨거운 피가 모자랐고, 철저하게 투사로 살 자신이 없었다. 결국 내 피를 잉크로 바꿔놓은 것은 아버지였다.
>
> _니코스 카잔차키스, 《영혼의 자서전》[129]

> 그렇다면 나의 의무는 무엇인가? 나는 그 의무와 더불어 일해야 하고, 그 의무 곁에서 내 삶과 영혼을 내던져서라도 함께 투쟁해야 한다. 그러나 나는 누구로부터, 무엇으로부터 자유를 찾아야 하는가? 이것은 어려운 질문이다. 그래서 나는 그 질문에 대해 선뜻 대답할 수가 없다. 한 가지 내가 느꼈던 것은 나의 역할이란 손에 라이플총을 들고 산으로 들어가서 숨어 지내며 터키인들에 맞서 싸우는 것은 아니라는 사실이었다. 나의 무기는 그것과는 달랐다.
>
> _니코스 카잔차키스, 《영혼의 자서전》, 〈이탈리아〉

1902년 나이 19세 때 카잔차키스는 고향 이라클리온을 떠나 법학을 공부하기 위해 그리스 본토의 아테네 대학에 입학했다. 크레타를 떠나 아테네로 간 카잔차키스는 곧바로 자신의 의식에 거대한 변화를 불러오는 경험을 하게 된다. 그것은 3개월에 걸친 그리스 본토 순례였다. 지성의 투쟁을 방불케 하는 이 여행의 마지막 순간, 카잔차키스는 동양과 서양 사이에 위치한 그리스의 역사적 사명과 숭고한 업적과 비극적 운명과 무거운 의무를 분명하게 파악하고 깊이 의식하게 된다. 그것은 세계사에서 그리스가 차지하고 있는 역사적 가치와 사상적·철학적 특성이—모든 사람들이 당연하게 생각하고 있는—'고전적인 아름다움'이 아니라 '자유를 찾으려는 투쟁'이었음을 자각한 것이다. 카잔차키스는 그리스인으로서의 자의식이란 것이 다름 아닌 '자유인'이라는 사실을 깨달았다. 그것은 자유를 찾아가는 반항과 투쟁의 범주를 크레타의 역사와 현재에서 그리스 전체의 역사와 현재로 전환하는 한 차원 높은 단계의 오름이었다. 이제 카잔차키스의 내면세계는 크레타인을 넘어서 그리스인의 자의식이 차지하게 되었다. 아니, 크레타는 조그만 그리스였고 그리스는 거대한 크레타였다. 카잔차키스에게는 이제 크레타가 곧 그리스이고 그리스가 곧 크레타였다. 그러나 크레타인과 그리스인으로서 카잔차키스가 보여준 자의식의 특이한 점은, 무엇보다 그것이 당시 전 세계를 사로잡고 있던 '국가(주의)'에 대한 광기도 아니고 '민족(주의)'에 대한 열광도 아닌 오직 '자유'에 대한 갈망과 열정이었다는 사실이다.

　　나의 눈은 온통 그리스로 가득 채워졌다. 나에게는 3개월에 걸친 그리스 여행 동안 나의 정신이 무르익은 것처럼 생각되었다. 이러한 지성적인 행동을 통해 획득한 가장 귀중한 전리품은 무엇이었는가? 나는 그것들이 다음과 같은 것이라고 확신한다. 먼저 나는 동양과 서양 사이에 위치하고 있는 그리스의 역사적 임무를 더욱 분명하게 보았다. 나는 그리스가 이룬 최고의 업적은 아름다움에 있지 않고 자유를 위한 투쟁에 있다는 사실을 깨달았다.

_니코스 카잔차키스, 《영혼의 자서전》, 〈그리스 순례〉

나이 24세가 되는 1907년 10월 카잔차키스는 다시 프랑스 파리로 유학을 떠났다. 그리고 그 다음해 그의 영혼에 가장 깊은 흔적과 자취를 남긴 위대한 사람들을 만나게 된다. 프랑스의 철학자 베르그송Henri Louis Bergson과 독일의 철학자 니체가 바로 그들이다. 당시 베르그송은 48세로 현직에서 왕성하게 활동하고 있었고, 니체는 사망한 지 7년이 지난 뒤였다. 그래서 카잔차키스는 베르그송의 강의를 들으러 다니는 한편 니체가 남긴 철학의 문제작들을 탐독했다. 그는 베르그송과 니체가 자신의 영혼에 남긴 깊은 자취를 이렇게 표현했다. "베르그송은 젊은 시절 나를 괴롭혔던 해결하지 못한 여러 가지 철학적 문제들로부터 벗어나게 해주었고, 니체는 새로운 고뇌로 나의 정신을 풍요롭게 했고, 어떻게 삶의 불운과 고통과 불확실성을 자부심으로 바꿀 수 있는가에 대해 가르쳐주었다." 당시 카잔차키스의 정신과 영혼에 가장 큰 영향을 끼쳤던 인물은 니체였다. 니체는 카잔차키스에게 "세상에 존재하는 모든 낙관적인 이론을 불신하고 의심하라고 가르쳐준 자"였다. 또한 카잔차키스가 간절하게 원했던 "가장 가치 있는 인간, 칭얼거리지도 않고 애원하지도 않고 또한 구걸하러 이곳저곳 기웃거리지도 않는 인간다운 인간"을 가르쳐준 자 역시 다름 아닌 "신을 죽여버린 살인자", 철학자 니체였다. 신으로부터 벗어나 "영혼마저 자유로운 인간"을 갈망했던 카잔차키스에게 "그것이 바로 내가 원하는 것이다!"라고 말할 용기를 준 사람 또한 바로 니체였다. 생트주느비에브 도서관에서 책을 읽고 있는 카잔차키스에게 다가온 어떤 소녀가 알려준 니체라는 철학자와의 우연한 만남, 그것은 카잔차키스의 인생에서 가장 결정적인 순간들 가운데 하나였다.

> 나의 젊은 시절 중 가장 위태롭고, 가장 굶주렸던 바로 그 순간에 니체는 내게 단단하고 사자처럼 용맹한 자양분을 공급해주었다. 나는 풍성하게 기름을 발랐다. 그리고 이제 나는 스스로 몰락한 상태가 되어버린 현재의 인간과 인간에 의해 몰락하게 된 그리스도의 상태, 이 두 가지에 대해 너무나 위축되어 있는 내 자신을 발견하게 되었다. 나는 분개하여 비명을 지르듯 소리쳤다. 겁쟁이와 비겁자와 노예가 된 사람과 억울한 일을 당한 사람으로 하여금 위안을 얻도록 해, 그들의 주인 앞에서 참고 견디며 머리를 숙이고 그들에게 권능을 부여하며 (우리가 확신할 수 있는 유일한 삶인) 현세의 삶을 신음 소리도 내지 못한 채 인내하도록 하기 위해 내세의 보상과 처벌을 영혼에 이식해놓은 종교는, 오! 얼마나 교활한가. 현세의 삶에서는 보잘것없는 반 푼어치 화폐를 내놓으면서 내세에서의 불멸이라는 거대한 재산을 징수해가는 '주님의 식탁Table of the Lord'과 같은 이 종교는 얼마나 얄팍하고 계산적인가!
>
> _니코스 카잔차키스, 《영혼의 자서전》, 〈파리: 니체, 위대한 순교자〉

자유를 찾아가는 반항과 투쟁의 첫 번째 단계가 '터키로부터의 자유'였다면, 신이 빚은 인간이기를 부정하고 신에게 복종하고 길들여지기를 거부한 '신에 대한 반항과 투쟁'은 인간으로서의 독립성을 유지할 수 있는 인간, 즉 영혼마저 자유로운 인간이 되고자 한 카잔차키스의 두 번째 오름의 단계였다. "신은 죽었다!"고 선언한 니체와의 만남에서 "그것이 바로 내가 원하는 것이다!"라고 말할 용기를 얻었다는 카잔차키스의 고백에서 알 수 있듯이, 그는 일찍부터 영혼의 자유를 찾아가는 여정에서 자신이 맞서 싸워야 할 최대의 적이 다름 아닌 기독교의 신이라는 사실을 자각하고 있었다.

카잔차키스는 젊은 시절 신에게 자신의 영혼과 육체를 맡기는 사제가 되는 것을 심각하게 고민한 적이 있었다. 이런 까닭에 카잔차키스는 유럽 각지의 수많은 수도원을 찾아다니며 수많은 수도자들의 삶을 견문하거나 실제 생활을 경험하면서 영혼의 구원이라는 문제에 깊게 천착했다. 그러나 수도원을 많이 찾으면 찾을수록 또한 수도자를 많이 만나면 만날수록, 카잔차키스의 정체성과 자의식은 내세의 구원을 위해 현세의 욕망과 쾌락을 부정하는 기독교의 금욕주의적 세계관과, 반대로 현세의 욕망과 쾌락을 긍정하며 삶의 대지에서 사랑하고 투쟁하는 크레타(그리스)의 자유분방한 정신과 행동 사이에서 좌절하고 고뇌하며 방황하게 되었다. 카잔차키스는 '성서의 가르침'과 '그리스의 할아버지 호메로스의 가르침'을 교차시켜 자기 내면의 갈등과 방황을 다음과 같이 극적으로 대비시켰다.

"너는 선해져야 하고, 평화로워야 하며, 관대해져야 한다. 누군가 너의 한쪽 뺨을 때리면, 그 사람에게 너의 다른 쪽 뺨을 내밀어야 한다. 지상의 삶은 아무 가치도 없다. 참된 삶은 천국에 있다." 이것이 성서가 가르친 최초의 명령이었다. "너는 강해져야 하고 포도주와 여인과 전쟁을 사랑해야 한다. 너는 인간의 존엄성과 자부심을 하늘 높이 쳐들기 위해 죽이고 죽여야 한다. 너는 이 지상의 삶을 사랑하라. 저승 세계 하데스의 왕이 되느니 차라리 살아서 노예가 되는 것이 더 낫다." 이것은 그리스의 할아버지 호메로스가 가르친 두 번째 말이었다.

_니코스 카잔차키스,《영혼의 자서전》,〈예루살렘〉

《영혼의 자서전》의 전반부는 이렇듯 많은 부분이 신과 인간, 기독교와 무신론, 육체와 영혼, 선과 악, 빛과 어둠, 현세와 내세, 보이는 것과 보이지 않는 것 사이에서 갈등하고 반항하며 투쟁했던 카잔차키스의 고백과 회고의 기록으로 구성되어 있다. 신이 빚어 만든 인간이 될 것인가 아니면 인간다운 인간, 즉 신으로부터 벗어나 독립성을 유지할 수 있는 인간이 될 것인가는 젊은 시절 카잔차키스의 삶과 의식에 있어서 가장 중요한 문제이자 핵심적인 가치였다. 그리고 이러한 갈등과 반항과 투쟁의 과정을 거치면서 젊은 카잔차키스는 영혼의 자유를 얻기 위해 자신이 맞서 싸워야 할 적의 정체를 결정짓게 된다. 그 결정은 비록 파멸에 이른다고 할지라도 맞서 싸워 '신이 창조한 인간'을 죽이고 '자신이 창조한 인간'으로 살겠다는 다짐이었다. "신은 흙을 빚어 세계와 인간을 창조했지만, 나는 어휘를 빚어 세계와 인간을 창조하겠다!"는 카잔차키스의 발언은 평생 펜과 잉크를 든 작가로 살면서 신으로부터 독립된 인간으로서 영혼의 자유를 찾아나가겠다는 굳센 의지의 선언이었다. 이 순간 젊은 카잔차키스는 비로소 그리스를 비롯해 유럽에서 태어난 모든 인간이 짊어져야 할 숙명이나 다름없었던—종교적 절대자에게 복종하도록 길들여진—기독교적 자의식에서 해방되어 영혼마저 자유로운 독립된 인간의 자의식에 첫 발을 들여놓았다고 할 수 있다. 카잔차키스에게 "진정한 인간이란 제아무리 엄청난 곤경에 처했다고 해도 결코 굴복하거나 포기하지 않고 심지어 하나님 앞에서조차 저항하고, 투쟁하고, 두려워하지 않는" 그런 사람이었다.

《영혼의 자서전》은 물론이고 카잔차키스가 남긴 문학작품들을 살펴보면, '자유로운 인간'이라는 그의 자의식에 가장 깊은 흔적과 자취를 남겼던 요소가 다름 아닌 여행이었다는 사실을 쉽게 깨닫게 된다. 그는 평생 동안 세계 전역을 여행하면서 끊임없이 삶의 진리와 자유의 스승을 찾아다녔다. 그런 의미에서 카잔차키스는 방랑하는 자유인이었다. 심지어 카잔차키스는 자신의 삶과 의식에 "가장 큰 은혜를 제공한 후원자는 여행과 꿈이었다"라고까지 고백했다. 그리고 실제 카잔차키스는 때로는 학생 신분으로, 때로는 신문사 특파원으로, 때로는 여행자로, 때로는 사업가로 세계 전역을 떠돌아다녔다. 그리스 본토에서부터 이탈리아, 팔레스타인, 프랑스, 스페인, 지중해, 영국, 중국, 일본, 이집트, 러시아에 이르기까지 그의 기행은 공간적으로는 동양과 서양 그리고 시간적으로는 고대와 현대의 경계를 넘나들었다. 하지만 카잔차키스의 세계 기행은 단순한 관광 혹은 견문을 목적으로 하는 여행이 아닌 영혼의 자유를 찾아다닌 일종의 순례였다. 왜? 이 여행과 방랑의 과정에서 카잔차키스는 삶과 의식에 깊은 흔적과 자취를 남긴 참된 인류의 스승들, 즉 호메로스, 붓다, 베르그송, 니체, 조르바를 만났다가 다시 헤어지고 또다시 만나면서 마침내 '영혼마저 자유로운 인간'의 자의식에 도달할 수 있었기 때문이다.

카잔차키스는 자신의 영혼에 깊은 흔적과 자취를 남긴 최초의 스승은 호메로스였다고 고백한다. 아테네로 건너간 직후 그리스 본토 여행에 나섰던 카잔차키스는 아크로폴리스, 파르테논신전, 올림피아 등 고대 그리스가 남겨놓은 찬란한 문명의 유적들을 만났다. 그러나 그들 문명의 유적은 그 자체만으로는 자유와 자기 해방을 갈망했던 카잔차키스의 영혼에 아무런 흔적도 남기지 못했다. 앞서 말했던 것처럼, 카잔차키스는 찬란한 문명의 유적 너머에 있는 그리스의 역사적 사명과 숭고한 업적과 비극적 운명과 무거운 의무를 자각하고, 그것들을 자신의 것으로 받아들였다. 여기에서 그리스의 사명과 업적과 운명과 의무란 고대 문명의 '아름다움'이 아닌 '자유'를 찾으려는 투쟁이었다. 대서사시《일리아드Iliad》와《오디세이아》를 통해 그리스의 존재 가치와 의미를 그린 호메로스는 카잔차키스가 그러한 인식과 자각에 이르도록 이끈 최초의 스승이었다. 호메로스는 자신의 작품 속에 그리스 문명의 유적 너머에 존재하는 그리스의 영혼, 즉 자유를 찾으려는 투쟁의 정신을 불어넣은 인물이었다. 호메로스는 카잔차키스에게 "생명을 구원하는 광채로 전 우주를 비추는 저 둥근 태양처럼 평화롭고 찬란하게 빛나는 눈"을 주었다. 그런 까닭에 카잔차키스에게 호메로스는 "그의 고향 크레타이자 조국 그리스 그 자체"였으며, "호메로스라는 이름은 카잔차키스라는 존재의 정체"이기도 했다.[130]

호메로스를 만난 이후 그리고 니체를 만나기 이전 카잔차키스를 충격에 빠뜨렸던 영혼의 스승은 "인간의 삶이라는 것은 부단한 창조의 영원을 향한 도약과 생의 충동으로 이루어진 '생의 도약의 역사'"[131]라는 가르침을 준 생철학자 베르그송이었다. 특히 카잔차키스는 베르그송의 생철학에서 '신의 인간'이 아닌 '인간의 신'을 발견했다. 베르그송은 자유를 찾아가는 카잔차키스의 반항과 투쟁의 두 번째 오름의 단계, 즉 '신으로부터의 자유'에 거대한 영감과 상상력을 주었다. "인간 존재란 신이 어떤 목적에 따라 창조한 것이 아니라, 인간이 딛고 넘어가게 마련된 단계에 불과한 것, 따라서 '신'이라는 것은 그 도약의 디딤돌로 인간이 창조한 것일지도 모른다는 자기의 예감을 베르그송의 생철학에서 확인할 수 있었기 때문이다." 생철학자 베르그송과의 만남은 젊은 시절 "기독교와 인연을 끊고 삶과 외로운 싸움을 벌이기로 마음먹은 호전적인 청년" 카잔차키스에게 충격적인 체험을 제공했다.[132]

유럽 지성사에서 기독교의 세계관을 철저하게 부정한 최초의 선언,

곧 "신은 죽었다!"고 외친 니체는 카잔차키스에게 죽은 신의 빈자리를 차지할 인간, 신의 명령이 사라진 곳에 인간의 의지를 채울 인간, 다시 말해 '초인'이라는 새롭고 위대한 희망의 가르침을 주었다. 카잔차키스는 새로운 희망이자 새로운 씨앗이며 세상의 목적이자 세상의 구원인 초인을 삶의 본질이자 의지로 자기 내면화했다. 다만 카잔차키스는 초인을 영혼의 자유를 완성시킨 인간이 아니라 "인간의 한계를 극복하기 위해 투쟁하는 호전적인 인간, 차라투스트라의 말처럼 '목적지가 아닌 도상途上의 다리 같은 인간'"으로 인식했다.[133]

　카잔차키스가 니체의 가르침을 통해 도달한 초인이 영혼의 자유를 찾아가는 인간의 투쟁에서 다리와 같은 역할을 하는 존재였다면, 호메로스→베르그송→니체를 거친 다음 만나게 된 또 다른 스승 붓다는 이 투쟁의 여정에서 카잔차키스가 마주한 최후의 인간 혹은 최후의 격전장이었다. 붓다는 카잔차키스가 그리스인 조르바에게서 마침내 자유로운 인간의 참모습을 발견하기 이전에 빠져들었던 마지막 인류의 스승이었다. 카잔차키스는 붓다에게서 "스스로를 비운 순수한 영혼"[134]과 "육체의 울타리를 무너뜨리고 육체에서 해방"되어 결국에는 "모든 것과 하나"가 되는 길을 보았다.[135] 젊은 시절부터 카잔차키스에게 "가장 근본적인 고통과, 모든 기쁨과 슬픔의 원천은 정신과 육체 사이의 끊임없고 무자비한 투쟁"이었다. 영혼의 자유를 찾아가는 그의 여정은 육체와 정신의 조화를 창출하려는 쉼 없는 투쟁이었다. "나의 영혼은 이들 두 군대가 마주치고 충돌하는 전쟁터였다. 고통은 극심했다. 나는 내 육체를 사랑했기 때문에, 그것이 전사하는 것을 원하지 않았다. 나는 내 영혼을 사랑했기 때문에, 그것이 붕괴하는 것을 원하지 않았다. 나는 적대적이면서도 세계를 창조하는 힘을 가진 이 육체와 영혼을 화해시키려고 싸웠다. 나는 육체와 영혼이 적이 아니라 오히려 함께 가야 할 동지라는 사실을 그들에게 깨우쳐주려고 싸웠다. 그렇게 해서 육체와 영혼이 둘 사이의 조화에서 큰 기쁨을 얻고, 그래서 나 역시 그들과 함께 큰 기쁨을 누리기 위해 싸웠다." 카잔차키스가 붓다를 통해 본 것은 육체와 정신의 조화를 통한 영혼의 구원의 경지였다. 그런 의미에서 카잔차키스에게 붓다는 '최후의 인간'이었다.

그러나 카잔차키스는 조르바를 만난 이후 '인간 그 자체가 자유'라는 깨달음을 얻게 되면서, 영혼의 자유를 찾기 위해서는 마지막 단계의 투쟁, 즉 "가장 존경받고 사랑받는 존재들까지 대상으로 하는 모든 우상들로부터 자유를 쟁취하려는 새로운 투쟁"이 남아 있다는 사실을 깨우쳤다. 물론 그 모든 우상들에는 영원, 사랑, 희망, 이상, 민족, 국가, 하느님과 호메로스, 베르그송, 니체는 물론이고 카잔차키스가 "최후의 우물, 마지막 심연의 언어이며 영원한 구원의 문이 될 것"[136]이라고 확신했던 붓다 또한 포함되어 있었다.

> 나는 붓다, 하느님, 조국, 이상, 이 모든 허깨비들에게서 풀려나야겠다고 생각했다. 붓다, 하느님, 조국, 이상으로부터 자신을 해방시키지 못하는 자에게 화 있을진저….
>
> _니코스 카잔차키스, 《그리스인 조르바》[137]

그러나 이처럼 최후의 인간 붓다와의 조우를 통한 '위대한 부정과의 결투'가 있었기에 카잔차키스는 마침내 조르바를 통해 자유로운 인간의 참모습을 발견할 수 있었다고 해도 틀리지 않다. 카잔차키스가 볼 때, 조르바는 "누구보다 붓다의 가치를 체득한 존재"[138]이면서 또한 붓다의 가치를 넘어선 유일한 인간이었다. 카잔차키스는 평생 동안 그 어떤 위대한 사상가에게서도 구할 수 없었던 육체와 영혼의 자유로운 조화, 즉 '생동하는 삶에 대한 무한한 긍정'과 '죽음조차 초월하는 담대한 용기'를 평범하다 못해 무지하기 그지없는 그리스의 민중 조르바에게서 발견했다. 조르바와의 만남, 그것은 영혼의 자유를 찾아가는 카잔차키스의 반항과 투쟁의 마지막 오름의 단계였다. 첫 번째 오름의 단계가 '터키로부터의 자유'였고, 두 번째 오름의 단계가 '기독교적 신으로부터의 자유'였다면, 이 마지막 오름의 단계는 인간의 육체와 영혼을 옭아매는 '모든 구속과 속박과 굴레로부터의 자유'였다. 크레타 섬으로 가는 배를 기다리던 항구 도시 피레에프스에서 처음 만난 조르바와 카잔차키스는 탄광 사업의 파트너가 된다. 카잔차키스는 자신에게 자유의 참다운 모습과 의미를 가르쳐준 조르바와의 만남과 헤어짐을 《그리스인 조르바》라는 작품 속에 온전히 담아놓았다. 첫 만남에서부터 조르바는 카잔차키스에게 그 어떤 위대한 사상이나 특별한 논리를 빌지 않고 인간이라는 존재의 본질은 자유라는 사실을 분명하게 깨우쳐준다.

나 : "조르바 씨, 이야기는 끝났어요. 나와 같이 갑시다. 마침 크레타엔 내 갈탄광이 있어요. 당신은 인부들을 감독하면 될 겁니다."

조르바 : "그러나 처음부터 분명히 말해놓겠는데, 마음이 내켜야 해요. 분명히 해둡시다. 나한테 윽박지르면 그때는 끝장이에요. 결국 당신은 내가 인간이라는 걸 인정해야 한다 이겁니다."

나 : "인간이라니, 무슨 뜻이지요?"

조르바 : "자유라는 거지!"

_니코스 카잔차키스, 《그리스인 조르바》[139]

조르바는 민족적, 종교적, 사상적 방황과 지적 편력 및 모색 그리고 사회, 체제, 이념과의 투쟁과 역경 및 극복의 전 과정에서 카잔차키스가 만난 '최후의 스승'이었다. 또한 붓다가 영혼의 자유를 찾아가는 반항과 투쟁의 과정에서 카잔차키스가 마주한 '최후의 인간'이었다면, 조르바는 그 반항과 투쟁 너머에서 만난 '최초의 인간'이었다. 비록 짧은 순간이었지만 카잔차키스는 조르바와 생활하면서 경이로운 가르침을 경험했다. 조르바는 어떤 종교에도 구애받지 않고, 어떤 사상에도 구속당하지 않는 인간이었다. 조르바는 어떤 이념에도 굴종하지 않고, 어떤 체제에도 굴복하지 않는 인간이었다. 조르바는 "원시적인 관찰력"과, "아침마다 다시 새로워지는 창조적 단순성"과, "영혼을 멋대로 조종하는 대담성"과, "신선한 마음"과, "분명한 행동력"과, "하찮은 겁쟁이 인간들이 세워놓은 도덕이나 종교나 민족이나 조국 따위를 때려 부수는 야수적인 웃음"을 지닌 인간이었다.[140] 조르바는 내세의 구원과 다가올 천국을 위해 자신을 희생하거나 현세의 욕망과 현실의 쾌락을 억압하는 어리석은 인간이 아니었다. 조르바는 "살아 있는 가슴과 커다랗고 푸짐한 언어를 쏟아내는 입과 위대한 야성의 영혼을 가진 사나이, 아직 모태인 대지에서 탯줄이 떨어지지 않은 사나이였다."[141] 조르바가 갖고 있는 이 원초적 생명력은—카잔차키스가 그토록 갈망했던—영혼의 자유와 구원을 위해 필요로 하는 모든 것이었다. 태초부터 자유로운 인간의 품성을 간직한 채 살아가는 조르바야말로, 카잔차키스가 볼 때 그 모든 것을 갖춘 유일한 인간이었다. 그런 까닭에 카잔차키스는 이렇게 외쳤다. "만약 내 삶에서 영혼의 길잡이를 택해야 한다면, 나는 분명하게 조르바를 선택할 것이다." 인류의 위대한 스승인 예수도 붓다도 아니고, 삶의 지혜를 가르쳐준 위대한 사상가인 호메로스도 베르그송도 니체도 아닌, 불학무식한 인간 조르바에게서라니, 이 얼마나 경이로운 체험이고 특별한 발견인가! 조르바는 카잔차키스가 평생 알았던 사람들과 스승들 가운데 "가장 광활한 영혼과, 가장 활력 넘치는 육체와, 가장 자유롭게 외치는" 인간이었다. 카잔차키스는 그러한 조르바의 삶을 길잡이 삼아 그토록 갈망했던 '영혼마저 자유로운 인간'을 찾아가는 투쟁과 여정의 마지막 순간에 도달할 수 있었던 셈이다. 그가 이 투쟁과 여정의 마지막 단계에서 승자였는지 아니면 패자였는지에 대해서는 그 자신 말고는 어느 누구도 확실하게 말할 수 없으리라. 다만 카잔차키스가 자신의 묘비명에 새겨놓은 것만 놓고 보더라도, 그가 인생을 마감하는 마지막 순간까지 삶과 죽음의 경계마저 초월한 자유의 경지를 끊임없이 추구했다는 사실을 확인할 수 있다. 《그리스인 조르바》를 우리말로 옮긴 이윤기 씨는 카잔차키스를 가리켜 "20세기의 오디세우스"라고 불렀다. 트로이전쟁이 끝난 후 무려 10여 년 동안 고향 이타케 왕국을 찾아가기 위해 거친 바다를 방랑하면서 온갖 모험과 시련을 견뎌냈던 그리스의 영웅 오디세우스처럼, 평생토록 영혼의 자유를 찾으려고 온 세계를 떠돌아다니면서 숱한 방황을 겪고 투쟁을 치렀던 카잔차키스의 삶이야말로 오디세우스의 삶에 비견할 만하다는 뜻일 게다. 그런 점에서 호메로스의 《오디세이아》가 자신의 가족과 왕국을 찾아 방랑하고 투쟁했던 전사 오디세우스의 모험기이자 여행기라면, 《영혼의 자서전》은 한마디로 영혼의 자유와 구원을 찾아 방황하고 투쟁했던 자유인 카잔차키스의 고백록이자 회고록이며 모험록이자 여행록이다.

나 자신을 표현하고 기록하는 자서전을 쓰는 방법에는 다양하고 다채로운 길이 존재한다. 예를 들어 카잔차키스의 자서전은, 시대와 사회가 자신과 같은 인간을 만들었다는 관점에서 시대와 사회 속의 자신을 기록한 곽말약의 자서전이나, 자신의 삶과 사상을 일본의 근대화와 문명화의 성공 스토리로 미화한 후쿠자와 유키치의 자서전과는 근본적으로 차이가 있다. 다시 말해 곽말약과 후쿠자와 유키치의 자서전이 시대와 사회 혹은 민족과 국가의 일원으로 자신의 존재를 인식하고 자각하며 변화하는 삶의 과정을 그렸다고 한다면, 카잔차키스의 자서전은 자신의 고유성, 즉 자유로운 개성을 중심으로 자신의 존재와 의식 그리고 삶의 변화 과정을 기록하고 있다. 그것은—만약 단순화와 일반화의 위험성을 무릅쓰고 말한다면—시대와 사회와 민족과 국가를 가치의 중심에 놓고 개인을 바라보는 동양적 사고방식과, 개인을 가치의 중심에 놓고 시대와 사회와 민족과 국가를 바라보는 서양적 사고방식의 차이에서 유래한 것이라고 말할 수 있다.

곽말약과 후쿠자와 유키치와 니코스 카잔차키스의 생애는 모두 20세기 전후 세계사의 격변기에 걸쳐져 있다. 또한 모두 감수성이 가장 예민한 10대와 20대 시절을 외국의 위협과 침략의 위기 하에서 보냈다. 곽말약은 서양 제국諸國과 일본, 후쿠자와 유키치는 미국을 비롯한 서양 열강, 니코스 카잔차키스는 터키로부터 말이다. 그런데 이들은 전혀 다른 선택을 하면서 상이한 정체성과 자의식을 형성했다. 곽말약이 민족과 계급을 삶의 가치와 내면의 중심에 놓았다면, 후쿠자와 유키치는 문명과 국가를 삶의 가치와 내면의 중심에 놓았고, 니코스 카잔차키스는 자유를 삶의 가치와 내면의 중심에 놓았다. '어떤 삶을 살 것인가' 혹은 '어떤 사람이 될 것인가'는 선택의 문제다. 마찬가지로 자신의 삶과 의식을 어떻게 기록할 것인가 역시 선택의 몫이다. 어느 누구도 그 선택을 강요하거나 침해해서는 안 된다. 나의 자유가 중요한 만큼 다른 사람의 자유도 중요하기 때문이다. 그런데 그 선택이 낳은 한 사람의 삶과 사상과 기록에 대해서는 엄중하게 평가해야 한다. 나의 자유가 다른 사람을 자유롭게 하기도 하지만,

나의 자유를 위해 다른 사람의 자유를 빼앗는 일도 비일비재하기 때문이다. 니코스 카잔차키스의 삶과 사상과 기록이 전자의 경우라면, 후쿠자와 유키치의 삶과 사상과 기록은 후자의 경우다. 그런 점에서 젊은 시절 '어떤 삶을 살 것인가' 또는 '어떤 사람이 될 것인가'를 선택하는 것만큼 중요한 일은 없다고 할 수 있다.

10대와 20대 시절 선택한 자기 정체성이 시간과 공간의 숙성 과정 그리고 사상적 모색 및 지적 편력의 과정을 거쳐 내면의 자의식으로 자리 잡게 되면서, 평생에 걸쳐 그 사람의 정체성과 자의식을 규정하는 경우가 다반사다. 니코스 카잔차키스는 젊은 시절 경험한 자유에 대한 갈망으로부터 '자유로운 인간의 존재'를 자기 정체성으로 선택했고, 시간과 공간의 숙성 과정과 사상적 모색 및 지적 편력을 거치면 거칠수록 그의 삶과 내면은 점점 더—어린 시절부터 노년에 이르기까지 평생에 걸쳐—그토록 갈망했던 '영혼마저도 자유로운 존재로서의 인간'으로 가득 채워졌다. 그런 의미에서 단언하건대, 《영혼의 자서전》과 《그리스인 조르바》는 물론이고 그가 세상에 남긴 모든 작품은, 세상 그 어떤 것에도 얽매이거나 속박당하지 않았던 '자유로운 인간 니코스 카잔차키스'의 자의식이 낳은 산물이라고 할 수 있다. 카잔차키스는 《영혼의 자서전》의 끝 부분에 평생에 걸쳐 그토록 끈질기고 치열하게 글을 썼던 까닭, 다시 말해 자신의 작가적 자의식에 대해 밝히고 있다. 그는 사람들의 이성을 즐겁게 해서 현실을 망각하도록 돕는 글을 쓰지 않는다. 그는 아직 살아남은 모든 힘을 동원해 사람들이 짐승의 차원을 초월해 인간다운 인간이 되게 하려고 글을 쓴다. 그런 까닭에 글을 쓰면 쓸수록 카잔차키스는 작품 속에서 자신이 '아름다움'이 아닌 '영혼의 자유'를 구원하기 위해 투쟁하고 있다는 사실을 더욱더 깊게 깨달았다. 그에게 문학의 목적이란 인간이 스스로의 힘으로 육체와 영혼의 자유를 구원하는 것, 그것이었다. 그렇기 때문에 카잔차키스의 모든 작품에는 민족과 국가, 신과 인간, 기독교와 무신론, 육체와 영혼, 선과 악, 빛과 어둠, 현세와 내세, 보이는 것과 보이지 않는 것 사이에서 끊임없이 갈등하고 반항하며 투쟁했던 삶과 의식의 흔적과 자취가 처절하게 배어 있다.

> 그것은 내가 가장 숭고하고 힘든 시련을 성공적으로 겪어낸 위대한 인물들을 불러내는 이유이기도 하다. 나는 모든 고난과 역경에 맞서 승리하는 인간 영혼의 능력을 보는 것을 통해 용기를 얻고 싶었다. 내가 어린아이였을 때 내 눈앞에서 벌어졌던 투쟁이 똑같이 끝없이 여전히 나의 마음속에서 지속적으로 벌어지고, 전 세계에 걸쳐 일반적으로 끊임없이 일어나고 있다는 것, 이것이 지금까지 내가 알고 있고 또한 보아왔던 현실이다. 그것은 내 삶의 고갈되지 않는 주제였다. 이러한 까닭에 나의 모든 작품들에는 두 명의 전사, 그리고 이들 중 한 명이 항상 주인공이었다. 내가 글을 썼다면, 그 이유는 나의 투쟁을 지원하는 유일한 수단이 바로 나의 글이기 때문이다. 크레타와 터키, 선과 악, 빛과 암흑이 나의 마음속에서 끊임없이 싸우고 있었고, 처음에는 의식하지 못하고 나중에야 자각하게 된 내 글쓰기의 목적은 크레타와 선과 빛이 터키와 악과 암흑에 맞선 투쟁에서 승리하도록 전력을 다해 도와주는 것이었다. 따라서 내가 글을 쓰는 목적은 아름다움이 아니라 구원이었다.
>
> _니코스 카잔차키스, 《영혼의 자서전》, 〈조르바〉

이렇게 본다면, 아마도 문학사상 니코스 카잔차키스만큼 '글은 나의 삶이고, 글은 나 자신이며, 글은 나의 의식'이라는 문학적·미학적 가치와

의미를 탁월하게 구성하고 열정적으로 표현한 작가는 찾아보기 힘들 것
이다.

9장

자득의 글쓰기

한 자루의 비를 들고 온 땅의 덤불을 쓸어버리다

글쓰기 동서대전

東西大戰

수만 권의 독서가 온축된
살아 숨 쉬는 문장

• 홍길주

아마도 이 책을 선택한 독자 가운데 적지 않은 사람들이 '어떻게 하면 글을 잘 쓸 수 있을까?'라는 고민을 해결할 수 있는 묘책 혹은 비법을 얻을 수 있지 않을까 하는 기대감을 갖고 지금까지 책을 읽어왔을 것이다. 이러한 독자들에게는 미안한 말이지만, 이 책에는 '글을 잘 쓸 수 있는 길잡이'가 될 만한 내용은 담겨 있을지 모르겠지만 '글을 잘 쓸 수 있는 묘책이나 비법'은 없다고 하겠다. 물론 분명 글을 잘 쓰는 묘책이나 비법은 존재한다. 그러나—제아무리 탁월하고 훌륭하다고 할지라도—그것은 다른 사람의 묘책이나 비결일 뿐이다. 다시 말해 자신의 묘책이나 비결이 아닌 그림 속의 떡이다. 괴테의 글쓰기 묘책을 알았다고 해도 괴테와 같은 글을 쓸 수 있는 것은 아니다. 박지원의 글쓰기 비법을 이해했다고 해도 그 비법이 곧바로 나의 글쓰기가 되는 것은 아니다. 그렇다면 어떻게 해야 할까? 괴테나 박지원과 같은 다른 사람의 묘책이나 비법을 길잡이 삼아 나아가는 가운데 자신만의 묘책과 비결을 스스로 깨달아 터득하는 것, 이것 이외에 다른 방법은 없다. 따라서 글쓰기 철학과 미학의 궁극적인 경지는 '자득自得'일 수밖에 없다.

학문이든 문장(글쓰기)이든 무엇인가를 배우거나 익히고, 알거나 이해하고, 깨달아 터득하는 데는 일정한 길과 방법이 있다. 예를 들자면 학습, 습득, 체득, 자득 등이 그것이다. 쉽게 설명해보자. 학습이란 글자 뜻 그대로 단순히 배우고 익히는 단계이다. 습득은 배우고 익힌 것을 자신의 것으로 수용하는 단계이다. 체득은 배우고 익힌 것을 응용하고 실천하거나 체험하면서 육체 혹은 정신에 내재화하는 단계이다. 그리고 자득은 학습과 습득과 체득한 모든 것을 바탕 삼아 혹은 그것들을 초월하여 스스로 깨달아 터득하는 단계이다. 학습, 습득, 체득, 자득은 발전과 진화의 일정한 순서가 존재하지는 않지만, 단순히 배우고 익힌 것을 뜻하는 '학습'이 가장 낮은 수준이라고 한다면, 스스로 깨달아 터득하는 것이 있는 '자득'은 가장 높은 수준, 다시 말해 궁극의 경지라고 할 수 있다. 그런 까닭에 만약 학문과 문장이 나아가는 길에 목표가 있다고 한다면, 그것은 자득 이외에 다른 것이 될 수 없다고 해도 틀리지 않다. 특히 학습과 습득과 체득의 수준이 제아무리 높다고 해도, 엄격히 말하면 그것들은 옛것과 다른 사람의 것을 모방하거나 답습하는 과정일 뿐이다. 자득의 수준에 이르러야 비로소 모방과 답습의 과정을 넘어서 창조와 창작의 과정에 들어섰다고 말할 수 있다. 왜? 배우고 익힌다는 것은 학문이든 문장이든 기존에 존재하는 무엇인가를 따라서 배우고 익힌다는 뜻이므로, 그것은 옛것 또는 다른 사람의 것일 수밖에 없기 때문이다. 반면 스스로 깨달아 터득한다는 것은 옛것이 아닌 새로운 것 또는 다른 사람의 것과 다른 나만의 것을 생산한다는 뜻이기 때문이다.

쉽게 말한다면, 학습과 습득과 체득의 과정을 통해 앞서 살펴본 박지원과 괴테의 문학을 배우고 익혀 그들의 글쓰기 묘책과 비법을 자신의 것으로 만들 수 있다. 그러나 그것은 아무리 높은 수준에 도달한다고 하더라도 박지원과 괴테의 문학을 모방하거나 답습한 것이지 새로운 혹은 자신만의 글쓰기 묘책이나 비결은 아니다. 박지원과 괴테의 문학을 학습하고 습득하고 체득하는 과정을 넘어서는 경지, 즉 자득한 것이 있어야 박지원과 괴테와는 다른 새로운 자신만의 글쓰기가 나올 수 있다. 그런 의미에서 '어떻게 스스로 깨닫고 터득해 자신만의 글을 쓸 것인가'는 다른 누구도 대신해줄 수 없는 자기만의 몫이다. 이러한 까닭에 멀게는 강희맹姜希孟과 허균과 유몽인柳夢寅에서부터 박지원, 이덕무, 박제가, 정약용을 거쳐 김정희와 이학규와 홍길주洪吉周(1786~1841)에 이르기까지, 자신의 글을 써서 문장의 일가를 이루었다고 평가받는 대가들은 거의 대부분 '자득의 묘리'를 평생에 걸쳐 강조하고 또 강조했다. 앞서 필자가 "작가란 남과 다른 무엇인가를 지향하는 '특이성의 존재'여야 한다"고 했던 말의 참뜻 역시 작가란 마땅히 자득한 것이 있어야 한다는 의미와 일맥상통한다.

그렇다면 글쓰기에서 자득의 묘리는 어떻게 구할 수 있을까? 먼저 박지원이 스스로 깨달아 터득한 글쓰기의 이치라고 할 수 있는 '법고창신'에 대한 필자 나름의 해석을 통해 자득의 묘리를 추적해보겠다. 박지원이 주장한 법고창신의 글쓰기 이치는《연암집》에 실려 있는 '초정집 서문'에 남아 있다.《초정집草亭集》은 박제가의 시문집이다. 박지원이 이 글을 쓴 1772년(영조 48) 당시 박제가의 나이는 23세였다. 박지원이 박제가보다 13세가 많으니, 박지원의 나이 36세 때였다. 박지원이 일찍부터 스스로 깨달아 터득한 글쓰기 철학을 지니고 있었음을 확인할 수 있는 대목이다.

어떻게 문장을 지어야 하는가? 이 문제를 논하는 사람들은 반드시 옛것을 본받아야 한다고 말한다. 이 때문에 세상에는 옛것을 흉내 내거나 모방하면서도 부끄럽게 여기지 않는 사람들이 생겨나게 되었다. 이것은 왕망王莽의 《주관周官》으로 예악을 제정할 수 있으며, 공자와 얼굴이 비슷한 양화陽貨를 두고 오랜 세대의 스승이라고 하는 꼴이다. 어찌 옛것을 본받는다고 해서 문장이 되겠는가? 그렇다면 새롭게 창조하는 것이 옳다고 할 수 있지 않은가? 이 때문에 세상에는 괴상한 헛소리를 지껄이며, 도리에 어긋나고 편벽되게 문장을 지어놓고도 두려워할 줄 모르는 사람들이 생겨나게 되었다. 이것은 마치 도량을 재는 기구보다 세 발이나 되는 장대가 낫고, 한나라 무제 때 노래를 잘하기로 소문난 이연년李延年의 새로운 노래를 종묘 제사 때 부르는 꼴이다. 어찌 새롭게 창조한다고 문장이 되겠는가? 그렇다면 어떻게 해야 옳은 것인가? 앞으로 나는 어떻게 해야 하는가? 문장을 짓는 일을 그만두어야 하는가? 이른바 법고法古한다는 사람의 큰 병폐는 옛것의 흔적에만 얽매이는 것이다. 또 창신創新한다고 하는 사람의 큰 병폐는 지켜야 할 내용과 형식을 해치는 것이다. 참으로 옛것을 본받으면서도 변화에 통달할 수 있고, 또한 새롭게 창조하면서도 내용과 형식에 잘 맞추어 글을 지을 수만 있다면, 그러한 글이야 말로 바로 지금의 글이자 옛글이기도 하다.

—박지원, 《연암집》, 초정집 서문

박지원의 주장은 간단하게 말하면 '법고하는 가운데 창신해야 하고, 창신하는 가운데 법고해야 한다'는 얘기다. 법고란 옛것을 법 삼는다는 뜻이다. 다시 말해 이미 존재하는 무엇인가를 배우고 익혀서 본받는다는 것이다. 반면 창신이란 새로운 것을 창조한다는 말이다. 이런 까닭에 일부에서는 법고와 창신을 단계적, 논리적으로 분리해 생각하는 경향이 있다. 즉 법고한 다음에야 비로소 창신할 수 있다는 것이다. 그러나 이것은 잘못된 해석이다. 왜? 이미 법고할 때 스스로 깨달아 터득한 것이 없다면 창신은 결코 발생할 수 없기 때문이다. 비록 옛것을 배우고 익혀서 달인의 경지에 오른다고 해도 이미 옛사람 혹은 다른 사람과 달리 스스로 깨달아 터득한 것이 없다면—단지 모방과 답습의 무한 반복일 뿐이기 때문에—새로운 것 혹은 자신만의 것은 절대로 나올 수 없다는 얘기다. 즉 법고할 때 반드시 자득한 것이 있어야 창신이 있다. 법고하는 가운데 이미 창신이 존재한다는 의미에서 법고와 창신은 일체이지 단계적으로나 논리적으로 분리해서는 안 된다. 그러므로 '법고하는 가운데 창신해야 하고, 창신하는 가운데 법고해야 한다'는 말은, 옛것을 배우고 익히고 본받으면서 스스로 깨달아 얻는 것이 있어야 창신할 수 있고, 새로운 것을 창조하면서도 제멋대로 아무렇게나 하지 않기 위해서는 옛것 가운데에서 스스로 깨달아 얻는 것을 게을리하지 않아야 한다는 뜻으로 해석할 수 있다. 이런 까닭에 법고와 창신을 하나로 관통하고 융합하는 일관된 키워드가 있다면, 그것은 다름 아닌 '자득'이라는 사실을 확인할 수 있다. 창신할 때 자득한 것이 있어야 한다는 것은 말할 것도 없고, 법고할 때도 반드시 자득한 것이 있어야 한다는 것이다. 특별히 박지원은 이 글에서 회음후淮陰侯 한신韓信의 배수진을 법고창신의 적절한 사례로 인용하고 있다.

회음후 한신이 사용한 배수진은 당시 병법에서는 볼 수 없는 진법이었다. 그러므로 당연하게도 여러 장수들이 배수진을 펼치겠다는 한신의 명령에 불복했다. 그때 한신은 "배수진은 병법에 나와 있다. 다만 그대들이 제대로 살피지 못했을 뿐이다. 병법에서는 사지死地에 놓은 다음에야 살아날 수 있다고 하지 않았던가?"라고 말했다.

—박지원, 《연암집》, 초정집 서문

박지원의 말대로 《손자병법》을 비롯한 모든 병법서의 어느 곳에도 배수진은 나오지 않는다. 그러나 한신은 《손자병법》을 배우고 익히는 과정에서 배수진의 이치를 발견했다. 그것은 한신이 《손자병법》을 단순히 학습하고 습득하고 체득하는 수준을 넘어서서 스스로 깨달아 터득해낸 병법의 이치였다. 그것은 수백 년 동안 《손자병법》을 비롯한 모든 병법서를 평생토록 학습하고 습득하고 체득했던 무수한 장수들이 생각조차 하지 못했던 이치였다. 만약 한신이 그들처럼 《손자병법》을 비롯한 모든 병법서를 단지 학습하고 습득하고 체득하는 데 만족했다면 결코 배수진은 탄생할 수 없었을 것이다. 그것은 《손자병법》을 남과 다르게 혹은 새롭게 읽는 한신만의 방식을 통해 창안해낸 전술이었다. 다시 말해 배수진은 한신이 《손자병법》을 탐독하고 체득하는 가운데 스스로 깨달아 터득한 '자득의 진법'이었다. 법고, 즉 《손자병법》을 법 삼는 가운데에서 창신, 즉 배수진을 창안했고 창신, 즉 배수진을 창안하는 가운데 법고, 즉 《손자병법》을 법 삼았다는 점에서 박지원은 법고창신의 훌륭한 본보기로 한신의 사례를 언급한 것이다.

필자는 박지원 이후 이 법고창신의 글쓰기 철학이 담고 있는 자득의 이치를 자신의 글쓰기 철학으로 만들어 자신만의 문장을 썼던 인물을 찾고자 한다면, 반드시 19세기 조선의 기이한 문인 홍길주라는 인물을 눈여겨보아야 한다고 생각한다. 조선 중기에 해당하는 16세기 이후 정치-지식 권력을 좌지우지한 사림 세력은 대개 지방에 본거지를 두고 있었다. 예를 들어 이황은 경북 안동, 조식은 경남 합천, 이이는 경기 파주와 해주

그리고 송시열은 충북 괴산(옥천) 일대를 근거지로 삼아 학문을 닦고 제자를 기르며 정치 활동을 했다. 이 때문에 사림을 일컬어 재지사림在地士林(영남 사림, 근기 사림, 호남 사림 등)이라고도 한다. 그런데 이들과는 다르게 누대에 걸쳐 한양과 그 인근 지역에 살면서 중앙 핵심 관직에 등용되어 권력과 부를 동시에 거머쥐었던 양반 사대부 가문들이 있었다. 안동 김씨, 반남 박씨, 풍산 홍씨, 달성 서씨 등이 그들이다. 역사학자들은 이들 가문을 일컬어 '경화거족京華巨族' 혹은 '경화세족京華世族'이라고 부른다. 이들은 재지사림과는 다른 독특한 가풍과 세련되고 수준 높은 문화를 갖추고 있었다. 특히 사제 관계를 통해 학문과 사상을 전수했던 재지사림과는 다르게 이들은 가학을 통해 학문을 다지고 사상을 형성했다. 18~19세기에 서명응徐命膺·서호수徐浩修·서유구 등을 배출한 달성 서씨 가문이 '실학과 농학農學'을 가학으로 전수했다면, 홍석주洪奭周·홍길주·홍현주洪顯周 등을 배출한 풍산 홍씨 가문은 '문장학'으로 크게 명성을 떨쳤다. 특히 당대 최고의 학식과 문장을 갖추어야만 맡을 수 있는 문형文衡인 홍문관과 예문관의 대제학을 지내고 좌의정에까지 오른 형 홍석주나 정조의 둘째 딸 숙선옹주와 혼인하여 부마인 영명위永明尉에 봉해진 동생 홍현주와는 다르게, 홍길주는 20세를 전후한 젊은 시절부터 경전經典에 정통하고 이미 문장에 통달했다는 찬사를 한 몸에 받았지만 벼슬이나 출세에 뜻을 두지 않고 평생 오로지 문장에만 힘을 썼다. 홍길주는 어렸을 때부터 자신의 관심사는 오직 문장 이외에 다른 곳에 있지 않았다는 사실을 이렇게 밝힌 적이 있다.

어렸을 때 문장에만 정신이 팔려 가슴속에서 갑자기 기이한 문장을 한두 구절 완성하거나, 이따금 사물과 마주하여 문장을 짓는 데 쓸 만한 기묘한 비유나 빼어난 말을 얻기라도 하면 종종 작은 쪽지에 기록해 상자 속에 간직하곤 했다. 나중에 글을 지을 때 녹이고 다듬어서 사용하려는 마음이 있었기 때문이다.

_홍길주, 《수여방필睡餘放筆》

　이렇듯 홍길주는 기이한 문장, 기묘한 비유, 빼어난 말을 얻어 글을 짓는 것에 온 생애를 바쳤다고 해도 과언이 아니다. 이 때문에 그는 30세 이전에 쓴 글들을 모아 엮은 《현수갑고峴首甲藁》, 30세 이후부터 50세까지 지은 글들을 모아 엮은 《표롱을첨縹礱乙懺》 그리고 50세 이후의 저작들을 모아 엮은 《항해병함沆瀣丙函》 등 타의 추종을 불허할 만큼 많은 분량의 글, 특히 산문과 수필들을 남겨놓았다. 홍길주는 당대는 물론 오늘날에도 비평가들로부터 '기발한 발상', '절묘한 구성', '기이한 묘사' 등 기묘하고 기궤한 문장 미학을 가장 잘 구사하고 실현한 문장가로 평가받고 있다.

　어쨌든 홍길주는 박지원의 《연암집》을 탐독하고 체득하는 가운데 자신만의 문장론을 깨우치고 터득했다고 할 수 있다. 홍길주의 '독연암집讀燕巖集'이라는 글을 읽어보면, 그가 자신과 박지원을 동일시하는 방법을 통해 세월의 흐름에 따라 "읽을수록 더욱 더 기이해지고 점점 더 닮아가는" 연암과 자신의 문장을 끊임없이 반추했다는 사실을 알 수 있다. 홍길주에게 있어서 박지원은 또 다른 자신이었다. 그것은 늙어서까지 기이하고, 기묘하고, 독특한 문장을 추구하면서 끝없이 변화를 모색했던 홍길주의 글쓰기 전략이기도 했다. 홍길주는 박지원 사후 25년이 지난 1828년에 이르러서야 비로소 박지원의 문집을 구해 볼 수 있었다고 한다. 홍길주가 1786년생이니까, 그의 나이 43세 때 박지원을 본격적으로 만난 셈이다. 일찍이 어렸을 때부터 과거를 포기하고 문장에만 매달렸던 홍길주가 뒤늦게 만난 박지원의 문장은 거대한 충격이자 신선한 자극이었다. 이때부터 홍길주는 박지원의 문장을 되풀이해 읽고 끊임없이 연구하면서, 그 속에 담긴 새로운 시대정신과 기발하고 절묘한 문장 묘사와 독특한 글쓰기 철학을 배우고 익히며 자신만의 문장을 단련하고 또 연마했다.

천 년 전에 어떤 사람이 있었다. 그의 도덕은 스승으로 삼을 만하고 그의 문장은 전범으로 삼을 만하다면, 나는 그와 시대를 같이하지 못했다는 사실을 한스러워할 것이다. 백 년 전에 어떤 사람이 있었다. 그의 뜻과 기운과 언어와 의론이 볼 만하다면, 나는 역시 그와 시대를 같이하지 못했다는 사실을 한스러워할 것이다. 수십 년 전에 어떤 사람이 있었다. 그의 기상이 마땅히 하늘과 대지 그리고 동서남북을 가로지를 만하고, 재주는 마땅히 천고의 시간을 뛰어넘을 만하고, 문장은 세상 모든 종류의 문장을 뒤집어엎을 만하였다. 그는 세상에 생존해 있었고 나 역시 이미 인간사에 통달하였으나, 미처 직접 뵙지도 못했고 더불어 말을 나누어보지도 못했다. 그럼에도 불구하고 나는 한스러워하지 않았다. 어째서 그런가? 나는 이미 수십 년 전의 나 자신도 알지 못하는데 하물며 수십 년 전의 다른 사람이겠는가? 지금 나는 거울을 지닌 채 지금의 나를 바라보고, 책을 펼쳐놓은 채 그 사람의 글을 읽어본다. 그렇게 그 사람의 글이 바로 지금의 내가 된다. 내일 다시 거울을 지닌 채 나 자신을 바라보고, 책을 다시 펼쳐놓은 채 그 사람의 글을 읽는다. 그렇게 그 사람의 글이 다시 곧 내일의 내가 된다. 내년에 또다시 거울을 지닌 채 나 자신을 바라보고, 책을 또다시 펼쳐놓은 채 그 사람의 글을 읽는다. 그렇게 그 사람의 글이 또다시 곧 내년의 내가 된다.

_홍길주, 《표롱을첩》, 독연암집

박지원의 글을 법고 삼아 창신의 경지, 즉 박지원과 다른 자신만의 글을 생산하는 자득의 수준에 도달했던 홍길주의 작업 궤적은 그가 50세 때부터 죽을 때까지 쉼 없이 썼던 연작 수필집이자 수상록이라고 할 수 있는 《수여방필》, 《수여연필睡餘演筆》, 《수여난필睡餘瀾筆》, 《수여난필속睡餘瀾筆續》에 고스란히 남아 오늘날까지 전해오고 있다. 수여睡餘란 '잠자지 않고 깨어 있는 동안'이라는 뜻이다. 홍길주는 잠자지 않고 깨어 있는 동안 그때그때 떠오르거나 스쳐 지나가는 생각의 편린을 모으고 궤적을 붙잡아서 이 연작 수필집을 엮었다. 여기에 실려 있는 엄청난 분량의 글에는 스스로 깨달아 얻은 독특하고 독창적인 홍길주 문장의 정수가 온전히 담겨 있다. 먼저 홍길주는 1835년(순조 35) 나이 50세 때 19일 만에 124개의 글을 떠오르는 대로 쓰고 《수여방필》이라 제목 붙인 다음, 그것을 쓰게 된 전후 사정을 이렇게 밝혀두었다. "하는 일도 없이 한가로이 거처하면서 책을 가려뽑아 손에 지닌 채 베개에 기대어 읽고 있는데, 몰려오는 졸음을 물리칠 마땅한 계책이 없어서 괴롭기만 하다. 문득 몸을 일으켜서 붓을 뽑아들고 공책에다 잡스럽게 떠오르는 대로 써 내려갔다. 무릇 열흘하고도 아흐레 만에 124항목의 글을 얻었다. 이미 심오한 도리와 신묘한 이치를 깨달은 것도 없고, 또한 사물을 깊고 넓고 밝게 상고하여 살펴본 것도 없다. 조목과 단락은 서로 뒤섞여 차례도 없고 문장의 수식은 꾸미지 않아 거칠고 속되기만 하다. 진실로 시골 사람이 장독 덮개로 사용하는 데나 마땅할 뿐이다. 잠시 기록하여 간직하고 있다가, 잠자지 않고 깨어 있는 동안 떠오르는 생각을 제멋대로 써 내려간다는 뜻을 담아 《수여방필》이라는 제목을 붙였다."

10월 하순 무렵 19일 만에 《수여방필》을 쓴 홍길주는 같은 해 동짓달 무렵 마음속에 오가는 것들을 붓이 가는 대로 써서 다시 《수여연필》을 엮어냈다. 그리고 그 글들을 쓰고 엮게 된 사연을 이렇게 적어놓았다. "내가 《수여연필》을 열흘 남짓한 동안 짓다가 멈췄다. 그런 후 수십 일이 지났건 만 더욱 하는 일 없이 한가로웠다. 그런데 쓰다 만 문자와 남은 언어가 마음속에서 떠올랐다 사라졌다 하는 게 오히려 많이 있었다. 이에 다시 붓을 믿고 글을 써서 상자 속에 간직해두었다. 153항목을 얻은 다음 전작인 《수여방필》을 부연敷演한다는 뜻을 담아 《수여연필》이라는 제목을 붙였다. 거듭 열람하고서는 탄식하며 이렇게 말했다. '한당漢唐 이후로 이름난 학자와 탁월한 문사가 지은 글을 읽어보면, 마치 앞사람이 미처 헤아리지 못한 것을 드러낸 것 같지만 그 실질적인 내용으로 되돌아가 살펴보면 모두 육경六經과 선진先秦 시대의 글을 각주한 것에 불과하다. 지금 내가 스스로 '홀로 깨달은 것〔獨悟〕'과 '독창적인 의론〔創論〕'을 글로 써서 다른 사람의 눈과 귀를 새롭게 했다고 말한 것도 모두 한당 이후의 글을 자세히 설명한 데에서 벗어나지 못하고 있다. 이 어찌 마땅히 보존할 만한 글이 겠는가? 그러나 세대가 내려갈수록 문장은 낮아져서 나보다 뒤에 오는 사람이 지은 글이 또한 이 《수여연필》을 주석한 것이 되지 않을 줄 어찌 알겠는가?'"

그리고 다음해(1836년) 여름, 홍길주는 다시 7일 동안 생각이 나는 대로 적은 137항목의 글을 묶어서 《수여난필》이라 제목을 붙였다. 그렇게 '물결 난瀾'자를 취해 제목을 붙인 이유에 대해 홍길주는, 앞서 쓴 《수여방필》과 《수여연필》이 넘쳐 물결이 뒤집히는 것 같은 형세를 취하고 있기 때문이라고 해명했다. 이렇게 앞의 삼필三筆은 홍길주가 생전에 모두 제목을 붙였다.

《수여난필》을 묶어 낸 이후에도 홍길주는 듣고 보고 생각하다가 얻은 것이 있으면 틈나는 대로 종이에 적어두었다. 그러나 1841년(헌종 7) 56세의 나이로 세상을 떠났기 때문에 미처 책으로 엮어내지 못하였다. 그렇게 보자기에 싸여 상자에 담겨 있던 것을 1842년 봄 아들 홍우건洪祐健이 꺼내보니, 1837년에 쓴 45항목, 1838년에 쓴 39항목, 1839년에 쓴 56항목, 1840년에 쓴 7항목, 1841년에 쓴 22항목의 글들이 있었다. 이에 홍우건은 서둘러 베껴 써 두 권의 책으로 만들었는데, 감히 따로 제목을 붙이지 못하고 홍길주의 마지막 수필집이자 수상록인《수여난필》에 연이어 낸다는 뜻으로《수여난필속》이라고 이름하였다.

여기에서 홍길주는 무엇보다 먼저 법고할 때, 즉 옛것을 배우고 익히고 본받을 때 반드시 자득한 것이 있어야 한다는 이치를 이렇게 밝히고 있다.

옛사람의 뛰어난 작품과 다른 사람의 걸출한 글을 읽고 나서도 아름다움을 느끼지 못하고, 더구나 끝내 그 아름다움을 자신의 것으로 활용하지 못하는 까닭은 다른 곳에 있지 않다. 구절이 만들어지고 난 다음에 보이는 아름다움에 대해서만 느낄 뿐, 그 구절이 만들어지기 이전에 지은이가 머릿속에서 생각을 일으켜 굴리거나 혹은 뚝 끊는 표현의 경로를 생각하지 않기 때문이다. 비유하자면, 다른 사람에게 이끌려 이름 높은 누각과 신비로운 경치를 보고 돌아왔다고 치자. 누각에서 바라본 강과 산, 안개 낀 숲의 빼어난 모습이나 그 속에 담겨 있는 대와 나무, 바위와 돌의 기이한 풍경에 대해서는 일일이 기억하면서, 어디서 시작해 어느 길을 따라 걸었는지 혹은 어떤 고을을 거쳤거나 어느 주막에서 자고 무슨 고개를 넘었는지, 어느 계곡을 건너 어떤 곳에 이르렀는지에 대해서는 오히려 전혀 묻지 않아, 다음에는 길 안내를 받지 않고는 끝내 갈 수 없는 신세가 되는 것과 마찬가지다. 이름난 옛 문장가를 본받고자 하거나 앞선 시대의 훌륭한 거장을 따르고자 한다면 반드시 먼저 그 사람이 작품을 지을 때, 정신과 사고가 어디에서 시작해 어떤 경로를 따랐는가를 살펴보고, 그것을 내 것으로 만들어야 한다. 이렇게 할 때 바야흐로 잘 배웠다고 말할 수 있다.

_홍길주,《수여난필속》

그리고 홍길주는 이 글의 끝부분에 덧붙이기를, "자신이 구하고자 하는 것이 그 사람이 생각을 일으켜 이렇게 저렇게 표현한 경로와 반드시 서로 일치하지 않는다고 하더라도, 앞서 지적한 방식대로 노력하면 틀림없이 언젠가는 융합되어 미묘한 이치를 깨달을 수 있는 날이 올 것이다"라고 했다. 그렇게 한다면 바로 법고와 창신이 한 가지로 융합하고 통섭하는 오묘한 이치를 스스로 깨달아 터득하게 된다는 말이다. 이러한 법고의 과정을 거치면서 결국 홍길주는 자신만의 문장을 짓는 이치를 터득했다고 할 수 있다. 특히 홍길주는 이 법고의 과정에서 철저하게 옛사람의 글과는 다른 자신의 글을 만들려고 했다. 그렇지 않을 경우 옛사람의 찌꺼기만 주워모으는 신세를 벗어나지 못하거나 옛사람의 광채와 기세에 취해 그 노예가 될 뿐이라는 사실을 깨우쳤기 때문이다. 홍길주가 옛사람의 문장과 학문과 지식을 배우고 익히고 본받는 과정에서 깨달은 자득의 이치는 이렇다. "어떤 경우에도 자신의 것을 찾아야 하고, 자신의 것을 만들어야 하고, 자신의 것을 소유해야 한다. 그럴 때만 잘 배웠다고 말할 수 있다."

옛사람이나 다른 사람의 훌륭한 작품과 탁월한 문장을 제아무리 잘 배우고 익힌다고 할지라도, 그것은 옛사람이나 다른 사람의 글일 뿐 나의 글은 아니다. 그래서 홍길주는 이렇게 탄식했다. "지금 지난날 읽었던 서책을 취해 다시 열람하였더니, 육경은 진실로 육경일 뿐 나의 육경은 아니다. 좌구명도 진실로 좌구명일 뿐 나의 좌구명은 아니다. 굴원의《이소》도 진실로 굴원의《이소》일 뿐 나의 이소가 아니다. 순자와 장자도 진실로 순자와 장자일 뿐 나의 순자도 아니고 나의 장자도 아니다. 사마천 아래로도 그렇지 않은 것이 없다. 그 사람에게 있으면 진실로 천하의 참된 문장이다. 하지만 내가 그 문장을 본받게 되면, 비록 본래의 문장과 비교해 분별이 불가능할 만큼 똑같다고 해도 천하의 참된 문장은 아니다. 그러나 이들 수십 명의 문장을 버린다면, 그 문장은 단지 후세의 문장에 불과한데 또한 어찌 후세의 문장을 지을 수 있겠는가? 이러한 까닭에 말한다. '지금 글을 지을 수 없는 것은 옛것으로부터 배울 수 있는 것이 없기 때문이다.' 일찍이 다른 사람에게 이와 같이 말하고서, 나는 장차 벼루를 깨버리고 붓을 태워버린 다음 다시는 글을 짓지 않으려고 마음먹었다." 옛사람의 진기한 문장을 본받아 문장을 짓는다면 아무리 똑같이 지었다고 해도, 그 문장은 단지 모방한 문장에 불과하기 때문에 이미 진기한 문장이 될 수 없다. 그런데 옛사람의 진기한 문장을 취하지 않으면 또한 어떻게 진기한 문장을 지을 수 있겠는가? 옛사람의 진기한 문장을 취하면서도 그것과는 완전히 다른 진기한 문장을 짓는 것, 이 모순과 난제는 어떻게 해결할 수 있는가? 홍길주는 말한다. 그것은 스스로 깨달아 얻는 것이 있어서 나만의 글을 쓰게 될 때야만 비로소 해결된다. 그렇게 되면 제자백가의 글처럼 "몇 만 몇 억 편의 글이 존재한다고 해도 한 가지도 같은 글이 없게 되고" 또한 "지금 내가 사용하는 문자가 예전에 이미 다른 사람이 사용한 문자이지만, 이렇게 글을 써도 끝이 없고 저렇게 글을 써도 단 하나도 동일한 것"이 없게 된다. 그런 의미에서 참된 문장은 '활물活物', 즉 살아 움직이는 생물이다.

무릇 사람들은 동일하게 머리와 눈과 귀와 입과 어깨와 등과 허리와 배와 손과 발을 갖추고 있다. 그러나 천지가 개벽한 이후 지금까지 몇 만 몇 억 명의 사람이 태어나고 죽었지만 동일한 사람은 단 한 사람도 없다. 문장은 동일하게 글자와 구절과 말과 뜻을 갖추고 있다. 하지만 옛날 글자가 없었던 시대에 새끼나 가죽 끈으로 매듭을 맺어서 서로 의사소통을 했던 결승문자結繩文字가 있었던 이후 지금까지 몇 만 몇 억 몇 조 편의 글이 나타났지만 동일한 글은 단 한 편도 없다. … 내가 사용하는 문자는 곧 다른 사람들이 이미 사용한 것이지만, 이렇게 글을 써도 끝이 없고 저렇게 글을 써도 단 하나도 동일한 것이 없다. 이러한 까닭에 말한다. "천하에 항상 살아서 죽지 않는 것이 있다면 오직 문자가 있을 뿐이다." 큰 도회지의 붐비는 시장을 오가는 수많은 사람들을 관찰해보면, 한 사람도 같은 사람이 없으니 그 나머지 사람들을 알 수 있다. 제자諸子의 문장을 살펴보더라도, 하나도 같은 문장이 없으니 그 나머지 문장들을 알 수 있다. … 그러므로 문자가 활물活物이라는 것을 알고자 하는 사람은 마땅히 제자백가의 문장을 살펴봐야 한다.

_홍길주,《숙수념孰遂念》, 제자휘서諸子彙序

실제 홍길주는 오로지 스스로 깨달아 터득한 문장, 곧 자득한 문장만을 《수여방필》과 《수여연필》과 《수여난필》과 《수여난필속》에 담았다. 자신의 뜻으로 지은 문장만으로 이들 수필 연작을 채웠다는 홍길주의 증언은, 곧 옛것이나 남의 것을 모방하거나 답습한 것이 아니라 오직 스스로 깨달아 얻은 것만을 적었다는 말이나 다름없다. 간혹 옛사람이나 다른 사람이 쓴 것을 빌려오는 경우가 있다고 해도 단지 자기 글의 예증과 근거로 삼았을 뿐, 그것들을 흉내 내거나 표절하는 것을 가장 큰 금기로 삼아 글을 썼다.

글을 짓거나 책을 써서 논리와 주장을 내세우는 사람은 대체로 자신의 글과 책이 후세에 널리 펴져 사람들 사이에서 이야기될 것을 기대한다. 그러고는 이미 앞선 시대의 사람들이 지어놓은 기록에서 핵심과 요점을 가려뽑아 다시 사용하곤 한다. 왜 이러한 행동을 하는가? 자신보다 앞선 시대 사람들의 기록은 없어질 가능성이 큰 반면, 자신의 글과 책은 반드시 드러날 것이라고 생각하기 때문이다. 몇 세대가 지난 후 모두 잿더미로 사라지거나, 혹시 살아남아 책 더미 속에 나란히 파묻혀 좀이 슬어 있다가 어떤 것은 드러나고 어떤 것은 사라질지 누가 알겠는가? 나는 《수여방필》,《수여연필》,《수여난필》의 여러 편 글을 지으면서, 옛사람들이 남긴 글과 책을 표절해 사용하는 것을 가장 큰 금기로 여겼다. 이것은 내 글과 책이 후세 사람들 사이에서 돌려 읽힌다고 해도 옛사람들만큼 될 수는 없다는 사실을 잘 알고 있기 때문이다. 더러 옛사람의 글과 책에서 끌어다 쓴 것도 있지만, 그것 역시 내 논리와 주장의 근거로 삼기 위해서였을 뿐 결코 그 전체 내용을 훔쳐 사용하지 않았다. 훗날 사람들이 이 책을 본다면, 마땅히 내가 세운 뜻을 알아야 할 것이다.

_홍길주, 《수여난필속》

홍길주의 형 홍석주가 동생을 위해 남긴 《홍씨독서록洪氏讀書錄》을 살펴보면, 홍길주가 젊어서부터 옛사람의 작품을 얼마나 열정적이고 치열하게 탐독하고 습득했는가를 확인할 수 있다. 먼저 홍석주는 동생 홍길주를 위해 독서록을 작성한 까닭을 이렇게 밝혔다.

나의 동생 헌중憲仲(홍길주의 자) 역시 배움에 뜻이 있어서 경사經史의 여러 서적을 대략이나마 거의 섭렵하였다. 문장을 지으면 거침없이 크고 넓어서 끝을 가늠할 수 없었다. 진실로 부지런하고 나태하지 않는다면 그 성취하는 바가 헤아릴 수 없을 정도일 것이다. 그러나 헌중은 재주가 뛰어나고 민첩해서 그것을 아주 쉽게 얻을 것이다. 그래서 나는 헌중이 스스로 만족해 도중에 멈추지나 않을까 두렵다. 또한 헌중이 마치 지난날의 나와 같이 마구잡이식으로 읽는 바람에 범람氾濫하여 그 핵심을 얻지 못할까 두렵다. 이에 무릇 일찍이 내가 독서해서 얻은 것과 더불어 대개 읽고 싶었으나 미처 읽지 못했던 것을 취하여 그 제목을 나열하고 그 개요를 기록하였다. 그리고 헌중에게 다음과 같이 깨우쳐주었다. "천하의 서책 중에는 볼 만한 것이 너무나 많으니, 너는 독서에 부지런히 힘써라."

_홍석주,《홍씨독서록》, 서문

이《홍씨독서록》에 적힌 도서 목록만 보더라도, 홍길주가 참으로 방대한 규모와 엄청난 분량의 서책을 읽었다는 것을 알 수 있다. 여기에서 홍석주는 경부經部, 사부史部, 자부子部, 집부集部로 서책을 분류한 다음 각 부목 아래에 읽어야 할 도서 제목과 권수 및 작자 그리고 간략한 해설과 서평을 덧붙여놓았다. 예를 들자면, 유학의 경전을 다루는 경부 아래에는《역경》,《서경》,《시경》,《예기》,《춘추》, 사서四書,《효경孝經》,《소학》,《악경》을 두고 다시 그 아래에 각각 읽어야 할 도서 목록을 소개하는 형식을 취하고 있다.《역경》의 경우를 살펴보면, 그 아래에《역고경易古經》(13권),《주역주소周易註疏》(10권),《주역집해周易集解》(17권),《정씨역전程氏易傳》(4권),《동파역전東坡易傳》(9권),《역본의易本義》(12권),《역학계몽易學啓蒙》(4권),《주역대전周易大全》(20권),《태현경太玄經》(10권),《황극경세서皇極

經世書》(내편 10권, 외편 2권) 등 역경과 관련한 모든 서책을 집대성해놓는 방식이다.

역사서를 다루는 사부를 살펴보면, 사부 아래에 사史·야사野史·비사裨史·지志를 두고, 다시 사史 아래에는 편년編年·기전紀傳·별사別史를, 비사裨史 아래에는 기언紀言·기인紀人·기사紀事를, 지志 아래에는 총지總志·예의禮儀·전법典法·직방職方·예문藝文을 배치했다. 그리고 사史의 편년編年 아래에 중국의 편년체 역사서인《한기漢紀》(30권),《후한기後漢紀》(30권),《자치통감資治通鑑》(294권),《자치통감강목資治通鑑綱目》(59권),《십팔사략十八史略》(7권),《통감강목삼편通鑑綱目三編》(40권) 등과 우리나라의 편년체 역사서인《여사제강麗史提綱》(20권),《동사회강東史會綱》(27권),《동사강목東史綱目》(20권),《국조보감國朝寶鑑》(90권) 등을 열거하고 있다.

제자백가서를 다룬 자부를 살펴보면, 유가儒家, 농가農家, 의가醫家, 병가兵家, 노가老家, 법가法家, 잡가雜家, 수가數家, 천문가天文家, 수술가數術家, 예술가藝術家, 설가說家, 석가釋家, 총자總子를 두었다. 그리고 설가는 다시 세분하여 그 아래에 논설論說, 기술記述, 고증考證, 평예評藝, 유서類書, 잡찬雜纂, 소설가小說家를 배치했다. 이 가운데 백과사전 종류를 뜻하는 유서類書에는《예문유취藝文類聚》(100권),《삼재도회三才圖會》(100권) 등이 있고, 소설의 유파를 가리키는 소설가에는《목천자전穆天子傳》(6권),《오월춘추吳越春秋》(10권),《세설신어世說新語》(3권),《하씨어림何氏語林》(30권)과 함께 우리나라 소설가의 시작이라고 할 수 있는《역옹패설櫟翁稗說》(1권) 등이 언급되어 있다.

그러나《홍씨독서록》에서 특별히 눈여겨보아야 할 부분은 단연 문장의 일가를 이룬 대가들의 작품을 모아 엮은 서책들을 배치해놓은 집부라고 할 수 있다. 이 집부야말로 홍길주가 자신의 문장을 연마하고 단련하는 데 핵심적인 역할을 했기 때문이다. 집부는 총집과 별집의 두 가지 부목으로 분류되어 있다. 이 중 총집은 역대의 명문과 명시를 모아 엮은 선집으로 《초사楚詞》(17권), 《초사집주楚詞集註》(8권), 《문선文選》(60권), 《문원영화文苑英華》(1,000권), 《당문수唐文粹》(100권), 《악부시집樂府詩集》(100권), 《송문감宋文鑑》(150권), 《문선보유文選補遺》(40권), 《중주집中州集》(10권), 《원문류元文類》(70권), 《당시품휘唐詩品彙》(90권), 《명문형明文衡》(98권), 《고시기古詩紀》(156권), 《당송팔대가문초唐宋八大家文鈔》(164권), 《명시종明詩綜》(100권) 등 중국 서적과 《동문선東文選》(133권), 《기아箕雅》(20권), 《문원보불文苑黼黻》(44권) 등 우리나라 서적을 망라하고 있다. 별집은 개인 문집을 말하는데, 여기에는 《도연명집陶淵明集》(8권, 도연명)을 시작으로 《이태백집李太白集》(30권, 이백李白), 《두시杜詩》(20권, 두보), 《한원집翰苑集》(22권, 육지陸贄), 《한문韓文》(50권, 한유), 《유문柳文》(45권, 유종원), 《이문공집李文公集》(18권, 이고李翶), 《문충집文忠集》(158권, 구양수), 《전가집傳家集》(80권, 사마광司馬光), 《격양집擊壤集》(20권, 소옹邵雍), 《동파전집東坡全集》(130권, 소식), 《산곡집山谷集》(29권, 황정견), 《동래집東萊集》(40권, 여조겸呂祖謙), 《검남시고劍南詩稿》(85권, 육유陸游), 《위남문집渭南文集》(50권, 육유), 《청전집靑田集》(20권, 유기劉基), 《왕문성전서王文成全書》(38권, 왕수인王守仁), 《정림집亭林集》(고염무顧炎武), 《정화록精華錄》(10권, 왕사진王士禛)에 이르기까지 중국 문인들은 물론 《계원필경桂苑筆耕》(20권, 최치원), 《익재집益齋集》(10권, 이제현), 《포은집圃隱集》(2권, 정몽주), 《목은집牧隱集》(55권, 이색李穡) 등 신라 때부터 고려 말기까지 우리나라 대표 문인들의 서책들을 열거하고 있다. 다만 조선의 문집은 수록하지 않았는데, 홍석주는 그 이유를 "고려 말기까지만 다루고 본조本朝의 것에 이르러서는 감히 싣지 못했다. 대개 그 취함과 버림을 신중하게 해서 그렇게 한 것일 뿐이다"라고 밝혔다. 이상 여기에서 필자가 제목을 소개한 서책은《홍씨독서록》에 실려 있는 도서 중 극히 일부에 불과하다. 아마도《홍씨독서록》에 실려 있는 도서의 권수를 모두 합치면 족히 1만 권은 넘을 것이다. 따라서 홍길주가 평생에 걸쳐 수만 권의 서책을 탐독하고 습득했음을 짐작해볼 수 있다. 그렇다면 왜 홍길주는 이토록 엄청난 분량의 서책을 붙잡고 독서에 탐닉했던 것일까? 그 까닭은 서책을 통해 옛사람이 남긴 세상의 모든 문장과 학문과 지식에 접속하려고 했기 때문이다. 즉 법고의 한 가지 방법으로 독서하는 가운데 문장과 학문과 지식을 막론하고 모든 곳에서 자신만의 깨달음을 얻으려고 했던 것이다. 독서의 효과를 말할 때 옛사람이 남긴 글을 얼마나 똑같이(혹은 비슷하게) 따라하느냐에 따라 잘 배웠는가 그렇지 않은가를 판가름할 수 있다고 하는 사람이 있다. 그러나 홍길주는 음식을 먹은 효과에 비유해, 먹은 음식이 "체해서 소화되지 않은 채 곧장 아래로 내려가면 씹어 삼킨 것이 완연히 그 모양 그대로"인 것과 마찬가지 이치로 잘 모방하는 것이란 단지 자신의 것으로 소화하지 못한 채 옛사람의 글이 그 모양 그대로 나온 것에 불과하다고 주장했다. "만약 반드시 잘 모방하는 것을 잘 읽은 효과라고 생각한다면", 그것은 "먹은 음식이 체해서 소화되지 않은 채 그 모양 그대로 곧장 아래로 내려가는 것을 잘 씹어 삼킨 효과라고 말하는 것"과 같다는 얘기다. 여기에서 자신의 것으로 소화한다는 것은 스스로 깨달아 터득한다는 것과 같은 의미이다. 그런 의미에서 독서하는 사람의 등급을 매긴다면, 재주 있는 사람은 부지런히 노력하는 사람만 못하고 부지런히 노력하는 사람은 스스로 깨달아 얻은 사람만 못하다고 할 수 있다. 홍길주는 스스로 얻은 깨달음이야말로 모든 가치 가운데 가장 으뜸가는 가치라고 여겼다.

똑같이 한 권의 책을 읽어도, 한 사람은 단 하나의 글자도 빠뜨리지 않고 외우지만 식견과 이해는 향상되지 않아 저작에 볼 만한 것이 없는 반면, 한 사람은 읽은 책의 내용을 절반 넘게 기억하지 못하나 그 정화와 진수를 모두 날라 폐와 간을 두루 적셔 문장을 드러내면 이따금 똑같은 수준이 되곤 한다. 그 이유는 무엇인가? 타고난 재주는 부지런히 노력하는 것만 못하고 부지런히 노력하는 것은 깨달은 것만 못하기 때문이다. '깨달음(悟)'이라는 한 글자는 도덕의 으뜸가는 증표다. … 가령 한 권의 책이 대략 70~80쪽이 된다고 하자. 그 정화를 취하면 10쪽에 불과할 따름이다. 학예와 식견이 평범한 수준의 선비는 서두부터 책의 순서를 따라 끝까지 읽지만 그 정화의 소재를 알지 못한다. 오로지 깨달은 것이 있는 사람은 손이 가는 대로 책을 펼쳐 보며 넘어가지만 그 정화가 소재하는 곳에 저절로 눈이 가서 닿게 된다. 이에 한 권의 책 안에서 단지 10쪽만 헤아리고 그만두어도 그 책을 모두 읽은 사람보다 곱절이나 성취하는 것을 보게 된다. 이러한 까닭에 다른 사람들이 바야흐로 두 세 권의 책을 읽을 때 나는 이미 백 권의 책을 모두 읽을 수 있고, 책을 읽고 성취하는 것도 또한 다른 사람보다 곱절이나 된다.

_홍길주, 《수여방필》

더욱이 홍길주는 문장의 진리와 글쓰기의 이치를 문자와 서책 속에서만 구할 수 있다거나, 독서를 통한 사색에서만 얻을 수 있다고 생각하지 않았다. 오히려 그는 천하 만물, 즉 세상에 존재하는 모든 것을 독서와 문장의 텍스트로 삼았다. 홍길주에게는 책 밖의 세계 그 자체가 독서와 문장의 '살아 있는 텍스트'였다.[142] 그래서 홍길주의 붓 끝만 닿으면—특별하고 기이한 것뿐만 아니라 하찮고 보잘것없는 것까지—세상에 존재하는 모든 것이 천하의 기이하고 지극한 문장으로 전화轉化하고 변환되었다.

이것이 바로 홍길주가 스스로 깨달아 터득한 독서와 문장의 오묘한 이치 가운데 하나였다. 특히 홍길주는 문장은 독서에만 있지 않고 또한 독서는 책 속에만 있지 않다고 하면서, 산과 시내, 구름과 새나 짐승, 풀과 나무, 방안의 책상 등의 볼거리 및 손님과 하인들이 주고받는 흔하디흔한 말이나 일상에서 겪는 자질구레한 일들이 모두 문장이자 독서라고 역설했다. 홍길주는 실제 40대 중반에 통진과 수락산을 다녀온 두 차례의 여행에서 우연하게 마주친 모든 사물과 자연 풍경과 구경거리와 여러 사건이 바로 자신에게는 독서였다고 하면서—당시 보통의 지식인이나 문인들이 생각할 때는 도저히—독서라고 할 수 없는 이 독서를 통해 '천하의 기이한 문장'을 수십 수백 편 얻을 수 있었다는 기발한 글 한 편을 《수여방필》의 맨 앞부분에 남겨놓았다. 여기에는 특정한 목적으로 떠난 여행길에서 우연하게 만난 온갖 구경거리와 뜻밖에 벌어진 촌극이 세밀하게 표현되어 있는데, 목적과 우연의 마주침과 어우러짐을 절묘하게 묘사한 독특한 글이라고 하지 않을 수 없다. 필자는 이 글이 홍길주가 남긴 문장 중 가장 걸작이라고 생각한다. 이러한 까닭에 필자는 여기에서 인용하는 글이 비록 길더라도 반드시 끝까지 한번 음미해볼 것을 독자들에게 권한다.

내가 일찍이 이렇게 논한 적이 있다. "문장이란 단지 독서에만 있지 않고, 독서는 단지 서책에만 있지 않다. 산천, 운물雲物, 조수鳥獸, 초목의 볼거리 및 일상생활의 자질구레하고 세세한 일 모두가 독서라고 할 수 있다." 이와 같은 뜻을 간혹 내 저술에서 여러 차례에 걸쳐 드러내 보였다. 더러 원고 속에 그러한 내용이 남아 있다. 저번에 여행과 유람을 다녀온 후 우연히 마주친 것들을 글로 써서 이러한 설을 증명하였다. 그런데 그 내용이 자못 지루하고 보잘것없는 듯해 문집에는 기록으로 남기지 못했다. 지금 그 초록을 약간이나마 옮겨 적어 여기에 보존해둔다. 그 글은 아래와 같다.

기축년(1829) 4월 3일에 가형家兄을 모시고 아우와 함께 통진으로 성묘를 갔다. 그곳에서 하룻밤 자고 돌아왔다. 4월 7일에 다시 형님과 아우와 더불어 수락산을 유람하다가 내원암에서 숙박한 뒤 이튿날 돌아왔다. 이 두 차례의 여행은 천하의 지극한 문장이었다. 두 차례 모두 새벽에 출발하여 모두 다음 날 황혼녘에 돌아왔다. 함께 여행했던 사람은 다 형님과 나와 아우였다. 세 사람 모두 가마를 타고 갔는데 두 차례 다 길을 가던 도중에 뜻하지 않게 비를 만났다. 대개 동일하지 않은 것이 없었다. 통진 여행은 성묘를 위해서였고, 수락산 여행은 아름다운 풍경을 유람하기 위해서였다. 그런데 성묘를 위한 통진 여행에서는 도중에 용금루의 아름다운 경치를 만났고, 아름다운 풍경을 구경하기 위한 수락산 여행에서는 길을 가다가 덕흥대원군(선조의 아버지)의 무덤을 만나 절하였다. 용금루의 승경勝景은 가면서 보고 오면서 보아 두 번 마주했고, 덕흥대원군의 무덤은 돌아오는 길에 한 번 배알하였다. 용금루는 처음 볼 수 없을 것이라고 말했지만 우연히 만난 것이고, 덕흥대원군의 무덤은 처음부터 찾아가려고 생각했다가 배알한 것이다. 용금루는 두 번이나 조우했는데, 그 가운데 읍원루가 자리하고 있어서 용금루가 외로워 보이지 않았다. 그런데 읍원루에 오를 때 사다리가 끊어져 위태롭기 그지없었다. 덕흥대원군의 무덤은 한 번 배알했는데, 앞에는 판돈判敦의 묘가 있고 뒤에는 하원군河原君의 무덤이 있어서 날개를 이루고 있었다. 판돈의 묘에서는 비문만 읽었을 뿐 봉분은 보지 않았다. 하원군의 무덤에서는 비문도 읽고 봉분을 보았다. 그러나 절은 하지 않았다. 통진 여행에서는 형님, 나, 아우세 사람 외에 하인 한 명이 노새를 타고 따라왔다. 수락산 여행에서는 형님, 나, 아우 세 사람 외에 조카 세 명이 나귀를 타고 따라왔고 하인은 걸어서 우리 일행을 쫓아왔다. 또한 손님 두 사람이 있었는데, 모두 가마를 탔다. 한 사람이 앞서가고 한 사람은 뒤따라갔다. 갈 때는 각기 따로 갔지만 올 때는 함께 왔다. 통진 여행에서는 이튿날 돌아올 때 비를 맞아 가마를 메는 무리들이 온통 비에 젖어버렸다. 수락산 여행에서는 첫날 입산하여 절에서 휴식을 취한 후 비를 만났기 때문에 별로 피로하지 않았다. 그러나 도리어 돌아오는 길에 큰 바람이 일어나고 먼지가 들이닥쳐 양쪽 눈을 뜰 수조차 없었다. 통진 여행에서는 돌아오는 길에 밤섬을 건너서 마포의 하목정에 오르자고 약조했으나 비를 만나는 통에 그렇게 하지 못했다. 이로 말미암아 음식을 차려놓고 우리 일행을 맞으려고 준비했던 사람들이 모두 허탕을 치고 돌아가야 했다. 수락산 여행에서는 돌아올 때 갑작스럽게 길을 고쳐서 오산 이씨의 별장을 찾는 바람에 음식을 차려놓고 기다리던 사람들이 모두 분주히 다다랐다. 무릇 이와 같은 여러 일들은 또한 어느 한 가지도 동일한 것이 없었다. 천하의 지극한 문장이 아니라면 어느 누가 능히 이와 같이 할 수 있을까? 또한 통진 여행에서는 두 번이나 물을 만났다. 모두 큰 강이었다. 양화나루에서는 아주 가깝고, 용금루에서는 멀리 보였다. 양천과 김포의 사이에서는 길 오른쪽을 옆에 끼고 멀리 계속해서 갔다. 양화나루 뒤에는 다시 길이가 긴 한 작은 나루가 있다. 양화나루를 보좌하고 있는 형국이다. 수락산 여행에서도 역시 두 차례 물을 만났다. 모두 기이한 형세의 폭포였다. 옥류동에서는 아주 가깝고, 금류동에서는 멀리 보였다. 덕흥대원군의 무덤과 내원암의 사이에서는 산길을 옆에 끼고 계속해서 내달렸다. 두 골짜기의 바깥에는 다시 유채留債의 은선대가 양 골짜기를 비추고 있었다. 이러한 모습을 보고 있자면 완전히 같다고 말할 수도 없고 다르다고 말할 수도 없다. 통진 여행에서는 김포의 여관에서 식사를 하고 있는데 군수가 우리 일행을 찾아와서 만났다. 이러한 일은 미리 기약하지 않았던 일이다. 수락산 여행에서는 이씨의 분암墳庵(무덤 근처에 짓고 제사를 지내고 묘지를 관리하던 곳)에서 식사를 하다가 산승山僧이 우리 일행을 방문해 만났다. 이 일은 미리 기약했던 일이다. 이러한 일 역시 완전히 같다고 말할 수도 없고 다르다고 말할 수도 없다. 통진 여행에서는 오고 가면서 모두 양천읍의 길을 지나갔다. 그러나 양천읍으로 들어가보지는 않았다. 수락산 여행에서는 갈 때는 흥국사를 지나갔으나 들어가보지 않았고, 돌아올 때는 그곳에서 쉬며 점심을 먹었다. 이러한 일 또한 완전히 같다고 말할 수도 없고 다르다고 말할 수도 없다. 모두 천하 문장의 기이한 변화가 지극한 것이었다. 그런데 통진 여행과 수락산 여행이 제각각 하나의 단락을 이루면서 서로 맥락이 이어지지 않는다면 문장가의 혹은 끊어지고 혹은 이어지는 기이한 변화를 성취할 수 없을 것이다. 통진 여행에서는 돌아올 때 비를 만나서 비록 잠시라도 비에 흠뻑 젖는 괴로움을 겪었지만, 집에 돌아온 후에는 비가 더욱 심하게 내려서 사흘이 지나서야 비로소 날이 개었다. 이로 인해 폭포를 구경 가야겠다는 마음이 생겼으니 수락산 여행은 본디 통진 여행에서 돌아오는 길로 말미암아 이루어진 것이다. 또한 두 골짜기의 장쾌한 폭포 물줄기는 참으로 통진 여행에서 돌아오는 길에 만났던 빗줄기가 원천이 되어 수량이 불어났기 때문이다. 이렇게 한 가닥의 맥락이 암암리에 계속 이어져 매우 기이한 정취를 이루었다. 구경하고 유람하는 장쾌함 역시 이미 비의 힘을 빌린 것이다. 그러나 세상에는 모두 원만하거나 아무런 결점도 없는 일은 없는 법이다. 또한 흠집이 없어 모두 만족할 만큼 완벽하게 지은 글도 존재하지 않는다. 절에서 휴식을 취한 다음에 만난 작은 비나 돌아오는 길에 만난 큰 바람

먼지는 일로 친다면 미세한 결점일 뿐이고, 글로 친다면 큰 물결이 지나간 뒤의 잔잔한 여운이라고 하겠다. 가마에 앉아 있으면 독서하기에 좋다. 그러나 통진 여행에서는 서책을 가져가지 않은 것이 한스러웠다. 그래서 수락산을 방문할 때는 당나라의 시인 위응물과 유종원 두 사람의 시집 여러 권을 하인 한 명에게 맡겼다. 그 하인이 떠난 후 길 가던 도중에 여러 차례 기다렸지만 오지 않았다. 어떤 사람은 "분명 술에 취해 길에 엎어져 있을 것이다"라고 말하는가 하면, 어떤 사람은 "술을 못 마시는데 무슨 소리야!"라고 말하기도 했다. 또 어떤 사람은 "길을 잃어버렸을 것이다"라고 말했다. 더욱이 아우는 "그 하인은 매우 어리석어서 분명히 도봉산 길로 잘못 찾아 들어갔을 것이다"라고 말했다. 나는 아우의 말이 가장 사실에 가까울 것이라고 생각했다. 내원암에 도착해 꽤 오랜 시간이 지난 후 해가 저물기 시작하고 비가 한 방울 두 방울 떨어지는데 비로소 그 하인이 숨을 헐떡이며 도착했다. 그래서 왜 이렇게 늦었는지 그 까닭을 물었더니 과연 아우의 말과 같이 거의 백 여 리 가까운 길을 돌아왔다고 대답하는 것이 아닌가! 이러한 일은 이번 여행 도중에 겪은 한 가지 포복절도할 기이한 사건이었다. 이것은 문장가가 별도로 한 가지 경계를 열어 일대 파란을 일으킨 것에 비견할 만하다. 그러나 가마에 앉아 독서하는 흥취는 이로 말미암아 잃어버리고 말았다. 앞선 통진 여행에서 책을 가져가지 않았던 것과 일의 가닥과 맥락이 미세하게 이어지니 하늘의 조화와 자연이 이룬 재주의 묘미가 진실로 지극하다고 하겠다. 앞선 통진 여행에서는 용금루 위에 앉아 《규장전운奎章全韻》을 비롯한 몇 권의 책을 보았다. 뒤의 수락산 여행에서는 절에 있던 불교 서적과 《화동정음華東正音》을 읽었고 또한 이씨의 별장에서 고사故事와 신서新書와 관련된 여러 종류의 책을 볼 수 있었다. 책을 가지고 갔을 때나 책을 가지고 가지 않을 때나 서로 띠처럼 이어져 비쳐서 위응물과 유종원의 시를 적적하거나 쓸쓸하게 내버려두지 않았다. 이와 같이 절세의 기이한 문장은 천하의 대문장가인 좌구명과 사마천이라고 해도 놀라 눈을 휘둥그레 뜨고 뒤에서 바라볼 것이다. 내가 이 두 번의 여행에서 천하의 기이한 문장을 읽은 것이 거의 몇 십 몇 백 편이다. 나도 모르는 사이에 손은 춤추고 발은 구르고 있었다. 반드시 책을 끼고 몇 줄의 까만 글자를 새가 울듯 목구멍과 치아 사이로 소리를 내어 읽은 다음에야 독서했다고 생각하는 사람들에게 어찌 이러한 이치를 말할 수 있겠는가?

_홍길주, 《수여방필》

옛말에 명필은 붓을 가리지 않는다고 했다. 모든 붓이 명필의 도구가 된다는 얘기다. 그렇게 될 수 있는 이치는 이미 자득의 경지에 오른 사람은 아무 붓이나 쥐고 마음 내키는 대로 휘둘러도 자신의 필체가 나오기 때문에 명필 아닌 것이 없다. 명문장가와 문장의 관계 역시 마찬가지다. 즉 명문장가는 문장의 재료를 가리지 않는다. 그에게는—유형의 것이든 무형의 것이든 혹은 실재하는 것이든 상상하는 것이든—세상의 모든 것이 글쓰기의 소재요 묘사와 표현의 대상이다. 단지 스스로 깨달아 터득한 묘리만 있다면, 무엇을 글감으로 삼든 마음이 가는 대로 감정이 일어나는 대로 쓰더라도 자신의 글이 나오기 때문에 명문 아닌 것이 없게 되는 것이다.

어리석고 지식이 얕은 사람일지라도 대부분 깨달음을 얻는 데 도움을 주는 법이다. 내 경우를 보더라도 지독히도 멍청하고 둔하며, 비루하고 저속한 손님이나 하인들조차 글 재료가 될 만한 말을 단 한 마디도 제공하지 않은 사람은 없었다. 일찍이 손님과 마주해 이런 말을 한 적이 있다. "쇠약하고 병이 든 사람이 오랫동안 누워 있으면, 어깨와 넓적다리의 한 부분이라도 이불에 닿은 곳은 모두 마비가 옵니다. 그런데 왜 사람이 건강할 때는 누워 있어도 몸이 땅에 붙지 않을까요?" 이 말 끝에 손님은 이렇게 답변했다. "사람이 건강할 때는 몸이 땅에 닿더라도 기운은 항상 들려 있습니다." 그리고 시간이 흘러 어느 날 그 손님이 고향으로 돌아와서는 내게 또 이렇게 말했다. "예전에도 고향을 떠나면 집 생각이 간절했습니다. 그렇지만 어느 곳에서 거처하더라도 몸은 편했습니다. 그런데 요즘 들어서는 첩을 맞아 아들을 낳아서인지, 집을 떠난 후에도 마음속에 한 가닥 긴 줄이 있어 마치 내가 아이 곁에 묶여 있는 듯합니다." 이 손님은 내가 여태껏 만나본 사람 중에서도 가장 둔한 사람이라고 할 수 있다. 그렇지만 "기운이 들려 있다"거나 또는 "줄에 묶여 있는 듯하다"는 두 마디의 말은 글을 아주 잘 짓는 사람이나 오를 수 있는 미묘한 경지에 이르렀다고 할 수 있다.

_홍길주,《수여방필》

이렇듯 지금까지 홍길주의 문장을 통해 살펴본 대로, 글쓰기에서 자득의 묘리란 다양한 길과 방법을 통해 찾을 수 있고 또한 구할 수 있다는 사실을 알 수 있다. 때로는 독서를 통해서 얻을 수도 있고, 때로는 견문을 통해서 얻을 수도 있고, 때로는 지식을 통해서 얻을 수도 있고, 때로는 경험과 체험을 통해서 얻을 수도 있고, 때로는 직관을 통해서 얻을 수도 있고, 때로는 사색을 통해서 얻을 수도 있다. 다만 그 스스로 깨달아 터득했다는 '자득'이란 것이 도대체 무엇인가에 대해서는 그것을 얻는 사람만이 알 수 있을 뿐, 말이나 글로는 결코 다른 사람에게 온전히 전할 수 없다는 사실을 잊지 말아야 한다. 심지어 홍길주는 "자득이란 자식에게도 가르쳐 주거나 물려줄 수 없다"고 말했다. 그것은 독서, 견문, 지식, 경험과 체험, 직관, 사색 등 어떤 이치와 방법을 통하든 "스스로 깨달아 얻을 수 있을 뿐"이기 때문이다. 그런 의미에서 홍길주는 스스로 얻으려고 하지 않으면서 자신에게 '자득의 묘리'를 가르쳐주지 않는다고 비난하는 사람에게 이렇게 따끔한 일침을 놓았다. "묘한 깨달음을 어찌 말로 전할 수 있겠나. 스스로 깨달아 얻을 수 있을 뿐이다." 오늘날에도 자득의 이치를 구하고 자득의 경지에 오르려고 하는 이들이 명심해야 할 훈계이자 경고이다.

옛사람을 업신여긴
한 은둔자의 적자지심赤子之心

• 원매

문장이 자득의 경지에 올랐다고 할 수 있는 홍길주가 자신의 수상록에서 조선의 박지원과 더불어 명말청초 때 활동한 중국의 시인과 문장가 가운데 극찬한 인물이 몇 명 있다. 시인으로는 고염무와 왕어양王漁洋(왕사정王士禎), 문장가로는 위희魏禧와 왕완汪琬, 그리고 시와 문장을 모두 아우르는 인물로 원매袁枚(1716~1797)가 그들이다. 특히 이들 중 홍길주와 가장 가까운 시대의 인물인 원매에 대해서는 "재주와 생각이 빼어나 옛사람을 안중에 두지 않았다"[143]고 찬탄했다.

청나라 사람의 시에 대해 말하자면, 나는 고정림顧亭林(고염무)의 시를 가

장 좋아한다(고시와 배율이 더욱 뛰어나다). 항상 왕어양을 넘어선다고 생각

했다. 문장에 대해 말하자면, 마땅히 위숙자魏叔子(위희)와 왕초문汪苕文

(왕완)을 거장으로 생각했다. 그러나 근세에 들어오면, 원수원袁隨園(원매)

의 재주와 생각이 빼어나게 아름다워 눈앞에서 옛사람을 업신여길 정도

였다. 비록 더러 법이 순수하지 않지만 요컨대 문단(詞場)의 강력한 적수

라고 하겠다. 우리나라의 연암 박지원으로 하여금 중국에서 태어나게 했

더라면 마땅히 깃발과 북을 들고 나란히 우뚝 서 있을 것이니, 문단의 권

력이 누구의 손에 들어갔을지 그 승패를 알 수 없었을 것이다.

_홍길주,《수여방필》

    여기에서 원매가 "옛사람을 업신여길 정도였다"는 홍길주의 말은, 곧
원매가 옛사람에게서 시와 문장을 구한 것이 아니라 오로지 자신에게서
시와 문장을 구했다는 얘기로 해석할 수 있다. 이러한 까닭에 원매의 시
와 문장은 비록 법, 즉 옛 시와 옛 문장의 형식과 규범과 준칙에 맞지 않는
것이 없지 않지만, 그 시와 문장의 독자성과 독창성만은 인정하지 않을
수 없기 때문에—누구도 따라가지 못하는—이른바 '문단의 강력한 적수'
라고 할 만하다는 뜻이다. 실제 원매는 그 성취한 것이 반드시 독보적이
고 독자적이고 독창적일 때에만 일가一家라고 말할 수 있는 것이라고 역
설하면서 "문장에 능숙한 사람의 글은 법이 없어도 마치 법을 갖추고 있
는 듯하지만, 문장에 능숙하지 못한 사람의 글은 법이 있어도 마치 법을
갖추고 있지 않는 듯하다"고 주장했다. 문장을 지을 때 구태여 전범이니,
전형이니, 규칙이니, 규준規準이니 하는 등의 법 따위에 얽매일 필요가 없
다는 얘기다. 심지어 그는 "다른 사람이 이미 터득한 것만을 터득하는 데
만족하고, 자신이 터득할 것을 독자적으로 터득하지 못한다면" 붓을 쥐고

시와 문장을 창작하는 즐거움이란 존재할 수 없다고 단언했다. 원매는 이렇게 말한다. "스스로 깨달아 터득하는 것이 없다면 시와 문장은 지어서 뭐한단 말인가?" 만약 시의 대가라는 두보와 문장의 대가라는 한유가 터득한 것만을 터득하고 시와 문장을 짓는다면, 제아무리 그들과 꼭 같은 시와 문장을 짓더라도, 안목과 식견이 있는 사람들은 반드시 두보와 한유의 시와 문장은 읽을지언정 결단코 그들과 꼭 같은 시와 문장은 읽지 않을 것이다. 왜? 두보와 한유의 시와 문장은 참된 글이지만 그들과 꼭 같은 시와 문장은 가짜 글에 불과하기 때문이다. 가짜 글이란 겉모양은 그럴싸하게 닮았지만 근본은 완전히 다른 사이비일 뿐이다. 원매는 홍양길洪亮吉과 시문을 논하는 글에서 이러한 자신의 문학론을 아주 구체적으로 밝혔다. 이 글에서 원매가 주창한 문학론이란 다름 아닌 '자득의 미학', 곧 스스로 깨달아 얻은 자기만의 글을 쓰라는 것이다.

그대 치존稚存(홍양길의 자)은 두보를 배워서 두보의 시와 유사한 점에 있어서는 당송 시대의 여러 문사들보다도 탁월하다고 하겠습니다. 하지만 바로 이것이 제가 심히 우려하는 점입니다. … 명나라 때 문인 동기창董其昌은 남송 때에 활동한 서예가 장즉지張卽之의 서첩에 발문을 쓰면서, 그의 작품을 가리켜 훌륭하다고 일컫는 것은 옛사람과 비교해 그 서체가 서로 똑같은 데 있지 않고 오히려 옛사람의 서체에서 벗어나는 데 있다고 했습니다. 시와 문장의 도만 어찌 홀로 그렇지 않겠습니까? 그대는 지난해에는 두보의 시를 배우더니 올해에는 다시 한유의 시를 배우고 있습니다. 저의 의견을 말하자면, 어찌하여 그대의 생각과 학식의 역량을 바탕으로 그대의 시를 지으려 하지 않고 반드시 한유와 두보의 시를 지으려고 하십니까? 정신을 본받는 것은 말할 것도 없고 겉모양을 답습하는 것도 결국에는 '흉내 냈다'는 혐의를 피할 수 없습니다. 가령 그대의 시가 바로 한유와 두보의 시이고 한유와 두보의 시가 바로 그대의 시라고 할지라도, 후세의 사람들은 오히려 한유와 두보의 시를 읽지 한유와 두보의 시를 닮은 그대의 시는 틀림없이 읽지 않을 것입니다. 한유와 두보로 하여금 오늘날 다시 태어나게 한다고 해도, 또한 그들은 반드시 별도로 하나의 새로운 경계를 개척하려고 하지, 단언컨대 과거의 한유와 두보를 그대로 좇아 시를 짓는 것을 즐거워하지 않을 것입니다. 다른 사람이 이미 터득한 것만을 터득하는 데 만족하고 자신이 터득할 것을 독자적으로 터득하지 못한다면, 붓을 쥐고 시를 지을 때에도 결코 유쾌하지 않을 것입니다. 소자현蕭子顯은 이렇게 말했습니다. "만약 새롭게 변화하지 않는다면 대가와 거장을 넘어서는 것은 불가능하다." 또한 장자는 이렇게 말했습니다. "발자국이라는 것은 신발로 밟고 지나가서 생기는 것이다. 발자국은 신발이 아니다." 이와 같은 몇 마디 말을 그대가 마음속으로 외우고 힘써 발전이 있기를 바랍니다.

_원매, 《소창산방속문집小倉山房續文集》,

홍양길에게 보내는 시에 대해 논한 글(與稚存論詩書)

원매는 청나라가 초기의 불안정하고 혼란스러운 정세를 수습하고 정치·경제·문화적으로 최고 전성기를 구가하던 건륭제 시대에 활동한 문인이다. 원매는 당시로서는 최장수라고 할 수 있는 82세의 생애 동안, 젊은 시절 잠깐 관직에 몸담았던 시절을 제외하곤 평생 재야 문인의 삶을 살았다. 절강성 전당현에서 태어난 원매는 나이 23세 때인 1738년(건륭乾隆 3)에 순천향시順天鄕試에 급제해 거인舉人이 되어 관직에 나갈 자격을 갖추었다. 그리고 다음해인 1739년(건륭 4) 나이 24세 때 회시에 급제해 진사가 되고, 당시 관료 엘리트 코스인 한림원의 서길사庶吉士로 뽑혔다. 원매 앞에는 출세 길이 활짝 열려 있었다. 그러나 만주족의 왕조인 청나라 조정에서 크게 출세하기 위해서는 반드시 만주어를 익혀야 했는데, 원매는 한림원의 서길사가 된 지 3년 후인 1742년(건륭 7)에 치러진 만주어 시험에서 가장 낮은 성적을 받았다. 이로 말미암아 더 이상 한림원에 남아 있지 못하게 된 원매는 결국 강소성 율수현의 현령으로 좌천당하고 만다. 이후 원매는 강포현, 술량현, 강녕현 등 여러 지방의 현령을 맡았을 뿐 두번 다시 중앙 관직으로 진출하지 못했다. 비록 지방의 현령으로 전전할망정 원매는 최선을 다해 민정을 살폈기 때문에 백성들로부터 좋은 평판을 얻었다. 그러나 강녕현의 현령으로 재직하던 1748년(건륭 13) 나이 33세 때 금릉 소창산에 자리하고 있던 수직조원隋織造園을 매입해 수원隨園으로 이름을 바꿔 붙인 이후, 자신의 의지와 상관없이 이곳저곳 떠돌아다녀야 하는 지방 관직에 대한 염증을 더 이상 견디지 못한 나머지 병을 핑계로 관직을 사퇴하였다. 4년 뒤인 1752년(건륭 17) 나이 37세 때 비록 은사인 양강 총독 윤계선尹繼善의 천거를 뿌리치지 못하고 섬서성에서 다시 관직 생활을 했지만, 채 1년도 버티지 못하고 수원으로 돌아오고 만다. 이때부터 죽음을 맞은 1797년(가경嘉慶 2) 나이 82세까지 무려 45년 동안 오직 수원을 가꾸고 시문을 벗 삼아 지내는 재야 문인의 삶을 살았다. 이 때문에 세상 사람들은 원매를 가리켜 '수원선생'이라고 불렀다. 특히 수원에 대한 원매의 애정과 애착은 대단했다. 이러한 원매의 심회는 그가 직접 지은 '수원기隨園記'이라는 산문에 잘 담겨져 있다.

강희제 때 직조織造 수공隋公이 산의 북쪽 정상을 마주 보고 거대하고 화려한 집을 지었다. 담장과 들창을 둘러싸고 개오동나무 천 그루와 계수

나무 천 이랑을 심었다. 도회지에 사는 유람객들이 일시에 이곳으로 몰려들어 성대한 무리를 이루었다. 이 집은 '수원隋園'이라고 불렸는데, 그 이름은 직조 수공의 성姓에서 기인한 것이다. 30년이 흐른 후에 내가 강녕江寧을 다스리는 관직에 있을 때, 수원은 이미 기울어지고 또한 퇴락해 있는 상황이었다. … 이러한 상황을 지켜본 나는 측은하고 비통한 마음에 그 집의 가격을 물어보았더니 300금金이라고 말했다. 그래서 월급으로 그 집을 구매해서 새롭게 지붕을 잇고, 담장을 쌓고, 잡초와 잡목을 제거하고, 문짝을 수선하고, 처마를 바꾸고, 칠을 개선했다. 그 집의 높은 지대를 따라서(隨) 강을 관망하는 누각(江樓)을 세우고, 그 집의 낮은 지대를 따라서(隨) 개울을 관망하는 정자(溪亭)를 세웠다. 그리고 좁은 산골짜기를 따라서(隨) 다리를 설치하고, 흘러가는 여울을 따라서(隨) 배를 띄웠다. 그 집의 지대 가운데 중앙은 봉긋하게 솟아 있고 측면은 기울어진 곳을 따라서(隨) 봉우리를 잇고, 수목이 울창하면서 환하게 트인 곳을 따라서(隨) 구석지고 그윽한 건물을 설치했다. 더러는 지세를 북돋아서 일으키고, 더러는 지세를 억눌러서 그치게 하였다. 모두 왕성함과 부족함, 번성함과 궁핍함을 따라서(隨) 집의 형세를 이루고 경관을 조성하였으며, 주변의 자연 환경을 해치거나 거스르지 않았다. 이로 말미암아 그 집의 이름을 '수원隨園'이라고 지었다. 그 소리는 직조 수공의 '수원'과 동일하지만, 그 뜻은 변했다고 하겠다. 수원이 낙성되었을 때 나는 찬탄하며 이렇게 말했다. "나로 하여금 이곳에서 벼슬살이를 하게 하면 곧 한 달에 한 번이나 겨우 다녀가겠지만, 만약 이곳에서 살게 되면 매일같이 발길을 할 수 있을 것이다. 두 가지를 겸하여 누린다는 것은 불가능한 일이다. 그렇다면 나는 벼슬을 버리고 수원을 취하겠다." … 내가 마침내 벼슬을 이 수원과 바꾸었으니, 이것으로 수원의 기이함을 볼 수 있을 것이다.

동서고금의 역사를 보더라도 은둔자의 삶은 대개 정신적 자유를 누리는 대신 물질적으로는 궁색했다. 그러나 원매는 정신적 자유과 함께 물질적 풍요를 마음껏 누렸던 희귀한 은둔자였다. 그 까닭은 물질적 욕망과 세속적 쾌락을 혐오하며 정신적인 고결함과 고귀함을 추구했던 여타의 은둔자들과 다르게, 원매가 물질적 욕망과 세속적 쾌락을 철저하게 긍정하는 사고를 가지고 있었기 때문이다. 엄숙주의와 금욕주의를 최고의 가치로 삼은 유학적 구속과 봉건적 억압이 지배하던 당시 지식인 사회의 기준에서 볼 때 원매의 삶은 분명 기궤하고 독특한 것이었다. 그것은 이전 시대와 달리 자신의 취미와 취향과 기호를 공공연하게 드러냈던 시대 풍조, 다시 말해 개성을 중시하고 자유를 추구했던 동아시아 지식인 사회의 새로운 분위기를 반증해준다.

> 나는 미식美食을 좋아하고, 여색을 좋아하고, 가옥을 단장하는 것을 좋아하고, 유람을 좋아하고, 벗을 사귀는 것을 좋아하고, 꽃과 대나무와 샘과 바위를 좋아하고, 골동품을 좋아하고, 명인名人의 글씨와 그림을 좋아하고, 또한 서책을 좋아한다.
>
> _원매,《소창산방속문집》, 소호헌기所好軒記

앞의 인용문은 원매가 '좋아하는 곳'이라는 뜻으로 '소호헌所好軒'이라고 이름 붙인 자신의 서재에 대해 쓴 글에 나오는 말이다. 이렇듯 세속의 기준이나 세간의 시선에 아랑곳하지 않고 자기 욕망과 쾌락에 충실했던 삶의 태도에서 볼 수 있는 것처럼, 원매는 세상 그 어떤 것에도 얽매이거나 속박당하지 않는 자유로운 삶을 추구했다. 삶에 대한 이러한 개성적이고 자유분방한 태도는 원매의 문학관에도 크게 영향을 끼쳤다고 말할 수 있다. 원매는 평생 동안 고인古人에 구속받거나 고문에 얽매이는 숭고崇古와 복고의 글쓰기를 강력하게 반대했다. 그는 오로지 성령性靈의 오묘하고 미묘한 힘을 창작의 근원으로 삼았고, 성정이 자연스럽고 진솔하게 드러나는 대로 자유롭게 글을 썼다. 이러한 까닭에 비평가들은 원매의 문학관을 가리켜 '성령설'이라고 부른다. 또한 원매와 그를 추종한 수많은 남녀 제자들을 가리켜 '성령파'라고 일컫는다. 그런 의미에서 원매는 명말청초에 발흥해 융성하다가 청나라 왕조의 강력한 문자 탄압에 명맥이 끊기다시피 한 새로운 문예사조, 즉 개성과 자유를 중시한 문장 미학을 계승한 대표적인 문인이었다고 하겠다. 먼저 원매는 창작의 근원인 성령의 오묘하고 미묘한 힘을 '적자지심赤子之心', 즉 '갓난아이의 마음'이라고 말했다. 그것은 자신의 가슴 속에서 나오는 진솔한 감정 혹은 참된 마음을 가리키는 표현으로 이탁오의 '동심'이나 원굉도의 '동자지취童子之趣'와 그 본뜻과 맥락이 같다고 할 수 있다.

나는 항상 "시인이란 갓난아이의 마음을 잃지 않은 사람이다"라고 말했다. 명나라 때 사람 심석전沈石田(심주沈周)이 '낙화시落花詩'에서 이렇게 읊었다. "궂은 날씨 심술부려 오늘 꽃 다 떨어지겠지만 / 어리석은 마음 혹 다른 집에 꽃 피지 않을까 헤아리네." 당나라 시인 노동盧仝은 이렇게 읊었다. "어젯밤 술에 취해 귀가하다가 / 엎어지고 넘어지길 서너 번. / 푸른 이끼 만지다 / 깜짝 놀라 너희 망쳤다고 성내지 말라." 송나라 사람이 이 시를 모방하여 이렇게 읊었다. "어젯밤 연못 물 세 자나 불어 / 평평하고 반듯한 다듬잇돌 잃어버렸네. / 오늘 아침 물이 빠져 다듬잇돌 그

대로이니 / 괜히 하룻밤 서로 울적해했네." 또한 이렇게 읊었다. "노스님 오직 구름 날아가 사라질까 두려워 / 한낮인데 미리 절문 닫아걸라고 하네." 근세 사람인 진초남陳楚南은 '미인도의 뒷면에 적다(題背面美人圖)'라는 시에서 이렇게 읊었다. "미인이 등 돌려 옥난간에 기대어 있으니 / 슬픔과 한탄에 잠긴 꽃 같은 얼굴 한 번 보기 어렵네. / 몇 차례나 그녀 불렀지만 얼굴 돌리지 않으니 / 어리석은 마음 미인도美人圖를 돌려서 얼굴 보려고 하네." 이들 시는 오묘함이 있어서 모두 어린아이〔孩子〕가 하는 말과 같다.

_원매, 《수원시화隨園詩話》

따라서 글이란 반드시 자신에게서 나온 감정과 생각이 자연스럽게 표출되고 진솔하게 드러나는 대로 글을 써야지, 인위적으로 지으려고 하거나 작위적으로 꾸미려고 해서는 안 된다. 성정이 유로流露하는 대로 글을 짓는다면, 그것은 잘 지었든 그렇지 않았든 좋은 글이자 참된 글이다. 하지만 인위적으로 짓고 작위적으로 꾸민다면 아무리 잘 지은 글이라고 해도, 그것은 나쁜 글이자 거짓된 글일 뿐이기 때문이다.

시는 마음의 소리로 성정이 자연스럽게 표출되는 대로 표현하는 것이다. 성정을 좇아서 얻게 되는 시는 마치 물속에서 연꽃이 피어오르는 것처럼 천연 그대로여서 사랑할 만하다. 하지만 학문을 좇아서 얻게 되는 시는 마치 천지를 어지럽게 색칠하는 것처럼 현란하게 꾸민 다음에야 비로소 완성하게 된다.

_원매, 《소창산방척독小倉山房尺牘》, 답하수부答何水部

이렇듯 원매는 '성령설'에서 알 수 있는 것처럼, 명나라 말기 문단을 주도했던 공안파, 특히 원굉도로부터 강한 문학적 영향을 받았다. 자득을 중시한 그의 문학관 역시 마찬가지다. 문학에서 자득이란 '독창적이고 개성적인 글쓰기를 추구하는 것'을 말한다. 그것은 다시 말하면, 옛사람 혹은 다른 사람의 글을 모방하거나 답습하는 것을 철저하게 배격하고 독자적으로 깨닫거나 터득한 자신만의 글을 쓴다는 뜻이기도 하다. 그래서 원매는 "글을 지을 때는 '고인'이 있어서는 안 된다"고 하거나 "글을 지을 때는 '자아의 존재'가 없어서는 안 된다"고 역설했다.

> 사람이 한가롭게 거처할 때에는 아주 잠깐 동안이라도 고인이 없어서는 안 된다. 하지만 붓을 쥐고 글을 지을 때에는 아주 잠깐 동안이라도 고인이 있어서는 안 된다. 평소 거처할 때에는 고인이 있어야 학문에 힘을 쏟게 되어 바야흐로 식견이 깊어지게 된다. 하지만 붓을 쥐고 글을 지을 때에는 고인이 없어야 정신이 비로소 참모습을 드러내게 된다.
>
> _원매, 《수원시화》

사람의 됨됨이에 있어서는 자아가 존재해서는 안 된다. 자아가 존재하게 되면 자부심이 지나쳐서 남의 말을 듣지 않고 거칠게 행동하는 병폐가 많게 된다. 공자가 완고하지 않았고 자아를 고집하지 않았던 이유가 여기에 있다. 하지만 시문을 지을 때는 자아의 존재가 없어서는 안 된다. 자아의 존재가 없게 되면 다른 사람의 시문을 표절하거나 자꾸 말을 덧붙여서 늘어놓는 폐단이 크게 된다. 한창려韓昌黎(한유)가 오직 문장의 묘사를 고풍스럽게 해서 반드시 자기 자신이 드러나도록 했던 이유가 여기에 있다. 북위北魏의 조영租瑩은 이렇게 말했다. "문장은 마땅히 새롭고 독창적인 자신의 문장을 드러내어 일가—家의 기풍과 골격을 이루어야 한다. 다른 사람의 울타리 아래에 의지해 얹혀살아서는 안 된다."

_원매, 《수원시화》

　즉 '독자적이고 개성적인 자아의 깨달음'이야말로 자득의 문학이 추구하는 핵심 가치라는 얘기다. 심지어 원매는 글을 짓는 데 자아의 중요성을 강조하기 위해 "창작할 때 자아의 존재가 없어서는 안 된다. 자아의 존재가 없다면, 그것은 꼭두각시에 불과하기 때문이다"라고까지 말했다. 특히 옛사람이나 다른 사람과는 다른 자신만의 작품을 창작하기 위해 원매는 유독 '아我'와 함께 '독獨'을 강조했다. 《소창산방시집小倉山房詩集》에 나오는 다음과 같은 구절, 즉 "아적자립자我赤自立者 애독불애동愛獨不愛同"은 앞서 '기궤첨신의 글쓰기'에서 소개했던 공안파의 "독서성령獨抒性靈 불구격투不拘格套(오직 성령을 표현할 뿐 격식에 얽매이지 않는다)"처럼, 원매가 평생에 걸쳐 추구했던 독보적인 문장 철학이자 미학이었다. 그 뜻은 "나는 확실하게 자립한 사람으로 독자적으로 터득한 것을 좋아하지 다른 사람과 같은 것을 좋아하지 않는다"는 것이다.

　특히 이러한 문학관은 이탁오 이후 원굉도 그리고 대명세에 이르기까지 명말청초, 고인과 닮거나 고문을 흉내 내는 데서 탈피해 오로지 진정眞情의 표현과 개성의 묘사를 중시하는 글을 써야 한다고 외치면서, 이른바 '문장 혁신'을 주창했던 이들에게서 두루 발견되는 특징이기도 하다. 이탁오는 이것을 '독오獨悟'라고 표현했고, 원굉도는 이것을 '회심會心'과 '독조獨造'라고 불렀고, 대명세는 이것을 '독지獨知'라고 묘사했다.

　먼저 이탁오는 담연대사澹然大師에게 보내는 편지에서, 배우는 사람은 의문을 깨뜨려 '홀로 깨닫는 것(獨悟)'이 있어야 한다고 역설했다. 만약 홀로 깨닫는 것이 없다면, 그 사람은—이탁오가 '성교소인'이라는 글에서 말했던 것처럼—단지 옛사람이나 다른 사람의 가르침을 맹종하여 개처럼 따라 짖을 줄 밖에 모르는 우매한 자에 불과하다. 따라서 공부를 하든 문장을 짓든 평생토록 끊임없이 의심을 품고 의문을 깨뜨리면서 큰 깨달음과 작은 깨달음을 가릴 것 없이 깨닫고 또 깨달아야 비로소 자득한 것이 있게 된다.

주관적인 감성의 진솔한 묘사와 개성의 자유분방한 표현을 중시했던 원굉도의 성령론은, 곧 자신의 참된 감성과 개성적인 문장을 자유롭게 짓기 위해서는 스스로 터득한 것이 있어야 한다는 자득론과 일맥상통한다. 원굉도는 이러한 문장의 이치를 '마음으로 터득해 깨달음을 얻는다'는 뜻의 '회심'과 '홀로 자신만의 글을 짓는다'는 뜻의 '독조'로 요약했다. 특히 원굉도는 "비록 제아무리 설명을 잘 하는 사람이라고 해도 그 형상에 대해 한 마디 말도 하지 못하는 것, 오직 마음으로 터득해 깨달은 사람이라야 알 수 있는 것", 그것이 바로 자득이라고 말한다.

그러나 이것은 배우고 익힌다고 해서 얻을 수 있는 것도 아니고, 인위적으로 노력한다고 해서 이룰 수 있는 것도 아니다. 그것은 오직 "오래도록 가슴속에 맺혀있던 것이 마치 홀연히 풀리듯, 마치 술에 취해 있다가 갑자기 깨어나듯, 마치 가득 찬 물이 별안간 터지듯" 깨닫거나 터득할 수 있을 뿐이다. 그 깨닫고 터득하는 과정은 다른 누구도 대신해줄 수 없고, 다른 누구에게 의존할 수도 없는 오로지 스스로에게 의지해 홀로 나아가야 한다. 이렇게 스스로 깨달아 터득하는 순간이 오면 "마음속에 오래도록 묵혀있던 실마리가 시기時機와 경지境地와 우연히 만나 느닷없이 문장"을 이루게 된다. 이것이야말로 자기에게서 나온 독창적이고 개성적인 문장이다.

이러한 까닭에 원굉도는 훌륭한 문장은 말할 것도 없고 비록 하자가 있고 결점이 있는 문장이라고 해도, 그것이 성령에서 나온 독조, 즉 독자적 혹은 독창적으로 지은 문장이라면 그 자체로 최고의 가치를 갖는다고 역설했다.

또한 청나라 초기의 문인 대명세는 문장을 지을 때는 '독지獨知', 곧 '홀로 깨달아 터득한 앎'보다 더 중요한 것은 없다고 주장했다. 그는 이렇게 말했다. "세상 사람들이 사용하는 말과 같은 말을 사용하지 않아야 한다. 세상 사람들이 쓰는 글과 같은 글을 짓지 않아야 한다. 세상 사람들이 좋아하는 것을 죄다 버려야 한다." 왜? 세상 사람들은 "다른 사람의 것을 귀로는 훔치고 눈으로는 도둑질하여 공교롭게 다듬고 꾸미는 짓을 잘하고, 빼어나게 뛰어나서 찬란하게 빛나는 화려한 문장을 보면 이렇게 모으고 저렇게 엮어서 자신이 글을 지을 때 가져다가 아무렇지도 않게 사용하는 자"들이기 때문이다. 따라서 세상 사람들의 말과 글과 좋아하는 것을 취해 따른다는 것은 옛사람이나 다른 사람의 글을 표절하여 다듬고 꾸미거나, 빼어나게 아름다운 문장을 아무런 부끄러움도 없이 가져다가 자기 것인 양 사용한 다음 훌륭한 글을 지었다고 자랑하는 꼴이나 다름없다. 그러면 어떻게 해야 한단 말인가? 문장의 법도나 규칙에 속박당하지 않고, 인위적인 꾸밈에 얽매이지 않고, 무엇도 소유하려 하지 않고, 어떤 목적도 갖지 않을 때에야 비로소 '자기만의 앎과 혼자만의 깨달음(獨知)'에 이르러 자연스럽고 독창적인 문장을 얻을 수 있게 된다.

이탁오에서부터 공안파의 원굉도 그리고 대명세의 사례에서 볼 수 있는 것처럼, 중국의 전통적인 문단 사회에서 금과옥조처럼 여겼던 고인과 고문의 굴레에서 벗어나 자기만의 독창적이고 개성적인 문장을 짓고자 했던 수많은 문인들이 무엇보다 중요한 가치로 여겼던 것이 '자득의 미학'이라는 사실을 확인할 수 있다. 원매 역시 중국 문학사에서 보자면 재야의 비주류라고 할 수 있는 이 계보 속에 가장 확고하게 자리를 차지하고 있는 문인 중 한 사람이다.

어쨌든 나이 62세인 1778년에 지은 '늘그막에〔老來〕'라는 제목의 시에서, 원매는 오랜 세월 창작의 고통을 감내하면서 마침내 스스로 터득한 글쓰기의 이치를 이렇게 표현했다. "애써 억지로 글을 지으려고 하지 말라. 그렇게 하면 자칫 언어의 감옥에 구속당하기 쉽다. 차라리 감정이 분출하고 영감이 떠오를 때까지 글을 쓰지 말라. 스스로 깨닫거나 터득한 것이 나를 찾아올 때까지 묵히고 기다리고 또 묵히고 기다려라. 그렇게 하면 비록 한 달에 겨우 한두 편의 글 밖에 얻지 못한다고 하더라도 마침내 '천뢰天籟', 즉 가장 진실하고 자연스러운 글을 자유롭게 지을 수 있게 될 것이다."《소창산방시집》(39권)에서부터《소창산방문집》(35권),《소창산방외집小倉山房外集》(8권),《원태사고袁太史稿》(1권),《소창산방척독》(10권),《수원시화》(26권),《수원수필隨園隨筆》(28권),《수원식단隨園食單》(1권),《자불어子不語》(24권),《속자불어續子不語》(10권) 등에 이르기까지 엄청난 분량의 시와 산문과 소설과 평론과 잡기를 지은 글쓰기의 대가가 60세가 넘어서야 비로소 확실하게 깨우쳤다고 고백할 만큼, 자득의 이치란 평생 동안 '지知와 부지不知의 과정과 순환'을 헤아릴 수 없을 정도로 겪고 또 겪어야 성취할 수 있는 것일까? 이 역시 스스로 깨달아 얻을 수 있을 뿐 어느 누구도 확실한 대답을 줄 수 없다. 다만 자득의 경지란 정약용의 말처럼 "분주하게 서두르고 성급하게 내달린다고 해서 이루어지지 않는다"는 것만은 분명하다.

문장에서 한학까지를 통섭한
대방가의 깨달음

● 사토 잇사이

학문을 잘하는 사람은 문장에 약하고, 문장을 잘하는 사람은 학문에 약하다는 말이 있다. 반은 맞고 반은 틀린 얘기다. 학문과 문장 가운데 학문에 더 능한 사람도 있고 또한 문장에 더 능한 사람도 있다고 말할 수 있다. 그러나 참으로 학문을 잘하는 사람은 문장에도 능숙하고, 문장에 능숙한 사람은 학문 역시 잘하는 사람이다. 오늘날 우리가 고전이나 명작이라고 일컫는 저서의 작자들은 모두 탁월한 학자이자 뛰어난 문장가였다. 허균, 이익, 박지원, 이덕무, 박제가, 정약용, 정조, 이탁오, 공안파와 원굉도, 마르쿠스 아우렐리우스, 레오나르도 다빈치, 마키아벨리, 프랜시스 베이컨, 장 자크 루소, 달랑베르와 디드로, 스피노자, 볼테르, 조너선 스위프트, 마르크스, 니체, 괴테, 쇼펜하우어, 사마천, 아리스토텔레스, 노신, 톨스토이는 학자인가 문장가인가? 그들은 모두 한 시대의 학문과 문장에 막대한 영향을 미쳤고, 인류의 지성사에 거대한 족적을 남긴 철학자이자 사상가이자 문장가였다. 이덕무는 수상록인《이목구심서》에서 이렇듯 학문과 문장을 아우르며 독보적인 성취를 이룬 이들을 가리켜 '대방가大方家'라고 불렀다. 대방가란 곧 '문장과 학술 모두에 뛰어난 사람'이다. 문장이 지극한 경지에 이르면 어떻게 써도 학문 아닌 것이 없고, 학문이 지극한 경지에 이르면 무엇을 써도 문장 아닌 것이 없다.

19세기 일본의 지성사를 살펴보면 대방가라고 불러도 손색없는 인물이 있다. 사토 잇사이佐藤一齊(1772~1859)가 바로 그다. 역사, 사상, 종교, 모노가타리, 설화, 수필 문학, 시가 문학, 극문학, 근세 소설 등에서 일본의 고전과 명저들을 소개하고 있는《절대지식 일본고전》의 저자 마쓰무라 아키라松村明 도쿄대 교수는 사토 잇사이를 가리켜 이례적이게도 "문장가로서도, 한학자로서도 이름을 떨쳤다"고 극찬하고 있다. 사토 잇사이는 우리나라에서는 매우 낯선 인물이다. 그러나 일본에서는 상황이 완전히 다르다. 사토 잇사이는 에도 시대 말기 막부의 최고 학문 기관이자 직할 교육기관인 쇼헤이코昌平黌의 최고 책임자를 역임했다. 최고의 학문적 권력과 막강한 사상적 권위를 누렸던 사토 잇사이의 문하에서는 주자학과 양명학을 막론하고 일본 사상계를 주름잡은 대학자들이 다수 배출되었다. 사토 잇사이의 제자 가운데 막부 말기 일본의 선각자로 불렸던 양명학자 사쿠마 쇼잔佐久間象山이라는 사람이 있다. 그의 문하에서는 가쓰 가이슈勝海舟, 사카모토 료마坂本龍馬, 요시다 쇼인吉田松陰 등 일본의 근대화를 이끈 메이지유신의 주역이 여럿 나왔다. 그리고 요시다 쇼인의 문하에서는 다시 다카스기 신사쿠高杉晋作, 구사카 겐즈이久坂玄瑞, 기도 다카요시木戸孝允와 함께 우리에게 너무도 익숙한 인물인 이토 히로부미伊藤博文 등 메이지유신을 최선두에서 주도한 그룹이 배출되었다. 더욱이 기도 다카요시, 오쿠보 도시미치大久保利通와 함께 유신삼걸維新三傑로 불리는 사이고 다카모리西鄕隆盛는 사토 잇사이와 직접적인 사제 관계의 계보에 있지는 않았지만, 사토 잇사이의 사상에 크게 감화되어 그의 저서에서 따로 총 101조의 문구를 초록抄錄해 지니고 다니면서 평생의 좌우명으로 삼았다고 한다.[144] 이렇듯 사토 잇사이의 사상과 저서가 메이지유신의 주역들에게 끼친 거대한 영향력 때문에 오늘날 그는 메이지유신에 철학적, 사상적 자양분을 제공한 인물로 일본인들 사이에서 크게 존경받고 있다. 심지어 "가와카미 마사미쓰川上正光 전 도쿄공대 학장은 '사토 잇사이는 직간접적으로 메이지 유신의 원동력이 되었다고 해도 과언이 아닐 것'이라고"까지

높게 평가했다.[145]

철학자로서나 문장가로서나 대방가의 경지에 오른 사토 잇사이의 진면목을 볼 수 있는 저서가 바로 42세 때부터 82세 때까지 40년이라는 긴 세월 동안 쓴 글들을 모아 엮은 수상록이자 잠언집인 '언지사록言志四錄'이다. '언지사록'은 1830년 사토 잇사이의 나이 59세 때 간행한 《언지록言志錄》과 나이 66세에 탈고한 《언지후록言志後錄》 그리고 나이 79세인 1850년에 간행한 《언지만록言志晚錄》과 나이 83세인 1854년에 간행한 《언지질록言志耋錄》 등을 총칭하는 용어다. 언지사록에는 모두 1,133조항의 글들이 실려 있는데, 여기에서 사토 잇사이는 평생에 걸쳐 자신이 깨닫고 터득한 학문과 문장에 관한 온갖 견해와 이치를 간결하면서도 명쾌하게 밝히고 있다. 사토 잇사이가 나이 80세 때인 1851년에 쓴 《언지질록》의 서문을 읽어보면, 그가 당시의 기준에서 볼 때 이미 육체적, 정신적 사망 선고를 받고도 남을 80세를 전후한 시기까지 학문과 문장에 대해 얼마나 큰 열정을 갖고 있었는가를 느낄 수 있다. "나는 금년에 나이 80세가 되었다. 그러나 아직도 눈과 귀는 심하게 쇠약해지지 않았다. 어찌 행복하지 않겠는가! 숨 한 번 쉬는 짧은 순간일지라도 배움을 중단할 수 없었다." 육체적, 정신적 한계점인 80세의 나이가 지나도록 끊임없이 사색하고 글을 썼던 사토 잇사이는 특히 '자득의 철학자이자 문장가'라고 불러도 좋을 만큼, 학문과 문장 모두에서 자득의 중요성을 강조하고 또한 역설했다.

학문은 스스로 깨달아 터득하는 자득이 중요하다. 세상 사람들은 문자로 되어 있는 책을 눈으로만 읽는 까닭에, 오히려 문자에 구속되어서 문자에 가려져 있는 사물의 이치를 깨우치거나 터득하지 못한다. 마음의 눈을 열고 문자로 되어 있지 않은 책인 실제 인간사와 세상사의 온갖 사항

들을 읽을 수 있어야 한다. 그렇게 되면 스스로 깊이 깨달아 터득하는 것
이 있게 될 것이다.

_사토 잇사이, 《언지후록》[146]

옛사람이 스스로 깨닫고 터득해 남긴 자득의 방법은 제각각 차이가 있
다. 그 가운데 어느 하나만을 취해 주의화主義化하거나 종파를 세우거나
명목으로 삼는 것은 온갖 폐해를 낳는 일일 뿐이다. 오직 나의 마음이 나
라는 존재의 키라는 점을 인식하고, 그 힘을 쓰고 결과를 얻는 것은 각자
가 자득하는 데 따라 다를 뿐 결코 무슨 주의니 종파니 명목이니 하는 것
과 같을 필요가 없다는 사실을 깨달아야 한다. 이러한 주장 역시―각자의
방법으로 스스로 깨달아 터득해야 한다는 의미에서―자득의 중요성을 강
조한 앞의 글과 마찬가지 맥락에서 읽을 수 있다.

옛사람이 제각각 자득한 곳을 세상에 드러내 보이는 것은 훌륭한 일이
다. 다만 자득의 방법이 제각각 달라서 후세 사람들이 그것을 잘 깨우쳐
터득하기 어렵다. 그래서 각자 옛사람의 가르침을 받은 곳에 지나치게
치우치고, 그 하나를 내세워 '주의主義'를 세우는 까닭에 결국 온갖 폐해
가 생겨나게 된다. 나는 스스로 깨달아 터득한 것을 앞세워 하나의 주의
로 내세우거나 또는 하나의 명목名目을 부리고 싶지 않다. 생각하건대 명
목을 세우지 않는 것, 그것이 바로 내 자신의 주의라면 주의다. 이에 대해
세상 사람들은 "그럼 마치 배에 키가 없는 것과 같지 않습니까. 그렇게
되면 도착해야 할 목적지를 몰라서 헤매는 배와 다를 게 무엇입니까?"라
고 비평한다. 나는 이렇게 생각한다. "자신의 마음이 바로 배의 키와 같
다. 따라서 그 힘이 착안해야 할 점은 각자 스스로 깨달아 터득하는 곳

에 따라 다를 뿐 반드시 동일할 필요가 없다." 오히려 한 가지 일에 집착
하느라 다른 백 가지 일을 폐기해버린다면, 이것이야말로 배가 도착해야
할 목적지를 잃어버리고 헤매는 것이다.

_ 사토 잇사이, 《언지만록》

더욱이 사토 잇사이는 학문을 하든 문장을 하든 마치 "다른 사람에게
열熱을 의지하려고 하지 말고 자기 스스로의 힘으로 부싯돌을 쳐서 불을
일으키고, 다른 사람이 파놓은 우물에서 물을 얻으려고 하지 말고 자기
스스로의 힘으로 우물을 파서 물을 얻는 것"처럼 오로지 자신만을 의지해
야 한다고 하는가 하면, "다른 사람에게 보여주기 위해서 화려하게 장식
하는 결혼 예복을 짓는 것"처럼 하지 말고 마땅히 자신의 깨달음을 숭상
해 나아가라고 소리 높여 외쳤다.

주목할 것은 자득에 대한 강조가 나이 66세에 탈고한 《언지후록》과 나
이 79세인 1850년에 간행한 《언지만록》과 나이 83세인 1854년에 간행한
《언지질록》 등에 두루 나타나고 있다는 사실이다. 사토 잇사이가 학문과
문장의 길에 막 들어섰던 젊었을 때는 물론이고 학문과 문장이 완숙의 경
지에 이른 60세 이후 더욱 '자득의 가치와 중요성'을 뼛속 깊이 체감했다
고 해석할 수 있기 때문이다. 이렇듯 학문과 문장에서 자득을 중시한 사
토 잇사이의 견해는 철학적으로 특별히 양명학으로부터 큰 영향을 받아
형성되었다고 말할 수 있다.

사토 잇사이는 어렸을 때부터 양명학의 창도자인 사상가 왕양명王陽
明의 서적과 문장 그리고 필적 등을 좋아해 힘써 배우고 익혔다. 왕양명
은 명나라 중기인 15세기 말과 16세기 초 무렵 홀연히 등장해 당시 학술
과 사상계를 지배하고 있던 주자학(성리학)에 맞서 양명학을 주창한 인물

이다. 그러나 사토 잇사이는 막부와의 공식적인 관계 때문에 특이하게도 '공적으로는 주자학 그리고 사적으로는 양명학'의 노선을 걸었다. 이것은 그가 막부의 관학인 주자학을 가르치는 최고 학문 기관과 직할 교육기관인 쇼헤이코의 최고 책임자였던 만큼 밖으로는 주자학을 표방했지만 안으로는 양명학을 신봉했다는 뜻이다. 이러한 까닭에 사람들은 사토 잇사이의 학문과 사상을 일컬어 '양주음왕陽朱陰王', 곧 양으로는 주자를 따르지만 음으로는 왕양명을 따랐다고 말하곤 한다. 어떻게 보면 사토 잇사이가 평생 주자학과 양명학 사이에서 균형을 잃지 않으려고 했던 것처럼 보이지만, 실상 그의 사상적 뿌리와 철학적 바탕이 주자학보다는 양명학이라는 것은 그의 저서들을 통해 어렵지 않게 확인할 수 있다. 더욱이 사토 잇사이에게 철학적 혹은 사상적으로 감화를 받았던 메이지유신의 주역들역시 그의 양명학에서 큰 영향을 입고 영감을 얻었다고 할 수 있다.

> 나는 어렸을 적부터 왕양명의 책을 즐겨 읽고, 내가 쓰는 문장이나 필적 등에 이르기까지 그를 모방하곤 했다. 물론 선생으로부터 학문을 전수받은 것은 아니므로 지금 반드시 그것만을 주장하지는 않겠다. 그러나 어렸을 때의 익힘이 이미 그와 같았으므로 이제 와서 그것을 고칠 수는 없다. 먼저 도모하지도 않았는데 발탁의 은혜를 입어 쇼헤이코에서 학생들을 가르치는 직무로 나아가게 되었다. 오로지 주자학만을 강의하기는 하였지만 옛 은인은 결코 잊을 수 없는 것이 인지상정인가 보다. 양명학이 주자학과 조금 다르다고 해서 그것을 비난해서는 안 된다.
>
> _사토 잇사이, 《언지질록》[147]

성리학은 주자의 견해와 학설을 천하의 진리로 삼아 그 가르침을 배우고 익히고 실천하는 것을 지상의 과제로 여겼지만, 양명학은 왕양명에게서 볼 수 있는 것처럼 애초부터 홀로 깨달아 터득한다는 '자득'을 핵심적인 가치로 삼았다. 이러한 까닭에 사토 잇사이는 학문을 하는 사람은 "먼저 주자에서 걸음을 시작하여 육상산陸象山의 경지에 이르러야 비로소 진리를 찾을 수 있을 것이다!"고 주장했다. 왜? 주자의 방법은 옛 성현의 가르침을 연구하고 분석했기 때문에 치밀하고 논리적이어서 사람들로 하여금 배우기 쉽게 한 반면, 육상산의 방법은 홀로 깨달았기 때문에 말이나 글로는 가르쳐줄 수 없어서 사람들이 도달하기 어렵기 때문이다. 그러나 주자의 견해와 학설에서 시작하더라도 육상산의 방법으로 자득의 경지에 오르는 것, 사토 잇사이는 "이것이 덕성을 존숭하며 도를 찾는 학문이다"라고 못 박았다. 사토 잇사이는 경전의 주석과 주자의 학설과 견해에 갇혀서 폐쇄적이고 고루한 성격을 벗어나지 못하는 성리학의 시대착오적인 폐단을 극복하는 길 역시 자기만의 깨달음, 곧 자득의 가치를 중시하는 양명학에서 찾아야 한다고 보았다.

> 육상산은 홀로 깨달았으므로 배우는 자들이 오르기 쉽지 않다. 이에 반해 주자는 치밀하지만 사람들로 하여금 오르기 쉽게 한다. 따라서 배우는 자들은 먼저 주자에서 걸음을 시작하여 육상산에 이르러야 한다. 이것이 덕성을 존숭하며 도를 찾는 학문이다.
>
> _사토 잇사이, 《언지질록》[148]

오늘날 송학을 부르짖는 자들은 거의 모두가 고거考據를 하고 있다. 주자의 경에 대한 주를 읽어도 다만 문자를 훈고하고 판본의 다름과 같음을 조사하는 것에 지나지 않는다. 의리議理의 자세함과 간단함, 그것이 올바른지 잘못된 것인지는 막연하게 제쳐두고 묻지 않는다. 대체로 청나라 학자들을 모방하여 그런 것인데 나는 이를 받아들일 수 없다.

_사토 잇사이, 《언지질록》[149]

물론 어떤 학문이나 사상도 자득의 중요성을 강조하지 않는 것은 없지만, 특별히 양명학의 체계에서는 '자득'을 철학과 사상의 근본 바탕으로 하고 있다고 해도 과언이 아니다. 다시 말해 동아시아 유학의 역사를 통틀어 보더라도, 양명학이야말로 진정한 '자득지학自得之學'이라고 말할 수 있다. 양명학이 얼마나 자득을 중시했는가는 그 철학적 핵심 개념인 '양지良知'와 '양능良能'을 통해서 쉽게 확인할 수 있다. 양명학은 '치양지致良知', 곧 양지를 실현하는 것을 철학적·사상적 목표로 삼는 학문이라고 해도 틀리지 않다. 그럼 양명학의 철학적 핵심 개념인 양지와 양능은 무엇인가? 그것은 '모든 사람이 태어날 때부터 지니고 있는 지혜와 능력'을 뜻한다. 다시 말해 양명학은 진리 탐구는 성현의 가르침, 즉 그들의 견해나 지식이나 도리에 의지할 것이 아니라 본래부터 자신에게 내재되어 있는 양지와 양능, 곧 모든 사람이 태어날 때부터 갖추고 있는 지혜와 능력에 따라야 한다고 보았다. 여기에서 양지와 양능에 따른다는 것은 고인古人 또는 타인에게 의존하지 않고 오직 자신이 본래부터 갖고 있는 지혜와 능력에 의지해 스스로 깨닫고 터득하는 것이 중요하다는 얘기나 다름없다.

앞서 언급한 적이 있는 이탁오의 '동심', 원굉도의 '동자지취', 원매의 '적자지심'은 모두 양지와 양능의 다른 표현이라고 해도 틀리지 않다. 이덕무의 '영처'나 박지원이 《열하일기》'호곡장론'에서 말한 '영아성嬰兒聲(갓난아기의 울음소리)' 그리고 이용휴의 '천리天理와 환아還我' 역시 이와 다르지 않다. 특히 사토 잇사이는 이것을 '천의天意', 즉 하늘의 뜻이라고 표현했는데, 이 말은 본연本然의 뜻, 곧 지식이나 견문이나 도리에 물들거나 인위적이나 작위적으로 꾸미지 않은 '본디 그대로의 자연의 뜻'으로 해석할 수 있다.

> 천의天意에 의해서 느끼는 것은 특별히 생각하지 않아도 저절로 아는 능력 곧 '양지'이다. 천의에 의해서 움직이는 것은 특별히 배우지 않아도 저절로 잘 하는 능력 곧 '양능'이다.
>
> _ 사토 잇사이, 《언지만록》

더욱이 사상적으로 양명학 좌파로 분류되는 이탁오는 말할 것도 없고 공안파와 원굉도 그리고 원매에 이르기까지 '학문과 문장의 혁신'을 주창한 이들이 대부분—의도했든 혹은 의도하지 못했든—양명학에 친화적이라는 사실만 보더라도, 특히 독특성과 독창성과 독자성을 중시하는 작가들에게는 다른 어떤 학문보다 자득을 철학적 사유의 바탕으로 하는 양명학이 훨씬 더 유용하고 가치가 있다고 해도 과언이 아니다. 특히 양명학의 자득 정신의 정수는 왕양명이 《전습록傳習錄》에서 밝힌 "구지어시이비야求之於心而非也, 수기언지출어공자雖其言之出於孔子, 불감이위시야不敢以爲是也"라는 구절에 잘 나타나 있다. 이 구절의 뜻은 "마음에서 구하여 옳지 않으면 비록 그 말이 공자에게서 나왔다고 해도 감히 옳다고 하지 못하겠다"는 것이다. 이러한 자득 정신 때문에 양명학은 다른 어떤 철학과 사상보다도 주체적 자아의 자각과 실천을 중시했다. 사토 잇사이 역시 언지사록의 곳곳에서—학문을 하고 문장을 지을 때—다른 무엇보다 '자기 자신을 중시하는 철학'의 실천을 역설했다.

인간이 구비具備하고 있는 본심과 본성은 영묘하게 빛나는 것으로 수많은 도리를 그 마음속에 갖추고 있고, 모든 일과 사물은 다 이 마음에서 비롯된다. 이렇게 빛나고 영묘한 마음의 깨달음은 어디에서 얻은 것인가. 자신이 세상에 나오기 이전에 이 마음은 어디에서 오는 것일까. 또한 자신이 죽고 난 이후에 이 마음은 어디에 돌아가 머무는 것일까. 과연 삶과 죽음이라는 것이 있을까. 이러한 점을 헤아리다 보면 몸이 오싹해지는 느낌에 두렵고 무서운 기분이 든다. 자신의 마음이 하늘 그 자체라는 깨달음을 주기 때문이다.

_ 사토 잇사이, 《언지록》

학식과 덕망을 갖춘 군자는 자신의 행위에 만족하지 않는다. 하지만 학식이 낮고 도량이 좁은 소인은 자신을 속이면서 자기의 행위에 만족한다. 군자는 향상向上을 목표로 하고 스스로 노력하기를 마다하지 않는다. 하지만 소인은 자포자기하여 제 몸을 버리고 돌아보지 않는다. 향상의 길을 걷는 것과 타락의 길로 가는 것은 그저 '스스로 자自', 이 한 글자에 자리 잡고 있을 따름이다.

_ 사토 잇사이, 《언지후록》

"마음이 고요할 때에야 비로소 빛나는 태양의 은혜를 알게 되고, 눈이 밝을 때에야 비로소 맑게 갠 푸른 하늘의 상쾌함을 알게 된다." 이것은 북송의 성리학자 정명도程明道가 기록한 구절이다. 이 구절대로 '맑게 갠 푸른 하늘[靑天]'과 '밝게 빛나는 태양[白日]'은 항상 자기 자신에게 있는 것이지 자신의 밖에 있는 것이 아니다. 이를 좌우명으로 내걸고 경계의 말로 삼아야 할 것이다.

앞서 사토 잇사이가 말했던 것처럼, 자득에 이르는 길에는 천만 가지의 길이 있고, 자득하는 방법에는 백만 가지의 방법이 존재한다. 그런데 흥미로운 사실은 자득하는 데에는 백만 천만 가지 다른 길과 방법이 있다손 치더라도, 조선의 홍길주와 중국의 원매 그리고 일본의 사토 잇사이에게서 공통적으로 발견되는 이치 역시 있다는 점이다. 그 하나가 '자득한 것은 입으로 설명하기도 어렵고 글로 표현하기도 어렵다'는 것이라면, 다른 하나는 '자득이란 성급하게 서두르고 분주하게 내닫는다고 해서 결코 얻을 수 있는 게 아니다'라는 것이다.

따라서 홍길주와 원매와 사토 잇사이에게서 모두 발견되는 자득의 이치 역시 두 가지 차원에서 살펴볼 수 있다. 그 하나는 옛사람에게 의지하거나 다른 사람에게 의존하지 않고 오로지 스스로 깨달아 터득할 때에야 비로소 독보적인 결과를 성취할 수 있다는 것이다. 다른 하나는 오랜 세월 스스로 깨달아 터득하는 과정을 반복하고 또 반복해야 비로소 온전히 자득의 경지에 이를 수 있다는 것이다. 특히 이 반복의 과정은 작은 자득과 큰 자득이 끊임없이 순환하는 과정이므로 "스스로 깨달아 얻는 것은 끝이 없다"는 사토 잇사이의 경구를 좌우명 삼아 쉼 없이 나아가야 할 따름이다.

인생이란 무거운 책임을 제 몸에 짊어지고 머나먼 길을 가는 것과 다름 없다. 바꾸어 말하면 사람은 무거운 책임을 짊어진 채 먼 길을 향해 발길을 옮기는 것처럼 큰 목적을 향해 나아가지 않으면 안 된다. 나는 노학자이다. 그렇지만 마땅히 온 힘을 다해 죽을 때까지 스스로 학문에 힘써 열심히 깨우치고 터득하지 않으면 안 된다는 생각을 갖고 있다.

_사토 잇사이,《언지질록》

인간은 언제 돌에서
별이 되어 빛나는가?

● 쇼펜하우어

필자는 10여 년 전《조선 지식인의 글쓰기 노트》를 쓰고 엮을 때, 그 서문
에서 책을 출간하는 이유에 대해 "독서와 사색과 글쓰기는 하나"라는 메
시지를 독자들에게 전달하기 위해서라고 밝힌 적이 있다. 독일의 철학자
쇼펜하우어Arthur Schopenhauer(1788~1869)는 "독서와 학습은 객관적인 앎"이
고 "독서와 학습을 바탕으로 이루어지는 사색은 주관적인 깨달음"[150]이라
고 역설하면서 독서와 학습과 사색을 하나로 결합하는 학문과 글쓰기를
추구했다. 이러한 관점에서 보자면, 다른 어떤 사람보다도 쇼펜하우어야
말로 필자가 추구하는 독서와 사색과 글쓰기의 모델에 가장 가까운 인물
이라고 말할 수 있다. 더욱이 쇼펜하우어는 독서도 독자적이어야 하고, 사
색도 독자적이어야 하며, 글쓰기도 독자적이어야 한다고 역설했다. 스스
로 깨닫고 터득해야만 얻을 수 있는 '독자성'을 바탕 삼아 독서와 사색과
글쓰기를 하나로 만들었다는 바로 그 점에서 또한 쇼펜하우어는 필자에
게 자득의 모델이 되기에도 충분한 조건을 갖추고 있다.

　'자득'에 관한 쇼펜하우어의 철학은 첫째 독서, 둘째 사색, 셋째 글쓰기
등 세 가지 차원에서 살펴볼 수 있다. 먼저 쇼펜하우어의 독서에 관한 자

득의 철학부터 알아보자. 독서는 분명 글쓰기에 필수불가결한 주춧돌이다. 그러나 모든 독서가 글쓰기에 도움이 되는 것은 아니다. 오히려 해로운 독서도 있다. 그렇다면 해로운 독서란 어떤 독서인가? 지식을 습득하기 위한 독서, 생각을 마비시키는 독서가 바로 해로운 독서이다. 쇼펜하우어는 "너무 많이 책을 읽는 사람, 거의 종일토록 독서에만 매달리는 사람"은 마치 "말만 타고 다니는 사람이 걸어 다니는 것을 점차 잊어버리게 되는 것"과 마찬가지로 "스스로 생각하는 능력을 잃어버리게 된다"고 주장한다. 대개 학자라는 사람들의 독서라는 게 그렇다. 쇼펜하우어는 이러한 독서에 대해 매우 근본적인 비판을 하고 있다. 어떻게 보면 '독서는 무용하다'고 주장하는 것으로 보일 만큼 그의 견해는 급진적이다.

독서란 자기 스스로 생각하지 않고 다른 사람이 대신하여 생각해주는 것이다. 우리는 그저 그 사람 마음속의 과정을 반복하는 데에 그친다. … 많은 학자의 경우가 이러하다. 그들은 독서를 함으로써 바보가 되었다. 여가가 생기면 곧 책을 손에 쥐는 것처럼 쉬지 않고 독서를 계속하는 것은 쉬지 않고 손을 놀리는 일 이상으로 정신을 불구로 만든다. … 스프링이 계속 다른 물체의 압력을 받으면 탄력을 잃는 것처럼 정신 또한 다른 사람의 사상을 받으면 탄력을 잃게 된다. 영양을 너무 많이 섭취하면 위를 해치고, 그 때문에 몸 전체를 해치는 것처럼 정신의 영양도 너무 많이 섭취하게 되면 정신은 질식해버린다.

_쇼펜하우어, 《인생론Aphorismen zur Lebensweisheit》[151]

도대체 왜 쇼펜하우어는 이토록 독서에 대해 과격한(?) 발언을 쏟아 놓았던 것일까? 그것은 독서하는 일 자체를 비난하려고 한 게 아니라 아무런 생각도 하지 않고 독서하는 것을 비판하기 위해서다. 쇼펜하우어는 말한다. "독서한 것을 다시 생각할 때에야 비로소 독서한 것이 자신의 것이 된다. 그러한 이치는 마치 음식을 먹었다고 곧바로 피와 살이 되지 않는 것과 같다. 소화가 되어야 비로소 피와 살이 되듯이, 끊임없이 독서만 하고 생각하지 않는다면 아무리 많이 읽어도 자기 속에 남아 있지 못하고 대개는 잃어버리고 만다." 따라서 자득의 독서, 곧 독서를 통해 스스로 깨달아 터득하기 위해서는 반드시 두 가지를 명심하고 책을 읽어야 한다. 그 하나는 반드시 "생각하는 것을 중심으로 독서하라"는 것이다.

> 장서藏書가 아무리 많아도 정리되어 있지 않은 도서관은, 책은 많지 않아도 잘 정리되어 있는 서고만큼 도움을 주지 못한다. 이처럼 아무리 많은 양의 지식이라 해도 자기 스스로 철저하게 생각해본 일이 없는 경우에는 양에 있어서는 적어도 여러 가지 각도로 생각해본 지식보다는 그 가치가 훨씬 낮다. 왜냐하면 우리는 자기가 알고 있는 것을 전체적인 것과 결부해본다든지, 하나의 진리를 다른 진리와 비교해보아야 비로소 자신의 지식을 완전히 자기 것으로 만들고 구사할 수 있기 때문이다. … 철저하게 생각한 것만이 정말로 알고 있는 것이다.
>
> _쇼펜하우어, 《인생론》

스스로 생각하지 않으면서 독서한다는 것은 정리되어 있지 않은 잡다한 지식 또는 다른 사람의 사상을 자신의 머릿속에 마구 집어넣는 것과 같다. 그러나 정리되어 있지 않은 잡다한 지식은 실제 자신의 것이 아니기 때문에 그 효용 가치가 매우 낮다. 자신의 것으로 활용하거나 구사하지 못하기 때문이다. 더욱이 다른 사람의 사상을 자신의 머릿속에 갖고 있다는 것은 마치 다른 사람의 생각에 의해 지배당하거나 조종당하는 꼭두각시의 신세를 벗어나기 힘들다. 쇼펜하우어는 말한다. 자신의 사상을 갖지 못하는 가장 확실한 방법은 끊임없이 독서하는 것이며 "박식다독博識多讀이 대부분의 사람을 그 천성 이상으로 평범하고 우둔하게 만들고 저술을 성공하지 못하게 만드는 것은 바로 이러한 까닭"이라고. 이렇듯 생각하는 것을 중심으로 독서해야 스스로 깨달아 터득하는 것이 있다는 쇼펜하우어의 '자득의 독서관'은 흥미롭게도 조선의 지식인에게서도 어렵지 않게 찾아볼 수 있다. 그 대표적인 이가 서애西厓 유성룡柳成龍이다.

서애 유성룡의 문집인 《서애집西厓集》을 살펴보면, '학이사위주學以思爲主', 즉 생각하는 것을 중심으로 공부한다는 의미를 갖고 있는 글 한 편이 등장한다. 여기에서 유성룡은 맹자의 말을 인용하면서—쇼펜하우어와 마찬가지로—성현의 공부란 오로지 '생각하는 것'을 중심에 두고 있었다고 강조했다. 그리고 '생각할 사思'자를 파해破解하면서, 그 글자가 '밭 전田'자 밑에 '마음 심心'자를 붙인 것이므로, '생각한다는 것'은 농부가 논밭을 잘 가꾸듯이 '마음 밭'을 잘 갈아 다스려 스스로의 힘으로 세상 만물과 우주의 이치를 터득하는 길이라고 설명했다. 그래서 유성룡에게 '생각'이란 하늘이 자신에게 내려준 최고의 보물이다. 만약 다섯 수레의 책을 줄줄 외우면서도 '생각하는 것'이 없다면 정작 그 글의 뜻과 의미는 전혀 모르는 무지렁이의 신세를 모면하기 어렵다.

어떤 사람은 다섯 수레의 책을 입으로는 줄줄 외면서도, 정작 글의 뜻과 의미를 물으면 전혀 알지 못한다. 이것은 다름 아니라 공부하면서 생각하지 않았기 때문이다. '생각할 사思'는 '밭 전田'자 밑에 '마음 심心'자를 붙인 것이다. '밭 전田'은 갈아서 다스린다는 뜻이다. 농부가 잡초를 없애

좋은 질의 곡식을 내는 것처럼 마음 밭을 잘 갈아 다스리면, 이로부터 마음이 바르게 되고 뜻이 성실해져 사악한 잡념은 물러가고 하늘의 이치는 저절로 밝아지게 된다. 한결같다는 뜻을 담은 '정일精一'의 공부나 독서 방법 역시 이와 같다.

_유성룡,《서애집》

그러나 생각하는 것을 중심으로 독서한다고 해도 "책을 읽고 얻은 다른 사람의 사상은 먹다 남은 것, 알지 못하는 손님이 벗어놓고 간 옷"에 불과하고 "자기의 머리가 아니라 다른 사람의 머리로 생각하는 것"일 뿐이다. 그렇다고 독서를 게을리할 수는 없다. 왜? 한 사람이 세상 모든 것을 스스로 깨달아 터득한다는 것은 불가능하다. 더욱이 옛사람이나 다른 사람이 깨달아 터득한 이치를 길잡이 삼아 자신이 미처 깨닫지 못한 것을 얻을 수도 있고 더욱 높은 곳으로 나아갈 수도 있다. 다만 어떤 경우에도 독서가 자신의 생각을 길들이거나 짓밟거나 지배하거나 조종하도록 해서는 안 된다. 따라서 자득의 독서를 위해 명심해야 할 두 가지 가운데 다른 하나는 "독서를 하되 자신만의 독자적인 경지와 영역을 개척하라"는 것이다. 그렇다면 어떻게 해야 한다는 말인가?

참고할 만한 자료가 하나 있다. 이덕무의 젊은 시절 수상록인《이목구심서》에 보면, 원굉도의 '독서讀書'라는 시가 한 편 소개되어 있다. 그 시는 다음과 같다. "책 위에 쌓인 먼지 털어내고 / 의관을 바로하고 옛사람과 마주하네. / 저서로 전해온 것 모두 마음과 기운이고 / 이치를 깨우쳐 정신을 더욱 기르네. / 도끼를 잡고 주옥珠玉을 캐고 / 그물을 넓게 펼쳐 봉황과 기린을 잡네. / 장차 반 척尺의 빗자루를 들고 / 온 땅의 가시덤불을 쓸어버리리라." 이덕무는 이러한 독서법이야말로 참된 이치를 얻은 것이라고 평가했다. 이덕무가 '독서의 참된 이치'라고 말한 원굉도의 방법이란 쉽게 설명하면 이렇다.

독서의 참된 방법이란 책 속에서 옛사람을 만나되 도끼를 들고 보물인 진주와 옥을 캐듯, 그물을 쳐서 영물인 봉황과 기린을 잡듯 했던 뜻을 배워 나의 생각을 키우고 정신을 기르는 것이다. 하지만 여기에 머물러서는 안 된다. 스스로 한 자루의 비를 들고 온 세상의 가시와 수풀을 쓸어버리고 자신만의 영토를 개척하는 것과 같이 해야 한다. 만약 스스로 터득해 얻는 것이 없다면, 독서는 단지 옛사람의 말과 글을 되풀이하는 데 불과할 뿐이다. 독서는 다른 사람을 모방하거나 흉내 내려고 하는 것이 아니라 자신만의 사상과 세계를 건설하는 데서 지극한 경지를 찾아야 한다. 앞에서도 살펴보았지만 원굉도는 고문에서 벗어난 혁신적인 문장을 지향했다. 그러나 그 혁신은 고문과 고전에 대한 독서에 바탕하고 있으면서, 다시 그 고문과 고전을 뛰어넘어 자신만의 독자적인 문장을 개척해 얻은 것이다.

쇼펜하우어는 독서해야 할 때를 가리켜, 자기 스스로 판단하고 이해하고 사고할 수 있는 자기 사상의 원천이 고갈되고 작동을 멈췄을 때 바로 그 순간에만 책을 읽어야 한다고 역설했다. 그러한 독서는 가장 탁월한 두뇌와 훌륭한 능력을 가지고 있는 사람에게서도 어렵지 않게 찾아볼 수 있다는 게 쇼펜하우어의 견해다. 다시 말해 독서란 자기 사상을 만드는 에너지의 공급원으로만 활용해야 한다는 얘기다. 독서라는 에너지를 바탕 삼아 자기 사상을 만드는 것, 그것만이 참된 독서법이다. 그런 의미에서 이덕무와 원굉도와 쇼펜하우어의 독서법은 시대와 공간을 초월해 일맥상통한다. 특별히 쇼펜하우어는 독서의 재료와 대상, 즉 텍스트를 단지 책과 문자에만 국한하지 않고 세계로 확장시켰다는 점에서—앞서 살펴보왔던 것처럼—세상 그 자체를 주요한 텍스트로 삼아 독서하고 글을 썼던 홍길주의 사상과도 유사한 측면을 갖고 있다. 쇼펜하우어는 이렇게 말했다. "학자란 책을 읽은 사람을 말하며 사상가나 천재, 즉 세상에 빛을 가져오고 인류를 앞으로 전진시키는 사람은 직접 세상이라는 책을 읽은 사람들이다."

그러나 독서가 아무리 유익하다고 해도, 쇼펜하우어에게 그것은 스스로 판단하고 이해하고 사고하는 것의 대용품에 지나지 않으며, 자신의 머릿속으로 다른 사람의 생각이 끊임없이 또한 강력하게 흘러들어오는 것에 불과하다. "스스로 판단하고 이해하고 생각하는 것에 이것보다 더 해로운 적敵은 없다." 이러한 까닭에 쇼펜하우어에게 진정으로 가치 있는 것은 '독서해서 자득한 것'이 아니라 '사색해서 자득한 것'이라고 할 수 있다. 쇼펜하우어는 아예 스스로 생각하는 것과 독서하는 것이 사람의 정신에 미치는 영향의 거대한 차이를 이렇게 서술하고 있다.

사람마다 원래 두뇌의 차이가 있어서, 그로 인해 어떤 사람은 독자적 사고에, 또 어떤 사람은 독서에 끌리는데, 그 차이 때문에 두 가지가 정신에 미치는 영향은 끊임없이 커진다. 다시 말해 독서는 우리가 순간적으로 갖고 있는 정신의 방향이나 기분, 너무나 낯설거나 이질적인 사고를 마치 도장 찍듯 정신에 강요한다. 이때 정신은 전혀 그러고 싶은 충동이 없고 내키지 않는데도 때로는 이것을 때로는 저것을 생각하도록 외부로부터 심한 강요를 당한다. 반면에 독자적 사고를 하는 경우 정신은 순간적으로는 외부의 환경이나 어떤 기억에 좀 더 좌우된다 할지라도 자기 자신의 충동을 따른다. 다시 말해 구체적인 환경은 독서와는 달리 어떤 특정한 사고를 정신에 강요하는 것이 아니라, 단순히 자신의 천성과 그때

의 기분에 맞는 것을 생각하도록 소재와 계기를 제공해줄 뿐이다.[152]

　그렇다면 '독서해서 자득한 것'과 '사색해서 자득한 것'의 차이는 무엇인가? 사색을 통해 자득한 사람은 "우선 자기의 학설을 세우고 난 후에 그것을 뒷받침하는 권위에 접근한다. 그런 까닭에 그에게 있어서 권위는 자기 학설을 강화하는 데 도움이 될 뿐이고, 마음을 든든하게 할 뿐이다." 이것은 독자적인 사고를 통해 스스로 깨달아 터득해 자신의 견해를 세운 다음에 권위 있는 사람이나 서적을 읽어서 확인한다는 뜻이다. 반면 독서를 통해서 자득한 사람은 "권위에서 출발하여 남의 학설을 끌어 모아 하나의 전체를 세운다." 이것은 권위 있는 사람이 세운 학설이나 권위 있는 서적의 견해에 의존해 자신의 견해를 세운다는 뜻이다. 그러한 까닭에 독서를 통해 자득했다는 사람이 세웠다는 학설이나 체계란 "서로 다른 재료로 짜맞춘 로봇"[153]과 같다면, 사색을 통해 자득한 체계는 자연 그대로의 살아 있는 인간과 같다고 할 수 있다.

　이러한 쇼펜하우어의 철학은 주자학의 '격물치지'와 양명학의 '치양지'에 견주어 비교해볼 만하다. 성리학의 태두인 주자의 학문 방법은 격물치지, 즉 '사물의 이치를 끝까지 파고들면 앎에 이른다'는 것이다. 이 말은 독서를 통해 사물의 이치를 궁구하면 마침내 깨닫게 된다는 뜻이다. 반면 양명학의 왕양명의 학문 방법은 치양지, 즉 '사람이 태어날 때부터 지니고 있는 본래의 지혜를 실현한다'는 뜻이다. 다시 말하자면 독서에 의존하지 않고 사색을 통해 앎에 이른다는 말이다. 우리 역사 속 철학자 가운데에는 주자학과 다른 길을 걸었던 화담花潭 서경덕徐敬德에게서 '사색을 통한 자득'을 찾아볼 수 있다. 서경덕은 18세 때에 이미 독서를 통해 사물의 이치를 깨닫는 방법을 부정하고, 먼저 궁리와 사색을 통해 사물의 이치를 직접 탐구한 후 독서를 통해 확인하는 방법으로 학문을 했다. 이러한 서경덕의 독특한 학문 방법은 훗날 국가 차원에서 역대 임금의 업적 중 선정만을 모아 편찬한 편년체 사서인 《국조보감國朝寶鑑》에 자세하게 실릴 만큼, '서경덕식 공부법'으로 널리 알려져 있었다.

> 다시는 과거 시험을 보지 않고 화담花潭 가에 집을 짓고 도의道義 공부에 온 마음을 쏟았다. 그 학문은 오직 궁리窮理와 격물格物로 하고 더러 묵묵히 여러 날 앉아 있곤 했다. 그가 궁리를 일삼아 하늘의 이치를 궁구할 때에는 벽에 '천天'자를 써놓고 연구에 몰두했다. 이미 궁구한 다음에는 다시 다른 글자를 적어놓고 정성껏 생각하고 힘써 연구했는데 밤과 낮이 따로 없었다. 여러 해 동안 이렇게 하여 자신도 모르는 사이에 환하게 밝히고 꿰뚫은 후에야 독서하여 스스로 터득한 것을 증명했다.
>
> _《국조보감》, 선조 8년(을해 1575)

이러한 까닭에 율곡 이이는 일찍이 서경덕의 학문을 가리켜 '자득지학自得之學'이라고 불렀다. 필자가 볼 때, 사색을 통한 자득을 중시하는 철학을 했다는 점에서 서경덕의 철학하는 방법은 쇼펜하우어의 철학하는 방법과 별반 다르지 않다. 그것은 "스스로 이해하고 스스로 사색하는 것을 먼저하고, 책을 통해 확인하는 것은 나중에 하라"는 것이다. 그런 점에서 쇼펜하우어의 자득관은 동양철학의 관점에서 보자면 양명학과 친화력이 있다고 하겠다.

쇼펜하우어는 말한다. 대개 큰 어려움을 겪으면서 사색해 자득한 진리나 통찰을 옛사람이나 다른 사람이 남긴 책 속에서 편하게 찾을 수도 있다. 그러나 책 속에 적혀 있는 진리나 통찰은 독자적인 사색을 통해 자득한 진리나 통찰에 비교하면, 후자가 전자의 경우보다 100배 이상의 가치가 있다. 왜 그러한가? 책 속에 적혀 있는 진리나 통찰은 남에게 빌려온 것이기 때문에 부분적이며 불확실해 잃어버리거나 사라지기 쉽다. 그러나 독자적인 사색을 통해 자득한 진리나 통찰은 전면적이고 확실하므로 결코 잃어버리지 않고 사라지지 않는다. 단순히 배워서 얻은 진리란 마치 고무로 만든 "의수나 의족, 의치, 밀랍으로 만든 코나 또는 기껏해야 남의 살로 성형수술 한 코"[154]가 몸에 붙어 있는 것처럼, 단지 정신에 부착되어 있는 것일 뿐 자기 자신의 것은 아니다. 반면 독자적으로 사색하여 얻은 진리는 처음부터 가지고 태어나는 손발과 같이 자연스러운 것으로, 이것만이 진정한 자기 자신의 것이다.

> 책 속에 쓰여진 문구보다 스스로 생각하여 획득한 것은 100배 이상의 가치가 있다. 스스로 생각하고 겪어서 얻은 진리는 사상의 전체 체계 속에 생생한 부분으로 편입되어 그 체계에 긴밀하게 결부되고, 그 근거와 결론이 모두 이해되기 때문이다. 또한 이렇게 얻어진 진리와 통찰은 빌려온 것이 아니며, 필요한 시기에 얻어진 것으로 확고한 위치를 차지하여 두 번 다시 사라져버리는 일이 없다.
>
> _쇼펜하우어, 《인생론》

그러므로 사색을 통해 스스로 깨달아 터득한 자기 자신의 사상만이 진정한 의미에서 완전히 이해하고 완벽하게 활용할 수 있는 유일한 것이라고 말할 수 있다. 쇼펜하우어는 이러한 이치를 여행 서적을 통해 어떤 나라에 관한 지식과 정보를 얻는 사람과 직접 찾아가 현장을 방문하고 견문하는 것을 통해 그 나라에 관한 지식과 정보를 얻는 사람과 비교하여 이렇게 설명하고 있다.

> 독서로 일생을 보내고 여러 가지 책에서 지혜를 얻은 사람은 여행 안내
> 서를 잔뜩 읽고 어느 나라에 관한 정확한 지식을 얻은 사람과 같다. 이
> 런 사람은 많은 정보를 줄 수는 있지만, 엄밀히 말하자면 그 나라의 사정
> 에 관한 일목요연하고 분명하며 철저한 지식을 갖고 있지는 못하다. 이
> 와 반대로 일생을 사고하며 보낸 사람은 직접 그 나라에 갔다 온 사람과
> 같다. 이런 사람만이 그 나라의 실제 모습을 알고 있고, 그곳의 문제를 일
> 목요연하게 꿰뚫고 있으며, 진정으로 그곳 사정에 정통하고 있는 것이
> 다.[155]

그러므로 "제1급의 정신을 지닌 소유자들의 특징적인 자질은 모두 직
접 판단을 내린다는 점이다. 그들이 제시하는 의견은 모두 그들 자신이
스스로 사고하여 얻은 결과"이다.[156] 그들의 정신은 어느 누구에게도 예속
되어 있지 않다. 그들의 정신은 자기의 판단과 사색에서 나오지 않은 어
떤 사상의 권력과 권위도 인정하지 않는다. 이러한 까닭에 독자적인 사고
를 하는 사람은 마치 자신이 관할하는 영토의 모든 문제에 대해 자기 선
택권과 결정권을 행사하는 군주와 같다. 오직 스스로 생각하고 스스로 깨
닫고 스스로 터득하는 사람만이 자기 사상의 진정한 선택권자이자 결정
권자일 수 있다.

> 진정으로 독자적 사고를 하는 사람은 이런 점에서 군주와 같다. 그는 모
> 든 일을 자신이 직접 결정하며, 자신을 넘어서는 아무도 인정하지 않는
> 다. 그의 판단은 군주의 결정처럼 자신의 절대적 권력에서 유래하며, 자

기 자신에게서 직접 출발한다. … 반면에 온갖 종류의 지배적인 견해, 권위, 편견에 사로잡힌 범속한 두뇌의 소유자는 법이나 명령에 묵묵히 복종하는 민중과 같다.[157]

이제 마지막으로 글쓰기에 대한 쇼펜하우어의 자득의 철학에 대해 살펴보자. 아마도 이 주제는 어떻게 글을 쓸 것인가를 고민하는 모든 이들이 궁극적으로 도달해야 할 문제이기 때문에, 이 책을 마무리하는 내용으로도 매우 적합하다는 생각이 든다. 쇼펜하우어는 글을 쓰는 사람에는 세 가지 부류가 있다고 말한다. 첫 번째 부류는 사색하지 않고 글을 쓰는 사람들이다. 이들은 단순히 "기억과 추억을 바탕으로 하거나, 또는 남의 책을 직접 이용해서 글을 쓰기도 한다." 두 번째 부류는 글을 쓰면서 사색하는 사람들이다. 이들은 단지 글을 쓰기 위한 목적으로 사색할 뿐이다. 세 번째 부류는 사색하고 나서 글 쓰는 것을 시작하는 사람이다. 이들은 사색을 했기에 사색한 것을 글로 쓸 뿐이다. 쇼펜하우어는 글을 쓰는 사람 중에는 첫 번째 부류의 사람이 대다수이고 두 번째 부류의 사람도 그 수가 많은 반면, 세 번째 부류의 사람은 매우 드물게 발견할 수 있다고 말한다. 그리고 덧붙이기를 진지하게 사색하고 글을 쓰는 소수의 사람들 가운데에도 '세계와 사물의 존재 그 자체'를 직접적인 재료와 소재로 삼아 글을 쓰는 사람은 극소수이며, 그 밖의 사람들은 단지 책에 쓰인 것이나 다른 사람이 이미 말한 것과 글로 쓴 것에 대해서만 사색할 뿐이라고 힐난했다. 그들은 "생각하기 위해서는 남이 제공하는 사상에 의한 보다 상세하고 강력한 자극"이 필요한 사람들이고, "이제 이러한 남의 것이 가장 친밀한 주제"가 되어버린 사람들이다. 남의 말과 글에 의지하고, 남의 사상에 의존하는 바로 그 습성 때문에 그들의 글은 '독창적인 것'을 결코 얻지 못한다. 그러나 세계와 사물의 존재 그 자체에서 직접적으로 자극을 받아 글을 쓰는 극소수의 사람은 세계와 사물의 존재 그 자체에 대해 사색한 것을 통해 스스로 깨달아 터득한 것을 글로 쓴다. 남에게 의지하거나 의존하거나 의탁하지 않고 오직 스스로의 힘만으로 이해하고 사색하고 또한 깨달아 터득한 것을 글로 쓰기 때문에, 이러한 사람의 글만이 독창적이다. 진정으로 읽을 만한 가치가 있는 글은 바로 이러한 글뿐이다. 쇼펜하우어는 "이런 사람들 중에서만 영원한 생명과 불후의 명성을 지닌 저술가를 발견할 수 있다"고 말했다.[158]

심지어 쇼펜하우어는 독자적인 사색을 통해 자득하는 것을 즐기는 철학자와 남이 쓴 책에만 의존하는 철학자의 말과 글에 나타나는 넘어설 수 없는 차이를 이렇게 밝혔다. 한쪽의 글이 독창적이라면, 다른 한쪽의 글은 단지 남의 것의 재탕이자 복사일 뿐이라는 얘기다.

자주적 사상가의 특징은 진지하고 직접적이고 근원적이며, 그 사상이나 표현 등이 독창적이다. 그러나 책만 읽는 철학가는 모든 것이 재탕이며 개념도 남의 것을 그대로 받아 옮기는 것이고, 복사한 것을 또다시 복사한 것처럼 희미하고 확실하지 못하다.

_쇼펜하우어, 《인생론》

쇼펜하우어는 아일랜드 출신의 스콜라 철학자 스코투스 에리우게나Johannes Scotus Eriugena, 이탈리아의 인문주의자 페트라르카Francesco Petrarca, 영국의 철학자 프랜시스 베이컨, 프랑스의 철학자 데카르트, 영국의 사상가 토머스 홉스Thomas Hobbes, 네덜란드 출신의 철학자 스피노자와 같은 사람들이 바로 '자주적 사상가의 특징'을 갖고 있는 이들이라고 말했다. 한편으로 쇼펜하우어는 독자적인 사고를 통해 스스로 깨달아 터득한 것을 글로 쓰는 사람들은 내용뿐만 아니라 표현과 형식, 즉 문체에서도 독자성과 독창성을 추구했다고 말한다. 쇼펜하우어는 문체를 매우 중시했다. 그는 "문체는 정신의 관상"이며 "정신의 관상은 신체가 주는 인상 이상으로 진실하다"고 말한다.[159] 이러한 까닭에 다른 사람의 문체를 모방하거나 흉내 내는 것은 가면을 쓰고 다니거나 거짓으로 얼굴을 꾸미는 짓이나 다름없다. 가면이나 거짓으로 꾸민 얼굴은 아무리 아름답다고 해도 생기 없는 죽은 얼굴이거나 가짜 표정일 뿐이다. 비록 추하다고 해도 생기 넘치는 자신의 얼굴이 그보다 몇 백 배 몇 천 배는 더 훌륭하다. 글의 문체 역시 이와 다르지 않다. 그리고 쇼펜하우어는 앞서 언급했던 에리우게나, 페트라르카, 베이컨, 데카르트, 홉스, 스피노자 등을 예로 들면서, 이들은 책이나 다른 사람을 모방하는 것에 만족하지 않고 독자적인 사색을 하는 사람이기 때문에, 그 글을 읽어보면 독창적인 '정신의 관상', 즉 그들만의 문체를 볼 수 있다고 했다.

또한 쇼펜하우어는 덧붙이기를 어떤 사람의 정신적 저작물이 지닌 진정한 가치를 평가하려면, 그 사람이 '무엇에 대해 생각했는가'를 파악하려고 할 것이 아니라 '어떻게 혹은 어떤 식으로' 사색했는가를 파악해야 한다고 역설했다. "여기서 '어떻게, 혹은 어떤 식으로'는 작가의 사고 체계에 갖춰진 고유한 성질이며, 이 성질을 내포하는 개념은 '독자성'이다." 그러면서 문체는 바로 "작가의 사색에 내포된 고유한 성질을 비추는 거울"이기 때문에 "작가의 문체를 통해 그의 사상을 결정짓는 '형식적인' 특징, 즉 정신의 고유한 형태를 파악하게 된다"고 말했다.[160] 이러한 까닭에 글을 쓰는 사람이 "무엇에 대해 어떻게 생각하든" 문체의 고유하고 독자적인 성질은 변해서는 안 된다. 물론 독창적이고 개성적인 문체 역시 스스로 깨달아 터득할 수 있을 뿐 어떤 사람에게는 어떤 문체가 더 적합한지는 딱 집어 말할 수 없다. 하지만 쇼펜하우어의 말에 따르자면, 우리의 얼굴 관상이 살아온 세월의 축적된 결과인 것처럼, 문체 역시 우리의 사색과 자득의 과정이 축적된 결과물이라는 것만은 분명하다.

《쇼펜하우어의 문장론Parega und Paralipomena》을 우리말로 옮긴 김욱 씨는 쇼펜하우어의 삶을 가리켜 "사색하고 독서하며 글 쓰는 인생"이라고 지적했다. 맞는 말이다. 그는 쇼펜하우어의 문장론을 통해 배울 수 있는 좋은 글을 쓰기 위한 세 가지 요소는 사색과 글쓰기와 독서라고 언급하면서, 이에 대해 이렇게 요약해놓았다.

- 사색 : 깊이 생각하기
  - 사색을 통해 얻은 지식이야말로 진정한 지식이다.
  - 스스로 사색하는 정신은 나침반과 같다.
- 글쓰기 : 자신의 사색을 녹여서 쓰기
  - 누구나 쉽게 이해하는 글쓰기처럼 어려운 것은 없다.
  - 간결한 문체와 적확한 표현은 좋은 글쓰기의 첫걸음이다.
  - 엉터리 글쓰기에도 문법, 논리, 수사라는 세 가지 기본 형태를 필요로 한다.
- 독서 : 생각하며 읽기
  - 올바르게 읽은 책은 독자의 몫으로 남는다.
  - 독서의 진정한 가치는 읽고 생각하는 데 있다.
  - 독서를 위한 독서는 생각하는 힘을 잃게 한다.[161]

물론 이러한 요약이 쇼펜하우어의 저술가로서의 삶과 철학을 완전히 담아냈다고 하기는 힘들 것이다. 그러나 '독서와 사색과 글쓰기는 하나'라는 필자의 주장을 입증하기에는 충분하다. 단 '독서와 사색과 글쓰기는 하나'라는 테제의 밑바탕에는 언제나 스스로 깨달아 터득하는 힘이 존재하고 있어야 한다는 사실만은 잊지 말아야 한다. 쇼펜하우어의 대표적인 철학 서적인 《의지와 표상으로서의 세계Die Welt als Wille und Vorstellung》를 독해 연구한 책인 《쇼펜하우어, 돌이 별이 되는 철학》의 저자 이동영 씨는 쇼펜하우어의 삶과 철학을 가리켜 '돌에서 별이 되는 철학'이라고 했다. 그렇다면 사람이 돌에서 별이 되는 순간은 어느 때일까? 스스로의 힘으로 자신만의 깨달음을 얻게 되는 바로 그 순간, 사람은 돌에서 별이 된다. 인간의 역사에 출현한 위대한 사상가와 철학자와 문장가들은 모두 그렇게 돌에서 별이 되었다고 해도 틀리지 않았다. 쇼펜하우어 역시 그렇게 별이 되었다. '자득의 힘'은 그토록 위대한 것이다.

미주

1 《책벌레들 조선을 만들다》, 강명관 지음, 푸른역사, 2007, p.261 참조.

2 《17~18세기 조선의 외국서적 수용과 독서문화》, 홍선표 외 지음, 혜안, 2006, p.17 참조 및 인용.

3 《아동의 탄생》, 필립 아리에스 지음, 문지영 옮김, 새물결, 2003 인용.

4 《아동의 탄생》, 필립 아리에스 지음, 문지영 옮김, 새물결, 2003, p.34 인용.

5 이 장에서 《에밀》의 인용문은 대부분 《에밀 또는 교육론》(장 자크 루소 지음, 이용철·문경자 옮김, 한길사, 2007)을 인용했다.

6 《금서, 세상을 바꾼 책》, 한상범 지음, 이끌리오, 2004, p.200~201 재인용.

7 이 장에 등장하는 《차라투스트라는 이렇게 말했다》의 인용문은 《차라투스트라는 이렇게 말했다》(프리드리히 니체 지음, 정동호 옮김, 책세상, 2003)에서 인용했다.

8 《니체의 위험한 책, 차라투스트라는 이렇게 말했다》, 고병권 지음, 그린비, 2003, p.268~269 재인용.

9 《하이쿠와 우키요에, 그리고 에도 시절》, 마쓰오 바쇼·요사 부손·잇사 외 지음, 김향 옮김, 다빈치, 2006, p38 인용.

10 레오나르도 다빈치 글·그림, 장 폴 리히터 편집, 《레오나르도 다빈치 노트북》, 루비박스, 2006, p.507 인용.

11 《바쇼의 하이쿠 기행 2-산도화 흩날리는 삿갓은 누구인가》, 마쓰오 바쇼 지음, 김정례 옮김, 바다출판사, 2008, p.7~10 참조.

12 이 장에서 마쓰오 바쇼의 인용문은 《松尾芭蕉集-日本古典文學全集 41》(井本農一·堀信夫·村松友次 校注·譯, 小學館, 1972)에 수록되어 있는 《野ざらし紀行》·《笈の小文》·《おくのほそ道》를 대본으로 하고, 우리말 번역본 《바쇼의 하이쿠 기행 》(김정례 옮김, 바다출판사, 2008)을 참고해 번역했다. 다만 일부 인용문은 우리말 번역본을 그대로 인용했음을 밝혀둔다.

13 《바쇼의 하이쿠 기행 3-보이는 것 모두가 꽃이요》, 마쓰오 바쇼 지음, 김정례 옮김, 바다출판사, 2008, p.49~56 인용.

14 《모노가타리에서 하이쿠까지》, 한국일어일문학회 지음, 글로세움, 2003. p.244~251

참조.

15 《만명소품론晩明小品論-중국 산문전통의 '이단'인가, '혁신'인가?》, 이제우 지음, 제이앤씨, 2014, p.301 재인용.

16 《만명소품론晩明小品論-중국 산문전통의 '이단'인가, '혁신'인가?》, 이제우 지음, 제이앤씨, 2014, p.258 재인용.

17 《만명소품론晩明小品論-중국 산문전통의 '이단'인가, '혁신'인가?》, 이제우 지음, 제이앤씨, 2014, p.247 재인용.

18 《만명소품론-중국 산문전통의 '이단'인가 '혁신'인가?》, 이제우 지음, 제이앤씨, 2014, p.302 참조.

19 이 장에서 베이컨의 인용문은 《The essays of Francis Bacon》(Houghton, 1936)을 대본으로 하고, 우리말 번역본 《학문의 진보/베이컨 에세이》(이종구 옮김, 동서문화사, 2008)를 참고해 번역했다. 다만 일부 인용문은 우리말 번역본을 그대로 인용했음을 밝혀둔다.

20 《몽테뉴 수상록》, 몽테뉴 지음, 손우성 옮김, 동서문화사, 2007, p.7 인용.

21 《몽테뉴 수상록》, 몽테뉴 지음, 손우성 옮김, 동서문화사, 2007, p.870 인용.

22 《유림외사(상)》, 오경재 지음, 홍상훈 외 옮김, 을유문화사, 2009, p.75 인용.

23 《나는 고양이로소이다》, 나쓰메 소세키 지음, 김난주 옮김, 열린책들, 2009, p.333 인용.

24 《나는 고양이로소이다》, 나쓰메 소세키 지음, 송태욱 옮김, 현암사, 2013, p.109 인용.

25 《나는 고양이로소이다》, 나쓰메 소세키 지음, 김난주 옮김, 열린책들, 2009, p.350 인용.

26 《나는 고양이로소이다》, 나쓰메 소세키 지음, 김난주 옮김, 열린책들, 2009, p.24 인용.

27 《살아있는 세계문학 이야기》, 쑨허 지음, 나진희 옮김, 조규형 감수, 글담출판, 2015, p.239~240 참조 및 인용.

28 《나는 고양이로소이다》, 나쓰메 소세키 지음, 김난주 옮김, 열린책들, 2009, p.349 인용.

29 《나는 고양이로소이다》, 나쓰메 소세키 지음, 김난주 옮김, 열린책들, 2009. p.287 인용.

30 《나는 고양이로소이다》, 나쓰메 소세키 지음, 김난주 옮김, 열린책들, 2009, p.146~147 인용.

31 《걸리버, 세상을 비웃다》, 박홍규 지음, 가산출판사, 2005, p.27 인용.

32 《책들의 전쟁》, 조나단 스위프트 지음, 류경희 옮김, 미래사, 2003, p.15 인용.

33 이 장에 나오는 《걸리버여행기》의 인용문은 《Gulliver's travels》(Modern Library, 1950)와 《Gulliver's travels》(penguin, 2001)를 대본으로 하고, 우리말 번역본 《걸리버여행기/통이야기》(유영 옮김, 동서문화사, 2012)를 참고해 번역했다. 다만 일부 인용문은 우리말 번역본을 그대로 인용했음을 밝혀둔다.

34 《걸리버, 세상을 비웃다》, 박홍규 지음, 가산출판사, 2005, p.25 인용.

35 《이 사람을 보라》, 프리드리히 니체 지음, 백승영 옮김, 책세상, 2002, p.324 인용.

36 《임어당의 웃음》, 임어당 지음, 이평길 옮김, 선영사, 1994, p.83 인용.

37 《김수영 전집 2-산문》, 〈실험적인 문학과 정치적 자유〉, 김수영 지음, 민음사, 2003, p.221 인용.

38 《조선 유학의 거장들》, 한형조 지음, 문학동네, 2008, p.63~65 인용.

39 《공안파와 조선 후기 한문학》, 강명관 지음, 소명출판, 2007, p.283 인용.

40 《금대집》, 이가환 지음, 박동욱 옮김, 한국고전번역원, 2014, p.104~105 인용.

41 《절대지식 일본고전》, 마쓰무라 아키라 외 지음, 윤철규 옮김, 이다미디어, 2011, p.693 참조.

42 《일본사를 움직인 100인》, 양은경 엮음, 청아출판사, 2012, p.300 참조.

43 이 장에서 《호색일대남》의 인용문은 《호색일대남》(이하라 사이카쿠 지음, 손정섭·이주리애 옮김, 현실과 미래사, 1998)에서 인용했음을 밝혀둔다.

44 《절대지식 일본고전》, 마쓰무라 아키라 외 지음, 윤철규 옮김, 이다미디어, 2011, p.709~710 인용.

45 《일본사를 움직인 100인》, 양은경 엮음, 청아출판사, 2012, p.301 인용.

46 《욕망의 인식과 사이카쿠》, 김영철 지음, 제이앤씨, 2005, p.25 참조.

47 《욕망의 인식과 사이카쿠》, 김영철 지음, 제이앤씨, 2005, p.27 인용 및 참조.

48 이 장에서 《일본영대장》의 인용문은 《일본영대장》(이하라 사이카쿠 지음, 정형 옮김, 소명출판, 2009)에서 인용했음을 밝혀둔다.

49 《공안파와 조선 후기 한문학》, 강명관 지음, 소명출판, 2007, p.38~39 참조.

50 《철학 이야기》, 윌 듀랜트 지음, 임헌영 옮김, 동서문화사, 1994, p.231 인용.

51 《철학편지》, 볼테르 지음, 이병애 옮김, 동문선, 2014, p.41~42 인용.

52 《관용론》, 볼테르 지음, 송기형·임미경 옮김, 한길사, 2001, p.25~26 인용.

53 《프랑스 근대 문학》, 미즈바야시 아키라 외 지음, 이차원 옮김, 웅진지식하우스, 2010, p.32 인용.

54 《미크로메가스 / 캉디드 혹은 낙관주의》, 볼테르 지음, 이병애 옮김, 문학동네, 2010, p.34 참조.

55 《미크로메가스 / 캉디드 혹은 낙관주의》, 볼테르 지음, 이병애 옮김, 문학동네, 2010, p.41 인용.

56 《미크로메가스 / 캉디드 혹은 낙관주의》, 볼테르 지음, 이병애 옮김, 문학동네, 2010, p.206~207 인용.

57 《금서, 세상을 바꾼 한 권의 책》, 한상권 지음, 이글리오, 2004, p.181 재인용.

58 《철학사전》, 볼테르 지음, 정순철 옮김, 한국출판사, 1982, p.233 인용.

59 《철학사전》, 볼테르 지음, 정순철 옮김, 한국출판사, 1982, p.294 인용.

60 《철학사전》, 볼테르 지음, 정순철 옮김, 한국출판사, 1982, p.287 인용.

61 《철학 이야기》, 윌 듀랜트 지음, 임헌영 옮김, 동서문화사, 1994, p.243~244 재인용.

62 《여행과 동아시아 고전문학》, 심경호 지음, 고려대학교출판부, 2011, p.358~359 참조.

63 《광자의 탄생》, 류명시 지음, 한혜경·이국희 옮김, 글항아리, 2015, p.173 재인용.

64 《서하객유기 1》, 서하객 지음, 김은희·이주노 옮김, 소명출판, 2011, p.5 재인용.

65 이 장에서 《동방견문록》의 인용문은 《The Travels of Marco Polo》(Doubleday&company, 1948) 와 《The Travels of Marco Polo》(Penguin Books, 1958)를 대본으로 하고, 우리말 번역본 《동방견문록》(채희순 옮김, 동서문화사, 2009)과 《마르코폴로의 동방견문록》(최소영 옮김, 이른아침, 2006)을 참고해 번역했다. 다만 일부 인용문은 우리말 번역본을 그대로 인용했음을 밝혀둔다.

66 이 장에 나오는 《이탈리아기행》의 인용문은 《Italian Journey(1786~1788)》(Translated by W. H. Auden and Elizabeth Mayer, Penguin Books, 1992)를 대본으로 하고, 《괴테의 그림과 글로 떠나는 이탈리아 여행 1~2》(박영구 옮김, 생각의 나무, 2005)과 《이탈리아 기행 1~2》(박찬기·이봉무·주경순 옮김, 민음사, 2004)를 참고해 번역했다. 다만 일부 인용문은 우리말 번역본을 그대로 인용했음을 밝혀둔다.

67 《독일문화 Vol.3》, 〈괴테의 《이탈리아기행》 연구 : '두 번째 로마 체류'를 중심으로〉, 정서웅 지음, 숙명여자대학교 독일어권연구센터, 1996, p.170 재인용.

68 《괴테연구 Vol.1》, 〈괴테의 이탈리아 기행과 독일 고전주의〉, 배정석 지음, 한국괴테학회, 1984, p.27 재인용.

69 《독일문화 Vol.3》, 〈괴테의 《이탈리아기행》 연구 : '두 번째 로마 체류'를 중심으로〉, 정서웅 지음, 숙명여자대학교 독일어권연구센터, 1996, p.170 참조.

70 《독일문화 Vol.3》, 〈괴테의 《이탈리아기행》 연구 : '두 번째 로마 체류'를 중심으로〉, 정서웅 지음, 숙명여자대학교 독일어권연구센터, 1996, p.180 재인용.

71 《괴테연구 Vol.20》, 〈괴테의 미학적 체험 연구 : 《이탈리아기행》을 중심으로〉, 김선형 지음, 한국괴테학회, 2007, p.12 참조.

72 《파우스트 2》, 요한 볼프강 폰 괴테 지음, 정서웅 옮김, 민음사, 1999, p96~97 인용.

73 《독일문화 Vol.3》, 〈괴테의 《이탈리아기행》 연구 : '두 번째 로마 체류'를 중심으로〉, 정서

웅 지음, 숙명여자대학교 독일어권연구센터, 1996, p.179 재인용.

74 《한 경계인의 고독과 중얼거림》, 아메노모리 호슈 지음, 김시덕 옮김, 태학사, 2012, p.33 인용.

75 《역주 교린제성》, 한일관계사학회 편, 국학자료원, 2001, p.17, p.26, p.30, p.70 인용.

76 《조선을 사랑한 아메노모리 호슈》, 나가도메 히사오 지음, 최차호 옮김, 어드북스, 2009, p.157~158 인용.

77 《조선을 사랑한 아메노모리 호슈》, 나가도메 히사오 지음, 최차호 옮김, 어드북스, 2009, p.163 인용.

78 《조선을 사랑한 아메노모리 호슈》, 나가도메 히사오 지음, 최차호 옮김, 어드북스, 2009, p.158~160 인용.

79 《문명론의 개략》, 후쿠자와 유키치 지음, 임종원 옮김, 제이앤씨, 2012, p.29 인용.

80 《루쉰》, 다케우치 요시미 지음, 서광덕 옮김, 문학과 지성사, 2003, p.93 재인용.

81 《루쉰》, 다케우치 요시미 지음, 서광덕 옮김, 문학과 지성사, 2003, p.130~131 인용.

82 《루쉰》, 다케우치 요시미 지음, 서광덕 옮김, 문학과 지성사, 2003, p.130 재인용.

83 《루쉰》, 다케우치 요시미 지음, 서광덕 옮김, 문학과 지성사, 2003, p.8 인용.

84 《니체와 철학》, 질 들뢰즈 지음, 이경신 옮김, 민음사, 2001, p.15 인용.

85 《니체, 천 개의 눈 천 개의 길》, 고병권 지음, 소명출판, 2001, p.17~21 참조 및 인용.

86 《권력에의 의지》, 프리드리히 니체 지음, 강수남 옮김, 청하, 1988, p.331 인용.

87 《니체, 천 개의 눈 천 개의 길》, 고병권 지음, 소명출판, 2001, p.17 인용.

88 이 장에 나오는 《차라투스트라는 이렇게 말했다》의 인용문은 《차라투스트라는 이렇게 말했다》(프리드리히 니체 지음, 정동호 옮김, 책세상, 2003)를 인용했다.

89 《우상의 황혼》, 프리드리히 니체 지음, 백승영 옮김, 책세상, 2002, p.73~85 인용.

90 《니체, 천 개의 눈 천 개의 길》, 고병권 지음, 소명출판, 2001, p.20 인용.

91 《니체, 영원회귀와 차이의 철학》, 진은영 지음, 그린비, 2007, p.167 인용.

92 《니체와 철학》, 질 들뢰즈 지음, 이경신 옮김, 민음사, 2001, p.30~32 인용.

93 《니체, 영원회귀와 차이의 철학》, 진은영 지음, 그린비, 2007, p.172~173 참조 및 인용.

94 《니체, 영원회귀와 차이의 철학》, 진은영 지음, 그린비, 2007, p.216 인용.

95 《이 사람을 보라》, 프리드리히 니체 지음, 백승영 옮김, 책세상, 2002, p.327~328 인용.

96 《이 사람을 보라》, 프리드리히 니체 지음, 백승영 옮김, 책세상, 2002, p.428~429 인용.

97 《역주 이옥전집 3. 벌레들의 괴롭힘에 대하여》, 이옥 지음, 실시학사 고전문학연구회 옮기고 엮음, 휴머니스트, 2009, p.15 인용.

98 《완역 이옥전집 1. 선비가 가을을 슬퍼하는 이유》, 이옥 지음, 실시학사 고전문학연구회 옮기고 엮음, 휴머니스트, 2009, p.10~11 참조.

99 본문 가운데 인용문은 《方丈記 / 徒然草-新日本古典文學大系 39》(佐竹昭広·久保田淳 校注, 岩波書店, 1989)를 대본으로 하고, 우리말 번역본 《도연초·호조키》(정장식 옮김, 을유문화사, 2004)와 《도연초》(채혜숙 옮김, 바다출판사, 2001)를 참고해 번역했다. 다만 일부 인용문은 우리말 번역본을 그대로 인용했음을 밝혀둔다.

100 《도연초》, 요시다 겐코 지음, 채혜숙 옮김, 바다출판사, 2001, p.11 인용.

101 《절대지식 일본고전》, 마쓰무라 아키라 외 지음, 윤철규 옮김, 이다미디어, 2011, p.525 인용.

102 《유몽영》, 장조 지음, 박양숙 옮김, 자유문고, 1997, p.70, p.227 인용 및 참조.

103 이 장에 나오는 인용문은 《Wise Words for The Good Life》(Chelsea Green Publishing Company, 1999)와 《The Good Life : Helen and Scott Nearing's Sixty Years of Self-Sufficient Living》 (Schocken Books, 1990)과 《Simple Food for the Good Life : Random Acts of Cooking and Pithy Quotations》(Chelsea Green Publishing Company, 2004)를 대본으로 하고, 우리말 번역본 《헬렌 니어링의 지혜의 말들》(권도희 옮김, 씨앗을 뿌리는 사람들, 2004)과 《조화로운 삶》(류시화 옮김, 보리, 2000)과 《조화로운 삶의 지속》(윤구병·이수영 옮김, 보리, 2002)과 《헬렌 니어링의 소박한 밥상》(공경희 옮김, 디자인하우스, 2001)을 참고해 번역했다. 다만 일부 인용문은 우리말 번역본을 그대로 인용했음을 밝혀둔다.

104 《스콧 니어링 자서전》, 스콧 니어링 지음, 김라합 옮김, 실천문학, 2000, p.375 인용.

105 《스콧 니어링 자서전》, 스콧 니어링 지음, 김라합 옮김, 실천문학, 2000, p.380~381 인용.

106 《아름다운 삶, 사랑 그리고 마무리》, 헬렌 니어링 지음, 이석태 옮김, 보리, 1997, p.125~126 인용.

107 《자저실기》, 심노숭 지음, 안대회 옮김, 휴머니스트, 2014, p.11~12 참조.

108 《곽말약 자서전 1-소년시절》, 곽말약 지음, 한국선 옮김, 일월서각, 1990, p.2 인용.

109 《중국의 자전 문학》, 가와이 코오조오 지음, 심경호 옮김, 소명출판, 2002, p.11~12 인용 및 참조.

110 《곽말약 자서전 1-소년시절》, 곽말약 지음, 한국선 옮김, 일월서각, 1990, p.207~212 인용.

111 《곽말약과 중국의 근대》, 이욱연 지음, 소나무, 2009, p.16 인용.

112 《곽말약 자서전 2-학생시절》, 곽말약 지음, 한국선 옮김, 일월서각, 1990, p.272~273 인용.

113 《곽말약 자서전 2-학생시절》, 곽말약 지음, 한국선 옮김, 일월서각, 1990, p.35~36 인용.

114 《곽말약 자서전 2-학생시절》, 곽말약 지음, 한국선 옮김, 일월서각, 1990, p.143 인용.

115 《곽말약》, 이수웅 지음, 건국대학교출판부, 1996, p.25 참조.

116 《곽말약》, 이수웅 지음, 건국대학교출판부, 1996, p.26~27 재인용.

117 《곽말약과 중국의 근대》, 이욱연 지음, 소나무, 2009, p.203 인용.

118 《곽말약》, 이수웅 지음, 건국대학교출판부, 1996, p.33~34 재인용.

119 《곽말약시선》, 박효숙 지음, 문이재, 2003, p.139 참조.

120 《일본인의 자서전》, 사에키 쇼이치 지음, 노영희 옮김, 한울, 2015, p.8 인용.

121 《일본인의 자서전》, 사에키 쇼이치 지음, 노영희 옮김, 한울, 2015, p.36 참조.

122 이 장에 나오는 대부분의 인용문은 《(新訂)福翁自伝》(岩波書店, 1979)을 대본으로 하고, 《후쿠자와 유키치 자서전》(허호 옮김, 이산, 2006)을 참고로 삼아 번역했다. 다만 일부 인용 문은 우리말 번역본을 그대로 인용했음을 밝혀둔다.

123 《후쿠자와 유키치》, 정일성 지음, 지식산업사, 2012, p.165~166 재인용.

124 《후쿠자와 유키치의 아시아침략사상을 묻는다》, 야스카와 주노스케 지음, 이향철 옮김, 역사비평사, 2011, p.46~47 인용 및 참조.

125 《후쿠자와 유키치》, 정일성 지음, 지식산업사, 2012, p.253~254 재인용.

126 《후쿠자와 유키치》, 정일성 지음, 지식산업사, 2012, p.24~26 재인용.

127 이 장에 나오는 대부분의 인용문은 《Report to Greco : Nikos Kazantzakis》(Translated by P. A. BIEN, Faber and Faber, 1973)를 대본으로 하고, 우리말 번역본 《영혼의 자서전 ①·②》(안정 효 옮김, 열린책들, 2008)를 참고해 번역했다. 다만 일부 인용문은 우리말 번역본을 그대로 인 용했음을 밝혀둔다.

128 《영혼의 일기》, 니코스 카잔차키스 지음, 김순하 옮김, 거송미디어, 2006, p.46 인용.

129 《영혼의 일기》, 니코스 카잔차키스 지음, 김순하 옮김, 거송미디어, 2006, p.20~21 인용.

130 《그리스인 조르바》, 니코스 카잔차키스 지음, 이윤기 옮김, 열린책들, 2009, p.448 인용.

131 《그리스인 조르바》, 니코스 카잔차키스 지음, 이윤기 옮김, 열린책들, 2009, p.454 인용.

132 《그리스인 조르바》, 니코스 카잔차키스 지음, 이윤기 옮김, 열린책들, 2009, p.454~455 인용.

133 《그리스인 조르바》, 니코스 카잔차키스 지음, 이윤기 옮김, 열린책들, 2009, p.455 인용.

134 《그리스인 조르바》, 니코스 카잔차키스 지음, 이윤기 옮김, 열린책들, 2009, p.196 인용.

135 《그리스인 조르바》, 니코스 카잔차키스 지음, 이윤기 옮김, 열린책들, 2009, p.456 인용.

136 《그리스인 조르바》, 니코스 카잔차키스 지음, 이윤기 옮김, 열린책들, 2009, p.254 인용.

137 《그리스인 조르바》, 니코스 카잔차키스 지음, 이윤기 옮김, 열린책들, 2009, p.264 인용.

138 《로드 클래식》, 고미숙 지음, 북드라망, 2015, p.270 인용.

139 《그리스인 조르바》, 니코스 카잔차키스 지음, 이윤기 옮김, 열린책들, 2009, p.24 인용.

140 《영혼의 자서전 ②》, 니코스 카잔차키스 지음, 안정효 옮김, 열린책들, 2008, p.620 인용.

141 《그리스인 조르바》, 니코스 카잔차키스 지음, 이윤기 옮김, 열린책들, 2009, p.222 인용.

142 《홍길주의 꿈, 상상, 그리고 문학》, 이홍식 지음, 태학사, 2009, p.108 참조.

143 《19세기 조선 지식인의 생각창고》, 홍길주 지음, 정민 외 옮김, 돌베개, 2006. p.36 인용.

144 《언지록》, 사토 잇사이 지음, 노만수 옮김, 알렙, 2012, p.691~692 참조.

145 《언지록》, 사토 잇사이 지음, 노만수 옮김, 알렙, 2012, p.692 인용.

146 이 장에 나오는 인용문은 《言志四綠》(山田準·五弓安二郞 譯註, 岩派書店, 1966)을 대본으로 하고, 우리말 번역본 《언지록》(노만수 옮김, 알렙, 2012)을 참고해 번역했다. 다만 일부 인용문은 우리말 번역본을 그대로 인용했음을 밝혀둔다.

147 《언지록》, 사토 잇사이 지음, 노만수 옮김, 알렙, 2012, '옮긴이 해제' p.686 재인용.

148 《언지록》, 사토 잇사이 지음, 노만수 옮김, 알렙, 2012, '옮긴이 해제' p.688 재인용.

149 《언지록》, 사토 잇사이 지음, 노만수 옮김, 알렙, 2012, '옮긴이 해제' p.689 재인용.

150 《쇼펜하우어의 문장론》, 쇼펜하우어 지음, 김욱 옮김, 지훈출판사, 2005, p.12 인용.

151 이 장에서 별도의 주석을 표시하지 않은 인용문은 《쇼펜하우어 인생론》(쇼펜하우어 지음, 사순옥 옮김, 홍신문화사, 2011)을 참고, 인용했음을 밝혀둔다.

152 《쇼펜하우어와 니체의 문장론》, 아르투어 쇼펜하우어·프리드리히 니체 지음, 홍성광 옮김, 연암서가, 2013, p.24~25 인용.

153 《쇼펜하우어와 니체의 문장론》, 아르투어 쇼펜하우어·프리드리히 니체 지음, 홍성광 옮김, 연암서가, 2013, p.28 인용.

154 《쇼펜하우어와 니체의 문장론》, 아르투어 쇼펜하우어·프리드리히 니체 지음, 홍성광 옮김, 연암서가, 2013, p.28 인용.

155 《쇼펜하우어와 니체의 문장론》, 아르투어 쇼펜하우어·프리드리히 니체 지음, 홍성광 옮김, 연암서가, 2013, p.30~31 인용.

156 《쇼펜하우어와 니체의 문장론》, 아르투어 쇼펜하우어·프리드리히 니체 지음, 홍성광 옮김, 연암서가, 2013, p.35 인용.

157 《쇼펜하우어와 니체의 문장론》, 아르투어 쇼펜하우어·프리드리히 니체 지음, 홍성광 옮김, 연암서가, 2013, p.36 인용.

158 《쇼펜하우어와 니체의 문장론》, 아르투어 쇼펜하우어·프리드리히 니체 지음, 홍성광 옮김

김, 연암서가, 2013, p.43~45 참조 및 인용.

159 《쇼펜하우어와 니체의 문장론》, 아르투어 쇼펜하우어·프리드리히 니체 지음, 홍성광 옮김, 연암서가, 2013, p.68 인용.

160 《쇼펜하우어의 문장론》, 아르투르 쇼펜하우어 지음, 김욱 옮김, 지훈출판사, 2005, p.96 인용.

161 《쇼펜하우어의 문장론》, 아르투르 쇼펜하우어 지음, 김욱 옮김, 지훈출판사, 2005, '옮기고 나서'에서 인용.

참고 문헌

한국어 및 한국어판 도서

- 가와이 코오조오 지음, 심경호 옮김, 《중국의 자전문학》, 소명출판, 2002.

- 강명관 지음, 《책벌레들 조선을 만들다》, 푸른역사, 2007.

- 강명관 지음, 《홍대용과 1766년》, 한국고전번역원, 2014.

- 고미숙 지음, 《로드 클래식, 길 위에서 길 찾기》, 북드라망, 2015.

- 고미숙 지음, 《열하일기, 웃음과 역설의 유쾌한 시공간》, 그린비, 2003.

- 고병권 지음, 《니체, 천 개의 눈 천 개의 길》, 소명출판, 2001.

- 고병권 지음, 《니체의 위험한 책, 차라투스트라는 이렇게 말했다》, 그린비, 2003.

- 곽말약 지음, 계용신·고재섭 옮김, 《곽말약 자서전 3-혁명춘추》, 일월서각, 1990.

- 곽말약 지음, 박정일·정재진 옮김, 《곽말약 자서전 4-홍파곡》, 일월서각, 1994.

- 곽말약 지음, 박효숙 편역, 《곽말약 시선》, 문이재, 2003.

- 곽말약 지음, 한국선 옮김, 《곽말약 자서전 1-소년시절》, 일월서각, 1990.

- 곽말약 지음, 한국선 옮김, 《곽말약 자서전 2-학생시절》, 일월서각, 1990.

- 권용선 외 지음, 《들뢰즈와 문학-기계》, 소명출판, 2002.

- 김경미 지음, 《박제가의 시문학 연구》, 태학사, 2007.

- 김선형 지음, 《괴테연구 Vol.20》, 〈괴테의 미학적 체험 연구 : 《이탈리아 기행》을 중심으로〉, 한국괴테학회, 2007.

- 김선형 지음, 《괴테연구 Vol.24》, 〈괴테의 상이성 체험 연구-괴테의 《이탈리아 기행》을 통하여〉, 한국괴테학회, 2011.

- 김영철 지음, 《욕망의 인식과 사이카쿠》, 제이앤씨, 2005.

- 김은정 지음, 《연암 박지원의 풍자정치학》, 한국학술정보, 2010.

- 김장환·박난영·김하림 외 지음, 《동양의 고전을 읽는다 4-문학 하F》, 휴머니스트, 2006.

- 김창협 지음, 송기채 옮김,《농암집》, 한국고전번역원.
- 김혜니 지음,《서양문학연구》, 푸른사상, 2010.
- 나쓰메 소세키 지음, 김난주 옮김,《나는 고양이로소이다》, 열린책들, 2009.
- 나쓰메 소세키 지음, 송태욱 옮김,《나는 고양이로소이다》, 현암사, 2013.
- 니코스 카잔차키스 지음, 김순하 옮김,《영혼의 일기》, 거송미디어, 2006.
- 니코스 카잔차키스 지음, 안정효 옮김,《영혼의 자서전 ①》, 열린책들, 2008.
- 니코스 카잔차키스 지음, 안정효 옮김,《영혼의 자서전 ②》, 열린책들, 2008.
- 니코스 카잔차키스 지음, 이윤기 옮김,《그리스인 조르바》, 열린책들, 2013.
- 다카시로 코이치 지음,《후쿠자와 유키치의 조선 정략론 연구》, 선인, 2013.
- 다케우치 요시미 지음, 서광덕 옮김,《루쉰》, 문학과지성사, 2003.
- 레오나르도 다빈치 지음, 장 폴 리히터 편집, 김민영 외 옮김,《레오나르도 다빈치 노트북》, 루비박스, 2006.
- 레프 톨스토이 지음, 동완 옮김,《인생일기》, 신원문화사. 2007.
- 레프 톨스토이 지음, 이상원 옮김,《살아가는 날들을 위한 공부》, 조화로운 삶, 2007.
- 로널드 폴슨 지음, 김옥수 옮김,《풍자문학론》, 지평, 1992.
- 로빈 브라운 지음, 최소영 옮김,《마르코 폴로의 동방견문록》, 이른아침, 2006.
- 루쉰 지음, 루쉰전집번역위원회 옮김,《루쉰 전집 1~8》, 그린비, 2010~2015.
- 루쉰 지음, 조관희 역주,《중국소설사》, 소명출판, 2004.
- 류명시 지음, 한혜경 · 이국희 옮김,《광자의 탄생》, 글항아리, 2015.
- 린위탕 지음, 김영수 옮김,《유머와 인생》, 아이필드, 2003.
- 린위탕 지음, 원창화 옮김,《생활의 발견》, 홍신문화사, 2007.
- 마르코 폴로 · 루스티켈로 지음, 배진영 엮어 옮김,《동방견문록》, 서해문집, 2004.
- 마르코 폴로 지음, 채희순 옮김,《동방견문록》, 동서문화사, 2009.
- 마쓰무라 아키라 외 지음, 윤철규 옮김,《절대지식 일본고전》, 이다미디어, 2011.
- 마쓰오 바쇼 지음, 김정례 옮김,《바쇼의 하이쿠 기행 1-오쿠로 가는 작은 길》, 바다출판사, 2008.
- 마쓰오 바쇼 지음, 김정례 옮김,《바쇼의 하이쿠 기행 2-산도화 흩날리는 삿갓은 누구인가》, 바다출판사, 2008.
- 마쓰오 바쇼 지음, 김정례 옮김,《바쇼의 하이쿠 기행 3-보이는 것 모두가 꽃이요》, 바다출

판사, 2008.

- 미셸 드 몽테뉴 지음, 손우성 옮김, 《수상록》, 동서문화사, 2007.
- 미야시타 시로 지음, 송태욱 옮김, 《유럽 근대 문학의 태동-셰익스피어에서 스위프트까지》, 웅진지식하우스, 2009.
- 미즈바야시 아키라 외 지음, 이차원 옮김, 《프랑스 근대 문학》, 웅진지식하우스, 2010.
- 박세당 지음, 강여진 외 옮김, 《(국역) 서계집》, 한국고전번역원, 2009.
- 박제가 지음, 정민·이승수·박수밀 옮김, 《정유각집 상·중·하》, 돌베개, 2010.
- 박종채 지음, 김윤조 옮김, 《(역주) 과정록》, 태학사, 1997.
- 박종채 지음, 박희병 옮김, 《나의 아버지 박지원》, 돌베개, 1998.
- 박지원 지음, 리상호 옮김, 《열하일기 상·중·하》, 보리, 2004.
- 박지원 지음, 신호열 외 옮김, 《(국역) 연암집》, 한국고전번역원, 2004.
- 박지원 지음, 이가원 옮김, 《(국역) 열하일기》, 한국고전번역원, 1968
- 박찬길 지음, 《시인과 혁명》, 사회평론, 2011.
- 박홍규 지음, 《걸리버, 세상을 비웃다》, 가산출판사, 2005.
- 배정석 지음, 《괴테연구 Vol.1》, 〈괴테의 이탈리아 기행과 독일 고전주의〉, 한국괴테학회, 1984.
- 볼테르 지음, 고원 옮김, 《캉디드 / 철학 콩트》, 동서문화사, 2013.
- 볼테르 지음, 송기형·임미경 옮김, 《관용론》, 한길사, 2001.
- 볼테르 지음, 이병애 옮김, 《미크로메가스 / 캉디드 혹은 낙관주의》, 문학동네, 2010.
- 볼테르 지음, 이병애 옮김, 《철학편지》, 동문선, 2014.
- 볼테르 지음, 정순철 옮김, 《철학서한 / 철학사전》, 한국출판사, 1982.
- 볼테르 지음, 최복현 옮김, 《낙천주의자, 캉디드》, 아테네, 2003.
- 사에키 쇼이치 지음, 노영희 옮김, 《일본인의 자서전》, 한울아카데미, 2015.
- 사이먼 정 지음, 《철학 브런치》, 부키, 2014.
- 사토 잇사이 지음, 노만수 옮김, 《불혹의 문장들》, 알렙, 2013.
- 사토 잇사이 지음, 노만수 옮김, 《언지록》, 알렙, 2012.
- 서거정 지음, 임정기 옮김, 《(국역) 사가집》, 한국고전번역원, 2004.
- 서하객 지음, 김은희·이주노 옮김, 《서하객유기 1~7》, 소명출판, 2011.

- 성균관대학교 BK21 동아시아학 융합사업단 편, 《근대 동아시아 지식인의 삶과 학문》, 성균관대학교출판부, 2009.

- 송철규 지음, 《송선생의 중국문학교실 2-송나라부터 아편전쟁까지》, 소나무, 2008.

- 쇼펜하우어 지음, 김재혁 옮김, 《쇼펜하우어 인생론》, 육문사, 2012.

- 쇼펜하우어 지음, 사순옥 옮김, 《쇼펜하우어 인생론》, 홍신문화사, 2011.

- 스코트 니어링 지음, 김라합 옮김, 《스코트 니어링의 희망》, 보리, 2005.

- 스코트 니어링 지음, 이수영 옮김, 《그대로 갈 것인가 되돌아갈 것인가》, 보리, 2004.

- 스콧 니어링 지음, 김라합 옮김, 《스콧 니어링 자서전》, 실천문학, 2000.

- 신유한 지음, 성낙훈 옮김, 《해유록》, 한국고전번역원, 1974.

- 심노숭 지음, 안대회·김보성 옮김, 《자저실기-글쓰기 병에 걸린 어느 선비의 일상》, 휴머니스트, 2014.

- 쑨위 지음, 김영문 옮김, 《루쉰과 저우쭈어런》, 소명출판, 2005.

- 쑨허 지음, 나진희 옮김, 조규형 감수, 《살아있는 세계 문학 이야기》, 글담출판, 2015.

- 아르투르 쇼펜하우어 지음, 김욱 옮김, 《쇼펜하우어 문장론》, 지훈, 2005.

- 아르투어 쇼펜하우어·프리드리히 니체 지음, 홍성광 옮김, 《쇼펜하우어와 니체의 문장론》, 연암서가, 2013.

- 아르투어 쇼펜하우어 지음, 홍성광 옮김, 《쇼펜하우어의 행복론과 인생론》, 을유문화사, 2013.

- 아메노모리 호슈 지음, 김시덕 옮김, 《한 경계인의 고독과 중얼거림》, 태학사, 2012.

- 아메노모리 호슈 지음, 한일관계사학회 옮김, 《(역주) 교린제성》, 국학자료원, 2001.

- 안대회 외 지음, 《조선후기 소품문의 실체》, 태학사, 2003.

- 안대회 지음, 《고전산문산책-조선의 문장을 만나다》, 휴머니스트, 2008.

- 안도현 지음, 《안도현의 발견》, 한겨레출판, 2014.

- 안정복 지음, 양홍렬 외 옮김, 《(국역) 순암집》, 한국고전번역원, 1996.

- 야스카와 주노스케 지음, 이향철 옮김, 《후쿠자와 유키치의 아시아침략사상을 묻는다》, 역사비평사, 2011.

- 양은경 엮음, 송완범·김보한·신동규·전성곤 감수, 《일본사를 움직인 100인》, 청아출판사, 2012.

- 엔게쓰 가쓰히로 지음, 김경원 옮김, 《르네상스 문학의 세 얼굴-연예, 고백, 풍자》, 웅진지식하우스, 2009.

- 엔리에산·주지엔구오 지음, 홍승직 옮김,《이탁오 평전》, 돌베개, 2005.

- 오경재 지음, 홍상훈 외 옮김,《유림외사 상·하》, 을유문화사, 2009.

- 요시다 겐코 지음, 정장식 옮김,《도연초·호조키》, 을유문화사, 2004.

- 요시다 겐코 지음, 채혜숙 옮김,《도연초》, 바다출판사, 2001.

- 요시다 코헤이 지음, 정지욱 옮김,《일본 양명학》, 청계, 2004.

- 요한 볼프강 폰 괴테 글·그림, 박영구 옮김,《괴테의 그림과 글로 떠나는 이탈리아 여행 1~2》, 생각의 나무, 2005.

- 요한 볼프강 폰 괴테 지음, 박찬기·이봉무·주경순 옮김,《이탈리아 기행 1~2》, 민음사, 2004.

- 요한 볼프강 폰 괴테 지음, 정서웅 옮김,《파우스트 1~2》, 민음사, 1999.

- 원굉도 지음, 심경호·박용만·유동환 역주,《역주 원중랑집 1~10》, 소명출판, 2004.

- 원매 지음, 백광준 옮김,《원매 산문집》, 지식을 만드는 지식, 2009.

- 윌 듀랜트 지음, 임헌영 옮김,《철학이야기》, 동서문화사, 1994.

- 윌리엄 워즈워스 지음, 김숭희 옮김,《서곡》, 문학과 지성사, 2009.

- 유득공 지음, 김윤조 옮김,《누가 알아주랴》, 태학사, 2005.

- 유호식 지음,《자서전 : 서양 고전에서 배우는 자기표현의 기술》, 민음사, 2015.

- 이가환 지음, 박동욱 옮김,《금대집》, 한국고전번역원, 2014.

- 이규보 지음, 김철희 외 옮김,《(국역) 동국이상국집》, 한국고전번역원, 1980.

- 이기면 지음,《원굉도 문학사상》, 한국학술정보, 2007.

- 이나미 리츠코 지음, 김석희 옮김,《중국의 은자들》, 한길사, 2002.

- 이덕무 지음, 신호열 외 옮김,《(국역) 청장관전서》, 한국고전번역원, 1978.

- 이동렬 지음,《빛의 세기 이성의 문학》, 문학과 지성사, 2008.

- 이동용 지음,《쇼펜하우어, 돌이 별이 되는 철학》, 동녘, 2014.

- 이수웅 지음,《곽말약》, 건국대학교출판부, 1996.

- 이옥 지음, 실시학사 고전문학연구회 옮김,《(완역) 이옥 전집 1~3》, 휴머니스트, 2009.

- 이옥 지음, 안대회 옮김,《연경, 담배의 모든 것》, 휴머니스트, 2008.

- 이용휴·이가환 지음, 안대회 옮김,《나를 돌려다오》, 태학사, 2003.

- 이용휴 지음, 박동욱·송혁기 옮기고 지음,《나를 찾아가는 길》, 돌베개, 2014.

- 이용휴 지음, 조남권 옮김,《혜환 이용휴 산문전집 상上》, 소명출판, 2007.

- 이용휴 지음, 조남권 옮김,《혜환 이용휴 산문전집 하下》, 소명출판, 2007.

- 이욱연 지음,《곽말약과 중국의 근대》, 소나무, 2009.

- 이익 지음, 임창수 외 옮김,《성호사설》, 한국고전번역원, 1997.

- 이익 지음, 천광윤 옮김,《관물편》, 지식을 만드는 지식, 2013.

- 이제우 지음,《만명소품론-중국 산문전통의 '이단'인가, '혁신'인가》, 제이앤씨, 2014.

- 이지 · 원굉도 · 장대 · 대명세 지음, 이종주 옮김,《연꽃 속에 잠들다》, 태학사, 2005.

- 이지(이탁오) 지음, 김혜경 옮김,《분서 1》, 한길사, 2004.

- 이지(이탁오) 지음, 김혜경 옮김,《속분서》, 한길사. 2007.

- 이하라 사이카쿠 지음, 손정섭 · 이주리애 옮김,《호색일대남》, 현실과 미래사, 1998.

- 이하라 사이카쿠 지음, 정형 옮김,《일본영대장》, 소명출판, 2009.

- 이학규 지음, 정우봉 옮김,《아침은 언제 오는가》, 태학사, 2007.

- 이홍식 지음,《홍길주의 꿈, 상상, 그리고 문학》, 태학사, 2009.

- 임어당 지음, 전희직 옮김,《생활의 발견》, 혜원, 2006.

- 임종욱 지음,《중국의 문예인식》, 이회문화사, 2001.

- 장 자크 루소 지음, 이용철 · 문경자 옮김,《에밀 또는 교육론 1》, 한길사, 2007.

- 장 자크 루소 지음, 이용철 · 문경자 옮김,《에밀 또는 교육론 2》, 한길사, 2007.

- 장유 지음, 이상현 옮김,《(국역) 계곡집》, 한국고전번역원, 1997.

- 장조 · 주석수 지음, 정민 옮김,《내가 사랑하는 삶-유몽영 · 속유몽영》, 태학사, 2001.

- 장조 지음, 박양숙 옮김,《유몽영》, 자유문고, 1997.

- 정민 지음,《미쳐야 미친다》, 푸른역사, 2004.

- 정민 지음,《오직 독서뿐》, 김영사, 2013.

- 정서웅 지음,《괴테연구 Vol.12》,《《이탈리아 기행》에 나타난 괴테의 세계관》, 한국괴테학회, 2000.

- 정서웅 지음,《독일문화 Vol.3》, 〈괴테의 《이탈리아 기행》 연구 : '두 번째 로마 체류'를 중심으로〉, 숙명여자대학교 독일어권연구센터, 1996.

- 정약용 지음, 송기채 외 옮김,《(국역) 다산시문집》, 한국고전번역원, 1994.

- 정일성 지음,《후쿠자와 유키치》, 지식산업사, 2012.

- 조관희 지음,《(시대와의 불화) 유림외사 연구》, 보고사, 2014.
- 조너선 스위프트 지음, 유영 옮김,《걸리버 여행기/통이야기》, 동서문화사, 2012.
- 조영석 지음,《나쓰메 소세키의 문학 세계》, 보고사, 2001.
- 조희룡 지음, 한영규 옮김,《매화 삼매경》, 태학사, 2003.
- 진은영 지음,《니체, 영원회귀와 차이의 철학》, 2007.
- 질 들뢰즈 지음, 김상환 옮김,《차이와 반복》, 민음사, 2004.
- 질 들뢰즈 지음, 박찬국 옮김,《들뢰즈의 니체》, 철학과현실사, 2007.
- 질 들뢰즈 지음, 이경신 옮김,《니체와 철학》, 민음사, 2001.
- 채운 지음,《글쓰기와 반시대성, 이옥을 읽는다》, 북드라망, 2013.
- 최식 지음,《조선의 기이한 문장》, 글항아리, 2009.
- 최일의 엮음,《원매 시선》, 문이재, 2004.
- 최일의 지음,《원매의 시와 시론》, 신성출판사, 2003.
- 프랜시스 베이컨 지음, 이종구 옮김,《학문의 진보/베이컨 에세이》, 동서문화사, 2012.
- 프리드리히 니체 지음, 강수남 옮김,《권력에의 의지》, 청하, 1988.
- 프리드리히 니체 지음, 백승영 옮김,《우상의 황혼》, 책세상, 2002.
- 프리드리히 니체 지음, 백승영 옮김,《이 사람을 보라》, 책세상, 2002.
- 프리드리히 니체 지음, 이진우 옮김,《그리스 비극 시대의 철학》, 책세상, 2001.
- 프리드리히 니체 지음, 정동호 옮김,《차라투스트라는 이렇게 말했다》, 책세상, 2000.
- 프리드리히 니체 지음, 홍성광 옮김,《니체의 독설》, 을유문화사, 2013.
- 필립 아리에스 지음, 문지영 옮김,《아동의 탄생》, 새물결, 2003.
- 한국일어일문학회 지음,《나쓰메 소세키에서 무라카미 하루키까지》, 글로세움, 2003.
- 한국일어일문학회 지음,《모노가타리에서 하이쿠까지》, 글로세움, 2003.
- 한상범 지음,《금서, 세상을 바꾼 책》, 이글리오, 2004.
- 허균 지음, 신호열 외 옮김,《(국역) 성소부부고》, 한국고전번역원, 1982.
- 헬렌 니어링·스코트 니어링 지음, 류시화 옮김,《조화로운 삶》, 보리, 2000.
- 헬렌 니어링·스코트 니어링 지음, 윤구병·이수영 옮김,《조화로운 삶의 지속》, 보리, 2002.
- 헬렌 니어링 엮음, 권도희 옮김,《하루에 한줄, 일상의 즐거움》, 씨앗을 뿌리는 사람들, 2010.
- 헬렌 니어링 엮음, 권도희 옮김,《헬렌 니어링의 지혜의 말들》, 씨앗을 뿌리는 사람들, 2004.

- 헬렌 니어링 지음, 공경희 옮김,《헬렌 니어링의 소박한 밥상》, 디자인하우스, 2001.

- 헬렌 니어링 지음, 이석태 옮김,《아름다운 삶, 사랑 그리고 마무리》, 보리, 1997.

- 홍길주 지음, 박무영·이은영 옮김,《현수갑고 상·하》, 태학사, 2006.

- 홍길주 지음, 박무영·이주해 옮김,《표롱을첨 상·중·하》, 태학사, 2006.

- 홍길주 지음, 박무영·이현우 옮김,《항해병함 상·하》, 태학사, 2006.

- 홍길주 지음, 이홍식 옮김,《상상의 정원》, 태학사, 2008.

- 홍길주 지음, 정민·강민경·박동욱 옮김,《19세기 조선 지식인의 생각창고》, 돌베개, 2006.

- 홍대용 지음, 김태준·박성순 옮김,《산해관 잠긴 문을 한 손으로 밀치도다》, 돌베개, 2001.

- 홍대용 지음, 이상은 옮김,《(국역) 담헌서》, 한국고전번역원, 1974.

- 홍대용 지음, 정훈식 옮김,《을병연행록 1~2》, 도서출판 경진, 2012.

- 홍석주 지음, 리상용 옮김,《(역주) 홍씨독서록》, 아세아문화사, 2006.

- 홍선표 외 지음,《17·18세기 조선의 외국서적 수용과 독서문화》, 혜안, 2006.

- 홍선표 외 지음,《17·18세기 조선의 외국서적 수용과 독서실태-목록과 해제-》, 혜안, 2006.

- 후쿠자와 유키치 지음, 임종원 옮김,《문명론의 개략》, 제이앤씨, 2012.

- 후쿠자와 유키치 지음, 임종원 옮김,《후쿠옹자전》, 제이앤씨, 2006.

- 후쿠자와 유키치 지음, 허호 옮김,《후쿠자와 유키치 자서전》, 이산, 2006.

2. 중국어 도서

- 魯迅 著,《魯迅全集》, 法仁文化社, 1987.

- 魯迅 著,《魯迅全集》, 人民文學出版社, 1991.

- 徐宏祖 著,《徐霞客游記》, 商務印書館, 1934.

- 吳敬梓 著,《儒林外史》, 亞東圖書館, 1932.

- 袁枚 著,《小倉山房詩文集》, 中華書局, 1981.

- 袁枚 著,《袁枚全集》, 江蘇古籍出版社, 1993.

- 李贄 著,《焚書 / 續焚書》, 中華書局, 1975.

- 李贄 著,《藏書》, 中華書局, 1974.

- 張岱 著, 云告 点校, 《琅嬛文集》, 岳麓書社, 1985.

- 張岱 撰, 馬興榮 點校, 《陶庵夢憶 / 西湖夢尋》, 上海古籍出版社, 1982.

- 張潮 著, 吳言生 譯注, 《幽夢影》, 陝西旅遊出版社, 1999.

3. 일본어 도서

- 吉田兼好 著, 佐竹昭広·久保田淳 校注, 《方丈記 / 徒然草-新日本古典文學大系 39》, 岩波書店, 1989.

- 福澤諭吉 著, 《(新訂)福翁自伝》, 岩波書店, 1979.

- 松尾芭蕉 著, 井本農一·堀信夫·村松友次 校注·譯, 《松尾芭蕉集-日本古典文學 全集 41》, 小學館, 1972.

- 佐藤一齊 著, 山田準·五弓安二郎 譯註, 《言志四綠》, 岩派書店, 1966.

4. 영어 도서

- Francis Bacon, 《The essays of Francis Bacon》, Houghton, 1936.

- Helen Nearing, 《Simple Food for the Good Life : Random Acts of Cooking and Pithy Quotations》, Chelsea Green Publishing Company, 2004.

- Helen Nearing, 《Wise Words for The Good Life》, Chelsea Green Publishing Company, 1999.

- Johann Wolfgang Von Goethe, Translated by W. H. Auden and Elizabeth Mayer, 《Italian Journey(1786~1788)》, Penguin Books, 1992.

- Jonathan Swift, 《Gulliver's travels》, Modern Library, 1950.

- Jonathan Swift, 《Gulliver's travels》, Penguin Books, 2001.

- Lin Yutang, 《The Importance of Living》, Quill, 1998.

- Marco Polo, 《The Travels of Marco Polo》, Doubleday&company, 1948.

- Marco Polo, 《The Travels of Marco Polo》, Penguin Books, 1958.

- Nikos Kazantzakis, Translated by P. A. BIEN, 《Report to Greco : Nikos Kazantzakis》, Faber and Faber, 1973.

- Scott Nearing·Helen Nearing, 《The Good Life : Helen and Scott Nearing's Sixty Years of Self-Sufficient Living》, Schocken Books, 1990.

찾아보기